Nadine Gordimer

Burgers Tochter

Roman

Aus dem Englischen von

Margaret Carroux

Verlag Volk und Welt

Berlin

Anmerkungen am Schluß des Bandes

ISBN 3-353-00578-1

1. Auflage
Lizenzausgabe des Verlages Volk und Welt, Berlin 1989
für die Deutsche Demokratische Republik
L. N. 302, 410/124/89

Originalausgabe: *Burger's Daughter*, erschienen im Verlag
Jonathan Cape Ltd., London 1979;
Printed in the German Democratic Republic

Einbandentwurf: Hans-Joachim Petzak
Satz, Druck und Einband: Karl-Marx-Werk Pößneck V 15/30
LSV 7371
Bestell-Nr. 6490834

00980

Teil Eins

Ich bin der Ort, an dem etwas geschehen ist.
Claude Lévi-Strauss

In der Gruppe von Leuten, die an der Festung warteten, stand ein Mädchen in braun-gelber Schulkleidung mit einer grünen Daunendecke über dem Arm und einer roten Wärmflasche, die es an der Öse am Schraubverschluß hielt. Einige Busse fuhren damals dort vorbei, und Fahrgäste, die hinausschauten, werden das Schulmädchen bemerkt haben. Man stelle sich vor, ein Schulmädchen: sie muß jemanden drinnen haben. Wer sind all diese Leute überhaupt? Selbst vom Oberstock eines Busses aus, der vorbeischlingerte, als die Ampel grün wurde, muß die Gruppe nicht ausgesehen haben wie Gefängnisbesucher sonst, passiv und scheu auf dem Abhang mit städtischem Rasen.

Das Schulmädchen stand weder in der ersten Reihe vor den Gefängnistoren, noch hielt es sich im Hintergrund. Da waren mehrere junge Männer in Rollkragenpullovern und *veldskoen*, Männer in Straßenanzügen, die sie selbstverständlich trugen wie eine zweite Haut, ein alter Mann mit zurückgeworfenem, weißflaumigem Kopf, Frauen, die sich in Hosen und Dufflecoats verkrochen hatten, eine in langem Rock und gehäkeltem Schal, zwei in eleganten Tweedkostümen mit Goldschmuck und Sonnenbrillen, die sie nicht zur Tarnung trugen, sondern um Gleichgültigkeit gegen Beachtung zu bekunden. Alle hatten sich nicht als Bittsteller vor dem Tor eingefunden, sondern eher als Eindringlinge. Alle hatten Pakete oder Tragetaschen bei sich. Die Stimmen der Frauen klangen hell und kräftig auf dem öffentlichen Platz, der weißhaarige Mann hatte zwei jungen Männern, mit denen er sich leise unterhielt, die Arme auf die Schultern gelegt, eine hochgewachsene blonde Frau ging mit aufreizender Entschlossenheit in der Gruppe hin und her. Sie war es, die sich von dem alten Mann den Spazierstock mit dem Hornknauf auslieh, um damit an das Tor zu klopfen, als drei Uhr vorbei war und sie immer noch da standen. Als sich darauf nichts rührte, zog sie ihre hochhackige Sandale aus und hämmerte damit ebenfalls gegen das Tor. Keinem war nach Lachen zumute, aber es kam Bewegung in die Gruppe, und man hörte beifällige Stimmen. Das Schulmädchen drängte mit den anderen vor und drehte den Kopf mit der kühnen Ermutigung, die sich alle mit den Blicken gewährten. Eine kleine Halbtür innerhalb des großen Doppeltors, nicht viel mehr als ein Schlitz, öffnete sich und ließ Augen unter einer Schirmmütze sehen. Das Gesicht der blonden Frau war so dicht an der Tür, daß der Wärter zurückfuhr und sich sofort wieder fing, aber sie hatte ihn so, wie ein Schießbudengewehr das plötzlich auftauchende Ziel trifft.

»Ich wünsche mit dem Kommandanten zu sprechen ... uns wurde gesagt, wir könnten zwischen drei und vier Uhr Kleidung für die Häftlinge bringen. Jetzt stehen wir hier schon fünfundzwanzig Minuten, und die meisten von uns müssen wieder zu ihrer Arbeit.«

Es gab eine Auseinandersetzung. Ein Mann mit einer Aktentasche kam, und die Gruppe ließ ihn rasch durch; er durfte durch eine andere Tür in dem großen Portal eintreten, und dann reichten die Männer und Frauen einer nach dem anderen ihre Päckchen durch diese Tür, die verdunkelt war durch die Gestalten der Wärter. Das Schulmädchen gelangte nach vorn, nachdem andere ihm Platz gemacht hatten; Lionel Burgers Tochter, vierzehn Jahre alt, war an jenem Tag unter ihnen und brachte für ihre Mutter eine Daunendecke und eine Wärmflasche.

Rosa Burger, damals ungefähr vierzehn Jahre alt, die da vor dem Gefängnis in einem braunen Rock, einem gelben Turnhemd und einem braunen Pullover mit gelben Streifen um den V-Ausschnitt wartete, war klein für ihr Alter, leicht dickwadig (erste Hockey-Mannschaft), aber sonst ein Schmaltier. Ihr Haar war nicht frisch gewaschen, und die durch die dunklen Strähnen durchschimmernden Knorpel ihrer Ohrmuschel ließen ahnen, daß ihre Ohren, wenngleich verborgen, abstehend waren. An ihrem Seitenscheitel hatte sie einen Wirbel, so daß ein Teil des Haars anders lag als das übrige und auch heller geworden war durch den Chlorzusatz im Swimmingpool der Schule (zweite Schwimm-Mannschaft) und die Sonneneinwirkung. Im Profil war sie hübscher als von vorne; sie hatte die weichen Konturen, die man bei Menschen mit olivfarbener Haut oft findet, und durch die schmalen, dunkel schimmernden Brauen und den steilen Strich der Wimpern, faserig an den Enden wie die Fühler von Nachtfaltern, auffällig betonte Augenhöhlen. Wenn sich das Mädchen umdrehte, war manches enttäuschend – der Unterkiefer (sie kaute ein bißchen Erdnußkrokant, den ihr jemand angeboten hatte) zu wuchtig für das kleine Kinn, Nasenlöcher, die zu scharf zurücktraten, aufgekratzte und halb geheilte Pickel um den großen, weichen Mund, der sich schürzte und verzog, zauderte und hart wurde, wenn man sie ansprach und sie antwortete, ein Mund genau wie der ihres Vaters. Aber ihre Augen waren hell – verwaschenes Grau, in einem bestimmten Winkel so klar, daß die konvexe Fläche der Iris in der nachmittäglichen Wintersonne durchsichtig erschien. Ganz und gar nicht seine braunen Augen mit der senkrechten Sorgenfalte dazwischen, die sich auf Zeitungsbildern zu einem starren Blick zusammenzogen, dem man sich nicht entziehen konnte. Das Braun und Gelb der Schulkleidung paßte nicht zu ihrer Gesichts- und Haarfarbe, selbst wenn man berücksichtigt, daß sie in der letzten Nacht wahrscheinlich nicht gut geschlafen und keine Zeit gehabt hatte, etwas zu essen, nachdem sie von der Schule nach Hause gerannt und dann zum Gefängnis gekommen war.

Rosemarie Burger, nach dem Bericht der Direktorin eine der vielversprechendsten Schülerinnen der oberen Klassen trotz der Nachteile – sozusagen – ihres familiären Milieus, kam an dem Morgen, nachdem ihre Mutter abgeholt worden war, in die Schule wie an jedem anderen Tag. Sie ließ sich bei der Direktorin melden und bat, früh nach Hause gehen zu dürfen, um ihrer Mutter ein paar Sachen zu bringen. Ihr sachliches und reserviertes Verhalten machte es für jeden unnötig, etwas zu sagen – etwas Mitfühlendes –, ja, machte es geradezu unmöglich und verhinderte damit Peinlichkeit. Sie legte »bemerkenswerte Reife« an den Tag; das zumindest konnte, ohne auf Einzelheiten einzugehen, in dem Bericht gesagt werden. Die anderen Mädchen in ihrer Klasse schienen nicht zu wissen, was geschehen war. Sie lasen weder die Morgenzeitungen, noch hörten sie die Nachrichten im Radio und waren sich auch nicht bewußt, daß Politik etwas wirklich Emotionaleres war als ein langweiliges Thema der Unterhaltung von Erwachsenen, wie die Aktienbörse oder gynäkologische Beschwerden. Nach ein oder zwei Tagen oder in einigen Fällen sogar erst nach Wochen machte das wiederholte Auftauchen des Nachnamens ihrer Schulkameradin in Verbindung mit ihrer Mutter auf Spruchbändern bei Straßendemonstrationen gegen die vorbeugende Internierung – Ist die Tochter nicht in deiner Klasse? – ihre Lage in der Schule bekannt und anerkannt. Ihr wurden mitfühlend Vorrechte der Art eingeräumt, wie sie bei Krankheit oder Scheidung zu Hause, den einzigen Krisen, die den Kindern bekannt waren, zugestanden wurden. Die anderen Vertrauensschülerinnen teilten Rosas Sportplatz- und sonstige Pflichten untereinander auf. Ihre beste Freundin (der sie gleich am ersten Tag von der Verhaftung und Internierung berichtet hatte) sagte, sie könne mit zu ihr nach Hause kommen, wenn sie wolle – wahrscheinlich, ohne ihre Eltern darüber befragt zu haben. Sie gingen in eine Privatschule für weiße, englischsprechende Mädchen und brachten ihr Mitgefühl auf die einzige Weise zum Ausdruck, die sie kannten: Verdammte Buren, blöde Holländer, fette Afrikaander – die müssen ausgerechnet deine Mammi einsperren. Als ob sie je etwas Böses getan hätte ...

Es kam ihnen gar nicht in den Sinn, daß der Familienname tatsächlich afrikaans war.

»Unter uns war ein dreizehn- oder vierzehnjähriges Mädchen, ein Schulmädchen, noch in Sportkleidung, die Tochter von Lionel Burger. Es war ein bitterkalter Wintertag. Sie brachte Decken und sogar eine Wärmflasche für ihre Mutter. Den Familienangehörigen der bei einem brutalen Polizeieinsatz im Morgengrauen festgenommenen Personen war gesagt worden, sie könnten Kleidung usw. ins Gefängnis bringen. Bücher oder Lebensmittel durften wir nicht hinbringen. Die kleine Rosa Burger wußte, daß ihre Mutter, diese mutige und warmherzige Frau, in ärztlicher Behandlung war. Das Kind weinte nicht,

sondern war ganz ruhig, tatsächlich bot sie uns ein Beispiel, wie sich die Familie eines Internierten verhalten sollte. Sie hatte bereits die Rolle ihrer Mutter im Haushalt übernommen und unterstützte liebevoll ihren Vater, der allzubald auch interniert werden sollte. An jenem Tag hatte er den Mißlichkeiten anderer Menschen Vorrang vor den seinen eingeräumt, und seit man seine Frau in den frühen Morgenstunden abgeholt hatte, war er unermüdlich tätig gewesen, war von einem Polizeirevier zum anderen gelaufen und hatte für die hilflosen Afrikanerfamilien herauszufinden versucht, wo ihre Angehörigen festgehalten wurden. Aber er wußte, daß er sich in dieser Familie, die den Kampf gemeinsam und hingebungsvoll führte, auf seine schulpflichtige Tochter verlassen konnte.«

Als sie mich vor dem Gefängnis sahen, was sahen sie da?

Ich werde es nie erfahren. Es ist alles erfunden. Ich sah – sehe – dieses Profil in einem Spiegel, den ich so in der Hand halte, daß er auf einen zweiten gerichtet ist; ich weiß, wie ich in dieser Schule überlebte, damals nicht unglücklich, wenn auch nicht beliebt, denn ich erkannte unausgesprochen, daß ich ihnen überlegen war, ich und meine Familie; ich verstehe das milde Pathos in den schlecht geschriebenen Erinnerungen der Getreuen – gute Menschen trotz der Scheinheiligkeit.

Vermutlich war ich mir bewußt, daß normale Menschen uns von einem Bus aus sehen konnten. Einige erstaunt, denn sie wußten, wessen Verwandte und Freunde wir sein mußten – sogar die Tochter von jemandem, schau mal, ein Kind in Sportkleidung –, und sie wußten, warum wir da waren. Flora Donaldson und die anderen sprachen laut mit schriller Stimme, wie es Frauen einer anderen Art in einem teuren Restaurant tun, und zwar, wenn auch unter ganz anderen Umständen, aus demselben Grund: um Selbstvertrauen und eine starke Persönlichkeit zu bekunden, die von Natur aus dominiert in einem Milieu, das beeindrucken oder einschüchtern soll. Ich stelle diese Analogie jetzt her, damals nicht; es ist unmöglich, unbeeinflußt von dem, was ich gelernt, gefühlt, gedacht habe, die subjektive Präsenz des Schulmädchens herauszufiltern. Es ist eine Fremde, von der mir einige persönliche Einzelheiten bekannt sind, das ist alles. Auf eine Weise, die die Passanten nicht verstehen würden und die wir geltend machten, waren wir uns unserer selbst und unserer Angehörigen auf der anderen Seite des riesigen, wuchtigen, eisenbeschlagenen Tors bewußt – Wally Atkinson, der niemanden drinnen hatte, aber selbst viele Male drinnen gewesen war, war gekommen, um die Fahne seines weißen Haars unter uns wehen zu lassen; Ivy Terblanche und ihre Tochter Gloria, die eifrig für Glorias Baby strickten, während sie darauf warteten, Schlafanzüge und Seife für Ehemänner abzugeben, die auch Vater und Schwiegersohn waren; Mark Liebowitz, der sein Gewicht mit nervöser Fröhlichkeit von einem Fuß auf den anderen verlagerte, seine Art, auf Krisen zu reagieren; Bridget – Bridget Sulzer, ehemals Watkins, ehemals Brodkin, geborene O'Brien –, die mit dem Absatz einer mehrfarbigen Sandale, von der das abgetragene grüne Leder abblätterte, an das Gefängnistor hämmerte und deren Fuß, sexy und hochgewölbt mit rot lackierten Zehennägeln, trotz der Kälte nackt war. Selbst die zwei Frauen, die ich, glaube ich, nicht kannte, die elegant gekleideten, die fehl am Platz wirkten (Aletta Gous erfreute sich der Freundschaft wohlhabender, liberaler Frauen, deren Männer damals zuließen, daß sie als Ablaß das Risiko auf sich nahmen), hatten sich mit dem seltsamen Eintreten für die Verfolgten von ihrem Milieu abgesondert. Eine von ihnen hatte ihre Köchin ein besonderes Weizenkeimbrot bakken lassen (Aletta war immer ein Gesundheitsapostel gewesen), und die Dame äußerte ihre Empörung sehr von oben herab, als der Wärter das Brot nicht annahm; ich erinnere mich daran, weil sie es Ivy schenkte – die ungewöhnliche Gelegenheit machte solchc plötzlichen Freundschaftsbekundungen möglich –, und Ivy brach ein Stückchen Kruste zum Kosten für mich ab, als sie mich mit dem Auto nach Hause brachte.

Ich war vor dem Gefängnis am Platz; meine Eltern hatten beide seit mehreren Wochen erwartet, abgeholt zu werden. Als es dann geschah und sie meine Mutter mitnahmen, muß die Wirklichkeit natürlich anders gewesen sein als das, womit man gerechnet hatte; man kann nicht aller Furcht oder Not dadurch Herr werden, daß man sich darauf vorbereitet. Es gibt immer Gründe, traurig zu sein, die nicht in Betracht gezogen werden, weil niemand sie vorher kennt. Ich wußte nur, daß meine Mutter drinnen wissen würde, daß ich draußen gewesen war, wenn sie die Dinge bekam, die ich bei mir hatte; wir waren verbunden. Flora tat so, als wollte sie mich in den

Arm nehmen, um mich vor der Kälte zu schützen, aber ich brauchte ihre Art emotionaler Anstachelung nicht. Sie sprach von »den Mädchen« da drinnen, und meine Mutter war eine davon. Flora war eine Erwachsene, aber ich kam mir älter vor als sie.

Ich kannte sie fast alle, die Leute, unter denen ich stand, und brauchte sie nicht anzuschauen, um sie so zu sehen, wie ich sie kannte: wie ich den Weg nach Hause kannte, das Auftauchen eines Orientierungspunktes an einer bestimmten Stelle. Dieses Tor war es, das ich ansah: die riesige Doppeltür unter der steinernen Torwölbung mit einer Birne an einem gebogenen Lampenarm, der herabschaute wie ein Wasserspeier. Die kleine Luke, in der die Augen des Wärters erscheinen werden, könnte eine Katzentür sein, wenn sie tiefer wäre. Das Tor ist mit gehämmerten Eisennägeln beschlagen, die das weiße Sonnenlicht facettenartig widerspiegeln wie ein gedrehter Ring. Ich sehe diese Dinge immer wieder, während ich da stehe. Aber mein wahres Bewußtsein ist auf den unteren Teil meines Beckens konzentriert, auf den bleiernen, ziehenden, pressenden Schmerz dort. Kann jemand die besondere, heftige Konzentration der Körperkräfte bei der Menstruation der frühen Pubertät beschreiben? Das Bluten begann gleich, als mein Vater mich wieder ins Bett geschickt hatte, nachdem meine Mutter abgeholt worden war. Kein Schmerz; nur Nässe, die ich mit dem Finger feststellte, dann knipste ich das Licht an, um es nachzuprüfen: ja, Blut. Aber vor dem Gefängnis krempelt mich die innere Landschaft meines geheimnisvollen Körpers völlig um, so daß ich an diesem öffentlichen Ort bei dieser öffentlichen Gelegenheit (alle Verhaftungen bei dem Polizeieinsatz im Morgengrauen hatten in den Zeitungen gestanden, eine Sonderausgabe wird verkauft mit den Namen derjenigen, von denen man weiß, daß sie interniert wurden, und der meiner Mutter war dabei) in dieser monatlichen Krise der Zerstörung bin, dem Reinigen, Zerfleischen, Ausbluten meines eigenen Organismus. Ich bin meine Gebärmutter, und vor einem Jahr war es mir – physisch – nicht bewußt gewesen, daß ich eine hatte.

Während ich abwechselnd unter die Schmerzschwelle gerate und wieder darüber hinweggeschoben werde, kommt mir die aus dem Gummi ausgestanzte Öse zum Bewußtsein, an der die Wärmflasche an meinem Finger hängt, und die Daunendecke, die ich an meinen Bauch drücke, ist meine alte, mit grünem Taft bezogene, die Großmama Burger mir geschenkt hat, als ich nicht alt genug war, um die Großmutter in Erinnerung zu behalten; mein Vater meinte, Mutters Decke für das Doppelbett sei zu groß und zu schön, um im Gefängnis verdorben zu werden. Die Wärmflasche war meine Idee. Meine Mutter benutzte niemals eine; und deshalb nahm ich an, als ich mir den Trick ausdachte, daß sie ihn bald entdecken und sich darüber klar sein würde, daß es einen bestimmten Grund geben mußte, warum ich ihr die Wärmflasche schickte. Zwischen den schwarzen Dichtungsring und das untere Gewinde des Schraubverschlusses schob ich einen Zettel aus dünnem Papier. Als ich mich anschickte, die Mitteilung zu schreiben, fiel mir keine andere Einleitung ein als in den Briefen, die ich geschrieben hatte, wenn ich in den Ferien verreist war. *Liebe Mammi, ich hoffe, es geht dir gut.* Dann erwies sich dieser harmlos unangemessene Ton als das ideale Ausdrucksmittel für die wichtige Nachricht, die ich ihr zukommen lassen mußte. *Pappi und mir geht's gut, und wir kümmern uns um alles. Alles Liebe von uns beiden.* Sie würde sofort verstehen, was ich ihr sagen wollte: daß mein Vater inzwischen nicht abgeholt worden war.

Meine Version und deren Versionen. Und würden sie aufgeschrieben, würden die eine wie die anderen gleich erfunden klingen, wenn sie gelesen werden. Und würde ich richtig erzählen, statt so im Geist mit dir zu reden, wie ich feststelle, daß ich es tue ... Man spricht niemals mit sich selbst, immer spricht man einen anderen an. Ohne den Grund zu wissen, spricht man in verschiedenen Stadien des Lebens plötzlich unentwegt diese oder jene Person an, selbst Träume spielen sich vor einem Publikum ab. Ich sehe das so. Bekanntlich wenden sich Menschen, die Selbstmord, die einsamste aller Taten, begehen, dabei an jemanden. Bloß bei mir war das noch nie so gewesen. Nicht einmal, als ich verliebt zu sein glaubte – und wir konnten gar nicht verliebt gewesen sein.

Wenn du wüßtest, daß ich zu dir rede, könnte ich nicht reden.

Aber du kennst das bei mir.

Jemand, der weder in ihrem noch im Leben ihres Vaters eine Rolle gespielt, sondern ganz außerhalb gestanden hatte, am Rande, einer von denen, die sich aus purer Neugier anbiederten, der ein- oder zweimal zu Besuch bei ihnen gewesen war, tauchte nach dem Tod ihres Vaters an ihrer Seite auf. Jahre zuvor, als sie an der Universität studierte und ihr Vater noch nicht unter Anklage stand, noch nicht verurteilt oder im Gefängnis war, war der junge Mann an einem Sonntag zum Schwimmen in ihr Haus gekommen. So sagte er. Sie mußte ihn eingeladen haben; viele Leute kamen sonntags; es war eine Tradition. Sie kamen, als sie und ihr Bruder klein waren, sie kamen, als ihre Mutter interniert war, sie kamen, als ihre Mutter an multipler Sklerose starb, sie kamen, als ihr Vater während seines Prozesses gegen Kaution auf freiem Fuß war. Die Geheimpolizei konnte allenfalls noch stören. Das Leben ging weiter; Lionel Burger, der in der Badehose Steaks und *boerewors* für seine Genossen und Freunde briet, war der Beweis.

Dieser Gast war ein junger Mann mit Namen Conrad. Ein blasser, aknenarbiger Rücken, der Sonne zugewandt, lag den schwarzen und weißen Beinen von Kindern, die um das Schwimmbecken herumrannten, im Weg, streckte aber nie eine neckende Hand aus, um sie zu fangen. Er hatte das Kinn auf die Unterarme gestützt, und manchmal ruhte auch die Stirn da. Er war nicht der Typ, der nach Engagement trachtete. Es hatte solche gegeben, gab sie, und sie wurden rasch erkannt. Manchmal wurden ihre Möglichkeiten ausgenutzt. Er war nicht einmal ein bezahlter Spion, der sich für den nach Engagement trachtenden Typ ausgab; auch das war ein erkennbarer Typ geworden. Lionel Burger schränkte die normale studentische Geselligkeit seiner Tochter nicht ein, weil er etwa fürchtete, sie könnte von einem dieser Leute ausgenützt werden. Aber dieser Junge war für niemanden wichtig; soll er sie sich alle ansehen, wenn ihn die Schau reizt: Revolutionäre beim Spielen, ein Anblick wie die geheime Paarung von Walen. Er bekam seine *boerewors*, heiß und würzig duftend, aus der Hand von Lionel Burger selbst wie jeder andere auch. Rosa war ein hübsches Mädchen, als sie heranwuchs; viele Jungen stiegen ihr nach und wußten nicht, daß sie für sie nicht zu haben war.

Ein- oder zweimal während des Prozesses hatte sie diesen Conrad im Zuhörerraum des Gerichts gesehen. Sie hielt sich natürlich an die Kerntruppe der Vertrauten, der Freunde, von denen einige während des Prozesses ihres Vaters verschwanden, verhaftet und in anderen Verfahren angeklagt. Einmal, als sie hinausgegangen war, um in dem griechischen Café in der Nähe zu telefonieren, traf sie den Typ auf der Straße, als sie zum Gericht zurückging. Er lud sie zu einem Espresso ein, und sie lachte, da sie ja die Möglichkeiten in der Umgebung des Gerichts nur zu gut kannte, immer stand sie mit Erfahrungen dieser Art abseits von ihrer Generation – wo, glaube er, könne man hier einen Espresso bekommen?

»Man kann, ganz einfach.« Er ging mit ihr bis zur nächsten Querstraße, dann um die Ecke und in eine Ladenpassage. Sie begriff, daß er ihr vom Gericht aus nachgegangen war. Richtiger Espresso wurde an einen kleinen, eisernen Tisch von einem schwarzen Kellner gebracht, der sich mit gestreiften Hosen, einer schwarzen Weste und einem Matrosenkäppi feingemacht hatte. Sie schnitt ein Gesicht hinter dem Kellner, lächelte freundlich und charmant wie irgendein Mädchen, auf das ein Mann ein Auge geworfen hatte. »Was soll denn das sein? In Pretoria!« Er schob einen Aschenbecher zu ihr hinüber mit der Aufschrift THE SINGING BARBER.

»Was, glaubst du, hält er von deinem Vater?«

»Meinem Vater?«

Ihr Kavalier zerbiß ein Streichholz und deutete mit dem V-förmigen Bruchstück in die Richtung des Gerichts.

Oh, jetzt verstand sie es: wissen die Schwarzen es, sind sie den Weißen dankbar, die ihr Leben für sie aufs Spiel setzen? Diese Richtung schlugen seine Gedanken also ein; es gab andere, die sie ansprachen, schwitzend und in höchst eindringlichem Ton: Miss Burger, Sie kennen mich nicht, aber ich möchte Ihnen sagen, die Regierung nennt ihn einen Kommunisten, aber Ihr Vater ist ein Mann Gottes, der heilige Geist unseres Herrn ist in ihm, darum wird er verfolgt. Und dann gab es diese Briefe, die ihr Leben lang gelegentlich ins Haus gekommen waren; sobald sie alt genug war – ihre Mutter wußte, wann das der Fall war; woher wußte sie es? –, zeigte ihre Mutter ihr einen. Darin stand, ihr Vater sei ein Teufel, eine Bestie, er wolle rauben und morden und die christliche

Zivilisation zerstören. Sie empfand eine seltsame Verlegenheit und sah ihrer Mutter ins Gesicht, um herauszufinden, ob sie lachen sollte, aber das Gesicht ihrer Mutter hatte einen anderen Ausdruck; sie merkte, daß dort irgendein Vertrauen ausgedrückt wurde, etwas, das über Lachen hinaus standhalten mußte. Es war ein Samstagvormittag, und als ihr Vater von seiner Morgenvisite im Krankenhaus zurückkam, gab er Baasie und ihr wie immer den wöchentlichen Schwimmunterricht; in diesem Augenblick, in dem sie den Brief noch vor Augen hatte, war »ihr Vater« für sie eine Hand, die er ihr unter das Kinn gelegt hatte, um ihren Kopf über Wasser zu halten, während ihre Arme und Beine Schwimmbewegungen machten. Baasie hatte immer noch Angst. Sein dünner, dunkler Körper mit den helleren, starr nach oben gehaltenen Zehen wurde durch die Kälte schwärzer, und er preßte sich flach an ihres Vaters fleischige, atmende Brust, deren Wärme sie sogar im Wasser spürte, als sie sah, wie Baasie sich da festklammerte.

In der Espressobar lächelte sie immer noch. Sie schien das Stück Zucker gleichsam zu schmecken, das sie in den dunklen, heißen Kaffee hielt, bis es sich vollgesaugt hatte, ehe sie es in die Tasse fallen ließ. »Laß doch den armen Kellner zufrieden.«

»Ach, ich bin bloß neugierig.«

Sie tat das mit einem ruckartigen, höflichen, beiläufigen Nicken ab, als wäre das die Antwort auf die müßige Frage, die sie nicht stellte: Was veranlaßt dich, zu dem Prozeß zu kommen? Ein Mädchen in ihrer Lage hatte einem Fremden nicht viel zu sagen, und es war schwierig für jeden, der keinen Anteil hatte an dem, was man als ihr dringendstes Anliegen ansehen – fatalerweise respektieren – mußte, ein Gespräch mit ihr zu beginnen. Ein wichtiger Belastungszeuge sollte noch ins Kreuzverhör genommen werden, ehe das Gericht die heutige Sitzung beendete; sie wußte, daß sie austrinken und gehen mußte, er wußte, daß sie gehen würde, aber sie blieben noch eine Minute sitzen, rein physisch einander gewahr. Seine blond-braune Hand lag auf dem Kreuzpunkt seiner übergeschlagenen Oberschenkel, das lächerlich dicke silberne Armband folgte dem Umriß der Handgelenkknöchel, das Innere ihrer Achselhöhle in einem ärmellosen Kleid glänzte vor Feuchtigkeit, als sie die kleine Tasse wegschob – so geht die

Kommunikation vor sich, wenn zwei junge Menschen offenbar keinen Grund oder nicht den Wunsch haben, noch länger zusammenzubleiben.

So belanglos waren die meisten ihrer Begegnungen. Er kam zum Prozeß, bemühte sich aber nicht immer um sie – angenommen, ihr Eindruck stimmte, daß er es je getan hatte. Manchmal schloß er sich dem lockeren Kreis an, der sich um die Rechtsanwälte und sie scharte, wenn sie in der Mittagspause in dem griechischen Café Sandwiches oder fade Pasteten aßen; es wurde angenommen, daß sie ihn mitgebracht habe, sie glaubte, jemand anderes habe es getan. Er rief sie nicht während der Arbeitszeit an, aber sie traf ihn einmal in der städtischen Bibliothek, und sie aßen zusammen in einer Pizzeria. Sie hatte geglaubt, er sei Universitätslektor oder dergleichen, aber er erzählte ihr, nachdem sie (ohne Neugier) danach gefragt hatte, daß er eine Dissertation über italienische Literatur schreibe und mittwochs und an den Wochenenden für einen Buchmacher auf der Rennbahn arbeite. Er hatte die Dissertation angefangen, während er in Perugia studierte, aber die Arbeit unterbrochen, als er ungefähr ein Jahr in Frankreich, Dänemark und England verbrachte. Er sagte nicht klipp und klar, was er da gemacht und wie er gelebt hatte. Im Süden Frankreichs, auf einer Jacht ... Wie ein Mittelding zwischen Diener und Schoßhund, so klang es ...

Er war nicht beleidigt über ihren scherzhaft geäußerten Abscheu. »Ein großartiges Leben, für ein paar Monate. Bis man die Leute satt hat, für die man arbeitet. Keine Möglichkeit, in Frieden zu lesen.«

Es war ein Job, für den man als Ausländer keine Arbeitserlaubnis brauchte – er kannte alle Lebensweisen, die in diese Kategorie paßten. In London nistete er sich in einer Villa in Knightsbridge ein. Ein für unbewohnbar erklärtes Cottage in Johannesburg hatte er mit dem Geld renoviert, das er für die zollfreie Einfuhr eines britischen Wagens bekommen hatte, den er ein Jahr lang im Ausland gefahren hatte aufgrund einer Abmachung mit einem Mann, der das Auto in seinem Namen gekauft hatte. »Wann immer du eine Unterkunft brauchst ... Ich bin oft wochenlang weg. Freunde von mir haben eine Farm in Swaziland. Eine herrliche Gegend, Wald vom Haus aus bis hinunter zum Fluß, man lebt da sozusagen im grünen Zwielicht – Pekannußbäume, weißt du.« Ein plötzlicher Einfall. »Wie wär's, wenn du an diesem Wochenende mitkämst?«

Darauf wäre er nie verfallen: »Ich habe keinen Paß.«

Er gab keine mitfühlenden, empörten Laute von sich. Er grübelte darüber nach wie über ein lösbares Problem. »Nicht mal für eine Stippvisite?«

»Nein.«

Er sah sie schweigend an, abwägend, betrachtete sie wie eine dritte Person, ein Problem, das sich für sie beide stellte.

»Besuch mich doch in meinem Haus.«

»Ja, das werde ich, ich möchte es gern sehen. Deine große Jakaranda.«

»Bauhinia.«

»Na schön, Bauhinia.«

»Ich meine jetzt.«

»Heute nachmittag muß ich nach der Arbeit nach Pretoria fahren.« Aber das war wenigstens eine seriöse Antwort, ein praktisches Problem, das man lösen konnte.

»Das Gericht hat sich doch bis Montag vertagt, nicht wahr?«

»Ja, aber ich habe für heute eine Besuchserlaubnis bekommen.«

»Es liegt praktisch auf deinem Rückweg.«

Die Villa und der Garten aus den ersten Jahren des 19. Jahrhunderts, zu denen das Cottage gehörte, waren für eine Autobahn enteignet worden, deren Bau sich durch Einsprüche von Steuerzahlern verzögert hatte; inzwischen war das Cottage auf unbestimmte Zeit vermietet worden, und die Straße, an der es gelegen hatte, gab es nicht mehr.

Das Wellblechdach war blau gestrichen, ebenso das Holzgeländer der Veranda. Auf einem verlassenen Tennisplatz, leuchtend von schimmerndem Unkraut, kündigte ein klagender Vogel Regen an. Die Bauhinia ragte über Sträucher und dekorative Palmen hinaus, die zu einem grünspeerigen Dschungel geworden waren; die zwei Zimmer waren darin versunken wie ein verborgener Teich. Das Cottage war geschützt und gemütlich wie ein Puppenhaus und sexuell erregend wie ein Liebesnest. Es war nirgends.

Sie kam herein aus der Sonne und dem Verkehr auf der

Autostraße, direkt vom Gefängnis, und er stand von irgendeinem schlecht zu erkennenden Möbelstück auf, ohne so zu tun, als hätte er nicht dort gelegen, wahrscheinlich den ganzen Nachmittag, und ließ sie gleich hinter der Tür stehen und rieb sich an ihr. Die Unmittelbarkeit der Liebkosung bedeutete einfach, daß unter besseren und passenderen Umständen in die Tat umgesetzt wurde, was in der Espressobar vor sich gegangen war. Begehren kann sehr tröstlich sein. Als sie dalag mit dem verletzlichen, aufdringlichen Geruch des Haars eines Fremden dicht an ihrem Atem, sah sie Fliegen, die ein Mobile unter einem Lampion zum Schwingen brachten, das erhabene Blumenmuster in den abgezählten Feldern einer Bleidecke, übermustert mit Schatten aus dem Garten, und dort, wo seine Hand auf ihr lag, zeigte seine Uhr die Zeit an – genau eine Stunde und zwanzig Minuten waren vergangen, seit sie auf der Bank auf der Besucherseite des Drahtgitters gesessen hatte, das ihres Vaters Gesicht in Felder aufteilte, während die Gespräche anderer Gefangener mit ihren Besuchern die Abfolge von dem, was immer er ihr sagen wollte, unterbrachen.

»Glückspilz, ein solches Haus gefunden zu haben. Nach so etwas sucht fast jeder.«

»Ganz einfach. Die reiche alte Dame oder den alten Knakker, denen es gehört, herumzukriegen ist die einzige Schwierigkeit. Sie würden einen Schwarzen nehmen, wenn es erlaubt wäre, Schwarze darin wohnen zu lassen, denn einen Schwarzen hat man in der Hand, er muß auf einen hören. Aber ein Weißer, der in einem solchen Schuppen wohnen will, wird immer jung sein und kein Geld haben. Sie haben Angst, daß man mit Drogen handelt, politisch subversiv ist, Scherereien macht. Als ich sagte, ich arbeite auf der Rennbahn, da war das in Ordnung; den Lebensunterhalt auf diese Weise ehrlich zu verdienen ist ihnen verständlich, wenn auch gesellschaftlich nicht akzeptabel, wenigstens dient es ihrer Art von Vergnügungen. Man hält den Mund über die Universität, Studenten trauen sie überhaupt nicht. Nicht, daß ich es ihnen verübele. Mir kann's jedenfalls recht sein. Wenn ich die verdammte Dissertation fertigschreiben und bei diesen Gaunern und Geprellten auf der Rennbahn wöchentlich hundert oder hundertfünfzig verdienen kann, dann haue ich nach Mexiko ab.«

»Jetzt Mexiko! Warum Mexiko?«

Er stand auf, reckte sich nackt, gähnte, so daß sich sein Penis hob und senkte und das Gähnen ein breites Grinsen wurde. Er legte die flache Hand auf einige Bücher auf einem Messingtablett mit einem wackligen Gestell. »Aus keinem guten Grund für Leute, die immer gute Gründe wissen wollen. Wenn ich Gedichte oder Romane lese, die mir gefallen, dann will ich in das Land gehen und dort leben, das der Schriftsteller kennt. Ich meine, ich will einfach wissen, was er weiß . . .«

»Leih mir etwas.«

Sie versuchte die Namen auf den Büchern, die er ihr gab, auszusprechen. »Octavio Paz. Carlos Fuentes.«

Er korrigierte ihre Aussprache.

»Ach, hast du Spanisch gelernt?«

Er kam zu ihr herüber und berührte eine Brust, wie man vielleicht ein Bild geraderücken würde. »Ein Mädchen hat mir ein paar Stunden gegeben.«

Sie hätte es nicht bemerkt, wenn er nicht mehr dagewesen wäre; wäre er irgendwann in den sieben Monaten des Prozesses ihres Vaters verschwunden, hätte sie einfach angenommen, daß er nach Mexiko oder wohin auch immer gefahren wäre. Als er einmal, das Kinn auf die Hand gestützt, von jenseits des Tisches zwischen Freunden und Anhängern in der Teepause, während ein Beobachter von der Internationalen Juristenkommission sich über irgendeinen Aspekt der Vormittagsverhandlung äußerte, als er da, ohne den Kopf zu heben, zu ihr hinübersah und eine Hand zum Gruß hob, da hatte sie tatsächlich das Gefühl, jemand, der weg gewesen war, zeige mit dieser Geste seine Rückkehr an. Er fuhr mit ihr nach Johannesburg zurück. Er gehörte zu den Menschen, die gewöhnlich darauf warten, daß der andere das Gespräch beginnt. Mit den Entlastungszeugen am Nachmittag hatte es nicht geklappt; es gab nichts zu sagen, *gar nichts*. In Gegenwart eines anderen im Wagen war sie sich nur der Handgriffe bewußt, die gewöhnlich automatisch ausgeführt werden, des Spiels der Sehnen auf dem Handrücken, wenn sie den Schalthebel betätigte, des Absackens ihrer Ellbogen auf das Lenkrad, ihres Hin- und Hersehens zwischen dem Rückspiegel und der Straße vor ihr.

»Wie war's?«

»Was?« Mit einem Anflug von Protest dagegen, daß sie so in Gedanken gewesen war.

Ihre Stimme wurde hell vor Verlegenheit. »Du warst ... wo? ... In Kapstadt?«

»Du bist immer so höflich. Genau wie dein Vater. Ihm geht nichts an die Nerven. Ganz gleich, was dieser schleimige Staatsanwalt mit seinen theatralischen Mätzchen ihm auch an den Kopf wirft. Er fährt nie aus der Haut.«

Sie lächelte und sah nach vorn auf die Straße.

»Du mußt sehr gut erzogen worden sein. Kein Fluchen und Türenschlagen im Burger-Haus. Wunderbar beherrscht.«

»So ist Lionel. Empört, ja. Ich habe erlebt, daß er empört war. Aber er gerät nie in Wut. Er kann wütend sein, ohne in Wut zu geraten ... niemals, ich kann mich an kein einziges Mal erinnern, als wir klein waren ... Es ist nicht vorgetäuscht, er ist einfach von Natur aus verständnisvoll.«

»Wunderbar beherrscht.«

Sie lächelte und zuckte die Schultern.

»Dieses späte Mädchen heute nachmittag. War sie eine Freundin?«

»Gewissermaßen.«

»Gewissermaßen. Armes Ding. Hat die ganze Zeit gezittert und geschluchzt und nach unten und zur Seite gesehen, um seinem Blick auszuweichen. Nicht nur seinem Blick, nicht mal seine Schuhspitzen konnte sie ansehen. Das merkte man. Und hat alles gesagt, was sie aus ihr rausgeholt haben, und sich selbst beschmutzt. Alles in seiner Gegenwart. Ich habe den Herrn Angeklagten beobachtet. Er sah sie bloß an, hörte zu wie jeder andere. Er war nicht entrüstet.«

»Sie ist seit fast einem Jahr interniert.« Die Fahrerin mußte gespürt haben, daß ihr Fahrgast sie prüfend ansah. »Sie ist fix und fertig.«

»Sie war eine ausgesprochene Katastrophe für ihn. Was ist das – christliches Mitleid?«

»Er weiß, was sie durchgemacht hat. Das ist alles.«

Da sie ihn ganz bewußt nur ihr Profil sehen ließ, konnte er sie nicht fragen: Und du?

Um ihm Verlegenheit zu ersparen, drehte sie den Kopf mit einem halben Lächeln, einer halben Grimasse. »Nicht ›gut erzogen‹, bloß an die Verhältnisse gewöhnt.«

An dem Tag, an dem ihr Vater verurteilt wurde, wird er wohl dagewesen sein, das schmale Gesicht blaß wie das eines chinesischen Mandarin, wozu der herabhängende Schnurrbart paßte, ostentativ schlecht angezogen, um ein phlegmatisches Starren schwergewichtiger junger Polizisten hervorzurufen, die in ihrer zugeschnallten und zugeknöpften Umhüllung knarrten. Sie erinnerte sich nicht, ihn gesehen zu haben, obwohl es zutraf, daß sie ein- oder zweimal mit ihm geschlafen hatte. Der Familiensinn gewann die Oberhand über andere Erwägungen, wie bei einer Hochzeit oder Beerdigung; eine Tante – eine der Schwestern ihres Vaters –, ein Onkel und Kusinen mütterlicherseits waren gekommen, um bei ihr zu sein trotz der Tatsache, daß sie die politische Einstellung ihres Vaters nie geteilt hatten. Wie bei einem Gottesdienst in der Kirche saß die Familie im Gericht in der ersten Reihe. Die Tante und die Kusinen trugen Hüte; sie hatte das blau-lila-rote Kopftuch in der Tasche, das sie nur anlegte, wenn das Gericht sich beim Eintritt des Richters erhob, an jedem der zweihundertsiebzehn Tage des Prozesses ihres Vaters. Ringsum, überall außer an der hohen Decke, wo sich die Ventilatoren nicht drehten, waren Gesichter. Körper säumten die Schranken des Gerichts, Körper schubsten und drängten sich auf den Bänken hinter ihr, Schenkel preßte sich an Schenkel, die Wände waren gepolstert mit stehenden Polizisten.

Er – ihr Vater – wurde aus den Zellen unten im Gebäude in den für das Gericht eingefriedeten Raum geführt, ein Schauspieler, Erlöser, Preisboxer, der den Bereich der Erwartung betritt, die ihm bestimmt ist. Natürlich war er eher ein gewöhnlicher Sterblicher und nicht so, wie man sich vorgestellt hatte, daß er an diesem Tag sein würde; eine Strähne stand von seinem sorgfältig gebürsteten Kopf ab, und unwillkürlich strich sie sich über das Haar, um sie für ihn zu glätten. Sie sah, daß er seine Schwester zuerst sah, dann die Kusinen; ihr zulächelte, als er die Familienversammlung bemerkte, dann ganz herzlich für sie persönlich. Lionel Burger, ihr Vater, hielt seine Verteidigungsrede. Sie wußte, was er sagen würde, denn die Anwälte hatten den Stoff mit ihm durchgearbeitet, und sie selbst war in die Bibliothek gegangen, um ein bestimmtes Zitat nachzuprüfen, das er anführen wollte. Sie hörte ihn laut sagen, was sie in seiner Handschrift in den in seiner Zelle geschriebenen Notizen gelesen hatte. Niemand konnte ihm Einhalt gebieten. Lionel Burgers, ihres Vaters, Stimme war zum erstenmal seit sieben Jahren und zum letztenmal in der Öffentlichkeit zu hören und legte ein für allemal Zeugnis ab. Er sprach eine Stunde. »... als Medizinstudent war ich nicht gepeinigt durch das Leiden, das ich ringsum in Krankenhäusern sah, sondern durch die Unterjochung und Demütigung von Menschen im täglichen Leben, die ich mein Leben lang ringsum gesehen hatte – eine Unterjochung und Demütigung lebender Menschen, an denen ich durch mein Schweigen und durch politische Untätigkeit selbst beteiligt war, bei so wenig Meinungs- oder Willensäußerung seitens der Opfer wie von den immer reichlich vorhandenen schwarzen Leichen, an denen ich das komplizierte Wunderwerk des menschlichen Körpers kennenlernte ... Als Student fand ich endlich die Erklärung für den entsetzlichen Widerspruch, dessen ich mir schon als Schuljunge bewußt gewesen war, von dem man eigentlich nur erwartete, daß er sich um seinen Platz in der Rugbymannschaft Sorgen machen würde, um sonst nichts. Ich spreche von dem Widerspruch, daß mein Volk – das Afrikaandervolk – und die meisten Weißen in unserem Land den Gott der Gerechtigkeit anbeten, aber Diskriminierung aus Gründen der Hautfarbe praktizieren; daß sie das Erbarmen des Menschensohns verkünden, aber die Menschlichkeit der Schwarzen, unter denen sie leben, leugnen. Dieser Widerspruch, der die Grundlage meines Lebens schier zerstörte, der es mir unmöglich machte, mich als Mensch unter Menschen zu sehen mit allem, was das an ethischem Empfinden und Verantwortung in sich schließt –, dieser Widerspruch wurde im Marxismus, wie ich feststellte, auf andere Weise analysiert: als durch wirtschaftliche Gesetze in Konflikt geratene Kräfte. Ich sah, daß weiße Marxisten zu gleichen Bedingungen und Seite an Seite mit Schwarzen arbeiteten, was bedeutete, daß sie auch die niedrigsten Aufgaben übernahmen – Aufgaben, die eine Einbuße an Einkommen und gesellschaftlichem Prestige und das Risiko von Verhaftung und Gefängnis mit sich brachten –, und es bedeutete, daß Entscheidungen über die politische Linie und Führung gemeinsam getroffen wurden. Ich sah Weiße, die bereitwillig unter Schwarzen arbeiteten. Hier mußte eine mögliche Lösung des Problems der Ungerechtigkeit außerhalb der schrecklichen Fehlbarkeit jeder Ethik, die ich kannte, zu finden sein. Denn wie ein großer afrikanischer Führer, der kein Kommunist war, inzwischen gesagt hat: ›Die ethischen Maßstäbe des weißen Mannes in diesem Land können nur nach dem Grad beurteilt werden, in dem er die Mehrheit der Bevölkerung zu Sklaverei und Minderwertigkeit verurteilt hat.‹

... Die marxistische Lösung beruht auf der Beseitigung des Widerspruchs zwischen der Form der sozialen Kontrolle und der Wirtschaft: meine Buren-Vorfahren, die treckten, um ihre Agrarrepubliken zu gründen, und die Eingeborenen der Stammesgesellschaften mit Gewehren gegen *assagai* unterwarfen, widersetzten sich nun ihrerseits den wirtschaftlichen Kräften, die ihre feudalistische Form der sozialen Kontrolle zu einem Anachronismus machten. Der Weiße hatte eine Gesellschaft aufgebaut, die versuchte, die Widersprüche zwischen kapitalistischen Produktionsmitteln und feudalistischen Gesellschaftsformen in Grenzen zu halten und zu rechtfertigen. Die daraus folgende Verheerung hatte ich, ein privilegierter junger Weißer, seit meiner Geburt vor Augen. Schwarze Männer, Frauen und Kinder lebten jämmerlich in Unsicherheit, Armut und Erniedrigung auf den Farmen, wo ich aufwuchs, und schufteten in den ›dunklen Fabriken Satans‹ der Industrie, die ihre Arbeitskraft billig bekam und es ihnen ihrer Farbe wegen verweigerte, sich zu organisieren oder sich an den einander folgenden Regierungen zu beteiligen, die ihr Schicksal als ewig Minderwertige, wenn nicht als Sklaven, bestimmten ... In einer Änderung der sozialen Kontrolle und in einer damit übereinstimmenden Änderung der Produktionsmethoden – nach marxistischer Terminologie Revolution – sah ich die Antwort auf das Rassenvorurteil, das damals unser Land zerrüttete, und – glauben Sie mir! glauben Sie mir! – es jetzt ganz gewiß und noch systematischer zerrüttet. Ich konnte vor der Tragödie nicht die Augen verschließen. Ich kann es auch jetzt nicht. Damals steckte ich mir das Ziel, dem Rassenvorurteil und der Ungerechtigkeit ein Ende zu bereiten; dieses Ziel habe ich weiter verfolgt und werde es verfolgen, solange ich lebe. Ich sage mit Luther: Hier stehe ich. Ich kann nicht anders.«

Anderthalb Stunden. Niemand wagte, ihn zu unterbrechen.

»Ich stehe vor diesem Gericht und bin wegen Taten angeklagt, die geeignet seien, den Staat zu stürzen und in diesem Land eine Diktatur des Proletariats zu errichten. Aber das, was wir, schwarze und weiße Kommunisten, in Übereinstimmung mit anderen, die unsere politischen Ansichten nicht teilen, im Auge haben, ist die nationale Befreiung des afrikanischen Volkes und damit die Abschaffung der Diskriminierung und die Gewährung der politischen Rechte an alle Völker dieses Landes ... Das allein ist unser Ziel gewesen ... darüber hinaus gibt es Dinge, die die Zukunft regeln wird.

... Seit fast dreißig Jahren unterstützte die Kommunistische Partei als legale Organisation den Kampf der Afrikaner um die Rechte der Schwarzen und die Gewährung des Wahlrechts an die schwarze Mehrheit. Nachdem die Kommunistische Partei zur gebannten Organisation erklärt worden war und sich später als Untergrundorganisation formierte, der ich angehörte, nahm sie über ein Jahrzehnt lang weiterhin an dem Kampf teil, die Lage der Schwarzen mit friedlichen und gewaltlosen Mitteln zu verbessern ... Nach all diesen langen Bemühungen, als die große Massenbewegung, der *African National Congress,* und andere Parteien verboten wurden, als die Regierung schließlich vor allen Bitten und Forderungen ihre Ohren verschloß – welcher Fortschritt war da gewährt worden? Welche legitimen Rechte waren anerkannt worden nach den ›Maßstäben der westlichen Zivilisation‹, die zu bewahren und aufrechtzuerhalten unsere weißen Regierungen als ihr Anliegen bezeichnet hatten? Wo hatten so große Bemühungen und eine Geduld, die über normale Beharrlichkeit hinausging, irgendein Anzeichen von einsichtiger Anerkennung berechtigter Bestrebungen gefunden? ... Und bis zum heutigen Tag müssen die Schwarzen, denen wie mir vor diesem Gericht der Prozeß gemacht wird, sich fragen: wie kommt es, daß kein Schwarzer je das Recht hat, sich vor einem schwarzen Staatsanwalt, einem schwarzen Richter zu verantworten, die aufgrund von Gesetzen urteilen, bei deren Abfassung und Verkündung sein eigenes Volk, die Schwarzen, zu Wort gekommen waren?«

Nicht die untersetzte, strenge Pantomimen-Matrone mit der grauen Lockenperücke oben auf der Richterbank: niemand wagte ihn zum Schweigen zu bringen. Nicht die Polizisten, die ihn zwischen sich hereingebracht hatten, nicht die Geheimpolizisten, so wohlbekannt wie Händler, die ins Burger-Haus gekommen waren, seit sie ein Kind war.

»Das ist meine Antwort auf die Frage, die dieses Gericht gestellt hat und die mir meine Mitbürger vielleicht stellen: Wie konnte ich, ein Arzt, durch Eid gebunden, Leben zu retten, auch nur die zufällige Gefährdung von Menschenleben billigen bei Sabotageakten gegen ausgewählte, symbolische Ziele, ohne daß Menschen verletzt werden sollten – die Taktik, zu der die gebannten *Congress*-Führer ihre Zuflucht nahmen, als sie *Umkhonto we Sizwe* ins Leben riefen, den *Speer der Nation* – wozu sie nach dreihundert Jahren der Unterdrückung durch weiße Gewehre und weiße Gesetze, nach einem halben Jahrhundert der Gleichgültigkeit der Weißen gegenüber den maßvoll formulierten, legitimen Bestrebungen der Schwarzen ihre Zuflucht nahmen, das letzte Mittel abgesehen vom Blutvergießen, das ein verzweifeltes Volk anwandte, um die Aufmerksamkeit auf sich zu lenken, nachdem alles andere unbeachtet geblieben war.«

Eine Stunde und siebenundvierzig Minuten.

»Ich habe meinen Bund mit den Opfern der Apartheid gemacht. Die Lage, in der ich mich befinde, ändert nichts daran . . . es gibt Menschen, die können nicht für sich leben, wenn das Leben anderer keine Erfüllung findet. Sie wissen, ›Weltgeschichte wäre sehr einfach zu machen, wenn der Kampf nur unter der Bedingung unfehlbar günstiger Chancen aufgenommen würde‹.

. . . Dieses Gericht hat mich in allen Anklagepunkten schuldig befunden. Wenn ich je in meinem Leben von etwas überzeugt war, dann davon, daß ich in allen Punkten meinem Gewissen entsprechend gehandelt habe. Ich wäre schuldig, wenn ich mich nicht dafür eingesetzt hätte, den Rassismus in meinem Land auszurotten.«

Sie ließen ihn ausreden: die Worte des Verurteilten und das Jüngste Gericht für diejenigen, die ihn verurteilt hatten, für den im Rahmen der Gesetze des weißen Mannes kundig und höchst gewissenhaft unparteiischen Richter, die Geheimpolizei und die Polizei in Uniform, die diese Gesetze durchführten, für die Weißen, sein eigenes Volk, das die Gesetze erließ. Ihr Vater wußte, welches Urteil ihm bevorstand; und sie und die Anwälte und jeder, der während des Verfahrens dagewesen war, wußten, was kam. Die Zeitungen berichteten, »ein Laut des Erschreckens« habe den Gerichtssaal durchlaufen, als der Richter das Urteil verkündete: lebenslängliche Freiheitsstrafe. Sie hörte keinen Laut des Erschreckens. Für den Bruchteil einer Sekunde stand alles still; kein Atem, kein Herzschlag, kein Speichel, kein Blutfluß, außer bei ihrem Vater. Alles drängte von ihm weg, zog sich zurück, verschwand. Er allein, seine untersetzte Gestalt in dem adretten grauen »besten« Anzug strömte noch Lebenswärme aus. Er hielt sie alle in Schach, geblendet, beherrscht in seinem Bann. Dann schlug er die Augen nieder, sie konnte deutlich wahrnehmen, wie sich seine Lider in einer fast femininen Geste verlegener Dankbarkeit senkten.

Sie sah unverwandt geradeaus, weil sie fürchtete, jemand könnte sie ansprechen oder sie in Beschlag nehmen.

Hinten im Gerichtssaal, wo die Schwarzen zusammengepfercht standen, so daß die sitzenden Weißen, als sie sich umdrehten und hinaufblickten, von ihnen überragt wurden, erschallten die Rufe: *Amandhla!*

Und wie ein Aufschrei die Antwort: *Awethu!*

Amandhla! Awethu! Amandhla! Awethu!

Die Rufe prasselten auf ihren Vater herab: das waren seine Blumen, Lorbeeren, Umarmungen. Er lächelte strahlend und hob seine weiße Faust zu ihnen.

Dann war es vorbei. Ein schmaler Rücken ging zwischen vielen Polizisten hinunter zu den Zellen. Es war zu Ende. Die Gruppen lösten sich auf, Anwälte, Polizisten, Gerichtsschreiber gingen aneinander vorbei. Das rundliche, verzweifelt ruhige Gesicht des Verteidigers ihres Vaters, vorzeitig gealtert durch die harten Falten seelischer Belastung um den weichen, rosigen Mund, sah sich nach ihr um, und sie mühte sich, zu ihm zu kommen. Er küßte sie, und sie versank einen Augenblick in dem Kissen dieser Wange und roch etwas, wohl ein Rasierwasser. Die britische Stimme eines Ausländers hinter ihrem Ohr sagte: »Und hier bedeutet lebenslänglich wirklich auf Lebenszeit.«

Ich kenne diese Stunden nachher. Nachdem uns jemand genommen wurde.

Nachdem mein Bruder ertrunken war. Nach Verhaftungen. Nachdem meine Mutter nachmittags um zehn nach fünf im Krankenhaus gestorben war, und als wir nach Hause kamen, war der Sprenger im Garten angestellt, und das Kind der Waschfrau versuchte, das sprühende Wasser mit den Händen aufzufangen.

Ich glaube, als meine Mutter noch lebte und mein Bruder klein war, da richteten meine Eltern ihre politische Tätigkeit so ein, daß einer von ihnen immer unverdächtig war, immer eine gute Chance hatte, dazubleiben, um den Haushalt zu versorgen, wenn der andere verhaftet wurde. Natürlich rechneten sie auch darauf, daß die Politische Polizei es vorziehe, einen von ihnen scheinbar auf freiem Fuß zu lassen in der Hoffnung, dadurch auf andere hingewiesen zu werden, die im Untergrund arbeiteten. Niemand sagte mir das, niemand sprach darüber zu Hause – ich wußte es einfach, wie Kinder manches wissen, worüber ihre Mütter und Väter abends im Bett reden. Als dann mein Bruder und meine Mutter von uns gingen, war ich noch da. Sollte mein Vater verhaftet werden, würde immer noch ich da sein.

Nachher sind noch Spielsachen da, Schränke voller Kleider, es kommen Rechnungen und Rundschreiben von Leuten, die nicht wissen, daß der Adressat sie nicht erhalten wird. Obwohl keine Dokumente und Briefe da sind, weil Menschen wie mein Vater und meine Mutter nichts aufheben können, woraus Namen und Verbindungen ersichtlich sind, gibt es Schachteln (eine alte runde Lederschachtel mit einem Schnallenschloß, in der, wie mir gesagt wurde, jemand – vielleicht Lionels Großvater – steife Kragen aufbewahrte), Schachteln mit kaputten Dingen, von denen man nicht weiß, warum sie aufgehoben wurden. Die Möbel in den Zimmern sind entsprechend einer Logik des Tuns und Treibens angeordnet, sie haben etwas von Lebensströmungen an sich, die nicht mehr bestehen.

Theo hatte mich mit zu sich nehmen wollen, aber ich sagte, ich wolle zuerst nach Hause gehen und später zu den Santorinis kommen. »Du ißt dann bei uns.« – »Ja, ich bin zum Abendessen bei euch.« – »Wir machen dann eine Flasche Dão auf.« Dão war meines Vaters Leib- und Magenwein.

Theo konnte das zu mir sagen. Er war nicht bloß meines

Vaters Rechtsanwalt, er war nicht einmal bloß ein Freund. Als ein feindseliger Kollege ihm vorwarf – von der Regierung als Kommunisten bezeichnete Juristen werden vom Anwaltstand ausgeschlossen –, er habe mehr als berufliches Interesse am Fall Burger, da hat er seine rosigen, glatten Lippen geschürzt: »Sagen wir, ich bin mit dem Herzen dabei.«

Ich wußte, es würde zu einer Szene mit Lily und ihrem Mann Jamison kommen und denjenigen von ihren anderen Busenfreunden, die sich zufällig im Haus versammelt hatten. Sie war es, die der Presse Babybilder gegeben hatte, als Tony ertrank. Sie hatte Trauer getragen, schwarz von Kopf bis Fuß bis auf ihre lachsfarbenen Handflächen und das Weiße ihrer Augen als Gegensatz, als meine Mutter starb. Sie tat für uns all das, was erwartet wurde, daß man es tue, wie Weiße sie gelehrt hatten. Ich wußte, sie würde entsetzt sein, daß ich nicht von der Tante, dem Onkel und den Kusinen nach Hause gebracht wurde, die mit der Loyalität der Blutsverwandtschaft, die ihre Art von Mut oder Freundlichkeit war, im Gericht gesessen hatten, um das Urteil zu hören. Ich wollte mit Lily in mein Schlafzimmer gehen, so daß wir auf meinem Bett sitzen konnten, ich die Arme um sie legen und sie sich ausweinen lassen konnte, aber sie saß feierlich zwischen den hochkant gestellten Chaiselongues und Sachen vom Swimming-pool auf der Veranda vor meines Vaters Arbeitszimmer mit Jamison und den Dienstboten aus der Nachbarschaft, die ihre Freunde waren, und wartete auf mich. Ich hatte ihr mehrmals gesagt, sie müsse damit rechnen, daß mein Vater diesmal für lange Zeit ins Gefängnis komme. Ich hatte versucht, sie darauf vorzubereiten. Aber sie saß da wie bei einer ihrer Gebetsversammlungen in Erwartung der frohen Botschaft, der Gnade des Herrn. Da stand ein Tablett mit einem Krug Orangensaft und einem Glas – für mich – auf dem rostigen Tisch mit dem Loch in der Mitte, in das der Sonnenschirm gesteckt wurde. Sie standen alle auf von den knarrenden schmiedeeisernen Stühlen, deren Kissen sie weggeräumt hatte, und als sie mich kommen sah, so, wie ich in der ganzen Zeit des Prozesses Tag für Tag gewesen war, da begriff sie, daß es keine frohe Botschaft gab, keine Gnade des Herrn, und ihr Starrsinn fiel von ihr ab. In einem feindselig tragischen Ton fragte sie: »Was haben sie ihm angetan?«

Dann weinte sie, drehte den Kopf hin und her und scheuchte die anderen energisch weg. Sie schien in ihre klagenden, schrillen Schreie ausbrechen zu wollen, aber ein Rest von Verstand in ihr veranlaßte sie, mich zu beobachten, und wir schlossen stillschweigend einen Pakt, daß sie sich nicht auf den Boden werfen und hysterisch werden würde. Ich streichelte ihr den Kopf, der sich wie eine klumpige Matratze anfühlte, ihr widerborstiges Afrikanerhaar war gescheitelt und unter ihrem *doek* zu winzigen Zöpfchen geflochten (als Kind hatte ich ihr oft dabei zugesehen). Sie wiegte sich hin und her, und mich mit. »Gott wird bei ihm sein an diesem Ort. Die ganze Zeit, die ganze Zeit. Bis er heimkommt.« Hier legte sie auch für uns Fürsprache ein und brachte unsere Ungläubigkeit in die für gutsituierte Weiße akzeptable Form, daß wir lediglich zu saumselig seien, um in die Kirche zu gehen. Ich weiß nicht, was ich sagte; wir hatten auch unsere Methode, etwas richtigzustellen, ohne zu beleidigen. »Du denkst an ihn, Lily. Du wirst oft an ihn denken, und dann ist er nicht allein.« Etwas Derartiges.

Eng umarmt gingen nur wir beide langsam in die große Küche, wo sie so viele Mahlzeiten für meinen Vater und seine Familie gekocht hatte. Der Wecker, den sie jeden Abend mit in ihr Zimmer nahm, stand auf dem Fensterbrett über dem Abwaschbecken und tickte die Sekunden am Ende des ersten Tages ab – *Lebenslänglich bedeutet auf Lebenszeit.* Schließlich sagte sie, die Eier seien alle, und es sei kein Brot zum Frühstück mehr da. Also ging ich an diesem Tag noch einmal weg und fuhr zu dem portugiesischen Obst- und Gemüsehändler am Ende der Straße. An der Westseite des Hügels, wo die Geschäfte waren, hielt sich noch die Hitze der Nachmittagssonne, die den Schmutz und die Kratzer auf der Windschutzscheibe deutlich hervortreten ließ. Barfüßige weiße Kinder, schon in ihren kurzen Baumwoll-Schlafanzügen, kauften Milch und Zigaretten und als Belohnung Kaugummi oder eine Eistüte, um sie in die Wohnung hinaufzubringen. Ich befand mich unter jungen Frauen meines Alters, einige mit Kindern auf der Hüfte oder an der Hand, deren Rücken und tiefe Dekolletés dunkelrosa-braun waren von einem Nachmittag an ihren Schwimmbecken; unter schwarzen Männern in Overalls, die schweigend Cola oder Orangeade gleich aus der Flasche tranken, wo sie gerade standen; unter herrischen weißen Frauen mittleren Alters, behelmt mit frisch gefärbten Haaren, die Erdbeeren und Salat und Zitronen kauften, je nachdem, was für die Abendgesellschaft geplant war. Henriques wußte, daß wir braune Eier kauften, extra groß. Meine Mutter mußte mit dieser Vorliebe angefangen haben; Lily bestand jedenfalls darauf. Henriques bedachte einen nach dem anderen mit einem Lächeln; als ob er, der arme Bewohner von Madeira, der dem Dienst in der portugiesischen Kolonialarmee entgangen war, kein Recht hätte, müde oder gereizt zu sein. Mit einem gebildeten südafrikanischen Mädchen wie mir hätte er nicht zu flirten gewagt, aber er brachte eine schüchterne Neigung oder Sehnsucht durch das Geschenk eines Pfirsichs oder eines Apfels zum Ausdruck, über deren Preis er mit einer Handbewegung hinwegging. »Heute Pech« (sein Englisch war dürftig), »braune erst morgen kommen, weiß nicht, ob Sie wollen warten.«

Draußen vor dem Schnapsladen nebenan verhandelten die verwahrlosten schwarzen Frauen, die immer da waren, keine professionellen Nutten, aber stets bereit, in irgendeiner Gasse ihren schwankenden Körper im fairen Austausch gegen Alkohol zur Verfügung zu stellen, mit benebelten schwarzen Bauarbeitern. Die Männer gingen in dem Teil des Ladens aus und ein, in dem Schwarze bedient wurden, brachten Bier in Pappdosen und Brandy-Fläschchen heraus, deren braune Papierhülle nur so weit zurückgestreift wurde, daß die Verschlußkappe abgeschraubt werden konnte, ehe die Flasche von Mund zu Mund ging. Die zankenden betrunkenen Frauen teilten sich auf diese Weise sogar eine Zigarette und unterbrachen zu diesem Zweck ihren Streit. Eine schwankte und torkelte, ihre Bluse war wie eine graue, aufgeplatzte Wurst, und anstelle eines Rocks hatte sie sich eine Decke um die Taille geknotet. Sie geriet mir in den Weg und klammerte sich an mir fest: »Sorry, missus, sorry.« Aber die Eier waren heil geblieben. Ich hörte nachher, daß sie in der Tüte sanft aneinanderschlugen wie Tischtennisbälle.

So ist das gewesen, Conrad. Du kamst an diesem Abend zum Haus meines Vaters, um zu sehen, wie es ist, wenn man zu einer Familie gehört, wo der Vater das Risiko auf sich nehmen konnte, lebenslänglich ins Gefängnis zu kommen, und der Fall dann wirklich eintrat. Ich mache dir deine Neugier, die Faszination, die das auf dich ausübte, nicht zum Vorwurf. Ich war nicht da; ich war mit den Santorinis und anderen zusammen, die zu meines Vaters Leben gehört hatten. Lily war dazu aufgelegt, eine Totenwache zu halten – sie brauchte eine Art Zeremonie, um den Übergang zu normalen Tagen zu bewerkstelligen, an denen mein Vater lebenslänglich im Gefängnis war – und du warst beeindruckt, weil sie dich nicht gehen lassen wollte, ehe sie dir ein Glas frischen Orangensaftes gegeben hatte. Du hast später eine Bemerkung darüber gemacht. Du fandest es ein weiteres interessantes Beispiel für den kultivierten und luxuriösen Lebensstandard im Haus meines Vaters, Krüge mit frisch gepreßtem Orangensaft immer sofort zur Hand. Du wußtest nicht, daß es das Glas war, das ich nicht getrunken hatte.

Bei Theo gab es Dão, Lionels Leib- und Magenwein. Die Flaschen waren die letzten aus einer Kiste, die Lionel Theo zum Geburtstag geschenkt hatte (Lionel war damals schon in Untersuchungshaft; er bat mich, sie zu bestellen). Alle dort waren mächtig stolz auf Lionel. Ja, das war die Stimmung. Marisa Kgosana, deren Mann seit zwei Jahren auf Robben Island war, kam gegen zehn Uhr mit ihrer üblichen Leibwache von riesigen, schweigenden Verehrern, schüttelte ihre schönen Brüste und rief herausfordernd mit einer wegwerfenden Bewegung von Händen, die nicht nur mit ihrer eigenen Schwärze, sondern auch mit Ringen und rot lackierten Nägeln bedeckt waren: »Rosa, wessen Leben überhaupt? Ihres oder seins?« Mein Vater ist jetzt tot, und ihr Mann immer noch auf Robben Island. Sie ist seit Jahren gebannt. Sie hat viele Geliebte und ihn als Ehemann wahrscheinlich vergessen, sie ist nicht die Penelope, über die die Getreuen schreiben, wenn sie eine gleichgesinnte Presse finden. Er würde es auch nicht von ihr erwarten, denn nach seiner Auffassung, die auch die meines Vaters war, soll man weiterleben, wie immer man muß. Und wenn er seine Kerkermeister nicht überlebt, dann werden seine und Marisas Kinder sie überleben.

Theo drängte mir Anmeldeformulare für ein Fernstudium an der Universität auf. »Du solltest dich da schleunigst drum kümmern. Lionel sagt, die Anmeldefrist für Häftlinge läuft nächste Woche ab.« Und zu den anderen ringsum in dem Ton leicht hochnäsiger, lässiger Arroganz, mit dem er zum Ausdruck brachte, wie ihn der Umgang mit meinem Vater während des Prozesses begeistert hatte: »Gott weiß, wo er das herausgefunden hat. Aber er hat's geschafft, in dieser letzten Woche. Und dabei stand das Urteil bevor. Es war das erste, was er sagte, als wir ihn heute nachmittag nach der Urteilsverkündung sahen. Stimmt's, Rosa? *Vergeßt meinen Kursus nicht.* Anthropologie, und wenn sich das nicht machen läßt, das Diplom in Industriepsychologie.«

»Wird denn so etwas angeboten?«

»Wenn Lionel es sagt. Rosa wird diese Papiere sofort einreichen – morgen früh, Mädchen . . .«

Lionel verbrachte seine erste Nacht ohne die Privilegien eines Untersuchungshäftlings. Das war es doch wohl, woran ich dachte? Sie hatten ihm die eigene Kleidung weggenommen. Er hatte eine Haft begonnen, die nur mit dem Ende seines Lebens oder dem Ende des Regimes enden konnte; nicht nur der jetzigen Regierung, sondern auch jeder anderen weißen Regierung, die ihr folgen könnte. Gespielte Tapferkeit und Sensibilität trugen dazu bei, daß in dem Zimmer voller Menschen bei Theo die Überzeugung herrschte, sie verhielten sich so, wie Lionel Burger es von ihnen erwarten und wie er selbst sich verhalten würde, wenn er in ihrer Lage wäre. So sahen sie sich. Starke Gefühle – Gläubigkeit? – offenbaren sich auf unterschiedliche Weise in den verschiedenen Formen von Disziplin, in die die Menschen ihr Verhalten einordnen. Das war es, was deine Neugier erregte, was dir verwunderlich erschien. Das veranlaßte dich, zu Lionel Burgers leerem Haus zu gehen. Mehr kann ich dir nicht sagen, denn ich begreife jetzt, daß ich selbst auch nicht mehr weiß.

Das Messingschild am Gartentor mit Lionel Burgers Namen und Doktortitel wurde in all den Monaten seines Prozesses von Lily Letsile, dem Mädchen der Burgers, blankgeputzt. Seine Tochter Rosa wohnte zu Hause und arbeitete als Heilgymnastin in einem Krankenhaus. Sie war das letzte Familienmitglied von fünfen (Baasie mitgerechnet), das dort wohnte, aber der Haushalt hatte nie ihrer Puppenhausfamilie von Vater und Mutter, Junge und Mädchen, Hund und Katze entsprochen, und selbst in dieser Zeit wohnte gewöhnlich noch jemand anderes da. Bridget Sulzers Sohn aus der Brodkin-Ehe kam und bezog das *rondawel* im Garten, während er sich auf seine Prüfung vorbereitete. Eine Politologin, die aus einem benachbarten schwarzen Staat ausgewiesen worden war, verbrachte hier sechs Wochen auf eigene Gefahr (sie war eine alte Freundin von Rosas Mutter), denn wenn die Politische Polizei gekommen wäre, um mal wieder gründlich aufzuräumen, hätte sie sehr wahrscheinlich ihre Forschungsunterlagen eingebüßt, die sie mitgebracht hatte. Der alte Kowalski, dessen konfuses osteuropäisches Vorleben noch zusätzlich verwirrt worden war durch die Redeweise und das Verhalten, die er in den auf einer Werft in Sophiatown verbrachten Jahren angenommen hatte, so daß nicht einmal die Polizei sich darüber schlüssig werden konnte, ob er die falsche Hautfarbe in der falschen Gegend hatte, wohnte lange in einem Zimmer, das kurzfristig viele Gäste beherbergt hatte. Einen Tag bevor Lionel Burger zum letztenmal verhaftet wurde, war er völlig mittellos im Sprechzimmer erschienen und wurde erkannt als der beste Straßenverkäufer der Parteizeitung in der Zeit ihrer letzten Inkarnation, ehe sie gebannt wurde.

Aber als ihr Vater dann verurteilt wurde, war der letzte der zahlreichen Gäste, die seit ihrer Geburt im Haus gewohnt hatten, schon weg. Ihr Vater, der sich mit seinem Anwalt über Familien- und geschäftliche Angelegenheiten beraten durfte, beschloß mit Theo, daß das Haus verkauft werden sollte. Für Eilefas Bengu, den Gärtner, wurde eine gute Stellung gefunden; Lily Letsile wurde pensioniert und ging nach Hause ins nördliche Transvaal, um darüber nachzudenken, ob sie wieder arbeiten wollte oder nicht; die Labrador-Hündin übernahm Ivy Terblanche, und Rosa konnte sie dort besuchen; die schwarze Katze und die beiden getigerten kamen zu der früheren Sprechstundenhilfe; die Kaninchen, die Meerschweinchen, die Schildkröte und die Papageien, für die Rosa und ihr Bruder als Kinder Häuser gebaut, mit denen sie geschlafen und sich unterhalten hatten, waren schon lange gestorben oder verschwunden. Die Möbel wurden auf einer Auktion im Haus verkauft, bei der sie nicht anwesend war. Dreihundert Interessenten kamen (wie die Presse berichtete), und nicht alle, um zu kaufen; sie waren auch neugierig. Als Rosa kam, um einige persönliche Dinge abzuholen, waren die neuen Eigentümer da, gingen um den Swimming-pool herum, in dem ihr Bruder ertrunken war, und machten mit in die Luft gezeichneten Arabesken und abmessenden Schritten neue Pläne für den Patio, wo ihr Vater sein *braaivleis* aufgestellt hatte und die Baumfarne ihrer Mutter aus Tzaneen so groß geworden waren, daß sie die Bodenplatten anhoben. Als sie zu ihrem Wagen ging, gab es eine verlegene, halblaute Unterhaltung, und die neue Dame des Hauses rannte hinter ihr her. »Ich frage mich ... was ist mit dem Schild? Das Arztschild.« Das Mädchen entschuldigte sich; sie werde es abnehmen lassen.

Ehe es dunkel wurde, kam sie zurück mit einem ungesund aussehenden blonden Mann mit langen Haaren, wucherndem Schnurrbart und in der zeitgemäßen Aufmachung: Hemd mit Balkanstickerei, Jeans und *veldskoen*. Er hatte einen Schraubenzieher, aber es fiel ihm schwer, ihn in den Kerben zu drehen, die mit in Grünspan verwandelten, steinharten Schichten von Putzmitteln verklebt waren. Sie stieg nicht aus dem Wagen aus. Das Rechteck, wo das Schild gewesen war, schimmerte weißlich in der Dämmerung. Er legte das Schild in den Kofferraum ihres Wagens, und sie fuhren davon.

Im ersten Jahr, als ihr Vater ein Häftling »vierten Grades« war, durfte Rosa ihn alle zwei Monate im Gefängnis besuchen. Sie erhielt von ihm einen Brief im Monat und antwortete ihm mit den erlaubten 500 Wörtern. Wenn sie diese Grenze um einen Satz überschritt, wurde die Seite vom Gefängnisaufseher, der die Post der Häftlinge zensierte, an dieser Stelle abgeschnitten. Ihr Vater erzählte ihr bei ihrem nächsten Besuch, daß er sich damit vergnügt habe, aus dem Zusammenhang des vorangegangenen Satzes zu rekonstruieren, was der fehlende Teil wohl hinzugefügt hätte. Im Juli und Oktober jenes Jahres schrieb sie nicht, damit ihr Stiefbruder aus ihres Vaters erster Ehe, ein in Tansania tätiger Arzt, dem die Einwanderung nach Südafrika verwehrt war, einen Brief schicken konnte. Im zweiten Jahr wurde ihr Vater Häftling »dritten Grades« und durfte mehrere Sonderbesuche erhalten. Flora Donaldson und Dick Terblanche (Ivy war im Gefängnis, aber der Bann ihres Mannes war ausgelaufen und noch nicht erneuert worden) stellten Besuchsanträge, die vom Gefängnisdirektor abgelehnt wurden, ebenso der eines alten Genossen, Professor Jan Hahnloser, der fand, Lionel Burger habe wegen politischer Überzeugungen, die dem Professor jetzt schon lange zuwider waren, auf törichte und tragische Weise sein Leben weggeworfen, aber meinte, die Tragödie erfordere es, die Bindungen einer Jugendfreundschaft geltend zu machen. Der Direktor erlaubte hingegen einen Weihnachtsbesuch von der Tante und dem Onkel – Schwester und Schwager ihres Vaters, ein Farmer und seine Frau, die bei der Urteilsverkündung im Gericht gewesen waren. Im Herbst des zweiten Jahres, als sie ihren Vater jede zweite Woche sehen durfte, mußte sie ihn einmal im Gefängnishospital aufsuchen, da er an der ersten der Virusinfektionen im Rachen litt, die immer wiederkehrten.

Eine Zeitlang wohnte sie mit Mark Liebowitz' Schwester Rhoda zusammen, die gerade geschieden worden war. Dann fing ihre Wohnungsgenossin, Organisationssekretärin einer gemischten Gewerkschaft für Farbige und Weiße, eine Liebesaffäre mit einem farbigen Gewerkschafter an und ging nach Kapstadt, um dort zu sein, wo der Mann lebte, obwohl sie nicht mit ihm zusammen wohnen konnte. Rosa mißfielen die Bratendüfte von anderen, die immer in den Korridoren hängenblieben, und der Lärm von den Radios anderer Leute, die unter der Wohnungstür hereinschnatterten; jetzt konnte sie ausziehen. Sie zog zu Flora Donaldson und ihrem Mann – er war das halbe Jahr über geschäftlich in Europa. Sie wohnten in einem Haus – ein gastfreies Haus, wie ihr eigenes, das ihres Vaters, gewesen war; große Räume mit Blumen aus dem Garten, freundliche, gesprächige Dienstboten, Bücher, Bilder, Gäste, ein Swimming-pool. Sie versuchte es wieder mit einer Wohnung; einer kleinen Wohnung, für sie allein. Was sie eigentlich wollte, war ein Garten-Cottage. Einmal glaubte sie, genau das zu bekommen, was sie im Sinn hatte, und dann merkten die Besitzer, wer sie war, und schlängelten sich aus der Abmachung. Da sie ihre Gründe nicht offen darlegten, konnte sie ihnen nicht sagen, daß die Polizei sie anscheinend in Frieden ließ, seit ihr Vater seine Strafe verbüßte. Kein einziges Mal war an den verschiedenen Orten, wo sie gewohnt hatte, eine Haussuchung vorgenommen worden.

Sie hatte immer noch ihren Job im Krankenhaus; meistens arbeitete sie auf der geriatrischen Abteilung und mit Kindern.

Ihr Stiefbruder schrieb aus dem nördlichen Tansania, wenn er sie bloß in seinem Krankenhaus haben könnte . . . dort gebe es kein Geld, keine Zeit, kein Personal, um irgend jemanden heilgymnastisch zu behandeln. Sie hätte auch bei einem befreundeten Arzt unter ländlichen Afrikanern in der Transkei arbeiten können, der sie mit ihrer Fachkenntnis ebenso dringend gebraucht hätte – es wäre möglich gewesen, zweimal im Monat zu den Gefängnisbesuchen herzufliegen –, aber der Administrator des Gebiets wußte, wer sie war, und erteilte ihr nicht die Genehmigung, in einem schwarzen »Heimatland« zu leben. Außerdem schien die Anfälligkeit ihres Vaters für Racheninfektionen chronisch zu werden, und sie mußte dasein – um im Gefängnis vom Kommandanten ärztliche Untersuchungsergebnisse zu verlangen; durch Theo darüber zu verhandeln, daß ein privater Facharzt ihren Vater untersuchen konnte; verschiedene Beamte zu behelligen und für ihren Vater erreichbar zu sein, selbst wenn sie ihn nicht sehen konnte. Zweimal in der Woche spielte sie Squash, um sich Bewegung zu verschaffen. Sie ging ins Theater, wenn es etwas Lohnendes gab. Auf Parties war ihr nacktes Fleisch ebenso sonnengebräunt wie das von irgend jemandem, der lange Sommerferien am Meer verbracht hatte; ein- oder zweimal in der Woche verließ sie die Stadt, offenbar mit einem schwedischen Journalisten, mit dem sie (es verstand sich von selbst, daß nicht einmal ihre besten Freunde Auskünfte von Rosa darüber erwarteten) eine Liebesaffäre hatte. Sie holte sich bei der ehemaligen Sprechstundenhilfe ihres Vaters eines der Jungen von der alten schwarzen Katze und brachte es mit einem Sandkasten im Badezimmer ihrer Wohnung unter. Es wurde vermerkt, daß der Schwede einen goldenen Ring trug, wie es bei verheirateten Männern in Europa Sitte ist. Freunde der Familie und Bekannte aus der Generation ihres Vaters wünschten, sie würde einen ortsansässigen Südafrikaner heiraten; aber niemand hätte sich erlaubt, ihr gegenüber diese freundliche Anteilnahme zu äußern – natürlich war es selbstverständlich, daß sie jetzt niemals weggehen und das Land verlassen konnte, wie es so viele taten, da ihr Vater im Gefängnis und sie die einzige war, die er noch hatte.

Im November, dem zweiten Monat des dritten Jahres seiner lebenslänglichen Haft, zog sich Lionel Burger als Folge einer weiteren Racheninfektion eine Nierenentzündung zu und starb im Gefängnis.

Die Gefängnisbehörden genehmigten eine von Verwandten geplante private Beerdigung nicht. Seine lebenslängliche Freiheitsstrafe war verbüßt, aber der Staat erhob Anspruch auf seine Leiche. Tausend schwarze und weiße Menschen waren vor einigen Jahren zur Beerdigung von Cathy Burger, seiner Frau und Rosas Mutter, gekommen. Bei einer Gedenkfeier zu Ehren von Lionel Burger, die in der Mittagspause in einer Kleinmarkthalle abgehalten wurde, waren wenige der Gesichter von damals wiederzusehen – die schwarzen und indischen und farbigen und weißen Führer waren im Gefängnis oder ins Exil gegangen, oder sie waren gebannt und durften an keinerlei Versammlungen teilnehmen. Zwei oder drei Männer und Frauen, die seit vielen Jahren wegen Hausarrest versteckt gewesen waren, erschienen auf dem Podium wie Schauspieler, die mit dem Stil und der Rhetorik ihrer Zeit ein Comeback versuchen. Einige junge Leute fragten, wer sie seien. Da waren Babies auf Armen und unruhige Kinder. Ein kleiner indischer Junge bekam einen Apfel, damit er ruhig sei. Wenn Beamte der Politischen Polizei anwesend waren, dann fielen sie nicht auf trotz der geringen Zahl von Leuten, und sie wären schwer auszumachen gewesen, falls sie sich mit der gewollten Schäbigkeit junger weißer Intellektueller und der gleichmütig distanzierten Miene schwarzer Angestellter oder Geschäftsboten getarnt hatten. Als die Abschiedsreden gehalten waren und die Leute von ihren kaputten Holzstühlen aufstanden, hob derselbe kleine Junge, den seine Mutter, wie beobachtet worden war, auf seinen Stuhl gestellt hatte, eine geballte Miniaturfaust und schrie mit der Begeisterung, mit der ein Kind in genau der Betonung, die ihm eingeübt wurde, einen Vers aufsagt: *»Amandhla! Amandhla! Amandhla!«* Zögernd kam die Antwort von der spärlichen Menge, die schon hinausströmte: *»Awethu!«* Als der Junge sah, daß er es gut gemacht hatte, kletterte er hinunter und suchte zwischen den Füßen der Leute nach seinem halbgegessenen Apfel. Ein Mann, der sich immer bei den Standesämtern herumtrieb, um Hochzeitsbilder zu ermäßigtem Preis zu machen, und halbtags für die Politische Polizei arbeitete, wartete draußen auf der Straße, um jeden aufzunehmen, der das Gebäude verließ.

Aber die Leute scharten sich am Ausgang um Rosa Burger; einige drückten ihr die Hand, zartfühlend oder verlegen, und sagten, sie würden sie besuchen – fast drei Jahre ist eine lange Zeit, und viele hatten den Kontakt verloren. Sie sah anders aus, nicht nur in der Weise, die es einem erschwert, die Gesichter von Menschen, die Schlimmes durchmachen, anzusehen. Ihr Haar war sehr kurz geschnitten, lockig wie der Kopf eines Gassenjungen vom Mittelmeer oder aus Kapstadt, und dadurch wirkten die Sehnen an ihrem Hals länger und angespannter, als es bei einer jungen Frau der Fall sein sollte. Sie hatte das Lächeln ihres Vaters für jeden. Aber eine Reihe von Leuten stellte fest, daß sie nicht wußten, wie sie sie jetzt erreichen konnten; sie war nicht mehr in ihrer Wohnung. Ein anderer Name stand an der Tür. Andere erklärten es – ja, sie hätten gehört, daß Rosa ein Cottage in irgendeinem Garten gefunden habe, sie sei ausgezogen und habe noch kein Telefon. Es braucht etwas Zeit, in einem Kreis von Freunden einen neuen Bezugspunkt einzuführen, selbst kartographisch. Man konnte immer versuchen, sie im Krankenhaus zu erreichen. Einige taten es, und dann kam sie am Sonntag zum Mittagessen. Sie sagte, das Cottage sei irgendwo im alten Teil der Stadt, in der Nähe des Zoos – eine sehr provisorische Lösung; sie habe noch keinen Entschluß gefaßt, was sie jetzt tun wolle. Die Terblanches fragten, ob sie nicht wieder die Genehmigung beantragen wolle, in die Transkei zu gehen. »Warum nicht nach Tansania – zum Bruder David? *Warum nicht?* Vielleicht sind sie jetzt nachsichtig gestimmt und geben dir einen Paß.« Flora Donaldsons Mann, der in Gesellschaft ihrer Freunde gewöhnlich schwieg, weil er kein politischer Verbündeter war, wandte sich plötzlich an seine Frau und drehte den Spieß um, denn von ihm erwartete man, daß er die Schnitzer mache. »Sei doch nicht albern, Flora.« Sein ganzer Körper und sein Gesicht schienen durch die Beleidigung für Rosa Burger durcheinandergeraten zu sein, als er da ganz unnötig im Zimmer herumging. »Ach William, was weißt du schon von den Problemen, um die es sich dreht.« – »In meiner Unwissenheit offenbar erheblich mehr als du.«

Das Mädchen sagte nichts, nachsichtig uninteressiert an dem Ehestreit bei Tisch. Aber am Nachmittag fragte sie William Donaldson, ob er ihr Gelegenheit geben wolle, ihn im

Tennis zu schlagen – sie hatten oft darüber gelacht, als sie bei den Donaldsons wohnte, daß er zwar im Sportklub von irgendwelchen Kaufleuten eifrig Tennis spielte, um fit zu bleiben, aber nie gewann außer gegen sie.

Sofern der alte Kreis sich nicht mit Rosa in Verbindung setzte, sahen die Freunde sie nach ihres Vaters Tod noch seltener. Der Schwede war verschwunden; entweder hatte sie die Beziehung abgebrochen, oder er war nach Schweden zurückgegangen. Wenn jemand sie traf, hatte sie oft einen jungen Mann im Schlepptau, der wie ein angehender Radikaler aussah oder sich wie ein Maler oder Schriftsteller vorkam – die Generation ihres Vaters sah in ihm einen Bohemien, ihren Altersgenossen schien er nicht mehr zu sein als ein vergrätzter Aussteiger und jünger als sie. Vielleicht war er ein Verwandter, die Familie ihres Vaters in Transvaal war groß. Vielleicht hatte sie ein Auge auf ihn in der Stadt und bot ihm für eine Weile eine Unterkunft. Wenn sie zusammen Freunde der Burgers trafen, schien Rosa sich zu freuen, plauderte angeregt und vergaß ihn in seinem Beisein; sein Name war Conrad Soundso.

Jetzt bist du frei.

Ich weiß nicht, ob du das zu mir sagtest oder ob ich es in deiner Gegenwart dachte. Der Gedanke kam mir, als ich bei dir war; er kam mir, weil ich bei dir war.

Ich zog ins Cottage, weil es die Wohnung eines Fremden war, der gesagt hatte: jederzeit . . . Die anderen, meines Vaters gute Freunde und Genossen, wären zu bedrückend verständnisvoll und fordernd herzlich gewesen. Sie wollten nicht, daß ich mich einsam fühle, ich wollte nicht allein in der Wohnung sein, aber das war nicht dasselbe. Du hattest schon vor langer Zeit gesagt, wenn ich je eine Unterkunft brauchte, könnte ich ins Cottage kommen. Der Vorschlag hatte nichts mit Lionels Tod zu tun. Du hast ihn nicht wiederholt, nachdem er gestorben war. Du selbst nahmst dir, was du brauchtest. Du fuhrst meinen Wagen. Du batest mich um Geld, und ich fragte nicht, wofür du es brauchtest. Du schliefst, während ich meiner Arbeit nachging, und wenn du abends weg warst, kochte ich und aß allein; der Bauhinia-Baum blühte, und Bienen, die er anlockte, summten im Dach wie ein Geräusch im Kopf.

Jetzt bist du frei.

An manchen Abenden ging Conrad zu seinen Spanischstunden und kam manchmal mit dem Mädchen zurück, das ihn unterrichtete. Diese Nächte verbrachte er im Wohnzimmer; Rosa, die morgens zur Arbeit fuhr, ging um die beiden herum, die zwischen alten Kissen und *kaross* auf dem Fußboden lagen wie Kinder, die mitten im Spiel vom Schlaf überwältigt worden sind.

Sonntags waren Conrad und Rosa oft in ebendiesem Wohnzimmer zusammen. Der Joghurt mit Früchten eines späten Frühstücks wurde von Zeit zu Zeit ergänzt, wenn sie kalte Reste aus dem Kühlschrank auf einen Teller legte, und er holte sich dann eine Büchse Bier und mit Erdnußbutter bestrichenes Brot. Ab und zu war es Brot, das er selbst gebacken hatte.

Die Katze, die sie mitgebracht hatte, tummelte sich zwischen den losen Blättern seiner Dissertation, die unter Sonntagszeitungen vergraben waren. »Soll ich die irgendwo in Sicherheit bringen oder die Katze rausschmeißen?«

Sie lachten beide über die Frage, die darin steckte. Das Zimmer füllte sich mit seinen Büchern und Papieren, spanischen Grammatiken, seiner Geige, Noten und Schallplatten, aber inmitten dieser Zeichen von Aktivität lag er rauchend herum, oft schlafend. Sie las, besserte ihre Kleider aus und wanderte draußen durch die Wildnis, wo sie Zweige, Pampagraswedel, Tannenzapfen sammelte und einmal Gardenien fand, die heftiger Regen aus der Dürre der Vernachlässigung befreit und wieder zum Blühen gebracht hatte.

Manchmal schlief er nicht, obwohl er so aussah. »Was für ein Lied war das?«

»Lied?« Sie hockte auf dem Boden und räumte Reste von Rinde und welken Blättern weg.

»Du hast gesungen.«

»Was? Ich?« Sie hatte einen zerbeulten indischen Messingkübel mit Mispelzweigen gefüllt.

»Vor Lebensfreude.«

Sie sah ihn an, um festzustellen, ob er sich über sie lustig machte. »Ich wußte es gar nicht.«

»Aber du hast keinen Augenblick daran gezweifelt. Deine Familie.«

Sie wandte ihm nicht jenes verschlossene Profil zu, auf das er gewöhnlich stieß. »Vermutlich nicht.«

»Krankheit, Ertrinken, Verhaftungen, immer wieder Gefängnis.« Er machte die Augen auf, mandelförmig und verschleiert vor ostentativer, lethargischer Verletzlichkeit. »Es spielte keine Rolle.«

»Darüber habe ich nie nachgedacht. Nein. Letztlich keine Rolle.« Ein verlegenes, fast gekünsteltes Lachen. »Wir waren nicht die einzigen Menschen auf der Welt.« Sie saß auf dem Boden, hatte die Füße unter sich gezogen, ihre Schenkel fielen schräg zu den Knien ab, die Hände hielt sie zwischen ihnen.

»Ich bin der einzige Mensch auf der Welt.«

Sie hätte ihn abwimmeln, dem Bereich entschlüpfen können mit einer dieser Bemerkungen, die einem leicht von den Lippen gehen: Wie bescheiden du über uns andere verfügst.

Aber er hatte einen Kurs haltenden Instinkt, der sich nicht ablenken ließ. »Eine glückliche Familie. Euer Haus war ein glückliches Haus. Da gab es die Moskauer Prozesse, und da war Stalin – als du und ich noch nicht einmal geboren waren –, da gab es den Aufstand in Ostberlin, und da gab es die Tschechoslowakei, da gibt es die Gefängnisse und Irrenanstalten, und dort werden Menschen gefangengehalten wie dein Vater hier. Kommunisten sind die letzten Optimisten.«

»Mein Bruder, meine Mutter: was hatte das mit Politik zu tun? Solche Dinge können jedem passieren.«

Rastlos bewegte er verschränkte Arme, seine Hände tasteten klinisch die Brustmuskeln ab. »Das ist es ja. Jedem. Sie verschlagen jedem den Atem. Sie bedeuten alles ... Schließlich kümmern sich die Leute nicht die Bohne darum, wer im Knast ist oder welcher Krieg geführt wird, sofern es weit weg ist. Aber für die Lionel Burgers dieser Welt – für euch sind persönliche und politische Greuel ein und dasselbe. Ihr erlebt und überlebt das alles. Auf derselben Ebene. Und was immer geschieht ... ganz gleich, was geschieht ...«

Sie wartete, von ihm abgewandt, den Unterkiefer an die gekrümmte Schulter gelegt, hartnäckig aufmerksam.

Er setzte an, um etwas zu sagen, und hielt verdrossen inne. Schließlich überwand er seine Unzufriedenheit mit einem seltsam angestrengten Ausdruck seines von Haar umstandenen Mundes; als ob er etwas von den Greueln und seiner eigenen Verwunderung verdaute. »Himmel. Du. Singst ganz leise. Pflückst Blumen.«

Sie zog ihre Hände zwischen den Schenkeln hervor und betrachtete die Handflächen, ein so eigenständiger und unvertrauter Teil von ihr, als ob die Hände ohne ihr Zutun gehandelt hätten. Die Worte kamen auf dieselbe Weise von ihr. »Vielleicht nicht mehr als animalisches Überleben.«

Von Zeit zu Zeit verschwand er; einmal brachte er aus Swaziland eine Holzschale und eine primitive Holzschnitzerei mit. Die Schale bot Platz für die schlafende Katze oder seinen Brotteig, wenn er gehen sollte, und der rot-schwarze Vogel wurde dort aufgestellt, wo er ihn sehen konnte, wenn er morgens aufwachte. Als Lionel Burgers großer Wagen verkauft wurde, war nur noch ihr Volkswagen da, er gewöhnte sich an, ihn zu fahren und wartete vor dem Krankenhaus, um sie abzuholen, ohne sie mit einem Wort zu begrüßen. Manchmal verbrachten sie die Abende im Kino, hatten aber gar nicht über die Absicht gesprochen, oder sie schlenderten hinaus in die Wildnis rings um das Blech-Cottage und wanderten dann meilenweit durch die Vororte.

Auf einem solchen Spaziergang kamen sie an ihres Vaters Haus vorbei. Als sie, eine Passantin, sich ihm näherte, verlangsamte sich ihr Schritt. Ihr Gefährte paßte sich ihr an. Daß die Lampen in den oberen Räumen brannten, konnte er sehen, aber nur sie wußte, daß die Wasserzeichen von Licht hinter den dunklen Wohnzimmerfenstern von einem Fenster im Flur stammten, denn die Tür zwischen Wohnzimmer und Flur mußte halb offenstehen. Nur sie, deren Ohr gewohnt war, den Ton von allen anderen Geräuschen zu unterscheiden, konnte über den Garten und die Mauern hinweg hören, daß das Telefon oben im ehemaligen Zimmer ihrer Mutter läutete.

Er war auf den Straßen so ungezwungen wie Kinder oder Schwarze. Eine Faust schlug auf den Stamm des Baums auf dem Bürgersteig, unter dem sie standen, eine liebevolle Anerkennung seiner Festigkeit. »Wie alt waren wir, du und ich, als Sharpeville passierte?«

Niemand nahm das Telefon ab, das immer noch läutete, weder ihre Mutter noch Lily, die die Treppe hinauftrampelte in Schuhen, die hinten heruntergetreten waren von ihren ausladenden Fersen, noch der gefällige alte Kowalski, weder Lionel noch sie selbst. »Zwölf, ungefähr.«

»Erst zwölf. Erinnerst du dich daran?«

»Natürlich erinnere ich mich daran.«

»Ich weiß nur, was ich darüber gelesen habe.«

Flecken von Blattschatten, die über ihre Körper und Gesichter wanderten, machten die Luftbewegung zu etwas, das zu sehen, nicht zu fühlen war, so daß sie, statt ihre alte Heimat zu empfinden, ihre eigene Hülle sah.

»Ich nehme an, in diesem Haus herrschte *Empörung*.« Im Dunkeln und Halbdunkel war jeder von ihnen ein durch Vortvegetation getarntes Geschöpf. »Dein Lieblingsausdruck.«

»Lionel fand heraus, daß sie in den Rücken geschossen worden waren. Ich fragte meine Mutter danach, und sie erklärte es mir ... aber ich verstand nicht, was das bedeutete, welchen Unterschied es machte, ob man im Rücken oder in der Brust getroffen wird. Jemand, den wir gut kannten, Sipho Mokoena, war da, als es geschah, und er kam gleich zu uns, mein Vater wurde aus dem Sprechzimmer herausgerufen – Sipho war nicht verletzt, sein Hosenbein war nur von einer Kugel aufgerissen worden. Ich hatte mir vorgestellt (nach Cowboy-Filmen?), daß eine Kugel durch einen hindurchgeht und es zwei Löcher gibt ... beide gleich ... aber als ich hörte, wie mein Vater ihm so viele Fragen stellte, da begriff ich, worauf es ankam, daß man nämlich sehen konnte, von welcher Seite und aus welcher Höhe eine Kugel kam. Lionel hatte Möglichkeiten, mit Leuten Verbindung aufzunehmen, die in dem Krankenhaus arbeiteten, wohin die Verletzten gebracht worden waren – die Presse wurde nicht reingelassen. Ich wachte sehr spät in der Nacht auf, es muß drei Uhr morgens gewesen sein, als er zurückkam und alle mit meiner Mutter in unserem Eßzimmer waren, ich erinnere mich, daß die Teller noch auf dem Tisch standen, sie hatte den Leuten etwas zu essen gemacht. Sie gingen überhaupt nicht ins Bett. Die ANC-Führer waren da und die Rechtsanwälte, Gifford Williams und noch jemand – jemand mußte schleunigst losgehen und eidesstattliche Erklärungen von Zeugen besorgen, damit, wenn eine Untersuchung über die wirklichen Vorgänge angestellt würde, der Staat sie nicht vertuschen konnte ... In Wirklichkeit waren es PAC-Leute, Tsolo und seine Männer, die diesen Protest gegen die Pässe bei der Polizeistation von Sharpeville organisiert hatten, aber das spielte keine Rolle, was geschehen war, ging weit über politische Rivalität hinaus. Als ich wieder aufstand, um in die Schule zu gehen, hatte sich Lionel schon mit anderen Leuten eingeschlossen, er hatte überhaupt nicht geschlafen. Lily gab mir ein Kaffeetablett, das ich ihnen bringen sollte, und sie hatten vergessen, das Licht auszuknipsen, als es hell geworden war. So etwas bleibt einem im Gedächtnis, wenn man ein Kind ist. Tony und ich baten Sipho immer wieder, er solle uns zeigen, wo seine Hosen zerrissen waren. Sipho erzählte, als die Polizisten die Toten auf Lastwagen verluden, da hat er sie aufgefordert, auch das Gehirn mitzunehmen – das Gehirn eines Mannes mit zerschmettertem Schädel, das sie auf der Straße liegen ließen. Meine Mutter regte sich auf und wollte Tony hinausbringen. Er schrie und strampelte, er wollte das Zimmer nicht verlassen. Aber ich hörte, daß Sipho sagte, sie haben einen schwarzen Polizisten geschickt, der das Gehirn auf eine Schaufel kehrte.«

»Einige Schwarze in den Rücken geschossen. Das hat für euch da drinnen (er deutete auf das Haus) das Aussehen von allem verändert, so wie ein Feuerschein, der im Dunkeln durch ein Zimmer zieht. Soll ich das glauben?«

»Aber mit zwölf Jahren mußt du dir doch bewußt gewesen sein ...«

»Politische Ereignisse existierten für mich in dem Alter gar nicht. Was ist eine Schießerei im Vergleich zu der Entdekkung, daß meine Mutter einen anderen Mann hatte? Wäre es deinem Vater mit einer Verschwörung gelungen, die ganze schwarze Bevölkerung zur Revolution aufzurütteln, ich hätte nicht gewußt, was mich das angeht.«

»Was hast du gemacht?«

»Was macht Ödipus mit zwei Rivalen? In Tagträumen in der Schule lag ich auf ihr, und wenn sie das Abendessen auftrug, starrte ich auf ihr Kleid, wo sich die Beine teilten – *wie grauenhaft!*« (Sie konnte an seiner Stimme hören, daß er sich ihrem entsetzten Gesicht anpaßte, das im Dunkeln zu sehen er sich einbildete.) »Ich war verrückt nach ihr; jetzt konnte ich es sein, da schon jemand anderes als mein Vater da war. Ich war verliebt; da denkt man an nichts anderes.«

Zwei schwarze Männer und zwischen ihnen eine Frau, die Arme in die Seiten gestemmt, gingen laut plaudernd vorbei, Dienstboten, die in der nachbarlich-familiären Einflußsphäre ihrer weißen Herrschaft zu Hause waren. Sie bemerkten Rosa nicht oder erkannten sie nicht. »Deine Mutter – wer wohnt in Knysna?«

»Meine Mutter. Immer noch dieselbe. Sie ist jetzt nicht alt, sondern vielmehr, du weißt schon, mittendrin. Alt an den Wurzeln; wenn ihr Haar einen halben Zoll weiß nachwächst, färbt sie es wieder. Ist nie mehr als einen halben Zoll alt. Sie hat eine bessere Figur als du, in Hosen. Lebt mit meiner Schwester zusammen, dieser durch und durch domestizierten Person, die fünf Kinder zur Welt gebracht hat. Keine Männer dabei, abgesehen von dem kleinen, fetten Deckhengst meiner Schwester. Sie geben Unterricht im Töpfern, die beiden Frauen. Meine Mutter beugt sich dauernd über den Brennofen oder etwas im Ofen oder Enkelkinder, deren Nasen geputzt werden müssen. Immer noch dieselbe, nehme ich an.«

Das Telefon im Haus hatte aufgehört zu läuten. Rosa wußte es, weil die unmerkliche Ablenkung in ihren Ohren weggefallen war. Jemand, der dort wohnte, mußte den Hörer abgenommen haben.

»Hast du ein Streichholz?« Sie rauchte nicht.

Er zögerte eine Sekunde, dann holte er sein Feuerzeug mit Daumenrädchen zum Anzünden heraus. Als ob es ihm gesagt worden wäre, fuhr er mit der kleinen Leuchte über die Schmuckplatte, deren Abmessungen das weißliche Quadrat auf dem gemauerten Torpfosten nicht genau deckte: das gebrannte Emailprofil eines wütenden Hundes, ein Warnzeichen, daß eine Alarmanlage eingebaut war.

»Was geschah dann?«

»Nichts geschah – nichts von dem, was hier in diesem Haus ständig geschah.« Unter den Straßenbäumen wandten sie sich von ihm ab. »Einige von uns wußten es, und einige nicht, nehme ich an. Ich glaube, unser Mädchen wußte es, und damit hatte sie meine Mutter in der Hand, die weiße *missus* hatte Angst vor jemandem ... Ich erkannte das wohl an der Art und Weise, wie meine Mutter sie behandelte, sie immer ein bißchen umschmeichelte. So lernt man, was Macht ist, an derlei Dingen. Arme Mama. Ich dachte nicht mehr an ihren Körper, weil mich jetzt die Steckkontakte im Haus faszinierten.«

Die Straßenlaternen verloren sie in regelmäßigen Abständen und fanden sie wieder, die Straße machte einer anderen Platz. »Ich wußte durch die Elektrisiermaschine für Kinder, die ich mal zu Weihnachten oder zum Geburtstag bekommen hatte – nein, ich hatte damals wohl schon Physik in der Schule –, wie schnell einem zweihundertzwanzig Volt durch den Körper gehen. Bloß eine Sekunde Kontakt. Man braucht sich nicht festzuhalten oder Druck auszuüben. Es ist nicht wie das Zustoßen mit einem Messer oder so definitiv wie einen Abzug betätigen. Bloß eine Berührung. Ich stand manchmal minutenlang da und betrachtete dieses braune Bakelitding: man braucht nichts zu tun, als es einzuschalten und die Finger in die Löcher zu stecken. Eine entsetzliche Angst und Versuchung.«

Ihre Stimmen hoben und senkten sich allein im Cottage. Nur ein paar Schritte hinaus in die Wildnis, und das Gezirp der Zikaden überwältigte und löschte sie aus wie die Dunkelheit ihre Körper zwischen Straßenlaternen; das Anschwellen des Verkehrs auf den Autobahnen, von denen sie fast ganz umgeben waren, schwirrte zu manchen Tageszeiten und isolierte Wörter wie die Rufe von Vögeln, wenn die Flut ein Vorgebirge verschlingt.

»Hast du dir niemals vorgestellt, etwas zu töten, weil es klein und schwach war? Du weißt, wie man als Jugendlicher besessen ist von der Möglichkeit des Todes. Ein Kaninchen, das Angst vor dir hatte? Das Baby von irgend jemandem, das du in einem Kinderwagen bewundert hast? Wie wäre es – so einfach –, wenn man ihm was zuleide tut zur Strafe für seine Hilflosigkeit? Rosa? Hast du nicht manchmal den Ausdruck eines Kindes bemerkt, wenn es den Säugling anstarrt, der da liegt? Ein kleiner Kopf, den zu zerquetschen du dir vorstellen könntest, obwohl du es nie fertigbringst, jemandem etwas zuleide zu tun? Als du ein Kind warst? Was hast du mit diesen Gefühlen gemacht?«

Einmal legte sie Einspruch ein, halb ärgerlich. »Conrad, du wirst es nicht glauben. Es ist, wie wenn man zu jemandem sagt, man hat nie onaniert. Meines Wissens habe ich diese Gefühle nie gehabt.«

»An dem Tag, als jemand sagte, sieh mal, das ist Rosa Burger ... schon von Anfang an hatte ich den Eindruck, daß du völlig durch andere Leute herangewachsen bist. Sie sagten dir, was zu fühlen und zu tun richtig ist. Wie hast du begonnen, dich selbst zu kennen? Du tust ganz mechanisch, was von dir erwartet wird. Worauf du dich mittlerweile verläßt.«

Sie hatte sich angewöhnt, sehr aufrecht zu sitzen, zugleich Widerstand leistend und doch geradezu angestrengt aufmerksam. Sie brauchte ihn nicht anzusehen.

»Ich weiß nicht, wie ich es anders ausdrücken soll. Vernunft, Extraversion ... aber ich will Begriffe vermeiden, denn das ist es ja, worauf ich hinauswill: bloß Wörter; da ist das Leben nicht. Die Spannung, die es möglich macht zu leben, wird woanders erzeugt, auf andere Weise.«

Manchmal fuhr sie ihm in die Parade, beleidigend, wenn sie wieder das Verhalten von jemandem annahm, der für einen wie ihn unerreichbar ist.

»Im *I Ging.*«

»Dieser Quatsch.« Das Mädchen, mit dem er schlief, trug das Buch wie ein Brevier immer bei sich.

»Dann nach Jung.« Ein Buch auf dem Nachttisch.

»Aber da ist was für dich drin, laß gut sein. Eines Tages, als er ein Kind war, stellte sich Jung vor, Gott sitze oben in den Wolken und scheiße auf die Welt unten. Sein Vater war Pfarrer ... Man begeht die große Blasphemie gegen alle Doktrin, und man beginnt zu leben ...«

»Von *welcher* Spannung redest du? Warum Spannung?«

»Von der Spannung zwischen Schöpfung und Vernichtung in einem selbst.«

Mit zusammengepreßten Lippen und schnell atmend, sah Rosa aus wie jemand, der mit Ärger, Entsetzen oder Verachtung kämpft. »Du wanderst zwischen deinen Phantasien und Obsessionen herum.«

»Ja, Phantasien, Obsessionen. Die gehören zu mir. Sie sind die Form, in der mir die Frage meines eigenen Daseins gestellt wird. Von ihnen kommen die Wunder (mit einer Geste, die er von einem zur Bekräftigung auf die Bar oder die Bibel schlagenden Vorfahren hatte, legte er die flache Hand hart auf die

Gedichte von Borges, die sie gelesen hatte), die wahren Gründe, warum man nicht tötet, und vielleicht, warum man weiterleben kann. Saint-Simon und Fourier und Marx und Lenin und Luxemburg, deren Namensschwester du bist – von ihnen kannst du das lernen.«

Wenn er zu reden begann (er, der sich mit anderen Leuten nicht unterhalten konnte), verlor sie immer den inneren Zugang zu dem, womit sie sich beschäftigt hatte, war still und ruhig, als wolle sie etwas anlocken, das auf sie zukommen könnte. Ihre Hände beteten den Rosenkranz monotoner Gesten herunter. Ihre Füße und Unterschenkel wurden gefühllos unter ihrem Gewicht, aber sie stand nicht vom Fußboden auf, die Kontinuität einer Empfindung, um einen Zustand von Klarsichtigkeit fortwähren zu lassen.

»Natürlich wollte ich mich umbringen. Ich glaubte, ich müßte mich umbringen, weil ich meine Mutter vögeln wollte. Das ist klar und einfach für dich und mich. Kein Unterschied, wenn es sich um Schuldgefühle handelt, zwischen dem, was man getan hat, und dem, was man sich ausgemalt hat. Aber ich hatte keine Ahnung ... ich wußte nicht, daß es den Zusammenhang gibt.«

»Du armer Teufel.«

»Nein, nein, nein. Rosa, *ich sage die Wahrheit, wenn es wichtig ist.* Das war nur einer der Wege, auf dem ich zufällig zu den Realitäten gelangte: Sex und Tod. Alles andere verdrückt sich.«

Sie fuhr mit den vier Fingern ihrer linken Hand immer von neuem durch den harten, schmutzigen Flor des alten Teppichs. »Hast du einen Toten gesehen, als du klein warst?«

»Nein. Na ja, einen Hund oder eine Katze. In der Schule schossen wir mit der Schleuder auf Vögel. Oder zumindest taten sie es – die anderen. Ich gab's auf.«

Sie lachte. »Warum?«

»Sie sangen dann nicht mehr.«

»Du hast dich also für die ›Lebensfreude‹ entschieden.«

»Aus eigenem Antrieb. Wäre mir gesagt worden, es sei grausam, dann hätte ich bestimmt nicht damit aufgehört.«

Irgendwo in der Wildnis um das Cottage unterhielten die Straßenbauer ein Materiallager mit Hügeln von Pflastersteinen, umgestülpten Schubkarren, klebrig von Teer, Stangen und Böcken und Laternen für Absperrungen. Da war eine Hütte, zusammengefügt aus den bleiernen Dachplatten und lose aufgeschichteten Backsteinen des abgerissenen Landhauses. Die Kohlenpfanne des Wächters, nachts von dreieckigen roten Augen durchbohrt, rauchte tagsüber durch halbkahle Pfefferbäume und samtblättrige Mispeln; streunende Katzen warteten darauf, sich auf die Krusten von verbranntem *mealie-meal* aus dem großen schwarzen Kessel ohne Henkel zu stürzen, der auf den Kohlen blubberte. Die Lagergeräusche wiesen in die Richtung des Platzes; es fanden sich immer Schmarotzer bei dem Wächter ein. Rosa stieß auf den seltsam aufrechten Rücken eines betrunkenen Mannes, der an einen Baum pinkelte; oder die Katze spürte die irgendwie bedrohliche Anwesenheit von Artgenossen und vollführte urplötzlich einen unvollendeten Luftsprung.

Der Wächter gab Conrad Geld, damit er für ihn auf der Rennbahn wettete. Er kam regelmäßig an den späten Nachmittagen ins Cottage, nahm seinen gelben Öltuch-Hut ab und fragte nach dem Herrn. Wenn Conrad nicht da war, aber bald zurück sein würde, forderte Rosa den Mann auf, hereinzukommen, doch ein solcher Vorschlag war ihm unbegreiflich, er verstand darunter nur das übliche Verfahren, sich dem Haus eines Weißen zu nähern; er setzte sich auf die kaputte Stufe, die als einzige von den fünfen übriggeblieben war, die einst zur Veranda geführt hatten, und wartete, bis der weiße Mann kam.

Conrad hockte sich zu ihm. Er las ihm die Namen der Pferde und den notierten Wettkurs vor, und der Wächter unterbrach ihn mit kehligen Lauten der Zustimmung oder schwieg eine Weile unentschlossen, nachdem Conrad innegehalten hatte, Zustimmung erwartend. Conrad stopfte das Papiergeld des Mannes in die Tasche seiner Jeans und holte es heraus, wenn er Geld brauchte; den Gegenwert zweigte er offenbar von seinem Verdienst auf der Rennbahn ab, wenn er die Wetten am Totalisator tatsächlich abschloß. Der Wächter kicherte vor Freude gicksend, wenn er einen Gewinn ausbezahlt bekam. Dann nahm er den jungen weißen Mann am Handgelenk, an der Schulter, Glück ward Fleisch. Er verlangte, als ob er Anspruch darauf habe, ein Bier. Conrad lachte. »Er sollte mich freihalten.«

Sie brachte die Bierdosen. »Du bist der Quell, aus dem aller Segen fließt.«

Einmal machte das Glück den schwarzen Mann so mutig, daß er mit ihr sprach. »Ihr Bruder ist sehr schlau. Ich mag so Schlaue wie ihn.«

»Was geschieht, wenn der Wächter sein Geld verliert?«

»Dann ist es weg. Weiter nichts.«

»Er kann sich das Risiko nicht leisten.«

»Er kann sich auch den Spaß nicht leisten, den ihm das Gewinnen macht.«

Wenn sie mit Conrads Freunden zusammen waren, unterhielt sie sich ungezwungen, und er war fast so in sich gekehrt, wie wenn sie den Burger-Klüngel trafen. Einer seiner Freunde baute sich in einem Hinterhof ein Segelboot. Sie lachte herzlich über den unwahrscheinlichen Anblick, den es da zwischen einem Hundezwinger, einer Garage und dem Dienstbotenzimmer bot, in dem das auf Backsteinen stehende Bett durch die offene Tür zu sehen war. Conrad studierte Zeichnungen, die sich auf die Schiffskonstruktion bezogen, und Karten von den Meeren, die befahren werden sollten. Offenbar hatte der Freund vor, von einer Insel zur anderen über den Indischen Ozean nach Australien zu segeln. Er sah zu ihr auf, gleichmütig, großzügig. »Komm doch mit.«

»Oh, schrecklich gern. Du könntest mich in Daressalam absetzen, da kann ich meinen Bruder besuchen.«

Es war ein Spiel, bei dem sie so tat, als hätte sie einen Paß und als wäre der Sohn aus der ersten Ehe ihres Vaters, den sie nie gesehen hatte, ihr Zwilling; eine höfliche Phantasie, um sich bei diesen Leuten beliebt zu machen, die mit Feuereifer wunderbar duftendes Holz hobelten und Kojendecken nähten. Als ob es sie verlockte, nahm sie dieses Verhalten wieder auf, als sie und Conrad sich im Badezimmer des Cottage gegenseitig die Haare schnitten. Er hatte ihr laut ein Gedicht von Baudelaire über Mauritius vorgelesen und es für sie übersetzt.

»André und sein Mädchen haben das alles aus einem Handbuch. Ich hätte, glaube ich, Angst auf einer so weiten Seereise, wenn nur einer an Bord ist, der etwas vom Segeln versteht.«

»Na und? Du hast keine Angst, zu Hause zu bleiben und ins Gefängnis zu kommen.«

Sie hielt seinen Kopf gerade, um zu überprüfen, ob die Haare über den Ohren gleich lang waren. Er ließ sie um die Ohrläppchen herum schnippeln.

Sie nahm seinen Platz auf dem Klosettdeckel ein. Er legte ihr das Handtuch über die Schultern, das mit seinen Haaren bepelzt war, sandfarben und rauh wie Sackleinwand. »Mach die Augen zu.«

Sie spürte die kleine, kalte Metallspitze auf ihrer Stirn. »Nicht zuviel. Skalpiere mich nicht.«

»Keine Sorge. Du siehst tadellos aus. Du wirst es überleben.«

Sie sprach in einem anderen Tonfall. »Warum sollte ich ins Gefängnis kommen?«

»Na, du wirst es, früher oder später.«

Sie hielt die Augen geschlossen wegen des fallenden Haars. »Wenn Lionel und meine Mutter ... wenn die Vorstellungen von unserem Leben, unseren Beziehungen, die wir Kinder von ihnen annahmen, diejenigen von Marx und Lenin waren, dann waren sie zu der Zeit, als sie mich erreichten, schon selbstverständlich und persönlich geworden. Verstehst du das? Es war alles auf derselben Ebene, auf der man, ich – Kinder lernen mit Messer und Gabel essen und in die Kirche gehen, wenn ihre Eltern es tun, sie übernehmen das Verhalten, mit dem die Eltern ihre Einstellung – Respekt, Mißbilligung, Neid, was auch immer – Menschen gegenüber zum Ausdruck bringen. Ich war wie jedes andere Kind.«

»Das warst du nicht. Das bist du nicht. Nicht die Art Kind wie ich.«

»*Du* warst eine Ausnahme. Nach dem, was du mir erzählt hast.«

»Nein. In die Kirche gehen, wenn die Eltern es tun. Genau. Ihr seid alle Atheisten, stimmt's? Aber in einem Haus wie dem deines Vaters aufwachsen bedeutet, in einem frommen Haus aufwachsen. Vielleicht hat niemand Marx oder Lenin gepredigt ... Sie lagen bloß, in Leder gebunden und mit Goldprägung, im Haus herum, allen waren sie gegenwärtig, die Familienbibel. Zusammen mit den Cornflakes beim Frühstück nahm man sie zu sich. Aber die Leute, die in euer Haus kamen, waren da nicht zu Teegesellschaften mit deiner Mutter oder zu Bridge-Abenden mit Zigarren. Es waren nicht die Golf spielenden Kollegen deines Vaters oder Damen, mit denen deine Mutter sich zu einem Einkaufsbummel traf, oder? Sie kamen zusammen, um eine Revolution zu machen. Das war für dich ganz normal. Dieses – *Vorhaben.* Es war normal. Es war in jenem Haus die herrschende Atmosphäre.«

»Du hast die verrücktesten Vorstellungen von jenem Haus.« Sie hielt plötzlich inne, weil sie selbst von »jenem Haus« gesprochen und sich damit von dem umhegten Raum ihres Seins distanziert hatte.

»Halt still. Sonst schneide ich dir lauter Zacken.«

»Du scheinst zu glauben, die Menschen reden ununterbrochen von der Revolution, als wäre es etwas wie die Entscheidung, wo sie ihre Sommerferien verbringen. Oder welchen neuen Wagen sie sich kaufen wollen. Du hast romantische Ideen.« Die Knorpel ihrer Nasenflügel versteiften sich. Das geduldige Gehabe wirkte herablassend, es war das täuschend nichtssagende Verhalten, dessen sich Menschen, die gewöhnt sind, von der Polizei belästigt zu werden, Uneingeweihten gegenüber befleißigen.

»Ich meine das nicht so wörtlich – ihr Anliegen war, die Revolution zustande zu bringen, der Maßstab für das, was wichtig und was nicht wichtig war, was euch in eurem täglichen Leben antrieb oder nicht antrieb, setzte das voraus. War es nicht so?«

Sie hatte den Angriff der Schere abgewehrt, indem sie fast aggressiv eine Spiegelscherbe hochgehalten hatte, um zu sehen, was er von ihrem Nackenhaar abschnitt. Sie murmelte und beklagte sich über ihn, ohne auf den Zusammenhang zu achten. »Ich ging in die Schule, ich hatte Freundinnen, unser Haus wimmelte von Leuten, die alle möglichen Berufe hatten und über Gott und die Welt redeten ... du warst ja einmal da, hast es erlebt ...«

»Was habt ihr in eurem Haus gefeiert? Wenn jemand in einem politischen Prozeß freigesprochen wurde. Wenn führende Leute aus dem Gefängnis entlassen wurden. Eine Gruppe von Schwarzen erfolgreich einen Boykott durchführte oder ein Gesetz mißachtete. Wenn es einen Massenprotest, eine Demonstration, einen Streik gab, das waren dann eure

Hochzeits- und Feiertage. Wurden Schwarze von der Polizei erschossen, Führer ins Gefängnis geworfen, Volksgruppen, die ihr nie gesehen hattet, durch neue Gesetze umgesiedelt, Menschen gebannt und geächtet, dann waren das eure Trauertage und Totenwachen. Das waren die Gelegenheiten, die, wie dir beigebracht wurde (Gebot und Beispiel, oh, ich weiß, daß dein Vater nichts Autoritäres an sich hatte), die wirklich wichtigen waren, nicht deine eigenen Mißlichkeiten, die armseligen, inneren kleinen Kümmernisse. Aber wo sind sie, diese Kümmernisse und deine großartigen, tollen Zeiten? Ich sehe dich an . . .«

»Oh, natürlich gab es Parties . . . Weihnachtsfeste, Hochzeiten. Manche hatten Affären mit den Ehefrauen anderer Männer . . . Du hast darauf kein Monopol. Ich weiß nichts in bezug auf meine Mutter und meinen Vater . . . ich bezweifle es. Obwohl Lionel für Frauen sehr attraktiv war. Du hast das sicher beim Prozeß gemerkt – ich glaube, das ist bei den meisten guten Ärzten so . . . Es gab entsetzliche Kräche und Feindschaften zwischen den Leuten . . .«

»Aber zwischen den Getreuen; ja, politische.«

Sie fuhr mit ihrer Liste fort. »Und es gab Todesfälle.«

Mitten in der Nacht begann er zu reden.

»Aber stimmt es nicht, daß du auch dein Rezept hattest, um damit fertig zu werden?«

Sie lag da und lauschte dem Sausen und Brausen in der Bauhinia, die dauernd gegen das Blechdach schlug.

»Stimmt es nicht? Eine vorgeschriebene Methode, wie mit dem schwachen und widerspenstigen Fleisch zu verfahren ist, das krank wird und vergeht und ertrinkt. Manche Leute schreien und schlagen sich an die Brust, andere versuchen, ihm bis ins Jenseits zu folgen, Tischrücken und dergleichen. Bei euch ist es die gute Sache, die nicht sterben kann. Deine Mutter lebte nicht lange genug, um sie fortzuführen. Der kleine Junge, dein Bruder, wurde nicht erwachsen, um sie fortzuführen, andere werden es tun. Das ist Unsterblichkeit. Wenn du sie akzeptieren kannst. Christliche Resignation ist nur ein Beispiel. Eine gute Sache, die wichtiger ist als ein Individuum, ist ein weiteres. Derselbe Schwindel, die Zukunft statt der Gegenwart. Leben, die du nicht leben kannst, anstelle eines eigenen Lebens. Du hast nicht geweint, als dein Vater verurteilt wurde. Ich hab's gesehen. Wie tapfer, sagten die Leute. Kalt wie eine Hundeschnauze, sagen andere. Aber es ist Konditionierung, Gehirnwäsche: vielleicht eher wie ein dressierter Seehund.«

»Was tust du, wenn etwas Schreckliches passiert?« Ehe er antwortete, sprach sie weiter, und ihr Profil sah aus wie die Täler und Gipfel eines nächtlichen Horizonts neben ihm. »Was würdest du tun – nichts dergleichen ist dir je widerfahren.«

»Ich würde Augen und Ohren vor der Welt verschließen, das würde ich tun.«

»Ziemlich nutzlos.«

»Ist mir scheißegal, was ›nützlich‹ ist. Ich tue, was ich will. Ich fühle, was ich will. Es ist mein Recht, untröstlich zu sein. Wenn ich fühle, daß es kein ›wir‹ gibt, nur ein ›ich‹.«

Sie flüsterten im Dunkeln, Kinder, die Geheimnisse austauschten. Er stand auf und schloß das Fenster, um die schwankende, schlagende, windige Dunkelheit auszusperren. Er hatte einen Kassettenrecorder auf dem Fußboden neben dem Bett stehen; er tastete nach den Knöpfen und drückte einen mit der Überraschung von Scott Joplins silberheller Stakkato-Musik. Die fröhlichen, einfachen Sequenzen erhoben sich und stolzierten durch das Zimmer. Rosas Füße zappelten unter der Bettdecke, nahmen langsam Rhythmus an wie die Pfoten einer Katze beim Katzentritt. Er warf die Dekken weg, und sie beobachteten die Silhouetten ihrer wedelnden Füße, die wie Zungen zuckten, wie Hände redeten. Bald standen sie auf und begannen im Dunkeln zu tanzen, ihre Gestalten flogen dahin und verstrickten sich, ein Hüpfen und Stampfen und Wirbeln, ein Kichern und Keuchen, so geheimnisvoll wie das Laufen von Ratten auf den Dachsparren oder das Schwärmen von Bienen, die unter dem Blechdach Zuflucht suchen.

Die Frau mit dem Kirchgangshut, die gekommen war, um die Verkündung des Urteils über Lionel Burger anzuhören, war die Verwandte, zu der die Kinder bei dem einzigen Mal, als die Eltern beide gleichzeitig verhaftet waren, geschickt wurden. Sie war eine Schwester von Burger, und sie und ihr Mann hatten eine Farm und führten das Hotel in dem *dorp* desselben Distrikts.

Rosa war schon sehr früh von ihren Eltern gegen den Schock solcher Eventualitäten gewappnet worden, weil es als selbstverständlich vorausgesetzt wurde, daß Inhaftierung zu den Verpflichtungen eines Erwachsenen gehört wie Patientenbesuche (ihres Vaters) oder täglich zur Arbeit in die Stadt zu fahren (einmal, als ihrer Mutter die Arbeit in der Gewerkschaft verboten wurde, leitete sie die Einkaufsabteilung eines Konsumvereins für Schwarze und Farbige). Mit acht Jahren konnte Rosa den Namen angeben, unter dem der Prozeß, bei dem ihr Vater und ihre Mutter zwei der Angeklagten waren, bekannt war, der *Hochverratsprozeß*, und berichten, daß ihnen die Haftentlassung gegen Kaution verweigert worden war, so daß sie nicht nach Hause kommen konnten. Tony war sich vielleicht nicht darüber klar, wo sie waren; Tante Velma befürwortete die Version, er mache »Ferien« auf der Farm – eine Einstellung, die die Eltern nicht »korrekt« gefunden hätten und der ihre Tochter, die jede Abweichung vom Vertrauen ihrer Eltern als Kritik und Verrat an ihnen verübelte, entgegenzuwirken versuchte. Aber der fünfjährige Junge durfte beim Brennen von Ziegeln helfen: wäre er am Leben geblieben, hätte er diese Abschirmung von dem, was er selbst sah, berührte und fühlte, von allem äußeren, vielleicht niemals abgelegt oder aufgegeben.

Baasie wurde nicht mitgenommen. Rosa war deswegen in Wut geraten – den Tränen nahe, so hatte es sie geärgert –, aber Lily Letsile sagte ihr, Baasie würde nicht gern draußen im *veld* sein.

»Doch.«

»Nein, er hat Angst, hat Angst vor den Kühen, den Schafen, den Schlangen.«

Ein Lügen-Singsang. Lily und Tante Velma wandten ihn beide an; ihre Eltern, glaubte Rosa, logen dagegen nie. Baasie, der Negerjunge, fast gleichaltrig mit Rosa, der in der Familie Burger lebte, ging in die von einem Freund der Burgers illegal geleitete Privatschule, die auch Rosa besucht hatte, bis sie zu alt war und auf die Schule für weiße Mädchen gehen mußte.

Er hatte vor nichts Angst außer vor Schäferhunden, allein zu schlafen und schwimmen zu lernen. Er und Rosa hatten oft in einem Bett geschlafen, als sie so klein waren wie Tony, beide zusammen ergriffen sie eiligst die Flucht vor dieser Hunderasse und kämpften um den Ankerplatz aus nassem Haar auf Lionel Burgers warmer Brust im kalten Swimming-pool. Baasie wurde zu einer Großmutter geschickt; er schien keine andere Mutter zu haben (Rosas Mutter hatte er sowieso), und sein Vater, ein Organisator des Afrikanischen Nationalkongresses aus der Transkei, war zuviel unterwegs, um sich um ihn zu kümmern.

Die Verwandten Nel lebten teils auf ihrer Farm und teils in ihrem Hotel. Drei Initialen und ein Name über der Tür zur Bar und dem Haupteingang von der Hotel-*stoep* bedeuteten Onkel Coen. Zwischen seinen Tabakschuppen und seinem Vieh und der Stadt fuhr er mit einem großen gelben amerikanischen Wagen hin und her, der schleifende Gummi-Schmutzfänger hatte, um das Chassis zu schützen. Tante Velma führte das Hotel, fuhr – sehr schnell – auf einem Motorrad mit Beiwagen vom Hotel zur Farm, zum Bahnhof, um tiefgefrorenen Fisch für den zweiten Gang des Menüs zu holen, jeden Freitag in verstreut liegende Schulen, um Kinder abzuholen, und an den Sonntagen in die Kirche. Tony hatte seine Ziegel und einen noch nicht schulpflichtigen Vetter; Rosa gewöhnte sich allmählich an, wenn Wagen oder Motorrad zur Farm zurückfuhren, sich für den Verbleib im Hotel zu entscheiden.

Mehr und mehr wurden die zwei Zimmer am Ende der Hotel-*stoep*, die als STRENG PRIVAAT bezeichnet waren, ihr Stützpunkt. Diese Zimmer hatten keine Nummern. Statt dessen hing vor dem einen ein hölzernes Zifferblatt mit großen Zeigern, einem Kuckuck mit Gestänge und Gefieder und einem Spruch in Brandmalerei: Lieber Freund, wenn wir, als Du kamst / Nicht zu Hause waren / Sollst Du nicht gleich von dannen fahren / Schreib auf Deinen Namen und wann Du kamst / Und hoffentlich kommst du bald wieder! COEN UND VELMA NEL. Ein Notizblock hing an einer Schnur, aber der Bleistift fehlte. Diese Vorrichtung war für jedes Kind sofort als etwas aus dem der Kindheit eigenen Bedeutungssystem erkennbar. Bei Geschehnissen, denen das Kind ausgeliefert ist, besteht über jeden Talisman hinaus eine persönliche Welt ohne Beziehung zu dem, was verloren oder gewonnen wird, was verschwindet oder ersetzt wird, und sie bleibt daher davon unberührt. Rosa verstand ein Kennzeichen, ein Kennwort, wenn sie darauf stieß. Sie verließ niemals die Unterkunft der Nels, ohne hinaufzulangen und die hölzernen Zeiger auf die Zeit zu stellen, zu der sie zur Tür hinausging. (Sie und Baasie hatten zu Weihnachten Armbanduhren geschenkt bekommen. Sie hatte daran gedacht, ihre abzunehmen, ehe sie ins Bad ging; er nicht.)

Mitten in einem Spiel mit den Kindern von Hotelgästen pflegte sie den Korridor entlangzulaufen und unter der Kukkucksuhr-Attrappe zu verschwinden. Diese Kinder würden am nächsten Morgen sowieso weg sein. Aber in diesen beiden Zimmern STRENG PRIVAAT durften keine Gäste eine Nacht schlafen, sondern nur in den anderen Hotelzimmern, ehe sie zum Kruger Park aufbrachen oder ein Handlungsreisender zu seiner nächsten Station auf der Tour durch das *lowveld;* die Betten wurden dann rasch von den beiden Mädchen Selena und Elsie abgezogen, meist hatten die Abreisenden das Licht brennen lassen, die Kaffeetabletts und die leeren Bierflaschen vom Abend standen auf dem Korridor. Die numerierten Zimmer waren alle gleich. Das Toilettenpapier war überall rosa; jeder schmale Bettvorleger war senfbraun gesprenkelt; zwischen den Betten war ein Radio an der Wand befestigt, und über jedem Kopfende hing ein Farbdruck, eine Straßenszene mit genau gleichen Bäumen, Taxis, Leuten, die an kleinen Tischen saßen und tranken, Mädchen mit hohen Hacken und Pudeln. Rosa konnte gut lesen, aber die Ladenbeschriftungen waren in einer fremden Sprache; das Wort, das sie erkannte, war »Paris« – eine Stadt weit weg in England, wie sie Selena und Elsie zu sagen vermochte, als sie ihnen von Zimmer zu Zimmer folgte und so laut sprach, daß sie den Staubsauger übertönte und das Radio, das sie beim Arbeiten anstellten.

Die beiden Zimmer, die nicht von Gästen bezogen werden durften, waren genauso, wie ein Kind es erwartete und sie selbst eingerichtet hätte: vollgestopft, überwuchert von Besitztümern, deren Ursprung ebenso individuell war wie die Standardisierung der Hotelzimmer anonym, ein Reliquienschrein mit Farbfotos von Hochzeiten und Babies, Souvenirs und Wundern der Natur. Es gab keine Bücher, keine Blumen: es war ganz und gar nicht wie zu Hause – im Haus ihres Vaters –, verhielt sich aber zu dem Hotel wie der Schrank des Kindes voller Schätze zum Bereich seiner Eltern. Das Licht kam durch Fenster, die zum Schutz gegen Einbrecher vergittert, aber anheimelnd waren durch die häuslichen Lianen von Filetgardinen und rankendem Philodendron. Sie lag auf dem dicken Teppich, dessen rote Farbe man sah, wenn man die Augen vor der Sonne verschloß und Frauenzeitschriften und *Farmer's Weekly* betrachtete. Ein Sittich, dem an einer Klaue eine Zehe fehlte, hob erst das eine Lid, dann das andere. Ein *perlemoen*-Aschenbecher, ein Limoges-Teeservice en miniature, ein Schildkröten-Rückenschild, Federn des Heiligen Ibis mit schwarzen Spitzen, die jemand in ein in der Bar stibitztes Vat-69-Glas gesteckt hatte – all das war mit Assoziationen angefüllt, die sie fühlen konnte, ohne daß sie die Vorgeschichte kennen mußte; die reichhaltige Anhäufung von verfolgten persönlichen Zielen war da, wie es sich gehörte.

Obwohl niemand diese Räume betreten durfte, konnte Rosa kommen und gehen, wie sie wollte. Während der Hotelhund auf drei Beinen vor ihr herhüpfte, wanderte sie des Morgens auf den breiten, unbefestigten Wegen hinter der Hauptstraße. Selten überholte sie jemand; eine weiße Frau, die zu Fuß einkaufen ging, ein im Zickzack fahrendes Rad. Die Häuser, klein und krumm und schief mit Blechdächern, dunklen *stoeps* und Fenstern, die niemals offen waren, oder ziemlich planlos mit plumpen Giebeln wie Teighauben, gaben kein Zeichen von Leben außer dem Glucken von Hennen und den einander folgenden Wutanfällen von Hunden, die, wie derjenige, der sie begleitete, alle verwandt waren durch den gemeinsamen Vorfahren, eine kläffende Kreuzung von Spitz und Foxterrier. Eine entsprechende Inzucht in den benachbarten Gärten hatte an allen Straßen dieselbe blendende Pracht von kirschroter Bougainvillea, gelber Klettertrompete, rotem Hibiskus hervorgebracht, dieselben rosa und cremefarbenen Jasminbäume, umgeben von einem duftenden Konfetti ihrer abgefallenen Blüten, dieselben fiedrigen Baumfarne und grün-eutrigen Pawpawpalmen: die künstlichen »tropischen« Gärten eleganter Tourismushotels anderswo in der Welt. Sie verloren sich allmählich in *mealie-* und Kürbisbeeten, wo das *dorp* mit Ackerunkraut und rostigem Schrott endete und das *veld* mit ihm verschmolz. Wenn Rosa diese ruhigen, wilden, schlafenden Grenzen erreichte, ließ ein plötzliches Rascheln – Ratten oder Schlangen, die sie bemerkt hatten, einmal ein Nest junger Kätzchen, die zischten und vor ihr flohen – sie umkehren.

Aber es gab Wendepunkte. Sie ging bis zu einem Platz mit geborstenen Pflastersteinen, eingefriedet mit einer rostigen Kette, wo sie sich den Kopf über die Buchstaben zerbrach, die in einen steineren Obelisken eingemeißelt waren, obwohl sie doch, wie Onkel Coen sagte, *'n Boere meisie* war, die ihre Muttersprache, Afrikaans, verstand. Die Inschrift war auf Holländisch, stammte aus der Zeit der Burenrepublik Transvaal und erinnerte an den Standort der ersten *Gereformeerde Kerk* in dieser Gegend. Eine andere Straße endete an der Kirche, in die sie sonntags von der Familie Nel mit einem geborgten Hut mitgenommen wurde. Es war ein neues Gebäude von der Art, die das Vorhandensein eines *dorp* von überall in der Landschaft aus meilenweiter Entfernung anzeigt. Ihre kupfergedeckte Turmspitze ragte wie ein riesiger, schimmernder, dreiseitiger Zimmermannsnagel in den Himmel. Auf der Straße, deren Fortsetzung der direkteste Weg über das *veld* zur Schwarzensiedlung war, wurde sie von alten schwarzen Männern und Frauen gegrüßt, als ob sie erwachsen wäre, schwarze Kinder kicherten und redeten, wie sie merkte, über sie, wenn sie mit einem Laib Brot oder einem Päckchen auf dem Kopf vorübergingen. Einmal, als eine Gruppe eine Art Haschen spielte, während die Kinder da entlangschlenderten, und ein Päckchen aufplatzte, versuchte Rosa beim Aufsammeln des verstreuten *mealie-meal* zu helfen und stellte fest, daß die Kinder weder Afrikaans noch Englisch sprechen konnten.

Sie ruhte sich auf dem Stuhl aus, den sie selbst entdeckt hatte – die kräftigen oberirdischen Wurzeln eines Marula-Baums, eines weiteren Wahrzeichens –, als der alte *oom* vorbeikam, der oft auf der Hotel-*stoep* saß und mit jedem redete, der zuhören wollte. Er ging so langsam, wobei er seine steife Hüfte als einen Stock zu benutzen schien, an dem er sein anderes Bein vorbeizog, daß sie ihn schon von weitem erkannt hatte. Er blieb stehen und sprach Afrikaans. »Warum ist ein Kind jetzt nicht in der Schule?« Sie konnte nur kichern und nichts sagen wie die schwarzen Kinder, als sie mit ihnen gesprochen hatte. »Mein Kind! Geh jetzt weiter! Geh nach Hause! Deine Mutter wartet. Deine arme Mutter wartet, daß du aus der Schule kommst!«

Sie stand auf und klopfte sich das Kleid ab. Der Hund schnüffelte an den Hosen des alten Mannes und sprang bellend davon. Sie sagte nicht zu dem Mann: Meine Mutter ist im Gefängnis. Wie hätte er das verstehen können? Das Gefängnis war unten an der Straße, gleich hinter dem Polizeirevier, wo die Fahne aufgezogen war. Ein kleines Steingebäude, und auf dem hinteren Hof, wo der Polizeiwagen stand, Blechhütten mit vergitterten Fenstern. Die Häftlinge waren barfüßige schwarze Männer in weiten kurzen Hosen, denen jeder dabei zusehen konnte, wie sie vor der Gemeindeverwaltung das Gras mit einem Stück geschärften Eisens schnitten.

Daniel, der Barkellner, der auf der *stoep* servierte, saß auf einer hochkant gestellten Bierkiste auf dem Trottoir, wenn niemand trank. Er trug eine rote Munkijacke mit schwarzseidenen Revers, die stark nach Schweiß roch, wenn er die Arme bewegte, eine schwarz-rote Feldmütze und abblätternde schwarze Lackschuhe, deren Glanz über den seltsamen Auswüchsen an seinen Füßen nachließ – ebenso wie Selena und Elsie ging er jeden Tag von der Schwarzensiedlung über das staubige *veld* zur Arbeit. Rosa hüpfte auf dem Trottoir herum, ihm bald näher, bald ferner, während sie sich unterhielten. Sie beschrieb Johannesburg, das er nie gesehen hatte. »Wenn du zurückgehst, dann komme ich mit. Ich werde für euer Haus arbeiten. Deinen Pappi.« Nein, sagte sie, Lily Letsile arbeite für ihre Mutter und ihren Vater. Er sagte, er habe fünf Kinder und werde einen der Jungen hinschicken, um in ihrem Garten zu arbeiten. »Wie alt?«

»Oh, er ist groß. Ich glaube, er ist jetzt fast dreizehn.«

»Dann muß er zur Schule gehen, nicht im Garten arbeiten. Kinder arbeiten nicht. Aber er ist zu groß, um mit Baasie in die Schule zu gehen, und meine Schule ist nur für Mädchen.«

Daniel lachte und lachte, als sei sie sehr komisch.

Plötzlich sagte sie zu ihm: »Meine Mutter und mein Vater sind im Gefängnis.«

Daniel senkte und schüttelte den Kopf, stieß murrende Laute aus, blinzelte mit einem Auge und sah sie vorwurfsvoll an. »Sag so was nicht über deine Eltern. Immer kümmern sich deine Eltern gut um dich, schicken dich in gute Schule, machen alles für dich. Sag so was nicht.«

Der weiße Barkeeper hatte schwarze Koteletten, eine helle Haut und trug einen Gürtel mit einem Löwenkopf als Schnalle. Einmal nahm er ihn ab und jagte Tony und den Vetter aus der Bar, als sie sich unliebsam aufführten, aber es war nur im Scherz. Daniel erzählte Rosa, daß Baas Schutte seinen Gürtel gebrauche, wenn er einen der Kellner beim Stehlen von Getränken erwische; das waren die Gespräche, mit denen sie sich stundenlang auf dem Trottoir die Zeit vertrieben.

»Hast du es gesehen?« Sie konnte es nicht ganz glauben, daß jemand einen Erwachsenen schlägt, obwohl sie wußte, daß manche Leute ihren Kindern einen Klaps verpassen.

»Da im Hof! Er hielt ihn fest, und der Junge konnte nicht wegrennen! Er ist zu stark, Baas Schutte!« Daniel lachte wieder.

»Welcher Kellner?« Sie kannte sie alle; sie brachten ihr das Essen, stapften schwerfällig durch die Pendeltür zwischen dem Speisesaal und der Küche, aus der dann eine Druckwelle von Gerüchen und Geräuschen hervorbrach; sie spielten mit Flaschenverschlüssen anstelle von Geld oder warfen sich draußen vor der Küche in der Sonne auf den Boden, um zu rauchen.

»Jack? War es Jack?« Sie hatte gehört, daß Tante Velma mit Jack eine Auseinandersetzung gehabt hatte über eingetrockneten Senf in den kleinen Metalltöpfen, die auf den Tischen standen.

»Jack? Jack ist nicht Kellner für die Bar! Wie kann sich Baas Schutte über Jack ärgern? Derjenige ist weg. Er arbeitet nicht mehr hier in der Stadt. Er ist weggegangen, nach Hause. Er hat zuviel Angst vor Baas Schutte.« Daniel schlug mit beiden Händen auf sein Zinntablett.

Harry Schutte nahm sie oft mit, wenn er mit dem Lieferwagen wegfuhr, auf dem der Name des Hotels und »Flaschenverkauf« aufgemalt waren. Wenn er beim Spediteur, beim Eisenwarenladen und einem Versicherungsvertreter, wo seine Freundin arbeitete, ausstieg, schien er Rosa zu vergessen, brachte ihr aber immer ein Eis oder eine Lakritzstange mit. Die Freundin lehnte am Wagenfenster und flirtete über das

Kind mit ihm. »So ein Jammer, wann kommt denn deine Mammi aus Übersee zurück? Willst du nicht so lange bei mir wohnen? Ich habe ein hübsches Haus. Stimmt's nicht, Harry? Ich habe zwei junge Hunde ... du kannst Harry fragen.«

Fünf Wochen nachdem sie und ihr Bruder weggeschickt worden waren, saß Rosa auf Daniels Kiste, während er Gäste bediente, die schon den halben Samstagvormittag die Verandatische besetzt hatten. Eine Gruppe Mädchen, die sich in ihren Trainingsanzügen sichtlich wohl fühlten, kamen auf dem Rückweg von einer Sportveranstaltung die Hauptstraße herunter. Schwarze Frauen, die *mealies* verkauften, saßen am Straßenrand, und Babys krochen unter den bunten Handtüchern hervor, die sie als Schals trugen. Farmer, die Augen unter der Hutkrempe verborgen, warteten auf Frauen und Kinder, die bummelten und in Geschäfte rannten und wieder heraus, Bonbons lutschten und krampfhaft Pakete festhielten. Schwarze Kinder, die hinter demütigen Eltern hergingen, trugen Lumpen oder liefen barfuß, von den Knien aufwärts in Schulkleidung, die man sich in mehreren Jahren nur einmal leisten konnte, so daß kleine Jungen winzig wirkten in zu großen Kleidungsstücken und große Jungen aus den Nähten platzende und fast nicht mehr erkennbare Versionen derselben Kleidung anhatten. Weiße Jugendliche drehten ihre Motoren auf, daß der Staub nur so wirbelte, Autoradios verströmten Bruchstücke von Musik. Schwarze Jugendliche ahmten diesen Stil symbolisch nach – ein Fahrrad mit Rennlenker, ein Transistorgerät über die Schulter gehängt oder auch bloß eine gewisse Art, sich lässig an die Pfeiler der griechischen Fischbräterei dem Hotel gegenüber zu lehnen – und überquerten ab und zu die Straße, wobei die Autos ihnen ausweichen mußten, um Zigarettenstummel aufzusammeln, die die Hotelgäste auf der *stoep* weggeworfen hatten. Daniel flitzte und schwitzte; die Gäste gingen an Rosa vorbei die Stufen hinauf: gewaltige marmorierte Beine einer jungen Frau, die ihm zurief, sie wolle einen doppelten Rum mit Cola, zimperliche kleine Mädchen mit Miniaturhandtaschen, die Hand in Hand ins Hotel geschickt wurden – *Fragt den Kellner, wo die Toilette ist.* Die Eltern saßen bei ihrem Bier, als würden sie sich nicht kennen, die Großmütter breiteten sich auf ihren Stühlen aus wie gehender Brotteig; da waren gebrechliche Großväter, mit denen

Töchter mittleren Alters schreien mußten, verdrossene junge Mädchen, die ihren Familien die kalte Schulter zeigten, an Strohhalmen saugten und die Augen zusammenkniffen, wenn sie so taten, als bemerkten sie die vorbeigehenden Männer nicht. Frauen von Farmern mit Tortenschachteln tauschten über Rosas Kopf hinweg Begrüßungen aus. Der Hund des Barkeepers nahm keine Notiz von ihr, als er mit freudig gesträubtem Fell dem Spitz des Stadtsyndikus entgegenlief, aus dessen Rasse er einst hervorgegangen war. Dieses ganze geordnete Leben umgab Rosa, hüllte sie ein, wickelte sie ein; die Ordnung des Samstags, die Ordnung der Familienhierarchie, die Ordnung der schwarzen Menschen draußen auf der Straße und der weißen Menschen im Schatten der Hotel-*stoep*. Der Strom dieser Ordnung schloß sie, die mit ihren bloßen Hacken auf Daniels Kiste trommelte, ein, die Stimmen über ihrem Kopf beschützten sie. Ihre Tante mit dem vertraulichen Komödiantenlächeln einer Frau, deren Kiefer stark vorsprang, stand plötzlich über ihr. »Denk mal, Mammi kommt und holt euch ab.«

In Augenhöhe ging ein kleiner Junge vorbei und hielt in seiner Faust einen Finger der großen Hand seines Vaters.

»Und Pappi?«

»Noch nicht, Rosa.«

Die Anklage gegen ihre Mutter war zurückgenommen worden. Kurz nachdem sie und ihr Bruder heimkamen, wurde ihr Vater gegen Kaution freigelassen; sein Prozeß dauerte achtundzwanzig Monate, ehe das Gericht das Verfahren gegen ihn und sechzig andere der einundneunzig Angeklagten niederschlug. Im Haus Burger gab es dann eine Party, die fröhlicher war als jede Hochzeit, kathartischer als jede Leichenfeier, glorreicher als jeder *stryddag*, den die Farmer im Distrikt der Nels abhielten, um die Macht des weißen Mannes zu feiern, das Erbe seines Volkes, das Lionel Burger verriet.

Jetzt bist du frei. Das Wissen, daß mein Vater nicht mehr da war, niemals mehr, daß er nicht einfach hinter Mauern und Eisengittern verborgen war; dieser zerreißende, kindliche Schmerz, der mich zwischen ihnen allen stehen ließ mit dem Bedürfnis zu wimmern, zu heulen, während ich nichts sagen, es niemandem erklären konnte: plötzlich war es etwas anderes. Jetzt bist du frei.

Ich hatte Angst davor: eine Art von Entdeckung, die einen totenkalt und wachsam macht.

Was tut man mit solchem Wissen?

Flora Donaldson, die mit Freuden und diktatorisch Lebenspläne für andere aufstellte, sah mich schon in ein anderes Land gehen: natürlich in ein afrikanisches, denn hatte mein Vater nicht für uns das Recht der Zugehörigkeit erwirkt? Waren wir dazu nicht verpflichtet, was immer uns dort auch widerfahren würde? Du hast mich schon im Gefängnis gesehen. Sachlich, schließlich unvermeidlich. Für dich war es unvorstellbar, daß ich weggehen, ein anderes Leben führen könnte als das bisher notwendige – politisch notwendige? Du mit deiner Nabelbeschaujagd nach »individuellem Schicksal«: hast du nicht begriffen, daß alles, was dieses Kind, dieses Mädchen tat, seinen Grund in dem Verhältnis zwischen Tochter und Mutter, Tochter und Bruder, Tochter und Vater hatte? Wenn ich in diesem Cottage passiv war, hättest du es nur gewußt: ich kämpfte mit einer ungeheuren Verbitterung über den Anspruch – nicht der Kommunistischen Partei! – des Blutes, der gemeinsamen Gene, des Samens, aus dem ich hervorgegangen bin, und des Körpers, in dem ich herangewachsen war. Ich stand vor dem Gefängnis mit einer Daunendecke und einer versteckten Nachricht für meine Mutter. Tony ist tot, und sie hat kein anderes Kind als mich. Zweihundertsiebzehn Tage mit dem Kopftuch in der Tasche, während die Zeugen kamen und gingen und meinen Vater belasteten. Meine Mutter ist tot, und jetzt bin nur ich noch für ihn da. Nur ich. Mein Studium, meine Arbeit, meine Liebesaffären müssen sich nach den vierzehntägigen Besuchen im Gefängnis richten, lebenslang, solange er lebt – wenn er am Leben geblieben wäre. Meine Professoren, meine Arbeitgeber, meine Freunde müssen sich damit abfinden, daß das Vorrang hat. Ich habe keinen Paß, weil ich meines Vaters Tochter bin. Menschen, die mit mir Umgang haben, müssen damit rechnen, daß sie sich verdächtig machen, weil ich meines Vaters Tochter bin. Und da ist noch mehr dran, mehr, als du weißt – ich wollte nämlich Jura studieren, aber es hatte keinen Sinn; es war zu unwahrscheinlich, daß mir als meines Vaters Tochter die Genehmigung erteilt würde, als Anwältin zu praktizieren, deshalb mußte ich etwas anderes machen, irgend etwas, etwas, das als politisch harmlos angesehen würde, warum nicht auf medizinischem Gebiet als Tochter meines Vaters. Und jetzt ist er tot! Tot! Ich schlich durch diesen verlassenen Garten, der Abkömmling der alten Lolita fing Hottentottengötter im Gras, das den Tennisplatz überwuchert hatte, und ich wußte, ich mußte seinen Tod gewünscht haben; mich darüber zu freuen und zu trauern war für mich dasselbe.

Wir hatten beide in dem Blechhaus so entsetzlich kindische Geheimnisse: du kannst deine Mutter vögeln und wünschen, daß dein Vater sterbe.

Es ist noch mehr dran. Mehr, als du erraten und in deiner Neugier und deinem Neid bei den nächtlichen Gesprächen aus mir herausgeholt hast, mehr, als ich wußte oder wissen wollte, bis ich dir dann zuhörte und dir nicht Einhalt zu gebieten vermochte, obwohl die Form deiner Füße, die der Schweiß in deinen ausgezogenen Socken festhielt, der Zweifel, ob das Geld in der zwei Finger breiten Tasche am Bund deiner Jeans, an der der Knopf fehlte, immer für das verwendet wurde, wofür der Wächter es dir anvertraute – obwohl diese entschuldbare Nachlässigkeit, was die Absonderungen des Leibes und die Irrwege der Seele betrifft, meinen Widerwillen erregten, den ich aber aus Loyalität nicht zur Sprache brachte. So war es, als mein Bruder Tony vom Schreibtisch meines Vaters Briefmarken stibitzte und sie mit einem Aufschlag von ein oder zwei Cents auf den Nennwert an die Dienstboten in der Nachbarschaft verkaufte, die an ihre Familien in Malawi oder Moçambique schrieben, oder wenn er sich jedesmal, wenn er log, dadurch verriet, daß er vor Angst furzte, der arme kleine Junge. An dem Samstagmorgen, an dem Tony ertrank, sah ich, daß er seine Freunde zum Schwimmen mitgebracht hatte, und ich sagte zu ihm, er solle nicht mit seinen Kopfsprüngen angeben. Er versprach es, aber ich roch Lunte.

Noch mehr ist dran, als du wußtest. Mein Schwede, dieser Marcus, dessen Namen du nicht erwähntest, weil du glaubtest, es wäre schmerzlich für mich, war überhaupt nicht wichtig, und es spielte keine Rolle, ob er wegging oder blieb. Was zwischen uns war? – wie die Sprache der emotionalen Beziehungen sich ausdrückt. Das ist ganz einfach. Er wollte in Stockholm einen Film über meinen Vater drehen. Es sollte eine Collage von Dichtung und Wahrheit sein, und ein Schauspieler sollte die Rolle meines Vaters übernehmen. Ich mußte mir Fotografien schwedischer Schauspieler ansehen und sagen, von welchem ich glaubte, daß er Lionel Burger am ehesten darstellen könnte. Denn Marcus konnte ihn natürlich nie sehen. Nicht einmal, als er damals im Gefängnis war. An einem Wochenende fuhren wir zusammen in ein *dorp* in Transvaal, damit ich ihm die Umgebung zeigen konnte, in der mein Vater aufgewachsen war. Wir fuhren auch zusammen nach Kapstadt, weil mein Vater dort an der Universität studiert hatte. Das war nicht der Grund, den der Schwede dem Dekan der Medizinischen Fakultät angab. Er wurde hereingelassen und konnte einige Aufnahmen machen, weil er überall erklärte, er drehe einen Film über Südafrikas wundervolle Herztransplantationen. Aber der wahre Grund, nach Kapstadt zu gehen, war nicht einmal der, den wir verheimlichten, der wahre Grund war, uns am Strand zu lieben. Er hatte eine sexuelle Leidenschaft für die Natur, die, wie ich mir vorstelle, dem Norden eigen ist. Hat wohl etwas mit zuviel Kälte und Dunkelheit zu tun, und dann kommt die kurze Zeit, in der es keine Nacht gibt und die Menschen überhaupt nicht schlafen. Er nannte es »Libellensommer«, einfach wie ein einziger, ungewöhnlicher, heller Tag, an dem ein vollständiger Lebenszyklus abläuft.

Wir machen von der Natur nicht so viel her, die Sonne scheint hier immer. Außer im Gefängnis; selbst in Afrika sind Gefängnisse dunkel. Lionel sagte, daß die Sonne nie in seine Zelle schien, nur manchmal der farbige Widerschein des Sonnenuntergangs, der auf der dem Fenster gegenüberliegenden Wand ein mit zartem, perligem Licht überzogenes Parallelogramm erscheinen ließ, unterteilt durch die Schatten des Gitters.

Das Gesäß des Schweden war ebenso braungebrannt wie sein Rücken und die Beine – alles einheitlich, als habe sein Körper keine Geheimnisse. Er war schön. Und ob ich es bin oder nicht, er empfand mich jedenfalls so und vermochte mir drei Orgasmen abzuschmeicheln – nur so lassen sich der Stolz und die Anerkennung, die Natürlichkeit seiner Geduld und Geschicklichkeit beschreiben –, drei Orgasmen, einer nach dem anderen, jede Befriedigung reichte bis an die Grenzen der vorigen wie das Wasser, das den Strand bis zu seiner eigenen Gezeitenmarke bespült. Das hatte ich noch nie erlebt. Und er schrieb mir, als Lionel starb. Er wolle versuchen, einen Rohschnitt des unfertigen Films zu zeigen, wenn die skandinavische Antiapartheid-Gruppe eine Gedenkfeier abhielt. Er hatte angeboten, durch Beziehungen seiner Frau zu versuchen, im Ausland einen Paß für mich zu bekommen, wenn ich je das Land verlassen könnte. Aus seiner Sicherheit heraus, aus seinem Wohlfahrtsstaat, wo linksgerichtete Gruppen wie Müttervereine oder Rotary Clubs waren und linke Ansichten keinerlei gefahrvolle Prozesse mit sich brachten, war er durch die Tatsache, daß er ein oder zwei Monate lang der Geliebte von Lionel Burgers Tochter gewesen war, den Barrikaden vielleicht näher gekommen, als er es jemals würde. Ich habe nichts dagegen. Was war denn ich?

Ich erzählte dir, daß mein »Verlöbnis« mit Noel de Witt ein Trick war, damit man mit ihm in Verbindung bleiben konnte, als er im Gefängnis saß. Du fragtest mit dieser beharrlichen Lüsternheit von Menschen, die neugierig sind auf etwas, womit sie nichts zu tun haben wollen: Du meinst die kommunistische Untergrundbewegung. Sie wollten mit ihm in Verbindung bleiben?

Ja, natürlich, das war doch klar, eine ausgezeichnete Idee, fanden alle.

»In jenem Haus?«

Ja, natürlich, in unserem Haus; es war normal, niemand konnte etwas anderes vermuten. Noel war ein bekannter Mitarbeiter meines Vaters, er lebte sowieso praktisch bei uns, nichts ungewöhnlich daran, daß er angeblich Lionel Burgers Tochter heiraten würde. Und seine Verlobte hatte dieselben Privilegien wie die Frau eines Häftlings – Besuche, Briefe und so weiter. Ohne mich hätte er niemanden gehabt; er war ein halber Portugiese, seiner Mutter wurde die Einreise nach Südafrika verwehrt, weil sie eine FRELIMO-Sympathisantin war, die einmal von den Portugiesen verhaftet worden war, sein Vater war irgendwo in Australien verschollen. Wer hätte ihm Bücher und Schreibpapier bringen können? Meine Mutter und mein Vater wußten, was diese Dinge bedeuten, wenn man drinnen ist – der Anblick eines Gesichts, das erkennen läßt, daß es das Draußen noch gibt, eines bekannten Gesichts, das annehmen läßt, daß andere fortführen, was getan werden muß. Und selbst die Erfindungsgabe, der kühl überlistende Streich, der dem Gefängnisdirektor gespielt wurde, der einem »verlobten« Mädchen die Erlaubnis nicht verweigern kann, ihren Freund zu sehen, die Wärter, die sich insgeheim sogar in die Lage eines Kommunisten versetzen können, wenn er durch das Gitter im Besuchsraum sein Mädchen ansieht – das gab Zuversicht. Es war eine der Befriedigungen, die du nicht auf der Liste unserer Freuden in jenem Haus hattest – die Polizei reinlegen. Noel machte gleich begeistert bei dem Spiel mit. Als er den Ring bemerkte, den ich beim ersten Besuch auf dem Finger hatte, fragte er mich immer wieder, ob er mir auch wirklich gefalle? Ganz, ganz bestimmt? – mit der ganzen wohligen Überzeugungskraft von jemandem, der weiß, daß er genau das ausgesucht hat, was sein Liebling gern haben würde. Den Ring, den ich trug, hatte meine Mutter von Aletta Gous bekommen, denn sie nahm an, daß Aletta genau das Richtige herauskramen würde – ein armseliger, kleiner, runder Diamant, auf einen Hügel aus stahlfarbenem Filigran geknallt, der unerläßliche Ausrüstungsgegenstand für die Verlobung im *dorp*. Ich glaube nicht, daß er unecht war; irgendwann in den dreißiger Jahren war Alette ein junges Mädchen in einem Landstädtchen gewesen und hätte fast den jungen Mann geheiratet, der die Autoreparaturwerkstatt seines Vaters betrieb und Platzanweiser in der Kirche einer holländisch-reformierten Sekte war, die Pinksters hieß. Als sie sich selbst aus der Gesellschaft ausstieß, indem sie weglief, in die Stadt ging und an Straßenversammlungen der Kommunistischen Partei teilnahm, hat sie vielleicht ihre kecke Verachtung für die brüchige bürgerliche Konvention dadurch bekundet, daß sie deren lockere Handfessel behielt.

Mein Gesicht und mein Körper sind es, wenn Noel de Witt einmal im Monat eine Frau sieht. Wenn jemand in unserem Haus – in jenem Haus, wie du wolltest, daß ich es sehe – das verstand, so hat es doch niemand in Betracht gezogen. Meine Mutter lebte damals noch. Wenn sie sah, sich darüber klar war – und zumindest hätte sie die Möglichkeit in Erwägung ziehen können –, so beschloß sie, es nicht zu sehen. Allein in dem Blech-Cottage mit dir, als ich dir nichts mehr zu sagen hatte, als ich den Mund hielt, als ich dich nicht unterbrach, als du nichts mehr aus mir herausholen konntest, als ich nicht zuhörte, da klagte ich sie an. Ich riß Zweige ab in dem zu einer Müllkippe gewordenen Vorortgarten, in dem ich mit dir gestrandet war. Das Unkraut wucherte, wo ich über zusammengeknülltes und mit menschlicher Scheiße beschmiertes Zeitungspapier wanderte und Flaschen und Lumpen zwischen die duftenden Büsche geworfen waren, wo einst Tennisbälle verlorengingen. Ich klagte *ihn* an – Lionel Burger, weil er zweifellos wußte, daß ich tun würde, was getan werden mußte.

Allmonatlich wurde mir gesagt, was dem Gefängnisinsassen in Gestalt eines Liebesbriefes mitgeteilt werden mußte. Abends saß ich auf dem Bett in meinem alten Zimmer in jenem Haus, damals rauchte ich Zigaretten, noch nicht achtzehn Jahre alt, und schrieb jedes der fünfhundert Wörter immer wieder von neuem. Ich wußte niemals, ob es mir beim Schreiben gelungen war, als Verstellung (die er als solche erkennen sollte) erscheinen zu lassen, was ich wirklich für Noel so zärtlich und leidenschaftlich empfand. Die Daten, an denen meine Pflichtbesuche bei ihm auf dem Kalender hinter meiner Schlafzimmertür vermerkt waren, wurden eingehalten durch das Abhaken von Tagen in meinem Handtaschen-Notizbuch, in das ich (gut geschult) niemals etwas schrieb, das einen Hinweis auf mein Leben bieten konnte. Am Abend, ehe der Besuchstag endlich kam, wusch ich mir das Haar; bevor ich ins Gefängnis ging, tröpfelte ich Parfüm zwischen meine Brüste und in die hohle Hand, um es auf dem Bauch und den Schenkeln zu verreiben. Ich wählte ein Kleid, das meine Beine sehen ließ, oder Hosen und ein Hemd, die mit ihrer sexuellen Zweideutigkeit meine Weiblichkeit betonten. Wittere mich, schnuppere mein Fleisch. Entdecke mich und heiße mich willkommen. Und all das mit einem gedankenlosen Elan der Verpflichtung und des Instinkts, der unschuldig genannt werden könnte und den du »real« nennst. Ich nahm eine Blume mit. Gewöhnlich wollten die Wärter sie nicht für ihn in Empfang nehmen (ab und zu waren die Sentimentalität des einen in bezug auf »Liebchen« oder der mitempfundene sexuelle Kitzel, den die Kuppelei einem anderen verschaffte, der Anlaß, daß sie das Geschenk weitergaben). Ich hatte die Blume auf dem Schoß liegen oder drehte den Stiel in der Hand, so daß Noel den Anblick der Blüte genießen konnte und wußte, daß sie für ihn war.

Meine Mutter, die im Auto gelesen hatte, während sie vor dem Gefängnis auf mich wartete, sah mich, wenn sie mich zurückkommen hörte, mit dem listigen, besorgten, wissenden, einladenden Ausdruck an, mit dem sie mich schon als kleines Mädchen begrüßt hatte, wenn ich nach meinen ersten Schultagen nach Hause kam. Hatte ich es gut gemacht? Hier war mein Rückhalt, meine Belohnung und der Garant, dem gegenüber ich mich zur Leistung verpflichtet hatte. Zu Hause legte mir mein Vater bei Tisch die Hand auf die Schulter (seine Art, mich zu liebkosen, seit ich ganz klein gewesen war, wenn er von seinen Patienten heimkam und einen Augenblick hinter meinem Stuhl stehenblieb) und fragte mich darüber aus, was Noel unter Zuhilfenahme des Liebesgetändels hatte übermitteln können. Stimmte es, daß Jack Schultz in eine andere Abteilung des Gefängnisses verlegt worden war? Hatten die politischen Gefangenen in der vergangenen Woche wirklich zwei Tage Hungerstreik eingelegt? Ich erinnerte mich immer genau, was in dem Dialog zwischen Noel und mir im Besuchszimmer des Gefängnisses gesagt worden war, obwohl – wie es auch später bei meinem Vater der Fall sein sollte – mehrere Häftlinge von ihren Plätzen aus gleichzeitig mit ihren Besuchern sprachen und Sätze in vielen Stimmen chaotisch über seine und meine hinwegschallten. Ich erinnerte mich Wort für Wort an jede seiner Redewendungen, seinen Tonfall, so daß mein Vater, meine Mutter und ich, indem wir den Sinn dessen, was er gesagt hatte, entschlüsselten und einer den anderen anblickte, um die Interpretation bestätigt zu bekommen, uns darauf verlassen konnten, daß jede Nuance die des Häftlings selbst war. Man konnte sich auch darauf verlassen, daß ich Mittel und Wege gefunden hatte, ihm die Botschaft zu übermitteln, die mir aufgetragen worden war.

Nachdem ich meinen Führerschein gemacht hatte und allein zu Noels Gefängnis fahren konnte, kreiste ich nach dem Besuch langsam mit dem Wagen um die fensterlosen Gebäude aus rotem Backstein, eingezäunt mit Stacheldraht und mit hohen Wachtürmen, auf denen Waffen und Scheinwerfer nisteten. Immer wieder machte ich im ersten Gang die Runde, so oft, wie ich es wagte, ohne Verdacht zu erregen. Ich konnte sehen, daß es keinen Weg nach draußen gab. Falls es das war, wonach ich Ausschau gehalten hatte: oder nach irgendeinem Anzeichen, wo hinter diesen Mauern, in deren Nähe nicht einmal ein Unkraut geduldet wurde, die so bedrohlich und unnahbar und noch dazu so häßlich, alltäglich waren, er jetzt wieder in einer Zelle war, deren zurückgesetzte, vergitterte Luke diese oder jene sein konnte. Die Anstrengung, der lebhaften Vorstellung von ihm, den ich gerade erst verlassen hatte, zu folgen, wie er in dieses Gebäude zurückkehrte, die Korridore entlangging, in die ich einen Blick geworfen hatte, durch die Gerüche von Desinfektionsmitteln in den Toiletten, von Bohnerwachs und widerwärtigem Schmorfleisch, von dem ich eine Dunstwolke aufgefangen hatte, verwirrte mich. Wenn ich den Blick von den Mauern abwandte und die Häuser der Wärter betrachtete, sah ich Kinder in den kleinen Gärten spielen und hörte die rostigen Ketten der für sie aufgestellten Schaukeln quietschen. Es war einfacher, ihm in ein anderes Leben zu folgen, das er vielleicht führen würde, auf einer Farm mit mir (die Farm, die ich als Kind gekannt hatte, mit Tabak schlaff wie Handschuhe im Trockenschuppen); er wollte Farmer werden (ich sammelte jedes Bröckchen von wissenswerten Tatsachen über ihn), obwohl er diplomierter Naturwissenschaftler war und für einen Farbenfabrikanten gearbeitet hatte, ehe er politischer Häftling wurde. Warum sollte ich beschließen, nach Tansania zu gehen oder mich von Marcus und seiner Frau in Schweden retten zu lassen – warum konnten Noel de Witt und ich nicht auf eine Farm gehen, um Kinder zu zeugen, die aussehen würden wie er, um Akazien oder Tabak oder *mealies* oder irgend etwas anzubauen, das er zum Blühen bringen wollte und nicht konnte, nicht einmal ein bißchen widerstandsfähiges Gras, das sich zwischen den Mauersteinen dieser Wände durchzwängen konnte?

Ich tat – wie du sagst –, was erwartet wurde. Ich war kein Versager. Einmal im Monat saß ich da, weil sie mich hingeschickt hatten, um ihre Nachrichten zu überbringen und seine entgegenzunehmen, ein weibliches Wesen, das ihm präsentiert wurde mit dem lächelnden Mund, den blickenden und doch ausweichenden Augen, den beim Vorbeugen etwas hängenden Brüsten, einer Blume, die das bedeuten sollte, was ihr Schoß barg. In jenem Haus – unserem Haus – verachteten wir Prostituierte nicht, wir sahen sie als Opfer der Umstände an, solange gewisse soziale Ordnungen bestanden.

Als Noel de Witt seine Strafe verbüßt hatte, taten die Gefängnisbehörden, was sie bei politischen Häftlingen oft taten: ein paar Tage vor dem offiziellen Entlassungstermin öffneten sie eines frühen Morgens die Tore und ließen ihn gehen mit der alten Fluglinientasche voll Kleidungsstücken und der Armbanduhr, die ihm abgenommen worden war, als er vor zwei Jahren hier ankam. Er wußte, innerhalb einer Woche würde er gebannt oder unter Hausarrest gestellt werden, und in der Stadt versteckt hatte er einen australischen Paß, mit dem er das Land verlassen konnte, wenn er es schnell genug machte. Er wagte nicht, in unser Haus zu kommen. Von einem dieser portugiesischen Grünkramläden, die schon offen sind, wenn im Morgengrauen die Ware vom Markt angeliefert wird, telefonierte er mit jemand anderem, einem von der Randgruppe, auf den man sich jetzt ebenso verlassen konnte wie vorher auf mich, daß er tun würde, was erwartet wurde, jemand, der den australischen Paß sicher aufbewahrt hatte. Als Noel in England ankam, schickte er über einen anderen Verbindungsmann einen Brief an meinen Vater, um ihm diese Dinge zu berichten, und da war eine Anlage für mich, lieb und ulkig, um mir für die Briefe zu danken, die ihn aufgemuntert hatten, die Besuche, die ihn hatten durchhalten lassen, die Süßigkeiten, die weiterzugeben ich den Chefaufseher Potgieter überredet hatte, die klug ausgesuchten Bücher, die ich als wichtig für seine Studien bezeichnet hatte. Phrasen eines dankbaren Krankenhauspatienten. Blumen kamen ohne eine Karte, und mir wurde gesagt, er habe von dem wenigen Geld, das er hatte, etwas zurückgelassen, damit sie bestellt werden konnten.

Das waren meine Liebesbriefe. Diese Besuche waren meine großartigen, tollen Erlebnisse. In dem Blech-Cottage hatte ich die Freiheit, all das zu begreifen.

Eines Tages murmelte ich irgend etwas Alltägliches: »Ich habe diesen Job satt.«

Du hattest mich vom Krankenhaus abgeholt, wo ich arbeitete. Wenn wir miteinander sprachen, war es untergründig, als führten wir Selbstgespräche, als weckten und reizten wir im andern die Schuld. Du erkanntest mich in dir, statt mich anzusehen. »Selbst Tiere laufen instinktiv weit weg von Krankheit und Tod, das ist natürlich.«

Der Gemeinplatz, den ich so mir nichts, dir nichts geäußert hatte, eine harmlose Bemerkung, die auf derselben Ebene der Kommunikation liegt wie »Ich habe heute ein bißchen Kopfschmerzen«, brach aus mir hervor. In diesem Cottage gab es keinen Maßstab, um derlei Dinge objektiv zu beurteilen. Ich wurde beherrscht von zufälligen Bemerkungen, Vorstellungen, Vorfällen; die unzähligen Seiten tauchten auf. Ich las sie immer wieder, ihre Schrift erschien in allem, was ich ansah, Pupillen von gelbem Eidotter lösten sich gleitend von dem Weißen von Augen, die an der Schüssel aufgeschlagen wurden, schwache Vierteilungen von Spuren gescheckter Vorfahren auf dem Bauch der schwarzen Katze, die langsame alphabetische Überblendung von Identität zu Identität, wenn jeweils ein Buchstabe bei der Schreibweise von Namen im Telefonbuch geändert wird. Abgeschirmt gegen deinen täglichen Lärm auf der Geige und die Krümmungen des Blechdachs, die Schweigen veränderten, den Chor des fließenden Wassers in der wie ein alter Kessel mit kittfarbenem Kalk überzogenen Badewanne, gegen das Geschrei der Trunkenbolde bei dem Lagerwächter, das sich über das Sausen des nächtlichen Verkehrs erhob, hämmerte mein Schweigen störrisch, hysterisch, unaufhörlich ohne Worte: ich habe es satt, habe die Verkrüppelten, die Gefährdeten, die Flüchtlinge, die Unerschütterlichen satt; ich habe Gerichte und Gefängnisse satt und Institutionen, die blankgescheuert sind für das vorschriftsmäßige Ertragen von Grauen und Schmerz.

Dennoch verließ ich das Cottage, wo diese Art von heftigen stillen Wutanfällen möglich war.

Ich verließ das Kinder-Baumhaus, in dem wir in Vertrautheit und Selbstversunkenheit ohne die Vorbehalte erwachsener Verantwortlichkeit lebten, uns mit den Übergriffen des anderen wie mit dem Gesetz des Wurfes abfanden, den Dreck des anderen wie unseren eigenen ansahen, so wie der kleine Baasie und ich schon vor langer Zeit die Schwarze-Kinder-Messe vollzogen und auf einem Finger das Bittere unserer Scheiße und das Salzige unseres Pipis gekostet hatten. Obwohl du und ich uns in einem Bett kuschelten, um es warm zu haben, habe ich nie etwas dagegen gehabt, daß du mit dem

Mädchen schliefst, das Spanisch unterrichtete. Und du weißt, schon Monate, ehe ich wegging, hatten wir aufgehört, uns zu lieben, weil wir merkten, daß es Inzest geworden war.

Es war wie eine von niemandem erwähnte Krankheit unter den Verwandten meines Vaters, bei denen wir manchmal wohnten, als wir klein waren. Eine Krankheit, die sich als tödlich erwies: sie kamen, um ihre Achtung zu bekunden, als sie, meine Tante und mein Onkel, der gute und freundliche Coen Nel, neben mir saßen, um die Verkündung der lebenslänglichen Freiheitsstrafe mit anzuhören.

Tony war so glücklich in einem ernsthaften Sandkastenspiel mit den Farmarbeitern, die ihn »kleiner Herr« nannten (obwohl das Baasies Name war), beim Ziegelbrennen zu helfen und mit halbnackten schwarzen Kindern zu spielen, die draußen bleiben mußten, wenn er und Vetter Kobus ins Farmhaus liefen, um sich Milch und Kuchen zu holen. Ich begriff sehr bald, daß Baasie, mit dem ich in »jenem« Haus lebte, nicht hierher hätte mitkommen können; ich verstand, was Lily meinte, als sie sagte, es würde ihm nicht gefallen. Ich vergaß Baasie. Es war einfach. Hier hatte niemand einen Freund, Bruder, Bettgenossen, Teilhaber an Vater und Mutter wie ihn. Diejenigen, die einander Liebe und Fürsorge schuldeten, konnten in der Regel einfach an der Familienähnlichkeit erkannt werden, von den Älteren, geschwächt durch Fettsucht oder Auszehrung, bis zu dem noch schrumpligen Säugling, der im Kinderwagen des jungverheirateten Paars lag. Ich sah sie jeden Sonntag, diese durch weiße Haut gekennzeichnete menschliche Familie. In der Kirche, in die meine Tante uns sonntagmorgens fuhr, saubere und hübsche Kinder, saßen wir unter den weißen Nachbarn von den Farmen ringsum und aus dem *dorp*, denen der *predikant* sagte, wir sollten immer daran denken, »was du nicht willst, daß man dir tu, das füg auch keinem anderen zu«. Der Kellner, den der Barkeeper meines Onkels mit seinem Löwenkopfgürtel geschlagen hatte, war nicht da, sondern wohl in seiner Hütte unter den Bäumen, außer Sicht vom Farmhaus, wo schwarze Menschen Hymnen sangen und auf alten Ölkanistern trommelten, oder in der Blechkirche in der Schwarzensiedlung vom *dorp*. Harry Schutte kam nicht in die Kirche (an den Samstagabenden drangen aus der Bar dröhnender Gesang und das Geräusch von zerschmetterten Gläsern, wenn die Rugby-Mannschaften der Farmer ihren Nachmittagssport abschlossen), aber er hatte schwer gearbeitet und sich das Ausschlafen verdient, und niemals vergaß er ein Eis für ein Kind, das eins von seinen hätte sein können (schließlich waren er und mein Vater im selben Distrikt geboren). Daniel kannte die Kraft des tätowierten Arms, vor dem er sicher war, solange er sich nicht an der Flasche des weißen Mannes vergriff, sondern sich damit begnügte, die Neigen in seinem Glas auszutrinken.

Für den Mann, der meines Vaters Schwester geheiratet hatte, war die Farm »Vergenoegd« eine Gabe Gottes, die ihr durch Erbschaft, Hypothek und Grundkredit gehörte und die er ertragreich gemacht hatte; das Hotel gehörte ihm laut dem Schild über dem Eingang, das ihn als Konzessionsinhaber auswies; auch die Weinhandlung gehörte ihm, weil die Konzession den Flaschenverkauf einschloß. Seine Söhne würden nach ebenso unbestrittenem Recht erben; der kleine Junge, der mit Tony spielte, würde den Tabak, das Pyrethrum zum Blühen bringen – je nachdem, was die Welt zu brauchen glaubt und wofür sie bezahlt –, was anzubauen Noel de Witt sich niemals erlauben würde.

Wenn die Kusine, die gleichaltrig mit mir war, zum Wochenende aus dem Internat nach Hause kam, spielten wir im Hotel und auf der Farm die feinen Damen, was für sie das natürliche Verhalten war. Daniel wurde befohlen, uns Cola zu bringen; dem Hotelkoch wurde zugesetzt, er solle uns Törtchen backen; ein Farmarbeiter reparierte ihr Fahrrad, ein Kind aus dem *kraal* brachte Ameiseneier für die Ringelnatter ihrer Schulfreundin, ein Küchenmädchen mußte das spezielle Kleid, das sie anzuziehen beschlossen hatte, waschen und bügeln. Ihre Mutter hatte keinen anderen Anspruch, keine andere Verpflichtung, als ihre Tochter zu erfreuen.

Diese Kusine und ich teilten uns in die zweite Hälfte meines Namens; es war der Name unserer gemeinsamen, längst verstorbenen Großmutter. Marie zeigte mir das Grab unserer Großmutter auf der Farm, eingezäunt mit verschiedenen anderen der Familie. MARIE BURGER war in die spiegelnde Oberfläche eines glatten, grauen, glitzernd gemaserten Steins eingemeißelt. Auf der Grabplatte waren runde Glaskuppeln, trübe durch Kondensation, unter denen Plastrosen verblaßt waren.

Du glaubtest, ich müsse nach Rosa Luxemburg genannt worden sein, und der Name, mit dem ich immer gerufen wurde, sowie die entstellte erste Hälfte meines Vornamens scheinen auf den Wunsch, wenn nicht gar die offenkundige Absicht meiner Eltern hinzuweisen. Sie haben mir nie etwas darüber gesagt. Mein Vater zitierte diese andere Rosa oft; obwohl er keine andere Wahl hatte, als die leninistische Rolle des dominierenden Berufsrevolutionärs zu spielen, war er überzeugt, daß ihr Glaube an die elementare Massenbewegung der ideale Denkansatz in einem Land war, wo die Masse des Volkes schwarz und die revolutionäre Elite in überwiegendem Maße weiß war. Aber mein Doppelname enthielt auch den Anspruch von MARIE BURGER und ihren Nachkommen auf diese Lebensordnung, gesichert durch die sanktionierten Grundlagen von Familie, Kirche und Gesetz – und sie alle sind Bestandteile des Grundprinzips der Hautfarbe, das in der Gegend, im *dorp* und auf der Farm, wo sie begraben war, zweifellos aufrechterhalten wurde. *Frieden. Land. Brot.* Für sich selbst hatten sie das alles.

Selbst Tiere wenden sich instinktiv vom Leiden ab. Sie haben Verstand genug, wegzulaufen. Vielleicht war es eine Krankheit, wenn man sein Leben nicht so zu führen vermochte, wie sie es taten (wenn nicht gar auf deine Weise, Conrad), nämlich Gerechtigkeit als Respektierung von Eigentum zu definieren, die »Unschuld« zu verteidigen, wenn es um die Privilegien ihrer Kinder ging, Liebe nur ihren Nachkommen und Fürsorge nur einander zu gewähren. Eine Krankheit, die darin besteht, daß man es nicht fertigbringt, von jener Gegebenheit eines gesunden, normalen Lebens keine Notiz zu nehmen: dem Leiden anderer Menschen.

Rosa Burger gehörte zu den Stadtbewohnern, die ihr Mittagessen auf einem öffentlichen Platz einnahmen. Die muffige Kühle der klimatisierten Büros, aus denen sie gekommen war, verflog in der Sonne und bei dem herzhaften Gurren der Tauben. Da stand eine Statue. Die zischenden Düsen eines von einer Bergwerksgesellschaft gestifteten Springbrunnens dämpften den Verkehrslärm und die Stimmen; sie hatte sich unterwegs in einem Geschäft Sandwiches und Obst gekauft, in einer festen Plastfolie verpackt, andere teilten sich auf einer Parkbank ein Liebesmahl, das sie einer zwischen ihnen stehenden Aktentasche entnahmen. Kinder und gierige, watschelnde Vögel wurden mit derselben Art von Leckerbissen gefüttert. Indische Mädchen aßen mit den Fingern verstohlen und zierlich aus Kartons zum Mitnehmen Currygerichte. Auf dem Rasen alberten, klatschten und lachten farbige Mädchen und schwenkten Hühnerknochen, und schwarze Männer saßen da mit ihren halben Brotlaiben in Fetzen von Einwickelpapier und zupften aus der weißen Mitte Stücke heraus wie Baumwollsamenkapseln. Da waren Abfallkörbe mit Reklametexten (Warum einsam sein? Gehen Sie heute abend aus mit einer unserer reizenden Hostessen.), in die Reste hineingeworfen wurden, und genauso, wie es die Tauben mit dem taten, was auf den Wegen und dem Rasen lag, wurden sie von unterschiedlichen Menschen mit unterschiedlichen Bedürfnissen durchsucht. Das Kind, das den blinden Bettler führte, suchte nach Kartoffelchips und halb abgenagten Hühnerknochen, andere Schwarze schüttelten leere Zigarettenpackungen aus, und da waren weiße Männer und Frauen, ärmlich aber reinlich gekleidete Rentner und alte Schachteln mit orangefarbenem Haar und im Licht versagender Sehkraft ungeschickt angemalten roten Lippen, die ausgediente Prostituierte sein mochten, und scharrten und suchten nach Funden, die ihnen vermutlich Befriedigung verschafften. Die Frauen versteckten sie in zerfetzten Einkaufstaschen; die Männer glätteten ergatterte Zeitungen.

Auf dem Rasen schliefen schwarze Männer tief und fest, das Gesicht nach unten; sie hätten tot sein können. Auf Bänken, die von anderen Leuten gemieden wurden, begrüßten weiße Stadtstreicher mit den blauen Augen von Säufern und der kurzen mittäglichen Adrettheit des in der städtischen Bedürfnisanstalt geglätteten Haars einander freundschaftlich, kamen und gingen mit der hartnäckigen, schlurfenden Hingabe an ihr einziges Vorhaben – Geld für eine Flasche aufzutreiben. Manchmal war einer von ihnen, die wie die Tauben zum festen Inventar gehörten, abseits von den anderen, betrunken, schlafend oder in einem Zustand der Trägheit und Reglosigkeit, der weder das eine noch das andere war. Als Rosa einen solchen sah, suchte sie sich eine Bank auf der anderen Seite des Weges aus. Aber sie hätte nicht zu glauben brauchen, daß er sich unliebsam aufführen könnte; sie aß ihr Lunch, zwei kleine Jungen liefen mit sich drehenden Windrädchen aus Plast auf und ab, ein Mädchen, das den Namen DARLENE in vergoldeten Buchstaben an einer vergoldeten Kette um den sommersprossigen Hals trug, küßte einen jungen Mann so lange, wie ein Möbelwagen, der wegen eines geparkten Wagens an der Ampel nicht einbiegen konnte, brauchte, um mit seiner ganzen Länge in die Straße zurückzustoßen, aus der er gekommen war; eines der Kinder wurde von seiner Mutter eingefangen und erhielt einen Klaps aufs Hinterteil; ein dicker Mann in einem blauen Anzug ließ eine Eistüte fallen, die die Vögel wegpickten; die Uhr am alten Postamt, die man nur drei Querstraßen weit hören konnte, schlug um ein Uhr den einen zittrigen Ton, dann die halbe Stunde; und der Mann rührte sich immer noch nicht, hatte die Beine in Kniehöhe übereinandergeschlagen, die Arme verschränkt, der Kopf war herabgesunken wie bei jemandem, der während eines Vortrags eingenickt ist. Eine Taube setzte sich ihm auf die Schulter und flog schwerfällig wieder los.

Aber in diesem Augenblick, in dem der Vogel dasaß und den Schnabel hob, wurden das sommersprossige Mädchen und ihr Freund, Rosa Burger, die Mutter und die beiden kleinen Kinder auf den Mann im blauen Anzug aufmerksam. Sie sahen sich an, als wollten sie plötzlich eine Frage stellen. Sie alle begannen den Mann zu beobachten. Die Kinder sperrten den Mund auf. Sie wichen zurück an die Seite ihrer Mutter, die sich der Anforderung entzog, indem sie Tragetaschen vom Supermarkt aufnahm, als wäre das ein Alibi, ein Beweis, warum sie sich mit ihren Kindern auf dem Platz aufhielt und dort wartete, bis es Zeit war, einen Autobus zu erreichen oder von einem Ehemann abgeholt zu werden. Jetzt kamen andere Leute von entfernteren Bänken und vom Rasen herüber. Zwei Tippelbrüder beugten sich im Gehen zueinander, bewegten die Hände in einer vertrauten Zeichensprache, und der eine versuchte den anderen zurückzuhalten, als er den Mann auf der Bank an der Schulter packte, auf der die Taube gesessen hatte, und einen Namen rief. *He, Doug, komm schon, Mann, Doug.* Der Mann wachte nicht auf, fiel aber auch nicht um, er war standhaft wie die Statue des *landdrost,* als ob er an der Achse, wo ein Knie über das andere geschlagen war, an der Bank befestigt wäre wie der *landdrost* mit bronzenen Zapfen an seinem Sockel.

Die beiden Freunde verdrückten sich, flüsternd und zweifelnd.

Der Freund des sommersprossigen Mädchens drehte sich triumphierend zu Rosa um, mit einer Antwort, keiner Frage. »Wissen Sie was? Der Kerl ist tot.«

»Ooooo, ich verschwinde hier.« Sein Mädchen schüttelte beide Hände aus dem Handgelenk, drängend.

Die beiden kleinen Jungen gingen näher und wurden von ihrer Mutter zurückgehalten. »Kommt weg!«

Kein Polizist war da, aber jemand holte einen Verkehrsschutzmann, und er hatte einen Verbandskasten von der Art in der Hand, an denen eine Spielzeugaxt befestigt ist und die Busse für Notfälle mitführen.

Menschen drängten sich rings um Rosa, die dastand, als ob sie darauf wartete, daß ihr gesagt werde oder sie einen Hinweis erhalte, ob sie hierhin oder dorthin gehen sollte. Nur der Mann selbst nahm keine Notiz. Die schwarzen Männer, die wie tot auf dem Rasen gelegen hatten, standen auf und kamen heran, um ihn zu betrachten.

Rosa verließ die kleine Menschenmenge und mischte sich unter die Schlangen von Fußgängern, die die Straße überquerten und sich mit entgegenkommenden Schlangen überschnitten, so wie ein Dieb sich von anderen Passanten ununterscheidbar macht.

Ich arbeitete für eine Fachzeitschrift, für einen Mann, der Kosmetika und Parfüm importierte, für einen Anlageberater. Ich gab meinen Krankenhausberuf auf, als ich dich und das Cottage verließ. Zum erstenmal in meinem Leben wohnte ich allein: ohne Mitverantwortung für das Leben eines anderen.

Für uns – die wir aus jenem Haus kamen – war das die wahre Definition der Einsamkeit: ohne soziale Verantwortung zu leben.

Es hat Todesfälle in meines Vaters Haus gegeben, aber der Tod eines Stadtstreichers im Park war in gewisser Hinsicht der erste für mich. Ich aß mein Lunch fast immer dort, als ich für Barry Eckhard arbeitete, den Finanzmann. Oben im sechsundzwanzigsten Stock verliehen die Rauchglasfenster dem Klima immer den gleichen kühlen Mittelwert, es war weder Sommer noch Winter, und die Tageszeit wurde etwas, das weder Tag noch Nacht war. Ich ging hinunter in die Stadt, um wieder ein Gefühl für all das zu bekommen. Ich war anonym geworden, wie andere Menschen. Obwohl Barrys Büros ihre Funktion hinter dem Penthouse-Stil verbargen, nicht nur hinter bankenüblichen Topfpflanzen, sondern auch hinter echten Eingeborenen-Skulpturen und einem verchromten Spielzeug auf dem Tisch, das, wenn man es in Gang setzte, ein dynamisches Gesetz von Newton veranschaulichte, machte es ihm Vergnügen, Kunden, die allesamt mit Vornamen angeredete Freunde zu sein schienen, zu verraten, daß sein »Mädchen für alles« Lionel Burgers Tochter war. Manchmal wurde sie mit ihnen zusammen in teure Restaurants eingeladen, und daß ihr Mittagessen aus schlichtem gegrilltem *kingklip* bestand, bewies, daß sie keine protzigen Großkapitalisten waren.

Auf dem kleinen Platz, zu dem ich ging, erkannte mich niemand, und so sah mich niemand. Ich aß da meine Sandwiches wie alle anderen auch, während der Mann starb oder schon tot war, als wir uns um ihn gruppierten entsprechend unseren Verhältnissen: die schwarzen Arbeiter, aus den Straßen auf das bißchen Rasen gespült, noch nicht bereit für die Art von minimaler Behaglichkeit der weißen Angestellten, die sich für Schwarze erst so kürzlich erschlossen hatte, als die Rassentrennung bei Bänken aufgehoben wurde, und die farbigen Fabrikarbeiterinnen, die mit ihren aufreizenden Eßmanieren das sexuelle Selbstvertrauen bekundeten, das den wie Nonnen zusammengekauerten indischen Mädchen versagt war, das Paar aus dem Postamt, dessen Intimität wir alle durch unsere Anwesenheit störten, ich selbst, die ich mich für diese Bank statt für jene entschied, weil ein Mitglied der hier ansässigen Schnapsriege manchmal eine lästige Unterhaltung begann oder – noch schlimmer – ein Selbstgespräch führte. Ich hatte rasch gemerkt, daß es unerträglich ist, auf einer Parkbank neben einem Fremden zu sitzen, der laut mit sich selbst spricht, wie man es selbst schweigend tut.

Die Abendzeitung brachte eine drei Spalten breite Fotografie des toten Mannes auf der Bank, aufgenommen von einem fixen Amateur, der das Glück gehabt hatte, zur rechten Zeit am rechten Ort zu sein. Der Platz auf dieser Seite war üblicherweise für eine täglich wechselnde Bilderfolge von Badenixen an Stränden von Ostia bis Sydney reserviert. Die Bildunterschrift bediente sich der melodramatischen, romantischen Platitüde von der »Herzlosigkeit« der Großstadt. (Die beiden kleinen Jungen waren auf dem Bild und starrten mit aufgerissenem Mund.) Aber es war nichts grausam und gleichgültig daran gewesen, daß wir unser Lunch aßen, uns küßten, die Vormittagsarbeit ausschliefen, während ein Mann, der mit leger und fast elegant übergeschlagenen Beinen Leben simulierte, tot war oder starb. Er sah aus, als wäre er lebendig. Er ließ keine Verletzung, Schmerz oder Qual erkennen, er war nicht von zwei uniformierten Wächtern gepackt worden und hielt nicht Ausschau, wohin er rennen könnte, er stand nicht vor Gericht, war nicht in einer Zelle eingesperrt und streckte nicht wie ein Bettler, der nichts als seinen Stumpf vorzuzeigen hat, ein Papier hin, damit es den offiziellen Stempel bekomme, der ihm immer verweigert worden war. Die Sache ist die, daß ich – wir alle schuldlos waren. Was hätten wir tun können? Es drehte sich nicht darum, daß Hilfe gewährt oder versagt werden konnte. Nicht um Mund-zu-Mund-Beatmung oder Herzmassage. Nichts konnte an der Einsamkeit dieses Mannes etwas ändern. Wie hätten wir merken und begreifen können, daß er uns verließ, während er noch unter uns weilte, daß er wegging, ohne einen Pappkarton zusammenzuknüllen oder die Überreste einer Weintraube in den Abfallkorb zu werfen; daß er in leiblicher Gestalt bei uns blieb, obwohl er nicht da war. Der Postbeamte und sein Mädchen konnten nicht mehr tun als küssen. Er durfte seine Hand nicht auf ihre Brust legen und mußte sich eine Zeitung oder Jackett über den Schoß legen, um die Schwellung seiner Erweckung zum Leben zu verstecken. Aber dieser Mann, der wie im Gespräch die Beine übergeschlagen und die Arme aufmerksam gekreuzt hatte – nur sein Kopf war eingenickt, herabgesunken vor Hitze oder Langeweile, das konnte jedem passieren –, führte den unaussprechlichen Akt in unserer Gegenwart aus. Er machte die nicht beendete Mahlzeit von mitgebrachtem Huhn endgültig, das liebkosende halbe Paaren, über das DARLENE und ihr Freund nicht hinausgehen konnten. Er beendete die Verdauungszyklen und Zeugungsversuche rings um ihn, indem er die unumgängliche letzte Notwendigkeit vollendete. Wir sahen und hörten nichts.

Ich ging nicht wieder auf den Platz, um dort zu essen, und ich schnitt das Bild nicht aus der Zeitung aus. Ich kannte den Spann des Fußes an dem übergeschlagenen Bein, ein recht hoher Spann, was einem Fuß eine hübsche Kontur verleiht, und die Schuhe waren nicht besonders abgetragen, denn braune Wildlederschuhe sehen eigentlich erst richtig aus, wenn sie etwas schäbig sind. In der Zeitung hieß es, der Name des Mannes sei Ronald Ferguson, 46, ehemaliger Bergarbeiter, ohne festen Wohnsitz. Er trank Methylalkohol und schlief in Autobusdepots. Es gibt in allen Gesellschaften Menschen, deren Leben vergeudet ist. Aber – in jenem Haus – wurde geglaubt, wenn wir die Welt verändern würden (ja, trotz und nach den Säuberungen, den Liquidierungen, der Zwangsarbeit und den Inhaftierungen), würde »die Ausschaltung der durch den Konkurrenzgeist der kapitalistischen Gesellschaft hervorgerufenen persönlichen Konflikte« den Menschen das Leben erleichtern, selbst Menschen wie diesem, der, obwohl er weiß und nach den Gesetzen des Landes privilegiert war, sich kein Zuhause hatte schaffen können. Ich hatte den Tod meines Bruders, meiner Mutter und meines Vaters erlebt; jedesmal war das Ereignis selbst, so nahe es mir ging, vor mir verhüllt durch Kummer und ließ sich erklären mit Unfall, Krankheit oder Haft. Es war *verursacht* durch das gechlorte Wasser mit Teilchen seines rosa Frühstücksschinkens darin, das meinem Bruder aus dem Mund gepumpt wurde, nachdem er aus dem Schwimmbecken herausgeholt worden war; durch die Lähmung, die meine Mutter Glied um Glied auslöschte; durch das Fieber, nach dem mein Vater roch, als er in einem Gefängnishospital für seine Überzeugungen starb.

Aber dieser Tod war das Geheimnis selbst. Der Tod, von dem *du* gesprochen hast; im Cottage. Durch die Umstände bedingte Gründe sind nicht die Ursache: wir sterben, weil wir leben, ja, und ich vermochte nicht zu verstehen, wovor ich im Park weglief. Ich konnte mit diesem Geschehnis nur so fertigwerden, daß ich das kleine Plasttablett, von dem ich mein Lunch gegessen hatte, und das Cellophan aufnahm und hinüberging und es wie jeden Tag, wie jedermann es tun mußte, in den an einer Stange befestigten Abfallkorb warf. Die Revolution, für die wir in jenem Haus lebten, würde das Leben der Schwarzen verändern, die morgens um vier ihre elenden Hütten und Lager verließen, um Hacken zu schwingen, Preßlufthammer zu halten und unter dem Gewicht von Eisenträgern zu singen, die Ladenstraßen und Bürotürme bauten, in denen Weiße wie mein Arbeitgeber Barry Eckhard und ich unsere Tage in einem »Ambiente« ohne Schweiß oder Staub verbrachten. Die Revolution würde das Leben der Arbeiter ändern, die ihre Erschöpfung auf dem Rasen wie Tote ausschliefen, während der Mann starb. Die Kinder, die das weiße Ehepaar in dem Vorort für Weiße haben würden, würden das Haus nicht erben, das mit städtischen Krediten erbaut wurde, die nur Weiße bekamen, oder risikolos Stellungen finden, die gegen die schwarze Konkurrenz für Weiße reserviert waren. Schwarze Kinder, das stand zu hoffen, würden nicht von den Resten leben müssen, die wir in den Abfalleimer warfen. Eckhards Kunden würden nicht länger reich werden, indem sie sich die Mühe eines Telefonanrufs machen, um den Auftrag zu einem Verkauf an der Börse zu erteilen. All das könnte sich ändern. Aber der Übergang vom Leben zum Tod – was hatten all die Überzeugungen, die ich von meinem Vater übernommen hatte, damit zu tun? Wenn der Hunger aufhörte und die Mangelkrankheit Kwashiorkor ebenso ausgerottet würde wie die Malaria in der Kolonialzeit, wenn es keine Wuchermieten und keine Herrenhäuser und gemütlichen weißen Bungalows im Privatbesitz mehr geben würde, keinen Schlupfwinkel für weiße Studenten zum Meditieren in Gegenden, wo Schwarze nicht wohnen dürfen; wenn die Produktionsmittel für Gold, Diamanten, Uran, Kupfer und Kohle dem Volk gehörten, die ganzen Bodenschätze, die auf den Grund des Sacks Afrika geraten waren – das würde einem immer noch bleiben. Nichts, was dazu gedient hatte, uns von dem zu überzeugen, was wir taten und warum, hatte etwas mit dem zu tun, was während einer Mittagspause auf dem Platz geschah. Das war für mich geblieben. Es war ausgelassen worden. Gerechtigkeit, Gleichheit, Brüderlichkeit, menschliche Würde – aber *das* wird immer noch da sein, ich schaute von der Bank aus in alle Richtungen und sah es immer noch, nachdem ich es – endlich – einmal gesehen hatte.

Baasie kam nicht wieder zurück, um im Burger-Haus zu leben. Ihr Bruder Tony prahlte vor den kleinen Jungen aus der Nachbarschaft mit seinen Kopfsprüngen und ertrank im Swimming-pool.

Rosa Burger konnte, als sie über die Autobahn fuhr, nicht herausfinden, wo das Wellblech-Cottage einmal gestanden hatte. Alte Mispelbäume, die an diejenigen erinnerten, die in der Nähe des Straßenbauerlagers wuchsen, waren in die landschaftliche Gestaltung der Autobahnkette einbezogen worden, aber die Bauhinia war nicht dort, wo sie, wie Rosa meinte, vielleicht noch stehen könnte.

Frei sein bedeutet, sich fast fremd zu werden: so nahe, wie ich dem nur kommen kann, um das zu sehen, was die anderen vor dem Gefängnis sahen. Hätte ich das sehen können, dann hätte ich auch diesen anderen Vater sehen können, der mir fremd war. Seine Existenz scheint mir immer bewußt gewesen zu sein.

Ich nehme an, du hast einen anderen Ort zum Leben gefunden. (Vielleicht Mexiko.) Wir sind uns in der Stadt nie über den Weg gelaufen (von dem Mann im Park hast du nie gehört). Aber du warst derjenige, der fragte: »Warum sprichst du von ihm als Lionel?«

»Tu ich das?«

»Manchmal sagst du ›mein Vater‹ und im nächsten Augenblick gehst du im selben Satz zu ›Lionel‹ über.«

Das erschien dir merkwürdig, der du neugierig warst auf das, was du die Sitten in einem Haus von »engagierten« Menschen nanntest. Bei mir war es bezeichnend – wofür? Es stimmt, daß er für mich noch etwas anderes als mein Vater war. Nicht einfach eine soziale Fassade; die nehmen viele

Menschen an und legen sie wieder ab wie eine Maske. Nicht etwas, das zu den abgedroschenen Formulierungen in Artikeln und Manifesten gehört, die ihn anderen verständlich machen. Meines Vaters soziale Fassade war anders und mag gewesen sein, was er wirklich war. Nach seinem Tod – nachdem ich das Cottage verlassen hatte, wo ich ihn beschuldigt hatte – wurde diese soziale Fassade etwas, das mir rätselhaft blieb. Wie kann ich erklären, daß der Tod des Mannes, des Mannes im Park, ein Teil des Rätsels war. So, wie er in meiner Gegenwart gestorben war oder die Tatsache seines Todes bestanden hatte, ohne daß ich mir dessen bewußt wurde, lebte ich in der Gegenwart meines Vaters, ohne zu wissen, was das bedeutete.

Es gab Dinge, deren Vorhandensein in jenem Haus nicht zugegeben wurde. Ebenso wie die Liebesaffären deiner Mutter und die Art und Weise, wie dein Vater sein Geld verdiente, in eurem Haus nicht zugegeben wurden. Das geheime Einverständnis meiner Eltern war von anderer Art. Ich bin erstaunt, wenn ich mir Fotografien ansehe, daß meine Mutter wirklich hübsch war. Und nicht nur, als sie jung war – in Rußland, bei einem Ausflug anläßlich eines Friedenskongresses von Studenten, alle auf dem Bahnsteig trugen Sträuße so groß wie Wäschebündel –, sondern sogar ein paar Monate vor dem Ausbruch ihrer Krankheit bei dieser berühmten Party an meinem neunzehnten Geburtstag, als die Polizei eine Haussuchung vornahm. Angeblich ist eine Frau, die sich ihrer Schönheit nicht bewußt ist, ganz besonders reizvoll, aber wenn sie, wie es bei meiner Mutter der Fall war, dieser Schönheit nicht *innewohnt,* sondern für Ziele lebt, denen nicht besonders gedient wird durch den Vorzug eines schmalen Gesichts mit tiefen Augenhöhlen, einer geraden, langen, wohlgestalteten Nase, einer so zarten Haut, daß sogar die Ohrläppchen unter dem früh ergrauten Haar schmückend sind, dann bleiben solche Schönheiten ungenützt durch etwas, was mehr ist als Vernachlässigung. Es gibt eine Fotografie, auf der sie von einem Tisch voller Papiere, schmutzigen Teetassen und Aschenbecher inmitten ihrer schlichten oder aufgedonnerten Textilarbeiterinnen aufblickt; vergrößert durch die Lesebrille, ist ihre fein gezeichnete Iris ungewöhnlich, und die Wimpern auf dem unteren Lid sind ebenso dicht wie auf dem oberen. Schöne Augen. Aber ich sehe nur die fragende Wachsamkeit, die Ausschau hielt, aufblickte, wenn sie meinen Schritt auf dem Kies vor dem Gefängnis meines »Verlobten« hörte; das rasche Aufflackern des Voralarms oder des »grünen Lichts«, an meinen Vater gerichtet, wenn sie und er mit vielen Leuten diskutierten, die in jenes Haus kamen. Der Lippenstift, den sie benützte, wie es bei den Frauen ihrer Generation üblich war, unterstrich nicht so sehr die Konturen der Lippen als vielmehr das resolute Ganze, das sie bildeten – einen Mund, der gelernt hat, beim Sprechen nichts zu verraten; dessen Lächeln von dem Vertrauen nicht auf Anziehungskraft, sondern auf Überzeugung herrührt. Ich nehme an, Kinder halten ihre Mütter immer für tüchtig; eine vernunftgemäße Erklärung für Abhängigkeit und Vertrauen. Sie wußte immer, was zu tun war, und tat es. Die vielen Menschen, die zu ihrer Beerdigung kamen, liebten sie um ihrer Freundlichkeit willen; das Grundprinzip, nach dem sie immer entschied, welche Maßnahmen zu treffen seien, und entsprechend handelte. Als Tony an jenem Samstagmorgen im Swimming-pool lag, sprang sie hinein (einer ihrer Schuhe traf mich, als sie ihn wegschleuderte), und als sie im Wasser wieder hochkam, hatte sie ihn. Lily hielt mich fest und schrie, als ob sich das Wasser auch meiner bemächtigen könnte. Meine Mutter steckte Tony die Finger in den Mund, wuchtete ihn mit großer Mühe hoch, sie keuchte und hustete, und hielt ihn mit dem Kopf nach unten. Das Wasser kam heraus mit Brocken seines Frühstücks, Stückchen von rosa Schinken sah ich. Sie kauerte sich über ihn und machte Mund-zu-Mund-Beatmung, hielt ihm die Nase zu und lockerte den Druck ihrer Hände auf seiner Brust. Sie tat das sehr lange.

Aber er war tot.

Mein Vater – als Arzt – gab ihr etwas, damit sie schlief. Am nächsten Tag brachte er mich zu ihr; ich hatte Angst, das Zimmer zu betreten. Sie nahm mich zu sich ins Bett, und sie weinte, nicht so, wie Tony und ich weinten, geräuschvoll, sondern leise, und die Tränen rannen seitwärts in ihr Haar. Lily sagte zu mir, sie würden »das schreckliche Loch zuschütten« – den Swimming-pool. Lily sagte, sie würde nie mehr auf die Seite des Hauses gehen, nie mehr!

An einem Sonntag kurz danach erwähnte mein Vater, er habe nach den Ferien kein einziges Mal mein Kraulen gestoppt. »Wie wär's, wenn wir das heute machten? Ein schöner, warmer Tag . . .«

Ich las die Comics-Beilage nicht, die vor mir auf dem Fußboden ausgebreitet war. Meine Mutter nahm keine Notiz von dem Scharren der Katze, die auf ihren Schoß wollte. »Zieh deinen Badeanzug an. Los; troll dich.« Als ich zurückkam, nahm er die Wagenschlüssel aus der Tasche, ging hinüber zu meiner Mutter, legte sie ihr in die Hand und umschloß ihre Faust mit seiner eigenen. »Du hast gesagt, du würdest den Wagen nehmen und ihn für mich volltanken.«

Den Swimming-pool genossen viele Menschen. Es wurde eine Tradition bei uns im Sommer, sonntags um die Mittagszeit dort offenes Haus zu halten – Lionel Burgers *braaivleis*. Meine Mutter schwamm; sie hatte immer einen Vorrat von aufblasbaren Schwimmflügeln, und es war eine Regel des Hauses, die von neuen Gästen, neuen Bekannten, die nicht wußten, daß die Burgers einen Sohn gehabt hatten, getreulich befolgt wurde, daß alle Kinder sie tragen mußten. Einige der schwarzen Freunde waren noch nie in einem Schwimmbecken gewesen; die städtischen Bäder waren ihnen verschlossen. Mein Vater gab ihren Kindern Schwimmunterricht; sie klammerten sich an ihn, wie Baasie und ich es getan hatten. In jenem Haus hatten wir Kinder wenig Exklusivrechte bei unseren Eltern. Unter Berücksichtigung des wichtigen Unterschieds, daß ich ein Mädchen war und die sexuellen Folgerungen daher andere gewesen wären, frage ich mich, ob der Anblick meiner Mutter mit einem anderen Mann – na schön, unter einem anderen Mann – für mich das Gefüge der Wirklichkeit zerstört und mich veranlaßt hätte, mich in das Schneckenhaus der innerlichen Geschehnisse zu verkriechen, wie es bei dir der Fall war? »Ich frage mich« in dem Sinn, daß ich es bezweifle; sie war Baasies Mutter ebenso wie Tonys und meine und von Zeit zu Zeit auch Mutter für andere, deshalb hätte ich mir sie und meinen Vater, Lionel, wohl nicht als gegenseitigen Besitz vorgestellt. Wir gehörten anderen Menschen. Ich muß auch das in jenem Haus schon in sehr jungen Jahren begriffen haben. Ich wurde Noel de Witts Liebste, wenn es nötig war.

Und andere Menschen gehörten uns. Wenn meine Mutter keinen Geliebten hatte – und obwohl ich einsehe, daß ich nichts, absolut nichts über sie weiß, bin ich dessen sicher –, gab es andere Beziehungen, nicht sexuelle, die Anlaß zu Spekulationen gaben. Sogar vor Gericht. Die Frau, die meinem Vater nicht ins Gesicht sehen konnte, der sie so freundlich, so geduldig ansah – die »nicht einmal seine Schuhspitzen« ansehen konnte: diese arme Heulsuse, erbärmlich oder verachtenswert, gehörte zuerst zu der Kollektion von Unglücklichen meiner Mutter wie Baasie oder der alte Mann, der bei uns wohnte. Im Gegensatz zu ihnen war sie nicht das, was die Zeitungen ein Opfer der Apartheid nennen; sie war eine unverheiratete Lehrerin und gehörte einer Kirchengemeinde an, die in den schwarzen Vorortsiedlungen Aufbauarbeit leisten wollte. Sie muß meine Mutter im Zusammenhang mit irgendeinem Ernährungsplan im Büro der Genossenschaft kennengelernt haben. Sie war eine dieser eifrigen Seelen, die keinen Widerspruch in ihrer Behauptung sehen, sie seien keineswegs »politisch«, sondern würden nur gern etwas Wirkungsvolles tun – etwas, das nicht so hoffnungslos ist wie Wohltätigkeit – auf dem Gebiet der »Rassenbeziehungen«, wie sie es nennen (Euphemismus ist ihre natürliche Ausdrucksweise). Durch Vermittlung meiner Mutter begann sie in der Schule zu unterrichten, die Baasie und Tony und ich besucht hatten, in dieser kleinen Schule, die offiziell nicht existierte, wo wir weißen, afrikanischen, farbigen und indischen Kinder der »Familie« von Gesinnungsfreunden meiner Eltern zusammen lernten. Soweit es sie betraf, hatte meine Mutter ihr genau das verschafft, wonach sie trachtete; ihre Dankbarkeit wurde zu der Art von verehrender Abhängigkeit, mit der meine Mutter oft belastet wurde, und wir bekamen einen weiteren Stammgast in jenem Haus. Sie war es zufrieden, im Hintergrund zu bleiben: sie half in der Praxis meines Vaters aus, wenn die Sprechstundenhilfe auf Urlaub war; sie brachte für ihn, der Gemüse gern roh aß, Paprika, Karotten und Rettich aus ihrem kleinen Garten mit; als meine Mutter krank wurde, wollte sie sie pflegen, obwohl andere da waren, die wegen ihrer Geschicklichkeit und überschäumenden Lebendigkeit und Kraft, die Sterbende zur Beruhigung brauchen, vorgezogen wurden. Es ist nicht bekannt, wann sie begann, sich noch auf andere Weise nützlich zu machen. Die Zeit, zu der sie nach Ansicht der Staatsanwaltschaft, als deren Belastungszeugin sie unter Zusicherung der Straflosigkeit aussagte, bereits als Kurier tätig war, lag vor der Krankheit und dem Tod meiner Mutter; aber nichts wurde bewiesen – sie weinte und beteuerte, sie sei nach Schottland gefahren, um ihre ältere Schwester zu besuchen, und habe seit vielen Jahren dafür gespart. Sie legte das unvermeidliche Postsparbuch als Beweis für dieses monatliche Knausern und Selbstbeschränken vor, und man brauchte sie nur anzusehen, um es zu glauben.

Vielleicht wußte meine Mutter, daß sie sich bei einer solchen Person mit dem Verhaltenskodex eines wohlerzogenen Schulmädchens darauf verlassen könnte, daß sie sich niemals über den Inhalt oder die Empfänger der Briefe, die im Ausland abzuliefern sie gebeten wurde, erkundigen und sie ganz gewiß nicht aufmachen würde. Es war doch nicht zuviel verlangt von jemandem, der sich so unbedingt nützlich machen wollte? Diese rasche Erkenntnis bei meiner Mutter äußerte sich in einem plötzlich verständnisvollen Blick, seitwärts, ohne den Kopf zu drehen, so daß das Weiße dieser Augen sichtbar wurde, die nicht nur durch ihre tiefen Höhlen, sondern auch durch die dunklere Haut ringsum verschattet waren, als meine Mutter älter wurde. Ich kannte ihn gut, ich werde mich immer an ihn erinnern, an diesen Blick, dessen sich meine Mutter nicht bewußt war und der sie erstaunt – und beunruhigt hätte: es war ein nicht im Zaum gehaltener Blick.

Als ich nach dem Tod meiner Mutter die Frau in meines Vaters Haus war, kam dieser spezielle Stammgast nur noch selten. Vielleicht wußte sie, daß ich nichts für sie empfand; wenn überhaupt etwas, dann die gedankenlos grausame Gereiztheit eines jungen Mädchens, weil es ihr durch ihre gewollte Unauffälligkeit an Bestimmtheit mangelte. Wir bemerkten ihre Abwesenheit nicht, während es uns bestimmt aufgefallen wäre, wenn Bridget Sulzer, Ivy und Dick Terblanche, Aletta Gous, Marisa Kgosana, Mark Liebowitz oder Sipho Mokoena nicht mehr gekommen wären – irgendeiner dieser langjährigen Gefährten meiner Eltern, die noch auf freiem Fuße waren, weder im Gefängnis noch im Exil, und sich auch nicht anders entschieden hatten, oder auch die neuen Gäste, die sich dann und wann von jenem Haus angezogen fühlten. Du warst einer davon; Conrad, du hast mir nie gesagt, ob Lionel auf seine einzigartige Weise, mit der er bei dir den Eindruck erweckte, du würdest geschätzt, geehrt und verstanden, ob du nun reagiertest oder nicht, versucht hat, dich anzuwerben. Ich frage mich, ob er es vielleicht tat und du dich schämtest, so daß du dich aus diesem wunderbaren Ambiente zurückzogst? Weil du dich Baasie und mir in der Wärme dieser stämmigen Brust nie angeschlossen hast? Du, der du nur einen Vater gekannt hattest, der stolz darauf war, mit raffinierten Schrottgeschäften reich geworden zu sein, und mit dir nichts zu tun haben wollte, weil du als langhaariger Gammler es nicht wert seiest, Geld und die Gepflogenheit harter Arbeit, mit der es verdient wurde, zu erben. Lionel Burger sah in dir wahrscheinlich den geschlossenen Stromkreis des Ichs; für ihn mußte ein solches Leben ein Rohrkabel nötig haben zu einem Sinn, der postuliert: außerhalb des Ichs. Dort lag für ihn die Spannung, die es möglich macht zu leben; zwischen dem Ich und den anderen; zwischen der Gegenwart und der Erschaffung von etwas, das Zukunft genannt wird. Vielleicht versuchte er, dir die Chance zu geben. Als du dieses unglückliche Geschöpf im Zeugenstand sahst, hätte sie du sein können.

In der ganzen Zeit, in der ich glaubte, sie habe uns aufgegeben oder wir seien sie zum Glück losgeworden, scheint Lionel mit ihr in Verbindung gestanden zu haben. Sie erledigte die einfachen Dinge, die man solchen Leuten anvertrauen kann. Sie hatte illegale Gelder auf ihrem Bankkonto. Sie mietete ein Haus, in dem es einem der Getreuen mehrere Monate gelang, im Untergrund zu leben. Der Grund mag die Erinnerung an meine Mutter gewesen sein; es mag auch sein, daß sie sich spät und hoffnungslos in Lionel Burger verliebte, der bei ihr den Eindruck erweckte, sie werde geschätzt, geehrt und verstanden, ob sie nun einverstanden war oder nicht, das zu tun, worum er sie bat, und er wird auch – denn alle Frauen bestätigen das – bei ihr das Gefühl hervorgerufen haben, daß sie eine Frau war. Sie ist insbesondere das Beispiel, das weiße Liberale anführen, wenn sie darauf hinweisen, wie Kommunisten, selbst mein Vater, unschuldige Menschen ausnützen; man konnte den Mut bewundern, die Kühnheit, die Selbstlosigkeit, wie ein Mann wie Burger nach seinen Überzeugungen in bezug auf soziale Ungerechtigkeit (die man natürlich teilte) handelte, selbst wenn man seine kommunistischen Überzeugungen nicht teilte und seine Handlungsweise gewiß nicht guthieß, aber war es nicht wirklich skrupellos, wie er andere hineinzog? Sie war niemals Mitglied der Partei oder irgendeiner radikalen Organisation gewesen. Sie sagte vor Gericht, sie habe »versucht, im Sinne Christi zu leben«, und fügte die Einschränkung hinzu: »sehr erfolglos«. An diesem Punkt weinte sie, wie so oft während ihres Kreuzverhörs. Ihre geschwollene Nase und die eingerissenen Niednägel, die ihre Hände entstellten, erregten Abscheu. Diejenigen, die der Meinung waren, sie sei von Lionel Burger ausgenützt worden, brachten ihr Mitleid zum Ausdruck, aber nicht ihren Ekel bei diesem Anblick; nur er, der ihr eine Chance geboten hatte, ließ weder Abscheu noch Ekel erkennen und war bereit, ohne Vorwurf den Blick der rotgeweinten Augen zu erwidern, die ihn, den sie verraten hatte, nicht ansehen konnten.

Nach Lionel Burgers Tod traten verschiedene Leute an seine Tochter heran, weil sie die Absicht hatten, über ihn zu schreiben. Als einziges überlebendes Familienmitglied wäre sie für jeden Biographen die Hauptinformationsquelle gewesen. Einen lehnte sie nach der ersten Begegnung ab. Den Brief eines zweiten beantwortete sie nicht. Derjenige, dem gegenüber sie sich bereit erklärte, ihm Material zur Verfügung zu stellen, fand sie nicht sehr mitteilsam. Sie hatte an Dokumenten wenig zu bieten; sie sagte, die Familie habe wenige Briefe oder Unterlagen aufgehoben, und was da war, sei im Lauf der Jahre bei Haussuchungen von der Polizei mitgenommen worden. Sie erwähnte, daß sie einen Teil der Bibliothek ihrer Eltern habe, reagierte aber nicht auf den Hinweis, daß das an sich für einen Biographen schon interessant sein könnte.

Er wollte mit ihr die Fakten im Leben ihres Vaters durchgehen – und das schloß, von einem bestimmten Datum an, auch das Leben ihrer Mutter ein –, die er bereits an Hand von schriftlichen Informationen, einschließlich Gerichtsprotokollen und der Geschichte der Kommunistischen Partei in Südafrika überprüft hatte; nach letzterer mußte er im Ausland forschen, weil die meisten Werke darüber im Inland verboten waren. Sie beantwortete Fragen auf eine Weise, die er unerwartet fand, auf die er nicht vorbereitet war. Nicht das, was sie sagte, sondern der physische Aspekt ihrer Konfrontation verwunderte ihn. Sie saßen an einem Tisch in der Sonne im Haus von Freunden von ihr, durch die es ihm gelungen war, mit ihr in Verbindung zu kommen. Fast die ganze Zeit lagen ihre Arme vom Ellbogen bis zur Hand schlaff auf der Tischplatte. Sie sprach, ohne ihn anzusehen, aber wenn sie mit dem fertig war, was sie zu sagen hatte, blickte sie ihn mit klaren, hellgrauen Augen unverwandt an. Was wurde von ihm erwartet? Er kam sich überfordert vor. Auf der einen Seite bot sie zuwenig, auf der anderen verlangte sie etwas, das er nicht verstand.

Lionel Burger war 1905 auf der Farm »Vergenoegd« als Sohn einer wohlhabenden Familie im Distrikt Springbok Flats im nördlichen Transvaal geboren, aber in Pretoria und Johannesburg zur Schule gegangen.

Nun ja – sie wisse nicht, ob die Familie wohlhabend genannt werden könne – sie besaß Land, auf dem sie seit Generationen lebte.

Er begann sein Medizinstudium in Kapstadt und beendete es Ende der zwanziger Jahre an der Universität Edinburgh. Noch als Student heiratete er Colette Swan, eine Südafrikanerin, die in London Ballettschülerin war, und kehrte 1930 mit ihr nach Südafrika zurück. Sie hatten einen Sohn, jetzt ebenfalls Arzt, der in Tansania praktiziert. Sie wurden geschieden – wann?

Die Tochter aus der zweiten Ehe wußte es nicht. Ihre Eltern hatten am 19. August 1946 geheiratet, in der Woche des großen Streiks der schwarzen Bergarbeiter am Witwatersrand. Ihre Mutter, Cathy Jansen, war sechsundzwanzig und Geschäftsführerin einer Gewerkschaft der Konservenfabrikation oder Textilindustrie – jedenfalls einer der drei oder vier damals existierenden gemischten Gewerkschaften für Farbige und Weiße. Die Hochzeit sollte am 14. August stattfinden, aber der Brautführer, J. B. Marks, Vorsitzender der Afrikanischen Bergarbeitergewerkschaft, war am zweiten Tag des Streiks verhaftet worden, und das scheint die Hochzeitspläne für ein paar Tage durchkreuzt zu haben. Ein anderer Gewerkschafter, Gana Makabeni, sprang dann für Marks ein. Aber inzwischen waren Braut und Bräutigam infolge einer Durchsuchung der Büros der Kommunistischen Partei in Johannesburg am 16. August ebenfalls verhaftet worden. Obwohl ihr Name im Polizeiregister als Cathy Jansen erscheint, war sie Lionel Burgers zweite Frau geworden, als sie beide gegen Kaution auf freiem Fuß waren, ehe das Ermittlungsverfahren begann.

Und das war am 26. August? – Ja. Zusammen mit mehr als fünfzig anderen, Schwarzen, Weißen, Indern und Farbigen, von denen viele Kommunisten waren (und von denen nur die wenigen unvergessenen Namen Bram Fischer, Dr. Dadoo, Moses Kotane in der Biographie erwähnt werden sollten), wurde das Ehepaar nach dem Gesetz über aufrührerische Zusammenrottung beschuldigt, einen illegalen Streik unterstützt und auch gegen die sogenannte Kriegsverordnung 145 verstoßen zu haben. Der Biograph sagte, er habe sich über die Kriegsverordnung 145 informiert: damit wurden Streiks von Afrikanern für ungesetzlich erklärt und für schwarze Streikende eine Mindeststrafe von dreihundert Pfund oder drei Jahren Gefängnis festgesetzt. Der Prozeß war derjenige in der Geschichte des Landes, bei dem die verschiedenen Ideologien, Hautfarben und Klasseninteressen, die in Opposition zum weißen Regime standen, am deutlichsten zutage traten; er war der erste, in dem ihre Mutter und ihr Vater zusammen angeklagt waren. Seiner Bedeutung nach war er auch derjenige, mit dem der Hochverratsprozeß von 1957 seinen Schatten vorauswarf; das war das einzige andere und letzte Verfahren, in dem sich das Ehepaar Burger gemeinsam verantworten mußte. Der Prozeß gegen ihre Eltern, vor ihrer Geburt – ebenso derjenige, der stattfand, als sie ein Kind war, aber doch gewiß alt genug, um Eindrücke aufzunehmen, die erinnert und wiedergegeben werden konnten? – beide endeten, ohne daß Lionel Burger oder seine Frau verurteilt wurden.

Aber zwei Monate nach ihrer Hochzeit wurden bei den Radikalen in allen Großstädten Haussuchungen vorgenommen, und Lionel Burger wurde wiederum verhaftet. Er und die anderen Mitglieder des Zentralkomitees der Kommunistischen Partei in Kapstadt wurden als Folge des Bergarbeiterstreiks, der ihre Hochzeit verschoben, aber nicht verhindert hatte, der aufrührerischen Agitation angeklagt.

Mit dieser Bemerkung entlockte der Biograph der Tochter

aus dieser Ehe ein sich allmählich ausbreitendes Lächeln. Einige Augenblicke lang war die Liste von Haussuchungen, Verhaftungen und Prozessen die Familiensaga: kaum hatte das Ehepaar sein Hab und Gut in der Johannesburger Wohnung abgestellt, da begann die Haussuchung; das war Lionel Burgers oft gehörte Geschichte, wie die Polizisten, deren Auftrag lautete, Schränke und Schubladen zu durchsuchen, diese leer fanden und nun selbst die Koffer und Kisten auspacken mußten. Er und seine junge Frau stellten bloß Teller und Tassen und Töpfe und Pfannen weg, während die Polizisten zwischen Zeitungspapier und Stroh hockten und die Dreckarbeit erledigten.

Eine weitere Anklage hatte mit dem *Official Secrets Act* zu tun; wiederum hatte der Biograph die Gesetzestexte konsultiert, und der angebliche Verstoß war eine juristische Formalität und bezog sich auf eine Kampagne »Hände weg von Java«, mit der zum Boykott von Schiffen aufgerufen wurde, die südafrikanische Häfen anliefen auf ihrem Weg über den Indischen Ozean mit Nachschub für Truppen in Indonesien, nachdem die japanische Besetzung vorbei war. Aber beide, der Biograph und Rosa Burger, waren zu jung, als daß Kampagnen unmittelbar nach dem Ende des Zweiten Weltkrieges sehr bedeutungsvoll für sie sein konnten.

Cathy Burger, geborene Jansen, war in diesem Fall nicht angeklagt, obwohl sie und nicht ihr Mann Gewerkschaftsfunktionär war; sie war erst sechsundzwanzig Jahre alt und vielleicht nicht prominent genug, um Mitglied des Zentralkomitees zu sein. Der Staatsanwalt beschuldigte die Partei, im Rahmen einer umfassenderen Verschwörung zum Sturz der Regierung den Streik organisiert zu haben; der Angeklagte wurde ins Kreuzverhör genommen über die Politik der Partei, die Rolle der Kommunisten in den Gewerkschaften und ihre Einstellung zu Streiks. Der Biograph hatte alte Gerichtsakten studiert, und die Aussagen des Angeklagten waren ihm so präsent, als wären sie in seinem Beisein und erst gestern gemacht worden. Lionel Burger sagte dem Gericht, die Kommunistische Partei trete für die Einheit der Arbeiter ohne Rücksicht auf die Farbe ein. Die Parteipolitik verlange von Kommunisten, aktiv in Gewerkschaften mitzuarbeiten, die für sie zuständig sind. Ein guter Kommunist müsse dadurch das Vertrauen der Arbeiter erwerben, daß er ein guter Gewerkschafter sei. Kommunisten hätten der Sache der Arbeiter gedient, als sie ungelernte und angelernte Afrikaner, Farbige und Inder organisierten, und damit habe die Kommunistische Partei einen einzigartigen Beitrag zur rassischen Harmonie in einem Land geleistet, das ständig durch Rassenunruhen bedroht sei. Der Streik sei der natürliche und berechtigte Protest von 76000 schwarzen Bergarbeitern gegen die Ausbeutung und Mißachtung der Bedürfnisse von 400000 Schwarzen als Arbeiter und Menschen in der Industrie gewesen.

Und so weiter, und so weiter. Diese vom Biographen vorgetragene Rhetorik ihres Vaters rief bei seiner Tochter keine Reaktion hervor, die hinausging über das Maß an Aufmerksamkeit, das sie dem Interview zu zollen offenbar beschlossen hatte. Es waren Äußerungen in einem Gerichtssaal im Januar 1947, ehe sie geboren war; zweifellos war ihre Mutter dagewesen und hatte sie mit angehört. Sie selbst konnte über diese Zeit nichts beitragen; nur daß, da ihre Mutter für die Gewerkschaften arbeitete – leidenschaftlich daran Anteil nahm, sogar als ihr die Tätigkeit in der Arbeiterbewegung verboten war und sie ein Kind hatte, das alt genug war, um sich über die Anliegen der Eltern klarzusein –, die doppelte Betroffenheit, die persönliche und berufliche, durch den Prozeß sehr stark gewesen sein mußte.

Einmal mußte der Staatsanwalt Anklagepunkte wegen irgendeines Formfehlers fallenlassen – der Biograph wollte die Gelegenheit, mit Burgers Tochter zu sprechen, voll ausnutzen und nicht dadurch Zeit verlieren, daß er auf Sachverhalte einging, die er anderswo nachprüfen konnte. Jedenfalls wurden die Angeklagten, unter ihnen Burger, von neuem verhaftet, der aufrührerischen Agitation beschuldigt und vor Gericht gestellt. Die Afrikanische Bergarbeitergewerkschaft, geführt von dem Schwarzen, der ein guter Freund ihrer Eltern und zuerst als Brautführer von ihnen ausersehen war, wurde beschuldigt, ein geheimer Flügel der Kommunistischen Partei Südafrikas zu sein. Es wurde behauptet, der Streik von 1946 sei von dem Johannesburger Distriktausschuß der Kommunistischen Partei, dem Lionel Burger angehörte, organisiert worden. Dem Exekutivkomitee der Partei, dessen Mitglied er war, wurde vorgeworfen, konspirativ einen Streik angezettelt zu haben, der auf die Anwendung von Gewalt gegen die Obrigkeit hinausgelaufen sei.

Für jeden, der die vorliegende Dokumentation überprüfe, sei es rückblickend unzweifelhaft klar, daß die Kommunistische Partei zur Zeit des Streiks mit der Bergarbeitergewerkschaft eng verbunden war. Seit der Gründung der Partei und ihrer Aufnahme in die Dritte Kommunistische Internationale im Jahre 1921 (als Lionel Burger sechzehn war und in Johannesburg in die Schule ging) waren die Anerkennung von Lenins These von der nationalen und Kolonialfrage und die sich daraus ergebende Aufgabe, »die Bauern und die breite Masse der Ausgebeuteten zu erziehen« sowie »das Klassenbewußtsein des Proletariats zu heben«, für die Partei obligatorisch. Die Tatsache, daß das organisierte Proletariat in den Bergwerken – der Grundindustrie des Landes – weiß war und an den Privilegien der unterdrückenden Klasse beteiligt blieb, während die schwarzen Bergarbeiter, zugleich Bauern und Proletariat, von den Gewerkschaften der weißen Bergarbeiter nicht aufgenommen wurden, warf ein schlechtes Licht auf die Wirksamkeit der Partei. Von Zeit zu Zeit kam Kritik von der Kommunistischen Internationalen. Der Partei war es weder gelungen, das weiße Proletariat dazu zu bringen, sich mit dem schwarzen Proletariat zu identifizieren, noch die schwarzen Landarbeiter in ihrer industrialisierten Rolle als Proletariat zu organisieren. Zum Beispiel empfahl das Präsidium des Exekutivkomitees der Kommunistischen Internationalen der südafrikanischen Kommunistischen Partei, revolutionäre Arbeitergewerkschaften zu organisieren. Aber die Partei hatte keine Mitglieder in den Bergwerken, obwohl seit Juli 1930 versucht worden war, eine schwarze Bergarbeitergewerkschaft zu gründen, eine Liga für Afrikanische Rechte, deren Nachfolgerin einen afrikanischen Namen hatte, Ikaka Labasebenzi – Schild der Arbeiter. Diese Pioniertat ging auf die Initiative von Thebedi und Bunting zurück (der letztere war einer der Gründer der Partei, und Lionel Burger hatte einmal erklärt, er sei ein früher Mentor von ihm gewesen, obwohl aktenkundig ist, daß Burger 1931 für Buntings Parteiausschluß stimmte). Dann übertrug 1940 die Landeskonferenz der Partei dem Johannesburger Distrikt die Aufgabe, die schwarzen Bergarbeiter zu organisieren, deren überwiegende Mehrheit dann Nutzen ziehen würde aus der Gewerkschaftsbewegung und letztlich aus der nationalen Befreiung, der ersten Phase (bürgerlich-demokratisch oder national-revolutionär, je nach den unterschiedlichen Ansichten innerhalb der Partei) der zweistufigen Revolution, deren Endziel der Sozialismus war – wiederum in Übereinstimmung mit Lenins These von 1920. (Burger, der wahrscheinlich das Mädchen mitgenommen hatte, das seine erste Frau werden sollte, nahm 1928 an der Sechsten Internationalen in Moskau teil, bei der das Ziel einer »unabhängigen Eingeborenenrepublik« offiziell an die Stelle der klassischen marxistischen bürgerlich-demokratischen Revolution als ein erstes Stadium für Südafrika getreten war.) In dem Prozeß, der die Folge des Streiks von 1946 war, stützte sich die Behauptung der Staatsanwaltschaft von einem Kausalzusammenhang zwischen der Kommunistischen Partei und dem Streik stark auf die Tatsache, daß J. B. Marks, der Vorsitzende der Afrikanischen Bergarbeitergewerkschaft, sowohl Mitglied der Kommunistischen Partei als auch Mitglied des nationalen Rats war, der 1941 von der schwarzen politischen Bewegung, dem Afrikanischen Nationalkongreß, mit dem Ziel gegründet worden war, die schwarzen Bergarbeiter zu organisieren.

Aber es gelang der Staatsanwaltschaft nicht, diesen Kausalzusammenhang zwischen dem Zentralkomitee der Kommunistischen Partei und dem Streik nachzuweisen. Und als Tatbestandsmerkmal für gesetzwidrige Gewalttätigkeit, die das Verbrechen der aufrührerischen Agitation darstellt, konnte sie auch nicht nachweisen, daß die schwarzen Bergarbeiter Gebrauch von den mit Knäufen versehenen Stöcken machten, mit denen sie (Rosa Burger erinnerte sich, daß ihr das Jahre später erzählt worden war) trotzig in den Höfen ihrer Siedlungen herumtanzten, oder mit ihren Schaufeln zuschlugen, mit denen sie sich vor den Knüppeln und Gewehren der Polizei schützten.

Der Biograph ihres Vaters war erpicht darauf, sich über seine Theorie auszulassen, die wohl aus zweiter Hand stammte, wonach dieser Prozeß einen Wendepunkt darstelle sowohl in dem Verhältnis zwischen den Befreiungsbewegungen und dem Staat als auch in den Beziehungen der Befreiungsbewegungen untereinander. Die Unterlagen, die bei Haussuchungen in den Büros von Organisationen und den

Wohnungen einzelner Personen gefunden und beschlagnahmt und dann im Prozeß als Beweismaterial vorgelegt wurden, lieferten der Geheimpolizei Namen nicht nur von Kommunisten, sondern auch von ihren Anhängern und jeder Organisation oder Person, die mit ihnen in Verbindung gestanden hatte, und das zu der Zeit, als die öffentliche Entrüstung über den Faschismus in Europa und unter Gruppen von Weißen im Inland bewirkte, daß Antikommunisten und Kommunisten ein gemeinsames Programm hatten. Als Folge des Prozesses vermochte die Regierung 1950 das Gesetz zur Unterdrückung des Kommunismus zu verabschieden und die Auflösung der Partei als einer legalen zu bewirken. Durch die bei dem Prozeß erlangten Informationen führte die Verfolgung durch Banne, Bespitzeln und Einschüchterung der schwarzen politischen Bewegungen zu einer Gleichheit der Ziele, die schließlich ideologische Unterschiede zwischen dem Afrikanischen Nationalkongreß, dem Indischen Kongreß und der Kommunistischen Partei auslöschte und Anfang der sechziger Jahre in der Kongreßallianz dieser Bewegungen gipfelte; in einem gemeinsamen Oberkommando, das ihre Untergrundoperationen leitete; in der neuen Serie von politischen Sensationsprozessen, bei denen diejenigen, die die höchste Verantwortung übernahmen, entdeckt, verraten und eingekerkert wurden und mit denen eine ganze politische Ära, in der und für die Lionel Burger lebte, ihr Ende fand.

All das, so erkannte der Biograph im nachhinein, begann, als im Mai 1948 das Verfahren gegen ihren Vater und seine Genossen niedergeschlagen wurde. Es war der Monat, in dem die erste nationalistische Afrikaander-Regierung ihr Amt antrat; das war sozusagen die Krönung eines Kapitels mit einem Anflug von böser Vorahnung.

Es waren der Monat und das Jahr, in denen Rosemarie Burger, die ihn bis zu Ende anhörte, geboren wurde.

Abgesehen von Flora Donaldson, drängten sich die alten Gefährten ihres Vaters ihr in dieser Zeit, in der sie sich von ihnen fernhielt, nicht auf. Flora hatte keinen Zweifel; das Mädchen mußte ein neues Leben führen. Mit bevormundender Freundlichkeit und dem Takt einer gutsituierten Frau, die das Leiden begleitet, wie ein Sportfanatiker im Auto mit einem Marathonläufer Schritt hält, unterstützte sie dieses Rennen mit dem Geschenk eines roten Samtrocks und eines Paars unechter Ohrringe aus ihrem eigenen Schmuckkasten. »Ich werde dir die Ohren selbst durchstechen; meine Großmutter machte das immer; ich bin da Fachmann.« Zu Rosas Bestem kam sie wieder auf die Vorzüge von Tansania zurück. Sie hatte Freunde, die dort lebten, sie fanden das Ganze sehr anregend, es müsse doch geradezu eine Erlösung sein, in einem schwarzen sozialistischen Land zu arbeiten. Und selbst London – sie fand den Gedanken offenbar nicht mehr unvorstellbar –, all die wunderbaren Menschen in London! Die im Exil Lebenden, Noel de Witt und seine junge Frau, Paulines Tochter, Bridget Sulzer, Rashids Söhne – alle leisteten interessante, befriedigende Arbeit und bereiteten sich entschieden auf den Tag vor, an dem sie zurückkommen könnten. Die Donaldsons hatten eine Wohnung in Holland Park, der Schlüssel lag bereit und brauchte nur abgeholt zu werden. Flora sprach von alledem mit einer Miene, als ob die Entscheidungen schon halbwegs getroffen seien, wenn sie Rosa zum Abendessen einlud zusammen mit einer bunten Tafelrunde von linksgerichteten britischen und skandinavischen Journalisten (letztere richteten Grüße aus von dem Schweden, der kurz ihr Geliebter gewesen war) und von liberalen weißen amerikanischen Kongreßabgeordneten oder schwarzen Soziologen, die gekommen waren, um von ihrem Standquartier aus, teuren weißen Hotels, in denen nur ausländische Schwarze wohnen durften, Soweto zu besuchen.

Die anderen – ihres Vaters engste Mitarbeiter, die sie am besten hätten kennen sollen, nachdem sie als Kind unter ihnen vor dem Gefängnis gestanden hatte, überließen es ihr, zu ihnen zu kommen. Diejenigen, die da waren: die nicht im Gefängnis oder im Exil waren. Viele waren Beschränkungen unterworfen, die es ihnen untersagten, sich untereinander zu treffen, und das galt auch für Rosa. Aber das war ein normaler Zustand für sie alle; es gab Mittel und Wege. Sie studierten das Schema der polizeilichen Überwachung, wie die Polizei ihr Verhalten studierte; bei einer Wachsamkeit, die Routine wird, gibt es Lücken.

Die Getreuen waren da. Sie brauchten ihr kein Zeichen zu geben. Sie waren immer da gewesen. Mark und Rosa Liebowitz' Mutter Leah Gordon und Ivy Terblanche, die in den dreißiger Jahren mit ihrem Vater nach Grammophonmusik im Jüdischen Arbeiterklub getanzt hatte. Aletta Gous fuhr mit Rosas Mutter, als sie jung und Lionel Burger mit einer anderen verheiratet war, zu einer dieser riesigen Zusammenkünfte jener Zeit mit Namen wie »Jugend für Frieden«, und es gab ein Foto von ihnen mit Blumensträußen auf einem russischen Bahnhof. Der Biograph hatte sich die Fotografie ausgeliehen, um sie in seinem Buch zu bringen. Gifford Williams, der Rechtsanwalt mit der Aktentasche, für den sich, wie die Vierzehnjährige gesehen hatte, das Gefängnisportal öffnete, hatte jahrelang ihren Vater vertreten, bis er selbst gebannt wurde, und er war es, der Theo Santorini in dem Burger-Prozeß beraten hatte.

Es waren nicht viele. Sie waren im Gefängnis gewesen und wieder entlassen worden, nachdem sie ihre Strafen von zwei, drei oder fünf Jahren abgesessen hatten – kurz vor Lionel Burgers Tod im Gefängnis waren die zwei Jahre abgelaufen, zu denen Ivy Terblanche verurteilt worden war, weil sie sich geweigert hatte, gegen ihn auszusagen. Sie waren durch jahrelangen Bann in ihren Bewegungen und dem Verkehr mit anderen Menschen beschränkt und wurden oft in derselben Woche, in der die Beschränkung auslief, von neuem gebannt. Abgesehen von Dick Terblanche, der Metallarbeiter war, mußten sie sich Ersatz für die Arbeit suchen, die ihnen verboten war. Gifford verkaufte Büroeinrichtungen, statt als Anwalt zu praktizieren. Leah Gordon, die nicht unterrichten durfte, war Sprechstundenhilfe bei einem Kieferorthopäden, Ivy Terblanche hatte sich selbständig gemacht und lieferte Fertiggerichte zum Mitnehmen in der Nähe der Fabrik, in der sie einst Mitglied des Betriebsrats gewesen war. Aletta Gous, die keine Druckereien oder Verlagsgebäude betreten durfte, hatte ihre Stellung als Korrektor von Afrikaans-Lehrbüchern verloren und arbeitete, als Rosa sie zuletzt sah, bei einem Verband, der versuchte, bei Schwarzen für ein billiges Nahrungsmittel mit hohem Proteingehalt zu werben.

Lionels Tochter kam von einem Feldweg durch die hintere Gartenpforte herein, wie sie es immer getan hatte. Als Kind, weil es der vertraute und bequeme Weg war, jetzt, weil er von den Nachbarhäusern nicht eingesehen werden konnte, was beim Vordereingang von der Straße her der Fall war. Als einer namentlich erfaßten Person war es ihr von Rechts wegen verboten, Ivy und Dick Terblanche zu besuchen, die beide mit dem Bann belegt waren, aber ihre Tochter Clare war weder namentlich erfaßt noch gebannt, und sie wohnte bei ihren Eltern und durfte *ihre* Freunde empfangen – eine Art Alibi. Dick Terblanche, der gerade den Vergaser von Ivys uraltem Wagen reinigte, hob ein rotes Gesicht mit hellen Augenbrauen, dessen Ausdruck erkennen ließ, daß er lange nicht an Rosa gedacht hatte; aber er kam sofort herüber und küßte sie. Daß er seine schmutzigen Hände wegstreckte, hatte zur Folge, daß er einen freien Raum um sie beschrieb. Es war höchst unwahrscheinlich, daß, wer immer das Haus der Terblanches überwachte, an einem Sonntagmorgen auf der Lauer liegen würde; der einzige sichtbare Augenzeuge war ein Nachbarskind mit einem strampelnden Kaninchen im Arm, das bei der Autoreparatur zusah. Es wandte seine Aufmerksamkeit unterschiedslos der Begrüßung und dann Ivy zu, die jubilierend aus dem Haus kam. Rosa ging rasch hinein. Auf der umgebauten Veranda, die sich über die ganze Länge des Hauses erstreckte und hinter deren Glasjalousien die Terblanches dem größten Teil ihrer Beschäftigungen nachgingen, war eine magere alte schwarze Frau beim Bügeln und hielt inne, das Eisen senkrecht gestellt. »Wie geht's Lily?«

»Gut. Sie schreibt manchmal. Eine ihrer Enkelinnen ist Krankenschwester geworden. Lily versorgt ihren kleinen Jungen. Er heißt Tony nach meinem Bruder, erinnerst du dich an ihn?«

»O ja, das ist sehr schön ... Und die andere Tochter, die jüngste, so alt wie du?« Die alte Frau runzelte pfiffig die Stirn und machte alte, gegenseitige Verantwortung geltend, wo sie angebracht war. »Hat sie Kinder?«

»Nein, keine Kinder. Sie ist mit einem Kellner in einem großen Hotel in Pretoria verheiratet. Er hat eine gute Stellung, Lily ist froh darüber.«

»Nur du bist nicht verheiratet, Rosa.«

Ivy schob ihr breites Hinterteil einer Yorkshire-Frau an der schwarzen Frau vorbei und zog den Stecker des Bügeleisens heraus. »Mach dich fort, Regina, hör auf, ihr die Hölle heiß zu machen, und gib ihr eine Tasse Tee.«

Dick schrubbte sich am Wasserhahn draußen die Hände. Sein Gesicht tauchte auf, unterteilt durch die offenen Glasjalousien der Fenster. »Sag Clare, wer hier ist.«

Die Terblanches ließen weder Erstaunen über Rosas plötzliches Erscheinen erkennen, noch machten sie ihr Vorwürfe, daß sie sie so lange vernachlässigt hatte. Und sie waren bereit, sich sofort aus ihrer Gesellschaft in einen anderen Teil ihres winzigen Hauses zurückzuziehen, wenn ein Klopfen oder das Bellen der alten Labrador-Hündin, einst ein Liebling der Familie Burger, die Ankunft eines anderen Gastes ankündigen sollte – vielleicht des Geheimpolizisten, dessen »Schäflein« sie waren. Er würde den ersten Gast allein mit ihrer Tochter finden.

»Clare wäscht sich gerade die Haare, sie wird gleich kommen.«

Ivy raffte Papiere und Zeitungsausschnitte zusammen und legte sie auf einen Stuhl unter eine Schreibmaschine, um sie zu beschweren. Gebügelte Hemden, Strickzeug und Katzen lagen auf anderen Stühlen, zwei riesige nasse Pullover von der Art, mit der Ivy ihren Mann seit vielen Wintern versorgte, lagen glattgezogen auf dickem Zeitungspapier zum Trocknen. Dick klatschte in die Hände, und die Katzen sprangen mißmutig herunter. Ivy legte die Hand auf die ihres Gastes. »Das würde er nicht wagen, wenn Clare ihn sähe. Sie ist so verrückt nach Tieren wie eh und je. Jede Nacht in ihrem Bett. Ja . . . du siehst gut aus, Rosa. Dick, findest du nicht, daß sie besser aussieht?«

»Seit wann hat sie denn schlechter ausgesehen?«

»Flora möchte, daß ich alle meine Kleider wegwerfe und mir neue kaufe.«

Ivy hob vielsagend ihren großen, struppigen Kopf. »Ach, Flora. Möchte sie das.«

»Wohnst du bei ihr?« Dick war etwas taub nach vierzig Jahren Arbeit im Fabriklärm und sprach in einer Tonlage, die darauf abgestimmt war, in einem Maschinensaal verstanden zu werden.

»Nein. Ich besuche sie manchmal.«

»Vielleicht verschafft William Donaldson dir einen Job.«

Ivy richtete sich an ihren Mann und ergriff die Gelegenheit, vor einem Dritten spaßeshalber etwas zu sagen, das keinem von ihnen in den Sinn gekommen wäre, wenn sie allein gewesen wären. »Dick geht nächstes Jahr im Juli in Rente.«

»Ich bin vier Jahre jünger als Lionel. Er war zwanzigster November neunzehn-null-fünf, stimmt's?«

Regina brachte das Teetablett, und während sie von einem zum anderen blickte, wie man es tut, wenn einem Gespräche in einem Zimmer entgangen sind, verteilte sie die Tassen.

Rosas Profil war dem ihres Vaters sehr ähnlich, als sie, die hellen Augen verborgen, nach unten schaute und sich mit Zucker aus der Schale bediente, die Ivy ihr mit einer Hand hinhielt, aus der Zigarettenrauch aufstieg. »Wann habt ihr Lionel eigentlich kennengelernt – ich dachte, ihr wärt zum erstenmal in Moskau zusammen gewesen?«

»Sie meint 1928.«

Die Reaktion von Dick und Ivy auf andere Menschen war so gleichartig, als bestünde zwischen ihnen ein gemeinsames System zerebraler Impulse. »Ich war nicht an der K. P. interessiert. Verrückt nach Fußball. Und Mädchen. Als ich jung war.«

»Wir haben uns erst 1930 kennengelernt.« Ivy tat Zucker in seinen Tee, rührte um und gab ihm die Tasse.

Rosa hatte den Unterkiefer vorgeschoben, keck, lächelnd, Jugend, die unbewußt gönnerhaft der Vergangenheit schmeichelt: »Mädchen.«

Er nickte und tastete mit einer dicken und durch schuppige, rosa Hautkrebsstellen gescheckten Hand nach einem Löffel. »Es ist schon umgerührt.« Ivys Worte kamen aus einer Rauchwolke, die wie eine Sprechblase in Comics aussah. »Er war zu jung. Ich sollte eigentlich hinfahren, aber Lionel war schon in Edinburgh, daher war es billiger, ihn von dort aus zu entsenden ... Ich bin diejenige, die so alt ist wie Lionel.«

»Hat er jemanden mitgenommen – ein Mädchen?«

»Mädchen! Wir alle hatten Mädchen.«

Aber seine Frau verlangte mehr weibliche Präzision bei derlei Dingen. »Was für ein Mädchen?«

»Katya, nicht wahr? Davids Mutter.«

»Ach, Colette. Könnte sein. Ich nehme an, sie waren damals schon zusammen. Der zukünftige Star von Sadler's Wells. Ich weiß nicht, wann diese Affäre begann. Du, Dick?«

»Waren sie schon verheiratet, als wir sie kennenlernten?«

Beide waren nicht sicher.

»Sie hat mir einen Brief geschrieben.« Sie wußten, daß Rosa damit meinte, nach dem Tod ihres Vaters. Ivys breites, aufgewecktes Gesicht, bis genau an die Ränder der Wangen gepudert, entspannte sich in einem geduldigen Ausdruck der Skepsis und Erwartung. Die Frau, die Rosa nie gesehen hatte, erhielt durch Ivy wahrnehmbare Gestalt. »So? Wo ist sie denn jetzt gelandet?«

»Sie hörte es über Tansania. Von David. Sie lebt in Frankreich. In Südfrankreich.«

»Hast du das gehört, Dick? Was schreibt sie in dem Brief?« Ivys Lippen bereiteten sich darauf vor, etwas Beleidigendes oder Lächerliches zu äußern.

Rosa kam sich vor wie der überflüssige Außenseiter in der Gesellschaft von drei Menschen (einer fehlte), die sich zu gut gekannt hatten. Sie sprach mit dem lustlosen Zögern von jemandem, der sich nicht vorstellen kann, welche Schlüsse die Hörer aus dem ziehen, was berichtet wird. »Das übliche.« Sie hatte viele Beileidsbriefe bekommen, nach diesem oder jenem Schema verfaßt. Aber die Terblanches warteten. Rosa kraulte die Katze, die ihr auf den Schoß gesprungen war, unter dem harten Raubtierkiefer, lächelte und wählte ihre Worte genau. »Sie schrieb über die Verhältnisse hier. Na ja, sie sagte etwas wie: ›Es ist seltsam, in einem Land zu leben, wo es noch Helden gibt.‹«

Ivy fuhr sich mit den ausgestreckten Fingern beider Hände theatralisch durch das Haar und war plötzlich nicht wiederzuerkennen. »Über ihn.«

Dick, kommentierend, unparteiisch, meinte heiser: »Klingt ganz nach ihr.«

»Als ich die Unterschrift sah, wußte ich erst gar nicht, wer sie war. Sie trägt Lionels Namen nicht.«

»Und sie nennt sich Katya?«

»Ivy, sie müssen schon verheiratet gewesen sein, als ich dich kennenlernte.«

»Du hast recht. Ja. Ich glaube, es wäre sonst für ihn nicht einfach gewesen mit ihr.«

»Vielleicht hat er erst gar nicht gefragt.« Dick zog die Lippen nach innen über die Zähne und wandte seiner Frau das kratzbürstig vorgeschobene Kinn und das Stirnrunzeln eines alten Mannes zu.

Rosa betrachtete sie nachdenklich wie ein Kind, das eine Tür aufmacht und eine Szene beobachtet, ohne zu begreifen, was da vor sich geht. »Ist es wahr, daß ihr ohne Genehmigung der Partei nicht heiraten durftet?«

»Von einigen von uns wurde verlangt, überhaupt nicht zu heiraten.« Dicks gestelzte Redeweise mit starkem Afrikaans-Akzent klang wie ein Zitat; sein grimmiger Ausdruck milderte sich, und er lächelte ihr liebevoll zu, womit er ihr zu verstehen gab, sie solle sich keine Gedanken um Dinge machen, die sie nichts angingen.

»Colette Swan war nach den Maßstäben von niemandem die richtige Frau für Lionel.« Ivy hob die Teekanne hoch.

Rosa stand auf, um sich einschenken zu lassen. »Und sie hat über dich geschrieben, Ivy.«

Die Nasenflügel blähten sich kampfeslustig auf, die Wammen erzitterten, als sie Dick ansah. »Du lieber Gott, was kann sie schon über mich zu sagen haben?«

Er lächelte auf die bedächtige Afrikaander-Art. »Warte, Mensch, laß es uns hören.«

»Du hättest getan, was sie von dir erwartet hat.«

Dick sah beeindruckt aus, und Ivy machte klar, daß sie nicht zugehört hatte; die Anerkennung oder Bewunderung von manchen Menschen ist ebenso unwillkommen wie Kritik.

»Also war es in Ordnung, daß Lionel und meine Mutter heirateten?«

»Wie meinst du das?«

Aber Dick sah seine Frau an, und sie sagte: »Cathy war in jeder Beziehung in Ordnung.«

Danach hatte das Mädchen nicht gefragt. »Sie erhielten die Genehmigung, bevor sie heirateten?«

Dick kicherte ein bißchen vor sich hin über die Vergangenheit. »Ach, zum Teufel, nicht jeder mußte unbedingt, ich meine, es ist nicht, als ob . . .«

»Hättest du Colette Swan gekannt, würdest du sie nicht im selben Atemzug mit Cathy erwähnen.«

Wie bei vielen Menschen mit hohem Blutdruck kamen Ivy

Terblanches Emotionen eindrucksvoll an die Oberfläche; ihre Stimme klang unbeteiligt, aber ihre Augen schossen blitzende Blicke, und ihre gewaltige Brust hob sich gegen abstrakt gemustertes Nylon. Lionel Burger hatte einmal beschrieben, wie sie, als sie noch bei öffentlichen Versammlungen sprechen durfte, »unter der Diskussion kreiste und dann eine Fontäne herausspritzte wie ein prachtvoller weiblicher Wal«.

»Ach, Ivy, Mensch! Schließlich war sie jemand, mit dem ihr Vater einmal verheiratet war! Hab Erbarmen!«

Die Tochter der Terblanches, die einst schwanger vor dem Gefängnis gestanden hatte, war mit ihrem Mann schon lange außer Landes gegangen. Es war die jüngere Tochter, die mit herabhängendem nassen, braunen Haar hereinkam. »Worüber seid ihr denn jetzt in Rage?«

»Ach, gar nichts. Dinge, die geschahen, als an euch Mädchen überhaupt noch nicht zu denken war.«

Ungezwungen, da sie ja gleichaltrig mit dem Gast war, ging Clare an den Glasjalousien entlang, die Dick angebracht hatte, schlug mit dem Kamm nach den Avocado-Kernen, die in Marmeladengläsern auf dem Fensterbrett wuchsen, und ihr Kopf sperrte die Sonne aus. »Wo wohnst du jetzt, Rosa?«

»In einer kleinen Wohnung, nicht übel.«

»Mit jemandem?«

»Nein. Allein.«

»Was bezahlst du?«

»Clare, Mädchen, schau mal, was du anrichtest.«

Sie drehte ungeschickt den Kopf, überschüttete die nackten Knie ihres Vaters in Shorts wiederum mit Tropfen und lachte: »Macht doch kein Theater!« und wischte sie mit einem Zipfel ihres langen Baumwollrocks ab. »Ich suche nämlich nach einer Wohnung für jemand – ein Mädchen mit einem Kind, sie kommt aus Port Elizabeth her, aber die Mieten sind entsetzlich hoch.«

»Ich habe nur ein Zimmer. Ich weiß nicht, ob das reichen würde, mit einem Kind. Aber soviel ich weiß, steht eine Wohnung in dem Haus leer, jedenfalls vorige Woche.«

Clare schenkte sich Tee ein, betrachtete kritisch das Angebot auf dem Tablett, kippte den Tee in die Kanne zurück und goß sich Milch ein. »Was ist aus dem Garten-Cottage geworden?«

»Verschwunden wegen der Autobahn.«

»Nicht einmal ein Keks. Schließlich habe ich nicht gefrühstückt. Ihr zwei habt euch den Bauch mit Rühreiern vollgeschlagen. Warum stehen alte Menschen und Kleinkinder so früh auf?«

Ivy nahm den nassen Kamm auf, der neben ihren Papieren hingeschmissen worden war. »Geh doch in die Küche und hol dir was. Es sind Bratäpfel da. Aber schneide das Früchtebrot nicht an, das Regina gebacken hat. Wenn es angeschnitten wird, solange es noch warm ist, wird es klitschig. Clare ist zur Zeit Vegetarierin, und sie glaubt, deshalb habe sie bei allem Vorrang, was nicht Fleisch ist.«

Das Mädchen ignorierte seine Mutter freundlich-verdrossen. »Bist du immer noch im Krankenhaus?«

»Nein, auch das ist vorbei.«

Dick war in die Küche gegangen und kam mit einer dicken Scheibe Früchtebrot zurück. »Hier, Mensch, iß.« Ehe Ivy etwas sagen konnte, beruhigte seine geduldig klingende Afrikaander-Stimme sie: »Mit Reginas Erlaubnis.« Ein rasches, komödiantisches Zucken der Nase für Rosa allein.

Die Haut zwischen Clares dichten Augenbrauen war schuppig und entzündet. Während sie aß, beschäftigte sie sich mit Einzelheiten ihrer Toilette, denen sie sich wahrscheinlich selten zuwandte: mit rauchverfärbten Zähnen schob sie die Haut an ihren Nägeln zurück, betrachtete die Haarsträhnen, die ihr zwischen den Fingern blieben, als sie die Länge des Haars an den Schultern überprüfte, sah eingehend – als ob Rosas Anwesenheit ihre Aufmerksamkeit auf all das gelenkt habe – ihre rosa Füße an (dick wie ihres Vaters Hände), gleichsam Fremde in ausgelatschten braunen Sandalen.

»Einen Job suchst du wohl nicht, nehme ich an. Bei uns.«

»Uns?« Rosa bezog das auf Ivy und Dick. Ivys Streichholz winkte verneinend, die kleine, in der Sonne unsichtbare Flamme erlosch. »Sie arbeitet mit Aletta.«

»Aletta – oh, das ist wunderbar. Wie ist sie denn jetzt?«

»Rothaarig im Augenblick.«

»Mann, ich muß schon sagen, ich finde, sie sieht großartig aus.«

»Aber wenn ich das täte, würdet ihr, du und Dick . . .«

Er starrte sie an, wie Familienmitglieder einander selten betrachten. »Du würdest aussehen wie eine Sonnenblume von van Gogh.«

Das Gelächter brachte sie alle einander nahe, so daß Ivy sagte, was sie sonst vielleicht erst erwähnt hätte, nachdem Rosa gegangen war: »Und die Sache mit Eckhard – wie lange soll das noch weitergehen?« Ein blitzschneller Blick, nicht zu Dick, sondern in seine Richtung, als sei ein unsichtbarer Faden gezogen worden, und dann eine rasche, besänftigende Ablenkung. »Ich meine, langweilt dich das noch nicht, Rosa?«

Eine Chance, sich auszusprechen, wenn sie es konnte. Eine flüchtige Versuchung, zu reden. Zu fragen.

»Es ist ein Job.«

Rosa besaß immer noch ihre alte Selbstbeherrschung aus der Kindheit und vermochte sich Gelegenheiten ebenso zu entziehen wie Annäherungsversuchen, ein dickköpfiges kleines Mädchen in der Frau. Und sie machte es niemandem leichter, indem sie das Thema wechselte; andere Menschen wurden sowohl abgewehrt als auch festgehalten.

Aber eine Atmosphäre, in der sie sich erholen konnte, wurde ihr noch zugebilligt. Ivy überbrückte den Augenblick mit Gemeinplätzen. »Ach, es könnte ganz interessant sein. Ja, nützlich, du erhältst praktisch Einblick, wie die Wirtschaftsmacht in diesem Land ausgeübt wird ... man kann immer etwas lernen ... eine Zeitlang, meine ich.« Sie blickte freimütig in die Runde.

»Ein Job wie jeder andere.« Rosas Ruhe stand im Gegensatz zu der schweifenden Ichbezogenheit des anderen Mädchens, zu Ivys beträchtlicher Besorgtheit, zu Dicks endlosen dunklen Ahnungen. Er nickte ununterbrochen, als ob er eine Hand oder eine Schulter tätschelte.

Clare sprach ohne Gehässigkeit. »Ich nehme an, es muß schön sein, ausnahmsweise anständig bezahlt zu werden.«

»Das übliche Stenotypistinnengehalt. Nichts Außergewöhnliches. Aber es wird auch nichts von einem erwartet. Es ist die anonyme Art von Job, die neunzig Prozent aller Menschen haben. Man versteht das wirklich erst, wenn man die Arbeit tut ... es gibt nichts, was man am Ende des Tages vorzeigen kann. Telefonanrufe und Papierschlangen aus dem Fernschreiber, riesige Geldbeträge, die man nie sieht, die in andere

Hände übergehen, Hände, die man nie berührt.« Ihres Vaters Lächeln.

Clare rieb sich die entzündete Stelle zwischen ihren Augenbrauen. »Dann komm doch zu uns. Wir wiegen Säcke ab und schleppen sie herum – das Zeug, das wir verkaufen, riecht wie Babykotze, sagt Aletta. Nein, wirklich, Mammi, zuerst ist es okay, man findet es angenehm, aber mit jeder neuen Lieferung, nach ein paar Wochen ist es widerlich! Man kriegt den Geruch nicht aus den Haaren und den Kleidern heraus. Greifbar und stinkend, daß es einem reicht, das kann ich euch versichern. Aber nahrhaft, nahrhaft.« Die übertriebene Nachahmung eines belehrenden Gehabes, die Augenbrauen, die sie von ihrem Vater geerbt hatte, zerzaust: »Ihr braucht Aletta bloß mit einigen dieser Frauen zu sehen, die da hinkommen. Sie entreißt ihnen ihre Babys, schreit durch das ganze Lokal, drückt ihnen auf die dicken Bäuche – ihr kennt Aletta ja – seht euch das an! Seht euch das an!« Das Mädchen demonstrierte es, ausgestreckt auf der abgenutzten Grasmatte, an ihrem eigenen schlaffen Körper; sie schüttelte sich vor Lachen. »Und dann kommen die Dias, auf denen man sieht, welche schrecklichen Dinge mit Knochen geschehen, wenn ihnen Vitamin C fehlt, und mit der Haut, wenn es nicht genug Vitamin B gibt ... sie werden beschimpft, weil sie ihren Kindern ein Stückchen Fell oder Perlen oder Gott weiß was um den Hals hängen – ihr wißt ja, was sie von Stammesgewohnheiten hält. Aber sie ist phantastisch, wirklich. Sie nehmen es ihr ab. Sie kichern bloß. Ihre neueste Idee ist, ihnen Filme zu zeigen. An diesem Wochenende sieht sie den Mann, der kurze Dokumentarfilme macht.«

»Ein Film?« Ivy zählte Maschen an ihrer Strickerei.

»Ihr Ernährungslehrfilm. Ich hab euch davon erzählt. Der Typ, der sich den Majakowski geliehen hat. ›*Die Wanze*‹.«

»Clare! Laß es dir wiedergeben, ja? Da ist es also! Ich hab das Buch vor dreißig Jahren in der Charing Cross Road gekauft. Ich hab's geschafft, es zu behalten, als die Polizei alles in Sichtweite mitnahm, was gedruckt war. Und dann nimmt es ein Freund von dir einfach mit.«

Das gab Dick das Stichwort zu einer Erinnerung im Interesse seines Gastes. »Colette zog eine Theatergruppe auf, weißt du. Muß etwa 1933 gewesen sein. Sie war zuständig für das

Kulturprogramm, Klassenbewußtsein durch Kunst und dergleichen.«

»Erfand ihr eigenes Programm für sich selbst, ist wahrscheinlicher. Ich kann mich nicht erinnern, daß sonst jemand groß darüber befragt wurde. Ihre Methode, um den Unterricht in der Abendschule loszuwerden. Man konnte sie zu keiner Arbeit kriegen, wenn sie nicht das Verdienst für sich in Anspruch nehmen konnte, es sei ihre Initiative gewesen. Sie nicht! Aber Clare, es ist mir Ernst damit, sag diesem jungen Wer-immer-es-Ist von mir ...«

»Wir fuhren mit einem Lastwagen in die Schwarzensiedlungen überall am Riff, in Krugersdorp und Boksburg ... Sie verfaßte die Stücke, und die Lieder auch, glaube ich. Wir führten *Blutsonntag* auf, und ich war der Priester Gapon. Und wie hieß das andere über die Gaikas und die britischen Truppen, Ivy? Schwarze aus unserer Abendschule waren die Gaikas. Wir ließen die rote Fahne auf der Motorhaube von Isaac Louries altem Lieferwagen flattern.«

Dicks und Rosas Gelächter ließ Clare aufhorchen. »Das waren noch Zeiten, alter Herr. Und wir können nicht mal in die Transkei mit unseren aufregenden Kwashiorkor-Dias.«

»Warte nur, bis ich im nächsten Jahr entlassen bin. Dann werde ich euch mit einer fahrbaren Anlage in einem Wohnwagen ausrüsten. Du wirst schon sehen. Bappie hat versprochen, durch den Großhandel seines Schwiegervaters ein gut Teil der Einrichtung zu besorgen.«

Ivy gab Rosa die notwendige Erklärung: »Bapendra ist zurück von der Insel. Seit vorigem Monat.«

»Und wie geht's ihm? Ich nehme an, er ist noch nicht wieder gebannt. Jedenfalls habe ich nichts darüber in der Zeitung gelesen.«

»Ja, seine Frau möchte, daß sie eine Ausreisegenehmigung beantragen und nach Kanada gehen, ehe es dazu kommt.« Ivy gestikulierte und ließ ihre Strickerei auf den Schoß sinken.

»Leela sagt, sie will nicht mit ihren Eltern mitgehen. Aber du weißt ja, wie stark der Familiensinn von Moslems ist.«

»Was macht Leela?«

»Sie arbeitet jetzt schon seit sechs Monaten für mich. Ein tüchtiges kleines Ding, die Leela. Sie nimmt die telefonischen Aufträge entgegen, hilft in der Küche. Ach, alles mögliche.

Sie geht zum Markt für mich und erledigt den größten Teil meiner Einkäufe.«

»Du hast eine richtige Organisation aufgezogen, Ivy.«

Ivy schaute sich um. »Nun ja, wir haben alle zu essen. Das kann ich wohl behaupten. Beulah James ist auch bei mir ... Alfred hat noch sieben Monate abzusitzen. (Sie haben ihn nach Klerksdorp verlegt, was ärgerlich für sie ist, das Zentralgefängnis in Pretoria war leichter zu erreichen.) Wir gehen von den Sandwiches und Brötchen ab und konzentrieren uns mehr auf Suppen, Curryreis und dergleichen. Warme Gerichte sind sehr beliebt. Und dann haben wir natürlich Salate. Ich sehe eine ganze Menge von Leuten, mit denen ich früher zusammengearbeitet habe ... Auch wenn ich mich nicht auf dem Fabrikgelände sehen lassen darf, schicken die Weißen immer noch ihre Schwarzen, um sich ihr Lunch holen zu lassen. Ja, es wäre ganz schön, wenn wir wüßten, was Dick ... er muß etwas finden, was er tun kann.«

»Ich hätte nichts dagegen, Alettas Revue durchs ganze Land zu fahren.« Dick grinste; der Scherz eines Mannes, der den Verwaltungsbezirk um das Haus, in dem sie saßen, nicht verlassen durfte.

Ivy zog die Schultern zurück und straffte die großen Falten ihres Halses, eine kampflustige Gans. »Ich glaube, ich könnte die Bantustans nicht ertragen, nein, danke. Selbst wenn ich hinein könnte. Mantanzina, Mangope – irgendeiner von dieser Bande –, der Anblick ihrer ›Hauptstädte‹ mit dem Parlamentsgebäude und ihrem Hotel für Weiße.« Ein Seufzer des Abscheus.

»Ach, komm, Ivy. Wenn Aletta jemanden hineinbekommt ... da sind immer noch Leute, alte Freunde. Da gibt's etwas zu tun.«

»Wo sind sie? Du weißt, wo; die schwarzen Vorsters haben auch ihre Internierungsgesetze.«

»Ein paar müssen immer noch da sein, Kontakt haben wir nicht mehr, das stimmt.«

»Du hast gut daran getan, es nicht zu versuchen, Rosa. Ich persönlich werde diese Orte nicht betreten ... Es ist eine Verleugnung von Nelson und Walter – der Insel. Von Bram und Lionel.«

Ein Schweigen trat ein, da ja Lionels Tochter da war. Die

schwarze Frau kam herein und unterbrach es. »Du ißt doch mit uns zu Mittag, Rosa. Ich habe schöne Bratkartoffeln gemacht.« Aber der Gast war schon aufgestanden, sie könne nicht bleiben, sie brachten die zum Ritual gehörigen Proteste und Entschuldigungen vor, Rosa tat so, als akzeptierte sie die noch aus der Kindheit herrührende Autorität von Lily Letsiles Pendant, das Mädchen der Terblanches nahm die Rolle der enttäuschten Gastgeberin auf sich. Ivy legte den Arm um Rosa. »Laß dich bald wieder sehen.« Über die Schulter der Mutter rief Rosa der Tochter zu: »Ruf mich an, wenn du mit der Wohnung was unternehmen willst.« Zwischen den beiden Mädchen schien zwangloses Einverständnis zu herrschen.

Dick brachte Rosa zu ihrem Wagen, er riskierte es in dem mannshohen dürren Unkraut des Feldwegs, seine über der Brust gekreuzten Arme schoben die Taschen und Klappen seiner Jacke zusammen. Er stand neben ihrem Wagenfenster, und sie steckte den Schlüssel ins Zündschloß, drehte ihn aber nicht, sondern sah Dick an. Er summte leise vor sich hin, verhaspelte sich und begann von neuem.

»Versuche, mich an eins der Lieder zu erinnern ... Katya ... So ungefähr: ›Heb den Spaten vom Feld, hol die Hacke vom Graben, nimm den Blendschirm, faß Tritt mit deinem Bruder‹.« Seine Stimme war tief, erstickt und zittrig, sein Adamsapfel bewegte sich im Takt unter rauhen, sonnenverbrannten und mit Bartstoppeln und Mitessern bedeckten Hautfalten. »Du lieber Gott, seit ewigen Zeiten habe ich da nicht mehr dran gedacht. Ich hatte nie ein gutes Gedächtnis für solche Sachen. Ein *pampoen*-Kopf. Als ich in Einzelhaft war, versuchte ich es immer – bloß um mich an das zu erinnern, was ich in der Schule gelernt hatte, Mensch – mit Gedichten und so was. Man liest von Menschen, die ihren Verstand wachhalten, indem sie sich selbst ganze Bücher aufsagen. Das ist eine wundervolle Gabe. Aber manchmal« – große Hände ruhten auf der abgeschrägten Kante des Fensters – »machte ich was im Kopf; einen ganzen Eßzimmertisch mit Stühlen habe ich gebastelt, den Stuhl für das obere Tischende mit Armlehnen wie der von meinem Großvater ... spiralig gedrechselte Beine mit runden Knäufen oben drauf ... Mensch, das war Kunsthandwerk ... Aber die *stoep* zu Hause, die habe ich entworfen, als ich drinnen war, alles war ausgearbeitet, zollgenau jeder Rahmen und jede Glasscheibe. Und als ich die Maße nachprüfte, stimmten sie haargenau, und ich konnte gleich damit zum Eisenwarenhändler gehen. Kein Problem. Ich hatte die Pläne mit einer Nadel in den Fußboden meiner Zelle geritzt. Das gab Ärger – sie vermuteten, daß ich einen Fluchtweg ausarbeitete. Hast du Töne? Daß jemand so blöde ist, das da aufzuzeichnen, wo jeder Wärter es sah? Das war kurz nachdem Goldreich und Wolpe getürmt waren; sie waren nervös, sie hatten wohl das Gefühl, ihre ganzen Sicherheitsvorkehrungen seien wirkungslos, wenn zwei politische Gefangene nach Lust und Laune verschwinden und wieder zurückkommen konnten, ohne daß sich feststellen ließ, wann etwas schiefgegangen war, und noch dazu die ganze Geschichte außerdem in der nächsten Nacht schlankweg wiederholten ... Na, Chancen wie die wird's nicht wieder geben. Heutzutage werden die Politischen streng bewacht.«

Sie folgte einer Strömung zwischen ihnen auf einer anderen Ebene. »Nach dem Juli nächsten Jahres, Dick.«

Er war ein wenig geschmeichelt, denn er glaubte, sie sei neugierig auf eine Erfahrung, die er allein machen würde. »Ivy macht sich da Sorgen. Ich nicht. Ich werde schon was finden. Was hältst du von Flora? Hat es Sinn? Es heißt, ihr Mann will nicht, daß sie sich verdächtig macht. Sie setzt sich jetzt für liberale Ausschüsse und so weiter ein. Vor allem anderen hat er sie gewarnt. Ich weiß nicht, ob er mir gern einen Job geben würde.«

»Flora hat immer etwas Halsstarriges an sich.« Rosa sah ihn an, vielsagend, fragend. »William kommt nicht daran vorbei, er umgeht es nur, wozu er sie auch überredet.«

»Sie ist stolz auf die Beziehung zu uns. Es hat immer solche Leute gegeben. Ich kenne die Art. Und sogar jetzt. Flora ist nützlich gewesen. Ivy sagt, es ist die Vorstellung der englischen Mittelschicht von persönlicher Loyalität, weiter nichts. Na, okay. Was immer ...«

»Sie wird sich freuen, wenn du fragst.«

»Irgendwas, bloß um zu zeigen, daß ich in den nächsten ein oder zwei Jahren eine harmlose Beschäftigung habe.« Er wandte den Blick ab, sah hinaus über das schwärzliche Unkraut mit einer zähen Geduld, der rastlose, nach innen gerichtete Blick eines Menschen, bei dem Wille oder Glauben

Stärke ist. Dann legte er die Unterarme auf das Fenster und schob sein Gesicht, das Kinn zurück, dicht an sie heran. »Nicht mehr lange jetzt, Rosa. Angola wird zusammenbrechen, und Moçambique auch; es dauert kein Jahr mehr. Jemand hat gerade Verbindung aufgenommen. Es wird eine Revolte in der portugiesischen Armee geben, die Soldaten wollen nicht kämpfen. Glorias Mann in Daressalam und dieser – andere – sind aus Moçambique zurückgekommen – diesmal ist es wahr. Jemand mit engen Familienbeziehungen zu FRELIMO, er steht Dos Santos und Machel nahe. Endlich kommt es. Einige von uns werden noch da sein, wenn es geschieht. Zu spät für Lionel, aber du bist hier, Rosa.«

Das Mädchen konnte nicht sprechen; er sah es. Ihr Gesicht zog sich zusammen, ihr breiter Mund grub sich weißlich in das Fleisch an den Mundwinkeln, sie hielt mühsam den Atem an, trat auf den Gashebel und drehte den Zündschlüssel, so daß der Motor des alten Wagens mit einem Ruck ansprang. Dick Terblanche machte eine ermunternde Handbewegung, schlug ihr rasch mit der flachen Hand auf den Haaransatz im Nacken, denn er fürchtete, er habe sie zum Weinen gebracht. Dann sprang er zurück und begann den zurückstoßenden Wagen wie ein Parkwächter zu dirigieren, fuchtelte mit den Armen, nickte und winkte. Rosa sah im Rückspiegel, daß seine Beine eines alten Mannes in der Kniekehle leicht gebeugt waren vor Anstrengung und die Safarijacke sich über dem Hinterteil hob.

Ausdünstungen von nasser Wolle, aufgeheizt von der durch die Scheibe scheinenden Sonne, und Duft von Bratäpfeln mit Zimt.

Jene nächtlichen Gespräche im Cottage: du wolltest etwas erfahren. Der Mann, der Material sammelte, wollte etwas erfahren; er steuerte Fakten bei, aber von mir erwartete er etwas zu erfahren.

Noel de Witt ist derjenige mit den »engen Beziehungen zu FRELIMO« – das weiß ich. Seine portugiesische rebellische Mutter. Obwohl Ivy, die lieber zwei Jahre ins Gefängnis ging, als vor Gericht auszusagen, was sie über meinen Vater wußte, vor mir nicht von gegenwärtigen Aktivitäten spricht und Dick es zwar nicht fertigbrachte, keine Andeutungen zu machen in Anbetracht dessen, wessen Tochter ich bin, aber keinen Namen nannte. Noel muß es gewesen sein, der von geheimen Plänen für eine Revolte der portugiesischen Armee berichtete. Die nette neue junge Ehefrau, die Flora lobend erwähnte, wird es niemandem gesagt haben, nicht einmal in London, wohin er gefahren war, denn selbst London wimmelt von Spitzeln, und die Verbindungen nach Südafrika müssen geschützt werden. Gloria Terblanche und ihr Mann sind in Tansania, er hat zur Tarnung eine Stellung als Lehrer, und vielleicht gehen sie manchmal auf der Straße an dem Mann vorbei, der mein Bruder ist (obwohl Tony tot ist, und dich sehe ich ja nicht mehr) – der Sohn der Frau, die mit meinem Vater auf dem Sechsten Kongreß war und mir aus Südfrankreich schrieb, als er starb.

Von Zeit zu Zeit kommen Berichte, Gerüchte, die vielleicht mehr sind als Gerüchte. Ich mußte immer versuchen, eine Möglichkeit zu finden, meinen Vater davon zu verständigen, als er noch lebte – aber ich war wohlbewandert darin, das zu bekommen, was ich brauchte, um die Wärter zu täuschen, die lange Ohren machten. Manchmal läßt sich ein Anzeichen, daß es bald vorüber ist, an einem Ereignis außer Landes ablesen, und manchmal im Land selbst. Die Terblanches, die aus einem ärmlichen Vorort ins Gefängnis wanderten und dann aus dem Gefängnis wieder in den ärmlichen Vorort zurückkamen, die alt und plump werden (sie), während sie Curryreis zum Mitnehmen verkauft, und taub und grindhäutig (er), in Rente oder aus Barmherzigkeit von Freunden beschäftigt – sie warten auf den Tag, an dem das Gerücht Wirklichkeit wird, an dem dessen Auswirkungen ihren Voraussagen entsprechen, so wie ihre Nachbarn (denen sie äußerlich so seltsam ähneln) darauf warten, ihren Ruhestand an der Küste mit Angeln zu verbringen. Für die Terblanches gibt es schon seit Jahren keinen Urlaub mehr. Ihr Ausflug besteht darin, sich zweimal wöchentlich auf dem Weg zur oder von der Arbeit auf dem Polizeirevier zu melden, so wie andere Menschen eine Klinik aufsuchen, um eine chronische Infektion überwachen zu lassen. Wenn sie wirklich alt und krank werden, wird vermutlich jemand wie Flora – jemand, der fasziniert ist von ihnen und beschämt, daß er nicht so lebt, wie sie gelebt haben – sie mit Geld unterstützen, das zu besitzen Flora peinlich ist. Und Dick und Ivy werden das Almosen annehmen, denn weder sie noch Flora sind in derlei Dingen von kleinbürgerlicher Pingeligkeit: die Terblanches nicht, weil es nicht für sie ist, sondern für das, was in ihnen lebt, und Flora nicht, weil sie glaubt, was sie besitzt, komme ihr von Rechts wegen nicht zu. Menschen wie Dick und Ivy und Aletta verstehen Vorsorge nicht in dem Sinn wie die Klienten des Mannes, für den ich arbeite – »Vorkehrungen« ist ein Wort, das an Barry Eckhards Telefon tagtäglich vorkommt: Vorkehrungen gegen einen Preissturz beim Gold, Vorkehrungen gegen inflationäre Trends, Vorkehrungen für Expansion, Vorkehrungen gegen Depression, ein Eigentumstitel zur späteren Verwendung von Söhnen und deren Söhnen und Töchtern und deren Töchtern – Aktien, Staatsanleihen, Dividenden, Pfandbriefe. In den Predigten und Zeitungen der Kunden meines Chefs wird der gottlose Materialismus dessen, was sie das kommunistische Kredo nennen, für ungesetzlich erklärt; aber die Terblanches haben keine Schätze angesammelt, die durch Motten oder Rost verderben. Sie haben nichts Geringeres als die Zukunft zu erwarten – *die* Zukunft. Mit welcher unwahrscheinlichen Hybris führen sie ihr Leben ohne die Freuden und Vorkehrungen anderer Weißer? Was haben sie dafür vorzuweisen – Ivy ist eine kleine Ladenbesitzerin geworden, und die Schwarzen dürfen immer noch nicht in die Gewerkschaften eintreten, für die sie und meine Mutter gearbeitet haben; Dick bastelt an einem Sonntag in seinem Hinterhof in einem weißen Vorort herum, und die Schwarzen müssen immer noch Pässe bei sich haben, nachdem er mit ihnen vor fünfundzwanzig Jahren gegen die Paßgesetze kämpfte und dafür ins Gefängnis kam. Nach all den Demonstrationen an Dinganes Tag (1929, J. B. Marks erklärte: »Afrika gehört uns«, ein Weißer schrie: »Du lügst« und erschoß Mofutsanyana auf der Rednertribüne, 700 Schwarze wurden verhaftet; 1930, der junge Nkosi wurde erdolcht, Gana Makabeni übernahm seinen Posten als Organisator der K. P. in Durban, 200 schwarze Aktivisten wurden des Landes verwiesen); all die Kampagnen der fünfziger Jahre für passiven Widerstand, das Verbrennen der Pässe in den Sechzigern; nach all der Gewaltanwendung durch die

Polizei, den Verhaftungen; nach Sharpeville; nach den Prozessen, Verhaftungen, Verhängungen von Hausarrest, den Todesfällen durch Folter im Gefängnis, den überlebten Freiheitsstrafen und den Freiheitsstrafen, die andauerten, solange das Leben andauerte. Nachdem die Schande der roten Fahne: »Arbeiter der Welt, vereinigt euch und kämpft für ein weißes Südafrika«, die 1922 gehißt worden war, in den späten zwanziger Jahren getilgt wurde durch die Annahme von Lenins These über nationale und Kolonialfragen, nach den Säuberungen, als Lionel Burger (der im Ausland eine Tänzerin geheiratet hatte, ohne die Genehmigung seines Zentralkomitees zu beantragen) für den Ausschluß seines Mentors Bunting stimmte, nachdem die Partei in Südafrika sich nach rechts und dann wieder nach links wandte, nachdem sie sich weigerte, den Krieg zu unterstützen, den Südafrika gegen den Rassismus in Europa führte, während es selbst Rassismus im eigenen Land praktizierte, nachdem die Sowjetunion angegriffen worden war und diese Oppositionspolitik gegen die Kriegsanstrengung revidiert wurde, nach der Volksfront, als die K. P. mit reformistischen Organisationen zusammenarbeiten durfte; nach der Auseinandersetzung über politische gegen gewerkschaftliche Aktion (die Befürworter der politischen Aktion zitierten Lenins Verdammung der »infantilen Unordnung des Anti-Parlamentarismus«, die Gegner führten an, daß in Südafrika vier Fünftel der Arbeiterklasse schwarz seien und sowieso kein Wahlrecht haben); nach dem Verbot der Partei, der Reorganisation im Untergrund seit 1966, den Ausweisungen, Verbannungen, den lebenslänglichen Freiheitsstrafen – ich habe es nicht mit der Muttermilch aufgesaugt, aber es war, wie du zu mir gesagt hast, die tagtägliche Mythologie jenes Hauses – ich atmete das ein, wie Kinder unterschiedslos ihre Lungen mit Gebirgsluft oder städtischem Smog füllen, je nachdem, wo sie zufällig auf die Welt gekommen sind, und ich würde gern ein für allemal die Fakten mit dem in Einklang bringen, was ich wissen sollte.

Diese Zukunft, dieses Haus – obwohl meines Vaters Haus größer war als der zu einem Haus ausgebaute Bungalow von Dick und Ivy, traf auch *jenes Haus* Vorkehrungen für nichts Geringeres als die ZUKUNFT. Mein Vater verließ jenes Haus mit dem blankgeputzten Namensschild am Tor, das Auskunft über seinen ehrenhaften Beruf gab, um den Rest seines Lebens im Gefängnis zu verbringen, voll Vertrauen auf diese Zukunft. Er ist tot, Ivy und Dick werden alt und sind arm und am Leben – der einzige Unterschied. Dick mit diesen häßlichen wunden Stellen auf seinen armen Händen sagte zu mir, und es war wie die Liebeserklärung eines Greises: wir sind noch da, um es zu erleben. Er glaubte, mich hätte der Gedanke an meinen Vater überwältigt. Aber ich empfand nur das Bedürfnis wegzukommen wie von etwas Obszönem – und fürchtete, ihn – sie beide – zu verletzen, wenn ich es zeigte. Es war wie in den letzten Wochen, als ich im Krankenhaus arbeitete; erinnerst du dich?

Sie warten.

Sie lassen mich in Ruhe, lassen mich meinen Weg gehen, weil sie nicht glauben können, daß ich – Lionels Tochter – nicht zusammen mit ihnen warte. Unsereins lehnt die ethnische Aufteilung des Landes ab. Sie glauben, ich hätte davon gesprochen, ich wolle versuchen, in die Transkei hineinzukommen, weil ich den Befehl habe, mir dort zur Tarnung eine Stellung in einem Krankenhaus zu suchen; ich mußte mir wohl meine »Rekonvaleszenzzeit« zunutze gemacht und die Sache abgelehnt haben. Aber eines Tages werde ich nicht mehr nein sagen können.

Obwohl alles in Notizen zur Veröffentlichung vorliegt, sorgfältig in Bibliotheken und an den Erinnerungen von Exilierten überprüft, zählt die Vergangenheit nicht: die Generalstreiks, die fehlschlugen, als die Partei legal war, das Oberkommando, das verraten wurde, als die Partei im Untergrund war. Die kümmerliche Gegenwart, in der sie zweimal wöchentlich mit dem Polizeisergeanten scherzen, während sie Unterzeichner ihrer eigenen Gefangenschaft werden, zählt nicht. Sie haben niemals persönliche Ambitionen verwirklicht, und es ist nicht ein sorgenfreies Leben im Alter, worauf sie warten. Die Niederlage der portugiesischen Kolonialarmeen in Angola und Moçambique; der Zusammenbruch des weißen Rhodesiens; die Beendigung der Besetzung Namibias durch Südafrika, herbeigeführt durch Kämpfer der SWAPO oder durch internationalen Druck; auf all das warten sie, wie Lionel im Gefängnis darauf wartete. Endlich Anzeichen, daß es bald vorüber sein wird. DIE ZUKUNFT kommt. Die einzige, die es, wie dokumentarisch belegt, je für sie gegeben hat. Nationale Befreiung, die erste Phase der zweistufigen Revolution, die mit einer Republik der schwarzen Arbeiter und Bauern beginnt und sich mit der Verwirklichung des Sozialismus vollendet.

Und nicht bloß warten. Was immer getan werden kann zwischen einer pflichtschuldigen Meldung bei der Polizei und der nächsten, wird von Menschen getan, die, weit entfernt von Nabelschau und Grübeleien über ihre einmalige Individualität (ja, ein Seitenhieb auf dich, Conrad), die Bedürfnisse von vielen erkennen. Es ist wohl kein Zufall, daß Ivys Imbißbar in der Nähe von Betrieben der Schwerindustrie liegt, wo Tausende von Schwarzen arbeiten. Und natürlich sind die Leute, die den Curryreis und die so beliebten Salate in Kartons abpacken, sämtlich alte Gefährten oder deren Verwandte. Sie stellte die Schreibmaschine auf einen Stuhl, um Papiere abzudecken, an denen sie gearbeitet hatte, aber als sie den Kamm aufnahm, der die Ecke von einem Blatt benetzte, zog sie es heraus, um es trocknen zu lassen; ich sah, daß es ein Teil einer Lohnanalyse war. Wahrscheinlich versorgt sie die Kommission der radikalen Studenten für Schwarzenlöhne mit Material. Dick wird William Donaldson sagen, er wolle einen Job, um zu seiner Rente etwas hinzuzuverdienen; aber was er wirklich sucht, ist »eine harmlose Beschäftigung«, was immer er sonst tun mag. Es ist nicht leicht für die Familien alter Knastschieber wie die Terblanches oder die Familie, deren Überbleibsel ich bin – ständig überwacht.

Sie sind bereit, mit mir Geduld zu haben. Es ist nicht Mitgefühl, eine bläßliche Billigung der Berechtigung von Selbstmitleid, was sie anbieten. Was ich zu tun hatte, wurde von dem Leben eines Mannes bestimmt, der zufällig mein Vater war, und bei ihnen verhielt es sich ebenso. Die Konsequenzen für Dick waren zeitweilige Gefängnishaft zusammen mit meinem Vater; für Ivy Gefängnishaft wegen meines Vaters. Was ich zu tun hatte und tat, wie es sich gehörte, hatte Konsequenzen, die selbstverständlich, vorausgesehen und akzeptiert waren, ebenso wie bei ihnen, und das gehörte zu einem noch in Gang befindlichen Prozeß. Beendet ist er nur für Lionel Burger; er hat alles getan, was er zu tun hatte, und in seinem Fall bedeutete das zufällig einen Tod im Gefängnis als Teil des

Prozesses. Die beiden kommen nicht auf den Gedanken, daß der Prozeß für sie oder für mich auch beendet sein könnte.

Es ist nicht so einfach, sich von ihnen abzusondern – von diesen Leuten: Dick mit seinen blauen Bauernaugen unter den die Ferne abschirmenden Brauen, seinem Safari-Anzug und Shorts, die seine kräftigen, mit Adern tätowierten Beine sehen lassen, die Jacke geschmückt mit Taschen nach Art des alten Kolonialmilitärs, Pionierstil, so daß er sich in seiner Erscheinung unbeabsichtigt nicht von seinen Burengenossen unterscheidet, die seine Überzeugungen für die des Antichrist halten, des Teufels, und auch nicht von den europäischen kapitalistisch-abenteuernden Conquistadores, die er wiederum als Teufel ansieht; Ivy mit dem Körper einer Supermarkt-Hausfrau in fröhlichen Druckmustern, ihrem zerzausten Einsteinkopf und der unerwarteten nachweislichen Konzession an die Eitelkeit – ein schimmernder Anflug von blond auf der Oberlippe: sie bleicht mit Wasserstoffsuperoxyd den Schnurrbart, mit dem das Alter ihre Weiblichkeit zu leugnen versucht. Diese beiden Menschen repräsentieren eine Vertrautheit mit meinem Vater, die größer ist als meine. Sie wissen, was nicht einmal der eigenen Tochter gesagt wurde. Ein Biograph sollte an sie verwiesen werden, Lionels – was? Freunde, Gefährten – Genossen, der Biograph wird sich damit als Zusammenfassung wohl zufriedengeben, aber ein neuer Begriff müßte erfunden werden für das, was mir klar wurde, als ich wieder mit ihnen zusammen war. Es geht über Freundschaft, über Kameradschaft hinaus; natürlich über Familienbeziehungen. Sie werden darauf warten, daß ich herausfinde, was es für mich zu tun gibt. Wie sie sich alle um die Kinder auch der anderen kümmerten, als wir klein waren! In der umschlingenden Bereitschaft von Ivys mütterlichen Armen – sie empfindet, als wäre ich ihr eigenes Kind – liegt Erwartung, sogar Autorität. An ihrer warmen Brust kann man sich wieder zu Hause fühlen und, wie du sagtest, daß ich es tun würde, ins Gefängnis gehen.

Ich fand den Ring wieder, den ich trug, als es meine Aufgabe war, ein junges verliebtes Mädchen zu sein. In der ledernen Kragenschachtel von einem meiner Großväter, zwischen Karten mit mottenzerfressener Stopfwolle und Gummiband, das meine Mutter in meine Schulhosen einzuziehen pflegte. Dabei lagen auch Äskulapstäbe aus Messing von der Mütze meines Vaters, die Insignien der Sanitätstruppe. Hatte meine Mutter sie aufgehoben? Mein Vater trat in die weiße südafrikanische Armee ein, wie mir gesagt wurde, nachdem die Sowjetunion angegriffen worden war, und leitete ein Lazarett im Nahen Osten. Sie war damals noch nicht mit ihm verheiratet. Hatte sie die Abzeichen später von alten Uniformen abgetrennt? Oder vielleicht hatte Tony sie haben wollen, und als der kleine Junge tot war, fand sie seine Schätze und mochte sie nicht wegwerfen. Sie konnten keinem Beamten der Politischen Polizei bei einer Haussuchung etwas über Lionel Burger verraten, was nicht enthüllt werden sollte. Tatsächlich erwähnte Theo Santorini bei seinem Prozeß »seinen verdienstvollen Einsatz bei der Pflege der verwundeten Soldaten seines Vaterlandes«, als er die Einstellung eines solchen Mannes begründete: »Wie einfach wäre es für ihn gewesen, sich für berufliche und bürgerliche Ehren zu entscheiden; und wie schwerwiegend muß sein Gefühl von Unrecht, begangen vom weißen Establishment, gewesen sein, damit ein solcher Mann auf die Lorbeeren der weißen Gesellschaft verzichtete und Ruf, Erfolg und persönliche Freiheit aufs Spiel setzte – nein, geradezu als falsch nachwies – für die Sache der schwarzen Bevölkerung.« Der Heeresdienst scheint zwei Jahre gedauert zu haben – wie die meisten Menschen verkürze ich die ganze Lebenszeit meiner Eltern vor meiner Geburt, und sie waren Fremde, zu denen ich keine Beziehung habe. Lionel erzählte mir einmal, daß er etwa vierzehn war und gerade aus dem Internat in Johannesburg kam, als er nach einer Demonstration zerrissene Paßbücher auf der Straße liegen sah, und die Neugier veranlaßte ihn, sich zum erstenmal darüber klarzuwerden, daß die »Eingeborenen« Menschen waren, die diese Dinger bei sich tragen mußten, aber weiße Menschen wie er nicht. Für mich ist dieses sein Bewußtwerden in der Kindheit nicht weniger fernliegend als seine Gründe, in den Krieg zu ziehen. Die Kriegserfahrung bot ihm die Möglichkeit, aktiv zu sein (wie der Biograph sich ausdrückt) in einem Frontkämpferverband, dem außer weißen Kriegsteilnehmern auch schwarze Offiziersburschen und Sanitäter angehörten, die ihr Leben aufs Spiel gesetzt hatten, aber keine Waffen tragen durften.

Die Bewegung brach auseinander, so wie die Versuche meiner Mutter, schwarze Arbeiter und Weiße in Gewerkschaften zusammenzubringen, an der Angst des weißen Mannes scheiterten, er könne die mit der Rassentrennung von seinen Kameraden verbundenen Privilegien verlieren. Als die schwarzen und weißen Kriegsteilnehmer, 40000 Mann stark, durch Kapstadt marschierten, muß es dennoch wie ein Signal gewirkt haben; jetzt ist es bald vorbei.

Du wolltest nicht glauben, daß die Geschehnisse von Sharpeville, als ich zwölf Jahre alt war, für mich so unmittelbar waren wie das, was in meinem Körper geschah. Aber dann muß ich glauben, daß, als die Russen in Prag einrückten, mein Vater, meine Mutter und Dick und Ivy und alle Getreuen den Schwarzen immer noch die Befreiung durch den Kommunismus versprachen, wie sie es immer getan hatten. Bambata, Bulhoek, Bondelswart, Sharpeville; die Kollektion von Greueltaten, die die Getreuen in ihren heimlich gedruckten und in Umlauf gebrachten Pamphleten anführen. Stalin-Prozesse, Aufstand in Ungarn, Aufstand in der Tschechoslowakei – die andere Stichwortsammlung, mit der die Liberalen und Rechtsgerichteten darauf hinweisen, daß es für humane Menschen unmöglich ist, Kommunist zu sein. Beides wird in jeder Biographie meines Vaters vorkommen. 1956, als sowjetische Panzer in Budapest einrückten, war ich ein kleines Mädchen, und bei den ersten Schwimmversuchen mit meinem schwarzen Bruder Baasie strebten wir zu ihm hin, wir beide sahen ihn als einen Ort an, wo es keine Angst, keinen Schmerz und keine Qual gab. Und später, als er im Gefängnis war, konnte selbst ich, deren frühzeitig entwickelte Begabung für die Umgehung des Begriffsvermögens von Gefängniswärtern jetzt voll ausgereift war, keine Möglichkeit finden, ihn zu fragen: glaubst du trotz alledem noch an die Zukunft? An dieselbe ZUKUNFT? So, wie du es immer tatest? Wie dem auch sei, wenn mein Besuchstag endlich kam, war mir nichts anderes bewußt, als daß er sich im Gefängnis veränderte, er bekam den Ausdruck, den die Gesichter auf alten Fotografien von Konzentrationslagern hatten, die unbewegte Miene, eingerahmt von den beiden Wärtern, die ihn begleiteten, von jemandem, der zuläßt, daß er vorgeführt, daß seine Identität nachgewiesen wird. Sein Zahnfleisch ging zurück, und die Zähne schienen sich an den Hälsen auseinanderzuschieben; ich weiß nicht, warum mich das so betrübte. Im Cottage sah ich das veränderte Lächeln vor mir, das in Zukunft niemand kennen wird, denn das Titelbild, um das ich gebeten wurde, zeigt ihn, den Hals geschwollen von muskulärer Erregung, voll lachender Energie, wie er zu einer Menge spricht, die man nicht sieht, deren Vorhandensein aber in seinen Augen sichtbar ist.

Ich weiß nicht, wo du lebst; vielleicht in derselben Stadt wie ich, durch die ich immer gehe, ohne daß einer von uns sich der Gegenwart des anderen bewußt ist, und wir laufen beide in dunklen Tunneln, die sich nie kreuzen. Du hast dir einen Farbfernseher in einem Gebäude um die Ecke geliehen; oder du bist vor diesen Dingen davongesegelt auf der Arche, die ich gesehen habe, als sie gebaut wurde. Du bist nie über die Faszination hinausgelangt, die die Menschen an Lionel Burgers Swimming-pool auf dich ausübten; du bist nie hineingesprungen und hast dich ihm nie anvertraut wie Baasie und ich, bist auch nicht ertrunken wie Tony. Ich war fasziniert von deinen Freunden, den Schiffbauern (du hast mich korrigiert: eine Jacht ist kein Schiff). Sie waren unkomplizierte Menschen, nicht wie du; sie haben nicht verstanden, was sie taten, als sie das süß duftende Holz für die Kojen hobelten, in denen du schlafen solltest, und die Persenning zusammennähten, damit das grelle Licht des subtropischen Meers abgehalten wird. Aber du weißt, wenn du dich mit ihnen einschiffst, ist es eine Flucht. Weil mein Chef Barry Eckhard und dein Vater, der erfolgreiche Schrotthändler, dir ihr Schicksal als Ziel hinstellten, das bürgerliche Schicksal, alternativ zu Lionels: essen ohne Hunger, sich paaren ohne Begehren.

Clare Terblanche suchte Rosa Burger auf, mit der sie als Kind gespielt hatte. Der Schatten, der vor dem blasigen Glas der Tür lauerte, war nicht zu erkennen; aber als Rosa die Tür öffnete, malte sich Entgegenkommen auf ihrem Gesicht: die Sache mit der leeren Wohnung, sie hatte ja versprochen, sich danach zu erkundigen.

Das andere Mädchen warf die abgenutzte Stofftasche mit

Fransen hin, die auf ihrer Hüfte gelastet hatte wie der Tragekorb eines Packpferdes, und setzte sich schwerfällig auf einen Sessel. Ihr Blick wanderte über die Möbelstücke aus dem Burger-Haus, die im Zimmer herumstanden, als wären sie eingelagert. Sie atmete durch den Mund und leckte sich die Lippen. »Mühsam, das hier zu finden.«

»Aber hattest du nicht meine Telefonnummer vom Büro? Ich bin sicher, daß ich sie Ivy gegeben habe.«

»Könnte ich einen Schluck Wasser haben?«

»Ich mache Tee. Oder hättest du lieber Kaffee?«

»Kaffee, wenn's dir nichts ausmacht. Könnte ich mir inzwischen einen Schluck Wasser holen?«

Rosa Burger hatte die bestürzte Lebhaftigkeit eines Menschen an sich, der, ehe er gestört wurde, den ganzen Tag allein gewesen war. Sie mochte sogar erfreut sein, daß Clare gekommen war. »Aber natürlich!« Sie war in die winzige Küche gegangen. Man hörte das Knistern von Eis, das aus der Eiswürfelschale gedrückt wurde, das Kluckern und Spritzen von Wasser. Die Besucherin saß da, als wäre sie nicht allein im Zimmer.

Als Rosa zurückkam, war ihre Frisur anders; sie war sich vielleicht mit der Hand durchs Haar gefahren, hatte sich in der schimmernden Oberfläche eines konvexen Körpers betrachtet. Sie lächelte; Clare wurde deutlich gemacht, daß Rosa manchmal schön war. Ein für sie beide belangloses Wissen, das Rosa kurz peinlich war.

Das Wasser wurde mit den freundlichen kleinen Zugaben von Eis und einer Zitronenscheibe serviert; die beiden Mädchen sprachen über Nebensächliches – die Nachbarschaft, die Wärme des Wintertages –, während Clare austrank.

»Ich will dich nicht im Büro anrufen.«

Die Bemerkung wurde abgetan.

»Ach, da ist nichts dabei, sie wissen, daß ich hier kein Telefon habe. Ich hätte dir über die Wohnung Bescheid sagen sollen, entschuldige. Ich habe sie mir angesehen – aber sie liegt nach hinten, im Erdgeschoß, entsetzlich dunkel, ich glaube, sie ist wirklich nicht ... Und als ich dann nichts von dir hörte – warum bist du nicht ins Büro gekommen, um mich da in all meinem Glanz zu sehen ...«

»Da will ich nicht hingehen.«

Clare gab das Glas zurück. Rosa zögerte einen Augenblick und erwartete, es würde auf den Tisch gestellt werden.

»Oh.« Sie nahm das leere Glas und erkannte zugleich, daß es gar nicht die leere Wohnung war, um die es sich drehte. Der Kessel pfiff wie eine Spielzeuglokomotive.

»Es ist okay. Red nur weiter.«

Aus der Küche rief sie gastfreundlich: »Dauert nur eine Minute.«

Clare Terblanche saß nicht auf dem Sessel, sondern stand im Zimmer. Sie rüttelte an der Klinke der Balkontür, aber die Tür hob sich bloß im Rahmen.

»Die Arretierung ist oben.«

Rosa kam herüber, stellte sich neben sie und sah mit ihr einen Augenblick hinaus auf den Berghang von Dächern und Bäumen, der sich unter dem Haus verlor; zwischen schwärzlichen Nadelbäumen ein Kumulus von Jakarandas, gelb gefärbt, ehe die Blätter abfallen, wie eine blühende Umkehrung der Jahreszeiten an diesem warmen Wintertag. Aber sie sah nicht, was das hochgewachsene Mädchen vor seinem geistigen Auge hatte.

»Sollten wir nicht das Wunschprogramm einschalten?«

Rosas Gesicht ließ erkennen, daß sie es für überflüssig hielt. »Wenn du willst.« Mit höflicher, mechanischer Rücksichtnahme stellte sie das Kofferradio an, das auf einem Stoß Zeitungen und Platten lag. Clare Terblanches merkwürdig forschender Blick fiel auf den Plattenspieler mit den beiden Lautsprecherboxen auf dem Fußboden. Rosa zog den Stecker heraus; schloß die Türen zur Küche und zum Bad; setzte sich – endlich! – zum Kaffee hin. Die Antenne war zusammengeschoben und der Empfang durch atmosphärische Störungen beeinträchtigt.

»In diesem Gebäude ... wo du jetzt arbeitest. Haben da nicht viele Rechtsanwälte ihre Kanzleien?«

»Das ganze siebente und achte Stockwerk. Sie haben eine gemeinsame juristische Bibliothek und eine Kantine – oder vielmehr einen Speisesaal.«

Die Stimme des Ansagers betete mit der unterschiedslosen Vertraulichkeit seines Mediums eine Liste von Geburtstagsglückwünschen und liebevollen Grüßen an Rekruten, die ihrer Dienstpflicht genügten, herunter ... *und für Robert Rous-*

seau . . . hallo Bob, Dawn und Flippy, Mammi und Pappi denken immer an dich . . .

»Stimmt es, daß die meisten anderen Leute in dem Gebäude einen Raum zum Fotokopieren und Vervielfältigen benutzen, der ihnen gehört?«

Obwohl Clare Terblanche die Büros nicht sah, wo dann und wann eine Taube gegen das rauchige Topasglas knallte wie ein Schuß von den Straßen tief unten und sich dabei das Genick brach, begriff Rosa jetzt, was Clare sah. *Hennie Joubert, dein Schatz Elsabe . . .* Ein Ausdruck der Erkenntnis, der Erwartung ohne Überraschung, fast einer Nostalgie, kräuselte leicht die zart-dunkle Haut um Rosas Augen. »Ob es die meisten sind, weiß ich nicht. Einige jedenfalls. Barry Eckhards Firma hat eine Abmachung getroffen.« *. . . vermissen dich mächtig, Liebling . . . auch Patricia, Onkel Tertius und Tante Penny in Sasolburg . . .*

Die andere – Clare – wußte es also; oder bestätigte eine Hoffnung: »Eckhard hat eine Abmachung.« Am inneren Ausgangspunkt jeder Augenbraue standen wie bei Dick, ihrem Vater, ein paar Haare hoch wie ein gesträubtes Fell und verliehen ihrem Gesicht Intensität. Sie rieb die Stelle dazwischen, nach Linderung lüstern; das sich schälende Ekzem wurde plötzlich lebendig, und rote, gazeartige Flecken erschienen auf der weißen, gesunden Haut beider Wangen. »Ich nehme an, du benutzt den Raum nicht selbst.«

. . . viele liebe Grüße und auf bald . . . Rosa Burger war ohne weiteres zu Auskünften bereit. Sie war schlecht zu verstehen; das andere Mädchen konzentrierte sich auf ihre Lippen. »Gewöhnlich ist da ein Angestellter. Wenn ich Fotokopien brauche, gebe ich ihm die Sachen.«

»Und der Raum ist, glaube ich, unten im zweiten Stock.«

»Ja.« *. . . ich denke an dich, laß es dir gut gehen, Kopf hoch . . .*

»Ist er abgeschlossen?«

»Er ist so lange offen wie die Kanzleien. Dieselbe Arbeitszeit wie in den meisten Büros. Aber, Clare, es hat keinen Zweck.« Mit eben einem solchen Lächeln, unwiderlegbar, fordernd, hatte sich ihr Vater in das Leben anderer Menschen eingedrängt und sie dazu gebracht, etwas zu tun.

Für Clare Terblanche bedeutete dieses Lächeln eine Verweigerung. »Natürlich, ich weiß. Du wirst beobachtet. (Das

Radio brachte jetzt Musik, den Muezzin-Ruf eines Popsängers.) Würde man dich erst da unten sehen, würden wir uns keine Woche mehr halten. Ich meine nicht *dich.* Aber wenn du bloß den Schlüssel für eine Stunde bekommen könntest. Bloß den Schlüssel. Nur lange genug, damit wir eine Vervielfältigung machen können. Wer würde es je erfahren? Jemand wird zwischen Mitternacht, wenn die Büroreiniger weg sind, und den frühen Morgenstunden hinkommen. Der Betreffende wird unser eigenes Papier mitbringen, so daß nichts auf uns hinweist; es wird nicht das Papier sein, das dort normalerweise verwendet wird.«

»Es hat keinen Zweck.« Eine komplizierte Trommelsequenz hatte den Sänger abgelöst.

»Hat das Büro Eckhard einen Schlüssel? Was geschieht in den Gerichtsferien, wenn die Anwälte Urlaub machen?«

Die mondsteinfarbenen Augen unter Lidschatten sahen sie an und wollten weder ausweichen, noch suchten sie eine Ausflucht. »Der Fotokopierdienst ist immer in Betrieb. Ja, wir haben einen Schlüssel. Für den Fall, daß das Büro den Raum einmal braucht, wenn die Anwaltskanzleien schon geschlossen sind.«

»Also haben alle anderen Firmen in dem Gebäude, die den Raum benutzen, auch Schlüssel – genau. Wir brauchen nur den von Eckhard für ungefähr zwanzig Minuten! In der Mittagszeit; dann ist niemand da, der es merken könnte, daß der Schlüssel nicht da ist, ehe er schon wieder zurück ist.«

Der Widerstand brachte sie einander näher, obwohl sie sich nicht gerührt hatten.

Es war eher Rosa Burgers Körper als ihr Gesicht, in dem sich die Hartnäckigkeit äußerte, die Arme seitlich nach unten, die Hände mit den Handflächen auf dem Stuhlsitz nach innen geschoben und unter den manierlich nebeneinander befindlichen Oberschenkeln verborgen – eine Hartnäckigkeit, die der Terblanche-Tochter eher wie eine Forderung, die sie nicht verstand, und nicht wie eine Ablehnung vorkam. Sie zitterte fast vor Feindseligkeit; einen Augenblick lang empfanden die beiden einander als Frauen.

Rosa Burgers züchtige Oberschenkel, die an dem knochigen Umriß des Schambeins in eingelaufenen Jeans endeten, ein langer, braungebrannter Hals mit den Salzfässern am

Schlüsselbein, wo man – so still saß sie, keine Nervosität, kein Zappeln – einen Puls schlagen sah: Noel de Witts Braut; und auch die Geliebte eines Schweden (zumindest; soweit bekannt), der hier auf der Durchreise war, und eines schweigsamen, bärtigen blonden Typs, auch er keiner, der dazu gehörte. Ein Körper, selbstsicher geworden durch Umarmungen, wie kultivierte Intelligenz den Verstand formt. Männer erkennen das mit einem Blick, während das andere an einem Wort erkannt werden kann.

Clare Terblanche, die einstige Spielgefährtin, die plump und stämmig gewesen war wie ein Teddybär mit kurzen Armen und Beinen von ebenso vereinfachter Form, bepelzt mit weißem Flaum, der einen bei Raufereien streifte und lieblich nach Palmoliveseife duftete – Clare Terblanches Fleisch war stumm. Sie lebte da drinnen, machte nützlichen Gebrauch von jetzt langen, verläßlichen Beinen, die einen Schenkel vor den anderen gesetzt hatten, bis sie die Wohnung fand. Ein schwacher Kreislauf (erkennbar an der Blässe und plötzlichen Röte des Gesichts), Hängebrüste und ein weicher, flächiger Bauch, um Kinder zu beherbergen. Ein Körper, der keine Botschaft aussandte; er würde an Umfang zunehmen und gleichzeitig unauffälliger werden. Wenige Männer würden den Weg finden, sie durch ihn suchen.

Zwischen ihnen stand der Tisch in Höhe ihrer Unterschenkel; Musik und Stimmen, vorgetäuschtes Gefühl, verallgemeinerte Emotionen, öffentlich dargelegt, was als privates Bedürfnis angesehen wurde . . . *und einen für Billy Stewart. Billychen ich wette so werden Sie zu Haus genannt wie auch immer Billy Oma und Opa Davis sind stolz auf Sie halten Sie die Ohren steif allezuhaus lieben Sie warten auf Sie mein Liebling Koosie* . . .

Rosa stand plötzlich auf und schaltete die Stimme ab.

»Vielleicht möchtest du dir die Wohnung trotzdem ansehen?«

Clare Terblanche antwortete nicht. Sie trank ihren Kaffee mit langsamen Schlucken, die beide hörten. »Na schön.«

Sie wirkte gedemütigt, gezüchtigt.

An der Tür blieb sie stehen und drehte sich zu dem Mädchen hinter ihr um.

»Willst du bloß das nicht tun?«

Ich bin nicht die einzige Überlebende.

Ihre Kreppsohlen quietschten so grauenhaft wie Finger, die über einen Gummiball streichen, womit Tony mich immer rasend machte, als wir klein waren. Ich holte sofort diesen Schlüssel (sie muß es als Ironie empfunden haben) vom Hausverwalter, und wir gingen über die dröhnenden eisernen Stufen der Feuerleiter hinunter. In der leeren Wohnung war ein altes Telefonbuch, im Bad ein Schwarm Silberfischchen, in der Küche Schaben; eine Damenbinde, in der Form getrocknet, in der sie getragen worden war, in dem Schrank, den ich aufmachte, um zu zeigen, wieviel Aufbewahrungsmöglichkeiten es gab. Beide waren wir regelrecht entsetzt über dieses Exempel zivilisierter Gewohnheiten, deren Wahrung gegen schwarze Entartung Weiße sich verschreiben (das sind Reaktionen, wie ich sie habe, wenn ich wieder unter meinesgleichen bin). Immerhin sind wir beide gut erzogene Mädchen, in mancher Hinsicht anspruchsvoller Mittelstand – denke an das hohe Maß von Komfort, das dir in meines Vaters Haus aufgefallen ist –, obwohl sie, wenn die Klassenzugehörigkeit unserer jeweiligen Familien genau nach dem Platz im Produktionsprozeß definiert werden soll, zur Arbeiterklasse gehörte und ich nicht. Wir sind nie schmutzig oder hungrig gewesen, obwohl Gefängnis und Exil Alltäglichkeiten des Familienlebens für uns sind. Weiß zu sein stellt eine Gegendefinition dar, über deren Vorhandensein mein Vater und ihre Mutter schon zwischen den Tänzen bei Grammophonmusik im Arbeiterklub diskutiert hatten. Ich machte den Schrank mit einer Art Aufschrei zu.

Drähte waren aus der Wandverkleidung herausgerissen, wo das Telefon gewesen war. Der Geruch ihrer Zigarette kroch herum wie ein argwöhnisches Tier. Selbst von leblosen Zeugen befreit, wußten wir nicht, wie wir uns voneinander trennen sollten – zumindest wußte sie nicht, wie sie es bewerkstelligen könnte, daß ich mich durch meine Verweigerung erniedrigt fühlte. Im Gegenteil. Ich war mir einer unerfreulichen Kraft bewußt, die sich auf sie auswirkte. Sie ist eigentlich eher beklagenswert als häßlich, eine Frau ohne sexuellen Stolz – sie kann sich nicht vorstellen, als Frau andere von ihren körperlichen Mängeln ablenken zu können. Wie sie dastand – es irritierte mich. Clare Terblanche hat immer so dagestanden, als ob jemand ein Stativ auf den Boden gestellt hätte, ohne daß sich das Fließen einer soeben abgeschlossenen oder künftigen Bewegung ahnen ließ! Es gibt eine banale Erklärung: X-Beine. Warum haben Dick und Ivy sie nicht behandeln lassen, als wir klein waren? Die Schuppenflechte und das Ekzem, das davon herrührte, sind nervös bedingt. Warum haben wir so getan, als bemerkten wir das Leiden nicht? Es war »unwichtig«. Sie wußte, daß ich ihre unbeholfene Haltung, die quälenden Stellen entzündeter und sich schälender Haut außerhalb der vertrauten Umgebung bemerkte. Armes Ding; und sie wußte, daß ich »armes Ding« dachte. Ich vermag dem Schweigen anderer Menschen ohne Verlegenheit standzuhalten. Ich empfand Mitleid und war neugierig, ein wenig grausam. Ich hätte sie genausogut grob an der Schulter packen können, niemand war da, der uns hören oder belauschen konnte, keine Stimme voll kitschiger Freundlichkeit überdeckte Indiskretion und übertünchte Ketzerei. Ich kann nicht laut sprechen; es ist nicht meine Art, nicht einmal, wenn ich überheblich bin. Ich sagte zu ihr: »Warum machst du da weiter mit?«

Sie war nicht sicher, ob sie mich richtig verstanden hatte. Oder sie verstand mich sofort; ich hatte das ärgerliche Gefühl, ein Teil ihres Denkprozesses zu sein, ich war darin und erschrak über das, was erst existiert, wenn es ausgesprochen ist. Sie versuchte, es auf etwas Bestimmtes zu beziehen: ohne mich, ohne die Fotokopien in Barry Eckhards Bürohaus – oh, sie würde eine andere Möglichkeit finden. Obwohl sie (halb beleidigt, halb Mitgefühl heischend) im Augenblick weiß Gott nicht wisse, wie und wo.

Ich begann leise eine Liturgie zu rezitieren. *Das Volk wird nicht länger geduldig bleiben. Das ererbte Recht des Volkes. Der Tag ist gekommen, da das Volk fordert . . .*

Sie starrte mich an, als ob ich brüllte.

Ich sprach mit Anteilnahme, weiter nichts. »Wenn du Berichte über die Beweise in Zeitungen liest, klingt das nicht lächerlich? Immer noch die Ausrüstung mit unsichtbarer Tinte, die gefälschten Pässe, die geheimen Pläne, aufbewahrt wie Tickets von der chemischen Reinigung, die Adressenkartei, dieselbe alte Geschichte von Leuten, an die man ›herangetreten‹ ist und die, nachdem sie ein paar Briefe geschrieben haben, Belastungszeugen werden . . . Man muß einfach lachen, man kann nicht anders; es ist ein Jammer. Du wirst dein Mitteilungsblatt drucken, oder du wirst dein Flugblatt verschikken. Es ist alles von Anfang an entschieden, ehe du angefangen hast. Ein paar Blättchen, ein paar Monate, und dann wirst du geschnappt. Du wirst leicht ausfindig gemacht, oder jemand, dem du vertraut hast, bekommt zwanzig Rand und verrät dich. *Ein Feind des Volkes* . . . Du verschwindest in der Internierung. Vielleicht gibt's einen Prozeß und einen Anwalt, der sich um Strafmilderung bemüht und dich beschämt, indem er all die alten Slogans weniger bedeuten läßt, als sie bedeuten.«

Langsam wurde ihr Gesicht vor mir angespannt und konzentriert wie die Gesichter von Patienten im Krankenhaus, wenn sie auf eine Injektion reagierten und zum Ausdruck brachten, wie sie eine Substanz im Blutstrom empfanden.

»Und du wirst auch ins Gefängnis kommen. Wie sie. Du wirst herauskommen. Wie sie.« Wir sahen Ivy und Dick und Lionel vor uns. Tränen schoben vergrößernde Linsen über ihre Augen, und sie mußte sie weit aufreißen, damit ich keine Tropfen fallen sah.

Sie wußte nicht, wie sie mir das sagen sollte, ausgerechnet mir, wovon sie wußte, daß wir es wissen. Jeder wird es lesen können in der kritischen Studie über das Leben meines Vaters – ohne daß darin irgendeine verwendbare Information darüber steht, wie der Kampf gegenwärtig geführt wird; das ist mir zugesichert worden. Es gibt nichts als Mißerfolge bis zu dem Tag, an dem die ZUKUNFT erreicht wird. Das ist der einzige Erfolg. Andere Erfolge – bei speziellen Kampagnen mit speziellen Zielen, gegen die Paßgesetze, gegen die zwangsweise Enteignung von Land – würden nur einzelne Teilreformen zur Folge haben. Diese Aktionen scheitern eine nach der anderen, sie sind gescheitert seit der Zeit, ehe wir geboren waren; Mißerfolge waren die Ereignisse in unserer Kindheit, Mißerfolge sind die normalen Umstände, seit wir erwachsen sind – ihre Eltern unter Hausarrest, mein Vater im Gefängnis gestorben, mein Liebeswerben im Besuchsraum des Gefängnisses. Durch diese Erfahrung, daß sie bei ihren persönlichen Problemen unterdrückt werden, gelangen die Massen wie auf keine andere Weise zu der Erkenntnis, daß es nur eine einzige Möglichkeit gibt: die Staatsmacht muß gestürzt werden. Mißerfolg ist die angesammelte Erbschaft des Widerstandes, ohne den es keine Revolution gibt. Dem Kapitel wird eine Maxime von Marx vorangestellt, die Lionel Burger vor seiner Verurteilung im Gericht zitierte: »Weltgeschichte wäre sehr einfach zu machen, wenn der Kampf nur unter der Bedingung unfehlbar günstiger Chancen aufgenommen würde.«

Ihre Worte schlugen um sich, klammerten sich an Entrüstung und landeten in Bestürzung. »Aber Rosa! Sie haben das Allerschlimmste durchgemacht. Für uns wird es anders sein. Was immer auch geschieht, wir haben das Glück, später geboren zu sein.«

Plötzlich waren wir unbesonnen ins Beichten geraten und steuerten unser Wissen um die verbotenen Tatsachen des Lebens bei.

»Genau, was dein Vater sagt.« – »Was du da treibst, erscheint dir das sinnvoll?«

Sie sah so aus, wie ich für dich ausgesehen haben muß, als du mir beschriebst, wie du das Bumsen deiner Mutter mit ihrem Geliebten im Gästezimmer beobachtet hast. Sie wollte mit dem fertig werden, was ihr gesagt wurde, aber nicht zulassen, es zu sehen, genau wie ich. »Das gehört zu der Strategie des Kampfes. In der jetzigen Phase – noch. Weiter ist nichts dran. Aber das weißt du.«

Natürlich weiß ich es. Ich hätte General Giaps Definition von der Kunst des Aufstands zitieren können, was das Wissen betrifft, wie man die in jedem Stadium für die politische Situation passenden Kampfformen findet. Die riesigen Streiks der schwarzen Arbeiter in Natal, in die ihre Mutter hineinverwickelt werden wird, sind, selbst wenn sie zunächst spontan wären, ein Beispiel für Lenins Beobachtung, daß es das Volk früher als die Führer spürt, wenn sich die konkreten Voraussetzungen des Kampfes ändern, ja. Aber politische Propaganda ist nach wie vor notwendig. Jemand muß den offenen Brief an Vorster fotokopieren. Auf die Gefahr hin, das Abenteurertum zu fördern, ist es nach wie vor notwendig, daß die wenigen weißen Revolutionäre eine Rolle zugewiesen bekommen. Schon 1962 war mein Vater, wie dokumentarisch belegt, einer der Teilnehmer, endlich in der Mehrzahl Schwarze, an der Untergrundkonferenz der Südafrikanischen Kommunistischen Partei, die zu der endgültigen Perspektive, die der ideologischen Integration, der Synthese von zwanzig Jahren Dialektik durchstieß: es ist einfach ebenso unmöglich, sich die Arbeitermacht getrennt von nationaler Befreiung vorzustellen, wie sich echte nationale Befreiung getrennt von der Vernichtung des Kapitalismus vorzustellen. DIE ZUKUNFT, für die er lebte bis zu dem Tag, an dem er starb, kann nur durch die Schwarzen erreicht werden unter Beteiligung der kleinen Gruppe weißer Revolutionäre, die den Widerspruch zwischen schwarzem Bewußtsein und Klassenbewußtsein aufgeklärt haben und sich als geeignet erweisen, sich bedingungslos für den Kampf um die volle Befreiung einzusetzen, zum Beispiel für eine nationale und soziale Revolution. Diese wenigen müssen heimlich ins Land kommen oder im Land unter den unsicheren Kantonisten, romantischen Journalisten und Studenten, rekrutiert werden, und ebenso unter den Verläßlichen, den Kindern, Geliebten und Freunden der alten Garde, und sie müssen einer nach dem anderen der Politischen Polizei in die Finger geraten, in vollem Besitz ihrer unsichtbaren Tinte, ihrer geheimen Fonds und der Schlüssel (die unsichere Kantonisten einer anderen Art besorgten) zu den Büros prominenter Finanziers mit Fotokopiergeräten. Derlei Dinge sind nur lächerlich (wie die »primitive« Zeichnung eines Kindes von dem großen Geheimnis des Paarungsaktes) – sie konnte die dumme Kühnheit kaum glauben und daß ich die Schultern hochzog gegen das schändliche Lachen, das sich, obwohl ich es unterdrücken wollte, den Weg in mein Gesicht erzwang –, nur wenn man aus seiner historisch determinierten Rolle heraustritt und deren Bedeutung nicht verstehen kann. Das sind – wir sind – die für diese Phase geeigneten Kampfinstrumente. Ich sah sie an, provozierte uns. »Was für Konformisten: die Kinder unserer Eltern.«

»Dick und Ivy Konformisten!« Ihr Gesicht war wütend.

»Sie nicht – wir. Hast du je darüber nachgedacht? Andere Menschen sagen sich los. Sie führen ein völlig anderes Leben. Eltern und Kinder verstehen sich nicht – sie haben sich nichts zu sagen. Eine Art von natürlicher Versicherung gegen Wiederholung ... Wir nicht. Wir leben, wie sie gelebt haben.«

»Ach, bürgerliche Freiheiten. Das ist für uns nicht möglich. Wir wollen etwas anderes. Darüber brauche ich mich mit dem armen alten Dick und Ivy nicht auseinanderzusetzen. Es spielt keine Rolle, ob sie mich in mancherlei Hinsicht piesacken, vor allem meine Mutter. Sie wollen es auch.«

»Aber ist dir die Wahl gelassen worden? Denk mal nach.«

»Ja ... Vermutlich, wenn du es so sehen willst ... Aber nein! Rosa! Was für eine Wahl? Rosa? In diesem Land, unter diesem System, wenn man bedenkt, wie die Schwarzen leben – was hat die Wahl mit Eltern zu tun? Was sonst hätte man wählen können?« Sie war jetzt erregt, strahlte wie jemand, der spürt, daß er Einfluß gewinnt, die nicht vergossenen Tränen zog sie mit häßlichem Schniefen durch die Nase hoch. Kein Zweifel, die Mängel, die man bei anderen sieht, sind oft die eigenen; kritisch sind diejenigen, die sich selbst verachten. Aber das hier ist etwas anderes. Kein Splitter im Auge. Dieses Mädchen, mit dem ich Mitleid hatte, auf das meine Neugier gerichtet war, das in den »unwichtigen« Aspekten so anders war als ich – ich beobachtete sie, als wäre sie ich. Ich wollte etwas von dem Opfer, das sie innerlich war, und vielleicht bekam ich es.

Was sie betrifft, so hielt sie meine hitzige Entschlossenheit fälschlich für Warmherzigkeit zwischen uns – aber die empfinde ich nur für ihre Mutter und ihren Vater. Sie hatte das Gefühl, sie habe einen neuen Kontakt hergestellt, einen anderen als den der Kindheit, der wir entwachsen waren. Verlockt durch die Möglichkeit der Freundschaft mit mir – sie ist eher reizlos als schüchtern und gewohnt, den Schlägen der Ablehnung auszuweichen –, vergaß sie, daß ich sie – uns – unsere Lebensweise enttäuscht hatte. So, wie eine geschlossene Faust, wenn sie sich öffnet, ihre Schätze enthüllt, die in den Augen eines Fremden nur Steinchen sind, erzählte sie mir von dem Mann, den sie liebt, zögerte bei seinem Namen und verschwieg ihn. Dann konnte ich sie nicht daran hindern, mir zu erzählen, daß das Mädchen mit Kind, ihre Freundin, für die sie die Wohnung haben wolle, mit ihm verheiratet sei, obwohl sie nicht zusammen lebten. Das Mädchen sei »eine tolle Person«, sie »kommen wirklich gut miteinander aus«. Sie sei die Tochter eines Professors, eines Genossen meines Vaters, der schon vor langer Zeit geflohen ist und in einem schwarzen Land unterrichtet. Das Unterpfand des Professors für die Zukunft: Clare Terblanche wird sie anwerben, wenn die Bemerkung, daß sie »wirklich gut miteinander auskommen«, nicht schon bedeutet, daß sie deshalb vom Kap hierherkommt, weil die Strategie der jetzigen Phase es erfordere. Der Geliebte, der Ehemann, ist ebenfalls einer von uns. Eifersucht und Angst unter den dreien (vielleicht kommt die Tochter des Professors in Wirklichkeit her, um zu versuchen, ihren Mann zurückzugewinnen?) dürfen sich, das werden sie wissen, nicht nachteilig auf das auswirken, was sie zu tun haben. Clare Terblanche wird gereizt die kahlen Stellen in ihrem Gesicht reiben, die wie abblätternde Farbe sind, und ihre Mutter Ivy anschnauzen, die (das kommt heraus, wenn Freundinnen beichten) im Tarifausschuß des Geliebten mit ihm zusammenarbeitet. Aber Clare Terblanches Stolz und schlechtes Gewissen, weil sie mit dem Mann der anderen schläft, die Verlockung, vorgezogen zu werden, der Schmerz, zurückgewiesen zu werden – wer weiß, wie die Sache ausgeht (derlei Dinge überlassen wir gern den Frauenzeitschriften) – all das wird die Arbeit, die getan werden muß, nicht beeinträchtigen. Nur Menschen, die in der Gegenwart schwelgen, geben klein bei. Meine Mutter hat nicht getan, was Lily Letsile verlangte – »dieses Loch zuzuschütten«, in dem mein Bruder ertrank. Der Swimming-pool hat weiterhin anderen Menschen Vergnügen bereitet, schwarze Kinder, die vorher nie in einem Becken gewesen waren, konnten dort bei meinem Vater schwimmen lernen.

Clare Terblanche fand, daß die Wohnung nicht geeignet sei. Vielleicht will sie jetzt, nachdem sie mir die besonderen Umstände ihrer Beziehung zu der potentiellen Mieterin dargelegt hat, nicht, daß sie in dem Haus wohnt, in dem ich die beiden womöglich zusammen treffen könnte, und sie würde wissen, daß ich sie im Licht der vertraulichen Mitteilung sehen würde, die sie mir aufgezwungen hatte, was sie schon bereute.

Gerade, als wir die Wohnung verlassen wollten, wurde sie einen Augenblick geistesabwesend oder sogar aufgeregt – ich dachte, sie hätte etwas vergessen, eine Zigarette nicht richtig ausgedrückt. Sie kniete sich hin, riß rasch einige Seiten aus dem Telefonbuch und ging dann hinüber zu dem Schrank. Mit dem Papier nahm sie die Damenbinde heraus, ohne sie mit den Händen zu berühren, und machte ein krudes Päckchen daraus. Dann wußte sie nicht, wohin damit; kein Mülleimer in der leeren Wohnung. Draußen auf der Feuerleiter hatte irgendein Mieter Kartons stehen lassen. Sie hob die zwei oberen hoch und begrub ihre Bürde, indem sie die Kartons wieder draufdrückte, und dann stolzierte sie vor mir her, als hätte sie erfolgreich eine Leiche beseitigt.

Nur die Taube könnte dich finden, so ist es. Keine Forderungen der Welt erreichen die Arche. Während ihr flieht, tapfere junge Leute, die in jedem ausländischen Hafen von den Lokalblättern willkommen geheißen werden, schrubbst du zur Sündenvergebung die Decks und ißt das Brot einer Unschuld, die du nicht beanspruchen kannst. Lionel hätte dir erklären können, warum. Wenn ich es tue, wirst du sagen, weil ich seine Tochter bin, verkünde ich, daß Spinnräder und Kleie und Vollweizen, womit du im Cottage gebacken hast, kein imaginäres Paradies präkapitalistischer Produktion wiederherstellen können. Die Leute werden Lionel nicht sterben lassen; oder seine Rolle – der Wissende und Verantwortliche zu sein, die er in so verblüffendem Maße auf sich nahm, daß es an Arroganz grenzte – wird nicht mit ihm sterben und die anderen im Stich lassen. Aber die Getreuen gedenken seines Todestages nicht, das brauchen sie nicht; Gefühlsduselei ist etwas für diejenigen, die nicht wissen, was sie als nächstes tun sollen. Flora schickt mir spanische Iris zu Lasten von Williams laufendem Konto bei einem Floristen. Der Mann, der die Biographie schreibt, ruft mich an und fragt, ob ich unsere heutige Verabredung lieber auf einen anderen Tag verschieben würde?

Zwei Briefe steckten hinter der verschlossenen Blechklappe mit meiner Nummer in der Masse von Briefkästen, grau wie Gefängniszellen, im Foyer. Der eine war aus Schweden. Ich las einen ganzen Absatz, ehe ich begriff, von wem er kam; er war mit der Hand geschrieben, und alle anderen, die ich von ihm bekommen hatte, waren getippt gewesen. Seltsam, die Handschrift von jemandem nicht zu kennen, mit dem man geschlafen hat, gleichgültig, warum oder vor wie langer Zeit. Er hatte gehofft, mir berichten zu können, daß er endlich in England einen Verleih für den Film über Lionel gefunden habe, aber die Verhandlungen seien gescheitert. Er werde warten müssen, bis »in Südafrika etwas passiert, um das Interesse wieder zu wecken«. Es sei im Augenblick einfacher, Material über Moçambique und Angola zu verkaufen. Es habe ihn sehr gefreut zu hören, daß ein Flügel in der Patrice-Lumumba-Universität in Moskau nach meinem Vater genannt worden sei. Er habe einen kurzen Artikel darüber geschrieben und hoffe, er werde bald veröffentlicht. Da der Film seine Hoffnungen nicht erfüllt hat, daß er sich damit einen Namen machen würde, erscheint ihm die Zeit, als Lionel noch lebte und im Gefängnis war, nicht so lange her, wie sie es für Lionel und mich ist. Sie ist mit dem noch nicht Erreichten verknüpft, dem Erfolg des Schweden.

Der andere Brief war eigentlich kein Brief, sondern eine geknifftte Karte, eng beschrieben auf den beiden Innenseiten. Ich wußte nicht, daß man Karten für Todestage kaufen kann – mit Büttenrand, Golddruck und Blumensträußchen, bestimmt etwas, wovor du sicher bist, solange du dich den Wellen anvertraust: dem Schicken von Karten zu allen passenden Gelegenheiten, die du »Konsumentengrüße« zu nennen pflegtest, Conrad. Ich las zuerst die Unterschrift; jemand hatte für beide unterschrieben: »Onkel Coen und Tante Velma«, aber die Schreiberin war eindeutig Tante Velma allein. Sie war wie eh und je fest überzeugt von ihrer Auffassung der Gefühle für mich, die letzte der Familie ihres Bruders. Ich sei immer willkommen auf der Farm, wenn ich mich in Ruhe erholen wolle. Sie fragte nicht, von welcher Tätigkeit, sie will es nicht wissen, falls das etwas ist, wie es bei ihrem Bruder immer der Fall war, das sie fürchtet und mißbilligt und geradezu unbegreiflich findet. Es ist besser so. Sie äußert weder Erwartungen noch Vorwürfe. »Die Farm ist immer da.« Sie glaubt das: immer. Die Zukunft – genauso wie jetzt. Ihre Kinder werden dann die Farm besitzen, das ist alles. Vielleicht wird es ein paar Verbesserungen geben; neu ist die Automatisierung in den Melkschuppen und Fernsehen, für bald versprochen. Meine Kusine, Namensschwester nach *Ouma* Marie Burger, lerne zur Zeit die Welt kennen. Sie habe eine Stellung beim Außenhandelsamt für Zitrusfrüchte und sei in das Pariser Büro geschickt worden – ist das nicht schön? Sie mußte Französisch lernen und habe es sehr schnell geschafft – sie habe »natürlich die Burger-Intelligenz«. Was Tante Velma damit meinte, ist ganz einfach mein Vater. Den Nels ist es nie schwergefallen, den Stolz, zu einer bemerkenswerten Familie zu gehören, mit der Überzeugung in Einklang zu bringen, daß das Familienmitglied, das die Familie bemerkenswert machte, für sündhafte und abscheuliche Ideale eintrat. Sogar Onkel Coen ist erfreut, als Lionel Burgers Schwager bekannt zu sein. Was immer mein Vater für sie war, es geht noch in ihrem Bewußtsein um.

Noch etwas in dem Brief des Schweden: er wollte einen Perlengürtel wie den, den er hier gekauft hatte, ob ich mich an das Geschäft erinnere? Das Geschäft ist eine Wohltätigkeitsangelegenheit und vertreibt Gegenstände, die von schwarzen Stämmen zum eigenen Gebrauch und Schmuck hergestellt werden, also kein Kunsthandwerk für Touristen. Wie die meisten gemeinnützigen Unternehmen wird das Geschäft nicht sehr fachmännisch geführt, und ich hatte nicht viel Hoffnung, daß sich die Leute dort erinnern könnten, geschweige denn bereit wären, sich um die Beschaffung eines Gürtels in besonderer Ausführung zu bemühen – im Brief hieß es ausdrücklich Baca, aber das erschien mir unwahrscheinlich, wohl eher Transkei oder Zululand. Sheila Itholeng war wie üblich am Samstagmorgen da, um die Wohnung zu putzen und meine Wäsche zu waschen: das Zimmer wird lebendig. Sie kocht *mealie-meal*, und ich brate mir Eier mit Speck, und wir frühstücken zusammen wie eine Familie. Beide haben wir keinen Mann, aber sie hat ein Kind. Für die kleine Mpho habe ich Buntstifte und Plastilin gekauft, doch amüsiert sie sich damit, rings um unsere Beine unter dem Tisch den Fußboden mit einem Lumpen zu bohnern, ihr kleines Hinterteil ist höher als ihr Kopf, und ihre rosa Fersen sind genauso auswärts gedreht wie die ihrer Mutter.

Obwohl Barry Eckhard seine Angestellten am Samstag nicht arbeiten läßt, fuhr ich doch in die Stadt. In dem Verkehr begann ich plötzlich diesen Tag als etwas so Besonderes zu betrachten, wie den von Hand mit Perlen bestickten Gürtel, nach dem ich suchen wollte, die Wiederholung eines Tages vor einem Jahr, an dem Lionel noch lebte, obwohl es um die Mittagszeit der Tag werden sollte, an dem er starb. Er und meine Mutter gingen einmal zu Lenins Grab, wie mir erzählt wurde. Vermummt, so daß sie kaum zu erkennen waren, gegen eine Kälte, die es hier nicht gibt, zogen sie daran vorbei, wie es eine endlose Schlange noch heute tut. Jeder November wird am Tod meines Vaters vorbeiziehen, immer wieder am selben Tag, mit Sommergewittern am Himmel und den Jakarandas auf den Straßen, die mit elektrischem Purpur hektisch verschmelzen; Jahreszeiten können sich nur wiederholen, sie haben keine Zukunft. Auch das auf der Parkbank war eine öffentliche Aufbahrung.

Eine Absperrkette der Polizei säumte die gesamte Fassade des Gebäudes, in dem sich das afrikanische Kunstgewerbegeschäft befindet. An der Leine gehaltene Schäferhunde ließen die Passanten nicht herankommen, die aber stur stehenblieben. Schwarze mit Lieferfahrrädern, Familien mit Kindern, die am Samstag einkaufen wollten, Liebespaare, die Arme auf den Schultern des anderen oder einander um die Taille gelegt, wollten ihr Schauspiel, ob es nun eine schwarze Popgruppe war, die die Rhythmen der Straße verwandelt, ein Selbstmörder, der auf einem Balkongeländer balanciert, oder eine fälschliche Bombendrohung. Ich wußte sofort, was es sein würde: Männer und Frauen, ganz normal aussehend – erstaunlich! –, genau wie die Passanten, als Verhaftete herausgeführt, und hinter ihnen weitere Polizisten, die mit dem Kinn Stapeln von Papieren und Schreibmaschinen Halt gewähren. In dem Gebäude hatten Organisationen ihre Büros, die oft durchsucht wurden. Ich wartete nicht ab, was es diesmal war, die Gesellschaft für schwarze Studien oder die militanten Geistlichen – alle im Verdacht, die Ziele zu »fördern«, die zu formulieren mein Vater und seine Gesinnungsfreunde so viele Jahre gebraucht hatten. Die Menge stand schweigend da wie angebundene Pferde. Eine Frau mit einem Bündel auf dem Kopf, wie Schwarze es tragen, und dem langnasigen, scharfgeschnittenen und verbitterten Gesicht, das oft von einer Beimischung weißen Bluts herrührt, betrunken oder ein wenig verrückt, sprach mit zahnlosem Mund alle an: »Verdammter weißer Schweinehund. Verdammter Polizeischweinehund.« Zwei junge schwarze Männer in T-Shirts mit den Aufschriften PRINCETON UNIVERSITY und KUNG-FU lachten sie aus. Ein älterer Mann rief mit tiefer Stimme: *»Tula, mama«*, und verwirrt, da sie nicht wußte, woher das Geräusch der daran befestigten Blechdose kam, murmelte sie: *»Voetsak, voetsak, wena.«*

Ich hielt mich dort nicht auf. Die Polizei verlangt Ausweise und überprüft in einem Haus, in dem eine Razzia gemacht wird, jeden; warum sollte die Politische Polizei glauben, daß sich die Anwesenheit von Burgers Tochter in der Nähe mit der Absicht erklären lasse, auf Bitten eines früheren Geliebten einen Perlengürtel zu kaufen? Sollen andere ihre Unschuld beteuern, ihre Hände waschen wie Pilatus. So wie die Verrücktheit der alten Frau ihr die Freiheit gab, die Polizei anzuschreien, gab die lebenslängliche Haftstrafe Lionel die Freiheit, es im Gericht zu sagen: Ich wäre nur schuldig, wenn ich mich nicht dafür eingesetzt hätte, den Rassismus in meinem Land auszurotten. Wenn ich dieses Einsatzes schuldig bin, dann sollen die Polizisten nicht diejenigen sein, die das Recht haben, mich zu verhaften.

In einigen der großen Kaufhäuser gibt es Boutiquen, die afrikanisches Kunstgewerbe verkaufen. Das ist die Folge einer Nachfrage, der Welle der Nostalgie nach dem Ethnischen in Teilen der Welt, wo Ethnisches nicht für einen üblen Zweck mißbraucht wird. Gegenwärtig ist eher das Modeware, was da ausgestellt wird, und nicht etwas, das als nationale Kultur zu verstehen ist: der Slogan *Kaufe Südafrikanisches* bezieht sich auf Fabrikwaren und nicht auf die geschnitzten Schalen und die Halsketten aus Straußeneierschalen, die irgendwo zwischen kleinen Ledergöttern und Kosmetikauslagen hängen. Das Kaufhaus, in dem ich es versuchte, hatte keine Perlengürtel, aber ich fand, daß die Armbänder, athletisch, orthopädisch maskulin, die von Wandergrubenarbeitern getragen und hergestellt werden, auch von einem skandinavischen Afrikaexperten effektvoll getragen werden könnten, und ich kaufte eines, Gott weiß warum. Das riesige, parfümierte Erdgeschoß des Kaufhauses trug zur Freude der Menschen am Geldausgeben bei, diese besondere Atmosphäre von Begehren und ängstlicher Befriedigung zeigte sich in den Gesichtern von Kindern, die kaum an die Schaukästen heranreichten und sich um Tische mit billigen Angeboten scharten, von Frauen, die nach dem Rat von Busenfreundinnen die passenden Farben aussuchten, und von Ehepaaren, die sich über Preise verständigten; nach dem Anblick sowohl von Gegenständen, die sie nie besitzen können, als auch von denjenigen, die ihnen das Geld entlocken, das sie haben, sehnen sich die Menschen in den Ländern der ZUKUNFT, die mein Vater mit seinen beiden Frauen besuchte. Jeder von den farbigen Handwerkern und ihren Familien und den angehenden weißen Liebespaaren, der die Verhaftungen ein paar Querstraßen entfernt mitangesehen hat, kann hier hereinkommen und legitime Sehnsüchte betrachten, die nicht die Gefahr der Bestrafung mit sich bringen – vollautomatische Waschmaschinen, elektronische Uhren, Cowboy-Stiefel, Schallplatten mit volkstümlicher Musik von Helden, die ihre Gruppennamen dem Revolutionsvokabular entnehmen. Das Kauf-Theater. Man muß eine Jacht kaufen, um ihm zu entgehen. Als ich an der Kasse wartete, widersprach eine Frau neben mir ihrem kleinen Jungen: »Aber das willst du doch nicht haben? Was willst du denn damit? Das ist kein Spielzeug!« Er hielt krampfhaft eine Patentbürste zum Fusselentfernen fest und wollte niemandem in die Augen sehen.

Am Kosmetikstand gegenüber sah ich den aufgestützten Ellbogen und halbnackten Rücken einer schwarzen Frau, in eine auffällige Farbe gekleidet, zu der als Gesamtwirkung die Farbe ihrer Haut gehörte. Die kühnsten, dunkelsten Linien von Blau und Braun, alte ideographische Symbole für Vogel, Fisch und Muschel, zogen sich in der Bewegung von zwei gerundeten Schulterblättern von der matten Schräge des Nakkens zu ihrem Treffpunkt auf der eingekerbten Linie der Wirbelsäule und pulsierten, als schattenlose Kaufhausbeleuchtung darauf spielte. Der Stoff ließ an wallende Gewänder denken, aber er saß tatsächlich stramm über dem prächtigen Rücken, lässig ausladend an der belasteten Hüfte und eng an den langen Beinen. Ich sah einen blauen Turban, und ehe der Kopf sich drehte, das Schwingen eines goldenen Reifens, größer als ein kleines Ohr. Sie hätte eine hinreißende Tänzerin sein können, aber sie sah wie das Urbild einer Königin aus, ausgestorben in Großbritannien und Dänemark, wo es das Amt noch gibt. Es war Marisa Kgosana. Wir umarmten uns, und das professionell neutrale Gesicht der weißen Kosmetikverkäuferin, durch ihr Make-up vor jedem Anzeichen von Reaktion geschützt, wie ein Wache stehender Soldat durch seine Uniform davor geschützt ist, mit der Wimper zu zucken, wenn er öffentlich verhöhnt wird, wartete auf die Beendigung des Kaufs.

Bei der symbolischen Umarmung von Frauen die lebenswarme, nachtschwarze Wange von Marisa zu berühren, eine Sekunde lang riesig groß das rötliche Aufblitzen ihres Auges zu sehen, das lilafarbene Rosa der Innenseite ihrer Lippe gegen ihre durchscheinend geränderten Zähne, für einen Augenblick in das unsichtbare Magnetfeld des Körpers eines schönen Geschöpfes zu geraten und dessen Abdruck zu erhalten – Atem, der eine Glasscheibe beschlägt und rasch verschwindet –, das bedeutete, in eine andere Ebene von Wahrnehmung einzutauchen. So nahe wie eine Frau der Verwandlung der Welt nur kommen kann, welche ein Mann in der Schönheit einer Frau sucht. Marisa ist schwarz; daher auch der weißen Art und Weise nahe, das Schwarzsein als eine Möglichkeit zu benutzen, um eine sinnliche Erlösung zu erleben, wie es Romantiker tun, oder Ängste zu erleben, wie es Rassisten tun. Im Haus meines Vaters wurde das eine als das Gegenstück zum anderen angesehen, zwei Seiten eines falschen Bewußtseins – so viel kann ich zu den Notizen von jedermann beitragen. Aber selbst in jenem Haus war Schwarzsein ein sinnlich erlösendes Mittel der Wahrnehmung. Durch das Schwarzsein wird der Weg zur Zukunft aufgezeigt. Die Nachkommen von Shaka, Dingane, Hintsa, Sandile, Moshesshoe, Cetewayo, Msilekasi und Sekukuni sind die einzigen, die uns dort hinbringen können; der Geist von Makana lebt auf Robben Island als Fürsprecher bei Lenin. Sipho Mokoena, der für Tony Drachen baute und uns Kindern das Loch zeigte, das eine Kugel in seine Hose gerissen hatte, Gana Makabeni, der Brautführer bei der Hochzeit, Isaac Vulindlela, der seinen einzigen Sohn Baasie in die Obhut meines Vaters und meiner Mutter gab; Onkel Coen Nels Barkellner Daniel; der Wächter, der dir Geld zum Wetten brachte – die zerknitterten, hellsohligen Füße, nackt am Swimming-pool, und auch die in der Mehrzahl schwarzen Gesichter bei dem letzten der Untergrundkongresse, an dem mein Vater teilnehmen konnte: in der Vereinigung von weißem Kain und schwarzem Abel ist eine neue Brüderschaft des Fleisches der Weg zu einer endgültigen Brüderschaft. Die Kosmetikverkäuferin mittleren Alters und die wenigen Kunden, die nicht zu sehr mit sich beschäftigt waren, um aufzuschauen, sahen, daß ein *kaffir-boetie*-Mädchen von einer Schwarzen geküßt wurde. Das ist alles. Sie wußten es nicht besser. Jenes Haus war näher dran, durch deine Art von Realität zu seiner Art von Realität zu gelangen, als ich begriff. Du und ich stritten uns im Cottage. *Sex und Tod,* sagtest du. Die einzige Realität. Ich hätte imstande sein sollen, den Faktor Sinnlichkeit zu erklären, der es dir ermöglicht hätte, die Erfahrungen jenes Hauses als real anzusehen. Ich empfand das nach so langer Zeit in Marisas Gegenwart; wie tröstlich es war, mit Baasie im selben Bett zu liegen, wenn die Dunkelheit das Haus bedrohlich knacken ließ.

Marisa wollte Hautcreme kaufen und probierte verschiedene Fabrikate auf dem Rücken einer Hand aus, die sie, damit die Verkäuferin es auch sah, zwischen ihnen auf den Ladentisch gelegt hatte. Die Hand trug ihre Insignien von Ringen und langen, glänzenden Nägeln wie ein General seine goldenen Tressen und Ordensschnallen. Ob ich nicht fände, daß diese zu sehr wie ein süßer Kuchen rieche? »Wie eine überreife Frucht, scheint mir.«

»Veilchen, Madam.« Die Verkäuferin meinte es ernst.

Nein, nein, die tauge nichts; aber Marisa wollte auch das andere Fabrikat nicht haben, das ein weißer Finger mit einem raschen Hin und Her auf ihre pflaumenblaue Haut rieb. »Weißt du, was sie dafür verlangen, Rosa? Da bekomme ich lieber Runzeln.« Die Verkäuferin hatte noch etwas, eine Tube, französisch, aber nicht teuer, man braucht so wenig davon, es duftet nach Kräutern. Marisa hatte das Auftreten eines Menschen, der nie unentschlossen ist. »Okay. Die nehme ich. Das Nagelzeug, die Creme, weiter nichts. Aber Rosa, wenn du in dem Gebäude arbeitest, ich bin bloß um die Ecke. Bei einem Anwalt. Jemand, den Theo gefunden hat.« Sie lachte, womit sie zeigte, was wir alle zugeben, daß jeder Theo einspannt, daß wir uns auf ihn verließen bei den Prozessen ihres Mannes Joseph Kgosana oder meines Vaters, wie Frauen sich darüber aussprechen, wenn sie Vertrauen zu einem guten Arzt haben. »Ich hatte kaum angefangen, noch nicht einmal eine Woche, da bekam ich die Erlaubnis zu einem Besuch. Ich bin gerade zurück von der Insel.«

Wie großartig sie das hingekriegt hatte. Nach dem einen Satz waren sie und ich allein; selbst wenn die ältliche Blondine, die ihre an einer goldenen Kette hängende Brille aufgesetzt hatte, um den Kassenzettel auszuschreiben, begriff, um welche Insel es sich handelte, vermochten weder sie noch die anderen Kunden, die in Parfüm und Licht durch die Reihen der Ladentische gingen, die Art des Blickes zu verstehen, mit dem Marisa mich festhielt. Kaum einer Änderung des Tons bedurfte es zwischen uns. Marisa scheint das leichtzufallen. Sie braucht nicht ein feierliches Gesicht aufzusetzen, das die Entfernung zwischen dem Gefängnis und der Kosmetikabteilung deutlich macht. Sie schließt sich nicht ab, geht nicht, wie ich, totenstill in Deckung. Sie braucht nicht ihre Zuflucht dazu zu nehmen, sich taktvoll auszudrücken oder sich zu erklären, weil sie fürchtet, falsch verstanden oder falsch beurteilt zu werden. Trotz und Vertrauen trauern nicht; ihre Schönheit und die Art, wie sie sie geltend macht, sind stärker als jede Erklärung.

Wie geht es ihm? Wie geht es ihnen allen? Wenn wir von ihnen sprechen, den Häftlingen, die Lionel überlebt haben, ist der Ton absichtlich unterkühlt, und damit wird zum Ausdruck gebracht, daß sie nicht abgesondert werden können, sie gehören weiterhin zum normalen täglichen Leben, wie dick die Mauern auch sein mögen oder wie rauh die See zwischen Verbannung und Heimat. »Ihm geht's gut. Nur ich war nicht in Form. Das Wetter war schuld. Ein Sturm in Kapstadt, du kannst es dir nicht vorstellen. Am ersten Tag konnte das Schiff überhaupt nicht auslaufen. Am nächsten Tag waren die Polizisten in meiner Begleitung auch nicht sehr scharf drauf, aber ich sagte, hört mal, ich bestehe darauf, hier ist mein Passierschein, ich darf meinen Verwaltungsbezirk nur drei Tage verlassen ... so sind wir also an Bord gegangen. Mir war entsetzlich schlecht – mein Gott, bist du je seekrank gewesen? Aber ich hielt durch. Und ich konnte sehen, daß es den anderen noch viel schlechter ging als mir. Als erstes sagte Joe: ›Marisa! Sieh dich mal an – da stimmt was nicht, und du hast mir nichts davon geschrieben.‹ Er ließ mir von seinem Wärter starken Kaffee bringen – ja, einfach so: ›Meine Frau muß was Warmes trinken.‹ Und der brachte lammfromm den Kaffee.«

»War es ein Kontaktbesuch?« Ich verfiel mühelos wieder in den Jargon der Gefängnisbesuche. Sie wird mir immer geläufig bleiben, die Sprache, die ich als Kind lernte. Je nach Lust und Laune des Oberaufsehers sah ich meinen Vater in einem kleinen, kahlen Raum (die Möblierung bestand in der Grundeinheit für Vernehmungen, zwei Stühle und ein Tisch, so daß einem der Zweck solcher Räume immer gegenwärtig war) oder jenseits des Drahtgitters, durch das ich die Hand meines Verlobten nicht hatte berühren können.

»Er fragte nach dir, er läßt dich grüßen.« Die Harmonie ihres schönen, lächelnden Gesichts machte die Lüge zu einem Geschenk. Ich hatte sie lange nicht gesehen und ihr keinen Gruß an ihn aufgetragen, so daß die Erwähnung meines Namens in ihrem Gespräch unwahrscheinlich war. Erfahrene Menschen verschwenden die kostbare Besuchszeit nicht; alles, was von beiden gesagt werden muß, wird vorher überlegt und der gewährten Frist angepaßt. Aber da war ich nun und fragte namentlich nach allen anderen, Mandela, Sisulu, Kathrada, Mbeki, den schwarzen Männern, mit denen mein Vater in einer Vertrautheit zusammenarbeitete, die kein Außenstehender, der auf der Straße die Verhaftung von Menschen mit ansieht, die weder Lohntüten geklaut noch mit Rauschgift gehandelt haben, verstehen kann. Marisa wiederholte die Witze, die die Häftlinge erzählt hatten, berichtete, was sie studierten, ob sie abgenommen oder Gewicht »zugelegt« hatten, wie sie sich ausdrückte, schweifte in Klatsch über die Leistungen oder Probleme ihrer Familien ab – während sie überprüfte, was sie gekauft hatte, zögerte, ob sie noch dieses oder jenes mitnehmen sollte, und aus dem Schlund einer großen, eleganten Handtasche Geld hervorzog mit langen Fingern, deren Spitzen mit den glänzenden Nägeln zugriffen, wie die Beine irgendeines exotischen Insekts die Beute packen. »Nein, ich will kein Paket – geben Sie mir bitte eine Plasttüte – eine von denen da drüben, ja, das ist gut.« Als die Verkäuferin sich umdrehte, um das Wechselgeld aus der Kasse zu nehmen, sagte sie: »Hat man's eilig, bezahlt man am besten bar ... Wenn eine Schwarze ein Scheckbuch zieht ... ich benutze meines nur, wenn ich mich damit abfinde, so lange herumzulungern, wie sie brauchen, um sich zu entschuldigen und den Scheck ihren sämtlichen Vorgesetzten zu zeigen.« Und in demselben gedämpften Ton, munter, zerstreut, machte sie einen Vorschlag, den Blick unruhig auf die Verkäuferin gerichtet, den Kopf mit ungeduldiger Anmut in den Nacken zurückgelegt.

»Meine Tochter ist weggegangen, um ein paar Schulbücher zu besorgen, ich muß sie abholen. Und jemand wartet auf mich – wie spät ist es überhaupt? Ich sagte, wir würden uns um zwölf treffen – schade, nicht zu ändern ... Was machst du heute, heute nachmittag oder abends?« Marisa erinnerte sich nicht, welcher Tag es war, obwohl sie noch vor ein paar Augenblicken von Lionel gesprochen hatte (wie Lionel immer zu Joe sagte: wenn du dein Gewicht und deinen Blutdruck niedrig hältst, Mann, dann kann dich nichts schwach machen). »Willst du rauskommen? Erinnerst du dich noch an den Ort meines Vetters Fats?«

»Man biegt hinter der Mittelschule Orlando ein.«

»Ja, dann geradeaus, und wenn du zur Gefällstrecke kommst, die dritte Straße rechts.«

»Da ist doch eine Kohlenhandlung an der Ecke?«

»Stimmt, Vusilis Laden.«

Während das gemurmelte Gespräch zwischen uns hin und her ging wie jede unaufrichtige Begeisterung zwischen Freundinnen, die sich zufällig treffen, waren es zwischen uns die unausgesprochenen Fragen und Antworten, die unsereins an den Unterbrechungen und dem Zögern und der Unmittelbarkeit der Reaktion abliest. Marisa ist gebannt und steht unter Hausarrest. Ich bin namentlich erfaßt. Es ist gesetzlich verboten, uns zu treffen oder miteinander zu reden, ganz zu schweigen von Umarmungen; wir nehmen ein Risiko auf uns, wenn sich die Gelegenheit bietet, uns wie diesmal zu treffen, im Vorübergehen, auf neutralem und anonymem Boden. Du hast mir vorgeworfen, ich sei gehemmt; aber für dich gab es niemals etwas, das du hoch genug geschätzt hast und das zugleich so bedroht war, daß du dich verstecken mußtest. Geheimhaltung ist eine Gewohnheit, die abzulegen alten Hasen schwerfällt. Menschen, die unter Hausarrest stehen, dürfen zu Hause keine Freunde empfangen und abends oder am Wochenende nicht ausgehen; wenn Marisa an einem Samstag in die Stadt kommen konnte, dann mußte sie sich einen »überschüssigen« Tag von der Ausnahmegenehmigung für den Besuch auf der Insel zunutze gemacht haben. Sie nahm ein weiteres Risiko auf sich, wenn sie es wagte, abends in das Haus eines anderen zu gehen. Sie war nicht sicher, ob ich nicht nur namentlich erfaßt, sondern auch gebannt war. Tatsächlich war ich nicht gebannt, obwohl mir schon ein Paß verweigert wurde, bevor ich namentlich erfaßt war – schon im ersten Jahr, als ich ihn beantragte. Und auch dieser Antrag war ein Geheimnis; diesmal war es mein eigener, nicht gemeinsam mit den anderen in jenem Haus gestellt, über den zwischen meinem Vater, meiner Mutter und mir nicht gesprochen worden war. Sie und Lionel haben nie erfahren, daß ich mich um einen Paß bemühte, als ich achtzehn war und vorhatte, Noel de Witt nach Europa zu folgen, wenn er aus dem Gefängnis kam. Er hat es ebenfalls nie erfahren; aber als de Witts Verlobte und Lionel Burgers Tochter wies mich der Minister ab. Wie auch immer, Weiße dürfen nicht ohne Genehmigung in schwarze Siedlungen gehen, und die Anwesenheit des einzigen lebenden Angehörigen der Familie Burger würde man nicht durchgehen lassen, wenn sie entdeckt würde; wenn Marisa keine Notiz davon nahm, daß sie ein Risiko einging, dann sollte ich, wenn ich den Anweisungen folgte, die wir unter Gefahren harmlos ausgetauscht hatten, auch von meinem Risiko keine Notiz nehmen.

Sie drückte mir die Hand und ging gleichzeitig weg, unsere Hände blieben zusammen, bis sie herabfielen, so wie Schwarze sich an Straßenecken trennen und sich über die Schulter etwas zurufen, wenn endlich jeder seines Weges geht. Aber sie vergaß mich sofort. In der schwungvollen Vorwärtsbewegung ihres turbangekrönten Kopfes lag, als sie zwischen den Käufern verschwand und wieder auftauchte, nur die Bewußtheit der Bewunderung, die sie mit ihrem extravaganten Kleid erregte, dem puritanischen Panafrika der triumphierenden Pracht und königlichen Schönheit, die keinen bekannten Grenzen alter Gewohnheit oder neuer widerstreitender Ideologien in schwarzen Ländern unterworfen ist und keinen Gesetzen, die in diesem Land das Leben der Schwarzen armselig und unwürdig machen. Wenn die weißen Menschen in diesem Kaufhaus nur Botenjungen und Kellnerinnen und Straßenkehrer statt schwarzer Menschen sahen, dann sahen sie jetzt Marisa. Die Verkäuferin sagte zu mir mit dem Lächeln einer weißen Frau zu einer anderen, wenn beide einen Gast aus dem Ausland bewundern: »Wo kommt sie her? Von einer der französischen Inseln?«

Seychellen oder Mauritius, das hatte sie unter der Insel verstanden. Ich antwortete: »Aus Soweto.« – »Nicht zu fassen!« Sie war bereit, etwas zu lernen, ihre Mondsichelaugenbrauen hoben sich über das goldene Gestell ihrer Brille.

Du warst besonders neugierig in bezug auf Baasie. Du hast es mir vorgeworfen: »So bist du, das ist etwas, das für den Rest deines Lebens für dich wichtig sein wird, ob du es weißt oder nicht. Du behauptest, du ›denkst‹ nicht an das Kind. Ob du an es ›denkst‹ oder nicht . . . Als du fünf Jahre alt warst, habt ihr beide Angst vor der Dunkelheit gehabt. Ihr seid in ein Bett gekrochen.«

Ich antwortete nicht. Ich wandte den Kopf von dir ab, denn ich dachte, daß ich das ja auch mit dir tue, daß ich nun mal so sei. Ich erinnerte mich an eine ganz spezielle, sich ausbreitende Wärme, wenn Baasie im Schlaf das Bett naßgemacht hatte. Morgens war das Laken kalt und roch schlecht, ich verpetzte ihn bei meiner Mutter – schau mal, was Baasie im Bett gemacht hat –, aber nachts wußte ich nicht, ob die Wärme, die uns in die einhüllende Flüssigkeit eines Wirtskörpers zurückbrachte, von ihm oder von mir stammte. Du wolltest wissen, was aus ihm geworden ist. Immer wieder hast du im Cottage versucht, mir eine Falle zu stellen, damit ich indirekt, unwissentlich antwortete, obwohl ich dir gesagt hatte, daß ich es nicht wisse. Sein Vater, Isaac Vulindlela, arbeitete mit Lionel bis zu dem Tag zusammen, an dem er zum letztenmal verhaftet wurde. Er war einer von denen, die das Land verließen und mit falschen Papieren zurückkamen. Zweimal war es ihm gelungen mit Hilfe der Familie seiner Tswana-Frau an der Grenze von Botswana, die (wie Tante Velma und Onkel Coen?) nicht wissen wollte, was er tat. Beim drittenmal, mein Vater war schon im Gefängnis, war ich diejenige, die das neue Paßbuch in das *dorp* zehn oder zwanzig Meilen vor der Grenze brachte. Es war eines der Wochenenden, an denen ich verschwand – um einem skandinavischen Journalisten die Gegend zu zeigen, in der Lionel aufgewachsen war; oder um mit meinem schwedischen Geliebten zu schlafen, im Motelregister als seine Frau eingetragen. Der dritte Zweck dieser Reise war dem Schweden nicht bekannt; ich nehme an, es würde ihm noch mehr Prestige verleihen, wenn er es erführe, selbst jetzt noch. Ein besseres Geschenk als ein Perlengürtel oder das Armband eines schwarzen Wandergrubenarbeiters. Mein

Schwede und ich fuhren nicht in meinem Auto, sondern in seinem Leihwagen, die normale Vorsichtsmaßnahme, um Anonymität zu wahren, an die er zweifellos bei seinen Liebesaffären gewöhnt war, während er seinen Aufgaben nachging, die ihn von einem Land ins andere brachten; ich sagte ihm, der Reservereifen habe nicht genug Luft, und es sei besser, wenn ich mich darum kümmere, da er kein Afrikaans spreche und Englisch an einer *dorp*-Tankstelle nicht viel nütze. Er blieb im Bett in einem Zimmer, das sich kaum von jenen unterschied, in die ich Selena und Elsie folgte, wenn sie hinter den Handlungsreisenden aufräumten, strich über das Kreuz aus blondem Haar auf seiner Brust und schrieb einen Artikel für *Dagens Nyheter* über die Mitschuld internationaler Industrieller an der Apartheid-Wirtschaft.

An einem Sonntagmorgen war nur ein Tankwart an der Tankstelle, ein dicker junger Schwarzer, dessen Overall keine Knöpfe hatte und da, wo es unbedingt nötig war, am Hosenlatz mit einer großen Sicherheitsnadel zusammengehalten wurde. Gestreifte Socken und eine Schirmmütze mit dem Namen einer der Firmen, die mein Schwede von dem Doppelbett aus unter einem Druck des Arc de Triomphe im Frühling anklagte; der junge Mann flickte einen kaputten Schlauch, saß auf ölfleckigem Teerbeton und hatte zwischen den gespreizten Beinen eine Zinkwanne mit Wasser. Der glatte Flicken aus schwarzem Gummi tanzte in seinen Händen auf und ab. Für jeden, der vorbeikommen könnte, war ich irgendeine weiße *missus*. »Sind Sie Abraham?« Es war das Jahr des *Lächle*-Button; er trug einen großen, den er vielleicht aufgehoben hatte, nachdem Kinder, die aus einem Wagen herausgestürzt waren, um sich Cola am Automaten zu holen, ihn vergessen hatten. Aber er lächelte nicht. »Ja, ich bin Abraham.« Wir sprachen Afrikaans und im üblichen Tonfall, meiner freundlich, aber autoritär, seiner zögernd und unsicher, ob er eine Frage oder einen Verweis zu erwarten habe oder eine Bitte erfüllen müßte, derentwegen er nicht gern aufstehen würde. »Ihre Mutter wäscht für mich. Sie hat Ihnen einen Brief geschickt.« – *»Hey? Wat het die missus gesê?«* Er hatte es richtig verstanden, aber er wollte sich vergewissern, daß es genau die Worte waren, von denen ihm gesagt worden war, daß sie ausgesprochen würden. Ich wiederholte sie, und er las sie von meinen Lippen ab, als ob meine Stimme betrügen könnte, meinem Mund aber zu trauen sei. Er wischte sich mit einer nassen Hand über den Overall, und zugleich mit dieser Bewegung nahm meine rechte Hand den dicken Umschlag aus der Strohtasche, in der ich die ganzen Utensilien für eine Autofahrt untergebracht hatte. Der Umschlag verschwand unter den Falten des zu großen und dreckigen Overalls, der Tracht einer anonym auferlegten und gleichgültig übernommenen Identität, unter der er wie seinen verborgenen Körper eine andere bewahrte, seine eigene. Er stand auf und stapfte vor mir her, um den Füllschlauch der Zapfsäule auszuhaken und den Wagen vollzutanken. Ich gab die üblichen zehn Cents zusätzlich zum Preis des Benzins, und er revanchierte sich mit dem üblichen Schwenken eines schmutzigen Lappens über der Windschutzscheibe.

So geht das vor sich. Das Verschwörerspielen. Du wolltest immer von solchen Dingen hören. Aber woher konnte ich wissen, kann ich wissen, ob du nicht da warst, damit ich zu dir komme, weil du auf meine Notlage rechnetest? Wenn Lionel Burger dich nicht angeworben hat, vielleicht hatte es die andere Seite getan. Du hättest mir zugeteilt sein können und ich dir von den Männern der Politischen Polizei, die mich haben aufwachsen sehen, wie man so schön von all diesen Erwachsenen sagt, denen wir Kinder auf Verlangen der Nels den Ehrentitel »Oom« geben mußten.

Wie entblößt ich auch dastehen mochte, zähneklappernd und gräßlich triumphierend in den Nächten im Cottage, behalten hatte ich die zweite Natur, die zur ersten geworden war. Ich konnte den Überlebensinstinkt nicht verdrängen, der mir bei Themen dieser Art dir gegenüber den Mund verschloß. Im Gegensatz zu dem unbekannten Abraham hatte dich deine Herkunft nicht gelehrt, mir die Worte von den Lippen abzulesen. Und in dem *dorp* fuhr ich an jenem Sonntag zum Hotel zurück und brachte meinem Schweden ein Bier, das Glas über die Flasche gestülpt, die am Hals vor Kälte dampfte. Ihm sagte ich es auch nicht. Er lockte mich wieder ins Bett, und maschinengeschriebene Seiten flatterten rings um uns auf den Fußboden. Die Selena oder Elsie des Hotels klopfte an die Tür und ging wieder weg; Hotelpersonal weiß, daß man nie Fragen stellen soll. So geht das vor sich. Er liebte mich, während draußen auf dem Flur der Staubsauger dröhnte, und er weiß nicht, daß die Essenz auf seiner Zunge in dem bitteren Schmalz auf meiner Ohrmuschel, den Säften aus Mund oder Vagina nicht mein Geheimnis waren. Frei sein bedeutet für mich niemals, von der Überlebensstrategie des Verschweigens frei sein. Ich sagte dir nicht, was ich weiß, so gern ich es getan hätte. Isaac Vulindlela wurde mit einem dieser Paßbücher geschnappt. So geht das vor sich. Der Biograph meines Vaters wollte mich in aller Höflichkeit dazu bringen, mich des offiziellen Vokabulars zu bedienen – Wörter, nichts als tote Wörter, Abstraktionen: das sei nicht die Realität, hast du mir an den Kopf geworfen – nationale demokratische Revolution, ideologische Integration, revolutionärer Imperativ, Minderheitenherrschaft, Befreiungsbündnis, Einheit des Volkes, Infiltration, Angriff, praktikables Wirken für den Wandel, reformistische Alternative, bewaffnetes Vorgehen, politische Massenmobilisierung des Volkes in Verbindung mit legalen, halblegalen und illegalen Methoden – diese Ausgangspositionen sind in letzter Zeit in meinem Vokabular wieder aufgetaucht, wenn ich mich gegen ihn zur Wehr setzte. Ich weiß nicht, wo Baasie ist, aber sein Vater wurde nach acht Monaten der Internierung tot in einer Zelle gefunden. Die Polizei behauptete, er habe sich mit seiner Hose erhängt. Es gelang mir, meinem Vater im Gefängnis die Nachricht zu übermitteln. Frage mich nicht, wie. Er wußte es nicht, ich konnte ihm nicht sagen, daß das Paßbuch eines von jenen gewesen war, die ich mit solcher Leichtigkeit hatte übergeben können, daß niemand glauben würde, daß das so vor sich geht. Mir fällt es sehr schwer, den Unterschied zwischen der Wahrheit und den Fakten zu erkennen: zu wissen, was die Fakten sind. Wenn Abraham an der Tankstelle eine Falle gewesen wäre, hätten die Umstände meiner gescheiterten Mission so lächerlich geklungen wie alles, was ich vor der armen Clare Terblanche dargelegt habe. Was war die Realität jenes Wochenendes in einem *dorp* des westlichen Transvaals? Eine Tat der dritten Kategorie von Methoden (legal, halblegal, illegal), um den politischen Kampf und die bewaffnete Aktivität zu koordinieren, indem ein allgemeines Klima des Zusammenbruchs geschaffen wird, das eine direkte politische Lösung möglich macht? Die materielle Transzendierung der Lebensspanne eines Mannes, indem man Landschaften und typische Umgebungen, die sein Bewußtsein formten, auf Film für die Nachwelt festhält? Der ekstatische Kraftaufwand im Hotelbett zwischen elf Uhr vormittags, als die Glocken der Holländischen Reformierten Kirche läuteten, und der Mittagsstunde, als die Xylophontöne des Lunchgongs erklangen, war eine Stunde ohne irgendwelche Konsequenzen, abgesehen von einem Fleck auf dem Laken – eine harte Gedenkplakette, die eine Selena oder Elsie bemerken würde, ohne daß sich ihr Leben in irgendeiner Weise dadurch ändert, ehe der Fleck in der Wäsche verschwindet.

Vielleicht haben mich die Menschen im Kaufhaus richtig gesehen. Obwohl es in jenem Haus ein Glaubensartikel war, daß es nötig sei, über die allzusehr vereinfachte Formel für die Rassenfrage hinauszugehen – die reformistische Auffassung von einem Kampf zwischen Hautfarben, nicht Klassen –, ist es meiner Mutter und meinem Vater nur gelungen, eine *kaffirboetie* aus mir zu machen. Baasies kleine Schwester. Marisa überkam mich wie eine plötzliche gute Laune. Eine Zärtlichkeit machte alles ringsum sanft und lebendig, als ich aus der Stadt nach Hause fuhr: die indischen Blumenhändler und ihre mit Draht zu Kandelabern zusammengesteckten Rosen und gefärbten weißen Gartenlilien; als eine rote Ampel mich aufhielt, der geschäftige schwarze Junge, der, schrill pfeifend, zwischen den Wagenkolonnen durchflitzte, um die erste Ausgabe der Nachmittagszeitung zu verkaufen; die riesige Frau mit einer vollen Einkaufstasche auf dem Kopf, einem trippelnden Kind am Rockschoß und mit jenem afrikanischen *obi,* der aus dem unvermeidlichen Baby auf dem Rücken und der um die Taille gewickelten Decke besteht, die sich in Gang setzte, innehielt, mir zulächelte und über die Straße hastete, während sie an der Kreuzung hätte warten sollen. Eine Wohltat, die Schwarzen. Die Zähigkeit, das Regenerationsvermögen, das tägliche Durchhalten, die für die große Masse von ihnen kennzeichnend sind. Wenn man keine Angst hat, wie kann man sich dann nicht zu ihnen hingezogen fühlen? Entweder das eine oder das andere. Marisa und Joe Kgosana haben diese ganze Attraktivität. Lionel und Ivy und Dick, meine Mutter und Aletta; hinter unsereinem, der wir auf die Verwaltungsbezirke der weißen Vororte beschränkt sind, gibt es Menschen, die widerliche Briefe schreiben und meinen Vater ein Ungeheuer nennen.

Vermutlich wollte ich in die Vorstadtsiedlung fahren, um noch eine Weile in Marisas Einflußsphäre zu bleiben, so wie manche Menschen einen zweiten Drink nehmen, um die angenehme Wirkung des ersten zu verlängern, ehe sie abklingt. Ich weiß es nicht; ich hatte mich noch nicht entschlossen. Der Mann, der über Lionel schreiben will, war an jenem frühen Nachmittag bei mir in der Wohnung, als noch jemand kam. Sogar Überraschung ist etwas, das zu verbergen ich nicht umhinkann. Ich machte ihn nicht mit dem Biographen bekannt. Orde Greer ist ein Pressefotograf, der mich vom Sehen kannte, so wie du, und den ich so kannte wie dich in der ganzen Zeit während Lionels Prozeß, ehe wir in Pretoria zusammen Kaffee getrunken hatten, ein Ensemble von Gesichtern, in denen ich las, wer ich war. In den letzten Jahren hatte ich ihn ein paarmal auf Parties gesehen, einmal befummelte er ein unwilliges Mädchen auf die wahllose Weise eines Mannes, der sich am nächsten Tag nicht mehr dran erinnert. Er war bei der Gedenkfeier für Lionel. Sein Name ist bekannt aus Bildunterschriften in der Zeitung; sein Äußeres war für mich erkennbar an einem Polio-Hinken, das meine für ihn an der Verwandtschaft mit meinem Vater. Er grüßt mich auf der Straße, und ich nicke dankend.

Ein Mann in *veldskoen*-Halbstiefeln, heruntergerollten roten Socken, Shorts und trotz der sommerlichen Hitze in einem unausgebürsteten schwarzen Angler-Sweater – hätte ich ihn nicht sofort an seinem Hinken erkannt, hätte er irgendein Sportler sein können, der sein Joggingtraining in der Nachbarschaft absolviert.

»Ich glaube, ich soll Sie abholen. Zu Fats' Ort.«

Und weil der Biograph hinter mir saß, tat ich so, als ob eine solche Verabredung getroffen worden wäre. »Es dauert nur noch ein paar Minuten. Kommen Sie herein.« Vor einem Dritten wurde Marisas Name nicht erwähnt; schon das schuf einen Bereich, in dem Orde Greer und ich einander besser kannten als nur vom Sehen. Der Biograph meines Vaters drehte sich nach ihm um mit der unter der Heuchelei guter Manieren verborgenen Frustration eines Menschen, der feststellt, daß er jemanden nicht einordnen kann, über dessen Bedeutung er eigentlich Bescheid wissen müßte. Er schob seine Notizen zusammen und tat, als wolle er gehen; ich entschuldigte mich nachdrücklich dafür, daß wir die Besprechung beenden müßten, aber er entschuldigte sich seinerseits. Er ging. Ich erwähnte Orde Greer gegenüber nicht, wer *er* war oder was er tat.

Ich wußte nicht, ob Greer einer von uns war oder nicht; vielleicht war er es. Für ihn sprach, daß Marisa ihn geschickt hatte. Ich bot ihm einen Drink an, wenn er mir Zeit lassen wolle, mich etwas zurechtzumachen, ehe wir fuhren.

»In Ordnung. Ich bin früh dran ... was gibt's?«

Er saß in meinem Sessel (dem alten grünen Ledersessel in der Farbe von Stechpalmenblättern, der im Arbeitszimmer meines Vaters gestanden hatte und auf dem wir als Kinder gern herumrutschten, weil die Reibung von nackten Oberschenkeln statische Elektrizität erzeugte) mit einer Miene, als sitze er auf einem Platz, auf den er ein Recht habe und es mit leicht nervöser Aggression wahrnehme, ehe es ihm bestritten wird. Seine Aufmachung wirkte jetzt ganz natürlich für die Gesellschaft, in die er sich begeben wollte.

Aber Zeitungsleute müssen so sein – sie sind es gewöhnt, sich Zugang zu verschaffen, das weiß ich. Er hat Angst vor mir und dennoch gleichzeitig das Gefühl der Vertrautheit; ich habe das oft genug erlebt während des Prozesses. Es war nur Bier da; er zögerte, um anzudeuten, daß er der Flasche Whisky nachtrauere, auf die er gehofft hatte und mit der er es sich hier gemütlich machen wollte: »Also Bier.« Dickes Haar verflocht sich mit einem Bart und verlieh ihm einen, wie er wußte, edlen Kopf, von vorn, und ließ ihn verletzlich erscheinen, als er sich bückte, um die heruntergefallene Blechlasche der Büchse aufzuheben, denn es zeigte sich, daß das Haar hinten schon bis auf die Kopfhaut abgerieben war wie bei einem von dem Kissen tonsurierten Baby, auf dem es hilflos liegt.

Ich glaube, meine Erfahrung mit Journalisten macht mich in ihrer Gegenwart befangen, sogar noch so lange nach Lionels Prozeß. Ich werde so, wie sie mich auf allen Zeitungsbildern darstellten, das plumpe Mädchen mit dem abgenommenen Wollschal und unordentlich abstehenden Haar, trotzigen Sehnen, die sich am Hals zeigen, den Kopf der Kamera ganz zugewandt, denn sie braucht ihr Gesicht nicht zu verstecken wie die Verwandten eines Betrügers, aber ihre Augen lassen nichts erkennen, denn sie braucht kein Mitgefühl oder Mitleid wie die Verwandten eines Mörders. Und wer sind sie – es war gesetzlich verboten, *ihn* zu fotografieren –, daß sie in ihren Beschreibungen von ihm auf der Anklagebank zu der Überzeugung gelangten, aufgrund der Art und Weise, wie er sich Aussagen von Belastungszeugen anhörte, aufgrund des Ausdrucks, mit dem er zur Publikumsgalerie hinaufschaute oder Freunde dort grüßte, wüßten sie, wie er war, während ich mir nicht klar bin, ob ich es weiß.

Dieser hier sah mich von meinem Sessel aus an, den Bierkrug zeptergleich in der Hand, und ihm fiel auf, daß ich mich umgezogen und jetzt gut sitzende Hosen anhatte, nicht wie ein Mann, der sich einbildet, ein Mädchen habe sich seinetwegen sexuell attraktiver gemacht (das hätte er nicht gewagt), sondern wie ein erfolgreicher Eindringling persönliches Verhalten bemerkt, das vor ihm nicht verheimlicht werden kann, und daraus Schlüsse zieht, die ihn zum Insider machen. Er sah mich prüfend an – fast. Halb lächelnd, ausschließlich für sich.

Er war einer jener Menschen, denen das Reden am leichtesten fällt, wenn sie am Steuer sitzen, sich nur mit der Stimme an andere wenden und Körper und Aufmerksamkeit woandershin ausgerichtet sind. In beiläufigem Ton, dem ich entnahm, daß er vorgehabt hatte, das Thema zur Sprache zu bringen, wollte er wissen, ob ich das kürzlich in England erschienene Buch eines im Exil lebenden ehemaligen politischen Häftlings gelesen habe.

Einer von uns – ich hatte es noch nicht gelesen.

Er bot mir an, mir sein Exemplar zu leihen. Aber ich dankte ihm – ich brauchte es nicht. Ich wußte, daß Flora, die so gern »gewöhnliche« Menschen leichte Risiken eingehen läßt, ohne daß sie es merken, einen Geschäftsfreund von William gebeten hatte, mehrere Exemplare aus London hereinzuschmuggeln.

»Da steht über Sie eine Menge drin. Über Ihren Vater und die Familie.«

»Er war im letzten Lebensjahr meines Vaters mit ihm im Gefängnis zusammen.«

»Oh, sehr viel darüber – Unterhaltungen mit Ihrem Vater. Wie Ihr Vater mehr oder weniger seine eigene kleine Klinik betrieb, sogar die Wärter kamen mit ihren Wehwehchen zu ihm. Sie mußten sich schlüssig werden, ob ihm erlaubt werden könnte, Rezepte auszuschreiben, und als er dann die Blöcke bekam, benutzten die Politischen das Papier, um ein eigenes kleines Nachrichtenblatt in Umlauf zu bringen . . . das ist interessant. Aber auch über die Tage, an denen . . . die Tage in jenem Haus. Die Sonntage. Jenes berühmte Haus.«

Er schlug einen mir unbekannten Weg ein.

»Ich bin gespannt, wie Sie es finden, was Sie davon halten.«

Er wollte, daß ich warum? frage; mir wurde klar, daß in dem Buch manches stehen mußte, das ich bestätigen oder bestreiten könnte, manches, wovon er glaubte, daß es mir mißfallen würde. Wenn er einer von uns ist, dann bedeutete das die Anteilnahme eines Anhängers, aber wenn er einfach einer von ihnen ist, ein liberaler Journalist, der die »Reaktionen« von Burgers Tochter beobachten will und sich freut, im Bilde zu sein, dann war es nichts als die Erneuerung einer alten Zeitungssensation. »Wissen Sie eigentlich, wo Sie hinfahren?«

Er hielt das für einen absichtlichen Themawechsel und rief sich mit einem kleinen Kichern zur Ordnung. »Warum sollte ich es nicht wissen?«

»Bloß, weil ich nie so nach Orlando gefahren bin. Sie wissen aber, wo Marisas Vetter wohnt?«

»Ja.« Die knappe Antwort war eine Zurechtweisung für mich; er war kein Tourist in Schwarzensiedlungen, kein Schwede, der einen Cicerone braucht. Er zwirbelte Barthaare zwischen Fingern und Daumen, während er den entgegenkommenden Verkehr abwartete, um nach rechts abbiegen zu können. »Ich habe jenes Haus nie von innen gesehen.«

Sonderbar, daß er das sagte. Zu mir. Und wie jemand, der ein Selbstgespräch führt und sicher ist, gehört zu werden. Hat er sich da herumgetrieben wie du, Conrad? Was wollte er von uns? Welche Absolution glaubtest du in dem zu finden, was mein Vater tat?

Der Journalist und ich verloren Kontakt, sobald wir an dem »Ort« von Marisas Vetter waren. Marisa war noch nicht da;

sie werde »irgendwann herüberkommen«. Fats begrüßte alle gleich aufmerksam wie ein Showmaster die Gäste, die in seiner Sendung auftreten. Da war ein Durcheinander von Bier, Whisky und Gläsern; drei oder vier schwarze Männer in schottisch gemusterten Leinenjacken mit auffälligen Krawatten saßen Schenkel an Schenkel auf Stühlen und zwischen ihnen ein paar halbe Portionen in an den Knien zerlöcherten Jeans, mit Rennschuhen ohne Schnürsenkel und den großen, traurigen Köpfen von Jockeys oder Vermittlern zwischen Geld und Sport. Da war ein unverschämt hübscher Junge, dessen Figur seine himmelblaue Denimhose zur Geltung brachte wie das Schnürkorsett die viktorianischen Mädchen. Ein Mann mittleren Alters in dem dunklen Anzug eines schwarzen Schuldirektors mit einer hübschen Krawattennadel nickte immer wieder ein zwischen Phasen der Munterkeit. Die Männer unterhielten sich und diskutierten; Orde Greer hatte sofort ein Whiskyglas in der Hand, unterbrach andere (hör mal, Mann, hör mal), spitzte die Ohren, um etwas mitzukriegen, und das leichte Schlurfen der Lahmheit machte ihn zu einem Bettler.

Ein Kind brachte mir Tee mit Milch in einer Tasse, die auf der Untertasse klapperte. »Und Sie sind also hiergeblieben? Das ist schön!« Fats' Frau scheuchte ein anderes Kind mit einem Vorwurf in ihrer eigenen Sprache von einem Eßzimmerstuhl, ohne ihre Liebenswürdigkeit zu verlieren. »Ich dachte, Sie wären vielleicht weggegangen oder so was . . . seit Ihr Vater tot ist . . . ein Jammer.« Sie setzte sich neben mich. »Kosten Sie einen von diesen Keksen, Miss Burger, die hat meine Schwägerin gemacht, sie bäckt wunderbar, sogar Hochzeitskuchen. Ich wünschte, ich wäre so geschickt.« Sie bringt es nie über sich, mich Rosa zu nennen. Ich gehöre zur Umgebung ihrer berühmten und tapferen Kusine Marisa Kgosana; und auf mich entfällt ein Teil der Ehre, die ihrer Familie zukommt durch die Verwandtschaft mit Joe Kgosana, der mit Nelson Mandela auf der Insel ist. Sie packte ein Mädchen an der Hand, das dauernd in das angrenzende Schlafzimmer gegangen und wieder herausgekommen war, den Sitz der unter der Brust geknoteten Bluse überprüfte und eine dunkellila angemalte Lippe auf die andere preßte: »Weißt du, wer das ist? Das ist Lionel Burgers Tochter.« Aber das Mädchen reagierte nicht auf den Namen. Sie gab für eine Sekunde einem weißen Mädchen die Hand. Sie sagte nichts. »Miss Burger, darf ich Ihnen meine Nichte Tandi vorstellen, haben Sie vielleicht die Fanta-Reklame auf dem großen Anschlagbrett gesehen, wo man nach Soweto abbiegt? Das ist sie.«

Das Mädchen hatte sich schon umgedreht, erhaben über das Lob einer Tante, die sich von Weißen imponieren ließ. Sie gesellte sich zu einer Freundin, die beiden stemmten sich gegen die Wand von der Basis ihrer Schuhe aus, deren Plateausohlen doppelt so dick waren wie die Füße, die sie trugen, die Köpfe eher geometrisch gemustert als frisiert, denn das Haar war in kleine Quadrate unterteilt, jeweils straff zu deren Mitte gekämmt und zu einer Strähne zusammengedreht, die herübergezogen wurde, um sie mit der nächsten zu verbinden. Ein kleiner Junge mit nacktem Hinterteil kam aus der Richtung des Küchengeruchs ins Zimmer gerannt und wurde verfolgt von einer schwerfälligen alten Frau, die das lachende und strampelnde Kind festhielt, während sie mit zahnlosem Mund lächelte und sich mit den beiden Mädchen unterhielt. Fat's Margaret erzählte mir immer noch von ihrer Nichte in dem englischen Vokabular der Zeitungen für Schwarze: »Ein sehr bekanntes Fotomodell und erstklassige Schauspielerin . . .« Ihr versagte die Stimme vor Verlegenheit über das nackte Baby, sie sah es mit Augen, die nicht die ihren waren, und nahm es hoch, ebenfalls lachend; ihr hübsches, sexuell befriedigtes Gesicht unter der Perücke und ihr plumper, sinnlicher Körper beschwor neben der alten Frau für einen Augenblick ein Bild herauf, das zeigte, wie die alte Frau einst gewesen war und wie die junge bestimmt werden würde. *Weißt du, wer das ist . . .* Die Großmutter verhielt sich mir gegenüber im Stil ihrer Zeit. Ihr Englisch war von der Art, das weiße Menschen nachahmen. Sie hielt mich am Handgelenk: »Der Herr wird Ihren Vata belohnen. Ja, er hat seinen Lohn bei Gott. Ja, hören Sie auf mich, ich spreche wahr. Das afrikanische Volk, wir danken dem Herrn, was Ihr Vata für uns tat, wir wissen, er war unser Vata.« Ihretwegen war Margaret nicht verlegen. Wie eine Kamera fuhr ihr Kopf, zustimmend lächelnd, von der alten Frau zu mir. Ich hätte gerührt sein können. Der Nachmittag des Todestages von Lionel: aber ich war mir dieser beiden Mädchen bewußt, die eine kaute Kaugummi mit einer Konzentration, als handele es sich um eine Beschwörung, die andere (die mir vorgestellt worden war), deren Kopf wie bei einer Robbe direkt in den Hals überging, war ausschließlich an sich interessiert. Nein, ich empfand statt der Rührung nur eine Wesensverwandtschaft mit ihnen, mit ihrer Distanziertheit, obwohl sie sich auch von mir distanzierten.

Fats' Ort, sagte Marisa. Ich sagte es. Orde Greer sagte es. Schwarze sprechen nicht von ihrem »Haus« oder ihrem »Zuhause«, und Weiße haben den Ausdruck von ihnen übernommen. Ein »Ort«; etwas, wo man hingehört, aber auch etwas, das das eigene Schicksal bestätigt und viel von dem beiseite schiebt, wozu man nicht gehört. Ich war so lange nicht mit Schwarzen in ihren Häusern gewesen, daß ich – ein Jahr nach Lionels Tod – Soweto, Orlando, dieses Haus in einer Vorstadtsiedlung als etwas Besonderes sah, getrennt von meinem täglichen Leben; etwas aus der Vergangenheit. Als Kind war ich so oft und ganz selbstverständlich mit meiner Mutter in schwarzen Vorstadtsiedlungen ein und aus gegangen, daß ich Tante Velma und Onkel Coen in Verlegenheit brachte, wenn ich davon erzählte, als Tony und ich bei ihnen wohnten. Wie viele Monate ist es her, daß ich diese Trennungslinie überschritt, diese Barriere, die sich jedesmal öffnet, wenn ein Schwarzer einen Weißen verläßt und zu seinem »Ort« geht; sichtbar wird diese Trennungslinie, wenn saubere Straßen zu Wegen voller Schlaglöcher werden und städtische Plätze zur *veld* mit Schrotthaufen und einem ewigen Herbst von herumwirbelndem Papier – das riesige unbebaute Gelände, wo Orde Greer von der Hauptstraße abbog, die von einer weißen Stadt zur nächsten weißen Stadt führt; und die andere Trennungslinie, Hunderte von Jahren des Eigentums und der Entscheidung, die sogar zwischen jenem Haus, in das Orde Greer nie eingeladen wurde, jenem Haus, in dem die Revolution geplant wurde, und dem »Ort« dieser Millionen liegt, die enteignet wurden und für die andere alle Entscheidungen trafen. Vom Wagen aus sah ich es wieder, während ich einst das allzu Vertraute nicht mehr gesehen hatte. Diese unruhigen holprigen Straßen, wo Beschreibungen versagen – die Häuser wie Nebengebäude in weißen Vororten, zwei Fenster, eine Tür, vervielfacht in vorgeschriebenen Reihen; die Bruchbuden mit angebauten Blechschuppen, in denen riesige alte amerikanische Wagen stehen, verdreckt, aber mit allen Kinkerlitzchen; wie in den weißen Vororten kunstvolle Gitter gegen Einbrecher vor den schäbigen Fenstern winziger Hütten; herumstreifende Kinder, gefräßige Hunde, Esel mit Beinfesseln, fette nackte Babys, vagabundierende Hühner und torkelnde Betrunkene, starrende alte Männer, schreiende autoritäre Frauen, Jungen in Lumpen, Nutten auf fein gemacht, der Geruch von kochenden Innereien, säuberlich mit *mealies* bepflanzte Stückchen Land zwischen den Höfen von Schnapsbuden, wo es nach Bier und Urin stinkt, der Wust von zweimal ausrangierten Besitztümern, zuerst vom weißen Mann weggeworfen und dann vom schwarzen auf Brauchbares durchsucht – ist dieses Konglomerat nun städtisch oder ländlich? Keine Elektrizität in den Häusern, Telefon ein fast undenkbarer Luxus: ist das ein Vorort oder eine seltsame Art von Schrottplatz? Der riesige Hinterhof der ganzen weißen Stadt, wo Kategorien und Funktionen ihre Bestimmung und Logik verlieren, der Ochse und der Dieselmotor, das Schwein, das in menschlichem Kot wühlt, und der Metzger – all das geht hier durcheinander. Sind die Nutten wirklich Nutten oder bloß Fabrikarbeiterinnen oder Dienstboden aus der Stadt, die das Wunder vollbringen, aus diesen Unterkünften, wo es kein Badezimmer gibt, aufgeputzt und parfümiert herauszukommen, eine Parodie irgendeiner weißen *madam*? Sind die zerlumpten Jungen ihre Brüder? Ihre Kinder, empfangen von Geliebten in einer Ecke des Zimmers, in dem ihre Geschwister schlafen? Welche sind die Gangster, welche die Klebstoffverdünner-Schnüffler unter den jungen Männern an den Straßenecken? Wer sind die älteren Männer mit gebügelten Hosen und Krawatten, die auf einer Reihe Stühle auf dem unbefestigten Streifen zwischen einem Haus und der Straße sitzen, Bier trinken und diskutieren?

Früher wußte ich es oder glaubte es zu wissen. Baasie sah aus wie eins dieser Kinder, weil sie, wie er, schwarz sind. Er kam aus Straßen wie diesen und ist wieder in ihnen verschwunden. Er ist ein Mann, in irgendeiner Gegend wie dieser.

Das kleine Haus, in dem wir uns drängten, Familie, Verwandte, Freunde und Möbel – die Vertrautheit machte es für mich, ohne daß ich darüber nachdachte, zum größeren Typ der Standardhäuser mit zwei Zimmern in den schwarzen Vorortsiedlungen: drei Zimmer und Küche, und dafür müssen die Leute es sich leisten können (Fats war, wie ich mich erinnerte, Promoter von Boxkämpfen), einen Beamten zu bestechen. Die Eßzimmer-»Garnitur«, die Plasthocker, Hi-Fi-Anlage, der geblümte Teppich, die Bartheke und die mit Teddybärfell bezogenen Barhocker entsprachen dem Geschmack, wie ihn jedes große Einrichtungshaus in der weißen Stadt propagiert. Eine winzige Behausung wird mit lauter Ramschware vollgestopft, deren Erwünschtheit auf der Vorstellung einer Konsumentenklasse von Luxus beruht, aber es fehlen der Raum und die Ungestörtheit, die dem Mittelstand zur Verfügung stehen; der üppige Whisky auf dem Tisch und die nicht befestigte Straße voller Schlaglöcher vor dem Fenster; alles ringsum wirkt so eintönig wie die vorgeschriebene Ordentlichkeit eines Militärlagers, die nicht in Frage gestellt wird durch heimverschönernde Pfirsichbäume und pastellfarbenen Anstrich, sondern nur durch das anhaltende Herumschwärmen von Kindern und Betrunkenen, die alles beschmutzen, und von *tsotsis*, Halbstarken und Gangstern, die alles terrorisieren – diese Alltäglichkeit in jeder schwarzen Vorstadtsiedlung wurde für mich das, was ein »Ort« ist: eine Situation, deren Widersprüche jene nicht erkennen, die sie vorschreiben, und aus der sich eine Lösung ergeben wird, die sie nicht vorgesehen haben. Die Pläne der Getreuen, die für die biographische Forschung so wichtig erscheinen, verstand ich auf eine Weise, welche die Theorie nicht erklärt, auf eine Weise, für die ich früher am Nachmittag, als ich vom Biographen meines Vaters ausgefragt wurde, taub war. Die Debatte, die meine Eltern und ihre Gesinnungsfreunde an einer Leidenschaft teilhaben ließ, deren Realität du als eine weit von der Realität entfernte Abstraktion betrachtest, sie beruhte auf der Tatsache, daß sie sehen konnten. Sie hatten immer sehen können. Und sie – Dick und Ivy – glauben, die Lösung zu kennen und zu wissen, wie sie ausfallen wird. Clare glaubt es immer noch; wenn Lionel noch lebte, wenn er aus dem Gefängnis gekommen wäre, um die Antwort zu geben ...

Aber für mich kann ich Lionel nicht ins Leben rufen, ich kann keine Antworten hören, die ich aufgrund biographischer

Daten müßte voraussagen können. Nach einem Jahr gibt es neue Bestandteile, nachdem ich nun das Ganze auseinandergenommen habe. Meiner Mutter, die im Auto ihr Buch las und meine Schritte auf dem Kies im Gefängnis hörte, und meinem Vater, der im Wasser Baasie und mich mit offenen Armen empfing, werde ich nie die Fragen stellen können, die zu beantworten ich sie auffordere.

Rings um mich wurde von der Auswahl schwarzer Sportler gesprochen, die mit weißen Mannschaften ins Ausland fahren sollten. Der Streit zwischen den Männern ging hoch wie ein Knallfrosch. Er landete zu meinen Füßen; Fats, der sich gegen die laut gewordenen Stimmen nicht mehr durchsetzen konnte, verlangte Antwort: »Mein Junge hat die Chance, gegen die Sportkanonen in Westdeutschland und Amerika anzutreten – warum muß ich nein sagen?«

Aber er wollte es nicht wissen, er wollte nur sein Vertrauen auf Weltoffenheit zeigen, eine Eigenschaft, um die ihn der Lehrer, die Schnorrer und ein oder zwei andere beneideten und die ihm deren Unterstützung eintrug, die aber von seinen Widersachern verachtet wurde. Ein gut aussehender Mann, hart an der Grenze zwischen muskulärer Überentwicklung und Fett, bereit, mit Frauen zu flirten und Männer herablassend zu behandeln; in Hemdsärmeln sah man seine weich in Brüste übergehenden Brustmuskeln, die kennzeichnend sind für einen ehemaligen Boxer. Er legte mir einen Augenblick den Arm eines Promoters auf die Schulter und sagte bombastisch: »Boxen ist kein Mannschaftssport, Mann. Es handelt sich nicht darum, einen Schwarzen auszuwählen, um ihn groß herauszustellen, der nicht die Chance gehabt hat, zu trainieren wie die Leute aus weißen Klubs. Dieses Problem, daß die Schwarzen nicht die richtigen Möglichkeiten haben wie die Weißen, spielt hier keine Rolle. Ein Boxer hat seinen Manager, seinen Trainer, seine Sparringpartner – alles. Das Beste.«

»Und wenn er je einen Kampf mit einem weißen Südafrikaner bekommt, dann muß er als Fremder im eigenen Land kämpfen, ist ein ›Zulu‹ oder ›Msutu‹, kein Südafrikaner wie der Weiße.«

Orde Greer hatte seine Anhänger. »Wann wird Ihr großer Schlagbolzen Makatini hier in S. A. einen Titelkampf bekommen? Ja. Können Sie mir das sagen, Mann?«

Fats stützte sich bei seiner Antwort auf Quellen, die er offenbar nicht preiszugeben gedachte. »Das kommt, das kommt. Das kommt bald. Ihr werdet's sehen. Wir verhandeln.«

Der junge Mann in der Denimhose wiegte sich auf den Absätzen vor und zurück, seine Gesäßmuskeln strafften sich. »Dein Junge kann verhandeln, nach Deutschland und Amerika und sonstwohin zu gehen. Er ist immer noch ein ›Junge‹, der hinausgelassen wird wie ein Affe an der Strippe.«

Die Auseinandersetzung wurde hitzig zwischen ihm und Fats, der ein von Bierschweiß glänzendes Gesicht vorschob: »Wohin wird euch das bringen? Ihr Helden, Mann, die ihr keinen Sport treibt und uns sagen wollt, was getan werden muß. Ach!«

»Du wirst tun, was der weiße Mann dir sagt.«

»Hör mal. Hör mal eine Minute zu, Mann – wenn mein Junge einen großen Kampf in Übersee gewinnt . . .«

»Na und? Du verdienst 'nen Haufen Geld, und er kann seine Medaille zusammen mit seinem Paß vorzeigen, wenn er zurückkommt.«

». . . dann gibt's hier keinen weißen Meister in seiner Klasse, der ihm einen Kampf verweigern und immer noch glauben kann, er hätte den Titel. Stimmt das etwa nicht? Ist das etwa nicht wahr? Ist das nicht ein wirklicher Durchbruch?«

»Du wirst tun, was der weiße Mann will. *Durchbruch*, damit *sie* beim Weltsport wieder zugelassen werden. Das ist es. Und wenn deine ›Verhandlungen‹, damit ein Schwarzer hier Meister aller Klassen wird, erfolgreich sind, dann bist du zufrieden. Und wenn im nächsten oder übernächsten Jahr weiße Fußballklubs gegen schwarze spielen und schwarze Mitglieder aufnehmen, dann werden die Fußballspieler jubeln, es gebe keinen Rassismus mehr im Sport. Aber überall sonst in diesem Land wird der Schwarze immer noch ein Schwarzer sein. Was immer er sonst tut, er wird weiterhin bloß schwarze Jobs, schwarze Schulbildung, schwarze Häuser kriegen.«

»Was willst du eigentlich? Ich spreche doch vom Sport.«

»Schwarze werden nur am Sport beteiligt sein, wenn es eine einzige Sportbehörde gibt, einen Kontrollrat für alle und für jeden Sport. Wenn das der Fall ist, dann könnt ihr Leute mit

Weißen reden. Vorher nicht. Wenn ihr reden müßt – wenn ihr glaubt, mit den Weißen zu spielen sei das, was wir Schwarze wollen.«

Orde Greers Patriarchenkopf drehte sich vor Aufregung unaufhörlich, sein Mund blieb offen, um die Chance wahrzunehmen, etwas einzuwerfen. »Handelt es sich um Taktik gegen den Rassismus im Sport oder um Sport als eine Taktik gegen den Rassismus?«

Die Schlüsselbeine des jungen Mannes, dessen Denimhemd bis zur Taille offenstand, bewegten sich unter schwarzer Haut mit entschlossener Tatkraft. »Taktik! Geld-Geld-Geld!« Er schnalzte mit langen Fingern vor unseren Nasen, um den Geruch anzudeuten.

»Das werden wir überwinden, Bra.« Fats nahm die Vertrautheit der in der Grundbedeutung des Wortes exklusiven Form von »Bruder« in Anspruch, die die jungen militanten Schwarzen aus dem *tsotsi*-Jargon übernommen hatten. »Was hat es für einen Zweck, die Gelegenheiten vorübergehen zu lassen, immer nein zu sagen. Da mache ich nicht mit.« Er schien die Vehemenz zu bewundern, mit der er angegriffen wurde, unerschütterlich tolerant und gebieterisch. »Nein, nein, nein, schreit nur weiter, boykottiert, haltet Reden – unsere Jungs in Übersee, SANROC und diese Clique, die Politischen im Exil, und ihr Jungs hier – da bin ich einverstanden. Glaube nicht, daß ich nicht 'ne Menge Zeit für dich hätte, mein Bruder ... Aber einstweilen sind wir es, die den schwarzen Sportlern die Möglichkeit geben, internationalen Anforderungen zu genügen, wir zeigen der Welt, was wir leisten können, stimmt's nicht? Und was ist dann mit den Weißen? So muß man das betrachten. Man lebt nur einmal, zum Teufel.«

Der junge Mann sprach von Fats, als ob er nicht länger vor ihm stünde. »Diese Leute werden sich immer von den Weißen ausnützen lassen. Sie sind unser größtes Problem. Wir brauchen Umerziehung ...«

Fats lachte wegen uns. »Ich war schon mit der Mittelschule in Orlando fertig, ehe du an der Brust deiner Mutter getrunken hast. Mit fünfzehn war ich schon mit Lembede in der ANC-Jugendliga ...«

»Immer dieselbe Geschichte, Mandela, Sisulu, Kgosana auf

Robben Island – genau wie Christen, die einem erzählen, Christus sei für sie gestorben.«

Marisa war plötzlich da, zugleich mit dem Namen ihres Mannes. Sie konnte nicht gehört haben, in welchem Zusammenhang er erwähnt wurde; ihr Parfüm und die Eleganz ihrer Erscheinung, ihre muntere, tiefe Stimme, der Schwarm von Verehrern, die mit ihr hereinmarschierten, brachten die ganze Anordnung im Zimmer durcheinander. Einen Augenblick setzte sie sich Fats' und Margarets kleinen Jungen auf die Hüfte, drückte ihn an sich und flüsterte mit ihm und wurde in den Umkreis von Margaret und der Großmutter gezogen; sie packte die schicken Mädchen an der Wand an der Taille in zwangloser, schulmädchenhafter Begrüßung; sie entdeckte mich. »Rosa . . . wie schön! Orde, ich möchte gern mit Ihnen über etwas sprechen, was Sie vielleicht für mich tun können. Nein, Fats«, ihre geschmückten Hände berührten einen nach dem anderen und verteilten die unbewußte Gnade großer Schönheit, »bloß etwas Kaltes zu trinken. Irgend etwas.« Dann in ihrer eigenen Sprache: »Ist das Tandis Freund – Duma Dhladhla? Stimmt das? Sie sind in Turfloop?« Der junge Mann im Denimanzug bedachte sie mehrmals mit einem kühlen Nicken und schließlich mit einem stolzen, spöttischen Lächeln, das bisher nicht zu sehen gewesen war, denn er widerstand ihrer Schönheit mit seiner eigenen, so wie gleich starke Wettkämpfer sich an den Unterarmen fassen und versuchen, eine Faust auf den Tisch zu drücken. »Sie haben versprochen, mir Ihre Nachrichtenblätter zu schicken.« Sie war so groß wie er, er konnte nicht auf sie herabsehen. »Die beiden letzten waren gebannt.« – »Oh, das weiß ich. Aber das bedeutet nicht, daß ich kein Exemplar bekomme.«

»Ich werde sehen, was ich tun kann.«

»Bringen Sie sie zu Fats.«

»Was soll denn das? Bin ich jetzt ein Zeitungsjunge, der die Broschüren von Studenten austrägt?«

Sie schilderte ihn sehr liebevoll: »Ach, wissen Sie, er ist der netteste Mann in Jo'burg. Worum Sie ihn auch bitten, es macht ihm nie zuviel Mühe. Wenn er auch mein Vetter ist, ich muß es sagen. Was würde ich ohne ihn tun, nicht wahr, Margaret?«

Vor ihr hielt Duma sein Lächeln so unbeteiligt bei wie ein Tänzer seine Stellung für die Ballerina.

»Ich wollte nur sichergehen, daß du auch kommst.« Marisas Bemerkung bezog sich darauf, daß Orde Greer mich in meiner Wohnung abgeholt hatte.

»Ich hatte es sowieso vorgehabt.«

»Ich traue dir nicht. Wir sollten zusammenhalten, Rosa. Heute vormittag dachte ich – es ist schrecklich . . .«

Orde beobachtete uns.

Sie sah ihn einen Augenblick verwirrt an, sprach aber mit mir. »Du erinnerst dich an den Abend bei Santorinis nach Lionels Verurteilung . . .«

Ich gab das Stichwort. »Du hast gesagt: ›Wessen Leben überhaupt? Ihres oder seins?‹«

»Heute morgen im Kaufhaus dachte ich: aber es war seins. Ich konnte nicht mal zu der Gedenkfeier gehen.« Tränen standen ihr in den Augen. Sie hatte aus ihrem Besuch auf der Insel einen Witz und eine Anekdote gemacht; vermutlich war ein derzeitiger Liebhaber im Zimmer. Niemand kann voraussagen, in welcher Form einen die Angst packt. Sie wußte nicht, daß es der Tag war, an dem vor einem Jahr mein Vater gestorben war, doch mir schien, sie habe mir das Zeichen gegeben, das nicht von mir kam. Ich empfand eine gefährliche Gefühlsaufwallung, wurde stürmisch zu Marisa hingezogen. (Das arme Geschöpf, das meinen Vater verriet, mußte sich zu Anfang ebenso zu meiner Mutter hingetrieben gefühlt haben: eine innere Lawine, die sie schließlich gebrochen vor Lionels Füße brachte, unfähig, ihn anzusehen.) Eine Sehnsucht, mich einem Akolythen-Schicksal zu verschreiben; mich einem anderen zur Verfügung zu stellen, der mir ein begeisterndes Ziel setzt, von einer anderen Wertvorstellung als meiner geleitet.

»Ist niemand draußen?« Orde Greer meinte das diskrete Auto, von dem aus die Beamten der Politischen Polizei ihre Überwachung durchführen.

»Alles in Ordnung. Ich war überhaupt nicht zu Hause, deshalb wartet mein Typ immer noch darauf, daß ich aus Kapstadt zurückkomme.« Leute wie Marisa – wie wir – sind sozusagen auf Grußfuß mit den Männern, die ihre Häuser beobachten und sie beschatten. Das gehört zu der Aura, die mich für die Conrads dieser Welt anziehend macht.

»Es hätte Ihnen jemand vom Flughafen aus gefolgt sein können.« Orde Greer bekundete übertriebene Whiskyvorsicht und gesunden Menschenverstand. Er konnte nicht einer von uns sein; wir können es uns nicht leisten, kein Risiko einzugehen. Marisa war gelassen. »Nein, es ist in Ordnung, ich glaube nicht ... außerdem bin ich heute überall in der Stadt gewesen, ich muß jeden abgeschüttelt haben ... ihm wäre mittlerweile schwindlig.« Die unvergossenen Tränen glitzerten belustigt.

»Ich bin nicht so sicher.« Orde Greers kurz und bündig zum Ausdruck gebrachte Besorgnis ließ auf eine berechtigte Anteilnahme schließen – es konnte doch nicht sein, daß sie ihn zu ihrem Geliebten gemacht hatte? Ich sah nur seinen nichtssagenden Körper, so absonderlich angezogen, daß er physisch irgendwie unartikuliert wirkte – der Fuß mit dem gekrümmten, verkürzten Spann in Stiefeln, die für Menschen gedacht sind, die laufen oder klettern, Shorts, von Jugendlichen getragen, die an Motorrädern herumbasteln, der gewaltige schwarze Sweater, auf dem sich sein ausgekämmtes blondes Haar verfilzt hatte, und der von einer Mähne verhüllte Kopf – eines Denkers? Linksradikalen? Naturkindes? Heiligen? Penners?

Tandi und ihre Freundin schoben dauernd Kassetten in das Gerät und zogen sie wieder heraus. Musik schmetterte kurz auf und wurde gleich abgestellt, während die Unterhaltung ununterbrochen weiterging. Fats' Freunde sprachen über Rennwetten. Vielleicht weil ich seine Auseinandersetzung mit dem jungen Dhladhla, der Student oder Lektor an einer schwarzen Universität war, zwar mitangehört, aber nichts dazu gesagt hatte, fühlte Fats sich bemüßigt, sich einen weiteren Zeugen zu sichern. Er brachte mir einen Whisky. »Sie glauben, ich könnte sie reich machen durch meinen Vater. Ha! Der gibt die richtigen Tips. Ich wünschte, Sie würden ihn kennenlernen. Der Bruder von Marisas Mutter, Marisas Mutter ist meine Tante ... Mein alter Herr fing als Stalljunge an, und jetzt schmeißt er den ganzen Laden. Zehn Reitknechte und Stalljungen. Der Besitzer würde kein Pferd kaufen, ohne daß er sagt: ›Tun Sie's.‹ Er hat für meinen Vater ein Haus mit fünf Zimmern gebaut bei den Ställen in der Nähe von Alberton, und als die Stadtverwaltung fragte, wer da wohnen soll, da sagte er – wissen Sie, was er gesagt hat? ›Mein Stallmanager, ohne ihn kann ich nicht auskommen, also erzählt mir nicht, daß er in einem weißen Gebiet nicht wohnen kann.‹ Mein Vater ist einer der wichtigsten Experten in Jo'burg. Im ganzen Land! Selbst die weißen Jockeys kommen und fragen ihn um Rat, wie sie mit diesem und jenem Pferd umgehen sollen. Ich glaube, er ist siebzig Jahre alt, und Sie müßten ihn auf diesen Rennpferden sehen. Diesen schnellen Viechern, Mann! Teufel auch, das liebt er. Ein Mann wie er, der ist glücklich. Wissen Sie das? Manche von diesen älteren Leuten ... das kann ich Ihnen versichern – er sagt, Kgosana ist ein großer Mann, aber er selbst ... er hätte Angst vor einer schwarzen Regierung, wissen Sie das? Diese Jugendlichen mit ihrer unnachgiebigen Haltung sind sich nicht klar, daß es eine Menge solcher Leute gibt. Was kann man mit den Menschen machen? Stimmt's nicht? Sie wollen sich keinen Ärger einhandeln.« Mit einem vertraulichen Schräglegen des Kopfes deutete er die Art von Leben an, das Marisa führte.

»Das ist genau das, worüber sich manche Weiße klar sind – worauf sie bauen.« Orde Greer legte es darauf an, war entschlossen, mit mir über derlei Dinge zu reden.

Es ist einfach, dem zu entsprechen; solchen Gedankenaustausch wiederaufzunehmen; den gewünschten Funken überspringen zu lassen.

»Sprechen Sie von den Liberalen? Oder *Verligte Nats*?«

»Ach, von beiden. Es geht nicht um Frieden um jeden Preis, sondern um Frieden für jeden zu seinem Preis. Der weiße Liberalismus wird das unwahrscheinliche Ziel aufgeben, soziale Gerechtigkeit zu erreichen, und sich damit begnügen, die Schwarzen zur ausbeutenden Klasse zuzulassen. Der ›aufgeklärte‹ Regierungsklüngel wird das unwahrscheinliche Ziel aufgeben, die absolute weiße Herrschaft aufrechtzuerhalten, und sich damit begnügen, einen schwarzen Mittelstand zu fördern, dessen Klasseninteressen einer schwarzen Revolution zuwiderlaufen.«

Das Mädchen Tandi hatte seine Freundin verlassen, nahm keine Notiz von uns anderen und sagte mit schmollendem, kokettem Unterton leise etwas zu Duma Dhladhla, aber er ließ seine Stimme wieder auf uns prallen: »Das schwarze Volk wird sich mit diesen Elementen auseinandersetzen. Die Weißen werden keine Chance haben. Ihr Liberalen könnt euch das ebenso aus dem Kopf schlagen wie die Regierung.«

»Wer sagt, daß ich ein Liberaler bin?«

Dhladhlas heftige Gesten besagten, daß Orde Greers Protest ihn aus Gründen der Objektivität nicht interessierte. »Weiße, was immer ihr seid, es spielt keine Rolle. Da ist kein Unterschied. Man erkennt sie – Afrikaander, Liberale, Kommunisten. Wir übernehmen von keinem etwas. Wir nehmen es uns. Verstehen Sie? Wir nehmen es uns. Es gibt keine alten Männer mehr wie diesen da, diesen alter Vater – ein Sklave, der sich der Privilegien eines Herrn ohne Rechte erfreut. Das ist vorbei.«

»Das schwarze Volk? Glaubst du, du bist das schwarze Volk? Ein paar Studenten, die noch nicht mal ihr Abschlußexamen bestanden haben?« Der Mann, der wie ein Schuldirektor aussah, stand auf und fuhr sich mit der Hand über den Hosenlatz, als wollte er sich überzeugen, daß alles in Ordnung sei.

Dhladhla warf ihm einen feurigen, mitleidigen Blick zu. »Wir bringen euch die Botschaft, daß *ihr* das schwarze Volk seid, *Baba.* Und das schwarze Volk braucht niemanden sonst. Wir wissen nichts von Klasseninteressen. Wir sind alle gleich. Schwarz.«

»Oh, du hast etwas entdeckt in deinem Hörsaal in Turfloop? Hast du schon mal was von Marcus Garvey gehört? Ja?«

Orde Greer lenkte die Aufmerksamkeit rasch wieder auf Dhladhla. »Aber vor fünf Minuten haben Sie gesagt, ›diese Leute‹ seien das größte Problem. Diejenigen, die eine Sonderstellung einnehmen, im Sport oder sonstwo, es ist einerlei, und sie gehören zum selben Volk.«

»Das Problem bestreiten wir nicht. Wir wissen nur, daß es nicht mehr vorhanden sein wird, sobald wir das Bewußtsein des Volkes aufrütteln.«

»Aber noch ist es vorhanden . . . möglicherweise wird in Zukunft ein Schwarzer die Arbeiterklasse ausbeuten – na schön, streiten wir nicht über Begriffe – eine Gruppe, ein Sektor, der aus einer recht beträchtlichen Zahl von Leuten besteht. Das gibt es. Und die Amerikaner, die Engländer, die Franzosen, die Westdeutschen – sie hätten auch nichts dagegen, die

Amerikaner würden gewiß bei den UN und im Kongreß keinen Druck mehr ausüben, wenn das weiße Südafrika sich dadurch für das Überleben entscheiden würde, daß es den schwarzen Sektor aufnimmt. Was ich wissen möchte, ist einfach folgendes – könnte eine kapitalistische Gesellschaft, die den Rassenfaktor über Bord wirft, sich hier noch entwickeln?«

Stimmen erhoben sich wie in die Luft geworfene Mützen; vom Lehrer, den anderen Freunden des Gastgebers, über die Köpfe der Schnorrer hinweg, die an ihren Bierdosen nippten und sich Zigaretten teilten.

»Aber bestimmt, Mann!«

»Die Leute wollen ja nur dieselbe Chance haben wie Weiße.«

»Das ist es, was neunzig Prozent verlangen.«

»Sie verlangen etwas, was sie nie bekommen könnten, denn neunzig Prozent sind Bauern und Arbeiter, die keine Chance haben, in irgendeinen privilegierten Sektor zu gelangen.« James Nyaluza war mit Marisa hereingekommen, ein Mitstreiter von Joe Kgosana, einer von denen, die in all den Jahren der polizeilichen Wachsamkeit unerklärlicherweise übersehen wurden. Selbst seine anhaltende Freundschaft mit Marisa hat ihn nicht davor gerettet, unbeachtet zu bleiben. Er spricht gewissermaßen als eine Randpersönlichkeit, als einer, dem vom Schicksal das versagt wurde, was die russische Revolutionärin Vera Figner »leben, um beurteilt zu werden« nannte: *Denn ein Prozeß ist die Krönung der Tätigkeit eines Revolutionärs.* In diesem Sinne ist das Leben von Lionel und Joe Kgosana erfüllt, und Marisa brachte diese unausgesprochene Gewißheit ebenso mit sich ins Zimmer wie das Parfüm auf ihrem Körper.

Sogar Fats behandelte James mit der Art von Respekt, der ihn unterschätzte. »Das ist ganz natürlich – die Leute wollen die Chance, voranzukommen. Es gibt immer welche, die etwas aus sich machen können, gleichgültig, wie arm sie sind. Man denke nur an unsere Großkapitalisten hier. Wie viele von ihnen haben mehr als den Hauptschulabschluß? Sie kommen von den Farmen und aus den Schwarzensiedlungen auf dem Land. Ihre Mütter waren Dienstboten im Hinterhof. Laufburschen, Botenjungen, Wagenwäscher . . .«

Wie eine Benommenheit befiel ein gemeinsamer Groll einen Augenblick diejenigen, die sich gerade erbittert widersprochen hatten und es im nächsten Atemzug wieder tun würden. Dhladhla, James, der Lehrer, Fats' Trabanten zelebrierten die Romanze der Demütigung, durch die und aus der jeder auf seine Weise Kraft und Zorn bezog, um sich zu rächen.

»... wurden wie Dreck behandelt, lebten schlechter als Hunde, aßen trockenes *mealie-meal*, hatten nicht mal im Winter Schuhe an den Füßen ... heute haben sie alles, was sie brauchen, Mann. Eigene Betriebe, große Wagen ...«

»Sehen Sie darin den Grundstock einer schwarzen Bourgeoisie, die bereit und gewillt ist, sich zur weißen herrschenden Klasse hinzuwählen zu lassen?« Orde Greer schien eine Suggestivfrage zu stellen, die er beantwortet haben wollte.

Dhladhla erklärte und klagte unpersönlich und leidenschaftlich an: »Die Chance – wissen Sie, was Ihre Chance ist? Wissen Sie, wovon Sie reden? Rassenausbeutung mit Kollaboration der Schwarzen selbst. Das ist der Grund, warum wir nicht mit Weißen arbeiten. Jede Kollaboration mit Weißen hat immer zur Ausbeutung der Schwarzen geführt.«

»Glauben Sie, das war immer das Ziel der Weißen? Aller Weißer?«

Ich sprach Dhladhla zum erstenmal an. Für mich klang meine Stimme, als hätte ich bloß eine Frage gestellt; Orde Greers Gesicht dramatisierte sie, als hätte sie gepreßt geklungen.

»Selbst wenn sie es nicht wußten. Ja, so war es. So ist es! Wir müssen uns als Schwarze befreien, was hat ein Weißer damit zu tun?«

Orde Greer ließ nicht locker. »Welche politische Überzeugung er auch hat?«

»Das spielt keine Rolle. Er lebt nicht als Schwarzer, woher soll er also wissen, was ein Schwarzer braucht? Er wird ihm nur *sagen* ...«

»Glauben Sie, es gibt keine politische Ideologie, kein System, in dem die Überzeugungen eines Weißen nichts damit zu tun haben, daß er weiß ist?«

»Das sage ich nicht. Ich spreche von hier. Von diesem Land. Wo Vorster sitzt. In irgendeinem anderen Land mag es sein, daß die politischen Vorstellungen eines Weißen nichts mit dem Weiß-Sein zu tun haben. Aber hier lebt er mit Vorster. Verstehen Sie?«

»Und wenn er ins Gefängnis kommt?« Orde Greer war beherrscht, von oben herab. So war das also alles um meinetwillen, diese Befragung.

»Ins Gefängnis mit Ihnen?«

»Ins Gefängnis!« Dhladhla stieß ein anklagendes Gelächter aus. »Er kommt da hin wegen seiner Vorstellungen von mir, ich wegen meiner Vorstellungen von mir selbst.« Er klopfte sich auf die nackte Brust, wo ein Medaillon an einem Lederriemen schaukelte.

Orde Greer wies auf mich. »Er ist im Gefängnis gestorben. Ihr Vater. Wissen Sie das?« Es war überwältigend, unvermeidlich.

Ich weiß nicht, wie ich aussehe, wenn ich herhalten muß, Gegenstand von Nachforschungen bin, respektvoll betrachtet werde von jemandem, der sich Notizen macht, oder wenn ich von dir und meinem Schweden ausgezogen werde, damit meine Stärke als eine Frau beurteilt werden kann, die auf einem Sklavenmarkt versteigert werden soll. Vielleicht lächelte ich vor Duma und Orde Greer »höhnisch«; du hast dich darüber im Cottage beklagt; es sei so beleidigend, wie ich mich in mich zurückziehe, daß diejenigen, die es gut mit mir meinen, das Gefühl haben, sie würden nicht einmal einer Abfuhr, nicht einmal einer Kratzbürstigkeit für wert befunden.

Orde Greer hielt seinen Drink in der hohlen Hand von sich weg, aus Gründen der Betonung oder Balance. Dhladhla sah mich nicht an, sprach aber so, daß ich es hören konnte. Er war sich bewußt, daß ich die ganze Zeit, während er redete oder sich darauf vorbereitete, wieder zu reden, sein Gesicht beobachtet hatte, über das seine Antworten in sanften Ausbrüchen von Energie hinweghuschten. Es war ein Gesicht von so plastischer Schönheit, daß man sich einen solchen Kopf als »hergestellt aus« vorstellen könnte, das heißt, massiv, durch und durch aus einem einzigen vollkommenen Material bestehend, glatt und dunkel, unter dem Druck von Zeit und Rasse alluvial gebildet. »Er weiß, was er im Gefängnis tat. Ein Weißer weiß, was er tun muß, wenn ihm das nicht gefällt, was er ist. Das ist seine Sache. Wir wissen nur, was wir selbst tun müssen.«

Der Lehrer blinzelte verärgert und bekümmert. »Wie viele Leute glauben, man könne den Weißen einfach den Rücken kehren? Das ist Blödsinn! Sie werden nicht verschwinden. Sie werden sich umdrehen, mit Waffen... und wie viele Schwarze wollen kämpfen? Wir wollen nicht töten, wir wissen, daß es unser Blut ist, das vergossen wird. Die Leute hätten es lieber, daß einige Führer – (er wehrte Einwände ab) – ich spreche nicht von den politischen Führern im Gefängnis, ich meine einfach Menschen in der Gemeinde, die es zu was gebracht haben, selbst Kaufleute, hohe Tiere in Soweto, Menschen, die den Weißen im Handel und so weiter auf deren Niveau begegnen können – sie würden es lieber haben, daß diese Leute sich eine Grundlage schaffen, von der aus sie weiterkommen. Dann werden andere zu der Ansicht gelangen, sie könnten ihrem Beispiel folgen. Sie wollen am Leben bleiben.«

James Nyaluza lächelte, er hatte erwartet, daß er das hören würde. »Natürlich. Aber sie sind sich nicht klar, daß die *rassische* Exklusivität der wirtschaftlichen und politischen Macht der weißen herrschenden Klasse ein *primäres* Merkmal des Arrangements ist. Wenn Weiße sich aus Angst bereit finden, einige Angehörige des schwarzen Mittelstandes aufzunehmen, dann nur als Hilfskräfte und in abhängiger Stellung. Es würde nicht einmal die üblichen Vorteile eines politischen Amtes geben. Nicht mal ein Marionettenministerium. Nicht mal die scheinbare Macht, die man besitzt, wenn man ein Matanzima oder ein Buthelezi in seinem Bantustan-›Homeland‹ ist.«

»Sie meinen, sie wären das, was die schwarzen Polizisten jetzt schon sind. Wie Dhladhla sagte: bloß Kollaborateure in einem weiterbestehenden System der Rassenunterdrückung?«

Aber niemand griff Orde Greers Analogie auf; er hat nicht das merkwürdige Taktgefühl, das notwendig ist, wenn es um die Frage der schwarzen Polizisten geht, die, obwohl sie sich nie geweigert haben, gegen ihr eigenes Volk vorzugehen, dennoch immer noch ebenfalls als Opfer angesehen werden, die auf Befehl eines gemeinsamen Unterdrückers schikanieren und Razzien machen. Weiße, nicht Schwarze, sind letztlich für alles verantwortlich, was Schwarze hassen und zu erleiden haben, und sei es auch durch das eigene Volk; ein Weißer muß sich damit abfinden, wenn er überhaupt eine Verantwortung anerkennt. Fühlt er sich schuldig, ist er ein Liberaler; in jenem Haus, in dem ich aufwuchs, gab es keine Schuldgefühle, weil man der Überzeugung war, daß Weiße als herrschende Klasse und nicht als Hautfarbe Verantwortung übernahmen. Es war nicht etwas dem Fleisch Eingebleichtes.

Ich wurde in das Gespräch hineingebracht, wie man von seinen Füßen in einen Bewegungsrhythmus gebracht wird – die Fußarbeit eines Boxers, die geduckte Haltung eines Läufers, wofür sie ausgebildet werden. Meine Stimme erhob sich gegen die anderen und mit ihnen. »Aber ist das wirklich so, James? Könnte es nicht sein, daß sich die Weißen, wenn alle Stricke reißen, bereit finden, genug schwarze Kapitalisten zuzulassen, um eine über die Farbe hinausgehende Klassenidentität und -solidarität zu schaffen – und folglich ein gemeinsames Interesse, die schwarzen Massen zu unterdrücken?«

Marisa sprach mit der Autorität der Insel: »Ich weiß, was Joe fürchtet – er glaubt, das System könnte sich mit den Führern der ›Homelands‹ verständigen, eine Möglichkeit, um billige Arbeitskräfte zu behalten, Wanderarbeiter, was sich für die Bonzen der ›Homelands‹ und die privilegierten Schwarzen in den weißen Gebieten bezahlt machen würde.«

»Genau das meine ich. Darüber wird in der liberalen Opposition diskutiert, wenn sie versuchen, sich zu einigen. Und die weißen Progressiven sprechen sogar von ›geteilter Macht‹: sie haben tatsächlich so etwas wie ein politisches Amt im Sinn – für die ›richtigen‹ Schwarzen natürlich. Das könnte eine unerhörte Anziehungskraft auf den schwarzen Mittelstand ausüben. Es bedeutet mehr, als Fats eine Stimme im nationalen Boxsport-Verband anzubieten oder einem schwarzen Geschäftsmann einen Sitz unter den Direktoren der Anglo-American Corporation.«

Orde Greer streckte eine Hand aus, um sowohl James auf der einen Seite als auch mir auf der anderen Einhalt zu gebieten. »Glauben Sie, eine solche schwarze Gruppe kann einen Platz in der nationalen Bewegung haben?«

James antwortete so, wie ich wußte, daß man darauf zählen konnte, und ich hakte im Geist jedes Wort ab. »Niemals. Ihre Interessen würden zu denen des Volkes als Ganzes in absolutem Widerspruch stehen, selbst im Kontext nationaler Ziele.«

»Was soll ich also deiner Ansicht nach tun? Meine Jungs in Übersee nicht kämpfen lassen, bis ihr euch klar seid, wie wir die Apartheid zerschlagen?« Fats wandte sich in fast komischer Bestürzung an Marisa. »Wird das Joe und Nelson wirklich helfen, herauszukommen?« Er schwappte einen Schuß Whisky in James' Glas und hielt grinsend vor Dhladhla inne, der nicht trank und mit seiner Abstinenz beredt seine Mißbilligung des verderblichen Einflusses der Schwächen des weißen Mannes auf andere zum Ausdruck brachte. »Darauf warten, bis *er* das schwarze Bewußtsein so hoch hebt, daß Vorster und Kruger sehen, wie dieses große Ding auf sie fällt?«

»Also besteht keine Gefahr – keine Hoffnung, wenn Sie es für manche Leute so ausdrücken wollen –, daß diese Gruppe einen Platz in der nationalen Bewegung haben könnte . . .«

Dhladhla unterbrach Greer. »Welche nationale Bewegung kennen Sie?«

Aber keiner sonst in dieser Gesellschaft konnte sich vorstellen, daß er von etwas anderem als dem Afrikanischen Nationalkongreß sprach. »Es ist gewiß eine Tatsache, daß die afrikanische Bourgeoisie viel zu spät von Weißen entdeckt – erfunden – wird, um die klassische Rolle zu spielen, und nie an die Funktion gedacht wird, die sie ihrer Ansicht nach ausüben soll. Das ist der springende Punkt. Nicht, ob einige Schwarze es wollen oder nicht. Sind Sie sich klar darüber« – jetzt richtete er sich an das Zimmer, das Haus, die Straßen, den ganzen »Ort« –, »daß, damit ihr schwarzen Promoters, Geschäftsleute und Lehrer euch durchsetzt, der gesamte normale Prozeß umgekehrt werden müßte, weil die wirkliche Klassenbildung einer Bourgeoisie der politischen Macht folgen müßte und ihr nicht vorangehen würde.«

Wie fasziniert war er von seiner Botschaft, die in dem vertrauten gebannten Vokabular die Begriffe der vertrauten gebannten Ziele der Getreuen brachte. Sie beruhigen mich; feststehende Tatsachen aus meiner Kindheit. Für ihn schienen sie Entdeckungen zu sein; wo hatte er sie in letzter Zeit gemacht? Aber er ist Journalist, auch wenn er sich einer Kamera und keiner Schreibmaschine bedient, und es könnte sein, daß er mit jedem Milieu vertraut wird und, gut unterrichtet, den jeweils richtigen Jargon gebraucht. Durch seinen Beruf lernt er alles kennen. Er weiß Bescheid: wenn er wollte, könnte er genauso reden, wie man es von einem weißen Kommunisten erwarten würde, der dem ANC nahesteht.

»Dies und jenes sollte geschehen und kann wegen diesem und jenem nicht geschehen. Solche Theorien passen für uns nicht. Wir sind daran nicht interessiert. Sie haben diesen Quatsch schon erzählt, ehe ich geboren wurde. Er hat darauf gehört.« Dhladhla deutete auf James. »Und wo steht er? Und wo stehe ich? Wenn ich in die Bäckerei gehe, um Brot zu kaufen, geben sie dem *kaffir* das altbackene von gestern. Wenn er Obst haben will, bekommt der *kaffir* das halbverfaulte Zeug, das der Weiße nicht kaufen will. Das ist schwarz.«

»Übersehen Sie das kapitalistische System, durch das Sie rassisch unterdrückt werden?«

»Wir übersehen gar nichts. Wir erziehen den Schwarzen dazu, daß er weiß, daß er stark ist, und stolz darauf ist. Wir werden uns von dem kapitalistischen und rassistischen System befreien, aber nicht als ›Arbeiterklasse‹. Das ist auch so ein weißer Unsinn. Die weißen Arbeiter gehören zur ausbeutenden Klasse und beteiligen sich an der Unterdrückung der Schwarzen. Der schwarze Mensch kämpft nicht für die Gleichheit mit Weißen. Was wir *blackness* nennen und in französisch sprechenden Ländern *négritude* heißt, ist das Bewußtsein und der Stolz darauf, schwarz zu sein, und es bedeutet, daß der schwarze Mensch sich weigert zu glauben, daß die Lebensweise des Weißen für Schwarze die beste sei.«

Tandi vergrub einen Augenblick ihr Gesicht in seinem Arm, dann warf sie den Kopf zurück, so daß wir ihr Lächeln sahen, ihre Zunge, die sich rosa über den Zähnen ringelte. »Es ist kein Klassenkampf für Schwarze, es ist ein Rassenkampf. Der Hauptgrund, warum wir noch da stehen, wo wir stehen, ist, daß die Schwarzen sich nicht als *Schwarze* vereinigt haben, weil uns dauernd gesagt wird, das sei rassistisch. ANC hat diesen Rat befolgt . . .«

Marisa lachte. »ANC hat die weitestreichende und größte schwarze Einheit zustande gebracht, die es je gab.« Ihre Toleranz war die Routine der Stellvertreterin des inhaftierten Führers, die sich bewußt war, daß die jüngere Generation umworben werden müsse im Hinblick auf den Tag, an dem er zurückkommt. Dennoch war sie unbeabsichtigt mütterlich, wenn überwältigender sexueller Charme je einem anderen untergeordnet sein kann; schließlich war er einer der Ihren, ihre Zurechtweisung beruhte auf Vertrauen. Sie ist bereit, Dhladhlas Studenten anzuführen wie die prachtvolle barbrüstige Freiheit auf Delacroix' Gemälde, wenn die Zeit gekommen ist.

Der Lehrer versuchte dauernd, sich Gehör zu verschaffen. »Du lieber Himmel! Nein, das sage ich euch! Was sie da in Turfloop zu entdecken glauben . . .«

Dhladhla nahm eine Pose ein, als sähe er über Köpfe hinweg, als drehte er selbst denjenigen den Rücken zu, denen er gegenüberstand. »Weiße Liberale rennen herum und erzählen den Schwarzen, es sei unmoralisch, wenn wir uns als Schwarze vereinigen, wir seien alle Menschen, es sei wirklich Pech, daß es einen weißen Rassismus gebe, wir brauchen uns bloß zusammenzutun, ›die Lage ändert sich‹, wir müssen gemeinsam die *Lösung* erarbeiten . . . Weiße trauen uns die Intelligenz nicht zu, selbst zu wissen, was wir wollen. Wir brauchen ihre *Lösungen* nicht.«

Orde Greer zog sein Gesicht um Mund und Nase zusammen und schloß einen Augenblick die Augen. »Und weiße Radikale?«

»Ach! All diese Schimpfnamen, die Sie sich selbst zulegen . . .«

»Kommunisten, die – wie Sie – glauben, daß Reform nicht das Ziel sei. Ob Sie sich darüber klar sind oder nicht, Sie haben von ihnen die Vorstellung übernommen, daß Rassismus im Kapitalismus verwurzelt ist (Sie verdrehen nur ihre Worte, nicht wahr?) und man den einen vernichten muß, um den anderen loszuwerden. Sie glauben, man könne sich Arbeitermacht in Südafrika ohne nationale Befreiung ebensowenig vorstellen wie nationale Befreiung ohne Zerschlagung des Kapitalismus. Ein Schwarzer war stark beteiligt daran, das auszuarbeiten, ein schwarzer Kommunist, der Moses Kotane heißt, wie?« Er betonte jeden Satzteil: »Eine nationale – demokratische Revolution – die eine revolutionäre, demokratische Allianz – an die Macht bringt – eine von Proletariat und Bauern beherrschte Allianz. Abgesehen von der Kleinigkeit, daß die Diktatur des Proletariats von den Kommunisten in Europa mittlerweile aufgegeben worden ist. In Kuba, in Afrika . . . gilt das wahrscheinlich noch. Ist es nicht das, was Sie wollen?«

»Was wollen Sie damit sagen? Daß es ein paar gute Weiße gibt . . . Und dann? Wir lassen uns nicht dazu beschwatzen, in einer Art von farbenloser . . . formloser . . . ›Menschheit‹ zu verschwinden. Uns geht es um Gruppeneinstellungen und Gruppenpolitik.«

»Kommunisten glauben an das, was Sie wollen – nein, warten Sie –, was Sie für *sich* wollen. Stimmt's? Aber sie sehen das schwarze Bewußtsein als Rassismus an, der ablenkt und den Kampf untergräbt . . .«

Dhladhla hielt Tandi von sich weg am Handgelenk, ließ sie aber nicht los. »Weil das Problem weißer Rassismus ist, kann es nur einen gültigen Gegensatz geben, um es auszugleichen – solidarische schwarze Einheit.«

»Mein Gott! Jetzt zitieren Sie Hegel, dialektischer Materialismus in der Form, die schon ein alter Hut ist, seit damals haben marxistische Denker widerlegt . . .«

»Unsere Befreiung kann nicht vom schwarzen Bewußtsein getrennt werden, weil wir nicht gleichzeitig unserer selbst bewußt sein und Sklaven bleiben können.«

Schlagwörter im Mund von Leuten, die sie für sich umformulieren, bewirken, daß Klischees und verblaßte Schlachtrufe für Ziele, die der Sprecher nicht anerkennt, eine peinliche Spontaneität erhalten.

»Verflixt nochmal, ist das schön, Mann?« Fats hielt die Handflächen nach oben und wog alte Wörter neu für uns ab.

Das Baby hatte sich durch einen Wald von Beinen seinen Weg gebahnt. Ich hob es hoch, damit es nicht getreten wurde, und es sah mich prüfend an, dann streckte es eine kleine braune Patschhand aus, schlug mir auf die Nase und lachte und lachte, bis das Glucksen flüssig wurde und Speichel von den bräunlich-rosa Lippen perlte.

»Ist das nicht schön? Duma – wenn du siehst, wie mein Junge einem weißen Boxer einen Knockout versetzt, dann siehst du etwas Schönes, Mann. Im Ernst. Du wirst sehen, daß er genauso ist, wie du sagst. Stimmt's nicht? Schwarzer Körper und schwarze Hände haben das vollbracht . . . er hat für *niemanden* Interesse. Er sieht aus . . . fühlt sich . . . du wirst es sehen (Fats eignete sich Dhladhlas Ausdruck an; vielleicht würde er ihn beibehalten und das Trotzige daran mit der Prahlerei des Schaugeschäfts übertünchen) . . . als *schwarzer Mensch*.« Sein Gelächter über sich selbst setzte sich wellenförmig bei den anderen fort.

James Nyaluzas Stimme zog sich daraus zurück. »Verwoerd und Vorster sind schuld. Fünfzehn Jahre lang konnten wir die Jungen nicht erreichen. Das sind für diese Jungen nur Wörter, bloß neue Wörter ... Wenn der Tag kommt, wenn man handeln muß ... was werden sie dann wissen?«

Duma Dhladhla und Tandi bildeten ein Paar, zu dem das Baby und ich ein seltsames Gegenstück waren. Als die Diskussion an Schwung verlor und einige aufstanden, blieben wir in der Arena eines Moments von unbestimmter Art zurück: vielleicht würden wir nun über Belanglosigkeiten plaudern, nachdem die obsessiven Kräfte, von denen alle erfüllt waren, die argumentiert oder zugehört hatten, plötzlich abgelenkt waren und nur noch kleine freundschaftliche Grüppchen da waren, behaglich in schweigender Geselligkeit mit Getränken und Rauchwaren auf Kosten des Gastgebers wie die beieinander hockenden Schnorrer, die dann und wann zufrieden zur Toilette auf dem Hof hinaustrabten oder immer wieder über Lieblingsthemen argumentierten, für die sie noch keine Zuhörer gefunden hatten, oder wie James, den sich Orde Greer gekapert hatte. Tandi sprach plötzlich unvermutet das Baby auf meinem Arm in ihrer Sprache an. Das Baby wurde steif und still. Tandy sprach es wieder an. Das Kind warf sich kräftig gegen mich und war dann wieder ganz still. Ich lächelte zu ihm hinunter, eine Huldigung, von der Erwachsene glauben, sie Kindern schuldig zu sein, ohne zu wissen, warum. Tandi breitete die Arme aus, und sofort streckte auch das Baby seine aus und wurde mir abgenommen.

Ich sprach mit der freundlichen Vertrautheit von etwa gleichaltrigen Mädchen: »Ist das deins? Ich meine, ich hatte geglaubt, es sei Margarets und Fats' Kind.«

»Sie sind alle unsere.« Das war mit gespaltener Zunge gesagt, und der Angesprochene sollte es gar nicht verstehen, hatte kein Recht, es zu verstehen. Sie sah mich eine Sekunde an, dann wandte sie sich ab und redete in ihrer eigenen Sprache mit Dhladhla, dabei lachte sie streitlustig. Sie neckte ihn, sie neckte das Baby, er halb gereizt, das Baby halb selig, halb in Tränen. Margaret kam und nahm es ihr ab, während sie es leidenschaftlich und schalkhaft küßte und es sich an sie klammerte.

Irgendwo in meiner Nähe klimperten die Redewendungen des weißen Journalisten wie ein Schlüsselbund, mit dem jemand in der Tasche herumspielt. »... nicht Frieden um jeden Preis, Frieden für jeden zu seinem ...«

Die Frauen waren bald in der Küche, bald wieder draußen. Ich machte mich mit Marisa nützlich, die sofort zwischen den Töpfen mit gekochtem Geflügel und Fleisch, Kartoffeln und *mealie-pap* und der Sauce, die nach Curry roch, Aufgaben verteilte und übertrug. Tandis Freundin schnitt Brot, Margaret verzierte ihre Salate mit Sternen aus roten Rüben und Rosen aus Radieschen.

Danke, *madam* – die halben Portionen erwarteten, von mir bedient zu werden, die ich ebenfalls ein Gast war, und sie aßen eifrig, die Mützen auf dem Kopf. Einige Leute waren weggegangen, aber andere kamen aus der Nacht herein, eher wegen Fats' gewohnter ungezwungener Gastlichkeit, als weil sie eingeladen worden waren. Tatsächlich war ich – waren Orde Greer und ich – nicht zum Essen aufgefordert worden in der Weise, wie Einladungen unter Weißen ergehen; wir waren nach Einbruch der Dunkelheit einfach dageblieben bis zur üblichen Essenszeit von Fats' Familie. In der Art dieser schwarzen Geselligkeit, mit der Schwarzen die Gastfreundschaft gewährt wurde, die nach der Tradition meiner Großmutter Marie Burger schon von Onkel Coen und Tante Velma Weißen geboten wurde, waren die Sonntage in jenem Haus zustande gekommen. Wir pflegten um den Swimmingpool zu hocken und heiße *boerewors* von einer Fingerspitze zur anderen zu jonglieren; diese Kinder teilten sich in einen Teller auf dem Fußboden, kneteten mit den Fingern sorgfältig Kugeln aus steifem *mealie-pap* und stippten sie in die Sauce, während das Baby und seine Großmutter von ihrem Teller aßen.

Ich saß auf einem Plasthocker zwischen James und Fats und war mir der Gestalt von Greer bewußt, den ich immer von hinten sah und der sich aufgepflanzt hatte mit dem erwartungsvollen und leicht lächerlichen Gehabe von jemandem, der entschieden mehr getrunken hat als jeder andere und sich der einen oder anderen kleinen Gruppe zugesellt und den Leuten auf die Nerven fällt, weil er einen ganzen Fragenkatalog mitbringt, so daß sie entweder ihr Gespräch unterbrechen müssen und das, was ihn beschäftigt, unbesehen schlucken, oder es falsch interpretieren, um es in die Richtung zu zwingen, die ihre Gedanken einschlagen. Er hatte sein Essen zusammengemanscht, ohne es zu verzehren, und sein beiseite gestellter Teller sah so unappetitlich aus wie Reste; jemand drückte eine Zigarette darauf aus. Schließlich stand er vor Duma Dhladhla, unübersehbar und ohne Notiz davon zu nehmen, daß das Trio, Dhladhla und die beiden Mädchen, sich selbst genug war. Ich hörte ihn sehr laut, als ob er und Dhladhla allein wären, fragen: »Was würden Sie an meiner Stelle tun?«

Dhladhla nahm einen ordentlichen Happen von dem Hühnerbein, das er in der Hand hatte, und kaute kräftig und wirkungsvoll, wobei sich die Muskeln am Kieferansatz ganz natürlich auf die Weise bewegten, mit der Schauspieler Emotionen veranschaulichen. Er sah Greer an, belästigt, triumphierend und gelangweilt. »Darüber denke ich nicht nach.«

Marisa hatte sich zu uns gesetzt. »Da war also heute eine Razzia in der Stadt? June Makhubu ist interniert, und zwei andere, heißt es. Das ganze Material von Sol Hlubis Studien über Schwarze beschlagnahmt. Sogar der Bericht über Mittelschulkinder, den die Leute von der Sozialfürsorge schon als Unterlage für ihren Ausschuß angenommen hatten ... Ich möchte wissen, wie das plötzlich subversiv sein kann ... Sie sind verrückt ... Rosa, wir waren doch beide heute vormittag in der Stadt?«

Sie nahm an, daß ich ebensowenig im Bilde war wie sie. Und in dieser Gesellschaft begriff ich, daß es seltsam war, eine Art Abweichung von der Regel, die seit dem Beginn meines Lebens für mich gegolten hatte, daß ich es ihr nicht sofort erzählt hatte, als wir uns im Kaufhaus trafen.

»Orde weiß wahrscheinlich mehr.« Marisa rief ihn zu sich. »Orde, was war das für eine Geschichte am Providence-House? Wen haben sie noch besucht außer Hlubis Verein?«

Er sah unerhört würdevoll aus mit seinen roten Socken, die über die Stiefel gerutscht waren, und seine Hand betastete unter dem Pullover masturbatorisch Rücken und Brust.

Er hatte Bilder gemacht; Oberst van Staden leitete die Razzia persönlich, was bedeutete, daß sie hinter etwas Wichtigem her waren. Der unerschrockene Pressefotograf hatte kehrtgemacht und war die Feuertreppe hinaufgelaufen, und er hatte eine Aufnahme von van Stadens Mann, diesem Hornochsen Claasens: »Er hat einen Mann im Genick gepackt wie einen Hund, man kann sehen, daß er ihn am Kragen und am Hemd hält – Mann, die Füße baumeln praktisch über dem Boden . . .«

»Aber was war geschehen? Hat er sich der Verhaftung widersetzt?«

»Nein, nein, Claasens durchsucht ihn, ist mit der anderen Hand in seinen Taschen, man sieht es . . . Aber Sie werden es nicht sehen, denn mein verdammter Redakteur will es nicht veröffentlichen. Sie würden über uns kommen wie 'ne Ladung Backsteine, sagt er. Und ich sei dann auch dran. Man darf die Polizei nicht zeigen, wenn sie in einer Situation wie dieser tätig wird. Ist der Würde des Gesetzes abträglich. *Ihrer* Würde. Du lieber Himmel!«

»Hat Claasens gesehen, daß Sie ihn aufgenommen haben?«

»Ich rannte wie verrückt. Einer von den anderen hat mich entdeckt, aber als er mir nachkam, rutschte er auf den Eisenstufen aus, abwärts auf dem Hinterteil, der Kerl hatte Glück, daß er nicht vier Treppen runtergeflogen ist.«

Das Baby auf dem Schoß seiner Großmutter stimmte fröhlich in unser Gelächter ein. Ein Austausch von Geschichten über die Heldentaten der Polizei, von denen die Erzähler einige selbst erlebt hatten und andere zu unserem Sagenschatz gehörten, kam zwischen Marisa, James und mir in Gang. »Wie war das, als deine Eltern heirateten, Rosa . . .« Und ich mußte wieder schildern, was Lionel als eine politische Anekdote, ein Stück aus der Familienchronik erzählte und was in Wirklichkeit seine Liebesaffäre mit meiner Mutter war: daß die Polizei kam, um ihre erste kleine Wohnung zu durchsuchen, und den Hausrat auspacken mußte. Während ich erzählte, kam das Baby zu mir gerannt und drängte mir ein rotes, gestricktes Kleidungsstück auf. Ich dachte, es wäre seins und es wolle, daß ich ihm beim Anziehen helfe, aber es streckte es weg, langte zu meinem Kopf hinauf und rieb dann seinen. »Was will er denn?« Ich blickte fragend zu Margaret hinüber und sah, daß mir die Großmutter zulächelte und vor Freude das Zahnfleisch entblößte. Aber Marisa verstand es. »Er will dir die Mütze aufsetzen, Rosa. Sie ist für dich.« Ich tat ihm den Gefallen, beugte den Kopf, und das Kind krönte mich mit Ziehen und Zerren. Eine Mütze mit einer Rosette an einer Seite von der Art, die schwarze Frauen verkaufen, vor sich ausgebreitet, während sie zwischen den Beinen von Passanten auf den Bürgersteigen der Stadt häkeln, als wären sie in ihrer Küche. Die Großmutter schenkte Lionels Tochter eine Handarbeit. Ich zog die Mütze herunter, und Marisa setzte sie mir dann richtig auf. »Die Rose sollte nicht in der Mitte sein.« Sie lachte leise, der erste Knöchel ihrer schlanken Hand verschwand einen Augenblick zwischen den Zähnen. Margaret gab der Sache den letzten Schliff, indem sie den Rand aufrollte, um eine Krempe herzustellen. »Nein, warte, so muß es sein.« Marisa schob mein ganzes Haar unter die Mütze, wir protestierten beide und kicherten. Die alte Frau kam herüber und umarmte mich. Das neun- oder zehnjährige Mädchen, das mir nachmittags Tee gebracht hatte, hing an meinem Arm mit der Liebesqual eines Kindes, das sich nach einer älteren Schwester sehnt. Gewiß schien Orde Greer nicht gerade in fahrtüchtigem Zustand zu sein; als Fats und seine Frau mich drängten, die Nacht bei ihnen zu verbringen – das wollige Haar des kleinen Jungen war sanft rauh unter meinem Kinn –, verlockte mich der Gedanke, bei ihnen zu bleiben, liebkost von den Kindern und in der tröstlichen Zuversicht von Fats, der im Bestechen erfahren war und, falls die Polizei entdecken sollte, daß ich dort war, genau wußte, wem er eine Flasche Schnaps geben mußte. Ich könnte stolz darauf sein, von ihnen geliebt zu werden und zu ihnen zu gehören. Aber ich wußte, daß das nicht umsonst zu haben war. Freiwillig angeboten – und doch hatte es seinen Preis, den zu zahlen ich mich entschließen müßte, selbst wenn ich mich nicht lächerlich machte wie Greer, der um eine Beurteilung von Dhladhla bat. Wir fuhren unter einem Himmel mit flatternden Lidern von Blitzen, durch Straßen, die sich flach in die Nacht hineinzogen, zwischen niedrigen Häusern, fest verschlossen, in Dunkelheit gehüllt, mit Blech und Eisen gegen Diebe vergittert und vor der Polizei verrammelt, Plünderer die einen wie die anderen. Das Auge in einem Fenster war eine Kerze weit drinnen; oder auch nur die Widerspiegelung der Scheinwerfer des Volkswagens, als wir rüttelnd und schleudernd hinausfuhren. Plötzlich auftauchende Straßenlaternen, weit auseinander und in unregelmäßigen Abständen, machen einen, wenn man unter ihnen hindurchfährt, zu einem gefährdeten Ziel. Rauchend wie der Schauplatz einer Brandkatastrophe, ringsum die Meilen der Vorstadtsiedlungen, dunkel-klumpig, kein

Aufragen hoher Gebäude gegen den Himmel, keine wolkige Alabasterschale wie die vom Leben über die weiße Stadt gestülpte, das sich in Neon- und Flutlicht offenbart und in Lampen, die durch die Fenster in Gärten hinausstrahlen. Wo die Straße ohne Rinnstein ihre Begrenzung in Furchen und Pfützen fand, lag ein Mann. Betrunken oder erstochen. Keiner von uns beiden kam auf die Idee, zum Halten aufzufordern oder auch nur eine Bemerkung darüber zu machen. Nicht an diesem Ort. Nicht einmal, wenn wir Schwarze gewesen wären. Nicht einmal, obwohl wir Weiße sind.

Orde Greer brachte mich heil und sicher nach Hause. Er mußte gewohnt sein, in ziemlich betrunkenem Zustand zu fahren. Das einzige Geräusch im Wagen waren sein schnaufendes Atmen und ein whiskygeschwängertes Rülpsen, das dann und wann aus ihm hervorbrach; er konzentrierte sich auf eine Weise, die meine Anwesenheit ausschloß. Wir wußten, daß uns in diesem Wagen nichts passieren würde, der Kurven schnell und ausholend nahm und mit demonstrativer Vorsicht vor Kreuzungen hielt, wenn die Ampel rot war. Ich erkenne, daß er jemand ist, der ständig von der Vorstellung von etwas, das ihn verwandeln könnte, fasziniert ist; Tod durch Unfall ist nicht seine Lösung. Und ich bin hier, die Letzte meines Geschlechts.

Wie Seidenwürmer knabberte sanfter Regen um zwei Uhr morgens an den Blättern. Aber ich hatte die rote Strickmütze nicht vergessen; die habe ich, ich legte sie in eine Schublade – die Versuchung –, ehe ich an jenem Samstag ins Bett ging, als ein leichtes Gewitter die weißen Vororte erreichte.

Was ich sage, wird nicht verstanden werden. Sobald ich es äußere, wird es Apologie oder Anklage. Ich spreche weder vom einen noch vom anderen . . . aber du wirst dir aus meinen Worten deine eigene Bedeutung zurechtmachen. So wie Leute beim Scrabblespiel Buchstaben aus dem gemeinsamen Haufen aufnehmen. Du wirst sagen: sie sagte, *er* war dies oder das: Lionel Burger, Dhladhla, James Nyaluza, Fats, selbst der arme Teufel Orde Greer. Ich erwäge nur Möglichkeiten, um zu versuchen, Halt zu finden; du wirst sagen: sie ist manichäisch. Du verstehst Verrat nicht; ein fliegender Fisch aus den Tiefen, über die ihr gleitet, landet auf dem Deck. Du beugst dich neugierig über ihn, rufst die übrige Crew, ihn zu betrachten, und wirfst ihn zurück ins Wasser.

Was immer ich vorher war, du hast mich verwirrt. Im Cottage sagtest du, die Menschen in *jenem Haus* hätten sich nicht gekannt; du hast es mir mit dem bewiesen, was ich seitdem an Orten fand, an denen du nicht gewesen bist, obwohl du die Welt erforschst. Aber es gibt Dinge, die du nicht wußtest; oder, um deine Kriterien auf dich anzuwenden: du kanntest sie nur theoretisch durch die öffentliche und unpersönliche Lektüre oder indem du nach Information geforscht hast wie ein weißer Journalist, der von Berufs wegen objektiv und gut unterrichtet ist über das »Thema« einer »schwarzen Ausbeuterklasse«. Das Credo jenes Hauses hielt nicht viel vom Individualismus à la Conrad, entdeckte aber in der Praxis einen anderen und erprobte ihn. Das geschah bei den nicht enden wollenden Versammlungen und in den Studiengruppen, und das waren die Golfspiele und Club-Diners der Leute von der Art meines Vaters. Das war es, was den Säuberungen abgerungen wurde, wenn sie sich gegenseitig beschuldigten und ausstießen wegen Revisionismus oder mangelnder Disziplin oder ungenügendem Eifer. Es war etwas, das sie für sich zu schaffen vermochten, während Komintern-Agenten ausgesandt wurden, um über ihre Aktivitäten zu berichten und sie manchmal völlig zu unterbinden aufgrund von Befehlen, die neue Uneinigkeit, Verzweiflung und Unzufriedenheit unter ihnen hervorriefen. Es ist etwas, das sich in eine Spalte zurückziehen wird, die verborgen ist in der Untersuchung von Lionels Biographen über die *Theorie des inneren Kolonialismus*, *Das Wesen des neuen Staates als revolutionäre Bewegung*, und die Lösung der *Probleme der Nach-Rivonia-Periode* – der Kristall, den sie für sich aus dem Dogma bewahrt haben. Was würdest du an meiner Stelle tun? *Was tun?* Lionel und seine Genossen fanden es heraus; was immer das Credo in all den Ländern bedeuten mag, wo es sich zwischen den »polaren Orthodoxien Chinas und der Sowjetunion« (die treffende Redewendung des Biographen) entwickelt, sie schufen einen Kommunismus für die »örtlichen Verhältnisse« in diesem Land. Er wurde nicht zum

Ketzer erklärt, obwohl ich finde, daß er eine kleine Ketzerei enthält, jedenfalls unter dem Gesichtspunkt, wie ein Außenstehender ihn interpretieren würde. Lionel – meine Mutter und mein Vater –, die Menschen in jenem Haus hatten eine Beziehung zu Schwarzen, die rein persönlich war. Insofern war ihr Kommunismus die Antithese von Antiindividualismus. Keine anderen Weißen hatten diese Beziehung auf ganz dieselbe Weise. Eine Beziehung ohne Vorbehalte seitens der Schwarzen oder der Weißen. Die politischen Aktivitäten und Einstellungen jenes Hauses kamen von innen nach außen, und in jenem Haus, in dem es keinen Gott gab, empfanden Schwarze das als Umarmung vor dem Kreuz. Endlich gab es keinen Unterschied zwischen dieser Haut und jener. Endlich keinen Unterschied zwischen dem Wort des weißen Mannes und seiner Tat; sie planschten zusammen im selben Wasser im Swimming-pool, gingen aufgrund desselben Urteils ins Gefängnis; es war ein menschliches Zusammenwirken, jeder anderen Art überlegen.

Ich habe die Beziehung verloren. Für mich ist das nur eine Erinnerung an Kindheitswärme. Marisa sagt, wir müssen »zusammenhalten«. Die Terblanches bieten mir die Gelegenheit, den Schlüssel des Fotokopierraums zu stehlen. Was tun? Lionel und meine Mutter standen nicht vor Duma Dhladhla und hörten ihn sagen: Darüber denke ich nicht nach.

Sie hatten die Beziehung, weil sie sie für möglich hielten.

Erst mehr als ein Jahr nach seinem Tod fuhr Rosa Burger wieder in die Stadt, in der ihr Vater vor Gericht gestanden hatte, im Gefängnis gewesen und gestorben war. Diese Anlässe für ihre Besuche in der Stadt hatten keine weiteren zur Folge; er hat kein Grab. Aber als dieser Sommer durch den Jahreswechsel von alt auf neu mit der letzten Zahl der Schreibtischkalender in Barry Eckhards Büro schon halbiert war, fuhr sie im Februar–März dreimal in die Stadt und zu drei verschiedenen Adressen. Nach einigen Wochen begann sie, eine Reihe von Besuchen abzustatten (am 13. und 30. April und am 7. und 24. Mai); aber diese fanden alle am selben Ort statt. Daß sie an diesen Tagen in die Stadt fuhr und zu welchen Zielen, war dem Staatssicherheitsdienst bekannt, der alle ihre Schritte überwachte seit dem Tag, an dem ein vierzehnjähriges Mädchen, die Arterien ihrer Lenden schmerzhaft mit Menstruationsblut angefüllt, mit einer Wärmflasche und einer Daunendecke vor dem Gefängnis gestanden hatte. Ob gewisse geheime Vorhaben bei diesen Schritten – das Stück Papier mit der Botschaft des Kindes an seine Mutter, das um den Schraubverschluß der Wärmflasche gewickelt war – für den Staatsschutz feststellbar waren, ist nicht sicher, obwohl aus Gründen der Gegenstrategie angenommen wird, daß Leute wie Lionel Burger nicht zögern, ihren Kindern zugleich mit dem Laufen beizubringen, wie man sich geschickt verstellt und lügt. Der neue Anlaß für ihre Besuche in der Stadt wurde bald näher bestimmt: durch eine Kategorie, die erkennen ließ, was die ungleichartigen Persönlichkeiten der Leute, die sie besuchte, miteinander gemein hatten. Es waren alles Menschen, deren Loyalitäten den Vater des Mädchens zu ihrem Feind machten. Alle waren Afrikaander, deren Geschichte, Abstammung und Sprache ihn zu ihrem Bruder machten.

Burgers Tochter wollte also etwas. Etwas, das es für ihresgleichen nicht gab. Sie war offiziell »namentlich erfaßt«, hoch oben auf der Liste, die nicht alphabetisch war. Obwohl sie nicht gebannt war, wurde sie durch die namentliche Erfassung als Kommunistin in ihrem Umgang und bei Betätigungen, die sie sich sehr gewünscht hätte, beschränkt. Vielleicht wollte sie für jemanden, der mit ihr in Verbindung stand, eine Gefälligkeit erbitten; aber seit der Affäre mit dem Hippie, gegen den nichts vorlag, und den anrüchigen Wochenenden mit dem skandinavischen Journalisten (das Innenministerium war angewiesen worden, ihr nie wieder ein Visum zu erteilen, das Postamt war angewiesen worden, alle an ihn gerichteten Briefe zu öffnen) schien sie für sich zu bleiben, abgesehen von den alten Kontakten, die zwischen solchen Leuten lange für selbstverständlich gehalten wurden, alte Verbindungslinien, denen der Staatssicherheitsdienst immer rasch nachgehen kann, aufmerksam gemacht im Epizentrum durch das Zittern eines kürzlich geschnappten Opfers. Vielleicht wollte sie eine Lokkerung ihrer Beschränkungen; hatte es satt, Stenotypistin zu sein, und den Gedanken wiederaufgegriffen, mit den beiden britischen Ärzten in der Transkei zu arbeiten. Was immer es war, sie wollte es so dringend, daß sie prominente Nationalisten aufsuchte, bei denen sie sich sorgfältig ein Pfandrecht ausgerechnet haben mußte, das als Hebel dienen könnte, um die schwere Steinplatte aus Angst und Widerstreben wegzuräumen, die sich bei ihrem Annäherungsversuch auf diese Männer herabsenken würde.

Erst als sie im April und Mai wieder zu einer der drei Adressen zurückkehrte, begann sich genau herauszukristallisieren, worauf sie hinauswollte. Die Adresse, auf die sie ihren Sinn gerichtet hatte, entweder, weil sie bei den anderen abgeblitzt war, oder weil sie alle bis auf die nützlichste aufgegeben hatte, war die von Brandt Vermeulen. Brandt Vermeulen ist einer der »neuen Afrikaander« aus einer alten, berühmten Afrikaander-Familie. In jedem Land werden Familien aus unterschiedlichen Gründen berühmt. Wo es keinen Gothaischen Adelskalender gibt, führt der Bau von Eisenbahnen und das Erschließen von Ölquellen zu einem Stammbaum, wo niemand seine Familiengeschichte bis Argenteuil oder zu den Kreuzzügen zurückverfolgen kann, sind Kolonialkriege der Ersatz für ein heraldisches Institut. Brandt Vermeulens Urgroßvater wurde mit Piet Retiefs Abteilung von Dingaan ermordet, sein Großvater mütterlicherseits war General im Burenkrieg, ein Onkel war ein Dichter, dessen siebzigster Geburtstag mit der Herausgabe einer Briefmarke gefeiert wurde, ein anderer Onkel war während des Zweiten Weltkriegs zusammen mit Vorster wegen Sympathien für die Nazis interniert worden, und es gab sogar einen Vetter, der postum für seine Tapferkeit im Kampf gegen Rommel bei Alamein einen Orden bekam. Cornelius Vermeulen, Vorstand der Holländischen Reformierten Kirche, war nach dem Wahlsieg der Afrikaander von 1948 Minister in der ersten Regierung der Nationalen Partei, als sein Sohn Brandt acht Jahre alt war, und gehörte auch den Regierungen Strydom, Verwoerd und Vorster an, ehe er sich auf eine der Farmen der Familie im Bezirk Bethal in Transvaal zurückzog.

Auch die Söhne berühmter Familien entfernen sich oft vom traditionellen Milieu und den üblichen Aktivitäten, wenn sie mit dem nicht übereinstimmen, worauf ihre bestimmte Stellung in der Pioniergesellschaft sie beschränkt hat. So wie die Söhne erfolgreicher jüdischer oder indischer Ladenbesitzer auf dem Land Ärzte oder Rechtsanwälte in der Stadt werden oder der Sohn des Obersteigers in einem Goldbergwerk Kaufmann wird, verließ Brandt Vermeulen Farm, Kirche und Parteivorstand und ging nach Leiden und Princeton, um Politologie, Philosophie und Nationalökonomie zu studieren, und nach Paris und New York, um moderne Kunst zu sehen. Er kam nicht europäisiert oder amerikanisiert durch ausländische Vorstellungen von Gleichheit und Freiheit zurück, um das zu zerstören, wofür sein Urgroßvater durch die Hand eines *kaffir* starb oder der Burengeneral gegen die Engländer kämpfte; er kam zurück mit einem Vokabular und einer Sophistik, um das hausgemachte Schicksal der Weißen, über Schwarze zu herrschen, mit Begriffen zu ändern, die der Generation des ausgehenden 20. Jahrhunderts als Orientierung dienten. Nationalistische Intellektuelle würden sich als die erste wahrhaft sozial-evolutionäre Bewegung des Jahrhunderts erweisen, da der europäische Liberalismus des 19. Jahrhunderts sich offensichtlich bei dem Mißlingen der Rassenintegration, wo immer sie versucht wurde, verausgabt hatte, und der Kommunismus, der den Afrikaandern vorwarf, Schwarze zu versklaven aufgrund eines ihnen von Gott eingeräumten Rechts, selbst Weiße und Gelbe zusammen mit Schwarzen versklavte und dabei Gottes Existenz leugnete. Brandt Vermeulen und seinesgleichen waren die ersten, die klug genug waren, um sich über das lustig zu machen, worüber sich angeblich nur Verunglimpfer des *afrikaanse volk* lustig machten: daß die Holländisch-Reformierten Kirchen Sport und Kino am Sonntag als sündhaft anprangerten, über die Entscheidung der Zensurbehörde, daß weiße Brüste auf dem Titelblatt einer Zeitschrift Pornographie seien, schwarze hingegen ethnische Kunst. Im Gegensatz zur Generation seines Vaters schreckte er nicht davor zurück, sich ganz offen mit Schwarzen in Verbindung zu setzen, und er hielt das Immoralitätsgesetz für das Überbleibsel von antiquierten, lüsternen Hinterhof-Gewissensbissen, das abgeschafft werden sollte, denn in der neuen Gesellschaft getrennter Nationen, in der jede die Fahne ihrer eigenen Haut hißte, würde die Fehlplazierung des Samens eines weißen Mannes in einer schwarzen Vagina, bis zur Unkenntlichkeit des Ursprungs verwandelt, als die Geburt einer weiteren Nation in Erscheinung treten. Er war Direktor einer der ersten Versicherungsgesellschaften, die das angelsächsische und jüdische Finanzmonopol brachen, als er noch zur Schule ging, aber im Nebenberuf hatte er einen kleinen Kunstverlag, den er sich leistete unter Verzicht auf seinen Anteil an dem Gewinn eines Weinguts aus der Familie seiner Mutter. Bei Symposien, wo er stets von weißen Liberalen dazu auserwählt wurde, Ansichten vorzutragen, die sie faszinierend gräßlich fanden, war er in Gesellschaft schwarzer Delegierter ein geistvoller Redner und wurde in Presseberichten ausführlich zitiert: »Ich sehe Sie nicht durch die Brille der Angst und des schlechten Gewissens ... Ebenso wie meine afrikaanse nationalistischen Freunde, stelle ich mir eine positive und fruchtbare Interaktion zwischen einem Volk und dem anderen vor und keine rassische Rivalität. Das schließt eine Teilung der politischen Macht in einem einzigen Land aus. Ehrlich, Afrikaander werden das nicht akzeptieren ... Ich sehe eine Zukunft voraus, in der die verschiedenen Völker durch zähes Verhandeln eine friedliche Koexistenz erreichen könnten ...«

In einem Artikel einer englischsprachigen Zeitung wurde er einmal als Angehöriger der afrikaanse politischen Mafia bezeichnet, deren Mitglieder im Parlament das Land regieren. Und als er darüber interviewt wurde, lächelte er: »Warum nur der *Broederbond*? Warum nicht auch Ku-Klux-Klan oder die Liga der Empire-Loyalisten?« Es wurde also nicht offenbar, wie groß sein Einfluß bei einflußreichen Persönlichkeiten sein mochte. Er hatte gute Freunde in verschiedenen Ministerien. Ein geschmackvoller Aufsatz mit Bildern, ganz anders als die üblichen Werbebroschüren (»Kommt ins sonnige Südafrika«), wurde unter seinem Impressum an alle Botschaften des Landes verteilt; es gab Leute im Informationsministerium, die seine Gedanken, wie das Image des Landes verbessert werden könne, ohne von Grundsätzen abzuweichen oder so naiv zu sein, dem Publikum Lügen über sie aufzutischen, »dynamisch« fanden.

Aber seine besten Freunde saßen im Innenministerium. Dem Ministerium, das Anträge auf Pässe genehmigte; das war es also. Dem Staatsschutz erschien es kaum glaublich, daß Burgers Tochter erwarten könnte, je einen zu bekommen; interessanter war, warum sie es versuchte. Zur Zeit ihrer Besuche bei dem Freund des Informations- und des Innenministeriums im April war das portugiesische Regime in Lissabon gestürzt worden, und der Sturz war ausgelöst worden durch die Meuterei der portugiesischen Truppen, die sich in ihrem letzten Kolonialkrieg weigerten, gegen die FRELIMO zu kämpfen: möglicherweise hatte sie schon seit der Verhaftung ihres Vaters weisungsgemäß unauffällig gelebt und auf eine Gelegenheit wie diese gewartet, und nun stellte sie sich als »unbelastet« hin und wollte das Land verlassen, weil verstärkt Kontakte aufgenommen werden mußten, um die Basen voll auszunützen, die Samora Machel zur Infiltration aus einem marxistischen Moçambique bieten würde, das jetzt gleich hinter der Grenze lag, welche Südafrikaner – im Gegensatz zu ihr mit Pässen ausgestattet – zu überschreiten pflegten, um Garnelen zu essen oder mit dem Speer zu fischen. Natürlich war es bekannt, daß Leute wie sie die ganze Zeit Beziehungen zur FRELIMO unterhalten hatten (darum waren diese Terblanche und ihre Tochter in der ersten Maiwoche abgeholt und interniert worden, den alten Mann hat man dagelassen, um zu sehen, wer ihn besuchen würde). Die »Freiheits«-Kundgebung für Solidarität mit FRELIMO, an der Tausende von Schwarzen, Weißen und Indern am Currie-Brunnen in Durban teilgenommen hatten, machte diese Verbindung deutlich; man konnte sich darauf verlassen, daß die Vernehmung der dort verhafteten Leute neue Anhaltspunkte liefern würde, und diese würden zweifellos wieder zu den alten Quellen zurückführen. Da war ihr Stiefbruder in Tansania; er wurde dort ebenfalls überwacht; einige von denen, die heimlich für die militärische Ausbildung als Freiheitskämpfer angeworben wurden, sind bereits rekrutiert und erhalten ihren bescheidenen Sold, wo immer sie sich aufhalten. Die Tatsache, daß keine Informationen darüber vorlagen, ob sie mit ihrem Bruder über die zwei Briefe nach dem Tod des Vaters hinaus weiteren Kontakt hatte, daß allerdings bekannt war, daß er ihre Adresse nicht besaß, nachdem sie eine Wohnung in der Stadt bezogen hatte, bedeutete nicht, daß er nicht bereit wäre, über eine dritte Person Kontakt mit ihr aufzunehmen, wo immer sie im Ausland auch hingehen könnte, oder sie unter einem anderen Namen in Daressalam bei sich aufzunehmen. Sie ist die Tochter ihres Vaters; sie könnte alles versuchen. Aber Betätigung innerhalb des Landes, worauf die Tatsache schließen ließ, daß sie versuchte auszureisen und wieder zurückzukommen, das war wichtig; es bestand für sie überhaupt keine Hoffnung, daß sie bekommen würde, was sie nie gehabt hatte, was ihr ein für allemal verweigert wurde, als sie versuchte, von ihren Eltern wegzulaufen und dem Jungen nachzurennen, den sie haben wollte.

Die Autobahn war inzwischen fertig geworden, seit sie zum letztenmal hier gefahren war; einzelne Abschnitte, auch der, wo das Wellblech-Cottage von den Planierraupen weggeräumt und alte Mispelbäume in die Landschaftsgestaltung einbezogen worden waren, waren jetzt verbunden und die Entfernung verkürzt. Die Schleifen der Zu- und Abfahrten hielten sich in einigem Abstand von dem Milchkaffee-Fluß, der im Winter ein steinerner Graben wurde und im Sommer Tiere ertränkte; vorbei an Landgütern, wo Sprunghürden für Pferde aufgestellt waren; sie durchschnitten Wege, wo ein alter Schwarzer die Reste eines Autochassis zu einer Gruppe von Ndebele-Häusern schleppte, die aussahen wie eine Lehmfestung vor einem Horizont hoher *veld*-Gräser. Rosa Burger vermochte all die Jahreszeiten und Ereignisse von damals und jetzt zu sehen; auf jenen anderen Fahrten hatte sie nichts in sich aufnehmen können zwischen Abfahrt und Ankunft. Die Straße ließ sie hinuntergleiten zur Stadt zwischen Hügeln, auf denen das Grün der Weißdornbüsche sanft leuchtete. Der monumentale Schrein für den Mythos vom *volk*, geformt wie die Spieldose eines Riesen, irgendwo links; ein Wegweiser zum Vergnügungspark in der wilden *kloof* rechts. Und dann hinein, vorbei am Haus des Beamten in dem schönen alten Garten mit dem Stamm der riesigen Palme, der seine Nabe des Schattens emporreckte, den Häusern der Wärter in sonniger, häuslicher Ordnung, dem Gefängnis aus ochsenblutfarbenen Backsteinen mit der blinden Fassade zur Straße – die schmalen Öffnungen verdunkelt durch Stangen und schweres, rautenförmiges Drahtgeflecht, unmöglich, sich je darüber klarzuwerden, welche zu welcher Raumkategorie gehörte und zu welchem Zweck und an welchem Korridor da drinnen, nach links oder nach rechts, eine bestimmte Ausstattung mit einem Tisch und zwei Stühlen wartete; das Polizeiauto und der Gefangenenwagen waren draußen geparkt, ein Wärter kam vom Dienst, flirtete mit einem Mädchen, das eigelbfarbenes Haar und einen Foxterrier im Arm hatte; die Tür; die riesige abgenutzte Tür mit ihren fehlenden Beschlagnägeln und für immer genau angeordneten Nuten. Die Tür war bald vorüber und auch das Oberkommando des Heeres, das als nächstes kam, zurückgesetzt in einem Garten mit Kieswegen und einer weiteren Palme aus der Ära der alten Republik wie das Gebäude daneben, ein reizvolles Beispiel (hatte ihr Vater gesagt, der in Holland gewesen war) dafür, wie die Buren die Stadthäuser aus dem 17. Jahrhundert an der Heerengracht in Amsterdam, aus weiß verfugten Puppenhaus-Backsteinen erbaut und mit unproportionierten, da für ihre Höhe zu schmalen Giebeln versehen, den kolonialen Verhältnissen angepaßt hatten. Das Vorortpostamt, wo die Besucher der Häftlinge und Wärter am Schalter Schlange standen ... das Postamt Potgieter Street, das so viele Umschläge frankierte, daß sein Stempel gleichbedeutend mit dem des Gefängnisses war.

Rosa Burger fuhr weiter durch das Geschäftsviertel der Stadt in der Stoßzeit um vier Uhr nachmittags und warf ab und zu einen Blick auf ein Stück Papier, das sie nicht anwies, am Obersten Gerichtshof oder der zum Gerichtsgebäude umgebauten alten Synagoge vorbeizufahren, zu der sie den Weg kannte. In dem Tempo, das jemand einhält, der Hinweisschilder rechtzeitig erkennen muß, fand sie den Vorort und die Straße. Einer der alten Vororte; Straat Loop Dood, eine Sackgasse, die sich wie ein Tunnel unter Jakarandas, die um diese Zeit nicht blühten, hinzog, bis eine steile *koppie* ihr Halt gebot. Es waren die Häuser von Buren, die vor siebzig oder achtzig Jahren *burger* wurden; einstöckige Farmhäuser mit dunklen *stoeps*, auf denen die alten Leute, die sie bauten, wohl gesessen haben, bis sie starben. Das Haus war wie die anderen; ein Paar Geweihe über der Haustür, ein verholzter Orangenbaum, der winzige, senile Früchte trug, ein hölzernes Geländer an der rotpolierten *stoep*, eine Öltrommel mit Begonien und eine zweite, aus der ein blühender Kaktus sich an der Wand festkrallte und sich hoch oben mit Fühlern wie Fliegenbeinen festklammerte. Eine Wespe hatte ein Nest an die Tür geklebt. Die Fassade war eine Aussage wie jene, mit denen Brandt Vermeulen bei Symposien mit Vorliebe gut gelaunt überraschte und Hochmut widerlegte – nein, ich lebe nicht entsprechend meinem Zeitungsimage als Bonvivant, als lebenslustiger, geschiedener Afrikaander in einem Penthouse mit Sauna und Squashplatz im Keller und äffe nicht den Parvenüluxus von Johannesburg nach. Er hatte genug Selbstvertrauen, um (wie er es ausgedrückt hätte) eine angeborene Sensibilität geltend zu machen; er schätzte die Zurückgezogenheit, Friedlichkeit und angemessen einfache »ökologische Lösung«, die diese schöne Straße noch bot, und natürlich hatte er noch eine Überraschung auf Lager – als er die schlichte Haustür selbst öffnete, etwas zerzaust, obwohl er Rosa Burger erwartet hatte, wie es telefonisch verabredet war, aber von Natur aus nicht förmlich, und ihr mit lächelndem, sonnenfrischem Gesicht vorausging in ein riesiges Zimmer, das sich auf zwei Ebenen absenkte zu einer Glaswand, die beiseite geschoben war und hinter der ein zweiter Garten lag, diesmal ein richtiger. Das Innere des Hauses war eingerissen worden, ausgehöhlt, um den Raum zu schaffen, den die moderne Lebensweise beansprucht. Er war barfuß und trug weiße Leinenjeans und ein kariertes Hemd, das frisch gebügelt roch, sein Haar war naß, weil – er deutete auf den mit einer Mauer umgebenen Garten – er rasch ein bißchen geschwommen war. So ein brütend heißer Nachmittag – ob sie sich vielleicht abkühlen wolle, sein Becken habe die Größe eines Vogelbads, olympische Strecken werden nicht geboten, aber da seien noch mehrere Bikinis, die verschiedene weibliche Gäste vergessen hätten ... sie könne sich gern in die Fluten stürzen ... Er sprach Englisch und schien überhaupt nicht neugierig zu sein, den Grund ihres Besuches zu erfahren. Ob sie sich draußen unter den Wein setzen sollten oder lieber nach drinnen? Welche hölzerne Liegestühle auf Rädern waren purpurrot gesprenkelt von den Exkrementen der Drosseln, die ihre Jungen mit den herabhängenden Trauben fütterten. »Ach, was für eine Schweinerei ... aber die Trauben sehen nur hübsch aus, es sind die sauren kleinen Catawba, und finden Sie den Gesang der Drosseln nicht schön? So sanft und neugierig. Und haben Sie gesehen, wie groß die Jungen sind, die sie füttern? Dicke fette Brocken, noch mit gefleckter Brust, aber schon so groß wie die arme Mama. Sie fliegen einfach herein und sitzen da mit offenem

Schnabel – sehen Sie mal, die Mutter wirft da Trauben rein, als wären es Briefkästen.« Die Vögel strichen zwischen ihm und seinem Gast hindurch, als sie da standen. »Aber es ist zu heiß. Drinnen ist's kühler. Kommen Sie, setzen wir uns hier hin.«

Die Anordnung der Möbel unterteilte den großen Raum zwanglos und verlieh ihm Intimität. Rosa Burger, die nie in einem seiner Häuser gewesen war, nahm auf einem Sessel aus Wildleder und Chrom Platz neben einem niedrigen Glastisch, an dem er gearbeitet hatte – unter einer beiseite geschobenen Schale mit Teerosen lagen maschinengeschriebene Texte und Probedrucke von Schutzumschlägen zwischen Zeitungen mit rot umrandeten Spalten. Die flachen, ausgeschnittenen Sandalen, die sie trug, ließen sie den langen weißen Flor des Teppichs wie weiches Gras empfinden.

Ihr zerknittertes Kleid aus indischer Baumwolle sah an ihr ausgewrungen und schäbig aus; für ihn eine Bestätigung, daß sie sich für den Besuch in keiner Weise zurechtgemacht hatte. Es ließ sich nicht erkennen, was für einen Eindruck dieses Mädchen machen wollte; aber das war tatsächlich der Eindruck, den er bei ihren wenigen Begegnungen, seit sie ein junges Mädchen war, gewonnen hatte, und auch aus den Bildern in den Zeitungen: sie war entweder so verletzlich offen, daß ihre Präsenz auf der Welt eine unmögliche Forderung darstellte, oder so unangreifbar, daß ihre Offenheit eine arrogante Anmaßung war – was auf dasselbe hinauslief. Sie verstand nicht, daß es beschämend ist, gefallen zu müssen, so wie Fürstlichkeiten nie Geld bei sich tragen. Das Kuli-Rosa (er hatte eine Vorliebe für diese alten, anschaulichen Bezeichnungen, die so harmlos, so arglos beleidigend sind) – das rötliche Rosa des Kleides ließ ihre Haut als attraktiven Kontrast erscheinen, fast malerisch: grünlich-bronzene Lichter glitten über ihre bläßlichen Schlüsselbeine und die ruhig atmende Vertiefung an dem gerafften Ausschnitt, wo die Brüste begannen. Das Kleid war bloß uninteressant, nicht so bemerkenswert unkonventionell, was er an den lose sitzenden Kleidern der hochgewachsenen Schauspielerinnen vom Afrikaans Staatstheater und der Dozentinnen von der Kunstschule schätzte, den Frauen, mit denen er sich umgab. Trotz ihrer Kleidung war Rosa physisch sehr anziehend; ungeschminkte, leicht geschwellte volle Lippen, ruhig nach einem kräftigen, höflichen Lächeln, die wasserhelle Klarheit der Augen und die schimmernden Akzente der Augenbrauen in der Bräunlichkeit des Gesichts. Auf Vitalität ließ der dunkle, lockige Kopf schließen, der nicht kokett schräggelegt wurde, wenn sie sprach oder zuhörte, und aufrecht über die Stühle hinausragte, als er sie verließ, um Erfrischungen zu holen.

An einer der Wände dieses Hauses hing ein Ölgemälde von heroischen Proportionen: das Auge der Besucherin verglich eine Reihe anderer Bilder im Zimmer damit. Alle gingen radial von Gestalten aus, die von einer Höhe aus in die Mitte der Leinwand gestürzt zu sein schienen, ausgestreckt wie ein Selbstmörder auf einem Trottoir, oder mit dem Rücken an einer Wand, gesehen aus der Sicht des Erschießungskommandos. Brandt Vermeulen war offenbar ein Gönner des Malers. Da war auch eine Zeichnung von Kandinsky und eine Lithographie von Georgia O'Keeffe, die sie erst erkannte, als ihr Gastgeber ihr viel später seine Neigungen und Vorlieben erklärte, denn sie wußte recht wenig von Kunstrichtungen; ein Satyr von Picasso war selbst für sie unverkennbar, und eine Gruppe kleiner Kap- und Karoo-Landschaften mit starker Atmosphäre mußten Pierneefs sein. Ein Druck aus einem der afrikanischen Kräutersammlerläden mit sämtlichen Zulukönigen von Shaka bis zum jetzigen König Goodwill Zwelithini, in Kameenporträts um eine rundgebaute Hütte gruppiert, in einem rosa gestreiften Plastrahmen, genau wie er in einem Dienstbotenzimmer hängen könnte, vertrat wunderlicherweise die örtliche naive Tradition, die (wie sie später von ihrem Gastgeber erfuhr) mit Rousseau und Grandma Moses in eine Linie gehörte. Auf einer antiken *kist* aus Gelbholz neben ihrem Sessel stand, was sie erst bemerkte, als sie allein war, ein weiblicher Torso aus Plast in Lebensgröße, entlang der Mitte in eine blaue und eine rote Seite geteilt, mit horizontal über der Außenseite des Schambeins angeordneten Schamlippen, wie die Lippen eines Mundes. Die Spitze einer Klitoris stand heraus wie eine Zunge. Die Brustwarzen waren aus Plexiglas und ließen sofort an die Härte der Schwellung und das Eis der Frigidität denken.

Brandt Vermeulen kam mit Orangensaft zurück. Sie wurde gebeten, die Rosen beiseite zu rücken, und er stellte das Tablett zwischen herabgefallene Blütenblätter. Er hatte einen warmen, brotförmigen Kuchen mitgebracht: »Sie müssen wenigstens eine halbe Scheibe versuchen, der Ingwerkuchen meiner Mina ist ein Erlebnis, und sie ist leicht beleidigt.« Er war köstlich, wirklich wunderbar, ihm machte es Freude, daß sie beide die reine, natürliche Saftigkeit und zarte Würzigkeit genossen, er nahm sich noch ein Stück und forderte den Gast mit einer Handbewegung auf, es ihm gleichzutun. »Es ist ein altes Familienrezept von meiner Großmutter, das Mina lernte, als sie als Kind in der Küche aushalf – sagt sie, aber meine Mutter behauptet, *sie* habe es von ihrer Mutter bekommen und Mina beigebracht – vielleicht hat Ihre Mutter es auch hinterlassen?«

Es könnte sein, daß es entfernte Familienbeziehungen zwischen Brandt Vermeulen und Rosa Burger gab. In den Akten des Staatssicherheitsdienstes war es nicht vermerkt. Ihre Mutter hatte sich nicht klar dazu geäußert. Brand Vermeulens Mutter und Rosas Mutter konnten mütterlicherseits Kusinen dritten oder vierten Grades gewesen sein; er hatte es nicht nötig, die Möglichkeit zu erwähnen, und Rosa hatte nicht viel Veranlassung, eine Kollateralverwandtschaft mit Afrikaandern geltend zu machen, denn wenn man dreihundert Jahre zurückging, dann würde sich herausstellen, daß jeder Cloete und Smit und van Heerden mit jedem anderen blutsverwandt war. Nein, so guten Ingwerkuchen habe sie noch nie gegessen.

Und ob sie auch eingelegten Kürbis möge? Ob sie überhaupt wisse, was eingelegter Kürbis sei? Das glaube er nicht! Er brüstete sich schelmisch mit seinem nützlichen Gemüsegarten draußen in der Nähe des Swimming-pools; die Leute seien sich einfach nicht klar darüber, wie herrlich Gemüse sei, er müsse ihr seine mahagonifarbenen Auberginen und roten Paprika zeigen, und Kürbisse, so groß wie diese prallen, eleganten Sofakissen mit einem Knopf in der Mitte. Sein Garten, seine Bilder, und dann dieses verrückte, gewagte Unternehmen – er blies Rosenblütenblätter von den Umschlagprobedrucken weg – jetzt sei er gerade im Begriff, Geld zu verlieren durch die Veröffentlichung eines Buches mit Holzschnitten und Gedichten, das tatsächlich erotisch sei, aber bei den *tannies* wohl keinen Anstoß erregen werde, weil die Holzschnitte zu abstrakt und die Gedichte zu esoterisch seien, als daß man hoffen könne, überhaupt einige Exemplare abzusetzen...

Er hätte sie ganz mühelos weiterhin unterhalten können mit seiner Begeisterung und der Fähigkeit, sich nicht ernst zu nehmen, sie hätte nach Ablauf einer Stunde aufstehen und gehen können, ohne erkennen zu lassen, warum sie überhaupt gekommen war. Diese herrlichen Kürbisse – Mina legte sie sauer-süß ein, er werde ihr ein Glas geben, das sie mit nach Hause nehmen solle. »Wohnen Sie noch in dem Haus – dem Haus Ihres Vaters?« Er lachte, er war nicht neugierig: »Ich weiß es gar nicht, sind Sie eigentlich verheiratet?«

Sie erwiderte, sie habe an verschiedenen Orten gewohnt; jetzt in einer kleinen Wohnung.

»Sie haben also das Haus aufgegeben ... natürlich. Ich war einmal da, als ich etwa fünfzehn war – ich glaube, da waren Sie noch gar nicht auf der Welt.«

Sie lächelte und schloß einen Moment die Augen, unbewußt bemüht, sich zu erinnern oder es zu bestreiten. »O doch, da lebte ich schon.«

»Na, jedenfalls waren Sie zu jung, um stark in Erscheinung zu treten ... Ich hatte mir beim Rugby ein Knie verletzt, und der Onkel, der ein Auge auf mich hatte, solange ich in der Schule und nicht zu Hause war, wollte die Ansicht Ihres Vaters hören, ehe er die Verantwortung für die übliche Operation übernahm. Er schwor auf die Tüchtigkeit von Lionel Burger – vielleicht ein Roter, aber er ist der beste Arzt im Land! Also mußte mein Vater nachgeben ...« Er wechselte zu Afrikaans über, als er von ihnen sprach, ohne es zu merken. »Ich war ein bißchen nervös, ich wußte nicht, wie ein Roter aussieht, eine Art Antichrist oder Frankenstein, den wir Kinder immer im Kino sahen, aber Ihr Vater war wunderbar, wir sprachen über Rugby – natürlich war er während seines Medizinstudiums Verteidiger in der ersten Mannschaft gewesen – ich kam zu dem Schluß: Was meinen sie eigentlich damit, daß er ein Roter sein soll?«

»Ich habe das Haus verkauft, ich habe meinen alten Job im Krankenhaus aufgegeben. Schon vor über einem Jahr.« Sie sprach jetzt ebenfalls Afrikaans.

Sein strahlendes, von Sonne und Chlor gegerbtes Gesicht konzentrierte sich auf die Überlegung, was seine Besucherin vielleicht außer einem Haus und einer Stellung noch aufgegeben habe. Witz und Frivolität sanken herab wie anmutig gelandete Papierdrachen.

»Ich arbeite seitdem für einen der großen Investment-Berater. Die Firma Barry Eckhard.«

»Ach so.« Und er sah sie forschend an, ob es da etwas zu entdecken gäbe.

Sie ließ keine Nervosität oder Verlegenheit erkennen, aber auch nicht die Abwehrhaltung, auf die er gewöhnlich stieß, wenn jemand unbedingt etwas von ihm wollte. Sie war Herr über ihr Schweigen; als ob er es wäre, der darauf wartete, daß sie rede, statt daß sie nach einer Gelegenheit Ausschau hielt. Er kreuzte die Arme über der Brust wie ein Arbeiter.

Sie sprach in demselben Tonfall und Rhythmus, mit dem sie gesagt hatte, soweit sie wisse, habe ihre Mutter kein Rezept für Ingwerkuchen hinterlassen. »Es ist nicht sehr interessant. Eigentlich viel weniger, als ich geglaubt hatte.«

Seine borstigen blonden Wimpern schnellten zu den Papieren auf dem Tisch, mit denen er beschäftigt gewesen war. »Möglichkeiten, Geld zu verlieren, sind leider amüsanter.«

»Ich könnte kaum behaupten, daß ich es schon satt habe. Eher, daß ich offenbar ... wie soll ich sagen ... kein rechtes Verhältnis dazu finde.«

Er stellte eine Suggestivfrage: »Es ist nicht das, was Sie brauchen?«

Sie ließ seine Frage eine Schlußfolgerung werden. Dann sprach sie nicht reflektierend, sondern direkt zu ihm, eine ruhige Aussage, die ihn erreichte und einkreiste.

»Ich möchte woandershin gehen.«

Er ließ sich Zeit. »Eine andere Stellung?«

»Ich würde gern Europa kennenlernen.«

So ausgedrückt, erschien es durchaus vernünftig; er war so oft dagewesen; da war sie, ein Mädchen wie jedes andere, ein Mädchen in den Zwanzigern, intelligent und gebildet und aus einer Schicht, die es für selbstverständlich hielt, ins Ausland zu fahren, war es da nicht absolut vernünftig, wenn sie erkannte, daß es die Vergnügungsmöglichkeiten anderer Menschen auch für sie gab? Er konnte nicht weniger ernst und verständnisvoll sein. »Ja, warum auch nicht! Ich meine, warum sollten Sie es nicht wollen?«

»Aber ich bin nie dagewesen.«

»Auch nicht als Kind?« Das Telefon hatte zu läuten begonnen.

»Ich habe es nie gekonnt.« Rosa Burger schien ihm nicht die stillschweigende Erlaubnis zu geben, ans Telefon zu gehen.

»Ich dachte, daß Ihr Vater ein- oder zweimal ...« Das Telefon drängte ihnen weiter seine elektrischen Impulse auf und näherte die Isolierung ihres Gesprächs an Komplizenschaft an. Er stand auf und schüttelte das ab. »Verdammt, keiner geht ran. Alte Faktoten haben den Nachteil, taub zu sein.«

Aus einem anderen Zimmer klang seine Stimme lebhaft, schmeichelnd, lachend herüber; als er zurückkam, verschwand all das rasch von seinem Gesicht.

»Entschuldigung.« Mit einer affenartigen Bewegung schoß seine Hand von selbst vor und schleuderte ihm ein Stück Kuchen in den Mund.

»Meine Eltern waren mehrmals in der Sowjetunion, aber vor meiner Geburt. Zum letztenmal war mein Vater 1950 im Ausland, als ich zwei war, in England und in der Tschechoslowakei. Überall, bloß nicht in Amerika, die Amerikaner ließen ihn nicht rein. Es war das letztemal, daß er oder meine Mutter ausreisen durften. Und als ich heranwuchs, galt das automatisch auch für mich.«

Es klang, als habe sie lediglich etwas vererbt bekommen; ein weiteres Familienrezept. »Haben Sie es nie versucht?«

»Einmal.« Sie lächelte ihm zu. »Aber nicht sehr ernsthaft. Das heißt, es war nicht sehr sinnvoll. Ich ging einfach hin und füllte im Paßbüro ein Formular aus ... Aber da lebte meine Mutter noch, und mein Vater auch.«

»Und jetzt?« Zum erstenmal klang seine Stimme beteiligt.

Sie schien sich einfach zu wiederholen: »Ich möchte etwas anderes kennenlernen.« Aber nach dem Hinweis auf Lionel Burger und seine Frau erkannte er, daß die Aussage anders lautete; außerdem hatte er »kennenlernen« statt »gehen« gehört: *Ich möchte etwas anderes kennenlernen.* Die Mutter, der Vater; deren Ziel, hier oder sonstwo, brauchte nicht ihres zu sein. Er schlug den tröstenden, ermutigenden Ton von jemandem an, der einen Schritt von Herzen billigen kann, der nichts mit ihm zu tun hat. »Nun ja, warum nicht, natürlich, selbstverständlich.«

»Glauben Sie, Sie können mir helfen?«

Er wich ihrem Blick nicht aus; sein Lächeln vertiefte sich, und die Haut an der Seite seines linken Auges wurde von einem Nerv gezwickt; er erhob sich plötzlich und stand da, als ob er vergessen hätte, weswegen. Er rang mit Scherzen, die nicht angebracht wären, nicht bei ihr; er wußte nicht, wie er wieder auf die Ebene des tröstlichen Mitgefühls ohne Verantwortung zurückgelangen könnte. Sie hatte nicht einmal im Konditional gesprochen und »könnte« gesagt; es war so gut wie eine Feststellung: Sie können mir helfen. Und überdies, da es von ihr kam: Ich bin bereit, mir von Ihnen helfen zu lassen.

Er fuhr sich mit beiden Händen durch das kurze Haar, spreizte die Finger und ließ die Hände fallen. Er sah sie fest an und lächelte, so wie er auch immer seine gute Laune behielt, seinen Charme – fast wie ein englischer Gentleman –, um selbst die englischen Liberalen in der Debatte aus dem Konzept zu bringen. Als er dann sprach, redete er sie mit einem Diminutiv in ihrer beider Sprache an, um zu zeigen – sie verstand es doch? –, daß er nicht Bande in Abrede stellte, die nicht auf Blutsverwandtschaft zu beruhen brauchten. Sie und ihr Vater und ihre Mutter gehörten zu ihm, auch wenn sie das *volk* verleugneten – nichts konnte sich daran ändern, Lionel Burger, der als verstockter kommunistischer Zuchthäusler starb, starb auch als Afrikaander. Brandt Vermeulen brauchte ihr nicht zu sagen, daß ihr Vater hätte Premierminister werden können, wäre er nicht ein Verräter gewesen. Das war oft gesagt worden. Für das Afrikaander-*volk* war Lionel Burger eher eine Tragödie als ein Ausgestoßener; auf diese Weise war er immer noch der ihre. Sie konnten nicht zulassen, daß die Erde des Vaterlandes durch seine Leiche entweiht werde; aber zugleich waren sie auf diese Weise von der Schuld an seinem Tod freigesprochen.

»*Kleintjie*, Sie sind kein leichtes Problem . . .« Er lächelte ihr liebevoll zu. »Nicht wahr? Es handelt sich nicht einfach darum, wer helfen wird . . . das wissen Sie . . . Ich brauche Ihnen nicht zu sagen . . . mit dem besten Willen der Welt . . .«

»Ich bin entschlossen, es zu versuchen. Ich bitte Sie um

Hilfe, weil niemand je an Ihnen zweifeln könnte – ich meine, ich könnte Ihnen keinen Schaden zufügen.«

»Sehen Sie mal, Sie dürfen mich auch nicht überschätzen ... meine Stellung. Ich flüstere nicht einfach dem Premierminister ins Ohr ... und wenn ich es täte, wenn ich es könnte ... er ist ein Mann mit Grundsätzen, niemand bestreitet das, auch nicht seine Feinde. Wenn Sie es so meinen, wie Sie es sagen – Sie sehen so aus, als ob Sie es immer so meinen, wie Sie es sagen ...«

»Ich will raus.«

»Glauben Sie mir, das verstehe ich ... zweifeln Sie nicht daran, du lieber Gott, ich bin selbst draußen gewesen, habe im Ausland gelebt. Das ist nötig, da erkennt man, wo man seine Heimat hat, es überzeugt einen – Sie werden es sehen.«

»Ich hoffe, ich bekomme die Chance.« Sie lachten, das Tempo beschleunigte sich zwischen ihnen, was er gar nicht wollte.

»Sie werden es sehen – das hoffe ich. Was wir hier tun, mag die Welt ängstigen, aber das Kühne und Wunderbare ist für manche immer ein bißchen erschreckend. Ihr Vater reagierte genauso auf *seine* Ideen, ne? Natürlich, wir, die wir einander diametral entgegengesetzt sind, verstehen uns am besten! Wenn die Lage anders wäre – nun ja ... Wenn Ihr Vater länger gelebt hätte, dann hätte er, glaube ich, seine Verzweiflung überwunden – wissen Sie, ich meine, daß er als Kommunist lebte, war ein Ausdruck von Verzweiflung. Er glaubte, sein Volk könne das Problem seiner historischen Situation nicht lösen. Deshalb nahm er seine Zuflucht zu der Vorstellung von der historisch unveränderlichen Lösung ... ja, er traute uns nicht: seinem eigenen Volk; sich selbst ... so sehe ich das. Aber wenn er etwas länger gelebt hätte – ehrlich, ich glaube, ein Mann mit seinen Fähigkeiten, ein großer Mann ...«

Brandt Vermeulen legte eine Pause ein, damit sie beide darüber nachdenken konnten.

»... ein Mann wie Lionel Burger wäre bereit gewesen, eine Entdeckung anzuerkennen: wir sind weiter gegangen ... davon bin ich überzeugt. Ich habe oft daran gedacht – ich wollte mit Ihnen darüber sprechen, aber ich kannte Sie ja eigentlich gar nicht. Die Dynamik des Afrikaanders ist nicht verbraucht wie die soziale Dynamik in Europa und möglicherweise sogar in Amerika. Sie hat viele Formen angenommen seit der Ära der kruden Eroberung, viele. Ihr Vater war eine davon. Wie ich höre, schreibt jemand ein Buch über ihn ... ich habe oft gedacht, ich bin derjenige, der ... Ich hätte gern diesen Gedanken dargelegt, daß er von seiner eigentlichen Bestimmung abgebracht wurde, und warum.«

Ihr Gesicht behielt den aufmerksamen Ausdruck von jemandem, der eine gelehrte Betrachtungsweise respektiert. Sentimentalität war natürlich eine zu seichte Empfindung für jemanden mit ihrer Vergangenheit.

»Es ist schrecklich ... er starb zu früh. Aber in anderer Hinsicht (er fand eine Möglichkeit der Formulierung, die nicht hartherzig klang) ist es noch nicht lange genug her. Können Sie mir folgen? Obwohl für Sie ...« Er holte tief Luft und beugte sich vor.

»Ein anderes Leben.« Sie erklärte es nicht; sie schob den Zusammenhang mit ihrem Vater beiseite oder stellte ihre Forderung auf so direkte Weise, daß Brandt Vermeulen sie nicht mehr damit in Verbindung bringen konnte: »Ich möchte etwas anderes kennenlernen.«

»O ja ... man lebt nicht in der Vergangenheit – die Gegenwart ist zu aufregend – nun ja, ich meine beunruhigend, aber immerhin!« Er brauchte Angola, Moçambique, Namibia und die Grenzkriege nicht zu nennen, die ihr Land führte und in denen er und sie vielleicht nicht auf derselben Seite kämpfen würden. »Und das macht die ganze Sache ...« Seine Hand umschrieb in der Luft ihre Aufmerksamkeit, ihr Gesicht, ihr Dasein, wie sein roter Kugelschreiber Absätze in Zeitungen rot umrandete. »Sie wollen einfach wegfahren? Urlaub machen?«

»Andere Leute tun das dauernd.«

»Gehen auf Urlaub.«

»Ja.«

»Wie jeder andere auch.«

Er unterstrich jeden Satz mit Nicken und Lächeln, als wäre sie ein kleines Mädchen, das die richtigen Antworten gibt.

»Wenn Sie genau wie jeder andere sind ... nehmen wir mal an, es gelänge, Ihretwegen vorstellig zu werden, bloß angenommen, wo soll man anfangen – ist es nicht recht unwahrscheinlich, daß Sie wie jeder andere *angesehen* werden?«

»Darüber bin ich mir klar.«

»So.« Fingernägel, vom Schwimmen sehr sauber; er fuhr sich damit über die körnige Falte, die das rosige Kissen seines Kinns durchfurchte. »So.«

Sie zuckte nicht zurück.

Er schützte sich einstweilen, indem er sich dadurch schmeichelte, daß er seine Maxime, man solle sich nicht zu ernst nehmen, auch auf sie anwandte, und plötzlich patzig sagte: »Sie werden sich mit einem Glas von Minas eingelegtem Kürbis zufriedengeben müssen – ich weiß nicht, was ich tun kann, wenn überhaupt etwas – wenn überhaupt etwas.«

»Was immer Sie anbieten.«

»Es geht nicht darum, was ich anbiete, sondern um das, was verlangt wird, mein Mädchen.« Er lachte, sie lachten beide, seine Hand fest auf ihrer Schulter.

Zweifellos wurde sie neu überprüft, wenn das gemeint war. Zumindest gelang es Brandt Vermeulen, seinen guten Freund im Innenministerium dazu zu bringen, eine Überprüfung ins Auge zu fassen, statt die ganze Sache kurzerhand als unmöglich abzutun. Das war an sich schon eine Leistung; daß sie vollbracht war, erfuhr sie bei späteren Besuchen in seinem abgelegenen und reizvollen Haus, dessen Vorhandensein man sich nicht hätte träumen lassen, wenn man nur den Weg zum Gericht und zum Gefängnis kannte. Er freute sich anscheinend immer, sie zu sehen; oder er wahrte auf seine Weise eine Tradition der Gastfreundschaft, die unter allen Umständen aufrechterhalten wurde. »Nichts Ermutigendes zu berichten, das muß ich von vornherein sagen, Sie werden *die Geduld auf einer Gruft* sein müssen!« (Sie sprachen weiterhin zusammen Afrikaans, aber das Zitat kam auf Englisch.) Sie besprachen nie etwas am Telefon, beide hatten ihre Gründe, die Vorsichtsmaßnahmen in ihrem Land zu beachten. Sie kam im März und April, um diesen Rat in seiner Gegenwart zu hören; es war möglich, sogar wahrscheinlich, daß irgendwo im Zimmer – hinter einem Bild aus seiner Sammlung oder in den großen Kübeln für »Blumenarrangements«, die sein Garten lieferte – sich ein anderes Arrangement befand, um als Teil der Überprüfung das Gespräch aufzuzeichnen. Sie hätte es erwartet; aus Fairneß ihm gegenüber, um seine Stellung zu schützen. Er nannte nicht nur oft ihren Namen, sondern auch sie den seinen, und zwar Brandt, womit sie für den Mithörenden ungezwungen und unverhüllt die einflußreiche Persönlichkeit nannte, an die sie sich wandte. Er erzählte ihr die amüsante Geschichte, wie er dazu gekommen war, den Plasttorso mit den anatomischen Absonderlichkeiten (wie er sich ausdrückte, und das wiederum auf Englisch) zu erwerben, und immer wieder kam er auf das Thema der Biographie ihres Vaters zurück. Sie erzählte ihm von dem jungen Mann, der sie schrieb oder sich zumindest anschickte, Material dafür zu sammeln, und wie er die Sache anpackte. Sie waren sich beide einig, daß wohl nicht viel dabei herauskommen würde; wie könnte ein Engländer, zu dem Schluß kam Brandt Vermeulen, jemals Lionel Burger verstehen? Sie dachte nie daran, ihren Badeanzug mitzubringen, obwohl es Ende April noch so warm war, daß sie ihn einmal (nachdem Mina ihr die Haustür geöffnet und sie in den Garten geleitet hatte) im Becken fand, wo er einem begeisterten kleinen schwarzen Jungen, der in einem alten Autoreifen herumpaddelte, einen Ball zuwarf. »Ag, nicht – Sie haben meinen kleinen *kaffertjie* noch nicht gesehen? – Komm raus und begrüße sie«, sagte er liebevoll zu dem Kind, das aber zu sehr planschte und schrie, um es zu hören. Es war der Enkel seiner Mina, der, von allen verhätschelt, die Schulferien dort verbrachte.

Erst im Mai wurde die zweite Bedeutung seiner Bemerkung – »Was verlangt wird, mein Mädchen« – wichtig.

»Natürlich nehme ich an, daß Sie nicht die geringste Lust haben werden, mit der ganzen Brut von Verbannten zusammenzukommen. In London und so weiter?« Brandt Vermeulen setzte ein höflich gelangweiltes Gesicht auf. »Die alte Gesellschaft.«

Rosa Burger lächelte bedächtig; bloß nachsichtig, fand er, und er fuhr fort: »Nein, natürlich nicht. Urlaub. Das habe ich zugesichert . . .« Und dann sah er sie einen Augenblick an, ob er auch nicht im Stich gelassen würde. Sie sagte nichts, aber ihre Mundwinkel waren zusammengepreßt und ihr Kinn vorgeschoben, als sie die Übereinkunft gelassen zur Kenntnis nahm. »Gut. Und da wir gerade dabei sind – vielleicht werden die Zeitungen in Übersee Sie aufspüren.«

»Das glaube ich nicht.« Sie hielt sich nicht für interessant.

»O doch. In England – Tochter eines Apartheidopfers besichtigt in London den Tower, Sie kennen diesen Stil ...«

Sie schüttelte den Kopf, das Kinn noch vorgestreckt; für ihn beruhigend, es war eine für Afrikaander charakteristische Geste, ebenso typisch wie das Schulterzucken eines Franzosen.

»Es gilt als vereinbart, daß Sie der Presse keine Interviews geben. *Sie* wollen doch keine Publicity, das ist nicht Ihre Art, nein. Ist das in Ordnung? Jetzt will ich keine Versprechungen machen, ich will nichts zusagen, worüber Sie sich nicht ganz klar und womit Sie nicht ganz einverstanden sind. Dann ist es gut; ich bin überzeugt. Ich hoffe nur, andere werden es auch sein.« Er setzte sein verschmitztes und ermutigendes Lächeln auf.

»Liegt noch irgend etwas vor?«

Ihre Gewissenhaftigkeit machte ihn optimistisch. »Nein, ich glaube, die Sache läuft. Es ist vernünftig, für beide Seiten.« Er zitierte ein Argument, das er irgendwo vorgebracht hatte. »*Wir* lassen es nicht an Vertrauen fehlen, wir brauchen nicht rachsüchtig zu sein, stimmt das nicht? Sie brauchen nicht als Gefangene gehalten zu werden, wie die Russen es seit Generationen mit den Familien ihrer Dissidenten machen. Wenn noch etwas vorliegt, werde ich es Ihnen sagen, ich werde ganz offen sein. Ach – noch eine Kleinigkeit – Ihr Bruder, Sie haben einen Stiefbruder?«

»Ja.«

»Sie werden ihn nicht aufsuchen?«

»Wenn ich einen südafrikanischen Paß bekomme, kann ich damit doch nicht nach Tansania einreisen.«

»Nein, nein, aber ist er nicht vielleicht irgendwo in Europa?«

»Ich hatte überhaupt nicht vor, mich mit ihm in Verbindung zu setzen.«

»Dann ist das kein Problem, gar kein Problem.« Er wollte ihr nicht zuviel Hoffnung machen, aber manchmal, wenn sie von anderen Dingen gesprochen hatten (er blieb auf dem laufenden über moderne Richtungen im europäischen und amerikanischen Denken, einmal erklärte er ihr Monods Theorie von Zufall und Notwendigkeit, ein andermal etwas von Piaget und dem Strukturalismus – das ist faszinierend – oder von den Schriften von Galbraith und B. F. Skinner), sprach er sogar von Adressen, die er ihr geben müsse, von Leuten, die sie aufsuchen sollte, gute Freunde von ihm.

Mehr als ein Jahr nach ihrem ersten Besuch bei Brandt Vermeulen erhielt Rosa Burger einen Paß. Er war gültig auf ein Jahr und für das Vereinigte Königreich, Frankreich, Deutschland und Italien, aber nicht für die skandinavischen Länder, Holland oder die Vereinigten Staaten. Sie erzählte niemandem, was sie besaß. Sie kündigte ihre Stellung bei der Firma Barry Eckhard ohne Erklärung. Sie verabschiedete sich von niemandem, außer vielleicht von Marisa. Der Staatssicherheitsdienst war nicht sicher. Sie sagte nichts zu Flora und William Donaldson und hatte Aletta oder die Terblanches seit vielen Wochen nicht gesehen – Mutter und Tochter Terblanche waren aus der Internierung entlassen, aber beide waren gebannt. Sie hatte damals keine so ständige Beziehung zu einem Mann, daß sie einen Abschied erfordert hätte. Nicht einmal die Sonntagszeitungen entdeckten, daß sie abreiste; außer dem Innenministerium, dem Büro für Staatssicherheit und Brandt Vermeulen (dem sie ebenfalls nicht Lebewohl sagte; es war stillschweigend vereinbart, daß er persönlich nichts mit ihrer Abreise zu tun haben sollte, nachdem sie gesichert war) wußte niemand, daß sie jetzt einen Paß hatte.

Er war entgegen dem ausdrücklichen Rat und der Anweisung von BOSS erteilt worden; dieses Büro konnte nicht verstehen, daß er überhaupt ausgegeben worden war, und lehnte daher jede weitere Verantwortung für das damit verbundene Sicherheitsrisiko ab. Der Fall wurde einer von jenen, die Feindseligkeit und Rivalität zwischen Ministerien hervorriefen. Dennoch gab es keine Möglichkeit, sie zurückzuhalten. Rosa Burger saß früh an einem Sonntagmorgen unerkannt in der Abflughalle des Flughafens. Ihre Beine in Jeans und ihre Stiefel waren unter der aufgeschlagenen Zeitung zu sehen, die ihr Gesicht verdeckten, sie aber nicht verbarg; als der Aufruf, an Bord zu gehen, kam, ließ das Mädchen die Zeitung sinken und lauschte, als wäre es eine persönliche Aufforderung, nur für sie. Sie schlenderte langsam über das Hallenvorfeld, verschwand im Schatten des Flugzeugflügels und – da war sie – tauchte wieder in der Sonne auf. Sie ging die metallene Einstiegstreppe hinauf zu dem dunkleren Schatten der Tür, ohne sich umzudrehen und zurückzublicken. Der Staatssicherheitsdienst sah sie einsteigen.

Ich weiß nicht einmal, ob du am Leben bist. Ich las, daß eine Jacht zwischen Durban und Mauritius verschwunden sei. Es gibt Fotografien von den Mädchen an Deck in Bikinis, »eine Erinnerung an die fröhliche Stimmung, in der das selbstgebaute Schiff erst vor wenigen Wochen ablegte«. Wrackteile, die man in weit auseinanderliegenden Strömungen hat treiben sehen, lassen darauf schließen, daß keiner auf das vorbereitet war, was geschehen konnte: der gestreifte Ballon, der die Position eines Speerfischers anzeigte, trieb an einem gerissenen Seil, ein Plastbehälter für Eiswürfel, noch mit überlackierten Flaschenetiketten verziert, wurde zwischen fauligem Seetang und Fliegen an Land gespült. Zur See, zur See; die Welt umsegeln heißt, nicht weit vom Ausgangspunkt enden. Die Welt ist so rund wie dein Nabel. Deine Nabelschau im Cottage nützt mir nichts mehr. Ich bin wie mein Vater – so, wie es heißt, daß mein Vater war. Ich entdecke, daß ich von Leuten nehmen kann, was ich brauche. Aber ich bin mir bewußt, daß ich nicht seine Rechtfertigung habe; nur die Geschicklichkeit ist mein Erbe – meine Mitgift, falls irgendein Mann interessiert ist.

Bis zur letzten Minute erwartete ich, zurückgehalten zu werden. Als der Aufruf, an Bord zu gehen, kam, legte ich die Morgenzeitung weg: jetzt, jetzt, wenn ich aufstehe, wird der junge Polizist mit seinem Schulterriemen und Revolver und dem krächzenden Walkie-Talkie, der an der Tür blinzelt, mich auffordern, beiseite zu treten. Ich hätte es schon früh bleibenlassen können, sozusagen ehe es begann. Die ersten Leute, bei denen ich es versuchte, hatten Angst vor mir; ich spürte, sie konnten mich nicht schnell genug loswerden, um meine Fußspuren von ihrer *stoep* wegzuwischen. Diejenigen, die keine Angst hatten, waren nicht einflußreich. Ich hätte es aufgeben können. Es läßt sich vorher nicht feststellen, ob jemand genug Einfluß hat. Und ebensowenig, ob er im Broederbond ist oder nicht. Obwohl ich vielleicht danach hätte fragen sollen? Bin ich die einzige, der er darauf geantwortet hätte?

Seltsam ist, daß mein Vater sich dieselbe Art von Illusionen über Brandt Vermeulen machte wie dieser sich über ihn. Abgesehen davon, daß mein Vater das als eine Sache der Vergangenheit ansah, eine versäumte Gelegenheit, nicht als etwas, das sich aus der einen oder anderen ihrer jeweiligen Utopien hätte ergeben können. Lionel schüttelte den Kopf, sprachlos vor Verwunderung, über die Exegese der Apartheid, mit der Brandt Vermeulen Rotary Clubs und politische Seminare aufklärte. »Mann! Er hätte keine Bedenken, Kierkegaards *Entweder – Oder* gegen Hegels Dialektik anzuführen, um zu beweisen, wie berechtigt die Rassentrennung bei Toiletten ist . . .« Aber gleichzeitig hielt Lionel Brandt Vermeulen für ein Opfer seiner historischen Situation; mit seiner Intelligenz hätte er sich von Rechts wegen für die ZUKUNFT und nicht für das *volk* entscheiden müssen. Es mag sein, daß ich mich daran noch dunkel erinnerte, als ich zu ihm ging. Jedenfalls stellte ich fest, daß er keine Angst hatte.

Angst hatte er nicht; er war fasziniert. Der Zustand der Faszination kann eine Funktion von Eitelkeit sein. Selbst die schüchterne Frau, die meinen Vater verriet, wurde in Faszination versetzt, weil sie sich vorstellte, sie sei beherzt, was sie gern gewesen wäre, und diese Vorstellung erhielt sie von ihm. Brandt – wie schnell wurde er »Brandt«, und wie sehr gefiel es ihm – war vorsichtig, aus Klugheit, weil er sich bemühte, Schnitzer durch Übereilung oder Mangel an Strategie zu vermeiden, aber das wurde immer aufgewogen durch Faszination – nicht, daß er von mir fasziniert war, das Weibliche spielte dabei gar keine Rolle, sondern von dem, was er tat. Da war ich, der endgültige Beweis seines Eklektizismus, und saß – endlich – in seinem Haus neben dem Torso mit der querliegenden Vagina, Burgers Tochter, nach Rosa Luxemburg und *Ouma* Marie Burger genannt. Als ich mich weiterhin bei ihm einfand, erkannte ich, daß ein Paß, den ich erhielt, ihn von seinen letzten Zweifeln befreien würde. Ich bot mich an, ihm seine Chance zu verschaffen, um zu beweisen, daß das *volk*, das trotz meines Vaters und seinesgleichen ein machtvoller Staat geworden war, es nicht nötig habe, das zu fürchten, was in meinem Vater nicht gestorben war und das Brandt in mir sehen wollte; um zu beweisen, daß ein Individualist wie Brandt Vermeulen weiterhin dem *volk* verpflichtet sein konnte, ohne »weitreichende Sympathien« und »großzügiges Verständnis« zu opfern; daß »Kleinlichkeit und engstirnige, strafende Beschränkungen« in den Keller des Staatsmuseums gebracht wurden zusammen mit den Schildern *Nur für Weiße* an Parkbänken, die dem Land eine so schlechte Presse im Ausland eingetragen hatten.

Ich hoffte, zurückgehalten zu werden. »Détente« (falsch ausgesprochen und falsch angewandt) ermöglichte meinen Paß. Brandt Vermeulen wollte an die »neue Dynamik« glauben, wie er sie gern nannte. Ich saß in seinem schönen alten Haus als eines der Beweisstücke; wenn er für Burgers Tochter einen Paß bekommen konnte, damit sie wie jeder andere reist – wenn Burgers Tochter bereit war, wie jeder andere zu reisen –, wer konnte dann behaupten, das Regime lasse keine Anzeichen erkennen, daß es die Richtung des Wandels eingeschlagen habe?

Als der 24. April kam (ich weiß, du magst meine Gewohnheit nicht, private Ereignisse mit öffentlichen Daten zu bezeichnen, aber öffentliche Ereignisse sind in meinem Leben so oft die entscheidenden), glaubte ich, ich würde zurückgehalten werden. Es wäre Schluß damit. Die Hälfte der weißen Mauer war in sich zusammengestürzt; die Portugiesen waren erledigt. Dick hatte sich nicht zu weit in die Zukunft hineinversetzt, als er vor vielen Monaten durch das Wagenfenster mit mir sprach. Aber inzwischen war Brandt ganz festgelegt auf seine Art von Freiheit. Er hatte mir gesagt, welche Bedeutung er dem *menschlichen Maß* der Handlungszweckmäßigkeit (die gedrängte Ausdrucksweise ist seine) beilegt; das bedeutete, daß man, sobald man die Kierkegaardsche Vorstellung, für die man leben oder sterben muß, gefunden hat, deren Zweckmäßigkeit in der Theorie leidenschaftlich verfechten und gleichzeitig die schwierige Aufgabe der persönlichen, praktischen Verantwortung übernehmen muß, sie täglich zu interpretieren und zu fördern. Er hielt mir einen formlosen, tischgesprächähnlichen Vortrag über die rühmliche Entwicklung des Dialogs, beginnend mit Plato, dann der Dialog mit dem Ich, der in der »Vorster-Initiative« kulminiert, der Dialog zwischen Völkern und Nationen. Mit mir nahm er diese Verantwortung nach menschlichem Maß auf sich; für ihn waren Nachmittage mit Rosa »Dialog« in der Praxis.

Andere, die geistig weniger anspruchsvoll sind als er, streben nach menschlichem Maß in den Räumen, die nur mit der Grundmöblierung für Vernehmungen ausgestattet sind, und ziehen Feinde auf ihre Seite, die aus der Einzelhaft vorgeführt werden, die stehen müssen, bis sie umfallen, getreten, geschlagen, in Wasser getaucht und terrorisiert werden, bis sie sich unterwerfen. Nachdem ich in den Sekunden, bis mir die Tür geöffnet wurde, beobachtete, wie die Wespe sorgfältig ihr Nest baute, betrat ich jedesmal ein Haus, das für meinen Vater nicht existierte und in das er mich niemals geschickt hätte, niemals, obwohl er mich in Gefängnisse gehen ließ; in das er selbst nie den Fuß gesetzt hätte, obwohl ich von ihm und meiner Mutter die Notwendigkeit, von der Linie abzuweichen, geerbt hatte, verschlagen genug war, um hierherzugelangen – in ein Haus, in dem ein Treffen möglich war zwischen jenen, für die die Hautfarbe ein absoluter Wert ist, und denjenigen, für die sie überhaupt kein Wert ist; ein Haus, dessen beschämendes Dasein eine Möglichkeit anerkennt, daß es etwas zu sagen gebe zwischen Wanderbergleuten, Fabrikarbeitern, heimatlosen Dienstboten, landlosen Bauern und der Klasse und Hautfarbe, die von ihnen lebt. Frieden. Land. Brot. Aber Brandt kennt nur die langen Wörter – ethnischer Fortschritt, getrennte Freiheiten, multilaterale Entwicklung, pluralistische Demokratie. Um der Welt zu zeigen, daß Südafrika, »an seinen Grenzen belagert von feindlichen Staaten«, nur diejenigen einkerkert und interniert, die seine Sicherheit von innen aktiv bedrohen, war es mehr denn je notwendig, seine Gutgläubigkeit und das Festhalten an der *dietent* durch die richtigen konzessiven Gesten im Inland zu beweisen. Für Brandt war es notwendig, bei dem Abkommen über Burgers Tochter seinen Freunden höheren Orts gegenüber fest zu bleiben. Sie hatte sich damit einverstanden erklärt, mit niemandem im Ausland in Verbindung zu treten, der zählte; nicht einmal nach Holland oder Skandinavien würde sie gehen, wo Antiapartheid-Gruppen und solche, die die Freiheitskämpfer unterstützten, höchst aktiv waren, und ihre kommunistische Vorgeschichte war gewiß ein Hindernis für ihre Einreise in die Vereinigten Staaten, wo schwarze amerikanische Lobbies für einen Wirtschaftsboykott sich um ihre Unterstützung bemüht hätten.

Nichts hielt mich zurück. Bis zur letzten Woche glaubte ich immer noch, ich würde mich selbst zurückhalten. Es ist schwierig, zu glauben, daß die Tatsache, daß ich zu gleichgültig bin, um mich als interessant für Zeitungen anzusehen, sich in eine Garantie verwandeln könnte, daß ich von der feindlichen ausländischen Presse nicht interviewt würde. Es ist nur zu einfach, nicht an der Aussicht interessiert zu sein, die alten verbannten Mitstreiter meines Vaters zu treffen, die mich ebenso erwartungsvoll aufnehmen würden wie die alten Terblanches und ihre Tochter. Es schien kaum eine Verpflichtung zu sein. Und alles, was ich über meinen Bruder zu sagen hatte, den anderen Sohn meines Vaters, war die Bemerkung, daß ein südafrikanischer Paß in Tansania nicht anerkannt werde. Damit habe ich ihn so weit von mir weggerückt, als sei auch er als Kind ertrunken, oder wie Baasie, meinen kleinen *kaffertjie*, der irgendwo, in irgendeiner schwarzen Vorstadt, womöglich in einem Gefängnis, verschwunden ist, wo ich ihn nicht finden kann.

Nachdem ich den Paß angenommen hatte, nachdem ich abgereist war – ich weiß nicht, was sie gesagt haben: die Getreuen. Sie hätten es bestimmt nie von mir geglaubt. Vielleicht kamen sie auch gar nicht auf den Gedanken, so etwas von mir zu glauben, weil sie es sich damit erklärten, daß ich Anweisung erhalten hätte auszureisen, immerhin eine so gewagte und geheime Anweisung, daß nicht einmal einer von ihnen es erfuhr. Meine so langwährende Inaktivität stellte sich ihnen daher als eine Absicht dar, auf die sie um meinetwillen immer gehofft hatten. Und auf welche Weise es mir gelungen war, Papiere zu bekommen – das zeigte einfach, was ein Revolutionär alles auf sich nehmen muß. Ich denke darüber nach, was sie denken müssen. Höre, Conrad – was immer ich zu dir über sie gesagt habe, wie immer sie mir vorgekommen sein mögen, seit ich von ihnen frei war, sie sind es, auf die es ankommt.

Ein Esel. Den wahren Grund, warum ich wegfuhr, würdest nur du glauben. Tatsächlich wird es für mich nur glaubwürdig, wenn du ihn glaubst. Ich erkenne diesen Grund als Teil der Art und Weise, wie mein Leben kodiert ist, seit du mich im Cottage zwangst, solche Sachen zu lesen; aber der Kode ist mein eigener, nicht deiner, nicht ihrer. Ein Esel. Ein Esel. Eine Sache für den Tierschutzverein. Lionel hatte eine fast sentimentale Liebe zu Tieren, er hat einer Möwe das Bein mit Leukoplast geschient, als wir in Quagga Mouth campten, als wir Kinder waren; meine Mutter fand, allzu viele Menschen in unserem Land, die sich um Tiere kümmern, kümmerten sich nicht um Menschen – sie selbst hatte für Tiere nichts übrig. Ein Methylalkoholiker tot auf einer Parkbank. Eine Sache für die Sozialfürsorge. Derlei Dinge rühren mich jetzt – wenn ich »rühren« sage, meine ich nicht zu Tränen oder Zorn. Ich meine eine plötzliche Verschiebung, eine heftige Umwälzung, eine unkontrollierbare Verlagerung, lauter Begriffe, deren äußerer Aspekt eine unbedeutende Verwerfung ist, hochkant stehend, emporgehoben wie riesige Findlinge, noch nach der Erde riechend, die an ihnen klebt. Eine Verschiebung, die mich körperlich überkommt, so wie Därme sich heftig rühren, wenn ein Reizstoff im Verdauungskanal einen Schalter anknipst. Erde, Gedärme – ich weiß nicht, welcher Metaphern ich mich bedienen soll, um den Prozeß zu beschreiben, durch den ich meine eigenen Metaphern für das Leiden schaffe.

Der Paß lag auf dem Brett im Wandschrank. In der ledernen Kragenschachtel mit den Messingschlangen der Sanitätstruppe und der Uhr meines Vaters – ich hatte alles von ihm weggegeben, was für andere noch von Nutzen sein konnte, sogar seine medizinische Bibliothek, aber der einzige, dem ich die Uhr gern geschenkt hätte, war Baasie, und ich wußte nicht, wo er steckte. Der Paß lag da an dem Tag, an dem ich bei Flora Donaldson zum Mittagessen eingeladen war. Ich dachte daran, als Flora stand, um die Lammkeule zu tranchieren, und laut sprach, um gegen die verschiedenen Unterhaltungen bei Tisch anzukommen. »Gut durchgebraten, leicht rosa? Hätte jemand lieber Quittengelee statt Minzsauce?« Es bereitete mir eine kindische Befriedigung, mir auszumalen, wie sie reagieren würde (Messerspitze in der Luft mit einem daran baumelnden Stückchen Fleisch, Gesicht qualvoll schwankend zwischen Erstaunen, Neugier und Unentschlossenheit, ob sie entzückt oder entsetzt sein solle), wenn sie es wüßte. Wahrscheinlich würde sie zu dem Schluß kommen, daß Feiern die richtige Reaktion sei: hört mal alle zu! Wir haben Neuigkeiten! William war damals gekränkt gewesen, als sie gleich nach Lionels Tod so eifrig beschäftigt war, mein Leben für mich zu deichseln, und die Vermutung äußerte, ich könnte in Erwägung ziehen, das Land zu verlassen. Er ist nicht eigentlich einer von uns, während die gute alte Flora ein Amateur ist, was ihre Wahrnehmungen und ihre Taten betrifft. Ein manchmal talentierter und tapferer Amateur; die Getreuen müssen auf der Hut sein vor Abenteurertum in ihren Reihen, aber man kann es sich zunutze machen, wenn es sich im Temperament von anderen findet – Flora war es, die Nelson Mandela in ihrem Weinkeller versteckte, als er vor dem Rivonia-Prozeß mehrmals illegal ins Land kam und es wieder verließ. Wenn ich bei ihnen zur Rechten ihres Mannes William am Tisch sitze, dann betrachtet mich Flora gern als eine Tochter des Hauses: Lionel Burgers Tochter, und er sieht in mir die Akademikerin, wie mein Vater.

Flora hatte nicht gesagt, daß sie noch andere Gäste erwarte. Sie hatte nur sehnsüchtig gemeint, sie und William und ich hätten schon so lange kein ruhiges Gespräch mehr gehabt und gemeinsam gegessen. Noch drei Leute waren da; ein stattlicher, semitisch aussehender indischer Rechtsanwalt aus Durban (für mich? Er saß bei Tisch rechts von mir), eine weiße Juristin, die so tadellos gepflegt war, daß sie glasiert wirkte; und Mrs. Daphne Mkhonza, eine gewaltige Masse von marineblauem Nylon, mit Lackschuhen und vergoldetem Modeschmuck, wie die Frau eines Afrikaander-Ministers bei der Parlamentseröffnung. Flora gelingt es immer noch, diese gemischten Mittagsgesellschaften aus den sechziger Jahren abzuhalten, obwohl es schwierig sein muß, jetzt Schwarze zu finden, die dazu kommen wollen.

Mrs. Mkhonza wird auf den Frauenseiten weißer Zeitungen oft groß herausgestellt als Beispiel dafür, was Schwarze trotz ihrer Benachteiligungen erreichen können. Sie ist eine der wenigen schwarzen Kleinkapitalisten – Marisas Vetter Fats würde sie eine Großkapitalistin nennen –, die es irgendwie fertigbringt, einige Gesetze zu umgehen, die Schwarze daran hindern, in dem Umfang Handel zu treiben, durch den Weiße zu Großkapitalisten werden. Sie besitzt Konzessionen für

Tankstellen in allen schwarzen Gebieten von Transvaal sowie Gemischtwarenhandlungen und treibt – wie Marisa die Geschichte von Erfolg und Unternehmergeist ergänzt – Mietwucher; durch Beamtenbestechung gelingt es ihr, Häuser in schwarzen Vorstadtsiedlungen zu pachten, dann vermietet sie zu horrenden Preisen Zimmer in ihren Slums an Leute, die wegen der Zuwanderungskontrolle nicht darauf hoffen können, dort legal eine Unterkunft zu finden. Marisa selbst bedient sich manchmal der Dienste von Mama Mkhonza, wenn sie unbedingt einen Unterschlupf für jemanden finden muß, dessen Anwesenheit in Soweto nicht bekannt werden darf. Mrs. Daphne Mkhonza mag eine Ausbeuterin von Schwarzen sein nach dem Vorbild der Weißen, die sie wegen der Initiative, mit der sie ihre Lage verbessert, bewundern, aber sie ist auch eine Schwarze: sie wird ebenso akzeptiert wie die schwarzen Polizisten.

Als wir uns zu Tisch setzten, unterstrich die weiße Juristin die soziologischen Aspekte von Rechtsfällen, die sie zu bearbeiten hatte – sie ist Gutachterin bei einer Beratungsstelle, die hauptsächlich Mischlingsfrauen, Ansiedler ohne Rechtstitel und Mittellose betreut –, daß nämlich die Strafverfolgung wegen Inzest, Vergewaltigung und böswilligen Verlassens eher eine Anklage gegen die Lebensbedingungen als gegen individuelle verbrecherische Neigungen seien. Wen soll man bestrafen, wie dem Übelstand abhelfen? Was sie sagte, war prägnant analysiert und wahr; ihr mit der Serviette abgetupfter Mund formulierte und ihre Hände mit der zurückgeschobenen Nagelhaut umschrieben das menschliche Elend. Ihre gepflegte Erscheinung war vielleicht ein Schutz vor der sich selbst zum Scheitern verurteilenden Art des guten Werks, das sie tat. In einer solchen Gesellschaft ist niemand so geschmacklos, auf dieses übliche Charakteristikum der »Arbeit im Rahmen des Systems« hinzuweisen. Wir alle hörten, von Flora im Auge behalten, respektvoll zu; William mit einer Höflichkeit, die, wie er hoffte, als Bewunderung, oder was immer verlangt wurde, gelten konnte. Der indische Rechtsanwalt steuerte ein paar berufliche Anekdoten aus demselben Kontext bei, wobei sich die Betonung ein wenig änderte – es gebe Gesetze, ob wir das wüßten?, Gesetze, die in Natal immer noch in Kraft seien, wonach ein indischer Ehemann seine Frau wegen Ehebruchs ins

Gefängnis einweisen lassen kann. Ein Relikt aus der Zeit, als Landarbeiter aus Gujerat hergebracht und zur Arbeit auf den Zuckerrohrfeldern dienstverpflichtet wurden, und daher komme es, daß der südafrikanische Inder dieses Image nicht loswerde und in seinem Geburtsland immer und ewig ein Fremder ist, dessen Sitten und Gebräuche ein anderes Verhaltensmuster ergeben. Das allgemeine Thema der Unterhaltung und Floras gegenwärtiges Anliegen waren ein und dasselbe. Mrs. Eunice Harwood wollte schwarzen und weißen Frauen bewußt machen, welche Rechte sie besitzen, zuerst einmal in bezug auf ihre Kinder, ihr Eigentum und ihre Person; Mrs. Daphne Mhkonza war nicht nur eine wirtschaftlich emanzipierte Schwarze, sie war auch eine schwarze Frau, die weiße Geschäftsleute mit deren gezinkten Karten schlug. Auf politischen Ökumenismus ausgerichtet, sah Flora zweifellos ein Engagement im Kampf für die Rechte der Schwarzen als eine natürliche Fortsetzung des peinlich genau verfassungsgemäßen Einsatzes der Juristin an, und Mama Mkhonzas Anwerbung für das System – Orde Greer würde von mir erwarten, daß ich es so ausdrücke – als einen Angriff auf das System. Der aktuelle Grund, gemeinsame Sache zu machen, war die Frauenbefreiung, und der Lammbraten war die Sorge für das leibliche Wohl von Floras kleinem Ausschuß, der eine Versammlung am selben Nachmittag leiten sollte.

»Wo?« Wenn es stimmt, daß William verfügt hatte, Flora müsse sich derzeit auf harmlose, liberale Betätigungen beschränken, dann fühlte er sich jetzt verpflichtet, einiges Interesse daran zu bekunden.

Sie legte Messer und Gabel hin und sah ihn groß an, dann lächelte sie in die Runde, um alle an dem Schauspiel zu beteiligen. »Hier, Liebling, hier. In deinem Haus.« Die kokette ehefrauliche Offenheit war die einer Frau, die keine Ehebrüche mehr zu verheimlichen hat und es genießt, einen unschuldigen Flirt kundzutun. Soll er doch dankbar sein, daß es nur eine Versammlung war, die hier stattfand, in seinem Haus, ganz harmlos, zu harmlos vielleicht, um für BOSS sehr interessant zu sein, dessen Mann – oder in diesem Fall Frau – gewiß dasein würde, denn es ist eine Sache der routinemäßigen Überwachung, wann immer Weiße und Schwarze gemeinsame Ziele geltend machen.

Und natürlich sollte auch ich da hineingezogen werden – darum war ich zum Mittagessen eingeladen worden, obwohl Flora genau weiß, daß meine Lage als namentlich erfaßte Person bei Versammlungen prekär ist. Jemand wie ich darf dabeisein, solange der Zweck der Versammlung nicht als irgendwie politisch aufzufassen ist. Man kann sich an der Diskussion beteiligen, ja; aber der Beitrag darf nicht zu Protokoll genommen und in der Presse darf nicht darüber berichtet werden. Der Staatssicherheitsdienst hat inzwischen aufgezeichnet, was man gesagt hat. Und wenn das Diskussionsthema politische Rechte berührt, zum Beispiel die Rechte von Frauen, wie unsereiner (die Getreuen und ihre getreuen Trabanten, die Floras) sie sehen ... die Unterdrückung schwarzer Frauen vor allem durch rassische und erst in zweiter Linie durch Geschlechtsdiskriminierung ... Meine Teilnahme könnte als Zuwiderhandlung ausgelegt werden und mich vor Gericht bringen; Flora, darauf vorbereitet, brachte ihre Erklärung vor: »Du bist Williams Gast, nicht meiner. Mh? Stimmt das nicht? Warum sollte es nicht so sein, du bist zufällig hergekommen, um ihn zu besuchen, während ich in unserem Wohnzimmer eine Versammlung abhielt.«

Es ist wahr, ihre Freunde – von unserer Art – haben es seit eh und je verstanden, die kleinen Fußfesseln abzustreifen, die unser Leben behindern. Ich wußte so gut wie jeder andere, wie ich unangenehm auffallen und die Gerichte als die einzige politische Tribüne benutzen konnte, die mir erreichbar war, um meinen Namen in die Zeitungen zu bringen und deutlich den Maulkorb erkennen zu lassen, den ich im Rahmen der Familientradition geerbt habe, denn nur mein Name – Lionel Burgers Tochter, die Letzte des Geschlechts – darf erwähnt werden, nicht meine »Äußerungen«. So werde ich von den Leuten wahrgenommen, die den Namen lesen. Ich bin ein Gespenst. In diesem Land, unter ihnen. Ich spreche nicht. Außer mit dir, nach einer Gewohnheit, die ich im Dunkeln in deinem Cottage spät angenommen habe.

William erhob natürlich Einwände. Rosa solle es nicht riskieren, aufgegriffen zu werden bloß wegen irgendeiner verdammten Versammlung. Ich lachte, damit sie aufhörten, sich über mich zu zanken. Mrs. Eunice Dingsda mit dem Gesicht, das so schön bearbeitet war, als sei es ein Porträt und gar kein

Gesicht, betrachtete interessiert, wie eine namentlich erfaßte Person aussieht. Mama Mkhonza empörte sich majestätisch zu meinen Gunsten. »Ent – setzlich! Ehrlich! Diese Leute! Wirklich schrecklich. Was wollen sie denn mit einem jungen Mädchen? Warum können sie einen nicht in Frieden leben lassen!«

»Wie jeder andere« – ich hatte es Brandt Vermeulen versprochen. Und mir war klar, mir allein, da ich den Paß im Schrank vor mir sah, daß Floras Versammlung dasjenige war, was mich zurückhalten könnte. Ich brauchte nur freundlich über Williams ängstliche Bedenken zu spotten, Floras Erwartungen entsprechen, still zwischen den Frauen zu sitzen und mir die Tagesordnung anzuhören; dann aufzustehen und meine Meinung zu sagen. Ich habe Vertrauen zu BOSS; eins der Gesichter, nicht so leicht zu erkennen wie die der Männer gewöhnlich, aber bestimmt da, würde sich die Anwesenden notieren – meine Anwesenheit. Ohne daß es jemand erfuhr, würde der Paß im Schrank, von dem niemand etwas wußte, vom Innenministerium für ungültig erklärt. Die Polizei würde die sofortige Herausgabe verlangen. Ich müßte ihn zurückgeben, ohne ihn benutzt zu haben. Vielleicht würde es keine Anklage oder Gerichtsverhandlung geben; nur der Paß würde zurückgefordert, ihr Teil an dem Abkommen widerrufen werden.

»Es wird eine buntgemischte Gesellschaft von Frauen sein. Weiß Gott. Alle möglichen Sorten, hoffe ich. Aber engagiert. Wir haben die Sache mehr oder weniger auf Vertreterinnen verschiedener Organisationen und ein paar prominente Persönlichkeiten beschränkt, die alte Daphne Mkhonza, ja – wir wollen nicht bloß einen Haufen Weltverbesserer und Kirchenfrauen, wir müssen die weißen städtischen Werte fallenlassen und ein paar hartgesottene Leute mit Mumm an Land ziehen, die ins Auge fallen. Ich wünschte, die Schnapsbudendamen kämen; und weiße Prostituierte – warum nicht? Ich mache mir keine Illusionen darüber, daß wir die radikalen schwarzen Mädchen in den Studentenbewegungen erreichen werden, obwohl ich ganz vielversprechende Kontakte zu Turfloop und Western Cape habe. Hat nichts zu sagen. Selbst wenn wir uns ein bißchen näherkommen können – um die Kluft zwischen den politisch bewußten jungen Frauen, diesen hinreißenden schwarzen Mädchen mit der *holoha*-Frisur –, findest du es nicht wunderbar, wie sie aussehen? Diese Art von ›Chaos und scheiß drauf‹ – und den gewöhnlichen schwarzen Frauen zu schließen. Sie dazu bringen, sich als jemanden zu sehen, der wieder etwas tun kann, du bist zu jung, um dich daran zu erinnern, aber die Frauenbewegung im ANC war eine Wucht – und gleichzeitig diese guten Seelen in den weißen Vororten (im Grunde sind sie wirklich engagiert) dazu zu bringen, die Menschenrechte *als Frauen* anzupacken ... gemeinsam. Ich glaube, es ist möglich, neue Ressourcen anzuzapfen, vielleicht ... Eunice Harwood ist *beängstigend* professionell, nicht wahr?« Flora hatte mich für eine kurze Instruktion beiseite genommen; wir bestrichen Kuchenbrötchen mit Butter.

Ich hielt mich im Hintergrund, als die Damen kamen; William und ich saßen mit den kalten Kaffeetassen vom Mittagessen in dem kleinen, gepflasterten Innenhof, den Flora vor dem Eßzimmer hatte anlegen lassen, hörten Autotüren zuschlagen und eifrige Begrüßungen, gehauchtes Gelächter und orgelndes afrikanisches Gemurmel höflicher Antworten und den aufzählenden Tonfall, an dem man Vorstellungen erkannte, ohne daß Namen verständlich wurden. Wir waren beide zu bequem – und zu nebensächlich –, um aufzustehen, er, um Unterstützung zu bekunden, und ich, um es mit eigenen Augen zu sehen, und so diskutierten wir darüber, welche Triebe der Spalierbäume wo an den Mauern gezogen werden sollten. »Findest du nicht, herabhängende Granatäpfel, dieses Rot gegen den weißen Putz ... Ich will es mit Granatäpfeln probieren. Hast du diese meilenlangen Pfirsich- und Birnenspaliere an den Straßen in der Po-Ebene gesehen ...« Der rücksichtsvolle William machte diesen taktlosen Hinweis auf die Leichtigkeit, mit der er die Welt bereisen konnte, sofort ungeschehen, indem er die Frage in einen kleinen ehelichen Scherz verwandelte. »Ich sehe nicht ein, warum es für einen Granatapfel unnatürlicher ist, am Spalier gezogen zu werden, was meinst du dazu? Flora wirft mir das dauernd vor, aber dann ist es überhaupt ›unnatürlich‹, Bäume zu beschneiden.« Die Damen schienen jetzt alle im Haus zu sein; wir sahen uns an und kicherten leise. »Ein schöner Haufen.« William setzt bei mir eine ebenso liebevolle Nachsicht wie die seine mit Floras Aktivitäten voraus, die er angeblich selbst eingeschränkt hat. Als ich meine Seiten des *Guardian Weekly*, den wir uns geteilt hatten, weglegte und ins Haus ging, sah er über die Zeitung hinweg herüber, sagte aber nichts. Den Augenblick, in dem er hätte fragen können, wohin ich gehe, bestimmte ich. Ich ertappte mich, ein fast beschämender Moment, bei der Mißdeutung, der seine Besorgnis zum Opfer fallen würde. Aber ich hatte mich in ihrem Haus immer frei bewegt; ich hätte genausogut nach oben gehen können, um auf dem Bett in »meinem« Zimmer ein Nickerchen zu machen, oder nach unten auf die Toilette mit dem Blick auf das Poster von Amnesty International auf der Innenseite der Tür.

Ich ging um Floras Versammlung herum und setzte mich hinten hin. Die Sitzung hatte gerade begonnen. Nach dem Würfel der Innenhofsonne verwandelten dunkle, atmende Flecken, mit Licht bepelzt, das große Wohnzimmer. Alle – ich begann, sie richtig zu sehen – zusammengedrängt auf den mittleren und hinteren Stühlen, die schwarzen Frauen von jeher gewohnt, daß ihnen ein zweitrangiger Status eingeräumt wird, und die weißen, weil sie sich scheuten, die besten Plätze einzunehmen. Floras muntere und drängende Proteste führten zu quietschendem Stühlerücken, einem allgemeinen Vorwärtsgeschiebe und Gerede; ich fühlte mich wohl, wo ich war – ihr aufmerksamer Blick nahm mich wahr, ein vorsichtiger Vogel hoch oben auf einem Telegrafenmast. Nach den Ansprachen der weißen Juristin und einer schwarzen Sozialarbeiterin sprach eine hübsche, sirupäugige Inderin mit einem leichten Fleischwulst am Zwerchfell, der bei der von ihr gewählten verführerischen Spielart des Kleides der östlichen Frauenunterdrückung sichtbar wurde, von Erhebung und schwesterlichem Verhalten. Mit meisterhafter Aussprache afrikanischer Namen rief Flora dauernd Leute auf, das Wort zu ergreifen. Einige waren wie von Autoscheinwerfern erfaßte Hasen, aber andere beugten sich vor auf den gemieteten Stühlen und bemühten sich, die Aufmerksamkeit auf sich zu lenken. Eine weißhaarige Frau mit der königlich zurückhaltenden Geduld einer alten Wohltätigkeitsvereinsvorsitzenden hielt immerzu einen vergoldeten Kugelschreiber hoch. In meiner halbleeren Reihe konnte eine schwarze Frau, auf die zwei Freundinnen flüsternd einredeten, nicht zum Sprechen gebracht werden.

In respektvollem Schweigen angesichts der Schwäche unseres Geschlechts, des Fleisches, die über jede von uns Frauen kommen kann, wurden schwarze Matronen langsam, Hinterteil und Bauch, an Knien vorbeigereicht zu dem Tisch, auf dem Flora ein Mikrophon aufgebaut hatte. Andere sprachen von der Stelle aus, wo sie saßen oder standen, plötzlich ausgezeichnet durch die Gabe des Zungenredens, während Gesichter sich im Kreis drehten, um es zu sehen. Der Kreuzzug der alten weißen Frau galt der Verkehrssicherheit, eine Kampagne, bei der »unsere Bantufrauen mit uns an einem Strang ziehen sollten . . .«, und sie bangte weiter mit der zuckersüßen, schnuckigen Stimme einer tauben Engländerin der Oberschicht, während Flora mit schwungvollem Nicken der Predigt ein Ende zu bereiten versuchte. Eine Rothaarige, deren Ausdruck durch Sommersprossen so verschwommen war wie das Muster ihres Kleides, forderte leidenschaftlich, die Versammlung möge ein Jahr der Höflichkeit lancieren, um das Verständnis zwischen den Rassen zu fördern. Sie hatte ihren Slogan schon parat: LÄCHLE UND SAGE DANKE. Es gab ein leichtes Herausplatzen von Gekicher, das sich mit einem Seufzer der Zustimmung überschnitt wie ein halbherziges Responsorium in der Kirche, aber eine junge weiße Frau sprang auf, die Fäuste in die Hüften gestemmt: »Danke wofür? Vielleicht hat sich die Dame für eine Menge zu bedanken. Aber war es das Ziel der Frauenaktion, die schwarzen Frauen ›dankbar‹ zu machen für die Löcher, in denen sie wohnen, die niedrige Arbeit, die ihre Männer verrichten, die minderwertige Schulbildung, die ihre Kinder erhalten? Dankbar für die ihnen von weißen Frauen zugefügten Demütigungen, die ein privilegiertes, geschütztes Leben führen, die das Wahlrecht haben und die Gesetze erlassen . . .« Und so weiter und so weiter. Ich merkte, wie sie zögerte, als drei schwarze Mädchen in Jeans, die gerade erst gekommen waren, aufstanden und wieder gingen, als ob sie am falschen Ort wären. Eine weiße Frau hob den Arm, um sich zu Wort zu melden: »Wir brauchen keine Politik in die Gemeinschaft der Frauen hineinzutragen.« Beifall von der Gruppe, bei der sie saß. Schwarze Matronen ignorierten sowohl das weiße Mädchen als auch die schwarzen Mädchen und informierten einander eifrig in dem Gemurmel, den kehligen und schnalzenden Lauten und leisen Ausrufen ihrer eigenen Sprachen. Sie reagierten nur auf weiße Damen nach Art des Hausfrauenverbandes, die sich auf das öffentliche Gesundheitswesen und »Preissteigerungen für Verbrauchsgüter im Familienbudget« beschränkten, praktische Probleme, nun einmal das Schicksal der Frauen wie die Menstruation, die sie nicht auf andere Verhältnisse zurückführten. Die Angst der schwarzen Damen, als »Agitatoren« die Aufmerksamkeit auf sich zu lenken, und die Entschlossenheit der weißen Damen, die »nichts zu tun haben« wollten mit Politik, die doch entscheidend für die Probleme war, über die sie sprachen, erzeugte eine Wärme, die anhielt, bis die Teetassen abkühlten. Im Sonntagsstaat, plädierten die schwarzen Frauen in Perükken und zweiteiligen Kleidern eine nach der anderen für Kinderkrippen, Waisen, Blinde, Behinderte und Alte an ihren »Orten«. Sie baten um »alte« Kinderbetten, um »alte« Fibeln, um »alte« Spielsachen und Möbel, um »alte« Schreibmaschinen für Blindenschrift, um »altes« Baumaterial. Sie waren durch den Vordereingang gekommen, aber die Logik war immer noch die des Dienstboteneingangs. Sie glaubten nicht, daß sie etwas bekommen würden, das nicht ausrangiert war; keine von ihnen glaubte, daß von weißen Frauen etwas anderes zu bekommen sei, nur dafür waren sie gut.

Und wie die ältliche Schwarze neben mir mit ihrem *doek*, angeheftet die Kirchenabzeichen vom Donnerstag, mit dem linken Schuh, aus dem ein Stück herausgeschnitten war, um einem Ballen Erleichterung zu verschaffen, einer Strickjacke, die nach Kohlenrauch roch, und einer Einkaufstasche voller Päckchen in Zeitungspapier, hörten all diese Schwarzen die ganze Zeit niemandem zu; sie waren da; sie boten nur ihr Vorhandensein als Anerkennung von Rednern, Zuhörern und der Bedeutung der Versammlung an. Das war genug. Sie wußten nicht, warum sie da waren, aber als Meinungsverschiedenheiten und unvorstellbare Abschweifungen lauter wurden mit jeder halb vernehmbaren zusammenhanglosen oder würdevollen oder unbewußt komischen Rede, klarer mit jeder wortreichen Ausdruckslosigkeit, jeder ungeschickten, rührseligen oder bombastischen Formulierung der Not in einem Leben, das keine von uns weißen Frauen (bemüht, nicht über gebrochenes Englisch zu lächeln) führt oder zu führen wüßte, wie sehr Flora auch beteuert, daß wir alle eine Vagina, Gebärmutter und Brüste haben, Kinder bekommen und sie auf entsetzlich zwanghafte Weise lieben – die schweigenden alten schwarzen Frauen, immer noch gekleidet wie ehrbare Dienstboten, wenn sie Ausgang haben, obwohl sie in Floras Wohnzimmer saßen, *sie* waren das Wichtigste, das in Bewegung zu setzen Floras Versammlung nicht gelungen war. Die kosmetischen Wohlgerüche der weißen und schwarzen Damen aus dem Mittelstand und die Kohlenrauch- und vaginalen Düfte der alten armen schwarzen Frauen – ich rutschte auf dem harten Stuhl herum und nahm mit einem tiefen Atemzug in Floras Wohnzimmer das in mich auf.

Flora berührte im Vorbeigehen meine Hand, als wir in das Zimmer geführt wurden, wo der Tee angerichtet war, widerstand aber der Versuchung, mich jemandem vorzustellen, und redete mich nicht einmal mit Namen an. Unter den schwarzen Frauen waren einige, die mich kannten oder die ich kannte, weil sie zur Zeit des Konsumvereins mit meiner Mutter zusammengearbeitet hatten. Sie erkannten mich, Mrs. Cathy Burgers Schulmädchen, nicht als weiße Frau. Daß mein Gesicht erkannt wurde, sah ich bei den weißen Frauen nur am Blick des Mädchens, das aufgesprungen war, um die weißen Teilnehmerinnen an der Versammlung anzugreifen – eine freie Journalistin, wie Flora erwähnt hatte. Sie hatte sehr viel auf einen Notizblock gekritzelt. Vielleicht war sie diejenige, die für BOSS meine Anwesenheit vermerkte; ein attraktives Mädchen mit einem etwas frechen Ausdruck, in einer schwarzen Lederjacke und mit Armbändern aus Elfenbein und Elefantenhaar – wenn ihre »provokatorische« Rede andere hatte ermutigen sollen, subversive Tendenzen erkennen zu lassen, dann war ihr das in dieser Versammlung nicht gelungen. Sie aß Kuchenbrötchen und trank Tee wie die übrigen; so wie andere Leute, die ihr Pauschalhonorar erhielten, ihre *boerewors* gemeinsam mit den Mitarbeitern und Freunden meines Vaters am Swimming-pool genossen. Als die Leute aufzubrechen begannen, gab es das übliche Problem, wer von den wenigen Schwarzen mit Wagen wen mitnehmen könnte. Es herrschte Verwirrung; einige waren schon weggefahren, ohne alle wieder mitzunehmen, die sie hergebracht hatten. William wurde von oben heruntergerufen und fuhr mit einer vollen Wagenladung nach Soweto. Ich fragte Flora, ob ich jemanden mitnehmen könnte. Ihr Blick ging in die Runde. »Aber wohin?« Vermutlich machte ich eine Handbewegung oder zuckte mit den Schultern. »Vielleicht könntest du ein paar Frauen bloß bis zur Einfahrt in die Vorstadtsiedlung oder auch nur zu einer nahe gelegenen Station bringen – wenn du sowieso in die Richtung fährst ...« Sie legte ihren Arm auf meinen, verführt, und flüsterte mir ins Ohr wie ein Liebhaber: »Aber, Rosa, nicht hinein, laß dich nicht überreden, jemanden bis nach Hause zu bringen, um Gottes willen, bitte, höre auf mich.«

Aber wohin, konnte sie geglaubt haben, würde ich fahren – »in die Richtung« von irgendeiner schwarzen Vorstadtsiedlung, jetzt, da ich einen Paß in meinem Schrank hatte? Etwas voraussehend, das sie nicht wußte, machte sie sich Sorgen über die mögliche Versuchung. Sie sah plötzlich einsam aus in ihrem Haufen lächelnder, händeschüttelnder Frauen; sie sah mir beim Wegfahren mit einer lebhaften Aufmerksamkeit nach, die mir unerklärlich war.

In diesen Tagen, dieser ganzen Zeit, in den vielen Monaten, seit ich plötzlich begonnen hatte, nach Pretoria zu fahren, aber nicht ins Gefängnis, tat ich manches, ohne daß Absicht oder Entschluß einen logischen Zusammenhang ergaben. Als drei Frauen sich mitsamt ihrem ganzen Kram so hineingequetscht hatten, daß sich die beiden Türen meines alten Wagens schließen ließen, hatte ich vor, sie irgendwo abzusetzen, denn ich war auf dem Weg zu Marisa. Ich hatte sie gemieden, ohne daß Brandt Vermeulen die Vorsichtsmaßnahme erwähnen mußte. Flora hatte recht gehabt. Meine Richtung lag fest. Auf der Versammlung hatte ich nicht gesprochen, hatte nichts »geäußert«, aber ich fühlte mich – ich kann es nicht erklären – befreit von der Verantwortung für mich, mein Tun, so wie ich mir vorstelle, daß einem Spieler zumute ist, wenn er den letzten Inhalt seiner Brieftasche bis hinunter zum Futter seiner Jackentasche gegen einen Haufen Spielmarken eintauscht und sie über den grünen Fries schiebt. Was verloren wird, ist nur Geld; was ich verlieren würde, ist nur ein Paß. Es war alles äußerlich, hatte nichts zu tun mit irgendeiner Kategorie dessen, was mir wirklich im Leben widerfuhr, und paßte auch in keine. Marisa war diejenige, der Lebewohl zu sagen ich hätte vorhaben sollen, wenn ich nicht vorgehabt hätte, zurückgehalten zu werden. Ich versuche das jetzt irgendwie nach Gegenwart und Zukunft zu ordnen; nach Logik; es hatte keine und brauchte keine. Du wirst es verstehen, du wirst zustimmen: man weiß am besten, was man tut, wenn man nicht weiß, was es ist.

Natürlich hatte Flora recht. Eine alte Mama, die dreist gelogen hatte, als sie gefragt wurde, wo sie wohne, und auf den Beifahrersitz geklettert war, weil sie behauptete, dasselbe Ziel zu haben wie die anderen, erklärte, als die anderen ausstiegen, eine Bushaltestelle nütze ihr nichts, sie hätte zum Bahnhof Faraday gemußt; aber auch das ging nicht, denn sie hatte Angst vor *tsotsis* in den Samstagzügen. Gelassen und überzeugt, ich würde sie nach Hause fahren, da sie ja schon in meinem Wagen saß, fand sie es ganz natürlich, daß ich es tat.

Sie wohnte überhaupt nicht in einer offiziellen Vorstadtsiedlung, sondern in einem dieser unabgegrenzten Gebiete zwischen Wohnheimen für schwarze Arbeiter und den Schutthalden der Bergwerke am Stadtrand. Kleine Industriebetriebe haben die Grundstücke von aufgegebenen Goldminen übernommen, die Gruben sind Massengräber für Autowracks und Maschinenteile, die alten Pfefferbäume bieten Schnapsbuden Schatten, und Prostituierte legen sich für Kunden in den Sand der Halden. Da gab es noch Maulesel von Hausierern, angebunden auf abgegrasten Rändern des mit Blech übersäten *veld*; eine kleine Wellblechkirche mit zerbrochenen Fenstern, und ein halb abgehackter Pfirsichbaum als Brennholz; in verlassenen Cottages, die einst weißen Bergleuten gehört hatten, und in den Höfen zwischen Hütten aus Baumaterial, das in dem niedergewalzten Bergwerksgelände ergattert worden war, und den Backsteinmauern von Lagerhäusern – in diesem von der weißen Stadt für unbewohnbar erklärten und aufgegebenen Gebiet leben Menschen. Das war der »Ort«, von dem sie mir versicherte, es sei der richtige, und ich könne irgendwo halten bei dem Zickzack, den ich zwischen *dongas* und Findlingen auf dem Weg fuhr, den Ziegel, Blech und Rauch hart machten. Gott werde mich segnen; damit verschwand sie mit ihrem schwerfälligen Gang von einer Seite zur anderen zwischen Fahrrädern und Taxis mit Schlagseite hindurch, die sie anhupten. Vielleicht wohnte sie in Wirklichkeit gar nicht da – sie sah viel zu respektabel aus für diese Art von Lasterhöhlen, die vom Verkauf von Sex und Getränken an Fabrikarbeiter und Eisenbahner vom Rangierbahnhof lebten. Es läßt sich nicht feststellen; und Floras weiße Frauen können sich unmöglich vorstellen, wo in aller Welt sie herkommen, diese adretten schwarzen Frauen, die sie in Floras Haus treffen. Wahrscheinlich dachte die alte Mammi, sie sollte es ausnützen, wenn sie schon einen Wagen mit Fahrer hatte, und eine abgelegen wohnende Freundin besuchen – warum nicht?

Ich war meilenweit entfernt von Marisas Wohnung und dem »Ort« ihres Vetters Fats, von dem ich jemanden ausschicken könnte, um zu sehen, ob ich über Hinterhöfe in ihr Haus schlüpfen könnte. Ich war nicht einmal sicher, wie ich durch die Siedlung kommen könnte, ohne wieder bis zur Stadt zurückzufahren. Da war eine Frau mit einer Büchse voll glühender Kohle, die geröstete *mealies* verkaufte, und ich stieg aus, um sie nach dem Weg zu fragen. Sie wußte ihn nicht. Orlando hätte am anderen Ende der Welt sein können. Die von den Kolben abgestreiften gerippten, papierdünnen Hülsen bildeten eine dicke Matte um sie herum, die mir unter den Sohlen meiner Schuhe so vorkam wie damals, als Tony, die andere Marie und ich barfuß mit schwarzen Farmkindern um die Dreschmaschine auf Onkel Coens Farm herumstolzierten. Ich machte mich jetzt zu einer Bande schwarzer Kinder und Jugendlicher auf, die kleinen tanzten und sprangen zwischen aufgeregten Hunden herum, um ein Rad mit Widderhorn-Rennlenker zu befühlen, auf dem ein junger Bursche saß inmitten von anderen Jugendlichen, die Zigaretten und eine kleine Flasche mit irgendwas, in braunes Papier eingewickelt, herumgehen ließen. Ich rief sie an, aber sie lachten nur schrill und pfiffen, womit einer attraktiven Frau Bewunderung gezollt wird. Ich kam näher – lächelnd, nein, seid mal einen Augenblick ernst, sagt mir – ich hörte, daß etwas hart auf Metall aufschlug, und sah einen Stein fallen, der meinen alten Wagen getroffen hatte. Ich fuhr weg, während sie weiter lachten und schrien, als wäre ich zugleich eine Beute und ein Mädchen zum Anmachen. Ich schlug tief ausgefahrene Radspuren ein, die über das *veld* offenbar zu einer in der richtigen Richtung ansteigenden Straße führten. Der Buckel von totem Gras in der Mitte schleifte unter dem Wagen, und ab und zu scharrte die Ölwanne auf harter Erde. Der Weg nahm kein

Ende. Ich hatte mich verfangen im Gegensystem von Verkehrswegen, das auf keiner Straßenkarte erscheint und Zugang zu »Orten« bietet, die man auf keinem Plan der Stadt und ihrer Umgebung findet. Ich war eigensinnig, überzeugt, der Weg werde von einem gekreuzt, der irgendwo zur Hauptverkehrsstraße führt; einen halben Kilometer *veld*-einwärts war ein Friedhof, die gemieteten Busse ragten empor wie plötzlich auftauchende Gebäude, und die Masse schwarzer Menschen und schwarzer Regenschirme, die wie dunkle Getreidegarben auf dem fahlen, offenen *veld* standen, deutete auf eine Samstagbeerdigung hin. Ich näherte mich gerade einer unbefestigten Straße ohne Verkehrsschilder, als einer dieser Eselskarren, die sich auf den Strecken zwischen Orten, die es nicht gibt, noch erhalten haben, auf einem Weg von der anderen Seite herankam. Der automatische Reflex eines Autofahrers veranlaßte mich, mein Tempo zu verringern, denn der Karren konnte einbiegen, ohne die Geschwindigkeit eines Autos einzukalkulieren. Aber etwas war merkwürdig an der Silhouette von Esel, Karren und Kutscher; trotz krampfhafter Erschütterungen kam der Karren nicht näher. Als ich dicht heranfuhr, sah ich eine Frau und ein Kind unter Säcken vergraben, ihre Köpfe schnellten ruckweise hoch; der Kutscher in zerrissenen Hosen stand unsicher und breitbeinig auf dem Karren. Plötzlich wölbte sich sein Körper nach hinten, ein Arm gen Himmel gereckt, dann kippte der Mann nach vorn, als ob ihn ein Schuß getroffen hätte, und in diesem Augenblick wurde der Esel von einem Krampf befallen, der seine vier Beine und den Kopf nach unten in einer Schlaufe zur Körpermitte hin zusammenzog und dann Kopf und Extremitäten wieder auseinanderschleuderte; und wieder verbeugte sich der Mann heftig, und wieder krümmte sich das Tier zusammen und flog auseinander.

Ich sah die Peitsche nicht. Ich sah Qual. Qual, die von einem schrecklichen Zentrum innerhalb der Gruppe von Esel, Karren, Kutscher und Leuten hinter ihm ausging. Sie bildeten ein einziges Objekt, das sich in der Hoffnungslosigkeit einer scheußlichen letzten Energie zusammenzog. Da ich die Peitsche nicht sah, sah ich die Zufügung von Schmerz getrennt von dem Willen, der ihn hervorruft; freigesetzt, eine Kraft, die aus sich selbst heraus besteht, Schändung ohne Schänder, Folter ohne Folterknecht, blindes Wüten, schiere Grausamkeit, nicht mehr beherrschbar von den Menschen, die Tausende von Jahren damit verbracht haben, sie zu ersinnen. Die ganze Erfindungsgabe, angefangen mit Daumenschrauben und Folterbank bis hin zum Elektroschock, die unendliche Vielfalt und Abstufung des Leidens durch Prügel, durch Furcht, durch Hunger, durch Einzelhaft – die Konzentrations- und Arbeitslager, Umsiedlung, das Sibirien des Schnees und das der Sonne, das Leben von Mandela, Sisulu, Mbeki, Kathrada, Kgosana, den Möwen zur Gesellschaft auf der Insel, Lionel, zum Skelett abgemagert, von zwei Wärtern gestützt, die Todesfälle durch Folter, Körper, die von hoch oben auf den John Vorster Square stürzen, Todesfälle durch Austrocknung, Babys in den »Orten« der Verbannung ausgeweidet durch Enteritis, die Lampen, die die ganze Nacht die Gesichter der Inhaftierten bescheinen – Conrad, ich zitiere dich herbei, ich hole dich zurück von dort, wo immer du bist, damit du mich anhörst – du weißt nicht, was ich sah, was es zu sehen gibt, du *wirst* es nicht sehen, du bist zur Ruhe gekommen auf einem leeren Meer.

Erst als ich auf gleicher Höhe mit dem Karren war, das *veld* zwischen uns, erkannte ich die Peitsche. Der Esel schrie nicht. Warum gab er nicht dieses tierische Schnauben und den schrillen Marterschrei von sich, die ich schon von Eseln gehört habe, wenn auch nicht vor Schmerz, sondern in der Brunst? Er schrie nicht.

Immer wieder war er geschlagen worden. Schmerz war kein Schock, aus den Deichselarmen kann man nicht heraus. Dieser zerlumpte schwarze Mann war alt, man sah es an der Stellung seiner Beine, dem struppigen Bart, der unter einem alten Hut zu sehen war wie ein formloser Kegel. Mein Wagen rollte aus und hielt weiter weg von dem, was ich sah; er entzog sich einfach dem Druck meines Fußes und brachte mich nicht weiter. Ich saß da, den Kopf scharf gedreht, die Schultern hochgezogen bis zu den Ohren gegen die Schläge. Und dann setzte ich den Fuß aufs Pedal und fuhr weiter, wie betrunken über die Straße schaukelnd, hielt an, um zurückzuschauen, während das Schlagen weiterging, die Kraft da, Karren, verängstigte Frau und Kind, Esel und Mann, scheuten und bockten zickzack unter der Peitsche. Ich brauchte den Wagen nur auf der leeren Straße zu wenden und an diesen verrückten Fries gegen den Sonnenuntergang heranfahren, der meine Augen verwirrte. Als ich hinüberblickte, konnte ich nur die sich krümmende dunkle Gestalt sehen, durch deren Lücken sich Scheinwerferstrahlen aus blendendem, hellem Staub bohrten. Das Ding war wie eine Explosion. Ich brauchte nur auf die Szene zuzurasen mit meinem Wagen und meiner weißen Autorität. Ich hätte schreien können, ehe ich auch nur ausstieg, schreien, er solle aufhören! Und dann hätte ich da vor ihnen gestanden, unausweichlich, Zorn und Recht, Macht, vor ihnen, der ängstlichen Frau und dem Kind, dem betrunkenen, brutalen Mann, mit meinem Wissen, wie man sie der Polizei überantwortet, damit er strafrechtlich verfolgt werde, wie er es verdiente und wie er es werden sollte, damit ihm die arme, leidende Kreatur weggenommen wird, die er mißhandelt hat. Ich konnte alles, was sie waren, als die Tat darstellen, deren Zeuge ich gewesen war; ihr Leben würde schließlich offiziell durch mich, die weiße Frau, mit wenigen Worten zusammengefaßt werden – die endgültige Bedeutung eines Tages, von dem ich nicht wußte, wie sie ihn verbracht hatten, ein Tag, an dem sich noch andere schreckliche Dinge ereignet hatten, Gewalttätigkeit, Katastrophen, dringende Not, Entbehrungen, der plötzlich das werden würde und nur war, wozu er geführt hatte: der Mann unter ihnen schlug ihren Esel. Ich hätte dem Einhalt gebieten können, dem Jammer; in dem Augenblick, als ich es mit ansah. Was kann man sonst tun? Ein alter Mann dieser Art, diese Leute, die nur so leben, wie sie es verstehen, an dem »Ort«, der nicht auf der Landkarte steht, sie würden vor mir Angst haben. Ich hätte ihnen Einhalt gebieten können bei dem, was sie taten, ohne Gefahr für mich. Niemand hätte einen Stein geworfen. Vor der Peitsche war ich sicher. Ich hätte zwischen ihnen und dem Leiden stehen können – dem Leiden eines Esels.

Kaum hätte ich mich vor ihnen aufgebaut, wäre es wieder zu genau dem geworden, was es war – der Schmerz eines Esels.

Ich fuhr weiter. Ich weiß nicht, in welchem Augenblick es für mich sinnvoll ist zu intervenieren. Die Frau, die jede Woche kommt, um meine Wohnung sauberzumachen und meine Wäsche zu waschen, bringt ein Kind mit, das Bohnern und

Waschen »spielt«. Ich fuhr weiter, weil der schrecklich betrunkene Mann schwarz war, arm und verroht. Wenn jemand zur Rechenschaft gezogen werden soll, dann bin ich ihm Rechenschaft schuldig, bin für ihn verantwortlich wie er für den Esel. Dennoch war das Leiden, während ich es mitansah, für mich die Gesamtheit des Leidens. Ich tat nichts. Ich ließ ihn den Esel schlagen. Der Mann war ein Schwarzer. So fiel eine Art Eitelkeit stärker ins Gewicht als das Fühlen; ich konnte es nicht ertragen, mich – sie – Rosa Burger – als eine jener Weißen zu sehen, die sich mehr um Tiere als um Menschen kümmern. Seit ich frei bin, steht es mir frei, eine solche zu werden.

Ich reiste ab, ohne mich von Marisa zu verabschieden.

Jemand warf einen Stein, ja. Vielleicht hat einer von den Kleinen, die jüngere Geschwister auf dem Rücken tragen und die Hunde mit *voetsak* anschreien, einen Stein geworfen, der nicht für mich bestimmt war. Wenn wirklich jemand gemeldet hatte, daß ich auf einer öffentlichen Versammlung mit einem möglicherweise politischen Ziel war, so hatte es keine Konsequenzen. Nichts und niemand hielt mich davon ab, Gebrauch von dem Paß zu machen. Nach dem Esel konnte auch ich mich nicht zurückhalten. Ich weiß nicht, wie man in Lionels Land leben soll.

Conrad, das habe ich dir noch nicht gesagt. Die Jacht ist nie gefunden worden. Vielleicht habe ich mit einem Toten gesprochen: nur mit mir.

Teil Zwei

Wissen und nicht handeln
ist nicht wissen.
Wang Yang-ming

Das seidige Zelt der morgendlichen See legte sich schräg, angepflockt an winzigen Häfen, wo Boote zahm herumschnüffelten wie Tiere an einem Trog; Vaubans alte Festung kauerte sich bis ans Wasser; zwei S-förmige Gebäude ragten empor, wurden perspektivisch verkürzt, neigten sich zu dieser und dann zu jener Seite des Flügels und erhoben sich wieder. Lavendelfarbene Berge mit einer hingehauchten Schneckenspur des Schnees vom letzten Winter zogen einen diagonalen Horizont über das Aquariumfenster. Unten auf der Erde setzte das Flugzeug auf die Landebahn auf, wie sich die Möwen (durch konvexes Glas unter Flakfeuer von Tröpfchen) gegen das Meer daneben stemmten.

Passagiere, die sich nach der letzten Stufe der Ausstiegstreppe zerstreuen, haben es alle eilig, aber ihr Herankommen scheint verlangsamt, ihre Beine tragen sie nicht, sie werden durch ein Teleobjektiv gesehen. Der lange letzte Augenblick, ehe jemand erkennbar wird: eine Frau kippte sich den Tropfen geschmolzenen Zuckers, der sich auf dem Boden eines Espresso-Fingerhuts gesammelt hatte, in den Mund und stellte sich an die Glaswand. Sie hatte den Blick auf die herankommenden Gestalten gerichtet, ihr Ausdruck wurde zu einer Huldigung wie ein bereitgehaltener Blumenstrauß, aber ihr Kopf war vorgestreckt von gespannter Neugier.

Sie verließ die Bar und eilte zu der kleinen Menge, die sich an der Schranke vor der Paßkontrolle gesammelt hatte. Unter den eleganten Homosexuellen mit den Körpern von Zwanzigjährigen und Gesichtern wie Statuen, bei denen vom antiken

Original nur der Kopf übriggeblieben ist, der Blondine, deren Brustwarzen unter der Bluse zu sehen waren, dem jungen Mann mit einer Siamkatze an der Leine, den gut erhaltenen Frauen, die goldene Ketten und Hosen aus Haifischleder trugen und von Ehemännern und Pudeln begleitet wurden, den ungebärdigen amerikanischen Kindern mit nassem, blondem Haar, den schwarzgekleideten Großmüttern, einfühlsam von Töchtern gestützt, und den Säuglingen in Spitzen und Rüschen auf den Armen junger Väter in Lederjacken, war sie diejenige, welche: abgerundete knubbelige Backenknochen, leuchtend blaue Tupfer unter klumpigen Wimpern, runzlige geschminkte Lider, scheckiges Haar. Diejenige, die den Hals elegant reckte, obwohl der Busen mächtig war und sie in der wartenden Menge klein wirkte – untersetzt, und als die Beine sichtbar wurden, erkannte man die kräftigen Waden und fleischlosen Knöchel der ehemaligen Tänzerin.

Ihr Blick wanderte über die Schlange, die sich hinter der Paßkontrolle gebildet hatte, klammerte diesen oder jenen aus, kehrte noch einmal zurück und wählte aus. Sie beobachtete ein Mädchen, das herankam, blaß und still vor Müdigkeit. Das Mädchen hatte lockiges Haar – ein dunkles Mädchen – und einen Zug um den Kiefer, einen Schnitt des Mundes (das war es: der Ausdruck der Frau verstärkte sich), obwohl die Augen klar und hell waren, nicht das, was sie erwartet hatte.

Sie hatten einander gesehen. Das Erkennen spann einen Faden, an dem sie zueinander gezogen wurden, während das Mädchen an die Reihe kam; fast an der Paßkontrolle, jetzt; als sie da war, legte sie den grünen Paß auf den Schalter, damit eine Beamtenhand ihn unter der Glasscheibe durchzog; beugte sich plötzlich zur Seite, um in der bauchigen Schultertasche (stimmt was nicht? fehlt ein Dokument? – die Frau stellte sich auf die Zehenspitzen) zu kramen. Die niedergeschlagenen Augen von jemandem, der überprüft wird. Ein schwaches, seitliches Lächeln zu der sie beobachtenden Frau. (Alles in Ordnung; bloß die übliche Anwandlung von Angst eines Reisenden, man könnte an etwas zu spät gedacht haben.) Das Mädchen steckte den grünen Paß in ein Außenfach der Schultertasche und zog den Reißverschluß fest zu. Sie ging weiter; sie war durch, alles vorschriftsmäßig. Auf dem kurzen Weg durch die Sperre war sie nicht mehr durch andere

Leute halb verdeckt, sondern ganz zu sehen, ein kleines Mädchen mit einem sexy, nicht beachteten Körper (die Mutter hatte ihre eigene Schönheit auch nie beachtet, sie unwichtig gefunden) in der unvermeidlichen Jeansaufmachung, dennoch hätte man sie nie und nimmer für eine der Jugendlichen von Jachten und Hotels und Villen gehalten, die genauso angezogen waren. Hübsch. Aber nicht jung aussehend. Das Gesicht eines Kindes, das wie eine Frau aussieht. Die Mundwinkel verzogen sich, aber die Lippen blieben fest geschlossen, die seltsam hellen Augen waren mit einem Ausdruck des Staunens auf die Frau gerichtet, als ob das Mädchen in diesem Augenblick, an diesem Ort an ihrem eigenen Dasein zweifelte.

Sie hatten einander noch nie gesehen. Die abgetragenen, fliederfarbenen Leinenschuhe der Frau stellten sich zur Begrüßung kräftig nach außen. Sie hatte die Arme weit ausgebreitet, und ihr Mund stand offen, lächelnd, lächelnd.

Das Flugzeug, das Rosa Burger bestieg, flog nach Frankreich. Das Reiseziel auf ihrem Flugschein war Paris, aber nach zwei Nächten in einem kleinen Hotel, wo sie nicht auspackte, flog sie zurück in der Richtung, aus der sie gekommen war, nach Süden, nach Nizza. Dort wurde sie an einem schönen Maimorgen von einer Madame Bagnelli abgeholt, die, als sie sehr jung war, zum Sechsten Kongreß nach Moskau gefahren war, Tänzerin gewesen war oder es hatte sein wollen, und einst mit Lionel Burger verheiratet war. Sie hatte einen Sohn von ihm, der in Tansania lebt und den sie seit seiner Studentenzeit nicht gesehen hatte; sie nahm Lionels Tochter mit in ihr Haus in einem mittelalterlichen Dorf, das erhalten wurde, um an Touristen zu verdienen, und wo sie, wie die Leute, die sie in Südafrika kannten, gehört hatten, schon seit Jahren lebte.

Sie sprach die ganze Zeit und übertönte den Lärm des alten Citroën, in dem sie wie eine gluckende Henne hockte. Man hatte den Eindruck von einer Geschwindigkeit, die die Leistungsfähigkeit des Wagens überstieg, aber das lag an ihrem Fahrstil und dem Tanz der Fenster, die sich aufklappen ließen. Sie habe das schreckliche Gefühl gehabt, es wäre der falsche Tag – sie hätte gestern am Flughafen sein sollen –, sie hatte überall herumgestöbert, um es im Brief nachzuprüfen –

er war zu sorgfältig aufgehoben worden –, deshalb war sie so aufgeregt und erleichtert, als sie sah ...

»Ich hatte doch die Telefonnummer.«

»Ach, ich hatte Angst, wenn du kommst und ich bin nicht da, dann würdest du gleich wieder abfahren ... ich habe mir solche Sorgen gemacht.«

Wechseln von einer Spur zur anderen auf der großen Straße entlang dem Meer, Fetzen von Gesprächen in einer fremden Sprache, Szenen eines unvorstellbaren Lebens im Rahmen eines Autofensters und das Anhalten vor einer roten Ampel, Palmen, Nugatdüfte gegen Kohlenmonoxyd, rosa blühende Oleander, schimmernde Fische in einem zur Straße offenen Laden, flatternde Wimpel um einen Automarkt, alte Männer in Mützen mit Troddeln, die sich über Bälle beugen, Ladenschilder, die unhörbar ausgesprochen werden – »Ach das, *fort*, *château*, das ist ein und dasselbe, alle diese Schlösser waren Festungen. Das ist Antibes. Da werden wir einmal hingehen – das Picasso-Museum ist drinnen. Lieber Himmel, was bildet der sich denn ein, *quel con*, allmächtiger Gott, *ça va pas la tête, eh?* Diese Kinder auf Motorrollern fallen über einen her wie Wespen. Es ist zwölf Uhr, darum ist in der Stadt der Teufel los, alle stürzen nach Hause zum Mittagessen ... mach dir keine Sorgen, wir schaffen's schon ... Ich muß nur noch Brot besorgen – hast du Hunger? Ich hoffe, du hast einen guten Appetit, mh? Hättest du lieber Salat oder Kresse? Du mußt es sagen. Wir wollen's von Anfang an so halten, wie ich es mir denke – ich werde dich nicht wie einen Gast behandeln.«

Sie kam aus dem Bäckerladen und schob ein langes Brot durchs Fenster. Am Gemüseladen nebenan drehte sie sich um und lächelte ihrer Mitfahrerin zu. In dem hauchdünnen Einwickelpapier knisterte die knusprige Kruste des Brotes unter dem Druck von Rosa Burgers Hand; sie schnupperte daran wie an einer Blume; das Lächeln der Frau wurde breiter und besagte: los, beiß mal ab! Kinder in Schürzen wurden von barschen jungen Frauen vorbeigezerrt oder von alten in Pantoffeln, die den Bürgersteig blockierten, während sie schwatzten. Auf Balkonen aßen Männer in Westen zu Mittag. Die Tische vor einer Bar waren kleine Inseln, um die herum Leute sich mit einem Kuß auf beide Wangen begrüßten. Rosa Burger saß in dem Wagen wie ein Bild, das in einer Prozession mitgetragen wird. Hinaus aus der Stadt, vorbei an Gärtnereien und Zementfabriken, das Licht auf den jungen Blättern verkrüppelter Weinstöcke, grauköpfige Ölbäume, die zwischen Villen vegetieren, das Meer, von einer Kurve zur anderen auftauchend und wieder verschwindend: »Am Telefon wurde mir gesagt, heute abend komme eine direkte Maschine, deshalb dachte ich natürlich, mein Gott, ich habe ... dann sagte ich mir, hör auf mit dem Theater ... Ich bin so froh, daß du gekommen bist, ehe die Birnen- und Apfelblüte ganz vorbei ist ... schau mal, da oben, weißt du, wessen Haus das ist? Renoir hat da gewohnt.«

Ein schwacher Schaum, von Grün durchlöchert, auf hohlen Bäumen wie Weingläser; wo? wo? Sie staunte über einen Tag ohne Wahrzeichen. Kaum war auf etwas hingewiesen worden, da war es schon vorüber; für die Fahrerin war alles so vertraut, daß sie sah, was nicht mehr sichtbar war. Der Wagen begann sich einen steilen, kiesigen Weg hinaufzukämpfen in der parkähnlichen Abgeschiedenheit der an Flußtälern liegenden europäischen Wälder, am Straßenrand Gobelinblumen, aschgrau von Staub. Wie das Meer tauchte ein Schloß mal hier, mal dort auf. »Arme Kerle, mehr Konservendosen heutzutage in unserem Fluß als Fische, aber sie versuchen es immer wieder. Tatsächlich sieht man manchmal einen mit einem Stichling ...« Ein Schloß aus einem Aufstehbilderbuch für Kinder am höchsten Punkt von grauen und gelblich-rosa Häusern und Mauern, aufragend über die Apartmenthäuser, die wie hier verankerte riesige weiße Ozeandampfer von einem fernen Meer das Tal ausfüllten. Markisen bauschten sich; liegende Menschen ließen verträumt den Wagen als ein Bild vor ihren Augen vorbeiziehen wie das in dem konvexen Spiegel an der unübersichtlichen Kreuzung. Fensterläden waren geschlossen; unbekannte Menschen unentdeckbar dahinter verborgen. Eine Frau auf einem Velo mit einem Kind, dessen Beine durch den Gepäckträger baumelten, wurde eingeholt, begrüßt, schwankend und strampelnd überholt. »Sie arbeitet für mich, du wirst sie am Dienstag kennenlernen, was für ein Theater mit dem Kind, als es klein war, pinkelte auf mein Bett, und als es dann zu krabbeln begann! Es ging an alles ran, Kekskrümel auf meinen Papieren und Büchern – was meinst du? Zu Kindern? Ich bin vermutlich Großmutter, aber für mich ist es so lange her, seit ich ... Wie alt bist du, Rosa? Ich habe letzte Nacht darüber nachgedacht, wie alt kann sie sein, dieses Mädchen – dreiundzwanzig? Nein? Eher fünfundzwanzig? Siebenundzwanzig – mein Gott.«

Eine Frau mit Haaren, die in der Sonne wie Rauschgold aussahen, stützte sich auf einen Stock, um den Wagen vorbeizulassen, ein Mann mittleren Alters, Bauch über Jeans herausquellend, winkte mit seiner Pfeife, ein Mädchen mit einem Lächeln von orientalischer Beharrlichkeit hielt einen Spaniel, der an der Leine um sie herumtanzte, vor dem Auto zurück. »Du schläfst in einem Zimmer ganz oben, viele Treppen zu steigen, ich warne dich – aber da ist eine Terrasse, eigentlich das Dach des Nachbarhauses, aber sie haben mir erlaubt, es auszubauen. Ich dachte, du würdest gern hinausgehen können, wenn du morgens aufwachst. Ein Sonnenbad nehmen, tun, was du magst. Dich vor mir zurückziehen oder vor sonst jemandem, ganz für dich sein. Wenn's dir lieber ist, kannst du auch das kleinere Zimmer im ersten Stock haben – na ja, du wirst es dir ansehen, das Haus ist völlig verbaut wie alle hier, das ganze Dorf ist eine Kaninchenhöhle, jeder hat bei seinem Nachbarn angebaut, wenn meine Wasserleitung kaputt ist, muß man zum Nachbarn gehen, um die undichte Stelle zu finden ... du wirst es dir ansehen und sagen, ob du lieber unten wohnen willst. Aber das Zimmer liegt neben meinem; *mir* macht das nichts aus, aber dir vielleicht ... natürlich könnten wir die Verbindungstür abschließen. Das Zimmer oben war das von Bagnelli, wenn er zu Hause war ... Ich sollte es dir sagen, er starb vor vier Jahren. Da waren es fünfzehn Jahre. Wir haben in Wirklichkeit nie geheiratet, aber alle ...«

Plötzlich bremste der Wagen, der mit braunen Flecken übersäte Unterarm wurde ausgestreckt, damit Rosa nicht nach vorn fiel.

»Habe ich es dir nicht gesagt. Na also. Der Tag, die Zeit, alles war richtig. Reine Nervensache. In was für einem Zustand Madame Bagnelli vor Ihrer Ankunft war. Ich mußte hinter ihr herstürzen mit den Eiern, die sie heute morgen in der *épicerie* vergessen hatte. Mir scheinen Sie gar nicht so schrecklich auszusehen.« Die Stimme eines Mannes mit der Präzision eines englischen Bühnengeistlichen und einem langen, dicken, bartlosen Gesicht unter einer litzenbesetzten Kapitänsmütze, zum Fenster heruntergebeugt.

»Ja, wohlbehalten angekommen – Rosa Burger, Constance Darby-Littleton. Gehst du zu Fuß den Berg rauf?«

»Natürlich will ich gehen. Es ist mein Gesundheitsspaziergang. Ich dachte, mittlerweile seien meine Gewohnheiten allen bekannt.« Nachtblaue Schlitze zwischen aufgedunsenen Lidern hatten kein Weißes, keine Wimpern, und wanderten vom Fahrer zum Mitfahrer wie mechanische Augen auf einem dieser anthropomorphen Zifferblätter. Der Wagen fuhr weiter in gleicher Höhe mit Matronenbrüsten, die unter einem karierten Hemd hingen.

Auf einem unter Bäumen ausgehobenen Parkplatz sprang ein dicker junger Bacchus in zementbespritzten Cowboystiefeln von einem mit zerbrochenen Fliesen und Fensterrahmen beladenen Lieferwagen herunter: *»Madame Bagnelli!«* Ein lauter, empörter und lachender Wortwechsel; man brauchte keine großen Sprachkenntnisse, um zu verstehen, daß Handwerker und Kundin einen alten Streit wieder aufnahmen. »Er ist vorbeigekommen und konnte nicht rein! Das ist aber wirklich Pech! Wie viele Tage bin ich schon für nichts und wieder nichts zu Haus geblieben. Jetzt werde ich ihn in den nächsten sechs Wochen nicht sehen, sondern erst nach einem weiteren Dutzend Telefongespräche. Er soll mir in meinem *cave* einen Fußboden verlegen – vielmehr in der Rumpelkammer, die dann hoffentlich ein *cave* wird. Er bekommt, was immer da ist.« Oben an der Kurve, wo sich die Straße an den Ruinen der Stadtmauer gabelte, wurde der Wagen heruntergeschaltet. Das Schloß schwenkte bunte Taschentücher von nicht identifizierbaren Nationen. Der Wagen kündigte sich mit einem fröhlichen Hupsignal an und bog rechts ein. Fettige Haare und das hübsche Gesicht eines Verliebten näherten sich. *»Madame Bagnelli«*, der Mann zog drei Briefe aus seiner Posttasche und überreichte sie ihr; sie bedankten sich gegenseitig, als verschaffe ihnen das einen Genuß, und in ebendieser Sprache. Rosa Burger wurde mit einem neuen Namen vorgestellt, die Betonung auf der letzten Silbe: die Freundin – aus dem fernen Afrika! – die so adressierte Post bekommen würde.

Der Wagen fuhr an dem Postboten vorbei in eine steile, schmale Gasse, die versperrt war durch ein mit Nägeln beschlagenes Doppeltor, und Rosa wollte schon aussteigen, um es zu öffnen und zum erstenmal den Weg zu einem Haus frei zu machen, in dem sie, wie ihr gesagt wurde, hoch oben in einem Zimmer mit Terrasse schlafen würde; im Augenblick war nichts hinter dem Tor mit seinem Klingelknopf und einer Karte unter einem Briefschlitz aus Plast: *Bagnelli.*

»Wie soll ich Sie anreden?«

»Mich anreden?«

»Soll ich Sie Madame Bagnelli nennen oder ...« (Colette war der Name, »Colette Swan«. »Colette Burger«.)

Die Frau stieß sich mit den Armen, die sich auf das Lenkrad stützten, zurück; plötzlich entspannte sie sich, drehte den Kopf ganz herum mit einem Ausdruck von klammheimlicher, wollüstiger Komplizenschaft, als ob sich ihre Hand über der schüchternen, beiläufigen Frage schlösse wie über einer inaktiven, aber elektrisch geladenen Form, die durch Berührung lebendig wird. »Katya. Du nennst mich Katya.«

Am Tor war ein Zettel unter Tesafilm und eine große getrocknete Sonnenblume wie ein toter, geborstener Stern. MADAME BAGNELLI DRINGEND – Ausrufezeichen doppelt dick gemalt. Das Tor schleifte scharrend über das Hofpflaster; der Geruch von feuchtem Stein und ein nie zuvor gerochener Duft; und dann strich er über Rosa Burgers Gesicht, als die Tür geöffnet und der Koffer durchgewuchtet wurde: Flieder, echter europäischer Flieder.

»Da-da-da-da; na, das kann warten. Warum zum Teufel soll ich in dem Augenblick anrufen, in dem ich komme?« Der Zettel flog in einen Strohkorb. »Willst du gleich nach oben gehen? Nein, laß uns einfach alles abstellen. Ich habe ein bißchen (verschwimmende Farben, unscharf getüpfeltes Blattwerk und ein in unebenen Glasscheiben wogender Meereshorizont) – bloß ein bißchen bereitgestellt ...« Die Glastüren öffneten sich, der Gast war auf einem belaubten Sonnensokkel, dem Meer dargeboten auf halbem Wege zwischen Himmel und jäh abfallenden Terrassen, auf denen kleine, dunkle, mit Orangen geschmückte Bäume wuchsen. Es roch nach Katzen und Geranien. Die kunstvollen Spielzeugvillen der Toten auf einem steilen Friedhof fingen mit ihren Fassaden das Licht vom Meer auf. Sie spürte es auf den Wangen und Lidern. Sie sah – sah einen Riß auf einer weißen Urne, der eine Marschkolonne von Ameisen war, ein Boot, winzig wie ein Fingernagel, das Linien über die See zog, sah die Krampfader in der Kniekehle der ehemaligen Tänzerin, die das Tablett mit der Flasche Champagner in einem Kübel abstellte.

Sie tranken, während sie sich beide auf das Geländer stützten, große offene Meeresflächen lenkten das furzende Tukkern von Motorrädern und das kreischende Schalten von Lastwagen ab, von anderen Balkonen und Terrassen umgaben Musik und Stimmen ihre eigenen. Dann und wann drang etwas klingend deutlich zu Rosa Burger: einmal das spöttische Lachen eines Mannes, das kollernde Bellen, wenn ein Hund eine Katze auf einen Baum gejagt hat; der gellende Schrei einer Frau, um jemanden zurückzuhalten, der wegfährt. Diese Geräusche prallten leicht auf sie ein; ihre Hand spürte die stille Kühle des Glases und ihre Zunge die lebendige Kühle des Champagners. Sie setzten sich, kippelten mit den Stühlen und legten die Füße auf das Geländer zwischen Kaskaden von Geranien und Mittagsblumen, umsummt von großen europäischen Bienen in Fußballerstreifen. Die Frau streifte mit den Zehen vom Absatz her ihre Leinenschuhe ab und strich mit dem Spann ihres nackten Fußes über Kopf und Rücken einer Mankatze. (»Nicht meine, aber sie mag mich lieber als ihr Frauchen.«) Rosas Füße wurden verkrampft und gezeichnet aus den Stiefeln befreit, ihre Jeans bis zum Knie hochgeschoben. Die Frau erzählte die Geschichte des Dorfes mit der Freude von jemandem, der sich den Eindruck des Zuhörers vorstellen kann, der nichts dergleichen je gesehen hat. »Die Adligen waren Raubritter, von den Kreuzzügen bis zu den Kasinos, Lehnsherren – oder meine ich Souveräne –, sie waren keine Könige.« Sie lachten beide unbeschwert wie Haremsdamen. »Feudale Ausbeutung (diese Begriffe schlichen sich ein, so wie ein ehemaliger Soldat die wenigen Redensarten gebraucht, an die er sich aus seiner Dienstzeit erinnert, wenn er einen Bürger des Landes trifft, in das ihn der Krieg geführt hatte) – feudale Ausbeutung bis zur Zeit der Französischen Revolution. Dieser große Garten da mit den Zypressen und Feigenbäumen, hier hinter uns, direkt unter dem Schloß, du mußt die Bäume bemerkt haben, als wir herauffuhren – gehörte zu einem Kloster. Das Haus meiner Freundin Gaby Grosbois ist ein Teil der Schweineställe der Mönche. Aber nach der Revolution kauften die neuen industriellen Unternehmer und Kaufleute den Kirchenbesitz für einen Apfel und ein Ei und richteten sich da ihre Landhäuser ein, sie lebten wie die Aristokraten. In unserem Krieg hatte die Résistance dieses Landesteils ihr Hauptquartier in den Kellerräumen. Oh, du wirst all diese Geschichten hören, die Leute freuen sich, jemanden zu haben, der sie noch nicht gehört hat – jeder ein Held der Résistance, wenn du es glauben willst... aber vor ein paar Jahren – Begnelli lebte noch, nein, kurz danach – sollte ein Hotel daraus gemacht werden, irgendein Schauspieler war an der Geldanlage interessiert. Es wurde nichts draus. Jetzt gehört es einem Waffenhändler, aber die Leute kommen nie her, niemand sieht sie ... das alte Ehepaar Fenouil hält den Garten in Ordnung. Der Lehnsherr ändert seine Nationalität ... jetzt sind es Japaner, die hier große Besitzungen aufkaufen; Nordafrikaner sind die Leibeigenen, bauen Straßen und wohnen in ihrem Bidonville. Und Leute wie ich (lachend), uns gelingt es, mittendrin am Leben zu bleiben.« Immer wieder schlüpfte die Katze unter den Fuß mit dem hohen Spann. »Ich kann mir vorstellen, wie du erzogen worden bist (die Augen geschlossen und das lächelnde Gesicht einen Augenblick zurückgelegt, der Sonne zugewandt) ... hier vergißt man Grade von sozialer Nützlichkeit – guter Gott, keiner würde verstehen, wovon ich überhaupt rede. Aber andererseits wirst du, nehme ich an, überrascht sein, daß hier jeder alles tut; kommt gar nicht in Frage, das, was man tut, als unter seiner Würde zu empfinden.«

Vor und zurück wurde die Katze von kastanienbraun lackierten Zehennägeln gekrault. »Im Sommer koche ich manchmal für Amerikaner – ich weiß, was sie an der französischen Küche schätzen. Solvig bezahlt mich dafür, daß ich einmal im Jahr ihre Bücher staubsauge und ihre Wintersachen wegpacke. Sie ist zwar eine Freundin, aber die Witwe eines großen norwegischen Verlegers, sie hat Geld, und deshalb ... Ich betreue das Eisenwarengeschäft im Ort, wenn die Inhaberin jedes Jahr im Januar zwei Wochen Ski fahren geht. Ein kaltes, kleines Loch, sie verkauft da Klosettpapier und Plastteller ... wenn sich die Franzosen darauf konzentrieren, Geld zu verdienen, dann versuchen sie erst gar nicht, es sich behaglich zu machen. Andere Freunde, ein griechischer Maler und sein

Freund, übernehmen Jobs auf der Rennbahn, wenn die Trabrennen beginnen. Aber Frauen werden da nicht angestellt. Ach, ich flicke alte Möbel – ›restauriere Antiquitäten‹, klingt besser. Manchmal habe ich Gelegenheit, englische Stunden zu geben, im *Maison des Jeunes* habe ich Tanzunterricht erteilt, bis ich so gewichtig wurde, daß der Fußboden bebte.«

»Und dein Mann? Was war er?«

»Bagnelli?« Ein langgezogenes ah-h-h-h-, belustigt, da war an etwas gerührt worden, das sich nicht einmal in der gemütlichen Klarheit von Champagner und schönem Wetter in einem halbstündigen Gespräch erklären ließ. »Weißt du, was er war, als ich ihn kennenlernte? Kapitän in der französischen Marine. In Toulon. Aber hier, oh, er hat alles mögliche überall an der Küste gemacht, Vertretung einer Weinkellerei, einmal war es Autorennen, eine Zinnmine in Brasilien – was nicht alles. Und immer Jachten. Jachten – er hatte Anteile daran, oder ihm waren Anteile daran versprochen, er segelte sie für andere Leute, er entwarf sie sogar . . .«

»Ich habe mit jemandem in einem Cottage gewohnt, der vorhatte, um die Welt zu segeln. Aber wenn man sieht, wie eine Jacht in einem Hinterhof gebaut wird, vierhundert Meilen vom Meer entfernt . . .«

»Du?« Die lächelnde Frau erlaubte sich, das Mädchen anzusehen, was sie gewollt hatte, seit sie sich am Flughafen zuerst darüber klarwurde, daß sie es sein müsse.

Unter dem Einfluß des Champagners und der Freude an dem, was zu riechen, zu hören und zu sehen war, was alles nur an sich existierte, mit nichts und niemandem zusammenhing, wurde Rosa Burgers Selbstwahrnehmung träge objektiv. Das Meer, das sanft pochende Blut in ihren Händen, die von den Sessellehnen herabhingen, als Zeit nur die Sonnenuhr in Gestalt des vorrückenden Schattens der Mauer, war alles gezeitenlos in ihr oder um sie überlappt. Wie jemand im Gefängnis. Alles hätte sie tun oder sein können – aber sie funktionierte nicht. Eingeschlossen. Landumschlossen.

»Du hast nicht gesehen, wie sie vom Stapel lief? Wenn ein Schiff ins Meer gleitet – o ja, das ist wirklich wunderbar, es ist ein Lebendigwerden – ich mußte dabei immer weinen.« Ein feuchtes Leuchten erschien in ihren Augen, eine Verlockung von einst. Das sorgfältig eingeölte und gebräunte Fleisch zwischen ihren Brüsten runzelte sich schimmernd unter dem Druck gekreuzter Arme wie eine Haut, die sich auf einer abkühlenden, fettigen Flüssigkeit bildet. »Sag mal – kanntest du mich? Oder (das nach innen gewandte, nachdenkliche Lächeln des Mädchens) du hast natürlich gesehen, daß ich es war, weil ich dich erkannte und so ... ich meine, hast du jemals eine Fotografie von mir gesehen?«

»Als ich Lionels Sachen durchging. Da waren ein paar, die in England und in Rußland aufgenommen worden waren. Die aus der Sowjetunion erkennt man sofort, selbst wenn der Hintergrund nicht viel aussagt. Ebenso ist es bei denen von meiner Mutter. Kennst du Ivy Terblanche? Und Aletta?«

»Oh, ich kannte sie alle, allesamt. Schon so lange her!«

»Meine Mutter mit Aletta auf einem Bahnhof mit Blumen. Man sieht sofort, welches die Russen sind – ihr seht alle so begeistert aus.«

»Ja, ja.« Ein wehmütiges Lachen. »Wie Pop-Star-Fans. Komm, wir teilen uns den letzten Tropfen. Obwohl er jetzt warm ist. Warmer Champagner macht einen betrunken.« Sie saß breitbeinig da und achtete nicht darauf, daß ihr Bauch vortrat. »Moskau, Moskau, Moskau! Ich habe probegetanzt bei den Maryinskys. Was für eine herrliche Zeit hatten wir. Zu spät, zu alt, neunzehn oder zwanzig, schon träge – aber sie fanden Gefallen an uns, und wir haben uns großartig amüsiert. Ihre Parties dauerten die ganze Nacht; man strömt nachher Wodka aus wie ein Drache. Ich mußte das Mädchen im Hotel bitten, unsere Kissenbezüge zu wechseln – sie gaben Wodkaschwaden ab bloß von unserem Atmen. Wir versäumten ganze Sitzungen von dem verdammten Kongreß; na ja, eine ganze Sitzung ... Lionel, dein Vater (eine Pause, echt oder vorgetäuscht, der Ungläubigkeit mit einem Blick auf das auf dem Stuhl liegende Mädchen) – dein Vater erzählte ihnen ein höchst überzeugendes Märchen, daß er sich die ganze Nacht um die Ohren geschlagen habe, um Unterlagen für einen Ausschuß vorzubereiten, welchen Ruf des Parteieifers hat er da errungen, aber angefangen hat es mit Party und nicht mit Partei ... Du siehst ihm ähnlich. Trotz der Augen. Du wirst es nicht beurteilen können, du siehst ihn so, wie er ist – war. Aber damals in Moskau ... ich erkenne es, wenn ich dich ansehe. Weißt du, wenn man mit verschiedenen

Männern gelebt hat, eine lange Zeit gelebt hat wie ich, dann ist man erstaunt, daß man vergessen hat, wie sie wirklich waren. Als ich dir nach seinem Tod schrieb, da war er für mich eine prominente Gestalt, die ich ... wenn ich dich ansehe, erkenne ich das: denn hier ist er, wie er wirklich war, in Moskau. Wie dein Vater ... aber ich glaube, ich sollte sagen, nachdem ich mit dir seit genau – wie? – anderthalb Stunden zusammen bin, nach dieser langen Bekanntschaft, meine liebe Rosa, würde ich sagen, du bist mehr deine Mutter. Ja. Ich kannte sie nicht sehr gut, obwohl wir alle in der Partei ›einer in der Wäsche des anderen schliefen‹ (Ich werde es nie vergessen: jemand versetzte uns einen wahnsinnigen Schock, als er das sagte, jemand, der *natürlich* ausgestoßen worden war – ich werde die Blasphemie gegen die Genossen nie vergessen!). Wie hätte ich deine Mutter gut kennen können – sie war ja jung. Es muß etwa 1941 gewesen sein. Sie war für mich sofort das, was ich mir unter einer Revolutionärin vorstellte.«

Sie sah die Tochter an, das Mädchen, das lächelte und mit matter Faszination die Aufmerksamkeit abwehrte, die sich rasch etwas anderem zuwandte.

»Ich mit einem Glockenhut? Bis hinunter zu den Augenbrauen? O mein Gott.« Sie hockte da, die Knie gespreizt wie auf dem Klosett; nirgends war an dieser Frau das Gesicht des Seidenäffchens zu finden, das unter dem Pelzhut und aus dem Pelzkragen hervorgeschaut hatte, die schmalen, spitzen Schuhe, die neben denen von Lionel Burger vor dem Hotelzimmer gestanden hatten. Gelächter und Geplauder verklangen hinten und brachen vorn wieder aus, die kräftige, verblühte Gestalt kam und ging, bereitete das Essen zwischen undeutlichen und dunklen Räumen mit Gegenständen, die bisher nur schattenhaft wahrgenommen worden waren, und der strahlenden Helligkeit und dem melodischen Summen des Dorfes auf der Terrasse. Die Arglosigkeit und Sorglosigkeit der Aufgeschlossenheit für das Leben ringsum lagen der Stimmung zugrunde, zu der der Champagner und der zum Essen getrunkene Wein beitrugen. Nur abgeschirmt durch ein Flechtwerk von Grün und die Winkel der Häuser, war Rosa Burger umgeben von Menschen, die beim Essen saßen, sich unterhielten, sich liebkosten, Arbeiten erledigten – ein Mann hobelte Holz und ein Paar beugte sich zueinander, ins Gespräch vertieft, und das Flüstern der Stimmen war ebensowenig von Bloßstellung bedroht wie das Rascheln der Hobelspäne. Menschen, die sich vor nichts zu verstecken haben, niemandem aus dem Weg gehen müssen, in ihrer Fülle keinen Wert auf Ungestörtheit legen: leben und leben lassen. Das Essen war köstlich und entfachte eine neue Lust: Gefräßigkeit. Rosa Burger hatte nicht gewußt, daß sie solchen Appetit haben konnte; aber die Mankatze schnupperte die nach Kräutern duftenden Gräten wie eine tägliche Gabe. Eine Engländerin kam herein mit dem knappen, kleinen Hut, Chiffonschal und Handschuhen von jemandem, der an überholten Maßstäben festhält. Sie beugte der Möglichkeit vor, daß sie unwillkommen sein könnte, indem sie sich den Anschein gab, wichtigere Dinge auf dem Herzen zu haben als den Gast ihrer Freundin und zu beschäftigt zu sein, um bleiben zu können. »Ich bin zu einer Besprechung in der Bank angemeldet.«

»Du weißt doch, daß die Bank erst um drei aufmacht. Komm schon, Alice . . .«

»Nicht bloß die Bank. Ich habe alles mögliche zu erledigen.«

»Was zum Beispiel?«

»Kümmere dich nicht um meine Affären, Katya.«

Madame Bagnelli lachte und schenkte Kaffee ein. »Ach, wenn du welche hättest, Alice, würde ich vor Neugier platzen. Hier, so, wie du ihn gern hast, stark und in einer Tasse aus dünnem Porzellan. Wir sahen Darby auf dem Weg zu ihrem flüssigen Mittagessen.«

»In der *bar-tabac?*«

»Nein. Auf dem Berg.«

»Ach ja. Sie muß unten gewesen sein beim Sozialamt wegen ihrer Rente.«

»Nicht an einem Dienstag. Am Donnerstag ist Sprechstunde.«

»Was haben wir heute? Bist du sicher? Na, vielleicht war sie im Krankenhaus. Sie sagt es nie, wenn es ihr nicht gut geht. Glaubt, sie sei nicht aus Fleisch und Blut wie wir anderen. Aber mir ist aufgefallen, wie kurzatmig sie auf der Treppe ist. Ich höre sie, wenn sie an meiner Tür vorbei in den zweiten Stock geht.«

»Und wen habe ich noch gesehen, ehe ich zum Flughafen

fuhr? Françoise, ja, Françoise *ohne* Marthe, sie versuchte sich schlüssig zu werden, ob sie Sardinen für fünf Francs das Kilo kaufen sollte. Sie hat mich nicht gesehen.«

»Ach, Marthe ist in Marseille. Wußtest du das nicht? Auf drei Tage. Sie kam vorbei, um zu fragen, ob sie dort etwas für uns besorgen könnte. Darby wollte die grünen Pfefferkörner haben, die wir letztesmal hatten.«

»Na, wahrscheinlich hat sie angerufen. Ich war nicht immer zu Haus – da Rosa kam. Aber ihr könnt sie doch hier bekommen, warum der Umstand?«

»Nicht die aus Madagaskar.«

»Doch, die aus Madagaskar. Im Laden hinter der Post. Doch, doch, genau da, Monsieur Harbulot hat sie. Genau dieselben, ich versichere es dir.«

»Na, ich bin nicht so überzeugt. Hast du Georges gesehen?«

»Sie sind nach Vintimille gefahren, um Schuhe zu kaufen. Und irgendwohin, wo sie ihr Olivenöl bekommen. Manolis mag kein anderes.«

»Er hat Glück, wenn Georges es sich leisten kann, seine Launen zu befriedigen, mehr kann ich dazu nicht sagen.«

»Donna und Didier sind mitgefahren.«

»Wozu?«

Madame Bagnelli warf ihrem Logiergast einen sich gegen die Absurdität der Frage verwahrenden Blick zu. »Wegen der Fahrt. Aus Spaß.«

»Verwöhnt den Jungen auch. Genau wie die anderen. Du wirst es sehen.«

Eine französische Stimme flatterte durch das Haus wie ein verirrter Kuckuck. Eine zweite Frau kam, und dieselbe Art Unterhaltung setzte sich auf französisch fort. Alice blieb an der Tür stehen, um noch weitere fünf Minuten zu reden. »Nun, ich hoffe, Sie genießen Ihre Ferien oder was immer es ist. Hat Darby sie heute vormittag gesehen?«

»Natürlich, einen Augenblick. Warum?«

Kaum war die Engländerin außer Hörweite, da erklärte Madame Bagnelli: »Sie wollte Darby sagen können, sie habe das Mädchen bei Katya kennengelernt, verstehst du?« Es wurde auf französisch wiederholt, und sie und die Französin stimmten ein immer helleres Gelächter an, und jede ging über die Kommentare der anderen hinaus. Ab und zu wurde ein mühsamer Versuch mit Englisch unternommen. »Aber *Sie* haben doch auch diesen herrlichen Sonnenschein, eh ... es ist ein schönes Land, ich weiß. Ich würde gern mal hinfahren, aber ...« Die Französin setzte das bezaubernde Gesicht einer zwanzig Jahre jüngeren Frau auf und rieb Zeigefinger und Daumen aneinander. Die beiden Frauen begannen ein Gespräch über Geld, ernsthaft und mit schmerzhaftem Zucken um den Mund, Berechnungen wurden heruntergerasselt, bei denen Rosa nur *milles* und *cents* unterscheiden konnte und die mit Ketten von Gedankenstrichen zusammenprallten wie die besoffenen Bienen um die Neigen des Weins. Ein junger Mann war erschienen; Rosa drehte ihren Stuhl von der Sonne weg und fand die Zinnen des Schlosses oben am Himmel hinter ihr, die Fahnen leuchtend wie bemaltes Glas, und bemerkte, daß sich unten in der schattigen Stille des Hauses einer der Gegenstände loslöste und menschliche Gestalt annahm. Sie sah, daß er lauschte, ehe er sich bemerkbar machte. Draußen in der Helligkeit der Terrasse überfiel er sie alle auf bloßen Füßen, bis gerade unter dem Nabel fest verpackt in blendend weiße Hosen und darüber nackt. Zwei vom Meer abgebimste braune Hände über Madame Bagnellis Augen, und sie schien die Berührung sofort zu kennen. »Aber du bist doch in Vintimille – was ist los?« Er beugte sich zu ihrem Gesicht und küßte sie, dann ging er feierlich, gemächlich hinüber und beugte sich über das Gesicht der Französin. Nachdem er sie geküßt hatte, nahm sie sein Gesicht in beide Hände und sagte etwas in liebevollem, bewunderndem Tonfall, mütterlich-lüstern.

»Was machst du denn hier, Didier?«

Er lehnte sich vor seinem Publikum ans Geländer. »Ich bin nicht mitgefahren.« In einem dunkelgebräunten Gesicht hatten die Nasenflügel die wunde Röte, die man vom Tauchen bekommt.

»Und Donna?«

»Sie ist mitgefahren.«

»Aber warum, Didier?«

Die Französin sprach von der verpaßten Gelegenheit, jenseits der Grenze in Vintimille sei alles so viel billiger; ob er den Ledermantel gesehen habe, den Manolis da vorigen Winter gekauft hatte?

»Didier, was hast du denn den ganzen Tag allein gemacht?«

»Fischen. Speerfischen. Dazu braucht man keinen anderen.«

Sie wurden einander vorgestellt, aber er richtete das Wort nicht an Rosa Burger. Die Fragen und Kommentare der Frauen umschmeichelten ihn neugierig und anerkennend; er schien niemanden anzusprechen und beäugte sich wie in einem Spiegel in den ihn begleitenden Blicken. Zielstrebig begab er sich zu dem Tisch unter der Markise, fand Reste, die er rasch aß und sich dann die Finger ableckte. Er winkte ab, als ihm angeboten wurde, noch etwas für ihn zu holen; er wischte die Salatschüssel aus, tunkte Brot in die Sauce, nahm sich von dem in Stroh gehüllten Käse, und alles mit einer gewissen professionellen Gewandtheit. Seine dunklen, umwölkten, blauen Augen unter Wimpern, die so lang waren, daß sie auf seinen Wangen zu schleifen schienen, seine kauenden Kiefer verfolgten die Wiederaufnahme des Gesprächs der Frauen, das sich jetzt um Steuern drehte. Ab und zu warf er einen Einwand oder eine Berichtigung ein; sie stritten sich. Er rülpste, klopfte sich auf flache Bauchmuskeln, ließ wohlgeformte Hände über die Brustmuskeln gleiten. Sie lachten: »Wie diese Katze, Didier. Sich Leckerbissen holen und dann einfach abmarschieren.« Er küßte die Frauen wieder und wandte sich anmutig erst der einen und dann der anderen zu. Von dem Mädchen verabschiedete er sich auf englisch, zwanglos wie in einer vertrauten Sprache, aber mit deutlichem französischem und leichtem amerikanischem Akzent.

»Wann kommen sie zurück?«

Die Frage wurde gehört, ehe die Tür zuknallte. »Woher soll ich das wissen?«

»Frecher Bengel! Warum bist du denn so schlechter Laune?« rief Madame Bagnelli, dreist und lachend außer Hörweite. Sie wurde von plötzlichem Tätigkeitsdrang befallen und stürzte sich auf den Tisch, raffte Geschirr zusammen und schüttete Bienen und Neigen in die Blumenkästen. Die Französin ging. Gemeinsam räumten sie die Reste der Mahlzeit weg und blieben dann im kühlen Wohnzimmer, um sich zu unterhalten, Madame Bagnellis Stimme kam unaufhörlich von überall, ob sie sich in der Küche in den Kühlschrank hineinbeugte oder plötzlich, die Beine ballettmäßig am Knöchel übergeschlagen, auf ein kleines Sofa niedersank. Ihr Gast machte den Koffer auf und holte die Geschenke heraus, die zum Ankunftsritual gehören. Das Mädchen betrachtete sie jetzt argwöhnisch, nachdem sie nun den Empfänger gefunden hatten – eine risikolose Auswahl, getroffen für jemanden, den man nicht kannte, sie könnten allzu unpersönlich wirken, die austauschbaren Flughafen-Geschenkartikel, von denen sie in all den Jahren, die sie daheim geblieben war, ihr Teil bekommen hatte. Nur eins der Geschenke ließ darauf schließen, daß es eigens ausgedacht war, machte Assoziationen geltend, die es vielleicht nicht gab oder die unwillkommen sein mochten: eine doppelte Halskette aus fein geschnitzten, sechskantigen Holzspulen, zwischen ihnen jeweils eine billige, maschinell hergestellte Perle.

Katya sah sie an, die verschlungen in ihren Händen lag; ein rascher Blick zu Rosa Burger; auf die Kette, und dann schob sie eine Perle von einer Spule weg. »Sieh mal, worauf sie aufgezogen sind. Wie heißt sie doch . . . diese Palme . . . Ilala. Der Ilala-Palmfaden wird gesponnen, indem man die Fäden auf dem nackten Oberschenkel rauf- und runterrollt. Ich habe gesehen, wie sie es machten. Sieh, keine Baumwolle! Ilala-Palme.« Sie war erfreut und stolz, daß sie es selbst festgestellt und erkannt hatte. »Und das Holz – sage es nicht, warte . . .« Seine Tochter stand da vor ihr. »Tambuti. Ja? Dieser Duft! Es ist Tambuti.«

»Ja, ich glaube. Das sind die Ketten, die die Hererofrauen tragen. Es gibt einen Laden . . . gelegentlich findet man da etwas.«

»Das ist aus Namibia – selbst die Afrikaander nennen es nicht mehr Südwest, eh?« Sie wanderte durch ihr Wohnzimmer und betrachtete die Anordnung: ein merkwürdiger blutdunkler Christuskopf, auf Leder erhaben herausgearbeitet in abblätterndem Gold; das Bild eines nackten Mädchens mit einem Aal oder einem anderen verstümmelten Meeresungeheuer neben ihr; ein großer eiserner Schlüssel; schartig vor Alter und erfüllt von ehrwürdigem Glaubenseifer, der es vom Ganzen abgespalten hatte, das Bruchstück eines starren hölzernen Heiligen, der über dem Kamin eine faltige Hand und einen senkrechten Finger hochhielt. Sie hängte die Kette über einen Kerzenwandleuchter, der von Wachslava dick marmoriert war. »Wenn ich sie nicht trage, will ich es genießen, sie zu sehen.«

»Vorgestern. Ich dachte, du würdest vielleicht gern ...« Rosa Burger zögerte, ehe sie zusammen mit zerknautschten Päckchen die südafrikanische Zeitung herauszog, die aus ihrer Tasche hervorgestanden hatte, als Katya sie auf dem Flughafen ausmachte.

»Du lieber Himmel. Wie viele Jahre ...« Madame Bagnelli setzte sich und hielt die Zeitung auf Armeslänge. »Dasselbe alte Impressum ... In der Küche findest du eine Brille. Wahrscheinlich auf dem Bord, wo die Kaffeemühle steht ... auf dem Kühlschrank oder *im* Kühlschrank ... manchmal hole ich etwas raus und nehme sie dann ab ...« Sie tat das mit einer Handbewegung ab. »Da bist du also noch gewesen. Erst vorgestern.« Sie sah Rosa Burger an wie jemanden, an dessen Existenz auch sie nicht glauben konnte. Seine Tochter schüttelte bedächtig den Kopf; sie waren im Einklang miteinander.

»Bist du je im Ausland gewesen?«

Der Kopf bewegte sich im Zickzack, machte seinen Weg, schob in der sanften Verwirrung des Weins alles beiseite, was daraus aufgetaucht war.

»Niemals.«

»Natürlich *niemals.*«

»Und du bist niemals wieder dort gewesen.«

Katya zog die Ellbogen an den Körper, wiegte sich, die Fäuste unter dem Kinn, die Zeitung fiel herunter. »Ach, sie würden mich nicht kriegen. Niemals.«

Sie sprang auf die weit auseinander aufgesetzten Füße; Balance und Beweglichkeit standen im Widerspruch zur Körperfülle.

»Wollen wir's wie die Affen machen? Uns an den Schwänzen meine Treppe hinaufschwingen ...«

Es war kaum Platz für sie zum Durchgehen zwischen Wand und Wand mit einer dicken, seidigen Kordel, einem Theaterrequisit, an einer Seite anstelle eines Geländers. Als sie vorausging, erklärte sie ein paar Absonderlichkeiten des Warmwasserhahns im Badezimmer; sie keuchte quietschvergnügt.

Oben war ein Zimmer, erhellt von unterschiedlichen Arten von Licht. Es flutete gegen die Decke; darunter erschienen Muster und Formen oberflächlich gerippt. Ein großer Krug mit Flieder, Duft von Pfirsichen, pelzig in einer Schale, trübe Spiegel, weiblicher Schnickschnack von Flaschen und Pinseln, ein kleiner Wandschirm aus gerüschtem Taft für ungezwungene Intimitäten, ein langgestreckter Rohrstuhl, um Poesie und elegante Zeitschriften darauf zu lesen, ein breites, niedriges Bett, um einen Geliebten mitzubringen. Es war ein Zimmer, das für jemanden vorbereitet worden war, von dem man eine Vorstellung hatte. Ein Mädchen, ein Geschöpf, dessen Lebensgefühl sich in der in Blumen vergrabenen Nase äußern würde, wenn ihr Pfirsichsaft über das Kinn läuft, das Gesicht sich Spiegeln zuwendet, die Gedanken verträumt abgelenkt, der Körper nach Lust trachtend. Rosa Burger trat ein und ließ sich von diesem Vorstellungsbild in Besitz nehmen. Lächelnd, schwatzend, sah Madame Bagnelli, daß ihr Gast ein wenig beschwipst war wie sie auch.

Wäre ich schwarz gewesen, dann hätte das wenigstens darüber Aufschluß gegeben, daß ich aus Afrika kam. Sogar, wenn es dreihundert Jahre her ist, bei einer schwarzen Amerikanerin. Aber niemand konnte mir dort ansehen, woher ich kam. Niemand in Paris – ausgenommen natürlich die Kusine. Die Tochter von Tante Velma und Onkel Coen, mit der ich den Namen unserer Großmutter teile. Sie war zur gleichen Zeit wie ich in Paris und verkaufte südafrikanische Orangen irgendwo in diesen Gebäuden, die aus sich verjüngenden Perspektiven sich zu einem Bug bauschen, wo zwei Straßen V-förmig zusammenlaufen; an dem einzigen Abend, an dem ich mich auf ihnen erging. Ich hätte die Exportstelle für Zitrusfrüchte unter ihrem französischen Titel im Telefonbuch nachschlagen können. Die *boerevrou* mit der Anstecknadel ihrer Touristengruppe neben mir im Flugzeug bemerkte, als wir in unserer Sprache plauderten, es sei jammerschade, daß wir Afrikaander nicht genug reisen. Stubenhokker, sagte sie. Stimmt, aus dem einen oder anderen Grund. Sie mit dreiundvierzig (wie sie gestand) und ich mit siebenundzwanzig (wie sie erfragte) flogen zum erstenmal nach Europa.

Aus Büchern und Gesprächen von Leuten wie Flora und

William wußte ich, daß ich in dem Viertel war, das Touristen aufsuchten, weil Maler und Schriftsteller des 19. Jahrhunderts, deren Leben und Werk romantisch populär gemacht worden waren, einst dort wohnten. Tausende von Studenten scheinen jetzt deren Verstecke in Hotels und Schlupfwinkeln in Beschlag genommen zu haben, Blondinen und Zigeuner in zur Schau getragener Armut, welche die Armen verbergen und dafür hungern, laufen in Anglerstiefeln oder barfuß durch die Menge, während daheim auf Onkel Coens Farm die Leute ihre Schuhe für sonntags aufsparen. Mädchen und Männer, deren Zeit meine ist, die ihr Leben verreden, wie Uhren ticken, für winzige Tassen Kaffee den Preis eines Sackes *mealie-meal* bezahlen, Wein trinken in der Kleidung von Guerillas, die im Busch mit einem Becher Wasser am Tag überleben. Düstere Treppen, winzige krumme Balkons, endlose taubenschlaggroße Dachfenster, die fast alle dunkel waren; jedermann ist auf der Straße. Ich ging, wo sie gingen, ich bog ein, wo sie einbogen, übernahm für ein paar Meter oder bis zur nächsten Querstraße das von diesen oder jenen angestrebte Ziel. Sie trafen Freunde und küßten sich, küßten sich und trennten sich, aßen dünne Pfannkuchen, in Buden gebacken, die grell leuchteten wie eine Schmiede, kauften Zeitungen, stolzierten auf und ab, um sich ansprechen zu lassen. Wenn Studenten Scharaden aufführen, dann gab es gewiß andere, die nur die Klamotten trugen und spielten, sid wären Studenten, und wieder andere, die für das gehalten werden wollten, was sie sich unter Mannequins, Schauspielern, Malern, Schriftstellern und Filmregisseuren vorstellten. Welche waren kaufmännische Angestellte und dienstfreie Kellner? Woran könnte ich das erkennen? Nur die männlichen Prostituierten, geschminkt und hochnäsig genug, um prospektive Kunden zu erregen und einzuschüchtern, sind eindeutig das, was sie sind: Männer, die die sexuellen Kennzeichen der Frau bewahren, eines durch die Bevorzugung ihres eigenen Geschlechts ausgestorbenen Geschöpfes. Einer ging vor dem Café auf und ab, wo ich mir einen Drink bestellt hatte. Er trug einen langen, jadegrünen Wildledermantel, offen über einem nackten Zwerchfell mit einem silbernen Gürtel drum herum, und sein Gesicht von unmenschlich stilisierter Schönheit war ein Mythos. Wäre ich ein Mann gewesen, hätte ich ihn angesprochen, um herauszufinden, ob aus diesem Gesicht Wörter kommen wie von einem gewöhnlichen Sterblichen.

Der Boulevard Saint-Michel war mein Ariadnefaden zurück zum Hotel mit seinem Eindruck schindenden vergoldeten Glasfoyer und dem wandschrankgroßen Zimmer mit einem nach Urin riechenden Bidet. Ich ging durch Nebenstraßen mit dem Blick auf strudelnde Menschenmassen in dem sanften farbigen Licht von kleinen Restaurants und Buden, die helle klebrige Bonbons und dunkles Fleisch am Spieß verkauften. Unter den absackenden, bauchig vorragenden Häusern war dieses Paris auf Straßen, die ineinanderströmten, eine Art orientalischer Basar; eher so, wie ich mir einen Suk vorstellte, wo ich auch noch nie gewesen war. Bouzoukimusik zog über die Köpfe der Leute hinweg, die geduldig vor kleinen Kinos Schlange standen. Die Kopfsteinpflasterstraßen mit schönen Namen waren Fußgängerzonen; von dem steilen Ende der Rue de la Harpe drängte eine Menge zurück und bildete einen offenen Schacht, durch den ich einen Mann sah, aus dessen Mund Flammen loderten und wabernd züngelten. Ich wurde von der Menge mitgezogen, von schiebenden Schultern hineingeknetet. Es waren noch Köpfe vor mir, aber ich konnte den Mann sehen, der mit seinem besorgten Zirkusartistenblick das Publikum abschätzte, während er sich mit einem Schluck Benzin und einem angezündeten Reisigbündel in einen Drachen verwandelte. Er stolzierte in meinem Blickfeld zwischen Kragen, Hälsen und wallenden Haaren auf und ab. Ich war eingeschlossen in dieser freundlichen Menge von Fremden, keinem Mob, denn sie hatten sich nicht aus Feindseligkeit oder Begeisterung zusammengeschart, sondern aus gelinder Neugier und dem Wunsch, unterhalten zu werden. Ich konnte nicht einfach weitergehen, ehe ihr Interesse nachließ, aber das Gedränge erzeugte keine Klaustrophilie. Unsere Köpfe waren unter dem freien Himmel eines melonengrünen Abends; eingekeilt von diesen Menschen, die in ihrer schnellen, spöttischen, koketten Sprache murmelten und kicherten, konnte ich hinaufsehen zu den Dächern und Schornsteinkappen und Fernsehantennen, so schwarz und spitz und eindimensional, daß es schien, als ließen sie den Ton eines Metallstabs erklingen, der angeschlagen und dann vom Pariser Himmel geschluckt wurde. Dicht an Körpern, die ich angenehmerweise nicht individuell wahrnahm und die mich nicht individuell wahrnahmen, wurde ich mir sofort der leichten, raschen Vertraulichkeit einer Bewegung bewußt, die nur mir galt. Ebenso rasch fuhr meine Hand hinunter zu dieser Empfindung einer Liebkosung; ich packte, als sie zwischen der Klappe meiner Umhängetasche und meiner Hüfte herausschlüpfte, eine Hand.

Ich hielt sie ganz fest.

Die zusammengepreßten Finger, hilflos ausgestreckt, wobei sich die Knöchel unter der Krümmung meines Griffs nach innen über die Innenhand bogen, vermochten sich nicht zur Faust zu ballen. Der Arm über der Hand konnte sich nicht losreißen, weil er Schulter an Schulter an mich gepreßt war, der Körper, zu dem der Arm gehörte, stieß an meinen.

Immer noch mit der Hand verbunden, die ich nicht sehen konnte, wandte ich den Kopf, um das dazugehörige Gesicht zu erkennen. In dieser Menge von Fremden in dieser europäischen Stadt, unter Franzosen und Skandinaviern und Deutschen und Japanern und Amerikanern, unter blauen Augen und lockiger Blondheit, romanischer Blässe, den lethargischen Libanesen und flotten Griechen, dem alten Vietnamesen mit dem glatten, zierlichen Kopf, der vorbeiging, ohne mich zu sehen, den Arabern mit kappenartigem, glanzlosem, federndem Haar, blaßbräunlichen Lippen und einer fast schottischen Rosigkeit auf den Backenknochen, die ich erkannt hatte, als ich ihr orakelhaftes Geschnatter auf den Straßen hörte, durch die ich ging – unter all diesen Menschen war ein Schwarzer an meine Seite gedrängt, geschoben und weitergereicht worden. Das Gesicht war jung und so schwarz, daß die Augen, weit auseinanderstehend in straffen Höhlen, als einziges von ihm auszumachen waren. Augäpfel aus Achat mit Spuren von Fluten und Vulkanausbrüchen; die winzigen geplatzten Adern im Weißen wie ein Muster von versteinertem Farn. Wäre er nicht schwarz gewesen, wäre es ihm vielleicht gelungen, wie jeder andere auszusehen – skeptisch oder gelangweilt versunken in den Anblick des Feuerschluckers. Aber das Gesicht konnte die Hand nicht verleugnen, anonyme Verwechslung mit ähnlichen Gesichtern behaupten. Er war, was er war. Ich war, was ich war, und wir hatten einander gefunden. Zumindest erschien sie mir so – diese ganz gewöhnliche Geschichte von

Taschendiebstahl und Opfer, das ist alles, nichts als eine dumme Touristin mit einer Tasche, die es verdient, untersucht zu werden.

Ein Muskel zuckte neben der geraden, breitflügeligen Nase. Ich tat so, als starrte ich einem Fremden nicht ins Gesicht. Um seinen dünnen Hals mit Pickeln wie Harngrieß unter der silberschwarzen Haut hing eine Kette mit einem Tierzahn, der sich mit seinem Herzschlag auf und ab bewegte, eines der Dinge aus der Heimat, die von Schwarzen wie ihm, wie ich gesehen hatte, in den Tuilerien den ganzen Tag verkauft werden, Bohnenhalsketten und krude Masken und Brieftaschen aus Schlangenhaut, und sie klappern mit westafrikanischen Rasseln, um Kunden anzulocken. Ich sagte etwas zu ihm, was, weiß ich nicht, und es war natürlich auf Englisch, oder vielleicht Afrikaans (denn das hatte ich im Flugzeug gesprochen, und meine Zunge war noch mit diesem Sprachzentrum verbunden). Er würde es sowieso nicht verstanden haben, selbst wenn er nicht taub vor Angst gewesen wäre, denn ich sprach nicht Französisch oder Fulani oder was immer ihm etwas bedeutete. Und hätte ich mich an die Leute ringsum gewandt, hätten sie mich auch nicht verstanden. Ich konnte kein Französisch, mir fehlten die Worte, um die Hand in meiner zu erklären.

Ich ließ los. Ich ließ ihn los. Er konnte nicht wegrennen.

Irgendwie brachte ich es fertig, nach unten zu stoßen und nach meinem Portemonnaie oder der Brieftasche mit Reiseschecks oder nach dem Paß zu suchen. Zwischen Füßen fand ich ein kleines schwarzes Buch; er hatte nach Leder getastet und das Adressenbuch herausgeholt, in dem ich, wie mir anerzogen worden war, sowieso nichts Wichtigeres notiert hatte als die Anschrift von Hotels und American-Express-Niederlassungen. Wir waren uns noch nahe. Seine Angst vor mir ging in stillschweigendes Einverständnis und Verachtung über; denn wenn ich ihn nicht öffentlich angeprangert hatte, solange ich ihn festhielt, würde es mir jetzt niemand glauben, nachdem ich ihn freigelassen hatte. Es war ein Geheimnis zwischen uns vor den anderen; eine lächerliche Lage, in der wir uns befanden, bis er sich gemächlich – er konnte nicht davonstürzen wie ein Dieb – den Anschein gab, als würde er wieder geschoben, weitergetrieben, und sich mit schmalen Schultern durch die Menge wand in einem Wunschtraum aus zehnter Hand, dem ehemals pflaumenblauen Jackett mit dem rundgeschnittenen Rücken, das ich an jenem Tag bei schicken jungen Franzosen gesehen hatte, die sich so anzogen, wie es ihrer Meinung nach die Reichen und Erfolggekrönten tun.

Ich bin über Paris geflogen, um nicht auf dich hinzuweisen: meines Vaters erste Frau. Brandt Vermeulen dachte nicht an sie, als er sich vergewisserte, ob ich begriffen hatte, von wem ich mich fernhalten sollte. Dennoch wird niemand, der je mit meinem Vater in Verbindung stand, von der Liste der Verdächtigen gestrichen, die nie zerrissen wird. Wenn jemand auf die Idee gekommen wäre, daß sie in dem Dorf, in dem Haus lebte, daß sie es war, zu der ich mich aufmachen würde, wenn sie mich herausließen – aber wer erinnerte sich an sie?

Ich komme mir wie ein Esel vor unter diesen Leuten: wenn ich daran denke, wie ich unter sie geraten bin, die solche Taktiken nur aus ihren Fernseh-*policiers* kennen (die alten Lesbierinnen sind fernsehsüchtig); für die das Hinunterlaufen zum Bäcker eine Freundlichkeit ist, durch die jeder andere erfährt, wann sie zum Frühstück aufgestanden sind, und deren Kontakt mit der Polizei im Austausch von neckischem Geplauder über die Einzelheiten des letzten Bankraubs in Nizza besteht, während sie in Jean-Pauls Bar stehend gemeinsam ihren vormittäglichen Pernod zu sich nehmen. Fehl am Platz: nicht ich persönlich – sie nehmen an, mein Leben sei das ihre, sie haben mich aufgenommen. Aber die Art meines Kommens entspricht hier keiner Notwendigkeit und Wirklichkeit. Lionel Burgers erste Frau. In Madame Bagnelli, ihrer Katya, bist du nicht zu entdecken. Ich merkte, daß die besondere Art von Taufe, mit der sie diesen Namen erhielt, ihr wieder einfiel, als ich sie am ersten Tag am Tor fragte (ehe ich mein schönes Zimmer gesehen hatte, diesen kühlen Belfried eines Hauses, um den ihre Stimmen herumflattern), wie ich sie nennen solle. Für sie bist du Katya, denn in einer kleinen Gemeinschaft von unterschiedlicher und manchmal verworrener europäischer Herkunft, vermischt mit den einheimischen Franzosen, sind Verkleinerungsformen und Namensadaptationen eine anheimelnde Lingua franca.

Ich vermute, für sie ordnet dich der Name vage den Weißrussen zu. Wie der alte Ivan Poliakoff, dessen Liebesgeschichten du für vier Francs die Seite abtippst. Als ich ihn traf, mit dir im Dorf, küßte er mir die Hand und zog sie mit einer so zarten Hand an die Lippen, daß ich spürte, wie das Blut durch die Adern rann. Ich fragte, wovon die Geschichten handelten. Man kann sich nicht vorstellen, daß ein so alter Mann sich erinnert, wie das war – Liebe, Sex. Du sagst, du habest ihm vorgeschlagen, er solle romantisches, historisches Zeug über die Affären von Grafen und Gräfinnen, über russische Aristokraten schreiben, die auf den großen Landgütern spielen, wo er seine Kindheit verbrachte.

»Zumindest wäre das Milieu dann etwas, das er kennt. Aber nein, seine Gestalten sind *groupies*, die von amerikanischen Filmschauspielern beim Festival von Cannes aufgegabelt werden, oder heroinsüchtige Teenager, die von aufopfernden Popsängern gerettet werden. Er glaubt, er hätte beim Fernsehen das Vokabular gelernt – hoffnungslos, die Manuskripte kommen sofort wieder zurück. Und dann erwartet er von mir, daß ich meinen Preis auf drei Francs senke.«

Die Leute hier wissen nicht, daß für mich das jugendliche Leben um das Filmfestival von Cannes ebenso fern liegt wie für den hochbetagten russischen Grafen, der nicht sagen will, wie alt er ist. »Was ist ein *groupie*?«

Wenn ihre Katya über Poliakoff jammert, wird das eine improvisierte Vorstellung, bei der wir nicht aus dem Lachen herauskommen. »Sieh dir bloß mal die Handschrift an. Da braucht man 'nen verdammten Codeschlüssel, um seine Gs und Es auseinanderzuklamüsern. Eine *Draht*schere, eine Lupe reichen nicht – kannst du dir das vorstellen? Bs wie altmodische Teppichklopfer, und zu alledem schreibt er auch noch abends im Bett, nachdem er seine Gesichtspackung aufgetragen hat – hier siehst du es! Die ganze Seite verschmiert mit Gurkenmilch oder Joghurt mit Eigelb oder was immer er sich zusammenbraut – manchmal erfinde ich einfach einen Satz, den ich einfüge, *Delphin schnüffelt Kokain aus Marcels männlicher Achselhöhle*, es fällt ihm gar nicht auf . . . wahrscheinlicher ist, daß er einsieht, ich hab's besser gemacht, und zu neidisch ist, es zuzugeben.«

»Aber was ist denn nun ein *groupie*?«

»Ach, du weißt schon. Eins von diesen Mädchen, die Sängern und Schauspielern nachlaufen. Ihnen die Hemden vom Rücken reißen. Oder sie bloß mit verzückten Blicken verschlingen. Bei Ivan tun sie's.«

Ich kichere mit ihrer Katya wie die Backfische in der Schule, die in dieser Phase waren, als Sipho Mokoena Tony und mir das Loch von der Kugel in seinem Hosenbein zeigte und ich hin- und zurücklief, um Gefängnisse aufzusuchen, das erste Gefängnis, wo meine Mutter war. Der orientalisch aussehende Christuskopf, der halb gemalt, halb in Leder geprägt ist, ist ein Geschenk von Ivan Poliakoff – die erste Ikone, die ich je sah. Du bist mit mir zu einer Ausstellung von berühmten Ikonen gegangen, eine Leihgabe von der Eremitage in Leningrad; gregorianische Gesänge wurden übertragen, als wir einen ganzen Vormittag lang das Gesicht des blassen und schwärzlichen Verfemten betrachteten. Du sagtest: Er ist so schön, daß ich an ihn glauben könnte. Bei einigen Exemplaren war die Dornenkrone mit roten Edelsteinen gespickt, um Blut darzustellen, nehme ich an. Ein Ehepaar in Beige und Weiß, dessen Kleidung den Eindruck erweckte, sie werde nur einmal getragen und dann weggeworfen, untersuchte die Rubinen und Granaten aus nächster Nähe, schweigend, sie mit vergoldetem Lorgnon, und sie ließen den Katalog von einer Hand zur anderen gehen, die so weich und sauber waren wie neue Glacéhandschuhe, mit Gold überhäuft. Hinter uns kam ein junger Amerikaner heran, einen Arm um die Schulter seiner Frau gelegt, ein Baby in einem Tragegestell auf dem Rücken, und einen Fünf- oder Sechsjährigen an der Hand. Er zeigte dem kleinen Jungen die Christusmaske, die das Leiden der Welt so darstellt, wie japanische Masken im Theater verschiedene Seinsweisen darstellen. »Schau, Kimmie, das ist unser Gott, wahrscheinlich sah er viel eher so aus und nicht wie der Mann mit blauen Augen und blondem Haar, den sie dir in der Grundschule zeigen.«

Dann gingen wir schwimmen in einer der Buchten zwischen Antibes und Juan les Pins, die Katyas Freunde als ihr eigenes Reservat betrachten; den schwierigen und unvermuteten Weg dort hinunter, über fremde Grundstücke und vorbei an Mülleimern von Restaurants, behalten sie für sich. Ich könnte jetzt jeden da hinführen. Wir teilten unser Picknick mit Donna und Didier. Es sei das letztemal in diesem Sommer, daß sie hierherkommen würden, sagte sie, denn ab Mitte Juni reisten die Schweden und Deutschen an; dann müsse man von einer Jacht vor der Küste aus schwimmen. Sie denkt sehr rational; von Impulsen wird diese Frau nicht beherrscht, die tun kann, was immer sie mag. Aus Unterhaltungen entnehme ich, daß sie im November auf die Bahamas geht, im Januar zum Skilaufen und gern irgendwo hinreist, wo sie noch nicht gewesen ist, in den Osten oder im europäischen Spätsommer für einen Monat nach Afrika. Sie ist erstaunt, daß ich die afrikanischen Länder nicht kenne, in denen sie gewesen war, um wilde Tiere zu beobachten und Sehenswürdigkeiten zu besichtigen. Sie erzählt davon, und ich höre zu gemeinsam mit Europäern wie Gaby Grosbois, für die Afrika ein Urlaub ist, den sie sich nicht leisten können. Es läßt sich nicht feststellen, wie alt diese Donna ist – wieder etwas, das sie mit allen ihr zur Verfügung stehenden Möglichkeiten geregelt hat, die Urenkelin eines kanadischen Eisenbahnmillionärs, wie du sagst: diese Frau mit langem, blaßrotem, krausem Haar, zurückgekämmt aus einem hübschen, nackten Gesicht und in der Sonne mit einem hellen Schimmer um den Mund und den unteren Teil der Wangen, stammt aus demselben Pioniermilieu wie ich. Die Burgers treckten nach Transvaal, als der Urgroßvater mitten durch Indianergebiet Schienen legte. Es ist ein Zufall der Geburt, weiter nichts, ob man einen Großvater hat, der sich ein Land ausgesucht hat, in dem seine Nachkommen reich werden können und das Recht dazu nicht in Zweifel ziehen, oder ob es sich als ein Land herausstellt, wo das väterliche Erbe darin besteht, daß man selbst entdecken muß, mit welcher Lebensauffassung das Recht, dort hinzugehören, von jeder neuen Generation erworben werden muß, wenn es überhaupt erworben werden kann. Ich nehme an, ihr Haar ist ausgebleicht. Es mögen sogar weiße Strähnen in seiner Dichte enthalten sein, man würde es nicht bemerken. Wahrscheinlich ist sie fünfundvierzig oder noch älter, einstmals ein dralles Mädchen mit rosigem Gesicht, das noch immer unweibliche Grübchen hat, die sich rötend in die ihr Lächeln umschließenden Klammern eingraben. Manchmal, wenn sie sich anhört, was jemand zu ihr sagt, entblößt sie die Zähne, ohne zu lächeln, ein Manierismus wie ein erfreutes Knurren. Mir fällt diese Gewohnheit auf, weil sie das einzige Anzeichen einer starken Sexualität ist, wie ich sie bei einer Frau erwarten würde, die das Bedürfnis empfindet, sich einen jungen Geliebten zu kaufen. Du und Gaby – Madame Bagnelli und Madame Grosbois –, ihr seid euch darüber einig, daß dieser der beste ist, den sie je hatte, keine »kleine Kanaille« (du gebrauchst die abfällige Inversion lesbischer Freundinnen) wie Vaki der Grieche, sein Vorgänger.

Was ist mit Vaki dem Griechen passiert?

Ab und zu stelle ich Fragen wie ein Kind, dem Märchen erzählt werden. Ich beginne zu begreifen, daß es einen gewissen Bereich von Möglichkeiten gibt, die sich im Umkreis einer bestimmten Lebensordnung ereignen können, sie wiederholen sich im Klatsch, in vertraulichen Unterhaltungen an den Tischen hinten in Jean-Pauls Bar, die nur so groß sind, daß man mit angezogenen Ellbogen dran sitzen kann, in geräuschvollen Diskussionen auf der Terrasse von diesem oder jenem. Vaki der Grieche ging nach Südamerika mit dem Direktor einer deutschen Elektronikfirma, den er hier im Dorf aufgegabelt hatte, auf der *place*, Darby hatte die ganze Geschichte mit angesehen und es Donna erzählt, nachdem die kleine Kanaille mit dem Alfa Romeo verschwunden war, der *ihrer* Steuern wegen auf *seinen* Namen zugelassen war. Didier ist in Ordnung (ich weiß nicht, ob damit gemeint ist, daß er nicht bisexuell ist), und obwohl er mit Fug und Recht erwartet, großzügig behandelt zu werden, ist er sicherlich kein Dieb – niemals! »Wenn er weggeht, dann geht er einfach.« Gaby billigt und bekräftigt Katyas Ansicht.

Didier versteht seine Sache. Sie zu erfreuen; euch alle. Donna zu erfreuen, obwohl das einige Geschicklichkeit erfordern mag, gelegentlich zieht er sich aus der Gesellschaft zurück in den Elfenbeinturm seiner Jugend, um sie an seine Gefangenschaft zu erinnern, zu anderen Zeiten ist er ein gewiefter und arroganter persönlicher Assistent, der sich mit der Autowerkstatt über zu hohe Reparaturkosten auseinandersetzt und Donna zu Besprechungen mit ihren Rechtsanwälten begleitet – wie immer das Verhältnis zwischen ihnen ist, mir fällt auf, daß es nie so reibungslos ist, wie wenn wir sie entweder vor oder nach einer Besprechung mit den Anwälten treffen und sie in Gedanken mit denselben Dingen beschäftigt sind, so wie andere Liebende sich unter einem Tisch streicheln würden. Und dann gibt es die Fälle, für die der Zeitpunkt immer trefflich gewählt ist, in denen ich sehe, daß er sich umdreht und in den Raum zurückkommt, den er gerade verläßt, gleichsam als ahne er die Bedeutung des Augenblicks, um sie einmal zu küssen, auf den Mund, wobei er sie feierlich an den Oberarmen festhält. Sie ist nie diejenige, die die Initiative ergreift, ihn in der Öffentlichkeit zu liebkosen. Das muß eine der unausgesprochenen Abmachungen zwischen ihnen sein, damit sie vor anderen Frauen das Gesicht wahrt. Irgendein gesunder Instinkt sagt ihm, wann er die Initiative ihr gegenüber ergreifen soll, die sie sich ihm gegenüber nicht leisten kann.

Sein Professionalismus erstreckt sich auch auf mich. Er und Donna begrüßen mich mit Küssen auf beide Wangen, wie es auch jeder andere tut seit meinen ersten Tagen in deinem Haus, aber er flirtet nicht mit mir wie mit den Frauen, die älter sind als Donna. Heterosexuell oder lesbisch, ihr alle gehört zu einer Kategorie, die keine ernstliche Konkurrenz für Donna sein kann. Das ist der Kodex. Es war ein besonders heißer Tag, als Donnas Jacht gestrichen wurde und er beschloß, mit uns schwimmen zu gehen an einem der Strände, die für sie zu unsauber sind. Katya, Madame Grosbois, Solvig – er liegt zwischen ihnen, sicher vor Anforderungen, genau wie sie. Wenn ich versuche, ihm für mich mit einem Wort zu beschreiben, dann würde ich ihn frühreif nennen – ein Junge, der mit Präokkupationen jenseits von Prüfung und Kampf vertraut ist. Reich gemacht zu werden heißt altern, wenn man jung ist. Am Strand war nicht einmal seine Sexualität, die Kurve seiner Genitalien, die aus der weißen Badehose einen Schutzschild machte, aggressiv. Die norwegische Dame nahm das Oberteil ihres Bikini ab. Madame Grosbois stellte einen durch Geburten vor langer Zeit runzlig und schlaff gewordenen Bauch zur Schau. Die Präsenz seines Körpers gab keiner von euch Schamgefühle ein. Ich begann hier zu erkennen, daß Schamhaftigkeit im Grunde eine Funktion von Eitelkeit ist. Wenn der Körper nicht länger anziehend, ein Ausdruck des Begehrens ist, dann ist es einfach, eure Brüste und Bäuche zu entblößen; ihr lagt da wie alte Hunde oder Katzen, die dankbar für die Sonne sind. Nichts für ungut!

Wir schwammen in dem wellenlosen, pfauenblauen Meer,

Rosa, Didier, Katya – du redetest und riefst und warfst kleine Plaststückchen von dir weg, als ob du wie ein früher Seefahrer glaubtest, irgendwo sei der Rand der Welt, über den sie getragen werden und den Erdkreislauf durchbrechen würden durch das, was du an Wiederkehrendem los sein willst. Du wurdest müde und ließest dich treiben; Didier und ich schwammen weiter um eine kleine Landzunge in einen tiefblauen Wasserstreifen und kamen zwischen Felsen an Land, wo ich mir einen Zeh an einer Sardinenbüchse aufschnitt. Ich hinterließ Fadenwürmer aus Blut im Wasser; als ich meinen Fuß draußen hatte, rann unter einem Lid aus Haut roter Schmerz hervor. Ich hüpfte über die Kiesel. Nach dem ersten Stich hatte es im Wasser nicht weh getan, aber jetzt brannte es durch die Luft. Gemeinsam untersuchten wir meinen Zeh; Blut; die Mahnung an Verletzlichkeit; das Leben ist immer von Blutvergießen bedroht. Jedesmal eine kleine Zeremonie der Blutsbrüderschaft.

»Wir brauchen etwas, um es zu verbinden.« Er war sehr ernst.

Ja, zwei Menschen, einer im Bikini, einer in der Badehose; wir hatten nichts. Ich lächelte – es werde auch so gehen, das Wasser werde den Schnitt gut auswaschen, wenn wir zurückschwimmen.

Ich müsse den Fuß hochhalten, damit das Bluten aufhöre. Nein, nein, sagte ich, es sei ja gar nicht so schlimm, die Kälte des Wassers werde es stillen.

»Aber es tut weh, nicht wahr?« Wasser spritzte auf ihn, als er sich hinhockte, meinen Fuß zwischen seinen Knien. Die in der Sonne schon getrockneten Tropfen auf seinem Gesicht kamen aus meinen Haaren. »He!« rief er und warf mir einen blinzelnden, ärgerlichen Blick gegen das Licht zu. Mein Zeh war nicht mehr dem Schmerz ausgesetzt und verschwand; ich spürte, daß er von freundlicher Wärme und Weichheit umgeben war. Da er den Kopf geduckt hatte, spürte ich es, ehe ich es sah, daß er meinen Zeh im Mund hatte. Lächerlich – gleichzeitig lächerlich und sinnlich wie so viele sinnliche Unterfangen, wenn man sie objektiv betrachtet. Aber da es mit solcher Selbstsicherheit geschah, begriff ich, daß es so gemeint war.

Als er da vor mir kauerte, sah und fühlte ich seinen Kopf

und seine Zunge, als wäre es zwischen meinen Beinen – und er wußte es.

»Mein dreckiger Fuß! Ich bin heute früh durch das ganze Tal gelaufen . . .«

»Wie kann er dreckig sein, dein Fuß – er kommt aus dem Meer, Rose, sag mal . . .« Er hielt ihn in beiden Händen wie ein Kaninchen oder einen Vogel, und er wußte, daß er ihn so hielt, um das anzudeuten.

»Los, komm, Didier. Wir müssen zurückschwimmen.«

Er machte mich nach. »Los, komm, Didier, wir müssen gehen . . . Rose, es stimmt, deine Füße sind ein bißchen breit, Bauernfüße, aber du hast einen schönen Nabel, er ist wirklich wie der auf einer Orange – warum machst du jetzt so ein Gesicht, warum können wir nicht zusammen lachen . . . Rose . . .«

»Didier, nicht mit mir.«

»Mit dir?«

»Das brauchst du nicht.«

»Was meinst du damit, nicht brauchen. Ich brauche überhaupt nichts. Ich tue, was ich empfinde.«

»Ich habe es schlecht ausgedrückt.«

»Das will ich meinen, Rose . . . was redest du da bloß.«

»Du weißt schon. Wenn eine neue Frau auftaucht, ein Mädchen, unter den Freundinnen, dann glaubst du . . . es ist, wie wenn du zu den älteren Frauen nett bist; angemessen . . .«

»Aber wir sind jung, Rose.« Manchmal scheint er Dialogtexte aufzugreifen, die er im Fernsehen gehört hat. »Mh? Das ist doch natürlich, eh. Wir sind die einzig Jungen! Was ist denn mit dir los?«

Ich sagte zu diesem seltsamen Wesen, als würde ich ihn kennen: »Du findest es also mit Donna nicht richtig – unnatürlich, mit ihr zu schlafen, mit ihr zu leben?«

Er runzelte skeptisch die Stirn.

»Weil sie so viel älter ist? Du bringst ein Opfer? Sie schuldet dir etwas?«

»Was? Donna ist eine großzügige Frau.«

»Mich. Mich schuldet sie dir.«

Er machte einen Mund wie die Engel auf den italienischen Bildern in Solvigs Sammlung, die die vier Winde unter dem Himmel blasen. Sie zeigen, daß dieser Teil Frankreichs vor hundert Jahren italienisch war; ich sehe Gesichter, von denen ich glaubte, sie gehörten ins achtzehnte oder neunzehnte Jahrhundert. »Sie erwartet nicht, daß ich keine Mädchen mag. Sie muß es verstehen, eh. Sie mag ja einen jungen Mann.«

Wenn ich neugierig bin auf diese Leute, dann scheint mir, daß sie mir erlauben, es zu sein, weil ich Ausländerin bin. Aber ich merke, sie haben keine Angst davor, daß man ihnen auf die Schliche kommt, sie haben alle dieselben Motive und sprechen offen darüber; denn die Prämisse wird von allen akzeptiert: leben, wo es warm ist, Lust kaufen, Lust verkaufen oder wirklich erleben – das heißt, je nach den persönlichen Umständen. Als einzige Gebote erkennen sie das Angewiesensein auf ein eng geknüpftes Freundschaftsnetz an und das hingebungsvolle Vermeiden von Steuern, wann immer möglich, während der Wohlfahrtsstaat auf alle nur denkbare Weise geschröpft wird – Ermäßigungen, Zuschüsse, Beihilfen und Pensionen, über die sie dauernd reden, ob sie reich oder arm sind. »So ist das also in Ordnung?«

Er spielte immer noch mit meinem Fuß, aber einer der grauen Strandkiesel wäre für seine Hand genausogut gewesen. »Es ist bestens. Wir kommen sehr gut miteinander aus. Sie ist eine tüchtige Geschäftsfrau. Sie paßt auf ihr Geld auf.« (Weiß er nicht Bescheid über Vaki den Griechen? Natürlich weiß er es; was da schiefging, sieht er als einkalkuliertes Risiko an bei Beziehungen der Art zwischen ihr und Vaki und ihm: Ich lerne.) »Sie versteht es zu genießen. Ich habe die ganze Welt kennengelernt. Wir gehen dahin, wonach uns der Sinn steht.«

»Und das ist dein ganzes Leben?«

»Ach, ich werde auch noch was anderes machen. Ich habe Ideen.«

Seine gelegentlich schlechte Laune ist also eine List, um Donna an den Rand der Besorgnis zu bringen, ob sie ihn behalten kann. Er fühlt sich frei, dieser ausgehaltene Junge, frei, einer zu sein.

»Etwas, was du tun würdest, wenn du nicht mehr bei ihr wärst?«

»Nicht unbedingt. Ich habe einen guten Freund in Amerika, wir wollen in Paris dasselbe machen, was es am Metropolitan Museum gibt (ich schüttelte den Kopf, ich bin nie im Metropolitan Museum gewesen) – wollen uns eine Konzession geben lassen, um Reproduktionen von Kunstwerken herzustellen, die in französischen Museen verkauft werden sollen, ägyptische Katzen und Schmuckimitationen und so weiter. Das ist eine gute Sache. Niemand in Frankreich hat bisher daran gedacht. Man muß eben der erste sein – so ist es bei allem. Donna und ich prüfen die Möglichkeit, Trüffel auf dem Luftweg herzubringen aus der Wüste irgendwo in der Nähe, wo du . . . Ich hab's vergessen. Wir werden uns in dieser Sache mit einem Mann in Mailand treffen.«

»Aber hier arbeitest du nicht. Findest du, daß das dein Leben ist?«

»Warum nicht? Du wirst auch jemand finden. Du kannst nicht zurück, eh?«

»Das muß Katya gesagt haben.«

»Donna erwähnte es . . . Sie klatschen vermutlich. Botswana, das ist der Name. Der Mann in Mailand sagt, die Eingeborenen in der Wüste haben manchmal nichts als Trüffel zu essen . . . die armen Leute, eh . . . sechshundert Francs das Kilo!« Er begann wieder, seine Finger mit meinen Zehen zu verschränken, um sich eine zweite Chance zu geben, mich zu erregen. »Ich weiß eine Menge – na ja, keine Menge – über das Land, wo du herkommst. Ich stamme aus Maurice, kennst du das? Mauritius nennt ihr es. Fast Afrika! O Gott . . .« Er lachte. »Das ist nichts für mich. Dreckig. Arm. Manchmal wird Donna übel, wenn ich ihr aus Spaß erzähle, daß die Hunde, manche Hunde, in Port Louis hier Brüche haben« – er holte Luft, um seinen dünnen Bauch einzuziehen –, »sie hängen bis auf die Straße herunter.«

Er lachte wieder, mir ins Gesicht, aber er sah nicht den Esel, den es irgendwo noch gibt.

»Donna wird dann wütend.«

»Ich weiß nicht, warum Katya das gesagt hat.«

»Afrika hat keinen Zweck mehr für Weiße. Genauso die Inseln. Es war okay, als ich ein Kind war.«

»Ich bin da geboren. Es ist meine Heimat.«

»Was macht das schon aus. Wo man so leben kann, wie man will, nur das zählt. Wir müssen uns Afrika aus dem Kopf schlagen.«

»Mein Vater ist da im Gefängnis gestorben.«

»Weißt du, warum wir nach Maurice gingen? Mein Vater

war ein Kollaborateur der Deutschen und wurde nach dem Krieg ins Gefängnis gesteckt. Die Leute können nur von ihren Familienangehörigen reden, die in der Résistance waren. O ja. Niemand glaubte, die Deutschen würden vielleicht gewinnen – o nein. Donna mußte ich schwören, daß ich das keinem erzähle! Sie stammt aus Kanada, was weiß sie schon davon, kannst du mir das sagen! Ich kenne Leute, deren Mütter der Kopf kahlgeschoren wurde, weil sie mit Deutschen geschlafen hatten. An sie dürfen wir nicht mehr denken. Es ist nicht unsere Angelegenheit. Ich bin nicht mein Vater, eh?«

Er half mir zurück ins Wasser, stützte mich, während ich ihm den Arm auf die Schulter legte. Die körperliche Nähe hatte nichts Sexuelles an sich; es war die enge Vertrautheit, die euch allen gemein ist, den Freunden im Dorf – den geschiedenen Frauen und den Frauen, die wie Madame Bagnelli einen Geliebten verloren haben, den alten Lesbierinnen und jungen Homosexuellen. Als wir zu euch an den Strand zurückkamen, muß er sich an meine Dummheit erinnert haben, daß ich die günstige Gelegenheit, mit ihm zu schlafen, nicht wahrgenommen hatte, und er war in den folgenden Tagen kühl zu mir und barsch zu Donna, wenn sie und er mit mir zusammen waren. Manchmal streichelt er mich verstohlen, wenn ich an ihm vorbeigehe; aber das nur, um zu sehen, ob ich wütend werde. Es ist nicht ernst gemeint und sogar geringschätzig.

Ein Vormittag kann mit dem Einkaufen auf dem Markt ausgefüllt sein. Nicht in dem Sinne, daß man sich die Zeit vertreibt, sondern erfüllt mit dem scharf-würzigen Geruch von Sellerie, dem schwachen, süßen Duft von Blumen und Erdbeeren, den kühlen, salzigen Absonderungen meerglitschiger Fische, den Ausdünstungen von Käse, die einem die Nasenschleimhaut zusammenziehen; mit Farben, Formen, Glanz, Dichte, Musterung, Zeichnung und Beschaffenheit von Obst und Gemüse; mit Begegnungen und den Stimmen der Leute, die damit handeln. Wenn Madame Bagnelli und ihr Gast an den Ständen vorbeigegangen waren, Bekannte getroffen, Hunde oder Kinder bewundert hatten, die sich zwischen ihren

Beinen durchwurstelten, wenn sie die Preise dieser oder jener Marktfrau verglichen und eine nicht auf Madame Bagnellis Liste aufgeführte Topfpflanze gekauft und ein Stück Spinattorte gegessen hatten, brauchten sie unbedingt einen Espresso in der Bar an der Ecke, wo junge Arbeiter ununterbrochen mit *vélos* ankamen und wieder abfuhren und alte Männer mit Baskenmützen, die Wetten für den Tiercé abschlossen, schon aus kleinen Gläsern Rotwein tranken. Wenn sie dann den Berg hinauffuhren zu Madame Bagnellis Haus, hupte sie irgend jemanden an, der sie dann aufforderte, zu einem Apéritif hereinzukommen, oder Gaby Grosbois und ihr Mann Pierre kamen vorbei, um auf Madame Bagnellis Terrasse den ihren zu sich zu nehmen – Pierre und die kleine Rose tranken Pastis, und die beiden älteren Frauen befolgten Gabys *régime* und erklärten, wie gut Gemüsesaft sei, um den Körper von Giftstoffen zu befreien.

Was immer Madame Bagnelli zu tun hatte, erledigte sie draußen auf der Terrasse. Mit ihren zerschlissenen Leinenschuhen hockte sie auf einem Schemel und verlas Kräuter, die sie mit ihrem Gast auf dem Col de Vence gesammelt hatte und nun trocknen lassen wollte. Sie rieb einen alten Tisch mit Sandpapier ab, den sie billig gekauft hatte, als sie auf dem Markt in der Nähe des alten Hafens von Antibes gewesen waren, und den sie an Deutsche zu verkaufen hoffte, die in das Haus neben Poliakoff eingezogen waren; ihr Kinn grub sich in das Fleisch des Halses, und Teilchen der Vergoldung ließen sich auf dem verklumpten Mascara ihrer Wimpern nieder. In derselben Haltung, die unbequem aussah für eine Frau ihres Umfangs, und mit der Nähmaschine auf einem niedrigen Tisch zwischen ihren Beinen nähte sie die wallenden Gewänder, die Gaby Grosbois zuschnitt – »Ich sage ihr, Rose, sie ist immer noch eine Frau, eh, Männer drehen sich immer noch nach ihr um . . . sie muß wissen, was sie anziehen sollte. In diesem Jahr trägt niemand enge, kurze Sachen – für sie ist die Mode vorteilhaft, ganz locker, dekolletiert – nein, nein, Katya, du bist immer noch schön, das sage ich dir . . .« Die beiden Frauen lachten, umarmten sich. »Wenn bei Pierre noch alles funktionierte . . .« (mehr Gelächter, ihr Mund deutete eine Tragödie an), »würde ich mir Sorgen machen.«

Wenn Rosa Burger nachmittags in dem Zimmer las, das sie

erwartet hatte, blieb ihr nicht verborgen, womit sich Madame Bagnelli unten beschäftigte, sie hörte die Schere, die nach Fäden schnappte wie ein Hund nach Fliegen, das Klatschen und Gleiten eines Pinsels, das Erklingen einer im Zimmer aufgelegten Schallplatte. Die Goldberg-Variationen, die erste Seite des Weihnachtsoratoriums, einige provençalische Lieder, unterbrochen von Krächzen, wenn die Nadel über Kratzer glitt, und ab und zu begleitet von einer zweiten Stimme – Katyas, die manche Phrasen so gut kannte, daß das Plattenhören eine Art Gespräch geworden war. Irgendwann wurde es ein richtiges: das war dann das maskuline Krächzen von Darby und das heisere Geplapper einer ihrer Busenfreundinnen. Ihre Stimmen waren durch das Alter verändert wie die von Schuljungen durch den Stimmwechsel, so daß diejenige, die in Paris so berühmt gewesen war wie Josephine Baker oder die Piaf – immer wieder sagten die Leute im Dorf zu Rosa: »Wissen Sie, daß die Arnys hier wohnt?« –, nicht zu unterscheiden war von den Lesbierinnen, die vielleicht auf die tiefere Stimmlage Wert legten, oder von den alten Amerikanern, die seit dreißig oder vierzig Jahren im Ausland lebten und mit dem Bodensatz des von ihnen konsumierten Alkohols »ihre Stimmbänder aufgerauht hatten« (wie Madame Bagnelli die Redewendung *la voix enrouée par la vinasse* zu übersetzen versuchte). »Mit einem Pauschalsatz von 33 Prozent wäre er gewiß besser dran, aber wenn man ein schwankendes Einkommen hat aus einem Dutzend verschiedener Quellen? ... Sinnvoll ist es nur, wenn man sein Vermögen nicht so streuen kann, daß man in eine niedrigere Steuerklasse kommt.« Das Englisch kommt von Donna, und das sich ringelnde, schmeichelnde Lachen bedeutet das japanische Mädchen mit dem Hund.

»Du wirst mir eine liebe Freundin sein. Wir sind gleichaltrig.« Der Text aus dem ersten Lesebuch für Kinder: das japanische Mädchen sprach ihn bei einem dieser täglichen Treffen oben auf der Treppe oder auf der *place* aus, wo sich die Leute begegnen und stehenbleiben, um sich zu unterhalten. Das Mädchen schwätzte mit ihrem schönen Hund in irgendeinem anthropomorphen Spiel – Rosa schaute hinunter von ihrer Dachterrasse und sah sie, so hübsch in engen französischen Hosen und hohen Clogs, die sie mit der Femininität exotischer Kleidung trug – Ellbogen angelegt, Knie eng beieinander –, ein lächelndes Gesicht mit breiten Kinnbacken auf schlankem Hals nach oben gewandt. Sie lebte mit einem Engländer, den Madame Bagnellis Gast noch nicht kennengelernt hatte. Auf einem Morgenspaziergang ging er unten vorbei mit einem Stock, dem Mädchen und dem Hund; ein weißhaariger Mann mit dem majestätischen Aussehen eines langsam gewachsenen Baumes, aber zwanglos auftretend in der Denim-Gleichmacherei, die zuerst Studenten von Bauern und Arbeitern und dann die Reichen von der Jugend übernommen hatten. Er war Eigentümer einer Schiffswerft in Lancashire – oder war es gewesen, alle waren etwas anderes gewesen, ehe sie herkamen, um hier zu leben, wie sie wollten –; Ugo Bagnelli, dessen Namen Madame Bagnelli führte, obwohl sie niemals mit jemand anderem als mit Lionel Burger verheiratet gewesen war, hatte für ihn gearbeitet. »Wenn Tatsu dich einlädt, solltest du hingehen, bloß um dir anzusehen, was Ugo gemacht hat. Alles an dem Boot ist seine Idee. Eine ganze Reihe von Jachten und Kabinenkreuzern – drei oder vier müssen es gewesen sein – hat er für Henry Torren ausgestattet. Ach, Henry mochte ihn ... es gibt nicht viele, die dieser Mann mag. Er ist ein Einsiedler. Abgesehen von der jeweiligen jungen Frau, die er heiratet oder mit der er lebt. Er hat hier nie mit jemandem verkehrt. Er möchte gern glauben, er wäre nicht wie wir ... es gibt so viele Versager, weißt du. Aber auch Leute, die kein Geld haben, tun hier, was ihnen Spaß macht. Ich glaube, das billigt er nicht, es verdirbt ihm den Spaß. Er möchte gern glauben, daß er nicht dieselben Freuden hat wie wir anderen. Kein Snob, nein, nein, du mußt ihn kennenlernen ... wir kommen sehr gut miteinander aus. Ein Puritaner. Ugo hat ihm nie etwas berechnet – na ja, so wenig, daß es nicht der Rede wert war. Ugo liebte luxuriöse Dinge – er lebte mit ihnen – o ja, stilvoll! im Geiste, verstehst du, während wir nichts als Spaghetti aßen. Er konnte sie entwerfen und herstellen, aber er wußte, er würde sie nie selbst besitzen. In einer Beziehung war es dasselbe ... warum verliebe ich mich in solche Männer? Vielmehr, warum tat ich es? ... Und jetzt? ...« Die Geste, der Ausdruck gespielter Entsagung, von Gaby Grosbois gelernt, wenn sie über Pierre, ihren Mann, spricht.

Madame Bagnelli und Rosa Burger sprachen nicht absichtlich von Lionel Burger, aber sie vermieden es auch nicht: er war für beide eine Tatsache. Diese Tatsache veränderte sie, jede der anderen gegenüber, zu unterschiedlichen Zeiten und in unterschiedlichen Zusammenhängen. Sie hatten sich nicht gekannt, ehe sie, eine Frau mittleren Alters, und ihr junger Gast das Glück hatten, sich in einer Lage zu befinden, die sich nicht voraussehen, planen oder erklären ließ. Im Einklang: das war an sich schon genug; es war wohltuend, daß sie füreinander erst von dem Augenblick an existierten, da sich jede von ihnen als diejenige herausstellte, nach der die andere auf dem Flughafen Ausschau gehalten hatte. Wenn der Ablauf des täglichen Lebens es mit sich brachte, daß diese Tatsache – die Tatsache Lionel – offenbar wurde, machte sie die beiden Frauen füreinander zu etwas anderem, so wie eine Veränderung der Beleuchtung das Aussehen einer Landschaft verwandelt.

Wenn Madame Bagnelli redete, sah das Mädchen die Frau an, die sich in Lionel Burger verliebt hatte. Die Frau merkte es, auf welche Weise sie plötzlich gesehen wurde, und wurde Katya. »Wir waren jung, all die Ideen waren so wundervoll. Du hast es, weiß Gott, alles schon gehört. Aber sie waren wirklich wundervoll. ›Wir werden die Welt verändern.‹ Noch jetzt, wenn ich davon spreche, könnte ich zu zittern anfangen, meine Hände . . . verstehst du? Und ich glaubte, das würde geschehen. Kein Hunger mehr, kein Leid mehr. Aber das ist der größte Luxus, nicht wahr? Ich muß ein dummes kleines Ding gewesen sein – ich war es. Unerreichbar. Nicht während unseres Lebens zu verwirklichen; nicht zu Lionels Lebzeiten. Er hatte das begriffen. Er war darauf vorbereitet, frage mich nicht, wie. Aber wenn es niemals sein sollte? Was dann? Ich konnte nicht warten, ich kann nicht warten, ich will nicht warten. Ich mußte immer leben . . . Das konnte ich nicht aufgeben. Als ich deine Mutter sah – du erinnerst dich, daß ich es sagte? –, da dachte ich, das ist für mich das Ende.«

Das Mädchen berichtigte sie. »Nein, du sagtest, du habest erkannt, daß sie eine ›echte Revolutionärin‹ sei.« Eine genau eingelegte Pause. Lächelnd. Sie zogen gegrillten Paprikas die Haut ab.

»Ja, das meine ich damit. Es war für mich das Ende. Ich hatte keine Chance gegen sie. Für mich das Ende mit ihm.«

Die Paprikahaut war durchsichtig, wenn sie sich in spillerigen Kringeln hob, und das heiße Fleisch darunter war saftig, scharlachrot; ihre Fingerspitzen brannten. »So, ungefähr einen Zentimeter dick, mach dir keine Sorgen, wenn's nicht gleichmäßig ist.« Rosa sah zu, während sie Fleischstreifen in eine Schüssel legte. »Aber ich war auch von *ihnen* befreit. Das war schon was wert. Diese Mistkerle. Einmal hatte ich ein Paar Schuhe, Sommerschuhe, sehr hübsche. Damals trug jeder im Sommer weiße Schuhe. Ich muß in aller Harmlosigkeit erwähnt haben, daß das Dienstmädchen sie mir geputzt hatte. Als nächstes dann eine Beschwerde auf einer Versammlung: Genossin Katya lasse bourgeoise Neigungen erkennen, das schicke sich nicht für ein Parteimitglied. Nähere Angaben wollten sie nicht machen. Keiner gab es zu – ich geriet in Wut und schrie auf der Versammlung. Ich wußte, es waren die Schuhe, nichts als ein verdammt dummes Paar weißer Schuhe. – Jetzt ein paar Tropfen Öl auf jede Schicht.« Ihre fettigen Finger, denen sich die des Mädchens anschlossen, von Saft tropfend bis zu den Handgelenken, legten ein Gitter aus schimmerndem Rot. Das Mädchen sah sie an; da fiel es ihr ein: »Eine Prise Salz.«

In der *bar-tabac* drängten sich junge Schweden und Deutsche, englische Männer und Mädchen, um etwas zu trinken, das *La Veuve Joyeuse* genannt wurde, und in der Sommersaison verzogen sich Madame Bagnellis Freunde abends in Josette Arnys' Bar. Die alte Sängerin war umgeben von jungen Homosexuellen wie von einer großen Familie, zärtlich, gelangweilt und abhängig. Einige bedienten an der Bar oder wurden unterschiedslos als Gäste bedient; Madame Bagnelli legte ihnen gegenüber das zwanglose, herrische, streitlustige und neckende Benehmen an den Tag, das alle Frauen im Dorf, die aus unterschiedlichen Gründen ihrer eigenen Kinder beraubt waren, jungen Männern gegenüber bekundeten. *»Oh, pardon! Je m'excuse . . . je suis désolée, bien sûr . . . Je vous avais pris pour le garçon . . .«* Rosa Burgers Französisch begann ganze Brokken der Unterhaltung zusammenzustückeln, aber das Verständnis versagte, als Scherze und Beleidigungen ausgetauscht wurden zwischen Madame Bagnelli und einem jungen Mann mit reserviertem Gesicht, der seine Herrentasche, Zigaretten und das goldene Feuerzeug an sich nahm. Einer von ihnen kochte für Arnys in der Kellerküche hinter der Kaverne mit kleinen Tischen neben der Bar. Platzdeckchen aus Papier, von einem anderen bemalt, empfahlen die Auswahl von *spécialités antillaises* (unter den alten Schallplatten, die ständig liefen, war eine aus den dreißiger Jahren mit der Stimme der Arnys, die von der Insel sang, »wo Joséphine Beauharnais und ich geboren wurden«). Mit der weißen Kochmütze, die er trug wie ein Transvestit eine Perücke, und goldenen Ketten, die sich mit dem blonden Haar auf seiner Brust verstrickten, spielte der Küchenchef die meiste Zeit mit Arnys Karten in ihrer Ecke unter Fotografien, die sie mit Maurice Chevalier, Jean Cocteau und anderen zeigten, deren Namen einer Ausländerin nicht so viel sagten.

Die Bar selbst war so zentral und majestätisch wie ein schöner Altar in einer Kirche. Wenn Rosa Burger bei den Gesprächen nicht mehr mitkam, konnte sie mit den Augen immer wieder der Spirale der gedrehten Säulen aus prachtvollem dunklem Eichenholz auf beiden Seiten des Spiegels folgen, der sie alle widerspiegelte – Darbys Kapitänsmütze, Madame Bagnellis Brüste, die auf der Mahagoniplatte ruhten, Tatsus Augen, undurchsichtig wie Melasse, den Blick eines der Homosexuellen, der mit sich selbst flirtete, die Distanziertheit eines französischen Paars, von Sonnenbrand und Liebe benommen, die aufgeregt hochgezogenen Schultern von Pierre Grosbois, als er Marthe und Françoise seine freimütigen Ansichten, seine Warnungen vor diesem oder jenem darlegte, dem verwelkten Paar mit knalligen Lippen und langen Zigarettenspitzen, deren blumengeschmückter, an die *place* grenzender Hof ein Geschäft war, wo Federboas, alte Badewannen mit Drachenfüßen und die zerbrochenen Gesichter romanischer Engel Preisschilder trugen wie Bäume in einem botanischen Garten Namensbezeichnungen. Die Eichensäulen – wenn Pierre Rosa etwas erklärte, gebrauchte er rücksichtsvollerweise ein besonderes, didaktisch ausgesprochenes Französisch – seien Spindeln von alten Ölpressen, die hierzulande zahlreich gewesen seien seit römischer Zeit (Was sagst du da! Schon viel länger! warf seine Frau über die Schulter ein) bis Ende des neunzehnten Jahrhunderts (bis zum Krieg von 14/18, Pierre!).

Madame Bagnelli hatte ihrem Gast noch nicht Alzieris Olivenölmühle gezeigt, die letzte der alten, die noch in Betrieb ist, aber sie und Rosa hatten *pan-bagnat* und Wein mitgenommen und die Mittagsstunden in dem Olivenhain verbracht, der Renoirs Garten gewesen war. Das Tal, das ihm Ausblick aufs Meer gewährte, hatte mit unbekümmert häßlichen, niedrigen Häusern ein neues Niveau erhalten. »Die Leute wollen keine Gärten mehr, in denen sie arbeiten müssen, sie wollen Balkons, um sich darauf zu sonnen, damit sie es ebensogut haben wie die Touristen, die nur herkommen zum *bronzer*. Das ist Demokratie in Frankreich.« Das Fleisch von Madame Bagnelli, die auf dem Rücken im Gras lag, wabbelte ein bißchen vor Lachen. »Aber schau mal, wie das Licht auf uns fällt, das ist das Licht, das er malte, nicht wahr?«

Der Verwalter kam, um ihr die Geräusche in seinem Kopf zu beschreiben; offenbar pflegte sie häufig dort hinzugehen. Rosa schlief ein und erwachte unter einem Baum, der ein mattes, silbernes Netzwerk von Blättern über seinen schwarzen Stamm und ihren Körper spannte. »Wuchsen sie hier schon, ehe das Haus gebaut wurde?«

»Ach, wahrscheinlich schon vor der Revolution. Wenn du in Europa lebst . . . die Dinge ändern sich (der strubbelige Kopf drehte sich zu der grellen Betonmasse im Tal), aber die Kontinuität scheint nie gebrochen zu werden. Man braucht die Vergangenheit nicht über Bord zu werfen. Wenn ich . . . in der Heimat geblieben wäre, wie werden sie sich einfügen, die Weißen? Ihre Kontinuität stammt aus der Kolonialzeit, es ist eine weiße Kontinuität. Wenn sie die Macht verlieren, hört sie auf. Einfach so! Sie haben nichts als ihre entsetzliche Macht. Die Afrikaner werden ihre eigene Art von Vergangenheit aufgreifen, zu der die Weißen nie gehörten. Selbst die Terblanches und Alettas – unsere Rebellion gegen die Weißen war zum Teil auch gegen das *Weißsein* . . . so war es, so war es. Aber hier brauchst du niemals ganz von vorn anzufangen . . . Ah, nein, da müßte zuviel übernommen werden. Das ist es, was mir hier gefällt – niemand erwartet von einem, mehr zu sein, als man ist. Diese Art Toleranz, ich wußte nicht einmal, daß es sie gab – ich meine dort: wenn du dort nicht imstande bist, es mit *allem* aufzunehmen, bist du ein Verräter. An der Sache der Menschen – Gerechtigkeit, Menschlichkeit, an alledem – sonst gibt's nichts.«

»Warst du zu diesem Schluß gekommen, als du weggingst?«

Die ältere Frau setzte sich langsam auf, genoß die Hebelkraft von Muskeln, rieb sich die vom Gras gezeichneten Oberarme wie eine Katze, die sich nach einem Sandbad putzt. »Ach, ich weiß nicht. Ich nehme es an. Aber da ist die ganze Welt ... ich hab's vergessen, daß ich je so über mich gedacht habe.« Das Mädchen hätte Neugier bekunden können über eine alte Liebesaffäre. »Mit einem Mann wie Ugo zu leben – wie kann ich es erklären? Er war sein Leben lang ganz in seinem Element, mit ihm hörte man auf zu keuchen und um sich zu schlagen ... In Europa wissen sie jetzt nicht, was Konflikt ist, gottlob.«

An der Bar war Grosbois' Stimme immer unverkennbar: während er sprach, hielt er die rechte Hand etwas erhoben, bereit, Unterbrechungen durch seine Frau abzufangen. »Dreißig Jahre – was ist das? Sind wir alle tot? Erinnern wir uns nicht? Wessen müssen wir Franzosen uns schämen, daß wir das nicht mehr feiern, wofür wir gekämpft haben? Wenn Giscard sich Sorgen macht, es könnte die Deutschen kränken, dann ist das bedauerlich. *Ich* mache mir keine Sorgen. Das französische Volk macht sich keine Sorgen, eh. Sie haben uns die Nahrungsmittel weggenommen, sie sind in unsere Häuser eingezogen. Wir haben uns in den Kellern und in den Bergen versteckt und sind herausgekommen, um sie nachts auf den Straßen umzulegen. Sollten wir all das vergessen? Das kleine Haus gegenüber von uns, da haben sie einen neunzehnjährigen Jungen als Geisel genommen und erschossen – seine Mutter wohnt heute noch da. Ich gehe in Paris durch die Straßen und sehe die Gedenktafeln, wo sie 1944 Leute erschossen haben ...«

»Er hat recht, er hat recht.«

»Ja, aber was bedeutet die Feier am 8. Mai jedes Jahr? Bloß eine weitere Demonstration auf den Straßen ...«

»*Genau* – keine öffentliche Anerkennung der *gloire* der französischen Nation, all das wird über Bord geworfen – pouf! Der Präsident der Republik findet es vulgär, eh. Vor dreißig Jahren haben wir unser Land von den Nazis befreit, und es lohnt nicht, dafür durch die Straßen zu ziehen. Aber die Studenten, eh – die Angestellten der Banque de France und der PTT – jeder kleine Mann, der ein paar Francs im Monat mehr haben will – das ist ein Schauspiel für Paris.«

»In Vincennes zeigen sie den Studenten faschistische Filme ...«

»Aber nein, Françoise. Das ist etwas anderes. Das ist, um sie bereitzumachen ...«

»Ja? Sie hat recht – was ist da für ein Unterschied, zwischen der Art von Filmen, die sie sehen, und der Art, wie sie sich benehmen? Sie zertrümmern und zerstören ihre eigenen Universitäten. Sie – Entschuldigung – pissen doch tatsächlich auf die Katheder ihrer Professoren. Es kann sie nur ermutigen ...«

»Was? Nazis, die den Juden Fußtritte versetzen und Frauen in die Lager verschleppen ...«

»Die Leute finden an Gewalttätigkeit nichts auszusetzen. Seit dem Mai 1968 ist es eine übliche Methode, um das zu bekommen, was man will. Habe ich unrecht? Ich hab's gestern im Fernsehen gesehen – diese Bande in Deutschland. Der Prozeß, der begonnen hat. Diese Wahnsinnigen von der Baader-Meinhof-Bande – sie sind das Ergebnis der Ereignisse von 1968. Die Leute mißbilligen vielleicht heutzutage bloß die jeweiligen Ziele. Die Methoden sind bei allen gleich, Raubüberfälle, Entführungen ...«

»Wie hieß doch der Junge, der rothaarige, ihr solltet ihn sehen, er ist dick geworden, ein Mann mittleren Alters! (Gabys aufgeplusterte Backen im Spiegel.) Wirklich. Da ist ein Interview mit ihm in *Elle* ...«

»Sie meint Cohn-Bendit.«

»In deiner Frauenzeitschrift? Warum graben sie ihn denn aus?«

»Das ist doch klar. Ponia hat das Aufenthaltsverbot für ihn aufgehoben, er ist in Paris und signiert irgendein Buch, das er geschrieben hat.«

»Pierre, ich werde dir den Artikel zeigen. Er liegt noch im Badezimmer – ich habe ihn gelesen, während meine Farbe einzog. Niemand hat mein Haar bemerkt ... ist die Farbe nicht wirklich sexy?«

Ein junger Mann kam herüber, um sie sich genauer anzusehen. »Was haben Sie benutzt? Ich möchte ein paar Strähnen bei mir einfärben.«

»Ich habe eine halbe Flasche übrig, Gérard. Kommen Sie morgen vorbei, Sie können sie gern haben.«

»In Nizza verlangen sie sechzig Francs dafür. Ich muß nämlich aus meinem Zimmer ausziehen ...«

»Ach, warum denn?«

»Meine Wirtin kann im Sommer das Doppelte dafür bekommen. Und sie braucht das Geld. Ihr Mann ist Rentner, und die Enkelin hat sich ein Kind anhängen lassen, die dumme kleine *nana*, sie hat es geradezu herausgefordert, das habe ich gemerkt.«

Ein Mann, den Rosa Burger grüßte, wie sie viele Leute grüßte, weil sie sich im Dorf so oft begegneten, trat schließlich in der Bar mit der Förmlichkeit an sie heran, mit der Franzosen sich als Einleitung Frauen nähern, wenn sie sich Hoffnungen auf intime Beziehungen machen. Ob sie wohl einen Drink mit ihm nehmen oder einen Kaffee trinken wolle?

»Sie sind Engländerin? – Ach so, ich hatte einen Freund, der da unten hinging, auch im Baugewerbe wie ich. Er verdient einen Haufen Geld, 12000 Francs im Monat – von neuen Francs spreche ich. Aber da gibt's Unruhen, eh? ... Ich will keine Unruhen ... Und Ihnen gefällt Frankreich? Die Küste ist schön. Natürlich. Es gibt ein paar gute Tanzlokale – waren Sie schon in Les Palmiers Bleus, das ist ganz in der Nähe von Cap Ferrat. Gehen Ihre Freunde nicht mit Ihnen tanzen?«

Sie hatte einen Mann und ein Mädchen an einem Tisch im Café gesehen, die eine abgebrochene Blume zwischen sich hin- und herwarfen; der Austausch ist in jeder Sprache so einfach zu deichseln. »Ich wohne bei Madame Bagnelli.«

»Das ist die in dem kleinen Haus direkt oberhalb von der alten Maison Commune? Aber sie ist eine englische Dame.«

»Nur der Name ist italienisch.«

»Nein, nein, *niçois*, viele Franzosen gibt es hier mit diesen Namen. Mein Name: Pistacchi, Michel Pistacchi – können Sie das aussprechen? Ich werde mit Ihnen zu Les Palmiers Bleus gehen – das wird Ihnen gefallen. Warum lachen Sie? Finden Sie mich komisch?«

»Wir werden uns nicht unterhalten können – Sie hören es doch, daß ich nicht französisch spreche.«

»Ich werde Madame um Erlaubnis bitten, mit Ihnen tanzen zu gehen.«

»Sie bitten? Wozu?«

Wie die meisten geselligen Männer fühlte er sich zu Mädchen hingezogen, die sich von der Gesellschaft unterscheiden, in der er sie beobachtet hat. Als wollte sie seinen Instinkt für derlei Dinge bestätigen, nahm das Gesicht des ausländischen Mädchens einen höchst belustigten Ausdruck an, sie sah außerordentlich verheißungsvoll aus, wenn sie lachte.

Er brachte Rosen für Madame Bagnelli. In einem eleganten marineblauen Blazer kam er, um Rosa Burger mit einem Sportwagen abzuholen. »Nicht meiner, aber annähernd dasselbe, verstehen Sie – wenn mein Freund eine gute Gelegenheit findet, ein neueres Modell zu kaufen, dann übernehme ich seinen!« Er bestellte ein sorgfältig ausgewähltes Diner und taute wortreich auf bei dem eifrigen Hin und Her, als sie gegenseitig ihre Gerichte kosteten. »Das habe ich gern – mit einem Mädchen zusammen sein, das gutes Essen, eine Atmosphäre schätzt. Ich gehe nur in erstklassige Lokale. Keine Diskos.« Er tanzte gekonnt, und seine Zärtlichkeitsversuche beim Tanzen waren auch so gekonnt kalkuliert, daß sie die Grenze nicht überschritten, an der sie vorläufig noch ignoriert werden konnten. Sie verstand das meiste von dem, was er sagte: wenn sie den Worten nicht folgte, konnte sie dem Dynamo folgen, der ihn antrieb, die Einstellungen und Vorstellungen, die sich immer um seine persönlichen Bedürfnisse, Ängste und Wünsche drehten. In aller Harmlosigkeit prahlte er mit den guten Beziehungen zu seinem *patron* – »Jeden Tag bin ich in seinem Hause zum *casse-croûte*« – und beklagte sich gleichzeitig über die Verantwortung, die zu übernehmen von ihm verlangt werde und die in keinem Verhältnis stehe zu dem, was er verdiene, und zu den Steuern, die er bezahle.

»Aber ist Ihre Gewerkschaft in Frankreich denn nicht stark?«

Sie hatte es nicht richtig verstanden; er bemühte sich zu erraten, was sie bei all den Fehlern, die sie machte, eigentlich meinte. Sie lachten, und er drückte sie einen Augenblick an sich.

»Ah, aber Sie sind intelligent, Sie wissen, was auf der Welt vorgeht, das merke ich . . . Welch Vergnügen, mit einem Mädchen zusammen zu sein, mit dem man reden kann . . . und Sie behaupten, Sie könnten nicht sprechen! Ich will es Ihnen erklären, die Gewerkschaften, die arbeiten nicht, diese Burschen, wir arbeiten für sie, und sie werden fett dabei.«

Das Thema lenkte ihn von der Wahrnehmung ihres Körpers und seiner Entschlossenheit ab, ihr den seinen bewußt zu machen; sie sah es seinem Gesicht an, daß er sich nicht von einem solchen Gespräch fesseln lassen wollte, andererseits war es verlockend, jemanden zu haben, der zuhörte.

»Und wenn die Sozialisten an die Macht kommen?« Sie mußte die Sätze versuchsweise im Geist formulieren, ehe sie sie aussprach.

»Mitterand? Er würde sich von den Kommunisten unterbuttern lassen . . .«

»Dann werden die Arbeiter stark sein. Nicht die *patrons*.«

Er hörte zu tanzen auf, mitten im Rhythmus. Er hielt sie von sich ab. »Ich will das haben, was mir gehört, eh? Meine Eltern haben dafür gearbeitet. Wenn mein Vater stirbt, gehört mir sein Haus, eh. Die Kommunisten wollen das nicht zulassen. Ich würde des Eigentums meines Vaters beraubt – wissen Sie das?«

Katya nannte ihn »Rosas Maurer«. »Das erstemal, daß du mit einem Bauarbeiter ausgegangen bist, da wette ich.« Die beiden Frauen amüsierten sich über dieses Beispiel für behütete Kindheit.

»Ich würde das Haus gern sehen, das Sie erben werden.«

»Comment?«

Wieder war ihm nicht klar, was sie gesagt hatte; endlich verstand er es, war aber immer noch erstaunt. »Ah, da ist nicht viel dran zu sehen. Alte Leute ohne Geld, da muß sehr viel renoviert werden . . .«

Es war ein kleines Bauernhaus plus Villa mit den dunkelbraunen und rosa Dachziegeln, die die Leute in dieser Gegend seit eh und je verwenden, und einer automatischen Waschmaschine in der Küche. Seine Mutter brachte dekorative Gläser nach draußen und der Vater eine Flasche seines eigenen Weins; sie lächelten das fremde Mädchen an, versuchten aber nicht, mit ihr zu reden, und sie konnte den Dialekt nicht verstehen, in dem sie mit ihrem Sohn sprachen; sie bekam nur mit, daß es eine Unterhaltung von der Art war, bei der Eltern die Gelegenheit ausnützen, alle möglichen Probleme mit einem erwachsenen Sohn oder einer Tochter zu besprechen. Die drei wurden kurz eine Familie, während sie mit ihnen durch den am Hang gelegenen Garten ging: der Sohn sprang mit seinen eleganten Stiefeln über Gräben, Vater und Mutter latschten in schmutzigen Hausschuhen hinterdrein, alle redeten, erklärten, erhoben Einwände. Vater und Sohn waren in eine Meinungsverschiedenheit darüber verstrickt, wie mit einem Baum zu verfahren sei, der umzustürzen drohte. Die Mutter nahm Rosa mit, um ihr Saatrillen mit jungen Gemüsepflanzen zu zeigen, und hier und dort bückte sie sich, um sie auszuzupfen, wobei sie den grauen Boden zerwühlte; unter belaubte Schutzdächer und durch wacklige Schuppen, wo die Sämlinge grün und durchsichtig waren, vorbei an Körben mit Walnüssen vom vorigen Jahr und einem Eimer – wimmelnd wie ein Käse voll Würmern – mit Schnekken, die zum Essen gesammelt waren. Unter Öl- und Kirschbäumen stand ein langer Tisch mit einer geblümten Wachstuchdecke unter einer in den Zweigen befestigten Lampe: da war ein Schaf angepflockt, damit es das Gras im Umkreis seines Seils mähe, und eine Schaukel für Enkelkinder. Rosa setzte sich hin und aß die Kirschen, die ihr der Vater auf den Schoß legte, und der Sohn rannte mit gesenktem Kopf auf sie zu, um alle zum Lachen zu bringen, und warf sie hoch in die Luft; schließlich kam sie wieder auf die Füße, lachend, und legte die Hand auf die Kehle, als sei etwas im Begriff, von ihr wegzufliegen. »Mir gefällt Ihr Erbe.«

»Ach, wenn der Mistral kommt, wird dieser Baum auf die Starkstromleitung stürzen – das kostet dann einen Haufen Geld. Ich hab's meinem Vater gesagt. Es ist ein schweres Vergehen in Frankreich, öffentliche Einrichtungen zu beschädigen.«

Madame Bagnelli lud die Freunde Georges und Manolis zum Essen ein, als es die Spargel gab, die Rosa geschenkt bekommen hatte. Einer der beiden »roch es, als sie kochten«, sagte Madame Bagnelli, und rief vom Tor aus herauf, als Rosa gerade auf die Terrasse kam, um den Tisch zu decken. Bobby war die unerhört große Engländerin mit schönen Beinen, die mit Sechzig, ohne lächerlich auszusehen, Stierkämpferhosen trug, die am Knie endeten, und deren Zehennägel geformt und lackiert waren wie Fingernägel. Kam Rosa zufällig vorbei, wenn sie auf ihrer üblichen Bank auf der *place* saß, dann schien sie zu glauben, sie hätten sich dort verabredet; sie sprang auf, machte begrüßende Mundbewegungen, küßte das Mädchen, bestand darauf, sie zu einem Kaffee einzuladen, und fuhr mit einer Geschichte von einem Streit oder einer Krise im Dorf fort, als seien sie beide zusammen daran beteiligt gewesen. »Ja, das große Ereignis ist gestern nun doch nicht eingetreten. Sie haben auf einen Telefonanruf gewartet, aber erst, als der Schwager erschien, Sie wissen schon, der kleine Dicke aus Pegomas, unappetitlich, wenn Sie mich fragen ...« In ihrer Strohtasche hatte sie Gummihandschuhe und oft eine Zeitung, Zeitschriften (daher kamen die Exemplare von *Vogue* und *Plaisir de France,* die Katya in ihr Gästezimmer legte) oder einen blühenden Zweig aus dem Garten des großen, abgeschlossenen Hauses mit der Majolika-Madonna an der Fassade, das sie betreute, wenn die Eigentümer abwesend waren. Soviel Madame Bagnelli wußte, war sie von einem Offizier der Freien Franzosen, der sich in sie verliebt hatte, als sie während des Krieges in der britischen Marine diente, nach Frankreich eingeschmuggelt worden. Die alten Klatschweiber im Dorf höhnten über die Behauptung, sie sei in der Résistance gewesen. »Sie gehörte schon zum Dorf, als ich hierherkam. Er hatte hier ein Haus, er kam alle paar Monate her – wie ich hörte, hat er sogar einmal tatsächlich mit ihr gelebt. Seit ich hier bin, kam er, wenn er konnte, genau wie Ugo ... Wir warteten auf den Tod seiner Frau. Sie war ja so krank ... Wir erkundigten uns immer nach dem Ergehen dieser Frau, es sah so hoffnungsvoll aus, sie hatte alle Krankheiten, die man sich nur wünschen konnte. Er starb zuerst. Oh, ich glaube nicht, daß Bobby damals ... sie hat niemals erwartet ... sie hat so lange hier gelebt, sie hat ihre Eigenheiten ... Manchmal, wenn man ihren Oberst jetzt erwähnt, antwortet sie, als ob sie wisse, von wem man spricht, aber wie jemand, der es vertuschen will, daß er nicht richtig verstanden hat.«

Von den beiden Gästen war zuerst Manolis' Stimme vernehmbar, der in seinem griechischen Französisch Anweisungen zu geben schien, wie man eine sperrige Last durch Madame Bagnellis dunkles kleines Haus bugsiert. Das mit Vorsicht zu behandelnde Frachtgut war Georges, der sich selbst transportierte. »Er hat sich das Bein verletzt. Gestern abend. Er sollte keine Treppen steigen, sage ich ihm.« Manolis ging zum Englischen über, das er von Georges gelernt hatte, so daß es sowohl mit französischem als auch mit griechischem Akzent gesprochen wurde. Sein glattes, schmales, gelbes Gesicht mit dunklen Muttermalen und bekümmert glitzernden schwarzen Augen drückte auf bombastische Weise hochnäsige Mißbilligung und Besorgnis aus. Georges erschien, auf einen Stock gestützt. »Überall mußte ich nach einem für ihn herumfragen, zuletzt beim alten Seroin, aber was für ein Theater der machte: er sei von seinem Papa aus der Zeit, als er *gouverneur en Indochine* war, wenn er beschädigt würde, pi-pa-po . . .«

Georges grinste und streckte den freien Arm aus, damit die Frauen kommen und ihn küssen sollten. »Manolis hatte neue Vorhänge fertig, und ich stand oben auf dem *armoire*, dem Prachtstück, das Katya in Roquefort-les-Pins für uns gefunden hat, ja, ich muß zwei Meter tief gefallen sein.« Er roch nach Wildleder (das weiche Hemd, das er trug) und Melissenwasser, und seine blauen Augen und das weiße Haar, geschnitten wie das von Napoleon, waren Rosa ganz nah, eine ihrer androgynen Vitalität bewußte Präsenz, während er an ihrem Ohr vorbeisprach und sie umarmte. Bobby sah zu und hob den Kopf von ihrer Präokkupation, die sie mit sich trug wie eine unsichtbare Nadelarbeit. »Vor meiner Tür ist es seit einem Monat so. Man könnte sich den Hals brechen. Kein Licht, stockdunkel. Dieser Araberarbeitstrupp läßt einfach um fünf Uhr seine Hacken und Spaten da liegen – ihnen ist das egal.«

»Aber hier haben wir genau diejenige, die Sie brauchen. Lassen Sie Rosa das mal sehen, Georges. Kommen Sie ruhig in mein Schlafzimmer – legen Sie sich aufs Bett, lassen Sie sich von einer ausgebildeten Krankengymnastin untersuchen . . . es ist kostenlos.« Madame Bagnelli stellte ihren Gast in einer anderen Eigenschaft vor, die von den anderen ebenso auf Treu und Glauben hingenommen werden mußte wie die abenteuerlichen Geschichten über das Land, aus dem sie kam.

»Sie sind Krankenschwester?« fragte Manolis streng.

»Ein Arzt ist der einzige, den man da ranlassen sollte.« Bobby sprach vertraulich mit Madame Bagnelli und rümpfte die Nase. Ihre Stimme war lauter, wenn sie zu flüstern glaubte.

»Nicht ins Schlafzimmer, ich rühre mich nicht mehr von der Stelle, nachdem ich einmal hier bin. Manolis, leg die Kissen auf den Fußboden.«

Madame Bagnelli knickste mühelos auf und ab, gewichtig auf ihren dünnen Knöcheln, und arrangierte alles rasch.

»Soll ich ihm die Schuhe ausziehen?«

Das Mädchen übernahm das Kommando, lächelnd, das Kinn erhoben. »Krempeln Sie das Hosenbein hoch. Das reicht nicht, ganz hoch. Nein, Ihre Hose sitzt zu stramm um die Oberschenkel; ziehen Sie sie aus.«

»Die geht aber ran, eh? Na schön, wenn Sie meinen . . .«

Sie lachten zu ihm hinunter, als er den Bauch einzog, den Gürtel aufschnallte und schwungvoll den Reißverschluß aufzog. Manolis zog die Hose herunter mit einer Miene, als bahre er eine Leiche auf, was weiteres Gelächter zur Folge hatte. Georges hatte das Kinn auf die Brust gepreßt und das Gesicht zu einer Grimasse verzogen, so daß Zähne sichtbar wurden, die seitlich bis auf den Knochen abgewetzt waren und mehr persönliche Verletzlichkeit offenbarten als der Körper, den er wie eine Ausstattung trug, von der er wußte, daß sie einen guten Eindruck machen würde. Rosa Burgers Haar war so lang geworden, daß es ihr ins Gesicht fiel; die anderen sahen nur ihren von professioneller Konzentration zeugenden Mund. Ihre Hände bewegten sich mit der Geschicklichkeit und Feinfühligkeit, die sie lange nicht angewandt hatten. Der Doktor sagt, die Kniescheibe sei nicht angeknackst? Sind Sie geröntgt worden? Und da zeigte sich keine Dislokation?

Manolis wandte sich an alle: »Nichts ist gebrochen! Aber sehen Sie sich doch an, wie es mit Georges steht, er kann sich nicht einmal im Bett umdrehen!«

»Ich kann ihm vielleicht etwas Erleichterung verschaffen. Geben Sie mir eine halbe Stunde Zeit.«

Sie fügten sich ihr, Manolis ging los, um den Tisch fertig zu decken, und Madame Bagnelli schleppte Bobby mit in die Küche, wo sie letzte Hand an die Sauce legte.

Mehrere Gläser Wein linderten Georges' Besorgnis über sich, die er weltmännisch vor seinem Geliebten verheimlicht hatte. Der speziell für ihn gemeinte Tonfall erreichte Manolis, als er die *sauce vinaigrette* mit einem Stück Brot aufstippte; sein dunkler, trauriger Blick (wenn Manolis lachte, schimmerten diese Augen, als ob er weinte) wurde sofort aufmerksam, und seine Lippen verschlossen sich vor anderem Geplauder.

»Es ist besser. Ich sagte: Ich glaube, es ist entschieden besser. Es wird wieder in Ordnung kommen. Ich kann das Knie bewegen – na ja, ich tue es nicht, aber ich habe das Gefühl, ich *könnte* es.«

»Wir wollten nächste Woche in die Algarve fahren. Großartig, daß man wieder nach Portugal reisen kann. Wir haben lange darauf gewartet.«

Die beiden Männer hoben feierlich die Gläser.

Madame Bagnelli beruhigte sie: »Natürlich könnt ihr fahren. Rosa wird jeden Morgen kommen und Georges massieren, nicht wahr, Rosa? Natürlich . . .«

»Ich hätte nicht gedacht, daß das so wundervoll ist. Leute, die ich kenne, verbringen da seit Jahren ihren Urlaub, es war so billig, noch billiger als Spanien.«

»Wir wären niemals da hingefahren, solange Salazar lebte, nicht einmal gratis.«

Bobby bemerkte Zurechtweisungen ebensowenig, wie wenn sie ignoriert wurde.

»Natürlich sagen sie, das Land sei jetzt am Ende – Menschen sind von den Kommunisten aus ihren Häusern gejagt worden, Engländer, die dort ihren Lebensabend verbringen, jeden Pfennig in . . .«

Georges nahm noch mal Sauce und warf Madame Bagnelli eine Kußhand zu, weil er sie so vorzüglich fand. »Wenn wir uns Chile unter Allende nicht leisten konnten, dann können wir uns wenigstens Portugal unter Gomes leisten. Ich möchte mir das nicht gern entgehen lassen. Die Leute in diesem Dorf! Habt ihr gehört, was Grosbois sagte? Wenn alles in Portugal jetzt so schön ist, warum sind dann all die Portugiesen, die hier mit den Arabern die Straßen aufgraben, nicht nach Hause gegangen . . . Die Prosperität muß über Nacht kommen, eh, oder es ist der Beweis, daß die Linke bloß alles verpfuscht. Ein Jahr, länger ist es doch noch nicht.«

Es stimmte, Madame Bagnelli konnte, gleichsam eine alte Herausforderung an jedermann, immer noch auf verblüffende Weise Attraktivität und Sexualität entfalten; eine Art innere

Kapriole als Gegenstück zu dem boxerähnlichen Tänzeln – kräftig, leichtfüßig –, das sie manchmal auf ihrer Terrasse vollführte. »Es war herrlich voriges Jahr, als wir alle auf der *place* tanzten, nicht wahr, Georges?«

»Sie hätten sie sehen sollen«, sagte Georges zu Rosa, »mit der roten Nelke hinter dem Ohr.«

»Und Sie? Wir waren alle verrückt vor Begeisterung. Manche Leute haben einfach geglaubt, sie wären beim Blumenkorso in Nizza – macht nichts.« Manolis und Georges hatten einen besonderen Weißwein mitgebracht; Katya hob die dritte Flasche tropfend aus dem Kübel und machte damit die Runde. »Und wie war's mit Arnys? Rosa – Arnys kannte keine portugiesischen Revolutionslieder, deshalb sang sie eins von La Pasionara, an das sie sich noch aus dem Jahr 1936 von der Rive Gauche erinnerte – sie weinte sich nachher bei mir aus und sagte, ein Mann, den sie sehr liebte, sei in der Internationalen Brigade gewesen.« Madame Bagnelli stand mit dem Glas in der Hand da, als wollte sie eine Rede halten oder auch ein Lied singen. »Da, wo dieses Mädchen herkommt, bedeutete der April das Ende der Weißen in Moçambique, gleich nebenan ... Sind Sie sich klar, wie das gewesen sein muß?«

Manolis sah Rosa so an, wie er es getan hatte, als sie sich Georges' Knie vornahm. »Was für ein Erlebnis. Da unten in Afrika zu sein, eh.«

Das Mädchen stand auch auf, die Handflächen auf dem Tisch. Sie konnte das angestrahlte Schloß hinter den schwarzen Pinseln der Zypressen sehen; Musik und Stimmen waren ein einziger Insektenchor der Sommernacht. Sie sah von einem Gesicht am Tisch zum anderen, einer gefühlvollen Regung folgend, sogar herzlich, sogar flehentlich. »Da gab es keine roten Nelken.«

Aber Georges und Manolis bildeten sich ein, gründlich informiert zu sein. Sie wurden nachdenklich. Höflich, mürrisch erklärte Bobby, sie wolle noch ein Stück Brot.

»Die Schwarzen waren begeistert – FRELIMO hatte elf Jahre gekämpft ... Aber wenn man auf die Straßen kam ... das ist da unmöglich ... Man würde es nicht wagen, zu feiern. Es gab eine einzige Massenversammlung, Leute kamen ins Gefängnis ...«

»Nicht einfach über Nacht, Spruchbänder schwenken und Schlagzeileninterviews mit den Helden am nächsten Tag in der Zeitung, wie es hier ist, wenn es einen politischen Krawall gibt . . .« Madame Bagnelli hielt einen Kontrapunkt nachdrücklicher Unterbrechung aufrecht.

Manolis gab ihr mit einer Handbewegung zu verstehen, daß er das genau bestätigen könne; ihm lag die Erfahrung mit den griechischen Obersten im Blut, obwohl er zur Zeit ihrer Herrschaft nicht in seiner Heimat gewesen war. »Und die Weißen? Natürlich befürchteten sie, daß dasselbe da unten passiert?«

»Es kamen dauernd Flüchtlinge, Menschen, die wie wir aussahen, die Menschen konnten sich ansehen und sie – sie brachten ihre Großmütter und Kühlschränke mit, Weiße . . .« Rosas helle Augen waren unbesonnen, vertrauensvoll. Sie hörte sich selbst zu, in einer Reihe mit den Gesichtern.

»Was können sie erwarten! Sie haben es herausgefordert. Sie haben sich einreden lassen, sie seien eine höherstehende Rasse. Fliehen mit Kühlschränken! Es wird kommen. Dreihundert Jahre, das reicht. Man ist ein Verfemter . . . sie werfen einen ins Gefängnis, wenn man versucht, sie zu ändern.« Madame Bagnelli hatte das Gebaren von jemandem, der sich von der Gesellschaft, in der er sich gerade befindet, dazu hinreißen läßt, Anliegen und Meinungen zu vertreten, die mit denen der anderen übereinstimmen. War sie mit den Grosbois zusammen, stimmte sie begeistert deren Entschluß zu, nur noch biologisch angebautes Gemüse zu essen, oder teilte Gabys Interesse an den vom *Nice-Matin* berichteten Umbauten in der Villa der Schwester des Schahs von Iran.

»Rosa könnte sich hier sehr gut ihren Lebensunterhalt verdienen. Sie würde gut zurechtkommen. Das ist mein Ernst.« Georges beugte sich vor, um alle auf die plötzliche Idee aufmerksam zu machen, ihren eigenen politischen Flüchtling zu unterstützen. »Die Leute auf den Jachten haben dauernd Wehwehchen, wenn sie sich zuviel zumuten . . . sie verletzen sich beim Wasserskifahren und sonstwo. Wirklich, es ist erstaunlich, wie gut es meinem Bein geht, entspannt, die Muskeln . . .« Seine pfiffigen blauen Augen drückten Überzeugung aus und blickten die anderen prüfend an.

»Und sogar im Dorf!«

»Da übt keiner diese Tätigkeit aus . . .«

»Aie, aie, wie steht's mit den Papieren?« Madame Bagnelli sah Rosa angesichts der Begeisterung von Georges und Manolis belustigt an. »Sie braucht eine Arbeitserlaubnis, eine Aufenthaltsgenehmigung . . .«

Georges tat mit einer Grimasse das törichte Geschwätz der verachteten Bürokratie ab. »Pa, pa, pa. Sie erkundigt sich erst gar nicht. Niemand weiß es. Sie wird bar bezahlt, sie steckt das Geld in die Tasche.« Die Finger mit dem Ring mit einem goldenen Siegel aus der Regierungszeit Alexanders des Großen, zum Zeichen des Verlöbnisses mit Manolis getragen, pingelig ausgestreckt, wischte sich eine Handfläche an der anderen ab.

Katya machte sich mit Rosa auf den Weg, um die Nachtigallen zu hören. Sie schlossen das Tor ab, aber die Räume dahinter waren offen, die Kerzen blakten auf dem nicht abgeräumten Tisch. Sie hätten noch immer oben auf der Terrasse sein können, in der warmen, stillen Nacht verhallten Stimmen.

Die steilen Straßen hinunter, sanft von der Schwerkraft vorangetrieben, unter den Straßenlaternen mit flatternden Wimpeln winziger Fledermäuse, rechts und links die Mauern der Häuser von Freunden, vorbei an trällernden, staccato abgehackten Stimmen, herübergetragen von der Musik auf der *place*, Gestank von Hundescheiße und menschlichem Urin in sarazenischen Torbögen, Arpeggios von Gelächter, begleitet vom Geklapper von Besteck und Geschirr aus dem Restaurant, wo Franzosen noch spät an einem Tisch unter den jungen Blättern eines Weinstocks saßen, die die huschenden Schatten ihrer Gesten durchscheinen ließen. (»Du wirst es nie verstehen, was sie bei dem Ritual des gemeinsamen Schmausens so euphorisch macht – nicht einmal, wenn du ihre Sprache tadellos verstehst.« Katya war anerkennend fasziniert von der Unerforschlichkeit des Volksstammes, unter dem sie lebte.) Vorbei an den kleinen Villen der Toten mit den Urnen ihrer Marmorgärten, die den Duft von Nelken aussandten wie eine Vase im Wohnzimmer; dem Hufgeklapper von eng umschlungenen Pärchen, die näher kamen und auf ihren hohen Hacken davontrabten, den röchelnden Schwaden der Motorräder, dem leisen Gezirpe älterer Leute, die durch das Dorf wanderten wie durch eine Ausstellung von Stein, Licht, Türen mit Vorhängen aus Plaststreifen, den Gesichtern gemeißelter Löwen, denen Jahrhunderte wieder die weichen Konturen von Zügen verliehen hatten, die sich in einem Fötus bilden. In den Resten der Waldschlucht war dieses ganze vertraute Element plötzlich verflogen wie zerrissenes Papier, das durch den Luftzug der Flammen in einen Kamin hinaufgesogen wird. Es war emporgestiegen über die angestrahlten Zinnen des Schlosses, sanft wie ein zahmer Drache. Katya stapfte durch wüste Dikkichte, geräuschlos wie eine Füchsin oder ein Dachs, der es listig versteht, mit Campingplätzen und Autobahnen zu koexistieren. Rosa durchstreifte diesen harmlosen europäischen Dschungel.

»Warte nur. Warte.«

Katyas Atem traf sie wie Kiefernnadeln. Rings um die beiden Frauen war eine Art von rührend süßem Klingen gerade noch hörbar. Ein neues Wahrnehmungsvermögen fing den äußersten Klang von Wellen auf, deren Zentrum unerreichbare Ekstase sein mußte. Das Erregende der Dunkelheit verstärkte sich, ohne näher zu kommen. Sie machte eine Bewegung, fragend. Der Umriß von Katyas Gesicht drehte sich, um ihr Einhalt zu gebieten. Das vibrierende Glas, in dem sie festgehalten waren, zersplitterte in Gesang. Der Eindruck beim Empfang des Gesanges änderte sich dauernd. Bald war es eine Himmelsschräge, auf der sie glitten, kippten, segelten, zur Erde wirbelten; dann war es ein Atem, angehalten im Augenblick des Blackouts und darüber hinausgehend zu einer Tonhöhe, die, hinreißend, immer wieder erreicht wurde.

Katya hakte das Mädchen unter, als der Pfad breiter wurde. Ihre Füße trugen sie zum Dorf. »Sie singen die ganze Nacht. Jeden Sommer. Wenn ich nicht schlafen kann, komme ich einfach um zwei oder drei Uhr morgens her . . . Oh, ich habe sie immer, jedes Jahr.«

»Mitten im Winter, im siebenten Monat schwanger, in der Abendschule unterrichten in einem eiskalten, alten Lagerhaus . . . okay, ich war ›gemaßregelt‹ worden – und wie ich mich schämte! –, mußte gemaßregelt werden wegen meiner bourgeoisen Neigungen, weil ich meinem Privatleben Vorrang einräumte. Ich erinnere mich, daß ich weinte ...« Gemurmelt da oben, wie Schulmädchen unter der Bettdecke. Gelächter.

»Einmal wurde ich vorübergehend aus der Partei ausgeschlossen wegen ›Inaktivität‹ ... wenn sie etwas mit einem Namen belegten, ich kann dir sagen ... es bedeutete etwas Beliebiges, das sie bestimmten. ›Jeder nach seiner Befähigung‹ ... Sechs Abende in der Woche tanzte ich in einer verdammten miesen Revue – kannst du dir das vorstellen? Ich mußte – Lionel war noch Pflichtassistent und verdiente fast nichts, er ging mit dem Baby auf und ab, wenn er nach Hause kam. Aber sonntags nahm ich meine kleine Straßentheatergruppe, die ich zusammengestellt hatte, mit hinaus in die schwarzen Vorstädte, wir fuhren da mit einem alten Möbelwagen hin ... mitsamt dem Baby und allem. Darauf hatten sie nur gewartet. Ich ging nie zu ihren wunderbaren Vorträgen über Marxismus-Leninismus – ob ich das alles selbst lesen könne? Nein, man mußte dasitzen und sich anhören, was sie herunterleierten. Einem armen Würstchen, ihren Namen habe ich vergessen, wurde vorgeworfen, sie habe versucht, die Genossen zu vergiften, als sie das Wasser für den Tee in einer verdächtig aussehenden Büchse kochte. Eine von den Trotzkisten, die ausgeschlossen wurde ...«

Was hat er gesagt?

Ich habe niemals mit jemandem so gesprochen wie mit dir, rückhaltlos, auf feminine Weise.

»Dick war der einzige ... na ja, er hat mich nicht gerade verteidigt, wer hätte das gekonnt – vermutlich hatte ich wirklich nicht das Zeug zu einer guten Parteigenossin. Aber ein gewisses ...« (eine belustigte Pause, beiderseits eine tadelnswerte Auffassung von unserem Geschlecht) »... Etwas ist einmal vorgekommen. Viel später, während des Krieges. Ich wußte, daß er mich wirklich gern hatte. Er hielt mich für ein ungewöhnliches Geschöpf ... ein paar Küsse unter den unwahrscheinlichsten Umständen ... oh, der keusche Dick. Wir fanden es verächtlich, daß Frauen der bourgeoisen Moral unterworfen sein sollten, aber er hatte Angst vor Ivy und schuljungenhafte Gefühle der Hochachtung und was nicht alles gegenüber seinem Genossen. Er verehrte ihn. Einmal sagte er zu mir, Lionel werde unser Lenin sein. Ich glaube – nun ja, ich will jetzt nicht lügen, wir haben tatsächlich einmal zusammen geschlafen. In Ivys Bett! Du lieber Himmel. Ist es nicht merkwürdig, was Männer reizt? Komisch, ich erinnere mich noch an die Bettwäsche. Ich habe ihre Bettwäsche nie vergessen. Sie war bestickt, Kettenstich-Gänseblümchen und so weiter, leuchtend rosa und blau – sie trug auch immer so schreckliche Kleider! Sie war verreist, auf irgendeiner Konferenz mit Indern in Durban. Wir sollten eigentlich Flugblätter vervielfältigen. Der liebe Dick. Aber im Vergleich zu jemandem wie Lionel . . . die Affäre hatte nicht viel Aussichten. Es war nicht eigentlich etwas, über das man sich Sorgen machen mußte. Ich kann mir nicht vorstellen, wie er jetzt aussieht . . . sein Jakkett rutschte ihm immer über dem Hintern hoch, er merkte es gar nicht, ich mußte immer kichern . . .«

Was hat er gesagt?

Du hast mich nie gefragt, warum ich gekommen war, und ich stelle diese Frage auch nicht. Du erzählst mir Anekdoten aus deiner Jugend, die meine verändern könnten. Mehrmals hätte ich fast auf dieselbe Weise eine Anekdote beisteuern können, wie ich mich immer fein machte und meinen »Verlobten« besuchte mit Alettas *verloofring*. Ich hätte die Redeweise der Wärter nachmachen können, und du hättest gelacht und deinen Spaß gehabt, weil die Erinnerung alles mildert. Genau das ist es! Die Roheit und arglose Sentimentalität von Großmutter Marie Burgers *taal* in ihren Mündern. Natürlich weiß ich, wie wir sind, wenn mal ein gewisses Etwas vorkommt – als Didier mir meine Chance gab und einen Zeh für Brustwarzen oder die Klitoris hielt. Was hat er gesagt, dein Mann, als seine Tänzerin gemaßregelt wurde? Es muß ihm kleinlich vorgekommen sein – die geweißten Schuhe, deine Tränen. Oder vielleicht sah er diesen ideologischen Läuterungsprozeß als wichtige Schulung für die bedingungslose Zustimmung zu Maßnahmen an, die bedingungslos ausgeführt wurden und deren Notwendigkeit sich erst später herausstellen sollte. Er mag gelächelt und dich im Bett getröstet, aber erkannt haben, daß die Getreuen Ernst machten und dich maßregelten, weil du Amateurtheateraufführungen der marxistisch-leninistischen Bildung vorzogst.

Das gewisse Etwas mit dem Genossen Dick – was hat er da gesagt? Vielleicht hat er es nicht gemerkt. Du hast ihn betrogen, weil du nicht sein Format hattest; es war deine Rache, weil du unbedeutender warst, und deine Mängel wurden dir dadurch voll zum Bewußtsein gebracht, daß er die Art läßlicher Sünden, mit denen du dich getröstet hast, nicht einmal bemerkte.

All das erkenne und begreife ich, während wir Erbsen auspalen, einen Saum mit einer alten Rasierklinge auftrennen, in den Korkeichenwäldern spazierengehen, zuschauen, wie die Fischer in See stechen, barfuß auf den tageswarmen Steinen herumlaufen, nachdem deine Freunde nach Hause und ins Bett gegangen sind.

Es ist behaglich bei dir. Ich bin glücklich mit dir – ich sehe es alles so, wie er es sah; lächelnd und beobachtend, von dir bezaubert, obwohl du dick geworden bist und das Temperament, das Katya besessen haben muß, sich zu Plumpheit vergröberte und die Anziehungskraft zu etwas entartete, das ich nicht gern sehe – eine Gefallsucht, um jeden Preis gefallen, ohne noch daran zu denken, wie.

Ein gewisses Etwas ist vorgekommen. Was hat er gesagt?

Er konnte nichts sagen, denn inzwischen gab es die wahre Revolutionärin: du hast meine Mutter auf den ersten Blick erkannt. Niemand hat es mir je gesagt, aber nach der allgemein anerkannten Version, nach Ansicht von allen hat Katya Lionel Burger verlassen – das war typisch für eine Frau, die so ungeeignet war (wie sie später im Leben selbst erkannte) für den Mann, der er werden sollte. Sie verließ ihn wegen eines anderen Mannes oder eines anderen Lebens – ist das in Wirklichkeit nicht ein und dasselbe für eine Frau, die nicht für die ZUKUNFT leben will? Du hast dieser Version nicht widersprochen. Aber ich erkenne, daß, was immer du getan hast, du und er und meine Mutter wußten, daß er ihretwegen nichts sagte. Dort, wo wir herkommen, schreibt jemand eine fundierte Biographie, in der das ausgelassen wird. Jedenfalls, wenn du mich fragen *würdest* – ich habe keine Pilgerfahrt, verehrend oder bilderstürmerisch, unternommen, um etwas über meinen Vater zu erfahren. Dennoch muß es einen gewichtigen Grund dafür gegeben haben, daß ich mit geschlossenen Augen dieses Haus, dieses französische Dorf fand; einen gewichtigeren Grund als meine Überlegungen, daß der Staatssicherheitsdienst nicht auf den Gedanken kommen würde, dort nach mir zu suchen.

Ich wollte wissen, wie man ihm abtrünnig wird. Die frühere Katya vermochte mir zu schreiben, daß er ein bedeutender Mann war, und kam doch zu dem Schluß, daß es »eine ganze Welt« gebe außerhalb von dem, wofür er lebte, außerhalb des Lebens, wie es mit ihm gewesen wäre.

Es fiel Rosa Burger nicht schwer, Didiers geplante Sinnenfreuden abzulehnen; sie war nie gleichaltrig mit Tatsu gewesen, die im Garten des alten Mannes mit ihrem Hund spielte. Bei einer der sommerlichen Zusammenkünfte erzählte sie einem Mann, den sie vorher nie gesehen hatte und wahrscheinlich nie wiedersehen würde, ihre Version eines Vorfalls in Paris, als ein Mann versuchte, Geld aus ihrer Tasche zu stehlen.

»Er hatte mich ertappt.«

»Wobei?«

»Ich glaubte, jemand anderes könnte ein Auge darauf haben, was ich treibe.«

»Ein Taschendieb. Armer Teufel.«

»Ja.«

»Ein Schwarzer.«

»Ja.«

Der Franzose, mit dem sie dieses Gespräch auf englisch geführt hatte, war am 14. Juli noch im Dorf – einige dieser Freunde von Freunden waren nur für ein Wochenende da; Namen und Gesichter mit Begeisterung vorgestellt als ein Schwager, ein Vetter, ein »Kollege« aus Paris oder Lyon, dessen vorübergehender Aufenthalt dem Gastgeber eine gewisse Verbindung mit Regierungssitzen, Handel und modischen Ansichten vermittelt. Er war wie jedermann auf der *place*, tanzte, sah anderen beim Tanzen zu, klatschte Beifall und küßte, als das Feuerwerk von den Zinnen des Schlosses aufstieg. Katya und Manolis, Manolis und Rosa, Katya und Pierre, Gaby und der Bürgermeister, Rosa und der Autoverkäufer, Sohn des Konditors, hüpften und kreisten um Georges' schnalzende Kastagnettenfinger; einige schöne Mannequins aus Cannes standen da herum und schüttelten ihre Lokken wie brave Kinder, denen gesagt worden ist, sie sollten sich nicht balgen und ihre Sonntagskleider nicht schmutzig machen; und er war einer der großstädtischen Franzosen mit hübschem Hintern, Maßhemden und Pullover, an den Ärmeln um den Hals geknotet, deren kosmopolitische Gegenwart den familiären Kreis gegen das touristische Element stärkte. Er tanzte mit ihr, ziemlich schlecht, und eine Wange zuckte bei der qualvollen Musik, die von einer girlandengeschmückten Tribüne kam. Er saß am anderen Ende des Tischs, als acht oder zehn der Freunde zusammen in einem Restaurant aßen nach einer lauten und ernsthaften Diskussion über Gerichte und Kosten. Gaby Grosbois hatte die Sache in die Hand genommen. »Ich werde einen guten Preis mit Marcelle aushandeln. *Moules marinières,* Salat – was trinken wir, *blanc de blancs?*« Sie marschierte los, pfiff dazu die Marseillaise und wackelte mit den Pobacken im nachgemachten militärischen Tritt.

Das kleine Restaurant war ein einziges gemütliches Getümmel. Marcelles Barkeeper sang Argot, und während eines Liedes schnappte er sich eine gebogene *ficelle* aus dem Brotkorb, hüpfte zwischen den Tischen hindurch und ließ sie mit priapischer Ausgelassenheit vom Ansatz seiner Beine aus hochstehen. Sie bewegte sich wedelnd auf kreischende Frauen zu – Katya, Gaby – »mesdames, bloß ansehen, nicht berühren«. Mit einer schwungvollen Geste steckte er sie Pierre Grosbois in die Leistengegend, von wo aus Grosbois unter beifälligem Gelächter durch Straffung seiner Oberschenkelmuskeln es fertigbrachte, damit an den Tisch zu klopfen.

Im Durcheinander der zurückgeschobenen Stühle und der zu den Gute-Nacht-Umarmungen auf- und untertauchenden Gesichter hielt der Unbekannte bei Rosa inne. »Wir wollen noch einen Schluck zusammen trinken.«

Im Gedränge auf der *place* verloren sie die anderen.

»Wo?« Er blieb stehen und zündete sich in einem dunklen Torweg eine Zigarette an; für ihn war sie die Einheimische.

Sie gingen zu Arnys, die das ausländische Mädchen ohne ihre übliche Gesellschaft nicht zu erkennen schien. Die alte Frau in dem Chiffonkleid, das an gewaltigen Beinen hochrutschte, die in kleinen, engen Pumps wie Satinhufe steckten, legte weiter ihre Patiencen. Ihr blinder Malteser mit dem verfilzten Fell kam herüber und spritzte ein paar Tropfen an seinen Stuhl: *Chabalier* schrieb er für Rosa auf den Rand einer Zeitung, die auf der Bar lag, *Bernard Chabalier.*

»Wo wohnen Sie, wenn Sie nach Paris kommen?«

»Ich komme nicht nach Paris.«

»Sie glaubten, Sie würden verfolgt.«

»Ach das. Zwei Nächte; ich war auf dem Weg hierher. Das erste und einzige Mal.«

Die Schultern hochgezogen, das Gesicht in die Hände gelegt, fand er sich damit ab, daß er keine Antwort erhalten hatte. »Wollen Sie noch ein Glas Wein? Oder einen Kaffee?« Was ihn selbst betraf, so erklärte er es dem Barkeeper unmißverständlich und strikt, als wollte er ärgerlichen Einwänden vorbeugen: »Ich weiß, es ist Sommer. Ich weiß, es ist *Quatorze Juillet.* Aber haben Sie Zitronen? Ich möchte heißen Zitronensaft.«

»Keinen Wein mehr. Ich nehme das auch.«

»Sind Sie sicher, daß Ihnen das schmecken wird? Nicht lieber einen exotischen französischen Drink? Wirklich bloß sauren Zitronensaft?«

»Ich habe es verstanden.«

»Als ich in London studierte, erkundigte ich mich immer im Bus nach dem Weg. Zehn freundliche Menschen antworteten mir auf einmal ... Ja, ja, lächelte ich, vielen Dank, aber ich war genauso schlau wie vorher. Es ist eine Sache des Stolzes, dem Chauvinismus einer fremden Sprache mutig entgegenzutreten. Bei Pressekonferenzen hört man einen ausländischen Staatsmann so redegewandt in seiner eigenen Sprache, und dann versucht er es plötzlich mit ein paar Worten Französisch ... ein Idiot spricht, ein Analphabet aus irgendeinem gottverlassenen Dorf, der mit siebzig Jahren lesen lernt.«

Das Mädchen wirkte nicht eingeschüchtert. »Ich bin daran gewöhnt. Ich habe mein Leben lang zwei Muttersprachen gehabt und war immer umgeben von anderen Sprachen, die ich nicht verstehe.«

»Ich spreche Englisch ...«

Mit einer Geste bestätigte sie sein Können; er war nicht beeindruckt von seiner Leistung. »Nun ja, ich habe da sechs Jahre gearbeitet – aber ich weiß nicht, ob wir einander verstehen werden, eh.«

»Warum nicht?« Sie griff die Methode auf, deren sich ein

Mann und eine Frau bedienen, wenn sie sich eine halbe Stunde amüsieren wollen.

»Wenn Sie so reden, ja. Ich sage das, wovon ich glaube, daß es Ihnen schmeichelt und mich interessant macht. *Das gefällt mir. Finden Sie nicht, daß.* Jeder macht sich zum Schaustück ... Das kann ich nicht aushalten. Das ist nicht, was ich ... Stimmt, antworten Sie nicht darauf ... es ist peinlich, nicht zu flirten, nicht die Schwanzfedern zu sträuben und Kikeriki zu machen ...«

Einer von Arnys' jungen Männern schob mit hochmütigem Blick zwei Gläser auf Untertassen vor sie hin. Chabalier entleerte die kleine Tüte Zucker in die trübe Flüssigkeit und rührte um, als wäre es eine Arznei; Rosa folgte seinem Beispiel. Er griff nach der Zuckerdose.

»Was haben Sie getan?«

Sie spürte wieder den Griff, mit dem sie in der Straße mit Namen Rue de la Harpe eine Hand festhielt. Er wartete auf ihre Antwort, und sie kostete den Zitronensaft und nahm kleine Schlucke, weil er sehr heiß war. »Nichts.«

Sie wandte sich an ihn, um ein Urteil zu hören, den Beweis seiner eigenen Worte – er würde nicht verstehen.

»Ich habe nichts getan.«

»Was hätten Sie getan haben können?«

»Ach, das kann ich nicht erklären.« Sie blickte ringsum in der Bar nachsichtig auf die jungen Männer, die wie Revuetänzerinnen in ständiger Erwartung ihres Auftritts an Haar und Kleidung herumfummelten, auf die alte Sängerin, die einem Gefühl, alles unter Kontrolle zu haben, was sie im Leben verwirklichte, Genüge tat durch die Überzeugung, die richtige Karte werde auftauchen.

»Ich könnte vielerlei anführen, was Sie hätten getan haben können. Mädchen auf den Straßen von Paris wie Touristen mit müden Füßen und ihrem *Guide bleu*, die Hijacker und auf der Flucht sind. Kleine Schülerinnen mit *art nouveau*-Zöpfen, die in ihren Ranzen Kokain zum Verkauf haben. Abgeordnete, die im Matignon dinieren – silbergraues Haar, manikürt, Anne-Aymone plaudert mit ihnen über Gartenbau-, die im Nahen Osten, in Lateinamerika, Afrika und anderswo an beide Seiten Waffen verkaufen.«

»Nichts dergleichen.« Er hatte keinen Pullover um den

Hals geknotet (eine abgetragene Lederjacke war auf dem Barhocker neben ihm abgelegt worden); er löste sich aus dem Vorstellungsbild, bei dem ein paar gemeinsame charakteristische Merkmale zu einem wurden. Eine hohe Stirn mit unterschiedlichen Ohrläppchen rechts und links war fast schon eine Glatze; schütter werdendes lockiges Haar umrandete sie gegen das Licht und wucherte flügelartig über und hinter den Ohren. Ein breiter, dünnlippiger Mund mit einer Muskelbeweglichkeit, die in dem festen Fleisch rundum das zum Ausdruck brachte, was gewöhnlich durch die Lippen vermittelt wird.

»Ja, ja. Es gibt aber auch Menschen, die sich einbilden, sie müßten etwas begangen haben, sie glauben, sie würden verfolgt. Das ist begreiflich.« Die dichten Augenbrauen, die Männer dafür entschädigen, daß sie ihr Haar verlieren, hoben sich nachsichtig. Der Blick hatte eine tranceähnliche Starrheit, und der Bogen des Lides saß ziemlich tief über dem Augapfel in einer knöchernen Höhle.

»Ich bilde mir nichts ein. Da ist auch nichts neurotisch oder mysteriös.« Sie hatte ein Bedürfnis, offen zu sein; sich zum »Schaustück« zu machen, wie er gesagt hatte, war unannehmbar. »Wenn man von Polizisten verfolgt wird, gewöhnt man sich daran, ebenso wie sie. Man weiß, ob sie einschlafen, während sie auf einen warten, oder ob sie sich in regelmäßigen Abständen davonmachen, um ein Bier zu trinken. Ich kenne sie seit meiner Kindheit. Aber in einer fremden Stadt würde es nicht so leicht sein, einen von ihnen zu erkennen. Ich kenne die Art von Leuten nicht, die hier diese Aufgabe übernehmen, ihre Kleidung, ihren Haarschnitt ...«

Sie gab es auf, lächelnd.

»Wenn man nicht so lebt, nicht so gelebt hat ... Und hier, sogar ich ... wenn man nicht so lebt ...«

Er sah sie unvoreingenommen respektvoll an. »Sie haben Scherereien gehabt. Na schön. Ich sagte Ihnen ja, es ist unmöglich ... Ich weiß davon, aber ich habe es nicht erlebt.«

»Erstens betrachte ich das nicht als ›Scherereien‹ ...«

»Natürlich nicht. Sehen Sie? Es ist immer weniger möglich für mich. Als ich sagte, wir würden einander nicht verstehen, habe ich nicht an so etwas gedacht. Ich dachte nur, wir würden nicht zugeben, warum ich sagte: Kommen Sie mit, und warum Sie mitkamen. Diese Dinge zwischen Männern und Frauen. Sie wirken sehr anziehend auf mich – Sie wissen es und beantworten es damit, daß Sie mit mir mitgehen statt mit den anderen. Vielleicht haben Sie unter all den Männern, die interessiert gewesen sein müssen, nicht den gefunden, den Sie wollten? O ja. Aber sie konnten es mir nicht sagen ... Und wie könnten Sie mich verstehen? Ich esse das Brot und trinke den Wein von Freunden, von denen ich nicht viel halte, aber ich lebe auf ihre Kosten ... und vielleicht glaube ich auch, ein neues Mädchen gehöre zu meinem kleinen Studienurlaub ... Ich weiß es nicht. Sie wissen, daß ich Lehrer bin. ›Professor‹, wir wurden einander vorgestellt, aber Namen ... Jeder Franzose, der in einem Gymnasium unterrichtet, ist Professor, jeder Deutsche ist ein Herr Doktor. Die Leute, bei denen ich wohne, werden Ihnen sagen, daß ich ein Buch schreibe – in ihrem Haus, es ist ein herrlicher Vorgang für sie. Würde ich Ihnen sagen, daß es meine alte Dissertation ist, deretwegen ich mich vor drei Jahren an der Sorbonne immatrikuliert habe, und daß ich hoffe, vielleicht, vielleicht einen Verleger dafür zu finden, wenn sie je fertig wird.«

»Mir können Sie es sagen.« Sie lachte ohne Verlegenheit. Sie streckte eine Hand aus, Sehnen wie Speichen auf dem Handrücken, und ließ sie die Spirale der Olivenpressensäule entlanggleiten, der sie mit dem Blick gefolgt war, als sie mit anderen hiergewesen war.

Eine Frauenstimme, vor dreißig Jahren aufgenommen, sang von der Insel, auf der sie und Napoleons Joséphine geboren waren. Er hatte die Zitronenscheibe unten aus seinem Glas herausgefischt und verschlang das Fruchtfleisch mit einem von der Schale verzerrten Mund. »Ein Schwein. Entschuldigen Sie, ich mag das zu gern. Wissen Sie, was das ist? Das ist die Arnys, die das singt – unverkennbar. Sie war die Beste von der ganzen Gesellschaft. Wie eine Stimme, die von der Straße herauftönt, wenn man gerade einschläft oder noch nicht richtig wach ist.«

Rosa beugte sich vor, um ihm etwas zuzuflüstern, kam mit dem krausen Haar hinter seinem Ohr in Berührung und roch ihn zum erstenmal. »Das ist Arnys da drüben. Es ist ihre Bar.«

»Aber nein.«

»Es wird mir immer wieder gesagt. Mir bedeutet es nicht viel.«

Er sah die alte Frau mit einer Art parteiischem Stolz und Staunen über die Standhaftigkeit an. »Sie haben Arnys' Bar ausgesucht. So etwas kommt vor . . .« Er glitt von seinem Hokker herunter und ging zu der alten Frau; sie blickte auf, die Lippen öffneten sich mädchenhaft wie auf den Fotografien an den Wänden. Er sprach leise und schnell auf französisch. Sie brummte ein unsicheres Monsieur? – ein Baßton auf zersprungenen Saiten. Und dann kam es zu einem dieser außerordentlichen Ausbrüche des französischen Temperaments. Sie klärten sich gegenseitig auf, sie sprachen beide gleichzeitig, hoben herausfordernd Gesichter wie Vögel ihre Schnäbel, Arnys schloß die Augen halb, sie legten sich gegenseitig die Hand auf den Arm, Professor Bernard Chabalier wiederholte mit ehrfürchtiger Förmlichkeit: *chére madame, Josette Arnys, Josette Arnys.* Ihr Hund zappelte unter ihrem Arm, entweder um sich auf ihn zu stürzen oder um heruntergelassen zu werden.

Er kam zurück, heimlich lachend nach liebenswürdigen Blicken; er hätte sich auch für jedes andere lokale Wahrzeichen aufgeschlossen erweisen können. »*Sehr bescheiden.* Wissen Sie, was sie sagt? Es werde nie wieder jemanden wie sie geben. ›Dieser ganze feministische Rummel‹ bedeute, daß Frauen nicht mehr von Liebe singen können, sie werden sich dessen schämen. Da sagte ich, das Lied von der Insel handele auch nicht von Liebe, wenigstens nicht von dieser Art Liebe, sondern von der Herkunft, es sei sogar romantisch politisch, seiner Zeit voraus (das sagte ich ihr nicht) – es handele von den Antillen, von Europas Sehnsucht nach einem bestimmten Humanismus, von dem es glaube, daß er in einer kreolischen Welt gedeihe. Aber sie erwiderte, es gebe nach wie vor nur eine wahre Quelle des Gesangs – sehen Sie die Vögel an, die nur singen können, weil sie ein Weibchen anlocken müssen.«

»Haben Sie sie früher nie gesehen?«

»Wo hätte ich sie sehen sollen? Als Kind in Pariser Nachtklubs? Wir haben zu Hause ein paar alte Platten – die Familie meiner Frau ist eine von denen, die nie etwas wegwirft –, wir spielen sie ein- oder zweimal im Jahr bei einer Party, wie heute abend, alle trinken zuviel Wein und hopsen herum . . . Arbeiten Sie morgen?«

»Ich arbeite nicht.«

»O Gott, ich muß mich am Riemen reißen. Das ganze Jahr über sage ich: Wenn ich der Wohnung, den Kindern, den Ausschüssen, den Sonntagsessen, allen Leuten entkommen könnte, wenn ich drei Wochen für mich hätte. Und jetzt, da ich mit meiner Dissertation allein bin, rede ich zuviel davon. Die ganzen Sommerpläne drehten sich um mich, meine Frau und die Kinder haben auf ihre Ferien verzichtet, sogar meine Mutter schreibt in ihren Briefen, ich solle nicht antworten, ich müsse mich zu sehr konzentrieren.« Er lenkte das Gespräch von sich ab. »Haben Leute wie Sie Ferien? Können Sie sagen: *arrête*? Ein Datum für die *rentrée* festsetzen?«

»Ich habe es versprochen.« Sie war stark in Versuchung, da dieser Mann sich nicht als einer herausgestellt hatte, den sie nie wiedersehen würde, ihm etwas anderes zu unterbreiten als nur die fünf Minuten in der Rue de la Harpe. »Ich habe mich bereit erklärt, Ferien zu machen. Wie jeder andere.« Ihr Ton war neckend.

»Wir werden morgen wieder herkommen.« Er sprach, als hätten sie sich geeinigt, irgendeine Entscheidung zu verschieben. »Ist es tagsüber geöffnet? Gegen zwölf.« Auf dem Weg nach draußen ging er noch einmal zu der alten Sängerin und küßte ihr die Hand. Es gab von neuem ein aufgeregtes Hin und Her zwischen den beiden. »Sie will eine Flasche Champagner aufmachen. Ihre Knaben würden eifersüchtig sein, offenbar hat sie ihnen nichts spendiert, um den *Quatorze Juillet* zu feiern. Ich habe sie auf morgen vertröstet.« Als das Mädchen ihm voran auf die Straße ging, war er zugleich bittend und streng. »Ich erwarte Sie hier.«

Manchmal war sie vor ihm da. Er machte es sich zur Regel, früh genug aufzustehen, um schon drei Stunden gearbeitet zu haben, ehe er durch Arnys' tabernakelförmige Türen mit den Scheiben oben aus bernsteinfarbenem blasigem Glas hereinkam. Sie gingen nach innen auf und öffneten sich gewöhnlich nur für ihn; kaum jemand kam vormittags. Pépé oder Toni oder Jacques – wer immer die Schlüssel an sich genommen hatte, als die Bar um vier oder fünf Uhr morgens schloß – schlich lustlos zwischen der winzigen Küche, der Restaurantnische, die nach mit Wein vollgesogenen Korken und den

Winkeln roch, wo sich der Malteserhund auf Sägemehl erleichtert hatte, und der Espressomaschine herum, gurgelnd und spuckend füllte sie eine Tasse nach der anderen, die von beschmutzten, zarten, zitternden, beringten Händen aufgenommen wurden. Die Selbstversunkenheit des jungen Homosexuellen war seltsam beruhigend. Er trank den Kaffee, als wäre er der Lebensborn, rauchte, als wäre das, was er in seine Lungen inhalierte und durch Mund und Nase sorgfältig wieder ausstieß, ein Ausspülen mit reinem Sauerstoff; wenn er wieder auflebte, pflegte sich sein Gesicht, von Schlaf und Zärtlichkeiten gezeichnet wie das eines Kindes von vergessenen Tränen und einem zerknitterten Kopfkissen, zu verändern und flüchtig erkennen zu lassen, was ihm in den Sinn kam. Ab und zu wischte er halbmondförmig über die Theke. In Gegenwart eines so beherrschten Geschöpfes kam Rosa ihr eigenes Dasein zum Bewußtsein wie das sich verstärkende Tikken einer Uhr in einem leeren Raum. Sie hatte eine Zeitung bei sich oder ein Buch, das sie und Bernard austauschten, aber sie las nicht. Die riesigen Holzspindeln der Ölpresse, der Spiegel hinter der Bar, die Fotografien, deren Widmungen allein schon etwas Besonderes waren, der grüne Satin, mit dem die Wände verkleidet waren und der dort, wo er sich ablöste, von dem angehefteten Plakat: *Ouvert jusqu'à l'aube*, gehalten wurde; der Porzellanfisch mit Bleistiften im Maul, die Flaschen von Suze, Teacher's, Ricard, Red Heart, die, auf dem Kopf stehend, wie Orgelpfeifen angeordnet waren, der Fernseher auf dem alten Rattantisch, der Küche zugewandt zum Vergnügen desjenigen, der gegenwärtig Koch war und den man abends schneiden, hacken und klopfen sehen konnte, während er fernguckte; von Pralinenpackungen und Blumen aufgehobene Bänder, die sich zwischen den aufgespießten Rechnungen auf Arnys' Rollpult wie Hobelspäne kringelten: in einem Zustand, der die genaue Umkehrung von dem des jungen Homosexuellen war, spielten all diese Dinge eine große Rolle in ihrer Gegenwart. Sie war darin ganz und gar zu Hause wie alles ringsum, hier und jetzt. In der Bar, wo sie andere lebendig im Spiegel gesehen hatte, gab es keine Schwelle zwischen ihrer Reflexion und ihr. Die Säulen, die sie nur als Kuriosität zur Kenntnis genommen hatte, überflog sie wie eine Partitur, jede Kerbe, jede Rille und jeder Astknoten hielt die Harmonie und das Gleichgewicht von Raum und Zeit aufrecht, bis die Tür sich öffnete.

»Man sucht sich etwas aus, wovon man hofft, daß nicht ein anderer schon darüber schreibt. Das ist das Ausmaß der Originalität.« Die ironische Bemerkung bedeutete keine Unversöhnlichkeit zwischen ihm und anderen. Europas Kleinlichkeit traute er Rosa nicht zu. Er nahm einen Augenblick ihre Hand, auf ihrem Schoß. »Ich wollte auch Zeit für mich gewinnen.« Er schnitt ein drolliges, schuldbewußtes Gesicht. »Wenn man zu aktuell ist, wendet sich das Interesse etwas anderem zu, ehe man fertig ist. Und wenn es etwas rein Wissenschaftliches ist, na ja, sofern man nicht ein großer Gelehrter ist ... was kann ich da schon beisteuern? Niemand wird auch nur die geringste Notiz davon nehmen. Aber der Einfluß der ehemaligen Kolonisten, die seit dem Ende des Kolonialreichs nach Frankreich zurückgekommen sind – ich habe noch keinen brauchbaren Titel –, das ist etwas, das sich noch jahrelang auswirken wird. Da brauche ich mir keine Sorgen zu machen. Zuerst dachte ich, ich würde etwas über den Verfall der Latinität schreiben – tatsächlich habe ich ein paar kleine Vorträge im Radio darüber gehalten ...«

»Hat das mit Linguistik zu tun?«

»Nein, nein, der Verfall des lateinischen Ursprungs des französischen Temperaments, des Denkens und so weiter – ich weiß nicht, es klingt beschissen. Wie du weißt, stimmt es, daß das Leben der Franzosen sich immer mehr nach angelsächsischen und amerikanischen Vorstellungen ausrichtet ... Das hängt mit der EG, der NATO, Gott weiß was noch zusammen. Wenn man phantasievoll sein will, kann man es mit der Vernichtung der alten Kultur vergleichen, die im Mittelalter im südlichen Frankreich und Katalonien blühte, der *civilisation occitane:* intuitive, kreative, sich selbst regenerierende Fähigkeiten werden von sterilen technologischen und militärischen geschlagen. Aber es gefällt mir nicht sehr. Was meinst du? Zu nationalistisch. Und Descartes, Voltaire bleiben dabei unberücksichtigt ... Wohin soll das noch führen? Aber natürlich rege ich mich wie alle anderen furchtbar auf, wenn ich sehe, daß alte Bistros wie dieses hier verschwinden und durch Drugstore-Bars ersetzt werden, wenn Markthallen abgerissen werden zugunsten von Supermärkten ... oh, auf dem Gebiet ... *Enfin,* als ich mit dem Latinitätsgedanken spielte, verbrachte ich einige Zeit in der Gegend von Montpellier, im Languedoc (die Region heißt so nach der Sprache dieser Zivilisation – was sie sprachen, wurde *langue d'oc* genannt – ›oc‹ bedeutet einfach ›ja‹). Und natürlich war ich auch in der Provence. Das Provençalische ist nicht bloß ein Dialekt – es ist eine der *langues d'oc.* Nicht viel mehr als ein Überbleibsel; oh, es werden noch Versuche unternommen, Werke in dieser Sprache zu veröffentlichen, aber die große provençalische Renaissance fand im vorigen Jahrhundert statt – Frédéric Mistral, der Dichter – hast du von ihm gehört? Dann stellte ich fest, daß ich über etwas anderes nachzudenken begann, wenn auch in einer Beziehung Verwandtes ... weil das Auswandern, der soziale Wandel ... Ich begann über die *pieds noirs* nachzudenken, die sich in der Provence sammelten, vor allem hier an der Küste, und welche Auswirkung *ihre* Mentalität auf die moderne französische Kultur hat. Teilweise Folgen des Kolonialismus und dergleichen. Ouf ...« Seine Gesten deuteten an, wie wenig Wert alledem auf dem intellektuellen Markt beigemessen wurde. Aber er war pragmatisch. »Sie sind zurückgekommen – einige, nachdem ihre Familien generationenlang in Algerien, Tunesien oder Marokko gelebt hatten. Und interessanterweise waren die Familien der meisten von ihnen ursprünglich aus diesem Teil der Welt gekommen: Südfrankreich, Korsika, Spanien. Es hängt sogar ein bißchen mit der alten Latinitätsgeschichte zusammen: sie haben irgendwo in ihrem Blut die Eigenschaften der alten Kulturen, das Temperament, aber aus ihrer imperialistischen Periode bringen sie die besonderen Werte und Sitten, die bei Kolonisatoren zutage treten, jetzt nach Frankreich zurück. Wanderheuschrekken. Fallen über das Land her, fressen die Früchte des Feldes und sind bereit weiterzuziehen, wenn die versklavte Bevölkerung aufbegehrt ... Jedenfalls sind Hunderttausende wieder hier und sehr erfolgreich. Ist diese alte Spontaneität, die Fähigkeit zu improvisieren, in ihren Adern noch wirksam? Vielleicht. Eine Million Arbeitslose gibt es in diesem Sommer in Frankreich, aber ich glaube nicht, daß einer von ihnen darunter ist. Viele haben ihr Geld in Monaco – aus steuerlichen Gründen. Ich habe mit einigen Leuten gesprochen ... weißt du, daß zwei Prozent der Bevölkerung da *pieds noirs* sind? Kein schlechtes Thema, eh. Reichlich kontrovers.«

»Warum muß es eine Dissertation sein? Es würde ein gutes Buch abgeben.«

»Rosa. Rosa Burger.« Er lehnte sich zurück, Ellbogen auf der Bar, nahm den Porzellanfisch auf und stellte ihn wieder hin.

»Oh, der Stil einer Dissertation – die langatmigen Fußnoten. Was du sagen willst, geht dabei unter.«

»Ich bin Lehrer. Wenn ich nicht promoviere, bekomme ich keine Stellung an einer Universität. Wir haben es alles ausgerechnet – soundsoviel Francs gegen soundsoviel am Gymnasium. Wir können ein Stück Land im Limousin oder in der Bretagne kaufen. In einigen Jahren ein kleines Landhaus bauen. Um es mit einem Buch zu wagen, muß man arm sein, muß man allein sein, darf man keinen mittelständischen Lebensstandard haben.« Er packte sie am Handgelenk, überredend, lächelnd, als wollte er, daß sie eine Waffe fallen ließe, die er sich in ihrer Faust vorstellte. »Du weißt gar nicht, wie vorsichtig wir sind, die französische linksgerichtete Bourgeoisie. Soundsoviel Geld wird jeden Monat auf die hohe Kante gelegt, keine Möglichkeit, gefährlich zu leben.«

Sie war nachdenklich und neugierig: »Wer muß in Europa gefährlich leben?«

»Oh, einige. Aber nicht die Eurokommunisten ... Nicht die Linke, die wählt. Terroristen, die von einem Land Lösegeld verlangen für Schrecken, die in einem anderen passieren. Hijackers. Leute, die mit Rauschgift handeln. Sonst niemand.«

»Einer von diesen Leuten, glaubtest du, sei ich.«

»Ich weiß, wer du bist.« Als sie sich zum drittenmal trafen, kam er mit seiner Entdeckung an. Damit meinte er nicht einmal, daß jemand ihm erzählt habe, was einer von Madame Bagnellis Freunden zweifellos getan hatte, ihr Vater sei da draußen auf seiten der Schwarzen gewesen, ins Gefängnis gekommen, ermordet worden oder dergleichen, eine schreckliche Geschichte. *Bernard Chabalier* stand auf der langen Liste von Unterschriften von Akademikern und Journalisten, an ihrer Spitze Sartre, de Beauvoir und Yves Montand, auf Petitionen für die Freilassung politischer Gefangener in Spanien,

Chile, Iran und auf Manifesten, die gegen den Mißbrauch der Psychiatrie in der Sowjetunion und der Zensur in Argentinien protestierten. Einmal hatte er eine Petition von Amnesty International für die Freilassung eines alternden und kranken südafrikanischen revolutionären Führers, Lionel Burger, unterzeichnet. Einmal war angeregt worden, er solle dem Antiapartheid-Ausschuß in Paris angehören. Er hatte ein kurzes Vorwort zu einem heimlich von Schwarzen aufgenommenen Film gesprochen, der zeigte, wie bei Massenumsiedlungen ihre Häuser durch Bulldozer niedergewalzt wurden. Die Tatumstände hatten die im Exil lebenden Schwarzen geschildert, die mit dem Film in ganz Europa hausieren gingen; daß er mit ihnen Englisch sprechen konnte, machte ihn vor allem geeignet. »Und ich hielt darüber einen Vortrag in *France Culture* – manchmal werde ich zu so etwas aufgefordert; gewöhnlich über die soziologischen Konsequenzen politischer Probleme – diese Art Programm.«

»Ich würde dich gern hören. Wenn ich's verstehen könnte.«

»Ich sollte wirklich nur Französisch mit dir reden ... du würdest rasch Fortschritte machen ... Aber du wirst mir nie etwas Authentisches sagen außer auf englisch. Darauf will ich nicht verzichten.« Ehe sie sich dazu äußern konnte, machte er einen praktischen und amüsanten Vorschlag. »Wenn ich ein Tonbandgerät hier hätte, könnte ich ein Interview mit dir für den Rundfunk aufnehmen. Sie würden es bestimmt kaufen. Wir werden uns das Honorar teilen. Eine beachtliche Summe. Was könnten wir damit anfangen? Unsere Champagnermarke wechseln?« Sie tranken jeden Tag, ohne es zu merken, den Liebestrank des ersten Zusammenseins, immer *citron pressé*. Pépé/Toni/Jacques bereitete ihn jedesmal, als wüßte er nicht, was bestellt werden würde: ein Zeichen der Verachtung für heterosexuelle Treffs. »Wir könnten zwei billige Schiffskarten nach Korsika kaufen. Auf der Fähre. Die ganze Strecke kotzen – ich werde entsetzlich seekrank. Du bestimmt nicht.« Ein Augenblick schwermütiger Eifersucht.

»Ich bin noch nie auf einem Schiff gewesen.«

»Aber es wäre gut – die Leute würden deine Stimme hören, und ich würde (Fingerspitzen durch das Zugband einer Geste zusammengeführt, dann wieder getrennt) dich ta-del-los übersetzen.«

»Ich habe es versprochen. Ich darf nicht sprechen.«

Arnys saß an ihrem alten Rollpult, seit sie gekommen war; sie verbrachte die erste Stunde ihres Tages in besinnlicher Zurückgezogenheit hinter drei Wänden von winzigen Schubladen und Ablagefächern: ihre beschlagene Brille saß auf der kleinen kecken Nase der Starfotografien, und ihre Hände waren damit beschäftigt, Rechnungen aufzuspießen mit der grübelnden, pingeligen Besorgtheit um Geld der verhärteten Arterien im Gehirn. Die Stimmen von Rosa und Bernard drangen zu ihr wie die Stimmen so vieler, die ein Liebespaar waren oder werden würden, deren angespannte, abrupte Befragungen und Monologe über Banalitäten, zu leise, um verstanden zu werden, klangen, als würden geheime und unwiderrufliche Dinge besprochen.

Was er gesagt hatte, legte er beiseite wie ein Schmuckstück, mit dem er gespielt hatte. »Wem hast du etwas versprochen?«

Rosa bemerkte den geistesabwesenden Blick über die Brille der alten Sängerin, der taktvoll gesenkt war als Ausdruck der Hochachtung vor sexuellen Heimlichkeiten, die jeder aus allgemeiner Erfahrung kennt und denen man nachgibt. Der Schutz von Arnys' unvorstellbarem Leben und das Leben, mit dem derjenige, der Pépé hieß, im Augenblick am Telefon verbunden war – die Säulen, die darin enthaltene Realität des Spiegels – alles umschloß sie sicher. »Auf diese Weise bin ich hergekommen. So ließen sie mich heraus.«

»Die Polizei?« Der verlegen respektvolle Ton aufgegebener Initiative.

»Nicht direkt. Aber in Wirklichkeit ja. Oh, keine Sorge . . .« Ihre Augen lächelten, parenthetisch streckte sie ihm eine Hand entgegen. »Ich habe nicht ausgesagt. Ich habe dafür gesorgt, daß ich nichts auszusagen hatte, ehe ich zu ihnen ging. Aber ich traf ein Abkommen. Mit ihnen.«

»Vernünftig.« Er verteidigte sie.

Sie wiederholte: »Mit ihnen, Bernard.«

»Du hast niemanden verraten.«

›Unterdrücken‹. ›Revoltieren‹. ›Verraten‹. Er gebrauchte die hochtrabenden Wörter, wie Leute es tun, die nicht wissen, was sie bedeuten können.

»Ich habe darum gebeten. Niemand, den ich kenne, hätte das getan. Ich tat, was keiner der anderen getan hat.«

»Was haben sie gesagt?«

»Ich habe es keinem erzählt. Ich hielt mich fern.«

Er arbeitete gut; bei seiner Tageseinteilung hatten sich die täglichen Treffs in Arnys' Bar, die noch nicht offiziell geöffnet war, aber auf gewisse Bedürfnisse Rücksicht nahm, ohne Schwierigkeiten einfügen lassen. Sie sah an dem noch feuchten Rest von Rasierschaum auf einem Ohrläppchen, daß er erst in der letzten Minute seine Tätigkeit abgebrochen hatte und in Anbetracht der vollbrachten Leistung aufgesprungen war, um sich für sie zurechtzumachen. Aus abergläubischer Furcht wollte er keinen Fortschritt zugeben, aber die ruhige Heiterkeit, mit der er auf den Hocker neben ihr glitt, oder die Fröhlichkeit seines Geplänkels mit Arnys waren ein Eingeständnis.

»Ich hätte dich gern da im Zimmer. Es hat mich immer geärgert, wenn jemand im selben Zimmer war, wenn ich arbeitete.« Es war eine Erklärung; eine Träumerei über eine neue Beziehung. Aber er verweigerte sich. »Ich würde mit dir ins Bett gehen, das ist das Problem.«

Nach dem ersten Sonntag ihrer Bekanntschaft, an dem sie beide zu Ausflügen mit anderen verabredet gewesen waren, gingen sie am Dienstag direkt von Arnys in das Zimmer, in dem er wohnte. »Ich dachte an ein Hotel. Seit dem *Quatorze Juillet* habe ich mir Gedanken darüber gemacht, wohin wir gehen könnten.« Seine Gastgeber waren nicht da; aber es würde nicht oft vorkommen, daß das Haus leer war. »Kennst du das kleine in der Nähe der großen Tankstelle? Hinter dem Crédit Lyonnais.« – »Meinst du gegenüber von dem Parkplatz, wo sie Boule spielen?« – »Mir gefallen diese beiden kleinen Fenster oben.« – »Vor einem hängt ein Vogelkäfig.« – »Du hast es auch gesehen.« – »Das ist das kleine Restaurant, wo Katya und ich *couscous* essen – jeden Mittwoch kochen sie *couscous*. Vierzehn Francs.«

Sein Koffer lag offen auf einem Stuhl, niemals ausgepackt, aber durchwühlt, getragene Socken und Hemden waren wieder hineingestopft zwischen sauberen, sorgfältig gefalteten Hemden und sauberen Socken, die zu kleinen Fäusten aufgerollt waren. Jemand hatte Schuhleisten für ihn eingepackt. Sie dienten dazu, Stöße von Zeitungsausschnitten und Papieren zu beschweren, die auf dem Bett geordnet waren.

Es war genau die Tageszeit, zu der sie im Dorf angekommen und auf Madame Bagnellis Terrasse hinausgetreten war. Er legte seine Papiere in der richtigen Reihenfolge auf den Fußboden, schon nackt, die Hoden wurden zwischen seinen Schenkeln sichtbar, als sich sein männliches Hinterteil beugte, pferdeähnlich und schön. Sie traten mit einemmal füreinander in Erscheinung: sie hatten sich nie an einem Strand gesehen, die öffentliche Gewöhnung an alles bis auf ein genitales Dreieck. Er hätte nie zuvor mit einer Frau zusammen gewesen sein können, noch sie mit einem Mann. Unerhört köstliche Möglichkeiten des Neubeginns brandeten zwischen ihnen; in dieser vertrauten, zärtlichen Entladung alles zu sprengen, was die Sexualität kategorisiert hat, von der Keuschheit bis zum Tabu, von unerlaubter Zügellosigkeit bis zu sexueller Freiheit. In einem Tropfen Speichel lag eine ganze Welt. Er fuhr mit der nassen Zungenspitze um den Wirbel des Nabels, von dem Didier gesagt hatte, er sei wie der einer Orange.

In der Hitze, die sie ausgesperrt hatten, aßen Menschen in leisem Geklapper, Gelächter und Gerüchen von Speisen, die so lange auf dieselbe Weise gekocht worden waren, daß ihr Duft der Atem der Steinhäuser war. Hinter anderen Fensterläden gaben sich andere Menschen ebenfalls der Liebe hin.

Die kleine Rose hat einen Geliebten.

Ich verbrachte weniger Zeit mit dir; du verstehst diese Art Priorität gut. Du warst es, die sagte: Chabalier, warum nach Hause gehen – bleiben Sie über Nacht, dann können wir am Morgen früh aufbrechen. Die kleinen Expeditionen, um mir etwas vom Land zu zeigen, wurden jetzt von euch beiden arrangiert. Das große Bett in dem Zimmer, das du mir eingeräumt hast – das Zimmer, das ich in den Momenten, ehe ich anderswo die Augen öffne, mir immer werde vorstellen und geradezu spüren können, so wie Dick Terblanche die Maße des Eßtischs seines Großvaters wußte, wenn er sich in Einzelhaft nicht an Poesie erinnern konnte – das Bett in meinem schönen Zimmer ist für zwei Menschen gedacht. Sobald die schwere, alte, schwarze Tür, die etwas schleift, geschlossen ist, läßt sie die Laute nicht durch, die du selbst so gut gekannt hast. Wenn sie durchs Fenster zu hören sind, verschmelzen sie mit dem nächtlichen Verkehr von Motorrädern und Nachtigallen. Wenn wir drei zusammen in der Sonne frühstücken, ehe er zu seiner Arbeit geht, fällt mir auf, daß du die Augen schminkst und das Haar bürstest mit Rücksicht auf männliche Anwesenheit und als ästhetische Sensibilität; zur Unterscheidung von dem Lebensstadium einer jungen Frau in absoluter Mattigkeit und sinnlicher Nachlässigkeit – ich muß immerzu gähnen, bis mir die Tränen in die Augen treten, hungrig und durstig (du kaufst Hörnchen, mit Marzipan gefüllt, um mich zu sättigen und zu verwöhnen), überströmend von Zärtlichkeit für dich, eine Freigebigkeit, die ich mir leisten kann. Bernard sagt zu mir: »Ich bin voller Sperma für dich.« Es hat nichts zu tun mit einer Leidenschaft, die gelernt werden mußte, um Gefängniswärter zu täuschen; und du bist keine echte Revolutionärin, die darauf wartet, mein Liebesgeflüster zu entschlüsseln, wenn ich es pflichtgemäß berichte.

Bei Solvig, bei der alten Bobby (die mit ihrer hellen englischen Stimme über ihre eigenen hoffnungslos philosophischen Kümmernisse daherredet: »Ich habe früher Henry Torrens ganze Korrespondenz erledigt. Zehn Francs die Stunde! Dafür konnte man niemand bekommen, der einem den Fußboden aufwischt. Wie viele Millionen, glaubst du, besitzt er wohl! Aber mir macht es wirklich nichts aus. Ich erwarte nichts anderes. Seine Großmutter trug noch Holzschuhe, Arbeiterin in einer Baumwollspinnerei, es ist wahr, meine Liebe«) – bei der ganzen kleinen Gruppe von euch, die ihr einst mit Geliebten lebtet: ich stelle mir nach euren Stimmen unten auf der Terrasse oder in der Küche eine Diskussion über die Aussichten für mich vor, die ihr alle so gut kennt.

Manolis eröffnete eine Ausstellung seiner Glasmalerei; in Umkehrung ihrer Rollen übernahm Georges die hausfrauliche Verantwortung für die Vernissage und berechnete mit Madame Bagnelli die Zahl der Leute, für die er bei Perrin *amuse-gueules* bestellen wollte: Donna und Didier, zwölf; Tatsu und Henry, vielleicht vierzehn; du und Rosa und Chabalier, siebzehn ... Pierre Grosbois hatte sich ein »American barbecue« gebaut, und die Grosbois weihten es mit einer Party ein – »Keine Madonnen und fliegenden Esel (er sieht sich zuviel Chagall an, eh), die Bouzoukiplatten, die sein Freund ihm kauft, waren die einzige griechische Inspiration, fandest du nicht? Aber ich kann auch was mit meinen Händen machen – *und die kleine Rose bringt natürlich ihren Professor mit.*«

Gaby schnitt plötzlich ein Kleid für sie zu; es gab Anproben, bei denen Rosa auf dem Terrassentisch stand, Bekannten zuwinkte, die zufällig heraufschauten und sie da oben sahen, und den Kindern von Nachbarn, die neugierig und schüchtern waren. Meer und Himmel, gleich fern, wurden für sie wie ein Stundenglas durch die Linie der Schwerkraft getrennt, durch die ein Schiff, eingehüllt in rosa-mauve Dunst, von einem Element ins andere überwechselte und über den Horizont kam; während Rosa die Autofähre von Korsika oder Sardinien erkannte, die Bernard ihr gezeigt hatte, als sie auf den Festungswällen spazierengingen, erzählte Gaby Katya von einem Buch, das sie sich aus Paris hatte kommen lassen. »*La ménopause effacée*, wenn dein Arzt kein kompletter Idiot ist, kannst du offenbar die ganze Geschichte vermeiden. Es braucht dir einfach nicht zu passieren.« So, wie Gaby nun einmal war, gluckste sie vor Lachen, schlitterte in das unbeherrschte, improvisierte Geplapper, das manchmal zwanghaft zu werden schien, sie redete an Straßenecken oder an der Tür, unfähig, die Leute von sich zu befreien. »Du kannst ewig leben. Theoretisch. Nicht, daß jemand das wollte, mein Gott ... Mit Pierre, *mon pauvre vieux*, hat das nicht viel Sinn ... und wo würde ich hier sonst jemand finden ... Kannst du dir vorstellen, wie die Frau von Pierres Zahnarzt, du erinnerst dich, ich hab's dir erzählt, sie geht jede Woche mit einem Polizisten ins Negresso, wenn er seinen freien Tag hat, sie holt ihn an der *préfecture* in Nizza ab, sie essen gut zu Mittag, sie bezahlt das Zimmer ...« Das Lachen schwoll zu einer Wehklage an. »Madame Perrins zweite Tochter ist da jetzt an der Rezeption, der alte Perrin sagte, es ist *comme il faut*, stell dir vor – nicht, wie wenn jemand am Strand aufgelesen wird, er ist von der *préfecture*, ein *Familienvater.* Aber schau mal, meine Augenbrauen werden struppig wie bei einem alten Mann. Sieh dir bloß die Flecke auf meinen Händen an . . .«

»Geh nicht in die Sonne, Gaby.«

»Nicht in die Sonne! Es ist nicht die Sonne, das weißt du auch, Katya. Mein Arzt sagt, dagegen kann man nichts tun. Er ist ein Mann, was macht es ihm schon aus. Aber es ist nicht so sicher, ganz und gar nicht. Wir hätten schon vor Jahren Hormone nehmen sollen, Katya . . . es heißt, der Abbau kann nicht wiedergutgemacht, aber aufgehalten werden. So! ah, das ist besser, so sollte der Rock fallen . . . Dieses Mädchen wird es wohl nie nötig haben, alt zu werden, wer weiß?«

Das Schiff wurde langsam aus einem Dunstschleier zu einem festen Körper, erst rosa, dann weiß, und als es krängte, bettete es sich da draußen in ein Meer, das bis zur Küste wie ein römisches Mosaikpflaster mit welligen Streifen der Wasserverschmutzung belegt war. Sie und Bernard Chabalier würden vielleicht eines Tages ein Schiff besteigen; sie könnten irgendwo auf diesem herankommenden Fahrzeug stehen, sich wieder den kreidig-lavendelfarbenen Bergen hinter Nizza nähern und den weißen Gebäuden hoch oben auf den Klippen, wo ein fischschuppengedecktes Kuppeldach blau, grün oder rosa mit einer vergoldeten Spitze aufleuchtet, und die Türme am Ufer bei Antibes, die über dem Meer aufragten, sich schräg legten, sich langsam um ihre Achse drehten unter dem Flugzeugflügel, eingebaut in die Spirale – diese emporstrebende, unvollendete Form, verkleinert auf das Maß ihrer Hand in Arnys' Bar. Rosa holte so tief Luft, daß Stecknadeln sich lockerten und die Frauen nachsichtig protestierten. »Ich nehme die Pillen, die er mir verschrieb, ja – aber ich frage mich, ob das wirklich das Beste ist? Nach dem, was ich gelesen habe, werden dauernd neue Entdeckungen gemacht. Ich werde das Buch mitnehmen und ihm einfach sagen . . . Aber, Katya, du untersuchst doch deine Brüste, nicht wahr? Es ist wichtig. Du bist nicht nachlässig?«

»Du bist die einzige, die zu einem privaten Arzt geht. Du versäumst die Zusammenkünfte in der Klinik; Bobby, Françoise und Marthe, Darby mit ihrer ältesten Mütze (fürchtet, die Renten könnten neu veranlagt und berechnet werden, wenn man zu wohlhabend aussieht). Wir alle lassen uns Abstriche machen. Du bist verrückt, daß du dafür bezahlst.«

»Pierres Idee, nicht meine. Er traut dem Arzt in der Klinik nicht – ich für mein Teil halte unseren für einen *vieux con.* Aber die Brüste – das mußt du jeden Monat tun. Einfach in der Badewanne, ich liege in meinem Bad, und so – sorgfältig – ich schließe die Augen und taste – man muß sich konzentrieren . . .«

Katya streckte energisch die Hand nach Rosa aus. »Komm runter. Dir scheint es da oben zu gefallen.« Ab und zu, wenn die Franzosen sich in Diskussionen über Stuhlgang und andere Regelungen ihrer Körperfunktionen verstrickten, war sie unter ihnen immer noch als Ausländerin zu erkennen. Sie sprach Englisch, um sich in den Augen des Mädchens richtig zu kennzeichnen; ein Kommentar zu Präokkupationen, aus denen sie sich zurückgezogen und die sie treulos ihrer Freundin überlassen hatte: »Wenn jemand das Buch schreiben würde, das einem verrät, wie man alt und häßlich wird, ohne etwas dagegen zu haben.«

»Ich verstehe dich nicht sehr gut . . .« Gaby sah von der einen zur anderen.

Katya übersetzte es ihr.

Gaby zog ihre Schau lärmender Fröhlichkeit ab: »Seh sich einer das an, seh sich einer die an! Aber Katya, du bist immer noch schön, eh.« Ein beeindrucktes Gesicht sah Rosa an. »Hör dir das an, wenn du so etwas hast (eine Imitation des Mundes von Françoise, oder vielleicht sollte es der von Marthe sein) wie einen Hühnerpopo . . . wenn du vertrottelt bist wie Poliakoff . . . dann kannst du dich beklagen, eh. Sie war Tänzerin, weißt du das? Die Muskeln sind noch geschmeidig. Das Ballet Russe . . .« Eine Karriere wurde mit Gesten dargestellt.

Katya ergriff über Kreuz die Hände ihrer Freundin in der Stellung des *corps* von jungen Schwänen, bewegte ruckhaft den Kopf im Takt von ›Schwanensee‹ und sang dazu. Die massigen Brüste der beiden schwankten von einer Seite zur anderen wie Kissen, die man plumpsen läßt.

Pierre war aus dem Dunkel der kleinen Treppe und des Hauses gekommen, ein einsames kahlköpfiges Kind auf der Suche nach Spielgefährten. Er sah seine Frau an, die lachte und keuchte, und gab Rosa, während er einen Stuhl heranzog und sich vorsichtig setzte, mit Blicken zu verstehen, daß er und sie die einzig vernünftigen Anwesenden seien.

Gaby kam sofort herüber. »Wie gefällt es dir? Ist sie nicht schön? Ich bin, ehrlich gesagt, sehr stolz ...«

Ihr Mann starrte, um sich nicht beeinflussen zu lassen. »Warte mal. Setzen Sie sich, Rose. Ein Kleid kann erst beurteilt werden, wenn man eine Frau kommen und gehen, stehen und sitzen sieht – habe ich recht?«

»Aber es ist gut! Die Farbe, mit ihrer Haut? Das kleine Muster – echter *satin fermière*, ich finde, der Schnitt ist amüsant.«

»Warte. Ja. Es ist gut.«

Rosa ging für sie auf und ab und lächelte über die Schultern, wenn sie den Körper umdrehte, den Chabalier für sie mit den Händen umriß, das Gesicht, das er mit einer Aufmerksamkeit betrachtete, die nur ihr galt.

Daß sich das Mädchen seiner selbst so bewußt war, brachte Katya die physische Erscheinung wieder nahe, die sie gekannt und durch viele andere überlagert hatte: Lionel Burgers jungen Körper und sein Gesicht, das immer von einer Gespanntheit geprägt war, die über Begehren hinausging, einer Leidenschaft, die ihrer beider Leidenschaft im Bett überstieg, einer Leidenschaft jenseits von Leidenschaft wie die Passion Gottes, obwohl es für ihn einen solchen Begriff nicht gab: er war unabhängig; ein erschreckendes Geschöpf, der junge Mann, der in den kältesten Städten der Welt sie mit seiner Glut erfüllte.

Pierre brachte das Glas Pastis, das seine onkelhafte Intimität mit dem Mädchen war, packte sie in einer kurzen Umarmung am Genick und murmelte voll Großmut und in dem Gefühl, es werde ein Fest begangen, das keinen Takt erforderte: »Die kleine Rose *en pleine forme*, alles ist wundervoll bei Ihnen.«

Liebende, Ausländer, haben den Wunsch, sich einen gemeinsamen Erfahrungsschatz anzulegen: während sie in dem *dorp*-Hotel auf den Springbok Flats bei der Familie Nel lebte, machte ein Achtzehnjähriger am Lycée Louis Le Grand Abitur. Über die Bilder mit Straßencafés, Markisen und Pudeln in den Hotelzimmern sagte ich den Zimmermädchen: das ist Paris, eine Stadt in England.

»Du warst eine Angeberin und unwissend, wie die meisten

Angeber. Dagegen hätte ich natürlich meinen Finger *genau* dort auf die Karte von Afrika legen können, wo deine Tante und dein Onkel ihr kleines Hotel hatten.« Auf ihren Lidern und in der Ellbogenbeuge strich er die Jahre und Orte weg, die nicht existieren konnten, seine für sie, ihre für ihn. Diejenigen der Gegenwart und unmittelbaren Vergangenheit schienen nicht viel Bedeutung zu haben. Seit sie das Arztschild abgenommen und jenes Haus verkauft hatte, hatte sie bei Freunden gewohnt; in einer Etagenwohnung; in einem Cottage mit einem jungen Mann, der bei seinen Wanderungen um die Welt eine Pause eingelegt hatte; und dann wieder in einer Wohnung in derselben Stadt. – »Es ist eine Eigentumswohnung im *quinzième*, nicht übel, Christine fand sie, als sie innen gerade umgebaut wurde, so ist sie also mehr oder weniger nach ihren Vorstellungen. Wenigstens habe ich ein kleines Arbeitszimmer – früher stand mein Schreibtisch im Schlafzimmer, und wenn ich lange arbeiten wollte ... hat der andere die Nase voll und will ins Bett gehen. Zur Wohnung gehört eine große Terrasse, wo die Kinder ihre Fahrräder abstellen können – aber sie hat sie mit einem Haufen Pflanzen vollgestopft, da bin ich nicht so scharf drauf ...«

Rosa Burger und Bernard Chabalier waren in diese möglichen Umstände leicht einzufügen; in denselben Kleidern, die dieselben neu entdeckten, minutiös erkannten Körper einhüllten, könnten sie Straßen entlanggehen, auf denen sich die Schuhe abgenutzt hatten, die sie jetzt, da sie zusammen waren, trugen, könnte man sie in grauen, europäischen Regenmänteln auf einem Metrobahnsteig stehen sehen auf dem Heimweg in eines dieser neuen Rechtecke, die sich hineingedrängt haben zwischen üppig verzierte Mansarden aus dem 19. Jahrhundert und schwache, gelblich gewordene Mauern noch älterer Gebäude, oder man könnte einem kleinen, kräftigen Mädchen mit einer Konstitution, die häufig ist in einem Land, in dem man viel im Freien ist, und deren Schultermuskeln sichtbar waren in einem rückenfreien Kleid wie dem, das sie jetzt trug, durch das Gewühl von schwarzen Männern auf Fahrrädern und Frauen mit Bündeln auf dem Kopf folgen, das einem aus den Fernsehnachrichten vertraut ist.

Wenn ihr Vergnügen aneinander erfüllt war und dessen Energien sich nach außen wandten, gingen sie gern angeln.

Der von Katya geliehene alte Wagen quälte sich über Wege, die entlang dem Loup angelegt waren; sie teilten die bescheidenen Fangmöglichkeiten mit jungen Ehemännern in Mützen, die an den Tankstellen verschenkt wurden, und alten Männern mit Ehefrauen, die strickten und auf Tüten mit Köder, Brot und Wein aufpaßten; und alle wurden gleichermaßen aufgeschreckt, wenn wandernde Gruppen rauher Teenagers von den Bergen herunterkamen, sich gegenseitig schubsten, bespritzten und weitergingen, es den zitternden Zeichnungen von Licht und Schatten überließen, auf Gestalten und Wasser wieder zur Ruhe zu kommen, auf ihnen in einer Weise zu wirken, die Grenzen aufhob und für einen ganzen Sommernachmittag eine einzige Seinsweise schuf.

Sie sahen sich Gemälde an. »In Afrika macht man sich auf, um Menschen zu sehen. In Europa sind es Bilder.«

Aber sie sah in Bonnards Ölbildern, an denen sie vorbeigeschoben wurden, als ob sie von der Menge durchgeschleust würden, eine Bestätigung der Erfahrung, die sie immer wieder machte. Die Menschen, unter denen sie lebte, die Art der Wahrnehmung, des Lebendigseins, am Fluß, bestanden gleichzeitig mit dem Leben, das die Vision des Malers festgehalten hatte. Und wie konnte das sein? »Wenn du ein Gemälde betrachtest, dann ist das etwas, das vorbei ist, nicht wahr? Eine Aufzeichnung von dem, was dem Maler schon durch den Kopf gegangen ist, sowohl das Ereignis des Sehens als auch der Gedanke, der daraus entstanden ist, die Vorstellung, sind in Farbe festgehalten. Deshalb ist ein Bild für mich immer abstrakt – der Malstil hat damit nichts zu tun. Aber wenn Katya und ich unter den Ölbäumen liegen . . . selbst in meinem Zimmer, dem Zimmer, das sie mir eingeräumt hat – die Blumen in einem Krug auf dem Fußboden und seine Blumen, dieser Mimosenstrauß . . . Diese Bilder beweisen etwas. Es sind die Menschen, unter denen ich lebe, die ich sehe, nicht die Bilder.«

»Und weißt du, warum, mein Liebling? Diese Frau, die hier durch die Blätter tritt, und diese Mimose – die Frau hat er 1894 gemalt (Sieh im Katalog nach, da steht es.), die Mimose während des Krieges, während der Okkupation, ja? Gut. In den fünfzig Jahren zwischen den beiden Gemälden war der Faschismus groß geworden, hatte es zwei Kriege gegeben –

die Okkupation. Und für Bonnard ist es, als wäre gar nichts geschehen. Nichts. Sieh dir die Bilder an. Er hätte sie im selben Sommer gemalt haben können, am selben Tag. Und so sind sie, diejenigen da oben um das Schloß herum – so leben sie. Als ob nichts je geschehen wäre, ihnen oder irgend jemandem etwas widerfahren wäre. Oder jetzt geschieht. Irgendwo. Keine Häftlinge in sowjetischen Irrenhäusern, kein Südafrika ... keine Wanderarbeiter, die ohne Frauen leben müssen gleich da unten an der Straße ... keine ›Schutzunterkunft‹ in Arène – direkt vor unserer Nase, drüben in Marseille – in diesem Jahr sind schon siebentausend arme Teufel da eingesperrt worden wie streunende Hunde, ehe sie deportiert werden ... Tag für Tag am Leben sein: dasselbe wie bei Bonnard – *tout voir pour la première fois, à la fois.* Und das, bis er achtzig Jahre alt war. Oh, das ist reizend, natürlich, wenn man es schafft. Sieh mal hier, und da ... der Körper der Frau und die Blätter um sie herum sind so schön, und sie bekunden dasselbe. Denn außerhalb dieses schönen Waldes, in dem sie sind, existiert die Frau ebensowenig wie die Blätter. Keine Vergangenheit, keine Zukunft. Die Mimose: fünfzig Jahre ist sie noch in demselben Sommer am Leben. Da hat es keinen Hitler gegeben, keine Konzentrationslager ...« Die langsam vorwärtsdrängende Menschenmenge in Sonntagskleidung schob sie hinaus aus der Galerie auf die flachen Stufen und hinunter in einen Hof mit Skulpturen, lang und dünn wie späte Schatten. Seine muskulösen Beine mit den glänzenden, glatten, schwarzen Haaren und seine blassen europäischen Hände mit dem schmalen Goldring seines Familienstandes schimmerten schwach im Schatten. »... keine Bombenangriffe, keine deutsche Besetzung. Dein Waldmädchen und die Vase mit Mimosen – *c'est un paradis inventè.*«

Sie waren beide in Shorts, und während sie gingen, streifte sein Bein das ihre wie eine zärtliche Katze, die sich scheuert.

»Wenn ich wirklich nach Paris komme ...«

»Du wirst kommen, du wirst kommen ...« Er ging ihr auf einem schmalen Pfad unter Pinien mit rosa-blauen Stämmen voran und streckte eine Hand hinter sich aus, um sie zu führen.

»Ich kann mir nicht vorstellen, wie es sein würde – klappen würde. Wie ich dich sehen würde.«

»Wie du mich jetzt siehst. Jeden Tag.«

»Ich würde – wo sein?«

»In irgendeinem kleinen Hotel. In der Nähe der Schule. So daß ich schnell zu dir kommen kann. Zuerst möchte ich dir *la dame á la licorne* im Cluny zeigen.«

»Du willst *treats* für mich arrangieren.«

»Was ist denn das?«

»Wenn man mit Kindern ausgeht, um ihnen etwas zu bieten.«

»Ach, nein, ich liebe sie und möchte wissen, daß du sie auch gesehen hast.«

Rosa lehnte neben ihm an einer Steinmauer und blickte auf die Weinberge an den Hängen, wo die Trauben in der Sonne reiften, und die knorrigen Ölbäume an verlassenen Terrassen, dazwischen alte Bauernhäuser und neue Villen. Ein hemdloser Mann ging auf Zehenspitzen über ein Ziegeldach, das er ausbesserte; Arme und Haltung einer Frau deuteten darauf hin, daß sie zu ihm hinaufrief, aber sie war zu weit entfernt, um sie zu hören. Noch weiter weg, auf dem Meeresstreifen, der sich hinter den Sandburgtürmen, Fahnen und Glockentürmen der auf den Bergen gelegenen Dörfer hinzog, stieß ein Schiff wie ein wasserspeiender Wal weißen Rauch aus. Sie folgte mit dem Blick der Frau, die immer weiter zurücktrat, um den Mann auf dem Dach zu sehen, als vollende sie eine Figur, die zu einem Teppich an einer Museumswand führt von einem Zimmer in einem Hotel, das besonders wäre unter den Straßen solcher Hotels. Sie hatte das Kinn gehoben und lächelte, schnitt eine Grimasse mit zusammengepreßten Lippen in einer scheuen verlegenen Beherrschtheit. Bernard sah den Mann auf dem Dach: »Was für einen Schmerbauch der hat. *Il va se casser la gueule, vieux con* . . . Vielleicht sogar eine kleine Wohnung. Es ist nicht einfach, aber ich habe ein paar Ideen. Ich weiß genau, was du gern hättest – ein kleines Atelier in einem alten Haus . . . aber da stinkt's gewöhnlich in den Korridoren . . . du kannst es dir nicht vorstellen. Nein, wir werden was Besseres finden.« Er sah den Mann auf dem Dach, die Frau und das Tal nicht mehr; die Augen zusammengekniffen wie gegen blendendes Licht, gegen Gedanken in der Sprache, in der sie ihm nicht folgen konnte. »Weißt du, ein Hotel – dann ist immer die Concierge da, wenn du etwas brauchst und ich nicht ...« Der breite Mund mit der schmalen Oberlippe reagierte mit Traurigkeit und schlauer Hartnäckigkeit auf Einwände, von denen sie nichts wußte; der unverwandte Blick fand einen warmen, beruhigenden Brennpunkt, der ihn verwarf. »Ich bin absolut sicher, daß durch die richtigen Leute etwas getan werden kann. Der Antiapartheid-Ausschuß kann dir eine vorläufige Aufenthaltsgenehmigung und sogar Arbeitserlaubnis besorgen. Wenn nicht für dich, für wen dann, zum Teufel? Aber diskret ... Obwohl sie dich natürlich zu gern auf einer Rednertribüne hätten, Rosa, das kannst du glauben ... Und wir könnten diesen Film über deinen Vater bekommen, der würde ... aber nein, natürlich nicht, nicht ehe du französische Papiere hast. Sie werden den Gedanken mit dir sofort aufgreifen – wahrscheinlich werden sie dir gleich einen Posten anbieten. Und dann meine Kontakte. Nicht schlecht. Eine ganze Menge schwarze Akademiker, die in französischsprechenden afrikanischen Ländern, aus denen sie kommen, Einfluß haben. Es gibt so viele Projekte und nie genug Leute, um sie durchzuführen. Möglicherweise könntest du eine wirklich wichtige Aufgabe bekommen, physiotherapeutische Ausbildung in Kamerun oder Brazzaville, etwas dergleichen. Mir ist schon mehrmals eine Dozentur an einer der schwarzen Universitäten dort angeboten worden, ein Jahreskontrakt, da käme es nicht in Frage, die Familie mitzunehmen.«

Sie hatten, ohne darüber nachzudenken, eine der uralten Stellungen des Paars eingenommen; hatten einen Platz im Gras gefunden, wo sie die Beine unter sich zog und er den Kopf an ihren Bauch legte, spürte, wie er bebte, wenn sie lachte, und die gedämpften, fragenden Töne ihres Darms hörte, die auch ein Kind von ihm in ihr hören würde. »Ich werde allein kommen. Dann hätten wir ein ganzes Jahr.«

»Ich unterhielt mich mit den lieben Knaben, ehe du gestern zu Arnys' kamst. Sie studierten ihre Horoskope in *Marie-Claire.* Ganz ernsthaft. Weißt du, ich stellte fest, daß mir die Wörter einfielen, ich konnte sie zusammenfügen, ohne nachzudenken.« Das ihr zugewandte Gesicht war das Gesicht, das er vor zehn Jahren gehabt haben mußte, ein Gesicht, das einen neugierig machte, wie ein mit dem Handballen geglättetes Stück Papier, ungezeichnet von Runzeln ehrgeizigen Strebens und so, wie es gewesen war, ehe das Kinngrübchen sich durch sinnliches Verständnis vertiefte. »Oh, dein Französisch wird ganz in Ordnung sein. Damit wirst du gut zurechtkommen. Vielleicht werde ich in Afrika sogar mein verdammtes Buch fertigschreiben. Ah, das ist sehr gut: einer der Gründe, warum ich die Dozentur überhaupt annehme, wird sein, daß es notwendig ist, zu den alten kolonialen Quellen zurückzugehen und so weiter.«

Alle praktischen Fragen waren offen zwischen ihnen; eine Frau und zwei Kinder, eine vor langer Zeit von einem verantwortungsbewußten Mann übernommene Verantwortung. Die Einstellung, mit der Bernard und Rosa sich mit diesem Sachverhalt abfanden, beruhte auf einer der einfachen Aussagen eines komplizierten Mannes: »Ich lebe bei meiner Frau und den Kindern, nicht mit ihnen.«

Die Aussage wiederum schien eine Erklärung von Rosa zu verlangen, die sie nicht geben konnte; aber weil sie ausgesprochen war, verschob sich deren Bürde ein wenig, ihre Schulter nahm sie neben seiner auf. Sie hatten kein Heim, aber er lebte ganz und gar mit ihr. Die Gewißheit war fast greifbar für ihn in der Vitalität und Friedlichkeit ihres schmächtigen Körpers. Als sie dort lagen, erhielt er, was sie einst und viele Male in gechlortem Wasser an der »Aus«-Linie ihres Vaters warmer und mit seinem Herzschlag klopfender Brust gehabt hatte. Ihre Augen (lichtfarben, Unbehagen hervorrufend; Burenaugen, *pied noir*-Augen?) ergingen sich über seinem Kopf zwischen Bäumen, Vorübergehenden und – ein rascher Blick nach unten – in einer persönlichen Motivierung der inneren Wahrnehmung, ebenso wachsam und verheimlichend wie der Blick, den auch ihre Mutter nicht bemerkt hatte, als sie aufschaute und ihre Tochter langsam über den Kiesweg kommen sah von dem Besuch bei ihrem »Verlobten« im Gefängnis.

Das junge, glatte Gesicht unter ihrem sprach deutlich; aus dem heraus, was er gewesen war und was er war: »Du bist mir das Liebste auf der Welt.«

Wenn sie unter Menschen waren, verloren sie sich in der Menge und wurden dann eines Hinterkopfs oder einer

Stimme ganz in der Nähe gewahr: sie hörte Bernard Chabalier eine leicht unterschiedliche Version von dem zum besten geben, was er über den Maler gesagt hatte. »... fünfzig Jahre, Fauvismus, Futurismus, Kubismus, abstrakte Kunst – für ihn gilt das alles nicht. 1945 ist 1895. Vielleicht ist das, was vollendet ist, zeitlos ... aber Ereignisse verändern das Bewußtsein der Welt, es erbebt, und die Erschütterungen zeichnen sich seismographisch in Kunstrichtungen ab ...«

Donna mußte einen englischen Freund bewirten, der ein Besitztum ihrer Familie war – gewissermaßen das einmalige Exemplar, von ihnen aus den politisch-intellektuellen Kreisen ausgewählt, deren Existenz sie ignorieren, das der Stolz einer reichen Familie ist. Er beurteilte sich selbst nach ihrer Beurteilung seiner Distinktion. Er erwartete, daß ihm zu Ehren eine Party gegeben werde; Donna hatte unter den gewöhnlichen Leuten, die sie kannte, ein paar auftreiben müssen, die ihm das Gefühl eingeben würden, sie hätten genug Niveau, um ihn zu würdigen. Ihre Erklärung, was er war oder vielmehr tat, war vage; Parlamentsmitglied gewesen, hatte etwas mit dem Wirbel um Großbritanniens Beitritt zur EG zu tun gehabt, etwas mit der Herausgabe einer Zeitung. Sie konnte sich nicht erinnern, wie gut sein Französisch war; die Grobois, die Lesbierinnen von der *brocanterie* und die anderen ihres hiesigen französischen Kontingents versammelten sich sowieso auf dem einen Teil ihrer Terrasse und genossen es, ihre eigene Familienparty abzuhalten; Didier in einem schicken weißen italienischen Anzug (nur Manolis erkannte die reine Rohseide) machte seine persönliche Art von Distinktion geltend, indem er mit der geistesabwesenden Gleichgültigkeit eines für diese Gelegenheit angeheuerten Lohndieners Drinks servierte. Sein Beitrag zur angemessenen Würdigung des Ehrengastes bestand darin, daß er instinktiv eine Rolle übernahm, die mit Donnas Stellung als Gastgeberin von James Chelmsford in Einklang stand. Chelmsford selbst war herausgeputzt in Hemdsärmeln mit blauen Leinenhosen, Leinenschuhen, die dicke, bläßliche, blaugeäderte Knöchel sehen ließen, einem gelben Halstuch unter einem ratzekahl rasierten, roten Gesicht, das Pastis trank und deutlich machte, daß er kein Neuling in diesem Teil der Welt sei. Donna scharte um ihn eine kleine Gruppe, zu der Rosa gehörte und die ein oder zwei andere anzog, deren Ansichten als Anreiz dienen konnten, ein Gespräch in Gang zu bringen – ein Journalist aus Paris, der Logiergast von jemand anderem war, und ein Bauingenieur von der Société des Grands Travaux de Marseille.

»Warum hat sich Solschenizyn bemüßigt gesehen, den Leuten ihre Illusionen über Marx zu rauben? Andere sind aus der Sowjetunion gekommen mit Beweisen derselben Art. Sein Gulag ist nichts Neues, das wußten wir alle schon . . .«

Chelmsford hörte dem Journalisten mit der Pose professioneller Aufmerksamkeit zu. »Nun, was das betrifft, könnte man natürlich seit den Moskauer Prozessen fragen, wie . . .«

»Nein, nein – die gehören zur stalinistischen Periode, und die Linke macht einen deutlichen Unterschied zwischen dem, was mit Stalin starb, das ist die schlimme alte Zeit . . . Aber seit dem Beginn der neuen Ära, nach Chruschtschow – erst Tauwetter, dann wieder Frost –, hat jeder gemerkt, daß dieselben alten Greuel weitergehen, Krankenhäuser sind die neueste Art von Gefangenenlagern, neue Namen für den alten Terror, das ist alles. Warum mußte Solschenizyn die Menschen aufrütteln?«

»Aber hat er das getan?«

Der Journalist bedachte den Architekten mit dem Lächeln für jemanden, von dem man nicht viel hält. Er richtete seine Reaktion an die anderen. »Oh, zweifellos – nachdem dieser Mensch so gefoltert, so verletzt wurde – wer konnte beim Fernsehen in diese Augen blicken, wenn man da zu Hause auf einem Roche-Bobois-Stuhl saß mit einem Whisky in der Hand. Ich weiß, daß ich . . . daß dieses Gesicht aussieht, als wäre es geschlagen worden, geohrfeigt, eh? so daß die Wangen kein Gefühl mehr haben, und dieser Mund, der sich selbst (er zog die Schultern hoch, schüttelte die geballten Fäuste und preßte die Lippen zusammen, bis sie weiß wurden) – dieser Mund, der sich selbst klein macht, weil er gewohnt ist, nicht frei reden zu dürfen. Die Linken im Westen wissen nicht, wie sie noch glauben können. Sie wissen nicht, was sie nach ihm an Marx verteidigen können.«

»Es ist nicht einfach zu beantworten.« Der Ingenieur wandte sich freundlich an Rosa, als ob er nur für sie beide spräche; er hatte das ängstlich tolerante Gebaren einer neuen

Art von Missionar, die Füße in vernünftigen Sandalen, der blonde Kopf fast vollständig geschoren, um es kühl zu haben in den Sümpfen an den Flußmündungen in Brasilien und Afrika, wo er (wie er ihr erzählte) Gutachten über zukünftige Hafenanlagen ausarbeite. »Vielleicht ist es die Behandlung des Themas, etwas an seinem Stil? Die Schreibweise, meine ich. Etwas Victor-Hugoisches, das eine breite Öffentlichkeit anspricht, eine breitere . . .«

»Die Öffentlichkeit. Die Öffentlichkeit im allgemeinen war immer zu glauben bereit, daß die Kommunisten sowieso nichts als Bestien und Ungeheuer sind – es ist die intellektuelle Linke, die Marx jetzt ablehnt . . .«

»Nun, ich bezweifle, ob dasselbe von England gesagt werden könnte – aber ich bezweifle auch, ob von uns behauptet werden könnte, daß wir eine intellektuelle Linke im selben Sinne haben. Man könnte Tony Crosland kaum als Kandidaten unter Caféhausphilosophen aufstellen . . .« Die Franzosen verstanden den Witz nicht.

»Und sogar Mao ablehnen – man kann ›Glück nicht institutionalisieren‹ – von denselben Leuten, die 1968 die Studenten auf den Straßen waren!«

Der Journalist und der Ingenieur hatten es aufeinander abgesehen, ständig unterbrochen, über die Köpfe der anderen hinweg. »Nein, das ist nicht ganz richtig. Glucksmann greift Solschenizyn *an*, weil er gesagt hat, Stalin sei in Marx schon enthalten . . .«

»Na ja, sie ziehen eine Art halbherzige Schau auf . . . Ich meine, natürlich kommen sie nicht daher und sagen: wir haben unrecht gehabt, wir brillanten jungen Soundsos, die neuen Sartres und Foucaults, unsere Theorien, unsere grundlegenden Prämissen – Blut und Scheiße, das ist alles, was davon im Gulag übriggeblieben ist, eh?«

»Natürlich sollte man nicht darüber hinwegsehen, daß Solschenizyns grundlegender Pessimismus ihn immer eher zu einem Plebejer als zu einem sozialistischen Schriftsteller gemacht hat . . .«

»Aber wie sollen wir die Welt ohne Marx verändern?« (Der Ingenieur gestand, als bekenne er lächelnd, in der Fußballiga gespielt zu haben, obwohl sein Körperbau das nicht glaubhaft erscheinen ließ: Ich war 1968 auch auf den Straßen.) »Sie sind immer noch mit uns einig, daß sie verändert werden muß.«

»Ich bin nicht so sicher. Kaum. Nicht einmal das. Was haben sie zwischen ihren Beinen, geschweige denn im Kopf. Politische Philosophen ... Sie werden vor dem Individualismus völlig kapitulieren. Oder fromm werden. In beiden Fällen werden sie bei der Rechten enden.«

»Nun, zuerst einmal müssen wir Marxens ältestes Kind verleugnen. *La fille aînée.* Wir müssen die Sowjetunion zum Ketzer am Sozialismus erklären.« Bernard Chabalier schloß sich der Gruppe an; sie hörte den Einwurf unter anderen. Er begleitete ihn mit den elliptischen Gesten eines, der sich dem Schwarm wieder zugesellt.

»Nein, nein, das wollen wir klarstellen: es gibt einen Unterschied zwischen dem Antisowjetismus der Rechten und dem neuen Antisowjetismus der linken Intellektuellen. Es mag jetzt *scheinen*, als definiere die Linke die Übelstände des sowjetischen Sozialismus so, wie das reaktionäre Denken es immer getan hat: gnadenlose Diktatur über Zwangsarbeit. Aber was sie verurteilen, ist nicht der *Unterschied zwischen* dem sowjetischen Sozialismus und dem westlichen Liberalismus – das ist ungefähr die These des westlichen Liberalismus und sogar der aufgeklärten Rechten – trifft das auf England zu?«

»Hm, ja, ich glaube, man könnte sagen, wir glauben zu wissen, für welche Menschenrechte wir eintreten, aber wir wollen keine Verstaatlichung und keine unbeschränkte Einwanderung von Schwarzen. Darum wird die Labour Party zu Fall kommen.« Diesmal lachten die Franzosen mit dem Ehrengast, und er verlor sich in vager Zustimmung, Vertuschung, verächtlichen Mmms und Gemurmel, die ihn von ebendieser politischen Torheit distanzierten.

»Und auch nicht die orthodoxe apologetische These, daß das, was dem Sozialismus in der Sowjetunion widerfährt, etwas zu tun habe mit einer Erbschaft der russischen Rückständigkeit – das ist ein alter Hut: daß das Land unterentwickelt war, als die Revolution ausbrach, dann der wirtschaftliche Rückschlag durch den Krieg, die autokratische Tradition des russischen Volkes und so weiter. Die Theorie der Linken lautet, wenn Stalin in Marx enthalten war, dann darum, weil der Kult des Staates und *la rationalité sociale* schon im westlichen

Denken enthalten waren – das ist es, was den Sozialismus infiziert hat. Das *Phänomen* Gulag entstand in der Sowjetunion; aber seine *Doktrin* stammt von Machiavelli und Descartes . . .«

Die ausgeprägt modellierte Stirn mit dem Haarbüschel hinter jedem Ohr neigte sich nach hinten, die Lider senkten sich und verstärkten den Blick. »Also alles, was mit dem Sozialismus nicht stimmt, ist das, was mit dem Westen nicht stimmt. Wieder die Schuld des Kapitalismus . . .«

»Lassen Sie mich ausreden – daher ist der Antisowjetismus der westlichen Linksradikalen ein Antisowjetismus der *Linken*, das ist etwas ganz anderes.«

»Und lassen Sie mich Ihnen sagen«, Bernard sprang durch den Reifen seiner eigenen Ironie, »es ist die Tragödie der Linken, daß sie immer noch glauben kann, das einzige, was am Sozialismus nicht stimmt, sei der Westen. Unsere Tragödie als Linke, die Tragödie unseres Zeitalters. Sozialismus ist der Horizont der Welt, Sartre hat es ein für allemal gesagt, aber es ist eine ›Mattscheibe‹ . . . man schließt die Augen, hält sich die Nase zu, statt zuzugeben, woher der Gestank kommt.«

»Wichtig ist gewiß . . .«

Die Stimme des Architekten klapperte Themen ab, die ihm zusagten: »Ich wünschte, ich könnte meine Überzeugungen mit dem Genie eines neuen *philosophe* ordnen . . . und sie reden von manichäisch . . . beschuldigen Giscard . . .«

»Der wichtige Faktor ist gewiß«, der Engländer hatte den Bauch eingezogen und die Brust geschwellt, er hielt seine Ansichten jedem Argument überlegen, »zumindest werden diese Burschen vielleicht so klug sein, mit totalen Ideen und der totalen Repression, die untrennbar ist von solchen Ideen, Schluß zu machen. Wenn Sie jemanden sagen hören, das Konzentrationslager mag sich als die größte Erfindung des 20. Jahrhunderts erweisen . . . wenn man anfängt, solche Gedanken zu äußern, dann werden wir vielleicht endlich von der Verlockung der unheilvollen Utopie wegkommen. Wenn sich die Leute bloß die Utopie aus dem Kopf schlagen wollten! Als der Rationalismus den Himmel zerstörte und beschloß, ihn hier auf Erden zu errichten, da wurde dieses entsetzlichste aller Ziele ein Teil des menschlichen Strebens. Es war klar, daß die Menschen dafür endlos würden leiden müssen.«

Bernard sah, daß Rosa sie alle anschaute, auch ihn als einen von ihnen. Ihre Backenknochen waren straff vor Verwunderung: ihre Persönlichkeit fuhr zwischen sie wie ein Arm, der sie zurückscheuchte von etwas, das verloren war oder mit Füßen getreten wurde. »Man kann ›Glück nicht institutionalisieren‹? Allen Ernstes? Eine Entdeckung? Ist das ein Scherzspruch aus einem Knallbonbon . . .«

Der Architekt war charmant schlagfertig. »Vielleicht meinten sie Freiheit, irgendwie sind sie – ich weiß nicht – heutzutage ein bißchen zu erschüttert, um das Wort zu gebrauchen. Nach der Lebensanschauung der Linken ist sowieso beides mehr oder weniger dasselbe, sie bestehen immer darauf, daß ihre ›Freiheit‹ die Voraussetzung für Glück ist.«

Sie wog einen Augenblick leere Hände ab – Bernard sah, daß das, was mit Füßen getreten worden war, aufgenommen und da gezeigt wurde –, dann versteckte sie die Fäuste unter ihren Schenkeln. »Wissen Sie das nicht? Glück ist nicht möglich ohne Institutionen, die es schützen.«

Der Engländer lächelte durch ein Gitter winziger Zähne, die eine Zigarre hielten. »Gott im Himmel, steh uns bei! Der Stacheldraht hebt sich, und wer weiß, wann Sie zuerst entdekken, welches die falsche Seite ist . . .«

»Ich stelle keine Theorie auf. Ich spreche von Menschen, die Rechte haben müssen – niedergelegt in einem Gesetzbuch, damit sie sich in ihrem eigenen Land frei bewegen können, selbst entscheiden, was sie arbeiten und was ihre Kinder in der Schule lernen sollen. Daß sie in einen Autobus einsteigen oder irgendwo hineingehen und sich eine Tasse Kaffee bestellen können.«

»Nun ja, normale bürgerliche Rechte. Das ist kaum utopisch. Dafür braucht man keine Revolution.«

»In einigen Ländern doch. Menschen sterben für derlei Dinge.« Bernard sprach laut mit sich selbst.

Rosa ließ nicht erkennen, daß sie ihn gehört hatte. »Aber der Kampf für einen Wandel beruht auf dem Gedanken, daß es Freiheit gibt, nicht wahr? Diese verrückte Idee. Die Menschen müssen imstande sein, Institutionen zu schaffen – Institutionen müssen sich entwickeln, die es praktisch möglich machen. Diese Utopie ist innerlich . . . wie kann man ohne sie . . . verfahren?« Das letzte Wort klang für die anderen wie »leben«, wofür sie es im Unterbewußtsein auch gebraucht hatte;

die Gesichter verwandelten sich und wurden mitfühlend, verlegen, verständnisvoll, dennoch erkannten sie, wohlwollend oder als Vorwurf, eine naive Wahrheit an.

Der Engländer gab seinem Profil einen entschlossenen Ausdruck, als säße er für ein Porträt. »Die Lügen. Die Grausamkeit. Zuviel Leid rührt daher.«

»Aber es gibt keine Garantie. Man darf sich nicht davor fürchten, Gutes zu tun, falls Böses dabei herauskommt.« Als Rosa sprach, blieb Katya stehen, die gerade vorbeikam, und legte einen Arm um sie; sah sie alle einen Augenblick an, sonnte sich im Widerschein eines früheren Widerstandes wie ein ehemaliger Soldat, der zeigt, daß er noch Haltung annehmen kann, dann ging sie weiter, um einen Fleck von verschüttetem Wein vom Brustteil ihres Kleides zu entfernen. »Dieser schreckliche Balkon, den ich habe, der fängt jeden Tropfen auf.«

Die Autorität des Engländers bäumte sich auf und rotierte. Er nahm von Didiers Tablett einen weiteren Pastis, ohne zu merken, daß er ein leeres Glas gegen ein volles ausgetauscht hatte. »Es handelt sich nicht um moralische Rechtfertigung, von alldem müssen wir wegkommen. Die unheilvolle Utopie – der monolithische Staat, der alles ist, was der utopische Traum hervorzubringen vermag, hat die moralische Rechtfertigung übernommen und sie zur größten Lüge von allen gemacht.«

»Ja, ja, genau das sagen sie – ob es die Kommunistische Partei ist oder irgendein riesiger multinationaler Konzern, die Menschen sind gegen große, einengende Strukturen . . .«

»Unsere einzige Hoffnung liegt in einer leidenschaftlichen Ethik der Technologie, unsere Weltanschauung muß, allgemein gesprochen, ökologisch sein – immer die Prämisse gelten lassen, daß der Platz des Menschen der zentrale ist . . .«

Bernard traf Rosa im Dickicht der Selbstversunkenheit der anderen. »Für sie belebt das eine Party.«

Sie zuckte mit den Schultern und machte ihm seine vorgeschobene Unterlippe nach: für uns alle. Sie lächelte ihm rasch zu.

Sie gingen weg, als hätten sie kein gemeinsames Ziel, würden sich trennen und zu Didiers Bar gehen oder sich der Grosbois-Clique anschließen, wo Darby angestachelt wurde, brummend eine Geschichte zum besten zu geben, die ihr solche Lachsalven eintrug, daß Donna verärgert herüberschaute. Sie gingen gemessenen Schritts wie ein Paar, das verabredet war, sich zu treffen, um im Schutz der Menge eine Botschaft auszutauschen. Plötzlich begann er zu reden. »Es gibt so vieles, was du tun kannst, Rosa. In Paris, oder auch in London. Genug für ein ganzes Leben. Wenn du mußt. Aber mir will scheinen . . .« Er hielt inne. Die beiden gingen langsam weiter. »Ach, meine Gründe sind nicht deren Gründe . . .«

Er hätte, was er sagte, nicht woanders sagen können; nicht allein mit ihr; die Anwesenheit der Menge machte es möglich, gesichert davor, Emotionen zur Schau zu stellen. »Ich wollte dir sagen . . . du kannst nicht für die Sache oder die Rettung eines anderen eintreten. Denk an diese Idioten mit den kahlgeschorenen Köpfen, die vor ein paar Jahren auf den Straßen sangen . . . Sie werden das indische Nirwana nicht erreichen.« Sie hatte den Kopf gesenkt zu seiner leisen Stimme. Sie hätten irgendwelchen Klatsch über die Gruppe, die sie gerade verlassen hatten, murmeln können. »Ach, ich weiß, wie kann ich vergleichen . . .« Er wartete auf ihren raschen Blick, aber er kam nicht. »Genauso ist es mit deinem Vater und den Schwarzen, deren Freiheit. Entschuldige, daß ich das sage . . . genauso ist es mit dir und den Schwarzen. Das steht dir nicht frei.«

»Rede weiter.« Sie wollte es, weil sie wußte, daß er vielleicht nicht die Zeit und den Ort finden würde, um es wieder zu wagen: ein Treffen ohne das Liebespaar Bernard und Rosa.

»Nicht einmal dir.«

Aber er scheute zurück. Er verschwand in Gedanken in seiner eigenen Sprache, und die menschliche Gesellschaft rings um sie brandete hoch. Der Blick aufs Meer von Donnas Terrasse war belebt durch die roten und blauen und gelben Segel der kleinen Sportboote der Einheimischen, die an einem Samstagnachmittag alle dort kreuzten und an den Bojen wendeten, die die Grenze der gefahrlosen Gewässer anzeigten. Er konnte Korsika sehen, flimmernd durch die Verzerrung der Entfernung. »Ich habe wirklich Lust, nach Ajaccio zu gehen. Was meinst du? Wir sollten uns wirklich einen Eindruck von dem verschaffen, was da drüben vorgeht. Der Weinkeller, den die Autonomisten besetzten, als sie die beiden Gendarmen umbrachten, gehört einem meiner *pieds noirs.* Die algerischen Franzosen verdienen ein Vermögen in Korsika. Ich würde mich gern mit ihnen unterhalten.«

»Richteten sich die Unruhen tatsächlich gegen sie oder auch gegen die französische Herrschaft – anders ausgedrückt, war der Weinkeller eben dieses Mannes absichtlich gewählt worden?«

Es machte ihm Freude, ihr zu erklären, was sie interessierte; er freute sich über ihr sachkundiges Verständnis für die Art und Weise, wie sich dergleichen Ereignisse abspielen. »Ach, beides hängt eng miteinander zusammen; daß die Siedler aus Algerien hierher gebracht wurden, sieht die Unabhängigkeitsbewegung als ein Zeichen für die kolonialistische Ausbeutung durch Frankreich an – nachdem sie aus Algerien vertrieben worden waren, kamen sie in eine weitere der armen ›Kolonien‹ Frankreichs, obwohl Korsika angeblich zum Mutterland Frankreich gehört. So ist es also dasselbe. Die algerischen Franzosen repräsentieren für die Korsen Paris. Sie lehnen sogar Napoleon ab und halten ihn für eine Art Verräter: der große Held der Franzosen, der sich angepaßt hat. Die Brüder Simeoni, die Führer der Unabhängigkeitsbewegung, haben Paoli zu ihrem Helden erhoben. Hast du je von Pascal Paoli gehört? Im 19. Jahrhundert kämpfte er gegen die Franzosen für ein unabhängiges Korsika ... Es könnte jetzt für uns faszinierend sein ... und für mein Buch. Ein Volksaufstand, der gehört tatsächlich zum Thema – die Unruhen waren die schwersten, die es je auf Korsika gegeben hat. Das wird ein gutes Kapitel.«

»Wird jedenfalls reichen, um deine Gedanken von deinem Magen abzulenken.« Wenn Liebende keinen körperlichen Kontakt haben können, necken sie sich statt dessen.

»Wir werden fliegen. Zum Teufel mit der Fähre.«

»Ich würde so gern mit diesem schönen weißen Schiff fahren.«

»Du lieber Himmel, ich will nicht, daß du mich kotzen siehst ... es ist kein schönes Schiff, liebste Rosa, es ist bloß ein schwimmender Bauch voller Autos ...«

»Wann? Schwierigkeiten mit einem Visum wird's wohl nicht geben? Sie werden mich reinlassen?«

»Du bist drinnen. Ich sage dir ja, es ist kolonisiert, es ist Frankreich.«

Er packte ihr Handgelenk, während sie sich auf den Ellbogen stützte, ein Ringkampf mit ihrer beider Freude.

Georges und Manolis schlossen sich ihnen an. Didier hatte eine alte Marlene-Dietrich-Platte aufgelegt und zog Tatsu von den Kissen hoch, die auf dem Fußboden ausgelegt waren wie in einem Bühnenharem. Sie lächelte und kicherte nicht beim Tanzen; sie hatte ein ganz anderes Gesicht. Manolis ließ seinen Blick von Didiers Tango leiten: »Ich sagte zu Georges: *beau, mais très ordinaire . . .«*

Beim Tanzen war das Gesicht des japanischen Mädchens, wie es nie zuvor gewesen war, ernst, verträumt, ganz erwartungsvoll, und ich fühlte mich so, wie sie es gewollt hatte: gleichaltrig mit ihr. Etwas wird uns geschuldet. Junge Frauen, noch Mädchen. Die Lebenskraft, die ich spüre, wenn ich unter Blumenkästen die wasserdurchströmten Gassen hinunterlaufe, um den Mann zu treffen, der mir sagt, sein Fleisch rege sich, wenn seine Ohren das Gleiten meiner Sandalen erkennen, die Ausbrüche von strahlender Laune, die mich an diesem Punkt überfallen, wo ich das Meer sehe, die Überfülle für mich, die ich in Duftwolken, die hinter den Plastschnüren der offenen Küchentüren hervorkommen, und in den Begrüßungen der Straßenkehrer spüre, die sich in der *bar-tabac* ein Glas Wein genehmigen. Schulschluß zur Mittagszeit, und ein Schwärmen und Geklapper kleiner Kinder wirbelt um meine Beine, sie packen mich überall, wo sich Halt finden läßt, ich springe von einer Seite zur anderen wie ein Torhüter, die Arme ausgestreckt . . .

Ich sehe alles, alles, muß stehenbleiben, um jede Katze zu streicheln, die auf einer Türschwelle die Pose eines Grimaldi-Löwens einnimmt. Oder ich gehe blindlings in der Dunkelheit der Empfindungen, die ich gerade gehabt habe, taub für alles außer einer langen Dialektik von Körper und Seele, die sich in Bernard Chabalier und mir fortsetzt, auch wenn wir nicht zusammen sind. Plötzlich stand eine Frau vor mir; neulich hielt mich eine Frau im Nachthemd in einer dieser engen

Straßen an, die das Gehege meiner Liebe sind. Eine von den alten Mädchen, den Lesbierinnen oder den Schönheiten aus den dreißiger Jahren. Einen Augenblick glaubte ich, es sei Bobby.

Sie packte mich am Arm; die Nerven in ihren Fingern zwickten wie Flöhe. Ich sah Rinnsale von Tränen in den Falten ihres Halses. *Hilfe, Hilfe!* Ich tauchte plötzlich auf in ihrer Bedrängnis voll Unterwürfigkeit und Bestürzung über die Helligkeit einer Tages- oder Nachtzeit, die man nicht erkennt. Und das war genau ihr Zustand: *Wie spät ist es?* Sie wollte wissen, ob sie gerade aufgestanden oder im Begriff gewesen war, ins Bett zu gehen. Sie war aus dem sicheren Hafen von Tagen und Nächten hinausgeglitten. Als ich fragte, was denn nicht in Ordnung sei, forschte sie in meinem Gesicht, starrte intensiv, der in den senkrechten Falten gesammelte Lippenstift unterbrach den Umriß der Lippen: ebendas sei nicht in Ordnung – daß sie nicht wisse, sich nicht erinnern könne, was nicht in Ordnung sei.

Ich brachte sie weg von der Straße, wo durch Falten von blauem Nylon das Baumeln von dunklen Brustwarzen am Ende von zwei Hautlappen sichtbar wurde. Die Tür eines kleinen Hauses – *Lou Souliou* in schmiedeeiserner Schrift – stand hinter ihr offen. Ich bot ihr meine Hilfe beim Anziehen oder Wieder-ins-Bett-Gehen an (angenommen, sie war im Bett gewesen; sie wußte es nicht). Aber kaum waren wir drinnen, begann sie mit sachlicher, alltäglicher Munterkeit zu plaudern. Wir erwähnten nicht, was auf der Straße geschehen war. Sie zog etwas an, das eher nach einem alten Abendmantel aus Samt als nach einem Morgenrock aussah. Sie bot mir Kaffee an – oder Wodka? Im Kühlschrank müsse eine Flasche Wodka sein – und etwas Tomatensaft? Als sie mein Pidgin-Französisch hörte, antwortete sie auf Englisch mit einer formvollendeten amerikanischen Redewendung wie eine Figur von Henry James. Fotografien und Souvenirs in einem dämmerigen, gemütlichen Zimmer – wie all die Häuser, in denen hier Frauen wohnen. Ein ungebundenes Leben; einige der Dinge sahen peruanisch, mexikanisch, indianisch aus. Die provençalische *panetière* voll von Büchern und kleinen Schätzen hinter den Holzstäben, der verschnörkelte, spillerige Schreibtisch – bedeckt mit Zeitungen, deren Streifbänder nicht aufgeschnitten waren. »Sie sind Arnys' Freundin, nicht wahr? Da haben wir uns gesehen. Arnys liebt junge Menschen.« Bernard ist Arnys' Freund, aber ich nehme an, sie muß eine der Frauen gewesen sein, die mich in diesem Sommer so oft in der Bar gesehen haben. Wenn ich in einem anderen Jahr wiederkomme, wird sie sich vielleicht sogar erinnern, daß ich dein – Madame Bagnellis – Gast war, die große Liebe des Pariser Professors, der ein Buch schrieb.

Ich wollte gehen, und sie wollte mich dabehalten für den Fall, daß die Frau, die ich auf der Straße getroffen hatte, wieder Besitz von ihr ergriff. Ich kam den Berg hinaufgestürmt und erwartete dich singend vorzufinden, während du dabei warst, einen alten Stuhl aufzupolstern oder tapfer rote Farbe auf deine Zehennägel aufzutragen. Ich wollte dich fragen, wer sie sei, und dir erzählen, was sich ereignet hatte. Aber als ich dich sah, Katya, da sagte ich nichts. Es könnte dir widerfahren. Wenn ich weg bin. Irgendwann. Wenn ich in Paris bin oder in Kamerun und Dinge ergattere, die mich interessieren, die Souvenirs, die ich erwerben werde.

Die Aussichten: wie sind die Aussichten? Für Burgers erste Frau, Ugo Bagnellis Geliebte, für Rosa Burger.

Du hast deine Nachtigallen jedes Jahr im Mai, und die Brüste, die solche süßen Wonnen bereiteten, werden alle drei Monate klinisch abgetastet, eine Routine, um das Leben zu verlängern. Das Bett, zu dem Ugo Bagnelli kam, wenn er sich seiner Familie in Toulon entziehen konnte – jetzt schlafe ich mit Bernard darin –, wird keinen anderen Mann von dir aufnehmen. Wie Gaby Grosbois sagt, nur ein Arrangement ist noch möglich, man zahlt selbst für das Hotelzimmer wie die Frau von Pierres Zahnarzt und der Polizist. Und der liebe alte Pierre in seinen blauen Levis – es ängstigt seine Frau nicht, daß er dich womöglich noch begehrenswert findet; da könnt ihr nur, wenn ihr unter euch seid, einen Witz über seine Impotenz machen. Du lachst über sie, wenn sie sagt: »Du bist immer noch schön, Katya«; heute sah ich dich in dem hellen Licht, das es nur im Badezimmer gibt, ich wünschte, ich könnte den Rest meines Lebens in den dämmerigen Räumen dieses Hauses verbringen – da sah ich, wie du Borsten aus deinem Kinn zupftest.

Es ist möglich, im Bereich einer Person, nicht eines Landes zu leben. Paris, Kamerun, Brazzaville, die Heimat. Da gibt es die Möglichkeit mit Chabalier, meinem Chabalier. Er sagt mir, sobald ich in Paris bin, werde ich meinen Chabalier haben, der der einzige ist, der zählt. Er ist nicht untreu. Er sagt nicht, daß er seine Frau und seine Kinder nicht liebe: »Ich lebe bei ihnen, nicht mit ihnen.« Wir gebrauchen untereinander keine rituellen Wörter; ich will nicht diejenigen gebrauchen, mit denen ich mich für ein Gefängnis glaubwürdig machte. Woher wußte er das – er hat es irgendwie erkannt, als es ihm am ersten Abend in der Bar zuwider war, das übliche Flirten durchzuexerzieren.

»Ich muß sie manchmal befriedigen.«

Ich hatte ihn unumwunden gefragt: du wirst mit ihr schlafen müssen, wenn du nach Hause kommst. Wir wußten, es bedeutete nicht nur, wenn er von hier nach Hause kommt, sondern auch, wenn ich »in der Nähe« des Gymnasiums wohne und er bei mir gewesen ist. Er lügt nie; und meine Frage konnte bestimmt nur eine Ausländerin stellen. Darüber bin ich mir klar. Ich bin nicht eifersüchtig, obwohl ich eine Fotografie von ihr gesehen habe – sie war auf einem der Bilder, die er mir zeigte, als ich gern seine Kinder sehen wollte. Sie ist eine hübsche Frau mit einem kecken und entschlossenen Ausdruck, von der ich mir vorstellen kann, daß sie sagt, was du mir von Ugos Frau erzählt hast: »Du kannst so viele Frauen haben, wie du willst, solange du sie nicht in mein Haus bringst und ich nichts von ihnen wissen muß.« Unzerstörbar spießbürgerlich, sagtest du von Ugos Frau und lachtest großmütig, Katya. »Das war gut. Ich wollte niemanden zerstören; ich wollte ihr nichts wegnehmen.« Und du hattest deinen Bagnelli mehr als fünfzehn Jahre lang. Bobby hatte ihren Oberst. Es ist möglich.

Wir könnten sogar ein Kind haben. »Du bist eine Frau der Art, die das kann«, sagte er zu mir. Es würde mich nicht schrecken, wenn wir ein Kind hätten. Im allgemeinen bin ich nicht der Meinung, daß ein Mädchen Ernst machen und sich ein Kind anschaffen sollte, bloß weil sie zeigen will, daß sie keinen Ehemann braucht – so wie man zeigt, daß man einen akademischen Abschluß machen kann. Es ist heute auch nicht einfacher als früher. Ein Kind ohne Familie, ohne Geschwister ... Aber unseres. Ein Junge für deinen Vater.

Wenn ich im mittleren Alter bin, werde ich einen jungen Sohn haben, der das Lycée Louis Le Grand besucht und nach Lionel Burger genannt ist; er hätte es nicht nötig, den Namen der Chabalier-Kinder zu beanspruchen. Wir haben Verwandte in Paris, mein Kind und ich: manchmal stelle ich mir vor, daß ich sie aufsuchen werde, wenn ich da lebe, die Kusine Marie, die für Orangen Reklame macht. In Paris wird es keinen Grund geben, irgend jemandem aus dem Weg zu gehen, sobald ich neue Papiere habe. Frei, zu reden. Frei. Wenn ich Madame Chabalier treffen sollte, die ihren Mann zu einer politischen Versammlung der Linken begleitet? »Spielt keine Rolle. Ihr werdet euch wahrscheinlich mögen. Du wirst mit ihr plaudern wie mit jedem anderen, der mehr oder weniger dieselben politischen Vorstellungen hat ... das ist alles. Sie versucht, Schritt zu halten.« Er fischt sich die aufgeweichte Zitronenscheibe aus meinem Glas, wenn er seine verzehrt hat, und lutscht sie aus. »Du hast ihr nichts zuleide getan.«

Mehr über sie will ich nicht wissen; will ihre Schwächen nicht kennen oder darauf rechnen. Was ich habe, ist nicht für sie; er gibt mir zu verstehen, daß sie nichts damit anzufangen wüßte; es ist nicht ihre Schuld. »Man ist verheiratet, und das läßt sich nicht ändern.« Immerhin hat er zu mir gesagt, er würde mich heiraten, wenn er könnte, was bedeutet: ich möchte dich sehr gern heiraten. Ich kränkte ihn ein bißchen, weil ich nicht gerührt war. Anderes, was er sagte, ist der Text, nach dem ich lebe. Ich weiß wirklich nicht, ob ich irgendeine öffentliche Erklärung, Status, Kodex möchte; etwa eine Heirat. Kann etwas privater und persönlicher sein als das Leben einer Geliebten? Nach außen hin weiß überhaupt niemand, daß wir füreinander verantwortlich sind. Bernard Chabaliers Geliebte ist nicht Lionel Burgers Tochter; sie ist gewiß nicht haftbar für die ZUKUNFT, sie kann nach Kamerun gehen und dort Gutes tun oder das Einhorn in dem Gobelinwald betrachten. »O dieses ist das Tier, das es nicht gibt« – er zitiert aus einem Gedicht über das Einhorn, aus dem Deutschen übersetzt. Ein mystisches Wesen. *Un paradis inventé.*

Als ich sah, wie du den schrecklichen Bart aus deinem weichen Kinn zupftest, hätte ich zu dir kommen sollen, dich küssen und die Arme um dich legen müssen gegen die Aussicht auf Alter und Tod.

Nach einem kurzen Ausflug nach Korsika, um Material für seine Dissertation zu sammeln, richtete sich sein ganzes Sinnen und Trachten darauf, Gründe herauszufinden, warum er auch nach London fahren müsse. Er verstand seine Sache; da er außerordentlich geschickt und erfahren war, begann er damit, sich selbst zu überzeugen. Nachdem dieser Test gemacht war – sein Gesicht, auf dem bei zweifelhaften Projekten gewöhnlich ironische Skepsis und Belustigung aufflackerten, akzeptierte dieses als passabel –, war er zuversichtlich, jeden überzeugen zu können, bei dem es sich als notwendig herausstellen sollte. »Ich müßte ein paar Tage in London sein, um mit einem britischen Kollegen zu sprechen – ja, natürlich die LSE – er arbeitet auf demselben Gebiet. Der Einfluß der Gegenemigration in Großbritannien. Nicht schlecht, ›Gegenemigration‹. Ich glaube, ich habe es erfunden. Die Siedler, die aus Kenia zurückkamen, die Rhodesier, die sich nach der UDI davonmachten, Pakistaner selbstverständlich, Westinder. Zum Vergleich: ein kurzes Kapitel für Vergleichszwecke. Die Veränderung der nachkolonialen angelsächsischen Werte im Vergleich zu ... Dergleichen ist gut für eine Dissertation. Klingt gelehrt. Beeindruckt die Prüfer.« Diese Gesichtspunkte würden kaum bei seiner Frau (Christine heißt sie) und seiner Mutter angeführt werden müssen, für die die Erfordernisse der Dissertation allem anderen vorangehen. »Wenn das Sitzen auf einer Säule mitten in der Wüste die beste Möglichkeit wäre, um meinen Doktortitel zu erwerben, dann würden sie mir, ohne mit der Wimper zu zucken, eine Flasche Evianwasser schicken, damit ich, falls ich Durst habe, kein verseuchtes Wasser trinke. Ehrgeiz für mich, das kann ich dir sagen! Sie bringen selbst Opfer, das stimmt ...«

Vier Tage und drei Nächte zusammen auf Korsika hatten Rosa Burger und Bernard Chabalier einen Vorgeschmack davon gegeben, wie es ist, für sich zu sein, ein Paar im Reinzustand, eine unvergleichliche Erfahrung, die aufs Spiel zu setzen sie nicht in Gefahr waren durch den Versuch einer unendlichen Verlängerung, nämlich die Ehe. Aber die Freude ohne Anforderungen – weil die Gegenwart des anderen bei Tag und bei Nacht, Empfindung und Rhythmus des Atmens, von Geruch, Berührung, Stimme, Anblick und gegenseitiger Durchdringung insgesamt gegeben waren – wird selbst zu einer einzigen, einigenden Forderung. Des Paars; an die Welt, an die Zeit: wieder dieses vollkommene Gleichgewicht zu empfinden. Eine stürmische, starke, unverfrorene Entschlossenheit mit zusammengekniffenen Augen, erstarrt im Begehren, der Zurückhaltung auf die Finger tretend, alles wegschubsend, was die Durchsetzung des Willens unwahrscheinlich oder gar unmöglich macht. Rosa Burger und Bernard Chabalier würden nicht oft Gelegenheit haben, ganze Tage zusammen zu verbringen und auch die darauffolgenden Nächte, in denen ihre Körper im Schlaf beieinander Wache halten würden wie die Seite an Seite liegenden Gestalten auf Grabdenkmälern, die durch den Tod im Stich gelassene liebende Körper darstellen. Wenn Tage und Nächte sich an den Finger abzählen lassen, ist die Ziellinie wichtig. Rosa fand London eine großartige Idee, weil Ideen in diesem bedeutsamen Zusammenhang nur durchführbar zu sein brauchen, um großartig zu sein. Sie selbst hatte einen Grund, nach London zu gehen, der seinen Hauptgrund ergänzte. Ein Hotel war riskant; wie obskur es auch sein mochte, jemand, der ihn oder sie kannte, könnte dort abgestiegen sein; schließlich gibt es viele Gründe, nach Obskurität zu trachten. Ihr stand eine Wohnung zur Verfügung – den Schlüssel zu einer Wohnung in Holland Park brauchte sie nur abzuholen, und sie hatte nie davon Gebrauch gemacht. War nie in England, in London gewesen. Bernard war entzückt von der Idee, der *jeune anglaise* London zu zeigen (Franzosen in dem Dorf, in dem er sie kennengelernt hatte, machten keinen feinen Unterschied bezüglich der Herkunft von englischsprechenden Ausländern). Holland Park sei ideal! Eine kurze U-Bahn-Fahrt zum Westend.

Wie weit von der Londoner School of Economics?

Gelächter und Wörter durcheinander – »Ach, die ist ganz woanders, die werden wir nie finden, keine Sorge ... Aber mein Kollege, *der* wohnt in Holland Park, er wird mir ein Zimmer im Haus von Freunden besorgen, eh, das ist billiger als ein Hotel ... und wenn angerufen wird (Rosa kennt die Pause schon, den Hinweis darauf, daß die alte Madame Chabalier bereits zwei Herzinfarkte gehabt habe und immer eine Möglichkeit bestehen müsse, ihren Sohn zu erreichen), sei es doch nicht ungewöhnlich, daß sich dann jemand anderes am Telefon melde, oder?

Ja, und wiederum ja. Ja zu allem, denn was nicht getan werden kann, wird allmählich vollbracht mit der Freude an praktischen Lösungen, die Schritt für Schritt folgen, sorgfältig geplant, weil Unachtsamkeit Wunden verursacht, niemand darf verletzt werden, wenn Bernard Chabalier und Rosa Burger unversehrt und unerreichbar bleiben sollen.

Am 7. September sammelte Bernard Chabalier die getippten Seiten und handschriftlichen Notizen ein, die in systematischer Unordnung in dem Zimmer verstreut waren, in dem er gearbeitet und geliebt hatte, beides gut – er hielt inne, um es zuzugeben; ein bemerkenswerter Zeuge, dieses Zimmer, mit dem er unter veränderten Umständen nicht gern jemals wieder konfrontiert würde –, und kehrte nach Paris zurück. Es war eine Woche vor dem Unterrichtsbeginn im Gymnasium, wo er, wie alle französischen Lehrer, ein Professor war. Das war recht vernünftig. Auch für seine Kinder endeten die Ferien in einer Woche; das war der Grund. Er hätte heute zurückkommen und am nächsten Tag in seine Klassen gehen können – den Unterrichtsstoff hatte er schon viele Male durchgenommen, aber seine Kinder legten Wert darauf, daß er mitkam, wenn Bleistifte und Hefte und neue Schuhe für das neue Schuljahr gekauft werden mußten. Er hatte in einem Gespräch mit Rosa erwähnt, er sei sich klar, daß er über ein gewisses elementares Maß hinaus nicht wisse, wie man sich verhalten müsse, um ein »beharrender« Vater zu sein, wie er sich ausdrückte, imstande, Bedürfnisse zu befriedigen, die man erst erraten müsse; im Augenblick tue er einfach, was die Kinder am offenkundigsten zu erfreuen scheine. Er sagte ihr nicht, daß das Datum seiner Abreise, auf das er und sie sich geeinigt hatten, ein besonderes Beispiel dafür war. Derlei Dinge mußte sie erraten und würde sie in dem Leben, das er und sie führten und führen würden, erraten müssen: unnötig, die Tatsache zweifelsfrei klarzustellen, daß ein »Professor« eine Woche braucht, um diese Identität anzunehmen. Da er das Mädchen liebt, irgendwo außerhalb des Reinzustandes, verändert der Grundsatz, daß niemand verletzt werden dürfe, ihre Lage, und sie wird aus dem möglichen Täter zum möglichen Opfer. Wenn nichts gesagt würde, sie aber dennoch verstanden hätte, warum er es sich selbst schuldig war, an diesem Tag abzureisen, dann wäre das eine weitere der unausgesprochenen Tatsachen, die Rosa Burger und Bernard Chabalier eng miteinander verbinden würden.

Er reiste an einem Tag ab, der mit dem Datum auf dem Flugschein nicht übereinstimmte. Die Urlauberscharen waren schon weg, aber die alten steinernen Knochen des Dorfes enthielten noch das Mark des Sommers. Die Farbe des Meers triumphierte über die Umweltverschmutzung und war tiefblau. Dagegen waren die Berge in zarte Schleier aus Sonnenglast gehüllt; keine Erinnerung an Schnee, er würde niemals wiederkommen. Durch die Fenster von Madame Bagnellis Wagen drang der Duft von Geranien anstelle von Benzinschwaden, und als Rosa die alten Männer unter den Ölbäumen auf dem von Autos freien Parkplatz Boule spielen sah, konnte sie sich ihn dabei vorstellen, wenn er alt würde. Sie fuhr, und ihre Konzentration (sie vermochte sich immer noch nicht auf ihre Reflexe zu verlassen, immer rechts statt links zu bleiben, wie es die Regel war in dem Land, aus dem sie kam) hielt vielleicht die Verzweiflung in Schach, die ihn überfiel, so daß seine Hände neben ihr zitterten und er mit offenem Mund atmete.

Aber in ein paar Wochen würde er sie in London treffen. In der Zwischenzeit würde er sich nach einer kleinen Wohnung für sie in Paris umsehen im *quartier des lycée*; sie würde nach London gehen und ihn in der Wohnung erwarten, die ihr immer zur Verfügung stehe. Er würde eine Woche Urlaub nehmen – er habe in zehn Jahren keinen Tag wegen Krankheit gefehlt oder Studienurlaub gehabt, ihm sei es absolut gleichgültig, daß das neue Schuljahr dann gerade erst begonnen habe – und dann würden sie am selben Tag nach Paris zurückfliegen, wenn auch nicht in derselben Maschine – das heißt, nicht zusammen. Es war kein Abschied; es war der Beginn einer Verpflichtung, genau das zu sein: zusammen. Sie waren nicht mehr eine der Liebesaffären des Dorfes. Er würde jeden Tag anrufen; noch einmal besprachen sie, welches die beste Tageszeit dafür wäre – auch sie verstand es gut, Heimlichkeiten auszuhecken. Sie weinte nicht, und er dachte erschüttert, was sie alles erlebt haben müsse, um zu lernen, nicht zu weinen; und daß sie es nicht verlernen konnte. Es gewann jetzt wieder die Oberhand; aber plötzlich verschwand ihr kleines, angespanntes Profil, als ob der Winkel eines Spiegels geändert würde, um das Gesicht von vorn zu zeigen mit den großen, ruhigen Lippen und den Augen in der Farbe der Innenseite von schwarzen Muschelschalen (er hatte Wochen gebraucht, mehr als nur ein wenig beeinflußt durch die Umgebung, in der er sich mit ihr befand, und endlich! – womit er sich als typischer Franzose erwies, die ja mit Vorliebe Farben nach Dingen benennen, die sie essen). »Du bist der einzige der Männer, mit denen ich schlief, den ich geliebt habe. Deshalb glaube ich, du kannst alles für mich möglich machen.«

»Was?«

Sie zog das Ticket heraus, das der Automat an der Einfahrt zum Flughafen-Parkplatz auswarf, und reagierte nicht sofort, als sich die Schranke hob. Er beobachtete ihren Mund eingedenk der Freuden, die er dort fand, mit leidenschaftlicher Aufmerksamkeit. Der Kiefer war fast häßlich; sie versuchte ebensowenig, die Unschönheit zu verbergen, wie die Schönheiten ihres Gesichts zu unterstreichen. Ihre Lippen bewegten sich, um Formen zu finden für die Fülle ihrer Gefühle – Freude an sich selbst, das arglose, prahlerische Selbstvertrauen, die Gewißheit, zweifellos zurückgeben zu können, was man empfängt, annimmt. Ehe sie anfuhr, versuchte sie es: »Ich kann es nicht sagen. Etwas, wovon ich nichts wußte. Ich finde es heraus. Durch dich.«

»Durch mich! Oh, Liebling, ich kann dir sagen – manchmal komme ich mir bei dir wie das Kind vor, das aus dem Zimmer geschickt wird, wenn die Erwachsenen sich unterhalten; jetzt bin ich erwachsen, habe aber mein ganzes Leben draußen zugebracht . . .«

Wie sehr seine Redewendung sie entzückte! Gemeinsam lachten sie über ihn in Madame Bagnellis altem Wagen, der hielt, denn das Ziel des Tages war erreicht. Aus dem Lachen wurden Umarmungen, und in einem Zustand deutlicher Liebestrunkenheit trennten sie sich für kurze Zeit, wie sie fest glaubten. Vom Flughafen Charles de Gaulle, wo Bernard

Chabalier gerade gelandet war und irgendeinen Vorwand gefunden hatte, demjenigen, der ihn abgeholt hatte (Christine mit oder ohne Kinder, die betagte Mutter), zu entwischen, rief er weniger als zwei Stunden später Rosa Burger an. Er sagte es diesmal mit unumwundenem Staunen: Du bist mir das Liebste auf der Welt. Sie weinte in einer unerkannten Gefühlserregung, einer anderen Erscheinung von Freude; eine seltsame Erfahrung.

Zehn Tage später fuhr sie nach London, mit dem Zug, weil das am billigsten war. Sie hatte sich dadurch ein bißchen Geld verdient, daß sie Leute in den Jachthäfen, denen sie empfohlen worden war, heilgymnastisch behandelt hatte; die Reiseschecks, die sie nach Europa mitgebracht hatte, waren schon fast alle. Sie machte sich keine besonderen Sorgen. Sie hatte mit Flora Donaldson in Johannesburg telefoniert und gesagt, nachdem sie den Sommer in Frankreich verbracht habe, wolle sie jetzt gern nach London fahren. Eine normale Reiseroute bei einem Urlaub im Ausland; wie Rosa von allen Genossen und/oder Freunden ihres Vaters erwarten konnte, stellte Flora keine Fragen, die auf etwas anderes schließen ließen, und äußerte weder Überraschung noch Vorwürfe, daß seine Tochter ins Ausland gereist war, ohne jemandem von der Absicht zu erzählen, ohne zu berichten, wie es bewerkstelligt werden konnte, oder sich von jemandem zu verabschieden, der sich mit Recht für die vertrauteste Freundin der Familie hielt, zusammen mit dem Mädchen vor dem Gefängnis gestanden hatte, als es vierzehn war und zum erstenmal unter den Krämpfen der Periode litt. Sie erwähnte Flora gegenüber nicht, bei wem oder wo in Frankreich sie sich aufhielt. Flora sagte ihr, wo sie den Schlüssel für die Wohnung in Holland Park abholen könne, und deutete an, wenn Geld gebraucht werde, dann ließe sich auch das regeln. Ihre Stimme, eine Stimme aus der Vergangenheit, klang ganz nah und sehr hoch vor Aufregung wie immer bei der Aussicht auf Verwicklung in Gesetzesübertretungen und Intrigen. Rosa dankte ihr und sagte, sie brauche kein Geld. Plötzlich begann Flora Donaldson ganz laut zu reden, als ob sie nicht richtig verstanden würde: »Aber wie geht es dir? Wie geht es dir? Wirklich gut? Wie geht es dir?«

Die kleine Rose ließ die Sommerkleider da, die Gaby Grosbois ihr genäht hatte, weil englische Sommer, wie man in Südfrankreich wußte, wie Winter anderswo seien, und im nächsten Sommer würde sie wieder zu Madame Bagnelli kommen. Ach, schon lange vorher: »Du kommst zu Weihnachten, oder an Ostern – Bernard ist zu diesen Zeiten ... es könnte etwas schwierig für dich in Paris werden. Jederzeit, hier ist immer dein Zuhause. In der Weihnachtswoche blühen bei uns schon die Mimosen ...« Die herzliehen Wangenküsse, die Umarmungen mit dem Duft von köstlichen Gemüsesuppen und frisch lackiertem Holz. Und die Nachtigallen? »Natürlich! Im Mai, du kommst im Mai, und dann sind sie da.«

Die Londoner Straße bahnte sich nicht den Weg durch schmutzigen Regen und Nebel, wie man ihr erzählt hatte. Die Bäume waren von gewichtigem, stillem Grün. Teppiche aus Sonnenstrahlen wurden durch die tiefen Fenster auf Flora Donaldsons spanische Matten gelegt. Eine Parterrewohnung mit einem dazugehörigen Stück Garten, der sich von einem Platanengehölz bis zum Haus herunterzog. Amseln (Elstern? jedenfalls Vögel von den Weihnachtskarten der nördlichen Halbkugel) sangen lieblich in der erfreulichen Inlandswüste aus ungemähtem Gras und Gänseblümchen.

Eigentlich eher ein Haus als eine Wohnung! Sie war ganz aufgeregt am Telefon. Eine Art hölzernes Zifferblatt mit einem beweglichen Kuhschwanz, um anzuzeigen, wieviel Liter der Milchmann morgens vor der Tür abstellen soll. Eine ganze Wand voll Bücher und eine Tiefkühltruhe voller Lebensmittel; man könnte einer Belagerung standhalten. Aber die Franzosen hatten keine Ahnung, wie England war – England war Sonne und Vögel und im Gras verborgene Liebespaare. Sie war kaum zu Hause. Sie wanderte durch die Parks und fuhr mit dem Schiff nach Greenwich. Sie kannte niemanden und redete mit allen. Bernard Chabalier mußte seine Reise um zwei Wochen verschieben, weil einer seiner Kollegen *oreillons* bekommen habe und am *lycée* Lehrermangel herrsche. (Was um Himmels willen ...? Er kannte den Namen der Krankheit auf englisch nicht, beschrieb aber ihre Symptome – Mumps war es, schlicht und einfach Mumps.) Er telefonierte nicht nur jeden Tag außer an den Sonntagen zu Hause, sondern schrieb auch lange Briefe; der Aufschub verlängerte nur ihre Vorfreude auf das Zusammensein, allein unter all diesen freundlichen Freunden. Sie hatte einen audiovisuellen Französischkurs an einer Sprachenschule belegt – er war nicht teuer und ausgezeichnet. Sie war auf dem französischen Konsulat gewesen und erwartete den Bescheid, ob ihr Diplom in Physiotherapie in Frankreich anerkannt werden würde. Bernard hatte vertraulich mit dem Vorsitzenden des Antiapartheid-Ausschusses in Paris über eine Aufenthalts- und Arbeitserlaubnis für sie gesprochen, wobei er wahrscheinlich so vage Ausdrücke wie »ein ungenanntes Mitglied einer weißen Familie prominenter Apartheidopfer« gebraucht hatte. Selbst am Telefon oder in Briefen zwischen Paris und London beschränkten sich seine Äußerungen darauf, daß er »mit Freunden gesprochen« habe, als ob er die Gewohnheiten des Landes, das er nie kennengelernt hatte, übernommen hätte – ein anderer Liebhaber würde vielleicht Ticks seiner Geliebten übernehmen, weil er sich mit ihrer Lebensweise in der Zeit, ehe er sie kannte, identifizieren möchte.

Abgesehen von der Vorsichtsmaßnahme, sich in der Sprachenschule unter einem anderen Familiennamen einzutragen – aber eigentlich eher aus privaten denn politischen Gründen –, war Rosa Burger entspannt und gesprächig und führte keine Unterhaltungen, deren Themen Diskretion erforderten: mit jungen Müttern über die Erfindungsgabe von Kindern, die aus Stöcken und Zweigen Häuser bauen; mit Kahnschiffern über Fische, die wieder in die Themse zurückgekommen sind; mit anderen Kursteilnehmern über die Bedeutung dieser oder jener Szene in einem japanischen Film, den sich jedermann ansah. Ihre prompten Reaktionen gingen nicht so weit, daß sie in Bars Bekanntschaften machte – sie hatte den unfehlbaren Trick heraus, solche Versuche lächelnd abzuwehren, wie es nur eine Frau vermag, die verliebt ist. Aber sie ging mit einem jungen indischen Paar, das zusammen mit ihr Französisch lernte, auf eine Party. Die Frau kam aus Indien, aber der Mann sprach Englisch mit dem Akzent, den Rosa ebenso erkannte wie er den ihren. Auf der Party waren noch andere südafrikanische Inder; sie sagte dem jungen Paar ihren richtigen Namen, bat aber, ihn vorläufig noch für sich zu behalten; die anderen Gäste wußten von ihr nicht mehr, als daß sie eine Studentin aus ihrer Heimat sei. Rosa traf sie wieder in der Wohnung des jungen Paars. Diese zwanglosen Begegnungen bewirkten seltsamer- und unvorhergesehenerweise, daß sie daran dachte oder davon träumte, die Leute aufzusuchen, denen aus dem Weg zu gehen sie sich verpflichtet hatte, was ihr leichtgefallen war, weil sie sich nicht hatte vorstellen können, daß sie es anders gewollt hätte. Jetzt sah sie sich in Begleitung von Bernard Chabalier mit ihnen sprechen. Das nächstemal, als einer der Getreuen in der Wohnung anrief, um herauszufinden, ob Flora da sei, meldete sich Rosa nicht mehr als anonyme Mieterin; akzeptierte die begeisterte Vermutung, ob sie vorbeikommen wolle; saß an einem Samstagnachmittag in Swiss Cottage – ein politischer Flüchtling, der von alten Zeiten sprach. Es wurde angenommen, daß sie wie die anderen den Kampf auf die eine oder andere Weise fortsetzen werde; jemand sagte, sie habe Frankreich als ihre Basis erwähnt. Sie ging zu einer weiteren Zusammenkunft, die zu Ehren einer FRELIMO-Delegation abgehalten wurde, die sich in London aufhielt, um die Hilfe der britischen Regierung zu erbitten. Einige der Leute von Samora Machel waren in Südafrika zur Schule oder auf die Universität gegangen. In der für die Schwarzen von Moçambique, Angola, Rhodesien und Südafrika gemeinsamen revolutionären Sache war die FRELIMO-Regierung ein Teil der Selbstverwirklichung der schwarzen Südafrikaner, eine Selbstbestätigung. Schwarze Wanderarbeiter aus Moçambique arbeiteten immer noch zusammen mit südafrikanischen Schwarzen in den Goldminen und als Dienstboten in Hotels und Privathäusern in ganz Südafrika. Die im Exil Lebenden aus beiden Ländern hatten zusammen in Flüchtlingslagern gesessen, waren in fernen Teilen der Welt zusammen als Guerilleros ausgebildet worden, hatten bei ihren jeweiligen inneren Machtkämpfen, Spaltungen und Neugruppierungen Partei ergriffen; sie sprachen einer die Sprache des anderen und das Englisch des weißen Mannes, das das ganze äußerste Ende ihres Kontinents auch dort kulturell industrialisiert hatte, wo die Sprache der Kolonialmacht Portugiesisch war. Es ließ sich schwer feststellen, wer von den Schwarzen in dem übervollen Raum aus Moçambique stammte und wer aus Südafrika. Zumindest unter denjenigen, die nach ihrer einheitlichen Aufmachung zu den Führern gehörten: die gutsitzenden Anzüge oder Maojacken wurden unterschiedslos von derselben Art von gebieterischen, draufgängerischen Männern getragen, mochten sie nun ANC oder FRELIMO sein, die von einer Gruppe zur anderen gingen. Eine Rede wurde über FRELIMO und den Anfang vom Ende des Imperialismus und Kolonialismus im südlichen Afrika gehalten. Eine Rede wurde über den African National Congress und den Kampf gegen Rassismus und den Weltfaschismus von Vorster bis Pinochet gehalten. »Ein paar Worte« wurden spontan gesagt und mit der Beredsamkeit eines (der Getreuen), der gerade genug getrunken hatte, um seinen Augenblick abschätzen zu können, zu einem Klagelied über die großen Männer gestaltet, die es nicht mehr erlebt haben, daß eine Bresche in die Unterdrückung im südlichen Afrika geschlagen wurde – Xuma, Luthuli, Mondlane, Fischer und natürlich Lionel Burger, an den viele heute abend insbesondere dachten, weil jemand, der ihm und seiner Frau Cathy Jansen, ebenfalls einer hervorragenden Genossin, »am nächsten stand«, heute unter ihnen sei. Lionel Burgers Rolle im Kampf; die Hartherzigkeit und Feigheit der Regierung Vorster, die einen alternden, sterbenden Mann im Gefängnis behielt, im Gegensatz dazu der Mut dieses Mannes, unbesiegt bis zu seinem letzten Atemzug, der nie zulassen wollte, daß für ihn ein Gnadengesuch eingereicht werde, der von Vorster nichts verlangte als Gerechtigkeit für das Volk. Die weiße rassistische Regierung hat seinen Leichnam gestohlen, aber sein Geist ist überall – in Moçambique; in diesem Raum, heute abend. Eine ältere weiße Engländerin kam herüber und küßte das Mädchen. Sie wurde der FRELIMO-Gruppe vorgestellt. Ein ANC-Mann mittleren Alters erging sich in Erinnerungen an Kampfzeiten in den sechziger Jahren, als er mit Burger zusammenarbeitete. Sie lächelte und dankte wie eine Braut auf einem Empfang oder eine Schauspielerin in ihrer Garderobe. Bernard Chabalier war ihr insgeheim gegenwärtig und hielt sie gewiß in einem anderen Realitätszustand fest.

Ein Journalist vom *Guardian* fragte, ob die Möglichkeit eines Interviews bestehe? Ein selbständiger Fernsehproduzent wollte eine Verabredung mit ihr treffen, weil er vorhabe, in einer Fernsehsendung mit dem Arbeitstitel »Auf den Schultern der Geschichte« den Fall Lionel Burger zu behandeln. Ob es Fotografien und Briefe gebe, zusätzlich zu den Aussagen von (zum Glück) vielen, die hier in England im Exil lebten und über ihn berichten konnten? Sie erwähnte eine Quelle in Schweden. Eifrig um sie bemüht, zog der Mann sie hinüber zu einem Tisch, wo man aus einem riesigen Topf heiße Würstchen fischen konnte. Da saßen einige junge Schwarze und aßen, und in Stammesverbundenheit kehrte die ganze Gruppe dem Raum den Rücken. Der Fernsehproduzent drängte sich zwischen sie, sprach von seinem Projekt, stellte die wenigen vor, die er kannte, und murmelte bei den übrigen das höfliche englische Gebrabbel, um zu vertuschen, daß er ihre Namen nicht wußte. Sie reagierten so lakonisch wie Menschen, die sich belästigt fühlen. Sie sah einen an, der da stand, hochgewachsen, die Schultern zu seinem Teller gebeugt, kauend, und sie anstarrte, als ob sie ihn irgendwie bedrohte. Er hatte ihr eine Sekunde eine magere, heiße, trockene Hand gegeben, die dann mit der Gabel in zäher Wurstpelle stocherte. Sie nahm ihren Teller; der Gruppe, zu der jetzt der Fernsehmann und sie gehörten, schlossen sich wieder andere an, es war ein ständiges Kommen und Gehen um einen festen Kern; an der Unterhaltung, die von den Seßhaften geführt wurde, beteiligte sie sich nicht. Sie aß langsam und trank ihren Wein in gleichmäßigen Schlucken. Plötzlich stellte sie Teller und Glas hin, als wäre sie gerufen worden; der neben ihr Sitzende glaubte, jemand, den nur sie sehen konnte, habe ihr zugewinkt. Sie ging zurück zu der Gruppe junger Schwarzer. Wörter zugleich mit Bissen kauend, sprach er mit seinem Nachbarn leise auf xhosa, aber der Eindruck, den sie zuvor von ihm gehabt hatte, deutete sich selbst, und sie unterbrach ihn: »Baasie.« Die Antwort auf eine Frage.

Ein Stück Wurstpelle oder Knorpel wollte nicht rutschen. Er schluckte merklich. Die Sehnen, die Mund und Kiefer verbinden, verzogen sich nach links, als er versuchte, mit den Wangenmuskeln etwas zu entfernen, das zwischen zwei Zähnen hängengeblieben war. Die Bewegung verzerrte sich; zu einem Lächeln, wiederbelebt, ausgegraben, ein altes Kleidungsstück, das noch paßt.

»Ja, Rosa.«

Sie ging verlegen auf ihn zu (er stellte seinen Teller weg).

Sie griff auf die ausländische Art der Begrüßung zurück, die ihr von jeder Begegnung im Café, in der Bar oder an einer Straßenecke geläufig war; sie reckte sich und berührte erst die eine, dann die andere Wange. Er wischte sich den Mund ab, als ob auch der berührt worden wäre. »Ja, Rosa. Ich sah dich, als du hereinkamst.«

Die Unterhaltung schien dem Schema F zu folgen wie ein Brief aus einem Briefsteller mit Vorlagen für Geburtstage, Geburten und Todesfälle.

»Du lebst also hier – bist du schon lange im Ausland?«

»Ein paar Jahre – hin und wieder.«

»Und vorher?«

Er runzelte die Stirn, um damit jede Chronologie als unwichtig abzutun oder eine Beständigkeit ihrer Unbestimmtheit zu bekunden. »Deutschland, Schweden. Ich bin herumgekommen.«

»Hast du studiert? Wie ist Schweden? Ich hatte eine Einladung da hin, aber ich habe mich nie darum bemüht. Die Schweden scheinen sehr hilfsbereit zu sein.«

Er lachte gequält, verbittert. »Sie sind in Ordnung.«

»Hast du gearbeitet, oder ...«

»Sollte eigentlich Nationalökonomie studieren. Aber die Sprache. Mann, da muß man zwei Jahre lang die Sprache lernen, ehe man das Studium an der Universität beginnt. Man versteht die Vorlesungen einfach nicht.«

»Das kann ich mir denken! Es muß schrecklich schwierig sein.«

»Ach, man steckt's auf, gibt auf.«

»Und Deutschland?«

»Das ist in Ordnung. Ich meine, wenn man Afrikaans kann, ist es nicht so schwierig, ein bißchen Deutsch aufzuschnappen.«

»Studierst du hier immer noch, oder hast du Examen gemacht?«

Er schien zu schwanken, ob er antworten sollte oder nicht; ob es überhaupt eine Antwort gab. »Na ja, hier, sobald man erst hier lebt (das erste richtige Lachen, sein ganzes Gesicht erbebte) – ich bin noch nicht wieder richtig zum Arbeiten gekommen. Ich muß erst ein paar Prüfungen machen und so weiter.«

»Ach so ... ich frage mich, ob ich hier wohl arbeiten dürfte. Ob meine Diplome anerkannt würden.«

»Aber du bist doch auf die Universität gegangen?« Wie

viele Schwarze aus ihrer beider Heimat, für die Englisch und Afrikaans Lingua franca sind, nicht Muttersprache, gebrauchte er den afrikaanse Ausdruck, wörtlich übersetzt, statt der englischen Entsprechung.

»Ja, aber nicht alle akademischen Grade werden international anerkannt. Tatsächlich sehr wenige. Ich habe einen gewissen medizinischen Abschluß. Nicht das, was ich eigentlich hatte studieren wollen, aber . . .« Die Gründe waren implizit für ihn.

»Ach, ich dachte, Sie wären Ärztin wie Ihr Vater?« Der Mann vom Fernsehen war wieder da, begleitet von zwei jungen Leuten, die darauf warteten, Rosa vorgestellt zu werden, und mit höflichen Augenbewegungen von einem Gesicht zum anderen, um ja nichts zu versäumen, zuhörten. »Unglaublich, wie er im Gefängnis einfach seinen Beruf weiter ausübte, nicht wahr? Daß die Wärter mit ihren Wehwehchen lieber zu ihm als zu den Gefängnisärzten gingen? Hatten sie keine Angst, daß er sie vergiften würde oder dergleichen?« Er und Rosa lachten; dann wandte er sich an die jungen Leute. »Ein phantastischer Mann, phantastisch. Ich bin begeistert, daß ich in der Serie über ihn berichten kann. Da ist seine Tochter, Rosa Burger – Polly Kelly, Vernon Stern. Sie leiten die AAA an den Universitäten, das hat nichts mit Agrikultur zu tun, sondern heißt Aktion Antiapartheid . . .«

Weitere Vorstellungen waren nicht nötig; die jungen Leute grüßten nach allen Seiten, sie waren schon früher in dieser Gesellschaft gewesen. Rosa fand bei alldem Gerede eine Möglichkeit, eine dringende Frage zu stellen: »Wann werden wir uns wiedersehen?« Ehe er antwortete: »Komm zu mir. Oder ich komme zu dir. Wir können uns irgendwo treffen – schlage etwas vor. Ich kenne London nicht. Hast du viel zu tun?«

»Ich habe nicht viel zu tun.«

Sie lieh sich von jemandem einen Kugelschreiber, der ihn aus einer Brusttasche herausholte, ohne sein Gespräch mit Kelly und Stern über Wanderarbeiter zu unterbrechen. Sie schrieb die Adresse und Telefonnummer der Wohnung auf und drückte ihm den Zettel in die Hand. Er überflog ihn, während jemand anderes mit ihr sprach und ihre Aufmerksamkeit in Beschlag nahm. Er war den ganzen Abend irgendwo im Raum, nicht weit weg von ihr, und ein- oder zweimal lächelte sie, glaubte, er hätte ihren Blick vielleicht bemerkt, aber er und sie kamen in der Menge nicht mehr zusammen. Er war immer schmächtig gewesen; der Typ, der als Erwachsener groß und schlank ist. Ein kleiner Junge mit engstehenden, fast orientalischen Augen und den winzigen Ohren seiner Rasse – die Ohren ihres Bruders waren doppelt so groß, als sie heimlich aus sexueller Neugier und wissenschaftlichem Staunen anatomische Vergleiche anstellten. Jetzt lag etwas Unausgeglichenes darin, wie er durch den Raum schaute; da sie dicht bei ihm stand, bemerkte sie, daß das rechte Auge etwas hervortrat und mal scharf, mal verschwommen dreinblickte. Eine Narbe quer über die Stirn; eine alte Narbe mit stecknadelkopfgroßen Erhebungen, wo die Wunde genäht worden war – aber die hatte er damals nicht gehabt. Die Leute von der Universität folgten ihr von einer Gruppe zur anderen; sie fand sich inmitten von Frauen, die wissen wollten, auf welche Weise die Feministinnen eine klare Funktion in der südafrikanischen Situation übernehmen könnten (sic hätte sie an Flora verweisen sollen), und kam über verschiedene Leute, die sie in Anspruch nahmen, wieder zu ihren indischen Freunden zurück, die dem Journalisten vom *Guardian* erklärten, in welcher Weise Rosas Vater mit ihren politischen Führern, Dadoo, Naicker, Kathrada, in Verbindung gestanden hatte. Zu sehr später Stunde sprach sie allein mit einem der Leute von FRELIMO, dessen Leidenschaft für sein Vaterland eine Offenbarung war angesichts der Reserviertheit der Europäer, die sie als eine ihresgleichen akzeptiert hatten, die Nationalismus nur im Sinne von Chauvinismus oder Staatsverdrossenheit verstanden. Eine sinnliche Sehnsucht erfüllte sie angenehm wie eine Welle der Entspannung nach Langeweile; Sehnsucht nach Bernard; um vor einem Mann wie Bernard Chabalier mit dieser Offenbarung anzugeben. »Wenn Ihre Delegation nach Frankreich fährt, würde ich mich freuen, sie dort mit jemandem bekanntzumachen.«

Er war begeistert. »Ich bin an jedem interessiert, der sich für Moçambique interessiert ... Verstehen Sie? An jedem, der uns hilft. Wir brauchen die Unterstützung der französischen Linken. Und wir werden sie erhalten. Aber vor allem brauchen wir Geld von der französischen Regierung.«

Das hübsche weiße Mädchen sagte, das könne sie nicht versprechen ... aber sie drei könnten zusammen essen und ein Glas Wein trinken. Soweit sich nach den gegenwärtigen Plänen voraussehen ließ, würden sie ungefähr zur selben Zeit nach Paris kommen. Sie versprach, nach ihrem üblichen Telefongespräch mit Paris am nächsten Tag die Verabredung zu bestätigen.

Das Telefon läutete durchdringend.

Bernard.

Wankte – schlaftrunken – vor Freude im Dunkeln an alle möglichen Gegenstände stoßend, ins Wohnzimmer.

Die Stimme aus der Heimat sagte: »Rosa.«

»Ja.«

»Ja, Rosa.«

»Bist du's, Baasie?«

»Nein.« Eine lange, schwingende Pause.

»Du bist es doch.«

»Ich bin nicht ›Baasie‹, ich bin Zwelinzima Vulindlela.«

»Entschuldigung ... es rutschte mir heute abend so heraus ... es war lächerlich.«

»Weißt du, was mein Name bedeutet, Rosa?«

»Vulindlela? Der Name deines Vaters ... oh, ich weiß auch nicht, ob mein Nachname überhaupt ›Bürger‹ bedeutet, zuverlässiger Bürger ...« Ruhig auf ihn eingehen; um diese Zeit ... hat vielleicht zuviel getrunken.

»Zwel-in-zima. Das ist mein Name. ›Leidendes Land‹. Der Name, den mein Vater mir gab. Du kennst meinen Vater. Ja.«

»Ja.«

»Wirklich? Wirklich? Du kanntest ihn, ehe sie ihn umbrachten.«

»Ja. Seit unserer Kinderzeit. Du weißt, daß ich ihn kannte.«

»Wie haben sie ihn umgebracht? Siehst du, du weißt es nicht, du weißt es nicht, du sprichst nicht darüber.«

»Nein ... denn warum sollte ich wiederholen, was sie sagten?«

»Wiederhole es, sage es.«

»Was sie immer sagen – sie fanden ihn erhängt in der Zelle.«

»Wie, Rosa? Weißt du nicht, daß sie Gürtel und alles wegnehmen?«

»Ich weiß es.«

»Erhängte sich an seinen Gefängnishosen.«

›Baasie‹ – sie sagte es nicht, aber es klang in ihrer Stimme an, dem Ton kindlicher Vertrautheit: »Ich fragte dich, ob du mich besuchen wolltest oder ich zu dir kommen soll, morgen, aber du . . .«

»Nein, ich spreche jetzt mit dir.«

»Weißt du, wie spät es ist? Ich habe gar keine Ahnung . . . bin im Dunkeln ans Telefon gegangen . . .«

»Mach das Licht an, Rosa. Ich rede mit dir.«

Sie sprach keinen Namen aus, weil sie für ihn keinen Namen hatte. »Ich habe fest geschlafen. Wir können morgen reden. Wollen wir uns nicht lieber morgen unterhalten?«

»Mach das Licht an.«

Es mit Lachen versuchen. »Wir sollten lieber wieder ins Bett gehen.«

»Ich bin nicht im Bett gewesen.« Stoßweise war Lärm zu hören, der unvermittelt abbrach, ein Hintergrundgeräusch zu seiner Stimme; er war noch irgendwo mit Leuten zusammen, die die Tür zu ihm dauernd auf- und zumachten.

»Die Party ist noch im Gange?«

»Ich rede nicht von Parties, Rosa . . .«

»Komm morgen – heute, das ist es wohl schon, es ist noch so dunkel . . .«

»Du hast also das Licht nicht angeknipst, wie ich dir sagte.«

Sie versuchte es mit gutem Zureden. »Hör mal, mit mir ist wirklich nicht viel los, wenn ich so aus dem Schlaf gerissen werde. Und es gibt so vieles, was ich . . . Wie alt waren wir? Ich erinnere mich, daß dein Vater – oder jemand anderes – dich nur einmal zurückbrachte, wie alt waren wir damals?«

»Ich sagte dir, du sollst das Licht anknipsen.«

Sie flehte, lachend: »Ach, ich bin so müde, Mann! Bitte, warte bis morgen . . .«

»Hör mal. Das gefiel mir nicht, was du da heute gesagt hast.«

»Was *ich* gesagt habe?«

»Es gefiel mir nicht, wie du da herumgegangen bist und gesprochen hast.«

Der Telefonhörer nahm in ihrer Hand eine fühlbare Form an; Blut strömte ihr ins Gehirn. Sie hörte ihn atmen und sich auch, ihr Atem roch nach Knoblauch von halb verdauter Wurst.

»Ich weiß nicht, was ich dazu sagen soll. Ich verstehe nicht, warum du das zu mir sagst.«

»Mir gefiel das ganz und gar nicht.«

»Was ich sagte? Worüber?«

»Lionel Burger, Lionel Burger, Burger . . .«

»Ich habe keine Reden gehalten.«

»Allen Menschen auf der Welt muß gesagt werden, was für ein großer Held er war und wie sehr er für die Schwarzen gelitten hat. Alle müssen ihn beweinen, sein Leben im Fernsehen zeigen und in den Zeitungen beschreiben. Hör mal, Dutzende von unseren Vätern sind krank und sterben wie die Hunde, werden aus den Siedlungen rausgeschmissen, wenn sie nicht mehr arbeiten können. Werden alt und sterben im Gefängnis. Umgebracht im Gefängnis. Das ist nicht der Rede wert. Ich kenne eine Menge Schwarze wie Burger. Nicht der Rede wert, das sind nur wir, wir müssen ja daran gewöhnt sein, das wird nicht im englischen Fernsehen gezeigt.«

»Er wäre der erste gewesen, das zu sagen, was du sagst. Er fand nichts Besonderes daran, daß ein Weißer ein politischer Gefangener war.«

»Küssen und mit dir schöntun, ihr Vater starb im Gefängnis, wie schrecklich. Ich kenne eine Menge Väter – schwarze . . .«

»Er fand das, was ihm passierte, nicht wichtiger.«

»Küssen und mit dir schöntun . . .«

»Du kanntest ihn! Du weißt das! Verrückt, daß ich *dir* das sagen muß.«

»O ja, ich kannte ihn. Du kannst ihnen sagen, sie sollen mich zu der Fernsehsendung einladen. Sag ihnen, deine Eltern haben den kleinen schwarzen Jungen in ihr Haus aufgenommen, nicht bloß auf den Hinterhof, wie andere Weiße, sondern direkt in ihr Haus. Am selben Tisch essen und im Schlafzimmer schlafen, im selben Bett, ihr kleines schwarzes Prachtstück. Und dann wurde der kleine Kerl wieder in seine Lehmhütten und Blechbuden zurückgeschickt. Sein Vater war zu beschäftigt, um sich um ihn zu kümmern. Immer auf der Flucht vor der Polizei. Zu beschäftigt für die Weißen, die die Regierung stürzen wollten, damit andere Weiße uns sagen, wie wir unser Land regieren sollen. Einer der besten von Lionel Burgers zahmen Schwarzen, der wie eine verdammte Küchenschabe überall hinkriechen muß, man braucht sie dann bloß mit dem Fuß auszutreten.«

Sie zog das Telefon mit sich – die Schnur war kurz, einige Augenblicke hörte sie die Stimme nicht – und tastete an der glatten, kalten Wand nach dem Schalter: als die Lampen angingen, war die Stimme nicht länger in ihr, sondern wurde wie von einer schwachen, schrillen Lautsprecheranlage in den Raum selbst übertragen.

Sie preßte den Hörer ans Ohr und umfaßte das Gelenk der Hand, die ihn hielt, mit der anderen. »Wohin haben sie dich gebracht, als du von uns wegkamst? Warum willst du mir das nicht sagen? War es die Transkei? O Gott. King William's Town? Und ich nehme an, du weißt – vielleicht auch nicht –, daß Tony ertrunken ist. Zu Hause.«

»Aber er hat uns doch Schwimmen beigebracht.«

»Kopfsprung. Mit dem Kopf auf den Grund aufgeschlagen.«

»Nein, das hatte ich nicht gehört. Euer kleines schwarzes Prachtstück, das zur Familie gehörte, konnte nicht viel Gebrauch von dem machen, was es gelernt hatte; an den Orten, wo ich war, gab es keine privaten Swimming-pools.«

»Nachdem wir aus dem Kindergartenalter heraus waren, gab es in unserer Gegend keine Schule, in die du hättest gehen können. Was konnten dein Vater oder meiner da machen? Meine Mutter wollte nicht, daß dein Vater dich überhaupt mitnimmt.«

»Was war denn so besonders an mir? Ein schwarzes Kind? Was immer ihr Weißen anrührt, es ist eine Übernahme. Er war mein Vater. Selbst wenn wir die Freiheit erlangen, werden sie noch wollen, daß wir ja nicht vergessen, Lionel Burger zu danken.«

Sie hatte zu zittern begonnen. Die Zehen ihrer aufeinanderliegenden nackten Füße verkrallten sich wie bei einem nervösen Zooschimpansen. »Ich sage dir nur, wie es war. Er ist tot, aber er hätte nichts gewollt als diese Freiheit. Ich brauche ihn nicht zu verteidigen, aber ich habe ebensowenig das Recht, ein Urteil über ihn abzugeben, wie du.«

Seine Stimme tanzte herum, schwoll an und prallte mit ihrer zusammen: »Gut, gut, jetzt bekennst du Farbe . . .«

»Sofern du nicht glauben willst, schwarz zu sein sei dein Recht? Dein Vater starb auch im Gefängnis, ich habe es nicht vergessen. Laß sie in Frieden.«

»Vulindlela! Niemand spricht von ihm. Selbst ich habe nicht viele Erinnerungen an ihn.«

Das Zittern zog ihr über den Rücken wie das sich sträubende Fell eines Hundes. »Ich will dir etwas sagen. Wenn ich dich sehe und wir uns unterhalten. Nicht jetzt.«

»Warum sollte ich dich sehen, Rosa? Weil wir sogar zusammen gebadet haben? Weil die Familie Burger nichts gegen schwarze Haut hatte, so daß wir uns für immer von allen anderen unterscheiden? Du bist anders, also muß auch ich anders sein. Du bist nicht weiß und ich nicht schwarz.«

Sie schrie: »Wie konntest du mir in diesem Raum überallhin folgen wie ein Mann von BOSS und dir dummen *small talk* anhören? Warum sprechen wir mitten in der Nacht? Warum hast du angerufen? Wozu?«

»Ich bin nicht dein Baasie, hör auf, an diesen kleinen Jungen zu denken, der bei euch wohnte, denk nicht mehr an diesen schwarzen ›Bruder‹, das ist alles.«

Jetzt wollte sie nicht, daß er aufhängte; sie wollte, daß sie beide durch die Stimme des anderen und die nächtliche Stunde verbunden blieben, in der nichts Zufälliges sie befreien konnte – *gut, gut*, er hatte ihrem Gejammer, sie wolle wieder ins Bett gehen und sie beide vergessen, ein Ende bereitet.

»Bloß etwas will ich dir sagen. Wir werden uns nicht sehen, du hast recht. Vulindlela. Über ihn und mich. Wenn du weißt, was ich dir gesagt habe. Ich war es, die beauftragt wurde, ihm einen falschen Paß zu bringen, damit er zum letztenmal von Botswana wieder hereinkommen konnte. Ich lieferte den Paß irgendwo ab. Dann schnappten sie ihn, damals schnappten sie ihn.«

»Was soll das? Was geht mich das an? Schwarze müssen jetzt leiden. Wir können nicht geschnappt werden, obwohl wir geschnappt werden, wir können nicht getötet werden, obwohl wir im Gefängnis sterben, wir sind daran gewöhnt, es hat nichts mit dir zu tun. Weiße sperren Schwarze jeden Tag ein. Du willst die große Beichte ablegen? Warum glaubst du, du wärst anders als alle anderen Weißen, die uns beschissen haben, seit sie ins Land kamen? Er konnte zurückkommen und geschnappt werden, weil du den Paß da hingebracht hast. Du willst, daß ich es weiß, falls ich dir nichts vorzuwerfen habe. Du glaubst, weil du es mir sagst, komme es in Ordnung – für dich. Es war nicht deine Schuld – das soll ich dir sagen, dann ist es in Ordnung. Für dich. Weil ich der einzige bin, der es sagen kann. Aber er ist tot, und was all die anderen betrifft – was macht das schon aus, wessen ›Schuld‹ es ist – sie sterben, weil es die Weißen sind, die sie töten, schwarzes Blut ist genau richtig, um weiße Scheiße loszuwerden.«

»Reden dieser Art klingen besser von Leuten, die im Land sind, als von Leuten wie wir.« Plötzliche Regungen von Grausamkeit ließen ihr Blut in den Adern kochen, ohne die kalten Füße und Hände zu wärmen; während er redete, wiegte sie sich zusammengekrümmt hin und her, erpicht darauf, zu schreien, sich in dem Augenblick auf ihn zu stürzen, in dem er zögerte.

»Ich weiß nicht, wer du bist. Hörst du mich, Rosa? Du hast nicht einmal meinen Namen gewußt. Ich brauche dir nicht zu sagen, was ich tue.«

»Was willst du eigentlich?« Die Beleidigung begeisterte sie, als sie sie äußerte. »Du willst etwas. Wenn es Geld ist, dann kann ich dir nur sagen, daß keines da ist. Geh und bitte einen deiner weißen englischen Liberalen darum, die bezahlen werden, aber nicht kämpfen wollen. Niemand telefoniert mitten in der Nacht, um sich darüber aufzuregen, daß er als kleines Kind diesen oder jenen Namen hatte. Du hast zuviel getrunken, Zwelinzima.« Aber sie betonte die falsche Silbe, und er lachte.

Als ob er mit einem Stock nach einem Tier stieß, das sich zwischen ihnen schlängelte: »Du warst scharf darauf, mich zu sehen, ja, Rosa? Was willst du denn?«

»Du hättest es gleich sagen können. Warum hast du mir das nicht durch einen Blick zu verstehen gegeben, als ich zu dir kam? Deutlich gemacht, daß ich auf den Falschen getippt hatte. Du hättest mich ganz schön lächerlich machen können.«

»Was konnte ich denn sagen? Daß ich nicht der sei, den du suchtest.«

»Bloß den Kopf schütteln. Das hätte gereicht. Als ich den Namen von früher sagte. Ich hätte dir geglaubt.«

»Na, na . . .«

»Ich hätte dir geglaubt. Ich habe dich nicht gesehen, seit du neun Jahre alt warst, du hättest tot sein können, ich hatte ja keine Ahnung. In meinen Gedanken siehst du so aus wie mein Bruder – er wird nie älter.«

»Das tut mir leid mit deinem kleinen Bruder.«

»Du hättest auch bei den Freiheitskämpfen im Busch ums Leben gekommen sein können. Vielleicht habe ich das geglaubt.«

»Ja, glaube das nur. Ich brauche nicht in deinem Kopf zu leben.«

»Also leb wohl.«

»Ja, Rosa, in Ordnung, glaube das nur.«

Keiner von ihnen sagte noch etwas, und keiner legte den Hörer auf. Nach einer Weile ließ sie die Finger los, die beim krampfhaften Festhalten steif geworden waren, und das Ding lag auf der Gabel. Die brennenden Lampen waren ihre Zeugen.

Sie stand mitten im Zimmer.

Im Vorbeigehen schlug sie mit der Faust an den Türrahmen, rannte ins Badezimmer, fiel vor der Kloschüssel auf die Knie und übergab sich. Der Wein, Brocken von Wurst – keuchend zwischen dem Würgen, legte sie den Kopf auf den Porzellanrand, Schleim tropfte ihr aus dem Mund zusammen mit den Tränen der Anstrengung, die ihr die Nase entlangrannen.

Liebe vertreibt Angst nicht, macht es aber möglich, wenigstens zu weinen, zu heulen. Weil Rosa Burger einmal vor Freude geweint hatte, kam sie aus dem Badezimmer und schlich durch die Wohnung, knipste im Vorbeigehen alle Lampen an, schluchzte, das Gesicht verkrampft, häßlich, beschmutzt, die Faust in den Mund gepreßt. Sie schlief bis Mittag: es war wieder ein herrlicher Tag. Das schöne Wetter hielt noch eine Weile an. Deshalb wird England für Rosa Burger immer so sein: Schichten von Schatten übereinander entlang den sonnigen Straßen, zaghafte weiße Füße von Menschen, die Schuhe und Socken ausgezogen haben, um das Gras zu spüren, Sonne, die auf den Strecken der Ausflugsdampfer auf dem alten Fluß glitzert; Menschen, die draußen vor den Pubs auf Bänken sitzen und trinken, Mädchen, die mit den Fingern durch ihr schimmerndes Haar fahren, um es zu glätten.

Teil Drei

Frieden. Land. Brot.

Kinder und Kindeskinder. Das Schlagwort jedes reaktionären Politikers und jedes Revolutionärs sowie jedes Revolutionärs, der als Politiker an die Macht kommt. Alles geschieht im Namen künftiger Generationen.

Wie es heißt, erleben selbst Menschen ohne religiöse Überzeugungen es manchmal, daß sie ganz stark einer toten Person gewahr werden. Eine Abwesenheit, die sich wieder füllt – mit diesen Worten beschreiben sie es. Mit dir habe ich das nie erlebt; vielleicht muß man in der unmittelbaren Umgebung sein, wo man diese Person sowieso vorzufinden erwartet – und unser Haus war schon lange verkauft. Ich bat sie nicht um deine Asche im Gegensatz zu der apokryphen Geschichte, die die Getreuen verbreiteten, und ich dementiere nicht, daß sie mir verweigert wurde. Schließlich warst du auch Arzt, und eine Handvoll Kaliumcarbonat zusammenzukehren ... den nutzlosen Rest des menschlichen Körpers, den du als ein so hervorragendes Beispiel für Funktionalismus angesehen hast. Apokryphen haben andererseits auch ihren Zweck. Es ist unwahrscheinlich, daß sie mir die Asche gegeben hätten, wenn ich sie verlangt hätte.

Ich kann es niemandem erklären, warum dieser Telefonanruf mitten in der Nacht alles, was möglich war, unmöglich machte. Niemandem. Ich kann nicht verstehen, warum das, was *er* zu sagen hatte, und sein Benehmen, sogar schon vor dem Anruf, sogar schon in dem Raum, in dem wir uns trafen, mich so wütend machte. Ich hatte all die Klischees der Schwarzen schon früher gehört. Ich bin mir klar, daß sie genau wie die von den Getreuen gebrauchten ein Versuch sind, normale Kommunikation an überwältigende Bedeutungen im menschlichen Dasein zu gewöhnen. Sie geben das mechanische Gebrabbel eines Telex von sich; die Nachricht muß empfangen und gelesen werden. Sie werden zu ungeheuren Lügen, die ungeheure, irgendwo noch vorhandene Wahrheiten einschließen. Dieselbe Feindseligkeit habe ich schon früher erlebt: behandelt zu werden, als wäre ich nicht da – von dem Mädchen und dem jungen Mann bei Fats zum Beispiel; und damals kam ich mir nicht schäbig und gemein vor und hatte nicht gleich Waffen bei der Hand. Ebenso wie die liberale Reaktion, alles zu verstehen und zu verzeihen, ist mir diese rachsüchtige Erregung fremd. Die Gewohnheit, den eingenommenen Standpunkt nach objektiv korrekten und falschen Voraussetzungen zu ordnen – die vernünftige Gewohnheit von unseresgleichen bewahrt mich vor der Lächerlichkeit und Eitelkeit der persönlichen Beleidigung. *Ein Krieg in Südafrika wird zweifellos enormes menschliches Leiden mit sich bringen. Es mag auch in seinen Anfangsstadien zu einer Gruppierung kommen, bei der die Hauptgegner weitgehend in rassische Lager zerfallen, und das würde dem Konflikt eine weitere tragische Dimension verleihen. Wenn eine einigermaßen begründete Aussicht bestünde, daß sich in der voraussehbaren Zukunft eine ausreichend mächtige Gruppe unter den Weißen mit denjenigen zusammentut, die für das Mehrheitsprinzip eintreten, dann wären die Argumente für eine Revolte tatsächlich weniger zwingend.* Dein Biograph las mir dieses Zitat vor, damit ich ihm bestätige, daß es den Standpunkt getreu wiedergab. Warum dann diese – ja, Desintegration? Ich löste mich auf in dem, was ich von ihm hörte, der Säure. Warum so gedemütigt, weil ich – automatisch, ohne nachzudenken – mich zu ihm hinaufgereckt hatte, zu der konventionellen Form der Begrüßung, an die ich von allen Begegnungen mit den Grosbois, Bobby, Georges und Manolis und Didier gewöhnt war – ein Nasereiben, mitgebracht von einer Reise zu den Eskimos. War denn das wichtig?

Was gesagt wurde, war schon hundertmal neu formuliert worden: an die Stelle von allem, was ich hätte sagen können, trat das, was ich sagte oder woran ich mich zumindest erinnere, es gesagt zu haben. Wie konnte ich mich so offen äußern? Wo war das alles versteckt gewesen? Ich glaube nicht, daß du es mir sagen könntest. Oder vielleicht wären diese Dinge, wenn ich zu einer anderen Zeit aufgewachsen wäre und eine offene politische Erziehung hätte haben können, behandelt worden. Mir hätte geholfen werden können. Katya war in dieser Beziehung sicherlich unerziehbar. Unsere Katya – sie übertreibt, um Eindruck zu schinden; ich würde gern von dir oder den anderen getadelt werden, weil ich es fertigbrachte, das zu sagen, was ich sagte. »Sofern du nicht glauben willst, schwarz zu sein ist ein Recht.« Abgestoßen von ihm. So voll Haß auf ihn! *Geliebt* wollte ich werden – wie ich mich selbst entstellte. Wie ekelhaft und häßlich im Badezimmerspiegel. Verderbt. Deine Verteidigung zu einer Gelegenheit machen, mit der pharisäischen Beschuldigung aufzuwarten – die letzte ängstliche Verteidigung von Leuten der Art, für die es keine Zukunft geben wird. Wären wir noch Kinder gewesen, hätte ich ihn in meiner Wut vielleicht mit Steinen beworfen.

Ich griff meine Aussagen (so faßte ich sie auf; ich mußte mich ihretwegen vor mir rechtfertigen) eine nach der anderen auf, ich schleppte sie mit mir herum und sah sie bei Tageslicht, umgeblättert in meiner Hand, während ich in meinem Kursus war oder leise mit Paris telefonierte. Woher weiß ich, was er in London macht? Vielleicht geht er illegal hin und her über die südafrikanische Grenze, wie es sein Vater tat, mit Aufträgen, von denen ich wissen sollte, daß er sich nicht dazu bekennen kann. »Reden dieser Art klingen besser von Leuten, die im Land sind, als von Leuten wie wir.« Ihn höhnisch daran zu erinnern, daß er Tausende von Meilen entfernt ist vom Busch, wo er, wie ich glaubte, im Kampf gefallen sein könnte; ich! Seine Art Lossagung mit meiner zusammenzuspannen, wenn er in der Heimat ein *kaffir* ist, der einen Paß bei sich tragen muß, und sogar ich das Leben einer weißen Dame führen könnte. Mit Hilfe von Brandt, dafür, nehme ich an, ist es noch nicht zu spät.

Du willst etwas, ist es Geld?

Aber diese sechs Wörter, die mir am häufigsten wieder einfielen, stellten sich unterschiedlich von der Art und Weise dar, in der sie ihm kaltblütig entgegengeschleudert wurden, um ihn zu verletzen, um ihn, was immer sein Engagement ist, käuflich zu machen. Sie kamen mir nicht wie eine Reaktion auf einen Raubüberfall vor, sondern wie das Geschrei von jemandem, der sich nicht von einer Bedrohung, sondern von sich selbst freikauft.

Es ist nichts unwahrscheinlich daran, wenn man im Urlaub einen Mann kennenlernt, in den man sich verliebt, aber eine Begegnung wie die mit Baasie ist schwierig zu bewerkstelligen. Es gab also keine Möglichkeit, sie zu vermeiden? An einem Abend und in einer Nacht brachten wir es fertig, uns in die Lage hineinzumanövrieren, die die Geschichtsbücher in der Heimat für uns bereithalten – er verbittert, ich schuldbewußt. Welchen anderen Treffpunkt hätte es für uns geben können? Es gab so viele Verhaftungen, Prozesse, Vernehmungen, Fluchten: Mißerfolge. Die ZUKUNFT ist schon lange Zeit im Kommen, und wer wird den Messias erkennen in der Gestalt, die er schließlich annimmt? Isaac Vulindlela nannte seinen Sohn »leidendes Land« und hat wahrscheinlich auch dir, seinem Genossen, den Namen nie übersetzt, und du nanntest deine Tochter nach dieser anderen Rosa – ach, hättest du uns beide gehört ... Was für ein Mistkerl! Was für ein Weibsstück.

Aber du wenigstens *weißt* es; du weißt es immer – nur auf eine Weise kann der Kette notwendiger Mißerfolge ein Ende bereitet werden. Es gibt nur einen Erfolg; das Leben, das im Gegensatz zu seinem oder meinem den ganzen Weg bis zu dem einzigen wichtigen Treffen zurücklegt, dem Sieg, wo es Raum für alle geben wird.

Eine Kabbelei zwischen deinen Kindern.

Mein Chabalier – natürlich erzählte ich ihm von der Begegnung, von dem Anruf mitten in der Nacht. Die Familiengeschichte, Baasie und ich. *Mein armer Liebling. Ausgerechnet du.* Er war bestimmt betrunken, eh – armer Teufel. Du hättest wirklich gleich den Hörer auflegen sollen. Der kann sich zum Teufel scheren, der dumme Trottel. Mir ist das wurst, wer er ist! ... Vielleicht ein bißchen verrückt? Weißt du, für den, der im Exil lebt, der schwarz ist, ist es schwer. *Je hais, donc je suis.* Was gibt es sonst noch für so einen? Ein Verbannter, haut in London schwer auf die Pauke, schnorrt bei anderen ... säuft sich zu Tode ... Mitleid mit sich selbst, auch in Paris gibt's solche, lungern herum, weil sie bei diesem oder jenem Regime in Ungnade gefallen sind.

Und dergleichen mehr; einmal sagte mein Geliebter (ich wünschte, es wäre nicht am Telefon gewesen. Hätte ich sein Gesicht sehen können, seine Gesten – wäre es mir an diesem Punkt vielleicht möglich gewesen, zu erklären, was mit mir geschah, und vielleicht hätte ich festgestellt, daß er verhindern würde, daß es geschah) – er sagte: »Manches kann man eben nur mitten in der Nacht sagen . . . und meint, am nächsten Tag werde es endgültig verschwunden sein – nächstesmal wird es wahrscheinlich, wenn du ihn wiedersehen solltest, in Ordnung sein.« Aber da war nur die Stimme von Bernard Chabalier. Die Chance war vertan. *Reg dich nicht auf, mein Liebling*. Natürlich bist du aus der Haut gefahren. Dein Vater! Das ist ja lächerlich. Jeder, schwarz und weiß . . . gleichgültig, welcher politischen Auffassung. Was immer auch geschieht. Ein nobles Leben. Was macht es schon aus, wenn irgendein verrückter Kerl mitten in der Nacht mit seinen Frustrationen daherkommt . . . darauf läuft es doch hinaus. Wir sollten uns gar nicht darüber aufregen. Aber es ist natürlich, daß du empört warst.

Er verfiel auf das Wort, mit dem ich manchmal *deine* Art von Zorn beschreibe; aber meine war natürlich nicht so. Ein Ausländer, wahrscheinlich hatte er den Ausdruck von mir aufgeschnappt.

Mein zwanghaftes Denken an das, was in jener Nacht zu mir gesagt wurde und was ich gesagt hatte oder hätte sagen oder tun sollen (fast zwanzig Jahre waren vergangen, und dann diese abgeguckte Bar- oder Cafébegrüßung!), gab sich tatsächlich nach ein paar Tagen. Verließ mich. Ich fand keine Lösung, war aber nicht mehr gepeinigt. Es gibt keine Erklärung dafür, wie das zustande gekommen ist. Schweigen. An die Stelle der Obsession traten die einfachen, praktischen Fragen des geplanten täglichen Lebens. Eine kleine Wohnung war gefunden worden mit einem winzigen Balkon, nicht groß genug, um einen Stuhl hinauszustellen, aber ausreichend für eine Taube, die einen Mauervorsprung gefunden hatte, um dort ein Ei zu legen. Das gab den Ausschlag, die Wohnung zu nehmen – die schon auf dem Ei sitzende Taube. Unmöglich, in der Gesellschaft dieser Taube einsam zu sein, eh. Aussicht gab es keine, denn leider gingen die Zimmer auf eine der schmalen Seitenstraßen (ruhiger, jedenfalls), aber das Haus stand in Wirklichkeit auf einer sehr alten, vergessenen Grünanlage, fast wie ein Hof, und da war eine Kirche mit einer Turmuhr, die surrte, ehe sie schlug. Zwei Kastanienbäume. Kein Rasen, aber eine Bank. Ein guter Bäcker in der Nähe. Eine Tante-Emma-Laden, den zwei nette Araber betreiben, *maman* und Sohn, und wo man zu jeder Tages- und Nachtzeit Joghurt und Lebensmittel und sogar billigen Wein kaufen kann – offenbar machen sie überhaupt nicht zu. Die Metrostation gleich an der Ecke, und es war eine von den alten, grüne Kupferschnörkel, reinster Jugendstil – genau zwei Haltestellen vom *lycée.*

Ich schrieb mir die Adresse auf und legte den Zettel an eine Stelle, wo ich ihn immer sehen würde. Ich las ihn oft. Ich war nicht der Meinung, daß ich auf den Straßen, die dort hinführten, gegangen war, nur ein paar Querstraßen von einem Gymnasium entfernt. Paris. »Paris ist eine Stadt weit weg in England.«

Nicht Baasie – Zwel-in-zima – ich muß den Namen richtig betonen – war der Anlaß, daß ich hierher zurückkam. Du wirst das nicht glauben. Weil ich wie jeder andere lebe und er es war, der sagte, wieso ich mir einbilde, wir könnten anders sein als andere Weiße. Wie jeder andere; aber der Gedanke tauchte bei Brandt Vermeulen auf. Du und meine Mutter und die Getreuen, ihr habt euch nie darauf beschränkt, wie jeder andere zu sein.

Ich hatte eine Frau getroffen, die im Nachthemd auf der Straße umherirrte. Sie war wie alle anderen: Katya, Gaby, Donna; ein armes Ding, ein Goldhamster in der weiblichen Tretmühle. Ich erinnere mich an jede Einzelheit dieser Straße, ich könnte sie mit geschlossenen Augen entlanglaufen. Mein Sinn für Schwesterlichkeit war ungetrübt. Nichts kann umgangen werden. Ronald Ferguson, 46, ehemaliger Bergarbeiter, starb auf einer Parkbank, während ich mich um meine eigenen Angelegenheiten kümmerte. Niemand kann sich lossagen.

Ich kenne die Ideologie nicht:
Es handelt sich um das Leiden.
Wie dem Leiden ein Ende bereitet werden kann.
Und es endet mit Leiden. Ja, es ist seltsam, in einem Land zu leben, in dem es noch Helden gibt. Wie jeder andere tue

ich, was ich kann. Im Baragwanath-Hospital lernen sie bei mir wieder laufen. Sie setzen einen Fuß vor den anderen.

Rosa Burgers Rückkehr in ihr Vaterland, solange ihr Paß noch gültig war, fiel zeitlich mit zwei Ereignissen zusammen, die sich in den Zeitungen gegenseitig den Rang streitig machten. Orde Greer stand wegen Landesverrats vor Gericht. Drei Anklagepunkte wurden gegen ihn erhoben: einen der (fallengelassenen) Textvorschläge für ein angeblich aufwiegelndes Flugblatt geschrieben zu haben, das in Kapstadt verbreitet wurde vermittels einer Flugblattbombe, die auf einer Straße explodierte; gewisse Handbücher über den Stadtguerillakampf zu besitzen, darunter Edward Luttwaks *Coup d'Etat* und die Schriften von General Giap; und – der Hauptanklagepunkt – versucht zu haben, einen jungen Mann aus einer bekannten liberalen Familie, der seinen Militärdienst ableistete, anzuwerben, ihm Informationen und Bildmaterial bezüglich der südafrikanischen Verteidigungsanlagen und -ausrüstung zu liefern. Der Prozeß war schon einige Zeit im Gange. Die Staatsanwaltschaft hatte die Beweisaufnahme fast abgeschlossen, als Rosa Burger einer Verhandlung beiwohnte. Der Prozeß fand in Johannesburg statt, weil Greer nicht als eine so prominente Persönlichkeit angesehen wurde, um die Gefahr heraufzubeschwören, daß sich jeden Tag viele Weiße im Gericht einfinden würden, und angesichts der sich verstärkenden Absonderungsbestrebungen schwarzer und weißer Radikaler hielt man es für unwahrscheinlich, daß sich viele Schwarze einfinden würden, weil ja politische Prozesse gegen ihresgleichen im Gang waren. Tatsächlich versammelten sich jedoch jeden Tag Hunderte von Schwarzen vor dem Gerichtsgebäude; der Prozeß wurde daher in eine abgelegene, vom Maisanbau lebende Gemeinde im östlichen Transvaal verlegt, ehe die Verteidigung plädierte.

Als Rosa im Gericht war, wurde noch in Johannesburg verhandelt. Jemand rutschte ein Stück beiseite und machte ihr Platz am Ende der allerletzten Bankreihe auf der Besuchergalerie; in der Manteltasche hatte sie ein Kopftuch bereit, stellte aber fest, daß seit dem Prozeß ihres Vaters die talmudische

Anstandsregel, daß Frauen beim Erscheinen eines Richters den Kopf zu bedecken haben, nicht mehr in Kraft war. Orde Greer wurde von der Staatsanwaltschaft ins Kreuzverhör genommen über ein Ferngespräch, das durch ein ohne sein Wissen von der Post auf Veranlassung des Geheimdienstes BOSS in seiner Wohnung installiertes Gerät abgehört und aufgezeichnet worden war. Das Gericht hörte das Surren des Tonbandes und dann Orde Greers Stimme, nicht nüchtern, an einer Stelle weinerlich betrunken, die fragte, was er getan habe? Was er denn zu tun versäumt habe? Es lagen eindeutige Beweise vor, daß die angerufene Person, die den Hörer sofort aufgelegt hatte, als sie (vermutlich) die Stimme erkannt und die ersten paar Sätze gehört hatte, ein ehemaliger südafrikanischer Kommunist war, ein Sprengstoffexperte dank seiner Erfahrungen als Angehöriger der britischen Nordafrikaarmee im Zweiten Weltkrieg, der, wie man glaubte, jetzt den städtischen Terrorismus in Südafrika organisierte. Die Staatsanwaltschaft hielt Greer vor, er sei im Jahre 1974 rekrutiert, dann aber von der Kommunistischen Partei wegen Unzuverlässigkeit fallengelassen worden. Er habe ein Alkoholproblem, nicht wahr? Daß es seinen Vorgesetzten an Vertrauen zu ihm mangelte, sei zweifelsfrei bestätigt worden durch dieses absurde Telefongespräch, bei dem er um weitere Instruktionen für die Untergrundtätigkeit bat, mit der sie ihn betraut hätten . . . Von dem Gefühl eines »unerfüllten Schicksals« geleitet, sei er »fürchterlich angefeuert« gewesen – stimmt das nicht? –, sich zu bewähren und bei seinen Vorgesetzten wieder gut angeschrieben zu sein. Eine Zeitlang sei er sogar seines Trinkens Herr geworden. Wegen seines Alkoholproblems habe er einen Arzt konsultiert und am 25. Februar 1975, als er sich in Ausübung seiner journalistischen Tätigkeit in jener Stadt aufhielt, den Psychiater Dr. A. J. Robertse in Durban aufgesucht. Er habe Dr. Robertse gesagt, daß er wegen ehelicher Schwierigkeiten unter Druck stehe. Aber er habe überhaupt keine »ehelichen« Schwierigkeiten; er sei nicht verheiratet, sei es nie gewesen, seine Schwierigkeiten habe er mit seinen Vorgesetzten, den Kommunisten in London, die ihm wegen seines Trinkens nicht mehr trauen. Er habe beschlossen, sich ihrer würdig zu erweisen, und daher habe er auf eigene Initiative hin, aber völlig im Rahmen der Ziele der Kommunistischen Partei, gehandelt und versucht, militärische Auskünfte zu erhalten, indem er einem jungen Wehrpflichtigen einredete, wenn er wirklich ein Liberaler und ausgesprochen gegen die Apartheidpolitik sei, dann müsse er bereit sein, Unterlagen zu stehlen, Skizzen anzufertigen und Fotos zu machen, die zur Zerstörung der Armee führen könnten, durch deren Stärke die Polizei erhalten werde – kurzum, es sei die Pflicht dieses jungen Mannes, nicht sein Vaterland zu verteidigen, sondern es zu verraten.

Rosa Burger konnte an keiner weiteren Verhandlung teilnehmen. Eine Woche nach ihrer Rückkehr nahm sie eine Stellung in der physiotherapeutischen Abteilung eines schwarzen Krankenhauses an. Sie verfolgte den Prozeß, wie jeder andere auch, in der Zeitung. Die Verteidigung gab zu, daß Orde Greer einen Text geschrieben habe, der in einer etwas anderen Form vermittels eines Sprengkörpers (»nicht revolutionärer als ein Feuerwerk in der Silvesternacht«) als Flugblatt verteilt wurde. Der Unterschied im Text war von entscheidender Bedeutung: Greers Version (Beweisstück A der bei den Durchsuchungen seiner Wohnung durch die Polizei beschlagnahmten Dokumentation) enthielt keine Aufforderung zu Gewalttätigkeit, während sich im Text des Flugblatts, das tatsächlich verbreitet wurde, verschiedene Aussagen befanden, die eindeutig später von jemand anderem hinzugefügt worden waren und unter Umständen als Aufforderung zu Gewalttätigkeit interpretiert werden konnten. Der wohlbekannte, von Greer gebrauchte Ausdruck »der Jüngste Tag« – hörte man ihn nicht von jeder Kanzel, um jeder christlichen Gemeinde die aufrichtige Gottesfurcht einzuimpfen? – sei keineswegs eine Androhung von Gewalt oder eine Ermunterung zu Gewalttätigkeit. Es sei vielmehr eine Ermahnung, daß jeder zuletzt vor seinem Gewissen Rechenschaft ablegen müsse über seine Überzeugungen und Taten.

Es gab eine lange Auseinandersetzung zwischen Verteidigung und Staatsanwaltschaft über die Definition von »Handbuch«: war Clausewitz' klassisches Werk über Strategie ein »Handbuch« oder ein historisches Werk über die Kriegsführung, eine besondere Art von militärwissenschaftlicher Untersuchung? Und wenn letzteres zutraf, waren dann nicht General Giaps Schriften ein modernes Gegenstück? Was das Buch von Luttwak über den *Doityourself*-Staatsstreich betrifft –

konnte irgend jemand ein solches Werk ernst nehmen? War es nicht eindeutig die Art von *radical chic*, womit sich Leute in politisch stabilen Ländern ein Lustgefühl und ein Thema verschaffen, um auf Cocktail-Parties mitreden zu können? Der Richter fragte, was der Ausdruck *radical chic* bedeute, und wurde darüber aufgeklärt, daß man darunter den freundschaftlichen Verkehr mit Angehörigen radikaler und umstrittener Gruppen verstehe, der bei der Schickeria Mode sei, und das lieferte einem Journalisten, dessen Aufgabe es war, möglichst ironisch, wenn nicht gar persiflierend über den Prozeß zu berichten, den Stoff zu einem Artikel. Und kam im Kontext des Lesestoffs eines nachweisbar ungewöhnlich belesenen Mannes – eines Mannes, der einen beträchtlichen Prozentsatz seines bescheidenen Gehalts für die etwa 3000 Bücher aus allen möglichen Wissensgebieten ausgegeben haben mußte, die das Hauptmobiliar seiner winzigen Wohnung darstellten – kam da dem Vorhandensein der Bücher von Giap und Luttwak überhaupt eine Bedeutung zu? Der Angeklagte habe im übrigen erklärt, ihm seien beide Bücher zu der Zeit von Verlegern zur Besprechung geschickt worden, als er stellvertretender Feuilletonredakteur einer Zeitung war.

Schließlich sorgte die Verteidigung für ein sensationelles Poster für die Abendzeitung, indem sie bis zum richtigen Augenblick Stillschweigen bewahrte über eine Entdeckung: der »Sprengstoffexperte«, den die Staatsanwaltschaft als den Mann identifizierte, mit dem Greer bei dem abgehörten Gespräch telefoniert hatte, war an dem Tag, an dem das an Greers Telefon heimlich angebrachte Abhörgerät den Anruf aufzeichnete, in Stockholm gewesen. Die Nummer war die unter dem Namen des Mannes im Londoner Telefonbuch verzeichnete, aber der Teilnehmer selbst lebte damals nicht in England. Es gab keinen Beweis dafür, daß derjenige, der sich am Telefon meldete, Mitglied der Kommunistischen Partei sei, tatsächlich ließ sich überhaupt nicht einwandfrei feststellen, wem diese Stimme gehörte; und den Hörer sofort aufzulegen sei doch normal, wenn man durch eine falsche Verbindung gestört werde. Der Angeklagte wolle nicht bestreiten, daß er nicht nüchtern war, als er das Telefongespräch führte, aber er könne sich überhaupt nicht erinnern, das Gespräch geführt zu haben.

Doch war es der Hauptanklagepunkt – die angebliche Rekrutierung eines jungen Liberalen, der seinen Militärdienst ableistete –, der in den weißen Vororten im Untergrund schwelende, giftige und zersetzende Antagonismen entflammte. Friedliche Abendessen von intelligenten Menschen wurden schrill und dröhnend, wenn Männer und Frauen lauthals äußerten, wie sie insgeheim die politische und persönliche Ethik der anderen beurteilten, wobei sie vorgaben, anderer Meinung zu sein über die politische und moralische Bedeutung nicht so sehr von Orde Greers Vorgehen, als vielmehr von dem des jungen Mannes, an den er sich gewandt hatte. Dieser junge Mann hatte sich zuerst bereit erklärt, Greers Wünschen zu entsprechen, und war dazu auch in der Lage, denn er war eine Art Assistent und gleichzeitig Fahrer eines militärischen Presseattachés und begleitete seinen Chef oft, wenn dieser zusammen mit hohen Offizieren geheime Militärlager überall im Land besuchte; seine Stellung war so untergeordnet, daß er wie ein Möbelstück ignoriert wurde, aber seine Augen und Ohren waren weit offen, und seine Hände hatten Zugang zu Aktenschränken, in denen Verschlußsachen aufbewahrt wurden. Nach einer kurzen Zeitspanne, in der er Greer nichts lieferte als einen vertraulichen Ratgeber, wie man sich unter ländlichen Schwarzen im Ausland verhält – eine während der Invasion Angolas an südafrikanische Truppen ausgegebene Broschüre –, bekam er offenbar Angst oder beschloß aus einem anderen Grund, seine Beziehung zu Greer zu lösen. Mit einer ruhig neben einem Weinglas liegenden, wenn nicht auf den Tisch schlagenden Faust insistierte jemand, wenn dieser junge Mann von dem Gedanken, in »dieser Armee« zu dienen, so abgestoßen werde, wenn das seinen Grundsätzen so zuwiderlaufe, dann hätte er lieber Kriegsdienstverweigerer werden sollen, aber nicht Spion. Die Liberalen sind dafür, dem jetzigen Regime offen entgegenzutreten, aber nicht das Recht des Volkes dieses Landes zu verraten, sich gegen ausländische Mächte zu verteidigen, die aus dieser Lage Nutzen ziehen wollen. Ein jüngerer Mann lachte höhnisch: Wann werde das Volk begreifen, daß diese Sportplatzethik überhaupt nicht erkenne, was Repression ist. – »Du sagst, du willst die Schwarzen und uns selbst von dieser Regierung befreien, und gleichzeitig erwartest du vom Volk, daß es sich an die Spielregel hält, sich ›anständig‹ benimmt. Du lieber Gott! Die Apartheid ist der übelste soziale Schwindel, den die Welt je gesehen hat – und du willst sie bekämpfen nach den Richtlinien für Patriotismus und Ehrlichkeit und Anstand, die für Gesellschaften aufgestellt wurden, wo jeder etwas hat, das es wert ist, vor Verrat geschützt zu werden. Diese Werte, diese eure kostbaren ›Maßstäbe‹ sind hier nichts als ein weiterer Schwindel, siehst du das nicht ein? Die Schwarzen sind niemals in eure Schulen, eure Klubs, euer Heer zugelassen worden, also was, um Gottes willen, bedeuten diese Richtlinien? Wessen Richtlinien? Du sagst, du bist gegen die Vorherrschaft der weißen Rasse – dann kannst du doch dein Gewissen nicht auf moralische Spitzfindigkeiten beschränken, die sich nur Weiße leisten können. Dieser junge Mann hatte absolut das Recht, seinen zwangsweisen Militärdienst dazu zu benutzen, jede nur mögliche Information zu erhalten, die dazu beitragen würde, diese Armee und alles, wofür sie eintritt, zu vernichten. Was ›gehört sich‹ und was nicht? Ich will diese Kerle hier fertigmachen, wie immer wir nur können. Willst du sie loswerden oder nicht? Das frage ich mich.« William Donaldson unterbrach die Diskussion, indem er wahlweise Grand Marnier oder Williamine anbot, während seine Frau Flora ihm folgte, um den Kaffee zu servieren.

In dem Hauptanklagepunkt wurde Orde Greer für schuldig befunden und zu sieben Jahren Gefängnis verurteilt. Bei dem einen Mal, als Rosa ihn im Gericht sah, wirkte er wie ein verlotterter Schuljunge, der in Wichs gesteckt worden war, weil er sich beim Direktor melden sollte. Der Bart war ab. Das Haar, noch lang, war naß gekämmt worden, bis es gezähmt war. Er trug einen braunen Kordanzug, besorgt von jemandem, der nicht so weit gehen wollte, ihn in etwas völlig Wesensfremden wie marineblauen Nadelstreifen auftreten zu lassen. Sie glaubte nicht, daß er sie auf der Galerie gesehen hatte. Sein rotes, reizloses Gesicht (die Augen in ihren tiefen, gewölbten Höhlen, der schmale, geschwungene, intelligente Mund, die hohe, dichotome Stirn mit dem krausen Haar hinter den Ohren sollten für lange Zeit das Vorstellungsbild sein, mit dem die Gesichter aller Männer verglichen werden würden) – Orde Greers Gesicht war ruhig und heimlich forschend, als würden er und seine Ankläger gemeinsam eine

Untersuchung über sich ergehen lassen. Diese Transparenz von Orde Greer stand ihr noch vor Augen, als sie las, daß er im letzten Wort des Angeklagten (wie nicht anders zu erwarten) gesagt hatte, er habe seinem Gewissen entsprechend gehandelt. Dann hatte er innegehalten und gesagt, nein, nein, das sei nur eine Redensart, er meine vielmehr, der »Notwendigkeit« entsprechend. Tagtäglich würden Menschen interniert, bloß weil sie allzu offen die Überzeugung äußerten, daß ihre Gesellschaft ungerecht, scheinheilig und grausam sei. »Ich bin viele Jahre stolz darauf gewesen, mit den Leuten, die tapfer genug waren, ihr Leben im Kampf aufs Spiel zu setzen, freundschaftlich zu verkehren. Zu viele Jahre habe ich damit verbracht, zuzuschauen und darüber zu schreiben; ich würde es vorziehen, jetzt ins Gefängnis zu kommen, weil ich gegen das Böse vorgegangen bin, als darauf gewartet zu haben, interniert zu werden, ohne überhaupt etwas getan zu haben.«

Die andere sensationelle Zeitungsmeldung wurde erst eine, als man erfuhr, daß eine Südafrikanerin beteiligt war. Vorher war es eine europäische Angelegenheit gewesen, bei der es um Raubüberfälle, Verschleppung von Industriellen und Ermordung von Botschaftsangehörigen und Politikern ging, für die internationale terroristische Gruppen die Verantwortung übernahmen und die ihnen machmal zugeschrieben wurde. Ein als Garcia bekannter Mann, von dem man glaubte, daß er aus Bolivien stamme und NAPAP (Bewaffneter Kern für Volksautonomic), der japanischen Roten Armee, der Baader-Meinhof-Bande oder vielleicht einer neuen Gruppierung einschließlich dieser oder anderer angehöre, galt als der Kopf hinter der neuesten Serie terroristischer Anschläge. Er blieb auf freiem Fuß und hatte bei einer Reihe Frauen in London, Amsterdam und Paris Unterschlupf gefunden, von denen keine von der Existenz der anderen Geliebten von Garcia wußte. Diejenige in Paris war, wie sich herausstellte, eine Südafrikanerin, eine Angestellte der Verkaufsorganisation für Zitrusfrüchte. Die Geschichte stand auf den Titelseiten der Sonntagszeitungen. Das Mädchen war Marie Nel, Tochter eines bekannten Farmers in den Springbok Flats, der zusammen mit seiner Frau auch das *dorp*-Hotel betrieb. Dessen Fassade war in der Zeitung abgebildet, man sah die Bar und den Namen darüber: C. J. S. Nel, Wein- und Spirituosenhandlung. Ein Bild von Marie Nel war von der Art unvermuteter Blitzlichtaufnahmen, wie sie von in Nachtklubs hausierenden Fotografen gemacht werden; der Anlaß zum Feiern schien Weihnachten oder Neujahr und der Schauplatz eine südafrikanische Stadt gewesen zu sein – ein lächelnder indischer Kellner im Hintergrund.

Die Geschichte hielt sich noch eine weitere Woche, als einer der Journalisten, zweifellos als er im *dorp* herumschnüffelte, herausfand, daß Mrs. Velma Nel die Schwester von Lionel Burger war. Für viele Leser schien das eine Art Erklärung zu sein. Die Unterschiede zwischen dem anarchischen Phänomen Baader-Meinhof-Bande oder der sogenannten japanischen Roten Armee, die wenig mit Japan zu tun hatte, und den Vorstellungen eines Lionel Burger, der sein Land den Schwarzen ausliefern wollte, waren verschwommen durch die gleich große Entfernung solcher Vorstellungen vom Begriffsvermögen dieser Leser. Marie Nels Kusine, die Tochter von Lionel Burger und einzige Überlebende seiner engsten Familie, arbeitete als Heilgymnastin in einem Johannesburger Krankenhaus. Eine alte Fotografie aus dem Archiv der Zeitung zeigte ein junges Mädchen, das während des Prozesses ihres Vaters aus dem Gerichtsgebäude kam.

Nicht einmal eine Postkarte vom Musée de Cluny.

Das Einhorn zwischen den schönen Damen aus dem Mittelalter, die Teppichblumen, scheue Kaninchen; der Spiegel. *O dieses Tier, das es nicht gibt.* Am Schnittpunkt des Boulevard Saint-Germain mit dem Boulevard Saint-Michel. Ein altes Kloster und die Ruinen römischer Thermen, und sie würde in den ihr beschriebenen Hof gehen und hinauf in die halbrunde Halle, wo man sich auf die flachen Stufen setzen und die sechs Wandbehänge betrachten kann. Auf einer azurblauen Insel aus tausend Blumen hält die Dame einen Spiegel, in dem das Einhorn, die Vorderfüße auf dem zurückgeschlagenen roten Samtfutter ihres Kleides, ein winziges Abbild von sich sieht. Aber das Oval des Spiegels beschneidet das Bild genau an dem Punkt, an dem das Horn aus dem Kopf austritt: ein Horn, so weiß wie das Fell, wie der buschige Schweif, die Mähne und der krause Bart, ein langes, zierlich gedrehtes Horn. Zwei Flechten des goldenen Haars der Dame werden von einem perlenbesetzten Stirnband zusammengehalten und umrahmen ihr ovales Gesicht (wie der vergoldete Rahmen den Spiegel) und sind auf dem Kopf zusammengedreht nach dem Muster des Horns, das gleichzeitig selbst ein Kunstgriff ist, eh, Knochen, der eine Spirale nachahmen soll ... Ein lächelnder Löwe hält einen heraldischen Wimpel. Kaninchen sind da, ein Hund, eine gefleckte Genette. Füchse, Geparden, junge Löwen, ein Falke, der einen Reiher verfolgt, Rebhühner, ein zahmer Affe, mit einer Kette an einer kleinen Walze festgebunden, damit er nicht auf die Bäume klettere – sie alle sollen die Darstellung der vier anderen Sinne verständlich machen:

Der Löwe und das Einhorn lauschen der Musik, die Dame spielt im Garten auf einem Instrument.

Die Dame flicht süßduftende Nelken zu einem Kranz, während ihr Affe an einer Rose schnuppert, die er naseweis aus einem Korb stibitzt hat.

Die Dame nimmt Naschwerk von einem Teller, den ihre Dienerin hält; vielleicht will sie ihren Papagei damit füttern – der Affe schnabuliert schon heimlich.

Die Dame berührt das Horn des Einhorns.

Ein sechster Wandteppich zeigt die Dame vor einem prächtigen Pavillon oder Zelt, mit einem Schmuckkästchen beschäftigt. In mittelalterlichen Bestiarien wird das Einhorn »Monoceros« genannt; es ist da, bildet diesmal mit dem Löwen ein Paar, hält mit dem Huf eine der Zeltklappen und stützt, anmutig aufgerichtet (in der lächerlichen Haltung eines bitte-bitte machenden Hundes), ihre Standarte. In Gold sind in das Vordach des Zeltes die Worte eingewebt: *A mon seul désir.*

Hier sind sie: dich zu lieben, indem ich dich herkommen und entdecken lasse, was ich liebe.

Dort sitzt sie und schaut und schaut.

Eine alte, schöne Welt, Gärten und sanfte Schönheiten zwischen zahmen Tieren. Solche Harmonie und sinnenfreudiger Friede im Zeitalter von Daumenschrauben und Verliesen, daß es daherkommt mit seinem elfenbeinernen, spiraligen
Horn
        dort sitzt sie und schaut
                                        geschmückt, umschmeichelt, endlich
in Sicherheit durch eine Liebkosung – Oh wie hübsch und

lieblich! Ein Wunder! Nichts Erschreckendes, nichts Beängstigendes nähert sich ...

Dort sitzt sie und schaut und schaut. Und wenn es Zeit ist, daß das Museum schließt, kann sie am nächsten oder einem anderen Tag wiederkommen, an irgendeinem Tag, an vielen Tagen.

Sitzt und schaut, dieses Tier, das es nie gegeben hat.

Für die Rehabilitation der verkrüppelt zur Welt gekommenen Kinder, denen Rosa das Laufen beibrachte, wurde ausgezeichnet gesorgt, besser als ihr ärztlicher Stiefbruder hoffen konnte, es in Tansania zu erreichen. Im zweiten Halbjahr 1976 kamen zu den behindert geborenen Kindern diejenigen hinzu, die angeschossen worden waren. Die Unruhen in den Schulen füllten das Krankenhaus; die Polizei, die mit Maschinengewehrsalven auf Steine antwortete und in Soweto mit Revolvern auf jede Menschengruppe schoß, die sie an Straßenecken vorfand, die in höheren Schulen Razzien durchführte und Jugendliche, die voll Panik flohen, einzeln abknallte, verwundete auch jeden anderen, der zufällig in ihre Schußweite geriet. Das Krankenhaus selbst war durch eine Zorn- und Kummerreaktion bedroht, die die Bewohner von Soweto veranlaßte, alles niederzubrennen und zu plündern, was die Weißen den Schwarzen im Lauf von drei Jahrhunderten »geschenkt« hatten als Ersatz für alles, was sie ihnen vorenthielten. Die etwa eine Million (niemand kennt die genaue Zahl) Einwohner von Soweto haben keine eigene Stadtverwaltung; der weiße Beamte, der im Rahmen des von Weißen geleiteten Fürsorgesystems für Schwarze getan hatte, was er konnte, um ihnen zu helfen, ihr Leben zu ertragen, wurde gesteinigt und zu Tode getrampelt. Andere weiße Beamte kamen mit knapper Not davon; einige wurden von den Schwarzen selbst gerettet und in ihren eigenen Häusern versteckt. Man hatte keine Möglichkeit, sein weißes Gesicht als eines kenntlich zu machen, das sich von anderen unterschied, als eines, das geschont werden sollte. Die weißen Ärzte und das übrige weiße Krankenhauspersonal fuhren jeden Tag zwischen dem Krankenhaus und der weißen Stadt Johannesburg hin und her, berechtigt, durch die Straßensperren der Polizei zu fahren, die das Gebiet von Soweto abgrenzten, und auf die Gefahr hin, umringt und aus dem Wagen gezerrt zu werden auf den Straßen, auf denen ihnen die gepanzerten Polizeiwagen vorausgefahren waren, die das Volk Nilpferde nannte – zwecklos, Fäuste gegen Stahlplatten und Feuerwaffen zu erheben.

Nachdem die erste Welle von Kindern und Jugendlichen, die die Polizei umgebracht hatte, beerdigt worden war, wurden bei jeder weiteren Trauerfeierlichkeit Schwarze erschossen, wenn sie sich einfanden, um ihren Toten die letzte Ehre zu erweisen oder sich im Haus der Hinterbliebenen die Hände zu waschen, wie es bei ihnen Sitte ist. Die Polizei erklärte, es sei unmöglich, zwischen Trauernden und Mob zu unterscheiden; und sie sprachen wahrer, als sie wußten – Trauer und Wut waren verschmolzen.

Obwohl das weiße Krankenhauspersonal Bescheid wußte über die in den Zeitungen nur angedeuteten Geschehnisse und Konsequenzen in den schwarzen Vorstadtsiedlungen aufgrund von Berichten schwarzer Journalisten, die diese unter Gefahren und Schwierigkeiten zusammengetragen hatten, konnte doch keiner von ihnen in die Orte gehen, aus denen die Patienten kamen. Die Weißen, die aus lebendem Fleisch Kugeln und Splitter zertrümmerter Knochen herausoperieren, Wunden nähen, erste Hilfe leisten, Arterien wieder die lebenswichtigen Flüssigkeiten zuführen, die auf den Straßen zusammen mit dem Alkohol aus Flaschen verströmten, die Kinder, weil sie die Tröstungen ihrer Väter verachteten, zerschmettert hatten – diese Weißen konnten sich das Leben nicht vorstellen, das ihre Patienten führten. Eines Sonntagsabends wurde Rosa in ihrer Wohnung von einem Bekannten besucht, Fats Mxenge. Er entschuldigte sich, daß er unangemeldet komme, aber es sei nicht ratsam, zu telefonieren, obwohl er (natürlich) einer der wenigen in Soweto sei, die einen Anschluß haben. Er hatte eine Botschaft zu überbringen; als sie ausgerichtet war, blieb er in ihrer Wohnung sitzen (eine Einzimmer-Atelierwohnung, die sie nach ihrer Rückkehr aus Europa bezogen hatte) und nahm dankend den Brandy und den heißen Tee, die sie angeboten hatte, an. Er sah sich um; jemand, der sich aus einem Sturm an Bord gerettet hat und zugezogene Vorhänge, Lampenlicht und den sich noch drehenden Plattenteller sieht, von dem eine Schallplatte gerade aufgenommen worden war. Er kippte den Brandy und rührte dann im Tee, die Knie eng beieinander, und rührte und rührte. Schüttelte zusammenfassend den Kopf – gab es auf. Sie sprachen über das Nächstliegende. »Entsetzlich, Mann, entsetzlich. Ich will bloß meine Kinder rauskriegen, das ist alles.« Sie begann davon zu erzählen, was sie im Krankenhaus gesehen hatte, nicht auf ihrer Station: ein kleines Mädchen, das ein Auge verloren hatte; sie war es gewöhnt, bei ihrer Arbeit scheußliche Dinge zu sehen (sie gebrauchte das Wort »Verunstaltungen«), bei denen etwas getan werden konnte – Nerven werden langsam dazu gebracht, Empfindungen weiterzuleiten, Muskeln werden gekräftigt, um wieder beweglich zu werden. »Das linke Auge. Sieben oder acht Jahre alt. Endgültig weg.« Rosa vermochte das schwarze Loch nicht zu beschreiben, den leeren Raum, den sie dort sah, wo das Auge hätte sein sollen. »Vorige Woche ist der Mann, der neben uns wohnt – Sie kennen unseren Ort? Sie sind mit Marisa dagewesen – gleich da, im Nebenhaus, ist der Mann hinausgegangen, um etwas im Laden zu holen, Kerzen, etwas, was seine Mutter haben wollte. Ist nie zurückgekommen. Die Mutter kam zu uns, fragt, was sie tun soll. Geh zur Polizei, sagt meine Frau, frage, wo er ist, sie glaubte, er sei verhaftet. Also geht die Frau zur Polizei und fragt: wo ist mein Sohn, wo kann ich nach ihm suchen? Wissen Sie, was der Frau geantwortet wurde? ›Hier brauchst du nicht zu fragen, geh ins Leichenhaus.‹«

»Da komme ich auf dem Nachhauseweg vorbei. Jeden Tag stehen die Leute da Schlange.« Eine lange Schlange schwarzer Männer und Frauen wartete friedlich, um ein Laken nach dem anderen anzuheben, um unter den Toten das vertraute Gesicht zu finden. Da waren natürlich Babys, die warm und naß, an einen Rücken gepreßt, unter den Decken schliefen, immer sind Babys da. Da waren die üblichen Einkaufstaschen mit den in Zeitungspapier eingeschlagenen Lebensmittelpäckchen, die in Gerichtsgebäude und Krankenhäuser und Gefängnisse gebracht werden sollten; eine Frau hatte eine Thermosflasche dabei, die aus ihrer Tasche herausschaute – die Schlange war lang, und manche Leute mußten am nächsten Tag wiederkommen.

»Die Polizei muß ihn zwischen unserem Haus und dem Laden erschossen haben. Tot. Die Mutter identifizierte ihn. Einfach da, in seiner eigenen Straße, Mann. Es war ungefähr neun Uhr abends, als er hinausging, das ist alles. Man schließt sich ein und bleibt zu Hause, sobald es dunkel ist. Man rührt sich nicht von der Stelle. Ich werde heute abend nicht nach Hause fahren, o nein. Das kann ich Ihnen sagen – wenn's dunkel ist, habe ich Angst, über meinen Hof zur Toilette zu gehen. Ich weiß nie, ob ich nicht von der Polizei eine Kugel in den Kopf oder von jemand anderem ein Messer in die Brust bekomme.« Er schüttelte Manschetten mit quadratischen, vergoldeten Emailmanschettenknöpfen zurück. Er war für Erfolg und Glück gekleidet, seine übliche, schicke Garderobe, wie eine Frau, die in einem Notfall nichts zur Hand hat als das, was sie am Abend zuvor auf einer Gesellschaft getragen und auf einem Stuhl hatte liegen lassen, als sie ins Bett ging. »Jeden Morgen erwarte ich, meinen Wagen ausgebrannt vorzufinden. Wir haben keine Garagen in unseren Orten. Was kann ich tun? Er steht auf der Straße. Die Studenten gehen durch die Straßen und stecken die Wagen von Handelsvertretern und so weiter an, von Leuten, die gute Stellungen bei Weißen haben ... Wer arbeitet nicht für die Weißen? Wenn sie herausfinden, daß der und der Wagen einem Sportpromoter gehört, der Boxkämpfe mit Weißen arrangiert ... Sie können es auf mich abgesehen haben ...« Sein Lachen war ein Ausruf, ein Protest. »Was diese Regierung uns angetan hat. Kann ich ...« Sie schob die Brandyflasche zu ihm hinüber, und er bediente sich. Sie trank die letzten Tropfen Tee aus ihrer Tasse und schenkte sich Brandy ein; sie nahm den ersten Schluck, der ihr köstlich auf den Lippen brannte, während sie zuhörte. »Ich will meine Kinder rausbringen, das ist alles. Margaret und das Baby können nach Natal gehen mit der alten Dame – ihre Familie lebt da. Die älteren Kinder will ich irgendwo in ein Internat geben ... Aber wissen Sie, was die Studenten sagen? Sie wollen zu den Zügen gehen, wenn die Kinder in die Schulen aufs Land fahren, und wollen sie zurückhalten, sie wollen sie aus den Zügen herausholen. Sie sagen, keiner dürfe den Boykott durchbrechen. Und sie werden es tun, das sage ich Ihnen, sie werden es tun. Ich bringe meine mit dem Auto weg. Sie hören nicht auf mich oder ihre Mutter, es gibt keine Schule, sie rennen auf den Straßen herum, und wie will man jeden Tag wissen, ob sie auch lebendig nach Hause kommen?«

»Ich weiß nicht, was ich tun würde.« Sie war weiß, sie hatte nie ein Kind gehabt, nur einen Geliebten mit Kindern von einer anderen Frau. Kein Kind außer denen im Krankenhaus, die sie nach Möglichkeit wieder auf die Beine bringen sollte.

SOWETO STUDENTS REPRESENTATIVE COUNCIL

Schwarzes Volk von Azania, gedenkt unserer geliebten Toten! Märtyrer, die seit dem 16. Juli 1976 ermordet wurden und noch ermordet werden. Wir sollten wissen, daß Vorsters Terroristen ihre Aggressionen nicht aufgeben gegen harmlose Studenten und Menschen, die sich der Befreiung des schwarzen Mannes in Südafrika – Azania – verschrieben haben. Sie werden versuchen, um jeden Preis die Gefühle der jungen Männer und Frauen zu unterdrücken, die die Befreiung ein paar Kilometer, wenn nicht Meter vor sich sehen. Es gibt keine Umkehr mehr, wir, die junge Generation in einem faszinierenden Land, haben einen Punkt erreicht, von dem es kein Zurück gibt. Wir haben bewiesen, daß wir fähig sind, als Jugendliche die Gesetze des Landes zu ändern, damit werden wir fortfahren, bis wir das letzte Ziel erreichen – UHURU FOR AZANIA.

Denkt daran, daß Hector Peterson, das 13jährige schwarze Kind von Azania, ein zukünftiger Führer, der er vielleicht geworden wäre, den unbeugsamen und unbeherrschten Gangstern der Bereitschaftspolizei zum Opfer fiel. Was sagen seine Eltern, was sagen seine Freunde, was sagt der dumme, kahlköpfige Polizist, der ihn tötete, tatsächlich kaltblütig ermordete – er ist natürlich weniger interessiert. Was sagst du als unterdrückter Schwarzer und Bruder von Hector? Denkt an unseren gelehrten Wissenschaftler Tshazibane, »der ganz plötzlich beschloß, Selbstmord zu begehen«. Wir vermuten, daß irgendwo jemand etwas über diesen »Selbstmord« weiß. Wie lange wird unser Volk mit diesen »Selbstmordversuchen« und »gelungenen Selbstmorden« fortfahren?

Denkt ihr an Mabelane, der »versuchte, vom John Vorster

Square zu fliehen, indem er im 10. Stock aus dem Fenster sprang«, offenbar um einigen Fragen aus dem Weg zu gehen? Denkt ihr an unsere zu Krüppeln gemachten Brüder und Schwestern, denen Menschen vorsätzlich Verletzungen zufügten, die dazu erzogen wurden, einen Schwarzen nicht als Menschen anzusehen? Denkt ihr an das Blut, das ständig aus Wunden fließt, die Vorsters Gangster den harmlosen und friedlich demonstrierenden Massen zufügen? Was ist mit den Leichen unserer toten Kollegen, die in diese abscheulichen und gräßlich aussehenden Polizeiwagen gezerrt wurden, die Nilpferde genannt werden? Wir, die Studenten, werden uns weiterhin mit aller Kraft für die Befreiung einsetzen, ungeachtet dieser rassistischen Schachzüge, um die unumgängliche Befreiung der schwarzen Massen hinauszuzögern. Der 16. Juni bleibt uns unauslöschlich im Gedächtnis. Er soll allen Menschen bekannt sein als der STUDENTENTAG, denn Studenten haben an diesem Tag unzweifelhaft bewiesen, daß sie imstande sind, eine wichtige Rolle bei der waffenlosen Befreiung dieses Landes zu spielen.

Wir sind uns auch darüber klar, was das System plant:

1. Die jetzige und frühere Führung zu diskreditieren in der Hoffnung, die Massen den Führern abspenstig zu machen.
2. Die gegenwärtige Führung gefangenzunehmen in der Hoffnung, den Kampf und Erfolg der Studenten hinauszuzögern.

IMMER VORWÄRTS .... NIEMALS ZURÜCK!!!!

herausgegeben von S. S. R. C.

Unsere Kinder und unsere Kindeskinder. Die Sünden der Väter; endlich rächen die Kinder an den Vätern die Sünden der Väter. Ihre Kinder und Kindeskinder; das war die ZUKUNFT, Vater, in nicht vorausgesehenen Händen.

Du wußtest, es konnte nicht sein: *eine Änderung der objektiven Verhältnisse des Kampfes früher gespürt als die Führer.* Lenin wußte es; wie es nach der Revolution von 1905 geschah: *wie es immer der Fall ist, ging die Praxis der Theorie voraus.* Die alten Schlagwörter platzen, und der Sinn fällt falsch und neu heraus. Sie scheinen zu wissen, was getan werden muß. Sie gehen nicht mehr in die Schule und werden »durch ihre politische

Aktivität ständig umerzogen«. Die Eltern, die sich zu Gruppen zusammenschließen, um zwischen ihren Kindern und der Polizei zu vermitteln, werden selbst interniert und gebannt. Es könnte Fats passieren; der schwarze Schwergewichtsboxer kann jetzt einem weißen Schwergewicht den Titel abnehmen, und auf den Fußballplätzen spielen schwarze und weiße Mannschaften gegeneinander, aber damit sind die Kinder nicht einverstanden. Es ist sogar Mrs. Daphne Mkhonza passiert, die häufig zu Flora zum Mittagessen kam. Es gibt neue Nachtklubs in Johannesburg, wo elegante Aufmachung für Gleichheit der Gäste sorgt und die schwarze und weiße Schikkeria von eigenen Gnaden offenbar vor Polizeirazzien bewahrt. Aber das ist nicht die Art von Vergnügungen, auf die die Kinder aus sind. Die schwarzen Männer, die es danach verlangte, drittklassig zu sein, Nicht-Europäer, nur Stadtväter, die den von den Weißen eingerichteten Beratungsausschüssen und Schulkommissionen angehörten, haben resigniert, als die Rache einer Generation drohte. Die Leute, die »Onkel Toms« waren und sich fernhielten von den Mofutsanyanas, Kotanes, Luthulis, Mandelas, Kgosanas, Sobukwes, die, weil sie sich für ANC und PAC einsetzten, ins Gefängnis kamen, begannen nun endlich, sich als das zu sehen, was sie sind; wie ihre Kinder sie sehen. Sie sind – wie die Getreuen sagen würden – von ihren Kindern radikalisiert worden; sie verhalten sich entsprechend; sie werden verhaftet und interniert. Die wirkliche Rosa glaubte, die wirkliche revolutionäre Initiative müsse vom Volk ausgehen; hast du mich deswegen nach ihr genannt? Diesmal geht die Initiative von den Kindern des Volkes aus, die ihre Väter belehren – die ANC, BPC, PAC – allesamt, all die Akronyme, die sich beflissen auf die den Ereignissen nachjagende Theorie berufen, sie einholen wollen.

Welcher Art die Erziehung ist, gegen die die Kinder rebelliert haben, liegt klar auf der Hand. Sie können nicht richtig schreiben und ihr Glücksgefühl und ihre Angst nicht formulieren. Aber sie wissen, warum sie sterben. Du hast recht gehabt. Sie wenden sich ab und verdrehen die Augen und kreischen: »Eie-na!«, wenn sie eine Spritze bekommen, aber unbeirrt sind sie auf die Polizei und die Maschinengewehre zugegangen. Du weißt, wie es kommt, daß sie begreifen, was sie wollen. Du weißt, wie es auszudrücken ist. Rechte, keine

Zugeständnisse. Ihr Land, nicht Gettos, die ihnen darin zugewiesen werden, oder parzellierte Stammes-»Heimatländer«. Den Reichtum, der mit der Arbeit ihrer Väter und Mütter geschaffen und in Dividenden des weißen Mannes verwandelt wurde. Ihr Leben selbst gestalten, statt das Schicksal hinzunehmen, das weiße Regierungen erfunden, dekretiert und erzwungen haben. Ja, wer unter denjenigen, denen dein Vokabular, deine Methoden nicht gefielen, hat es so ehrlich ausgedrückt? Wie kommen sie dazu, dich für Stalin verantwortlich zu machen und dir Christus zu verweigern?

Etwas Sublimes in dir – ich könnte es keinem anderen sagen. Nicht in deiner Biographie. Du hättest es in eigener Person erlebt, was den Schwarzen in Bambata, in Bulhoek, in Bondelswart, in Sharpeville widerfuhr. Aber diesmal sind sie einander verbunden, wie sie es nie waren, niemals, nicht bei der Niederlage in den »Kaffern«-Kriegen, nicht in Bambata, Bulhoek, Bondelswart, Sharpeville. Ist es etwas, das nur ihnen eigen ist? Du hast mich als Gefängnisbesucherin eingesetzt, als Kurier, als alles, wofür ich brauchbar war, du bist zu lebenslänglicher Haft verurteilt worden und im Gefängnis gestorben, aber kannst du dir vorstellen, du hättest mitangesehen, wie Tony und ich Hand in Hand auf Maschinengewehre zugehen? Du wirst es mir nie sagen. Du wirst es nie wissen. Es ist uns nicht gegeben (keine Sorge, das bezieht sich auf die Voraussicht des Verstandes, nicht auf einen knauserigen Gott; ich bin nicht fromm geworden, ich bin gar nichts geworden, ich bin, was ich immer war), zu wissen, was uns Angst macht und was nicht. Du *mußt* manchmal Angst gehabt haben; sonst hättest du nicht deinen maßvollen Scharfblick haben können. Aber du warst ein bißchen wie die schwarzen Kinder – du hattest das Glücksgefühl.

Ich bin weggelaufen. Baasie war mir widerwärtig; ich ließ den Widerwillen zu: die Fahrt auf der Skooterbahn zwischen Divertikulitis, Brustkrebs, Verstopfung, Impotenz, Knochigkeit und Korpulenz. Ich war erschrocken. Du hättest gelacht. Du hast schon immer über derlei Dinge Bescheid gewußt; wenn Menschen tot sind, schreibt man ihnen Allmacht zu. Ich war erschrocken. Du wirst es mir vielleicht glauben. Kein anderer täte es. Wenn ich versuchen sollte, es zu erzählen, was ich aber nicht tun werde. Und das sich ergebende Resultat ist nicht das traditionelle, daß ich mich gegen jeden »verteidige«, der schlecht von mir denkt; ganz im Gegenteil, ich finde Anerkennung, wenn sie mir nicht zusteht. Als ich auf der Straße hinter ihm herkam, sagte Dick: ich wußte, daß du es bist, Mädchen. Deine Tochter wurde erwartet. Der Mann in Frankreich war der einzige, mit dem ich reden konnte; und wenn es zur Sprache kam, war dies ein Thema, das ich mit ihm nicht erörtern konnte. Nicht, daß ihm die Fähigkeit abgeht, sich – was vorzustellen? Dieses Land, uns alle hier. Er liest viel über uns. Unser aleatorisches Geschick, wie er es nennt. Er konnte sich hineinversetzen. Er hat sehr viel Phantasie – so etwas wie ein Schriftsteller ist er tatsächlich, nicht nur Professor (aber er lacht selbst über die akademische Anmaßung dieses Titels). Einmal, als ich geduscht hatte und mich gerade abtrocknete, kam er plötzlich mit einer Idee für ein Science-fiction-Buch an, das Geld einbringen würde. Angenommen, wir würden durch Chemikalien, die zur Schädlingsbekämpfung oder Ertragssteigerung in der Landwirtschaft verwendet werden, die natürliche Ölschicht auf unserer Haut verlieren, die uns wasserundurchlässig macht wie das Fett auf Entenfedern, wir würden also beginnen, Wasser aufzunehmen, uns voll Wasser zu saugen und zu verfaulen ... Auf einer anderen Ebene könnte das als eine Allegorie der kapitalistischen Ausbeutung des Volkes durch Mißbrauch der natürlichen Ressourcen gesehen werden ... Auf den Gedanken wäre ich nie gekommen.

J. B. Marks, den du zuerst zum Brautführer erkoren hattest, starb in Moskau, als du im Gefängnis warst. Es gelang mir, es dir zu sagen. Jetzt habe ich wieder das Gefühl, als würde ich Nachrichten übermitteln wie damals durch das Drahtgitter. Ivy werde ich nicht sehen; sie war auf Befehl weggegangen, ehe der Greer-Prozeß begann. Wäre sie dageblieben, hätte sie wieder einmal vor Gericht gestanden; gegen sie wurde in Abwesenheit Anklage als Mitverschworene erhoben. Der Staatsanwalt sagte, sie sei diejenige, die Orde angeworben habe; Theo vertrat ihn als Anwalt und brachte vor, sein Klient sei von dem Gefühl der Ungerechtigkeit erfüllt gewesen und habe als politischer Journalist in diesem Land erleben müssen, daß alle Versuche, die Verfassung zu ändern, fehlgeschlagen seien, und das habe ihn veranlaßt, sich Leuten anzuschließen, die für seine Empörung Verständnis hatten.

Und so, schließlich dir. Du also ...

Alldieweil ist die Luft voller Sommer, erfüllt von Leben, Vögeln, Libellen, Schmetterlingen, schwankenden, laternenförmigen Mückenschwärmen. Nach starken Regenfällen haben die Betongebäude in der Sonne eine Morgenfrische, die sie mir organisch erscheinen läßt. Die Autobahn führt am John Vorster Square in Höhe des fünften Stockwerks vorbei, und in den Fenstern der Zimmer mit den Grundeinheiten an Möbeln, aus denen Menschen gesprungen sind, sehe ich im Vorbeifahren, daß da Blattpflanzen in Töpfen auf den Fensterbrettern stehen. Deinem Scharfblick entging nichts, in der Zelle oder am Swimming-pool, eh. Ein sublimer Scharfblick. Ich habe eine Ahnung davon. Glaube nicht, daß ich schwermütig sei, niedergeschlagen. Glück ist nicht moralisch oder produktiv. *Ich* weiß, daß man glücklich sein kann, während man (ich nehme an, daß es so war) dadurch jemandem Schaden zufügt. Daraus ergibt sich natürlich, daß man sich sehr wohlfühlen kann, wenn schreckliche Dinge – Grauen und Leid und bedrohlicher Mut – auch in der Luft liegen.

Ich habe die Nels besucht. Sie freuten sich, daß ich kam. Ich bin ihnen immer jederzeit willkommen gewesen. Jetzt gibt es dort ein Holiday Inn, wo die Handlungsreisenden meist hingehen. Aber der Weinhandel hat nicht darunter gelitten. Die Vrove Federasie hält ihre Jahresversammlung in einem Tagungsraum im Holiday Inn ab, erzählte mir Tante Velma (einen Augenblick von ihrem Kummer abgelenkt), obwohl dort Alkohol ausgeschenkt wird. Und der Häuptling des nahegelegenen »Heimatgebiets« kommt ins Restaurant zum Mittagessen mit den weißen Bergbauexperten, die die Möglichkeit von Zinn- und Chromvorkommen in seinem »Land« überprüfen.

Die Coen Nels sind verwirrt. Es war mir nicht klar, daß das ein so überwältigender Geisteszustand sein könnte. Mehr als alles andere – verwirrt. Sie waren so stolz auf Marie, in einer quasi staatlichen Stellung, und sie sprach eine Fremdsprache; der kluge Kopf von deiner Seite der Familie, aber zum Nutzen ihres Landes, zur Ankurbelung der landwirtschaftlichen Erzeugung. So stolz auf sie, auf ihr kultiviertes Leben – und immer stellen sie sich Paris vor wie die Champs-Elysées, die auf den billigen Drucken abgebildet sind, wie sie an hinterwäldlerische Hotels verkauft werden.

Auf der Farm bat ich, in einem der Rondavels statt im Haupthaus untergebracht zu werden. Sie erhoben nicht den Einwand, daß das gegen die Gesetze der Gastfreundschaft verstoße; wenn Menschen Kummer haben, bringen sie irgendwie mehr Verständnis auf für unerklärte Bedürfnisse oder Launen. Wenn ich abends nach diesen Regengüssen spazierengehe, weichen das Farmhaus und die Schuppen vor mir zurück in den Bodennebel, den man sich von den Lippen ablekken kann. Wein gibt es bei Tisch immer noch nicht, aber Onkel Coen bot uns Brandy an. Ich ging unsicher durch nasses Gras, ich stieß gegen den Wasserbehälter, ich glaubte, nur meine Beine wären beeinträchtigt, aber vermutlich war es mein Kopf. Ich legte das Ohr an die Seite der Scheunenmauer, wo Wespen in einem Loch nisten, und hörte sie da drinnen summen. Eine Lage Nacht über der anderen verbarg sie. Ich ging nicht durch die Schatten von Mauern und Schuppen, sondern um sie herum, und auf den Motorhauben der geparkten Wagen schälte Licht von irgendwoher Schichten von Dunkelheit ab und schimmerte. Wie flatternde Wimpern rings um mich: Wärme, Feuchtigkeit und Insekten. Ich entdeckte die Sterne in Pfützen. Es ist so einfach, sich dem Boden nahe zu fühlen, nicht wahr; kein Wunder, daß alle möglichen fragwürdigen populären Forderungen, darauf beruhend, erhoben werden. Die starken Suchscheinwerfer, die die benachbarten Farmer jetzt hoch über ihren Gehöften aufgestellt haben, leuchten durch schwarze Bäume. Autoscheinwerfer ziehen auf der neuen Straße entlang; das Farmland vereinigt sich mit dem *dorp*. Aber es ist zu weit weg, als daß ein Hilfeschrei gehört werden könnte. Wenn sie jetzt hervorkämen hinter den großen alten Fliedersträuchern mit den Drahtschlingen, die von den Spielen der Kinder noch in den Zweigen hängen, und dem Stück Winkeleisen, das um sechs Uhr morgens angeschlagen wird zum Zeichen, daß die Tagesarbeit beginnt, wenn sie leise herausspringen und ein russisches oder kubanisches Maschinengewehr hinter mir in Anschlag bringen oder vielleicht (ist es die Zeit?) eine Sense oder auch nur eine Hacke aufnähmen – das wäre eine Lösung. Nicht schlecht. Aber mir wird das nicht passieren, mach dir keine Sorgen. Ich ging im Rondavel ins Bett und schlief so, wie ich als Kind schlief, die dicken, rosa Waverley-Decken weggestrampelt, das massige Kissen unter den Nacken gestopft. Jeder hätte zur Tür hereinkommen und auf mich herunterschauen können; ich hätte mich nicht gerührt.

Eines Tages mag eine Straße nach dem Datum genannt werden. Eine große Zahl von Personen wurde am 19. Oktober 1977 interniert, verhaftet oder gebannt; viele Organisationen und die einzige nationale schwarze Zeitung wurden gebannt. Die meisten Personen waren Farbige – Afrikaner, Inder, Mischlinge. Die meisten waren Mitglieder der Black-Consciousness-Organisationen – der Black People's Convention (PBC), der Südafrikanischen Studentenorganisation, des Repräsentativrats der Soweto-Studenten, der Südafrikanischen Studentenbewegung, der Vereinigung Schwarzer Eltern und anderer, unbekannter, von denen Weiße noch nie etwas gehört hatten. Einige gehörten den Untergrundorganisationen der früheren, lange gebannten Befreiungsbewegungen an. Und einige gehörten zu beiden. Alle – Organisationen, Zeitungen, Personen – waren offenbar seit mehr als einem Jahr von neuem motiviert worden durch die Revolte der Schulkinder und Studenten gegen die minderwertige Ausbildung für Schwarze. Hunderte von Lehrern erkannten die Berechtigung des Schulboykotts der Kinder an und traten von ihren Posten zurück, um ihn zu unterstützen. Keine Überredung, Bestechung oder Drohung der Regierung hatte bisher Erfolg gehabt bei den Jungen oder den Älteren, die deren Mentoren waren; und die Regierung ihrerseits weigerte sich, das getrennte Bildungssystem für Schwarze abzuschaffen. Wie immer die Situation beurteilt wurde, die Erklärung war nach wie vor stark vereinfachend. Die Mehrzahl der Kinder in Soweto ist nach dem Juni 1976 nicht wieder in die Schule gegangen.

Auch ein paar Weiße wurden am 19. Oktober 1977 und in den folgenden Wochen interniert, verhaftet, unter Hausarrest gestellt oder gebannt. Unter ihnen war Rosa Burger. Sie wurde von drei Polizisten abgeholt, die in ihrer Wohnung warteten, als sie an einem Nachmittag im November von der Arbeit zurückkam. Der ranghöchste war Captain van Jaarseveld, der bei der Vernehmung in einem dieser Zimmer mit den zwei

Stühlen und einem Tisch erwähnte, um ein Vertrauensverhältnis herzustellen, daß er ihren Vater gut gekannt habe.

Sie wurde ohne Anklage interniert. Wie Tausende anderer im ganzen Land, die in Gewahrsam genommen wurden, würde sie vielleicht Wochen, Monate, mehrere Jahre dort bleiben, ehe sie wieder herausgelassen würde. Aber ihr Anwalt, Theo Santorini, hatte Grund zu der Annahme – tatsächlich hatte ein Staatsanwalt es angedeutet in einem Augenblick pflichtvergessener Indiskretion während einer ihrer häufigen Begegnungen, wenn das Gericht eine Tee- oder Mittagspause einlegt –, daß die Anklagebehörde erwarte, Beweise zu sammeln, um sie bei einem wichtigen Durchbruch für den Staatssicherheitsdienst – einem großen Prozeß, endlich, gegen Kgosanas Frau, vor Gericht zu stellen. Die, hatte er gesagt, die sei wichtig, und Santorini hatte sein pausbäckiges, trauriges Cherub-Lächeln aufgesetzt. Seit vielen Jahren hatte er mit demselben Staatsanwalt zu tun gehabt in dem ewigen Kampf um Legalitätsfetzen, bei dem er immer wieder Freispruch für Marisa Kgosana erreicht hatte. Die Regierung – wahrscheinlich noch mehr die Polizei, denn sie hatten sich bei Marisas Anwalt darüber beklagt, sie »mache ihnen das Leben so schwer« und komme ihnen keinen Fingerbreit, nicht mal um die Länge ihrer roten Nägel, entgegen, während sie doch nichts als ihre Pflicht täten – der Justizminister wolle sie aus dem Verkehr ziehen, sie drinnen haben, zu langer Haft verurteilt. Was die Kgosana betraf, gab der Staatsanwalt eine Anregung zu ihrem Besten, ganz objektiv, in Form einer Warnung an Santorini. Für diese Klientin von ihm sei es günstiger, nicht zu riskieren, daß in Erwiderung auf Behauptungen, die über sie in der derzeit tagenden Kommission zur Untersuchung der Soweto-Unruhen aufgestellt würden, irgendwelche Vorhaben der Verteidigung bekannt würden, die im Fall eines zukünftigen Verfahrens gegen sie für die Staatsanwaltschaft nützlich sein könnten. Er solle am besten nicht darauf bestehen, daß sie »vorgeführt« werde – denn auch Marisa war interniert.

Gefängnisse für weibliche Untersuchungshäftlinge und Internierte gehören nicht zu den Annehmlichkeiten der Rassentrennung, die zu bieten das Land sich rühmt. Unter demselben Dach wie Rosa und Clare Terblanche wurden auch Mischlinge, indische und afrikanische Frauen festgehalten;

unterschiedliche Hautfarben und Grade der Pigmentierung wurden zwar nicht in nebeneinanderliegenden Zellen oder solchen untergebracht, zu denen dieselben Toiletten und Bäder gehörten, auch durften sie nicht zur selben Zeit in den Gefängnishof, aber das Gefängnis war so alt, daß der bauliche Zustand die Kommunikation erleichterte, und die Wachsamkeit der Wärterinnen, Novizen in Miniröcken, die der Oberaufseherin so ergeben waren wie der Äbtissin eines Ordens, konnte nicht verhindern, daß Botschaften und die kleinen, kostbaren Gaben des Gefängnislebens (Zigaretten, ein Pfirsich, eine Tube Handcreme, eine kleine Taschenlampe) zwischen den Rassen ausgetauscht wurden. Oder Gesang. Schon früh erfuhren Rose und Clare in ihren Zellen durch Marisas durchdringenden, tremolierenden Alt, daß deren Einzelzelle nicht weit weg war. Sie sang Kirchenlieder und ging dann aus der Tonart von »Lobet den Herrn« zu ANC-Freiheitsliedern auf xhosa über, und gelegentlich verfiel sie in die Schnalzlieder von Miriam Makeba – letzteres, um die Wärterinnen zu beschwichtigen und zu bezirzen, für die das eine erkennbare Popnummer war. Die Stimmen anderer schwarzer Frauen nahmen die Melodien auf, die Marisa sang, und paßten sich rasch den Änderungen des Repertoires an. Die gewöhnlichen schwarzen Häftlinge, die ewig den Granulitkreuzgang der Oberaufseherin rund um den Hof wienerten, sammelten kleine, zusammengerollte Botschaften auf, die Rosa und Clare fallen ließen, wenn sie hinaus durften, um ihre Eimer auszuleeren oder ihre Wäsche zu waschen, und auf dieselbe Weise lieferten die Putzfrauen Botschaften an sie ab. Marisa war zugleich die geschickteste der alten politischen Knastschieber und die Verkörperung, der *Avatara* einer Art Autorität, gegen die selbst die Oberaufseherin machtlos war: Marisa erhielt Erlaubnis, sich wegen eines Wirbelsäulenleidens, das sich, wie sie sagte, durch die sitzende Lebensweise im Gefängnis verschlimmerte, zweimal in der Woche in Rosas Zelle bringen zu lassen, um heilgymnastische Übungen zu machen. Während der Behandlung drang Gelächter durch das dichte Drahtgitter und die Stangen von Rosas Zelle. Obwohl Internierte Schreibmaterial nur für Briefe haben durften, die Inspektor Magnus Cloete zensierte, ehe sie abgesandt wurden, bat Rosa um Zeichenmaterial. Ein »Malbuch« der Art, wie sie in Kindergärten üblich sind, und eine Schachtel Pastellstifte wurden von ihrem Anwalt abgegeben, überprüft und genehmigt. Die unbeholfenen Stilleben, mit denen sie versuchte, sich das beizubringen, wovon sie behauptet hatte, es sei ihr »Hobby«, fanden die Wärterinnen *baie, baie mooi* (sie redeten mit ihr in ihrer Muttersprache, die auch die ihre war), und ebenso die naive imaginäre Landschaft, die nicht den Verdacht erwecken konnte, daß Lagepläne des Gefängnisses usw. hineingezeichnet seien – sie stellte in mehrfacher Ausführung ein an einem Hügel liegendes Dorf dar mit einem Schloß auf dem Gipfel, einem Wald im Vordergrund, einem Meer dahinter. Das Mauerwerk der Häuser schien Rosa Schwierigkeiten zu bereiten: sie versuchte es mit rosa Tönen, mit grauen, sogar mit bräunlich-orangefarbenen. Besser gelangen ihr die fröhlichen Fahnen auf den Zinnen des Schlosses und die leuchtenden Segel kleiner Boote, die allerdings infolge einer fehlerhaften Perspektive direkt auf den Turm zusegelten. Das Licht schien von überall herzukommen; alle Gegenstände waren in der Sonne. Zu Weihnachten durften die Internierten an eine sich in Grenzen haltende Zahl von Verwandten oder Freunden selbstgemachte Karten schicken. Rosas Karte war eine dem Inspektor Cloete von jedem Postkartenständer höchst vertraute Szene – eine Gruppe von Weihnachtssängern, und nur die entzückten Empfänger erkannten trotz des mangelnden Könnens, mit dem die Figuren gezeichnet waren, unzweifelhaft Marisa, Rosa, Clare und eine indische Freundin von ihnen allen und wußten nun, daß diese Frauen miteinander in Verbindung waren, wenn auch abgeschnitten von der Außenwelt.

Nicht einmal denjenigen gegenüber, die seit vielen Jahren Rosa Burgers Familie am nächsten gestanden hatten, erwähnte Theo Santorini, daß die Staatsanwaltschaft höchstwahrscheinlich versuchen werde, eine Absprache zwischen Rosa und Marisa nachzuweisen, gemeinsam die Ziele des Kommunismus und/oder des Afrikanischen Nationalkongresses zu fördern. Die Anklage würde auf Aufhetzung, Unterstützung und Beihilfe zur Revolte der Schüler und Studenten lauten.

Seine Verschwiegenheit hat Spekulationen nicht verhindert. Was Rosa in ihren beiden letzten Wochen in London getrieben hat, ist unklar. Schließlich hatte sie doch Kontakt aufgenommen zu linksgerichteten Exilierten. Sie war auf einer Kundgebung (Informanten neigen dazu, ihre Informationen hochzujubeln) für FRELIMO-Führer, bei der anläßlich ihrer Anwesenheit von einem ehemaligen engen Mitarbeiter ihres Vaters eine Lobrede auf Lionel Burger gehalten wurde. Soviel war beobachtet worden und wird gewiß in jeder Anklageschrift erscheinen. Offenbar hatte sie ohne Erklärung ihre Absicht aufgegeben, nach Frankreich ins Exil zu gehen, wo die französische Antiapartheid-Bewegung bereit war, sie mit offenen Armen aufzunehmen, denn sie wäre ein Aushängeschild für sie gewesen. Sie sagte niemandem, wirklich niemandem, wie sie ihre Zeit verbrachte zwischen der Begegnung mit alten Freunden auf der Kundgebung oder Party und ihrer Rückkehr. Sie könnte gut und gerne mit anderen Pläne geschmiedet, sich für die neueste Strategie des Kampfes zur Verfügung gestellt haben, der weitergehen wird, bis der letzte Gefangene von Robben Island und der letzte geistig gesunde Dissident aus einem osteuropäischen Irrenhaus entlassen ist. Wer glaubt schon, daß Kinder aus eigenem Antrieb revoltieren? Die meisten Weißen vertreten die Theorie, daß (nicht näher bezeichnete) Agitatoren am Werk waren, und die gebannten und Untergrundorganisationen sehen die Revolte als Teil ihrer eigenen verstärkten Stoßkraft an, wenn nicht als direkte Inspiration. Matrosen würgen an stinkendem Fleisch, Kinder weigern sich, in die Schule zu gehen. Niemand weiß, wo das Ende des Leidens beginnen wird.

Eine mit Obst und Blumen beladene Frau stand mit anderen vor dem Gefängnistor.

Sie hatte mit mehr Kraft und ein paar Sekunden länger als notwendig auf den Klingelknopf gedrückt. Die wenigen Menschen draußen hörten das schwache Läuten im Haus. Dennoch rührte sich drinnen nichts: sie plauderte mit den anderen – einer schwarzen Prostituierten, die das Kautionsgeld in einem goldenen Plastportemonnaie dabei hatte und einen Tumor aus Kaugummi aus einer Backentasche in die andere schob, mit zwei Frauen, die sich mit geflüsterten Zulukraftausdrücken stritten, einem Jugendlichen in Begleitung eines alten Verwandten, der eine Pfeife rauchte, deren Deckel an einer kleinen Kette befestigt war. Sie waren geduldig. Der Jugendliche tanzte, so wie man unhörbar summt, auf Fersen und Zehen in blau-rot-schwarzen Rennschuhen. Die Frau war weiß, sie kannte ihre Rechte, sie war es gewöhnt, die Beamten als kleinlich und lächerlich, nicht als mächtig anzusehen. »Schlafen die denn?« Die hohe, durchdringende Stimme einer reichen gnädigen Frau. »Wie lange sind Sie denn schon hier? Sie sollten nicht einfach da stehen, die da drinnen haben sich gefälligst zu melden.« Die Schwarzen waren es gewöhnt, von Weißen ignoriert und übergangen zu werden, und hüteten sich, in den Verdacht zu geraten, gemeinsame Sache mit ihnen zu machen; aber das galt nicht für die junge Prostituierte, die weiße Männer zu genau kannte, als daß die Frauen, die sie geboren hatten, sie einschüchtern konnten. Sie zog ein Gesicht. »Sie sind hergekommen, sagten aber, wir müßten warten.«

»Warten! Na, wir haben lange genug gewartet.« Die weiße Frau drückte mit dem Daumen auf den Klingelknopf, tat zum Spaß so, als ruhte sie mit ihrem ganzen Gewicht darauf, und lächelte alle selbstbewußt an. Ihr Haar war gefärbt und bildete ebenso wie die dunklen Gläser ihrer Sonnenbrille einen Gegensatz zu ihrer durchfurchten weißen Stirn; sie war eine Frau Mitte Fünfzig mit der energischen Aufgeschlossenheit eines charmanten Mädchens. Die Hand, die den Klingelknopf drückte, trug Jade und Elfenbein. Die Prostituierte kicherte beifällig. »Oh, das ist schön, ich hätte gern einen solchen Ring. Für mich.«

»Welchen? Nein, dieser kleine ist mein Lieblingsring – sehen Sie, wie der gemacht ist? Ist das nicht raffiniert?«

Der Flüsterkneipenschlitz in der Tür öffnete sich, und ein Mimengesicht erschien im Rahmen, zwei straffe dünne Bogen von Augenbrauen, Augen schwarz umrissen, Wangen rosa angestrichen.

»Ich habe hier was für Internierte.« Die Frau war kurz angebunden; das angemalte Gesicht sagte nichts. Der Schlitz schloß sich, und die Frau hatte gerade den Kopf zu ihren Gefährten gedreht, um eine verärgerte Bemerkung zu machen, als man das Quietschen von Riegeln und Schlüsseln hörte und eine Tür in einem Flügel des Portals sich öffnete, um sie hereinzulassen, die hinter ihr sofort wieder zugemacht wurde; die Wärterin, der das Gesicht gehörte, sagte: »Warten.«

Der cremefarbene Plisseerock und die gelbe Seidenbluse der Frau reflektierten Licht in dem dunklen Schacht aus Backstein und Beton, so daß ein Wesen, das den Fußboden scheuerte und sich zum Schutz der Knie Lumpen umgebunden hatte, aufschaute. Ein Nachbild erschien vor den Augen, die zu Wischlappen und Fußboden zurückkehrten. Die Wohlgerüche von feiner Seife, Cremes, Leder, Kleidern aus Schränken, in denen Duftkissen hingen, einem auf Lilienbasis destillierten Parfüm und sogar von dem schwachen, natürlichen Fruchtaroma der Zwetschen und Mangopflaumen waren eine Aura, die die Frau absonderte in der eingeschlossenen, mit üblen Küchendünsten und Desinfektionsmitteln geschwängerten Luft und dem Geruch unter abgebrochenen, bis aufs Mark ausgelaugten Nägeln. Die Besucherin war nicht zum erstenmal hier; nichts hatte sich verändert, abgesehen von der Aufmachung der schwarzen und weißen Wärterinnen: was sie trugen, schienen ihr die billig erstandenen Uniformen von Stewardessen vor fünf Jahren zu sein – sie reiste sehr viel. Unter der Treppe links standen Koffer und mit Bindfaden verschnürte und mit Etiketten versehene Pappkartons, und sogar ein paar Mäntel lagen da; Eigentum von Internierten, das ihnen bei der Einlieferung abgenommen wurde und auf den Tag oder die Nacht ihrer Entlassung wartete. Sie sah den hellen Sonnenschein eingesperrt im Gefängnishof. Die üppigen, dekorativen Palmen, die lila schimmernde Oberfläche des Granulits. Geschickt trat sie ein paar Schritte zur Seite, um rasch einen Blick auf den Hof zu werfen, aber es ging niemand da spazieren – angenommen, sie durften sich überhaupt in der Nähe des Eingangs aufhalten.

Ein winziger Rock, um einen runden, mächtigen Popo wippend, ein auf hohen Hacken nach vorn geneigter Körper führten sie zum Büro der Oberaufseherin.

Wie – wie ... um die Oberaufseherin später anderen Leuten zu beschreiben, mußte man einen Vergleich finden mit einem Bild in einem Milieu, das die anderen aus eigener Erfahrung kannten, denn sie war charakteristisch für ein Milieu, in dem die anderen nie gewesen waren, und Bestandteil eines allein von ihr aufgestellten Maßstabes ästhetischer Werte. Wie die Frau des *patron* einer Bar oder eines Tanzlokals auf einem französischen Gemälde des 19. Jahrhunderts – Toulouse-Lautrec, ja, aber eher ein Werk eines Zweitrangigen, sagen wir Félicien Rops. Ihr Schreibtisch war verkeilt unter den mit feinem Wolltuch bedeckten Brüsten. Sie trug eine Ordensschnalle und goldene Ohrringe in fleischigen Ohrläppchen. Die Augenbrauen der kleinen Wärterinnen waren eine blonde Imitation ihrer rotbraunen, dicht beiderseits des Nasenrückens hochgezogen. Ihre kleine plumpe Hand, die Nägel dick in vornehmem Altrosa lackiert, trommelte mit einem Kugelschreiber und wühlte in Papieren, die sie durch eine Harlekinbrille mit goldverschnörkelten Bügeln betrachtete. In einer Bodenvase standen Gladiolen. In einem Glas auf dem Schreibtisch welkte eine Nelke mit einer Flittergoldschleife – vielleicht war sie auf einem Polizeiball gewesen.

Die Besucherin brachte zwei hölzerne Obststeigen und einen großen, unordentlichen Strauß Margeriten und Rosen aus ihrem eigenen Garten mit. »Für Rosa Burger und Marisa Kgosana. Die Namen stehen auf den Schildchen. Zwetschen, Mangopflaumen, Orangen und ein paar Bonbons – lose. In offenen Packungen. Einen Kuchen darf ich nicht mitbringen, wie ich höre?«

»Nein, keinen Kuchen.« Der Ton von jemandem, der eine Bemerkung über die Absonderlichkeiten einer Speisekarte im Restaurant macht.

»Nicht einmal, wenn ich ihn vor Ihren Augen anschneide?« Die Besucherin lächelte mit schräg gelegtem Kopf, kokett, die Mundwinkel verächtlich heruntergezogen.

Die Oberaufseherin ging lediglich auf einen kleinen Scherz ein. »Nein, nicht einmal dann, es ist nicht erlaubt. Stellen Sie doch die Steigen einfach auf den Fußboden, danke vielmals, wir werden dafür sorgen, daß sie sie gleich bekommen. Sofort.« Niemand konnte es mit ihr an damenhafter Korrektheit aufnehmen. »Tragen Sie sich in dem Buch ein, Ihren Namen, bitte.«

»Und die Blumen sind in zwei Sträußen . . . könnten Sie sie vielleicht in einen Eimer mit Wasser stellen? Es war so heiß im Auto.« Zwei Spitze schnüffelten an den Schuhen der Besucherin. Die Oberaufseherin verwies es ihnen auf afrikaans:

»Runter, Dinkie, runter, Junge. Ihr werdet der Dame die Strümpfe zerreißen ... Blumen sind nicht mehr erlaubt. Ich weiß nicht, was ... es ist eine neue Anordnung, die gestern durchkam, Blumen dürfen nicht mehr angenommen werden. Es tut mir sehr leid, ja ...«

»Warum?«

»Ich kann es wirklich nicht sagen, ich weiß es nicht ...«

»Mein Name steht auf den Steigen.«

»Aber tragen Sie ihn doch bitte hier ein.« Sie eilte sich, das große Buch fast überstürzt vorzulegen. »Moment mal, ja, so ist es recht, und die Adresse – danke vielmals.« Sie tat so, als handele es sich darum, auf liebenswürdige Weise eine bloße Formalität zu erledigen: die Notwendigkeit, daß sich wohlmeinende, mitfühlende Damen eigenhändig die Blöße geben müssen, politisch Verdächtige zu kennen und sogar mit ihnen befreundet zu sein. Die Oberaufseherin sprach lautlos die Silben des Namens nach, als ob sie prüfen wolle, ob er echt oder falsch sei: Flora Donaldson.

Wer nach Abschnitt 6 des Terrorismusgesetzes interniert ist, darf keinen Besuch erhalten, nicht einmal von den nächsten Angehörigen. Aber als Rosa Burger später Untersuchungshäftling wurde, hatte sie Anspruch auf die Privilegien dieses Status, und in Ermangelung von Blutsverwandten bemühte sich Flora Donaldson um eine Besuchserlaubnis und erhielt sie. Andere Anträge wurden abgelehnt; die einzige Ausnahme war Brandt Vermeulen, der, zweifellos dank seinen Beziehungen zu einflußreichen Persönlichkeiten, plötzlich da war, als Rosa eines Tages in den Besuchsraum gebracht wurde. Es waren keine Kontaktbesuche: Rosa sah ihre Besucher durch ein Drahtgitter. Es ist nicht bekannt, über welche »häuslichen Angelegenheiten« Brandt Vermeulen sprach, denn auf diese Kategorie sind die Gefängnisunterhaltungen in Anwesenheit der überwachenden Wärter beschränkt. Er vermag gewandt und amüsant zu reden und sie jedenfalls ein liberal gesinnter und vielseitig interessierter Mann, der gewiß nicht um Gesprächsstoff verlegen war. Flora berichtete, daß Rosa »sich nicht sehr verändert hatte«. Sie erwähnte das ihrem Mann William gegenüber. »Es geht ihr gut. In bester Verfassung. Sie sah wie ein kleines Mädchen aus. Leela Govind oder sonst jemand, nehme ich an, hat ihr das Haar wieder geschnitten, ganz kurz im Nacken ... Ungefähr vierzehn ... nur ist sie irgendwie lebhafter als früher. In einer Beziehung. Weniger reserviert. Wir haben nicht schlecht gelacht. Das ist etwas, was die verdammten Wärter einfach nicht begreifen können. Mein Gott, warum sollen Familienangelegenheiten nicht komisch sein? Sie sind langweilig genug. Wie langweilig, das merkt man erst, wenn man versuchen muß, sie zu Metaphern für etwas anderes zu machen ... Theo sagt, die Verteidigung werde den Belastungszeugen der Staatsanwaltschaft die Hölle heiß machen. Er glaubt, sie habe gute Aussicht, diesmal mit einem blauen Auge davonzukommen – die Staatsanwaltschaft werde nach der Voruntersuchung die Anklage vielleicht zurücknehmen müssen. In diesem Fall wird sie nach ihrer Freilassung möglicherweise gleich mit Hausarrest belegt – na schön, besser als Gefängnis, oder? Alles mögliche kann man tun, wenn man unter Hausarrest steht, schließlich kann Rosa dann jeden Tag zur Arbeit gehen ...«

Madame Bagnelli in Frankreich erhielt einen Brief. Er trug den Stempel der Gefängnisverwaltung in Pretoria, aber das erregte nicht das Interesse des feschen Briefträgers, der zu einem Pernod hereinkam, wenn er die Post ablieferte, denn er konnte kein Englisch lesen und wußte auch nicht, wo Pretoria lag. In einem Absatz, der vom Komfort einer Zelle handelte, als ob die Eigenschaften eines Touristenhotels beschrieben würden, das nicht ganz hielt, was der Prospekt versprochen hatte, hieß es: »Aus Obststeigen habe ich so etwas wie ein transportables Schreibpult in japanischem Stil gebastelt (ähnlich wie das vom alten Ivan Poliakoff, auf dem er im Bett schrieb), und darauf schreibe ich jetzt«, und dann wurde ein Wasserzeichen von Licht erwähnt, das jeden Abend bei Sonnenuntergang in der Zelle erschien, abgestrahlt von einer nach Westen gehenden Fassade draußen; Lionel Burger hatte das einmal erwähnt. Aber die Zeile war vom Gefängniszensor unleserlich gemacht worden. Madame Bagnelli hat sie nie entziffern können.

Anmerkungen

5 *veldskoen* (afrikaans) Halbstiefel aus weichem Rohleder, gewöhnlich ohne Brandsohle
8 *Afrikaander* (afrikaans) Südafrikaner burischer Abstammung
14 *boerewors* (afrikaans) Bratwurst
24 *assagai* kurzer Stoßspeer mit zweischneidiger Eisenspitze, bevorzugte Waffe zahlreicher südafrikanischer Stämme
25 *African National Congress* (engl., Abk. ANC) Afrikanischer Nationalkongreß, 1912 gegründete Befreiungsorganisation der afrikanischen Bevölkerung der Republik Südafrika, 1960 verboten, seitdem im Untergrund tätig.
26 *Umkhonto we Sizwe* (zulu) Speer der Nation, militärischer Flügel des ANC, der 1961 gegründet wurde und Sabotageakte gegen wirtschaftliche und militärische Ziele durchführt
27 *Amandhla! Awethu (Ngawethu)!* (zulu) Die Macht! Dem Volk!
30 *doek* (afrikaans) Kopftuch
34 *rondawel* (afrikaans) traditionelle Rundhütte der Afrikaner, meist aus Lehm gebaut und mit Stroh gedeckt. Die Garten- oder Gästehäuser weißer Südafrikaner weisen häufig einen ähnlichen Baustil auf.
35 *braavlais* (afrikaans) auf dem Grill gebratenes Fleisch oder Wurst
37 *»Heimatland«* (engl.: homeland) in Südafrika Stammesgebiet der Afrikaner, Reservat für jeweils eine ethnische Gruppe. Mit der Schaffung von Reservaten – sog. Bantustans – (seit 1959) durch Zwangsumsiedlung bezweckt die südafrikanische Regierung die politische und ökonomische Isolierung der schwarzen Bevölkerungsmehrheit.
41 *kaross* (afrikaans) Kleidung aus Fellen oder Häuten, von südafrikanischen Stämmen getragen
45 *PAC* Abk. f. (engl.) Pan African Congress: Panafrikanischer Kongreß, 1959 durch Abspaltung vom ANC entstandene Befreiungsorganisation, die für ein schwarzes Südafrika eintritt und eine Zusammenarbeit mit Weißen ablehnt; wurde wie der ANC 1960 verboten
50 *mealie-meal* (afrikaans, engl.) Maismehl
56 *dorp* (afrikaans) Dorf
56 *veld* (afrikaans) südafrikanisches Gras- oder Buschland
57 *stoep* (afrikaans) Veranda
59 *perlemoen* (afrikaans) Perlmutt
60 *n'Boere meisie* (afrikaans) ein Burenmädchen
60 *oom* (afrikaans) Onkel
64 *stryddag* (afrikaans) wörtl.: Kampftag, auch Dinganes Tag, zum Gedenken an die Schlacht am Blutfluß, in der am 16. 12. 1838 das Heer der Zulu unter ihrem Herrscher Dingane (1828–1840) von den Buren geschlagen wurde. Mit der Gründung der Burenrepublik Natal wurde das Reich der Zulu auf das nördliche Natal beschränkt.
68 *Frelimo* Abk. f. (portug.) Frente de Libertaçao do Moçambique: Befreiungsfront von Moçambique, 1962 entstanden. Der Unabhängigkeits-

kampf gegen die portugiesische Kolonialmacht führte 1974 zur Bildung einer Übergangsregierung aus portugiesischen und afrikanischen Ministern. Seit 1975 ist Moçambique unabhängig.

74 *predikant* (afrikaans) Prediger, Pfarrer

76 *kraal* (afrikaans) mit Dornbuschhecken befestigte traditionelle Siedlung der Afrikaner

80 *landdrost* (afrikaans) Amtsrichter, Friedensrichter

81 *kingklip(fish)* (engl.) Kapaal

99 *Indischer Kongreß* (engl.: South African Indian Congress, Abk. SAIC) Vereinigung der indischen Bevölkerung Südafrikas, 1894 von Mohandas Gandhi gegründet, unterhält seit den vierziger Jahren enge Bündnisbeziehungen zum ANC

113 *pampoen* (afrikaans) Kürbis

119 *SWAPO* Abk. F. (engl.) South-West Africa People's Organization: Südwestafrikanische Volksorganisation, 1960 gegründete Befreiungsbewegung von Namibia

123 *Bambata* Der Bambata-Aufstand (1906) in Natal wurde von der britischen Kolonialmacht blutig niedergeschlagen. 5000 Zulu-Bauern, die sich gegen die Einführung der Kopfsteuer erhoben hatten, fanden den Tod.

123 *Bulhoek* Afrikanerghetto in Queenstown, Kapprovinz, in dem 1921 Regierungstruppen 163 Mitglieder einer kirchlichen Sekte töteten, weil sie dem Befehl zur Auflösung nicht nachkam

123 *Bondelswart* 1922 erhoben sich die Bondelswarts, eine Bevölkerungsgruppe in Südwestafrika, gegen die Zwangsarbeit auf europäischen Farmen und gegen die administrative Unterdrückung. Durch südafrikanische Bombenflugzeuge wurden mehr als 1000 Menschen getötet.

143 *Shaka, Dingane, … Sekukuni* berühmte Kriegerhäuptlinge der Zulu und anderer südafrikanischer Stämme, die der militärischen Übermacht der Briten und Buren lange Widerstand leisteten

143 *Makana* Häuptling der Xhosa; 1819 von der britischen Armee gefangengenommen und nach Robben Island verbannt, ertrank bei einem Fluchtversuch

144 *kaffir-boetie* (afrikaans) Negerliebchen; kaffir (arab.: Ungläubiger): abwertende Bezeichnung für Afrikaner

165 *SANROC* Abk. f. (engl.) South African Non-Racial Olympics Committee: Südafrikanisches Nicht-Rassistisches Olympisches Komitee, um 1960 gegründete Körperschaft, die sich gegen die Rassentrennung im Sport wandte und u. a. den Ausschluß der Republik Südafrika von den Olympischen Spielen 1964 in Tokyo bewirkte, arbeitet seit 1966 im Londoner Exil

177 *blackness* (engl.) Schwarzsein. Anfang der siebziger Jahre entwickelte sich als Reaktion auf den weißen Rassismus Black Consciousness (engl.) – Schwarzes Bewußtsein –, eine politische und kulturelle Bewegung der schwarzen und farbigen Südafrikaner, die die Befreiung, die Unabhängigkeit und die Einheit aller Nichtweißen fordert.

181 *mealie-pap* (afrikaans, engl.) Maisbrei

189 *Burenkrieg* britischer imperialistischer Krieg (1899–1902) gegen die Südafrikanische Republik (Transvaal) und Oranjefreistaat. Nach der Beset-

zung ihrer Territorien durch britische Truppen (September 1900) führten die Buren Partisanenkrieg, bis sie sich im Frieden von Vereniging (31. 5. 1902) der britischen Herrschaft unterwarfen.

191 *Broederbund* 1918 gegründeter Geheimbund zur materiellen und kulturellen Stärkung der Burenaristokratie und Nationalistenpartei

193 *kloof* (afrikaans) Schlucht, Klamm

194 *koppie* (afrikaans) Hügel

197 *kist* (afrikaans) Truhe, Kasten

208 *BOSS* Abk. f. (engl.) Bureau of State Security: Staatssicherheitsdienst (der Republik Südafrika)

211 *détente* (frz.) Entspannung

226 *donga* (zulu, afrikaans) schmale, durch Erosion entstandene Erdrinne

236 *quel con ... ça va pas la tête, eh?* (frz.) was für ein Dummkopf ... du tickst wohl nicht richtig?

237 *vélo* (frz.) Fahrrad

238 *épicerie* (frz.) Kolonialwarengeschäft

239 *cave* (frz.) Keller

242 *bidonville* (frz.) wörtl.: Kanisterstadt; Elendsviertel

248 *milles ... cents* (frz.) Tausende ... Hunderte

252 *boerevrou* (afrikaans) Burin

257 *Fernseh-policiers* policier (frz.) Kriminalfilm, -roman

257 *lingua franca* (ital.) Verkehrssprache

261 *place* (frz.) Platz

268 *régime* (frz.) hier: Diät

272 *»Oh, pardon! Je m'excuse ... je suis désolée, bien sûr ... Je vous avais pris pour le garçon ...«* (frz.) »Oh, Verzeihung! Ich bitte um Entschuldigung ... es tut mir leid, bestimmt ... Ich hatte Sie für den Kellner gehalten ...«

274 *pan-bagnat* südfranzösische Spezialität: Ein rundes Weißbrot wird ausgehöhlt und mit Tomaten, Paprika, Ei, Fisch, Schinken u. a. gefüllt

274 *bronzer* (frz.) bräunen

275 *gloire* (frz.) Ruhm, Glanz

275 *PTT* Abk. f. (frz.) Postes, Télégraphes, Téléphones: Post- und Fernmeldewesen

278 *patron* (frz.) Wirt, Meister, Arbeitgeber

278 *casse-croûte* (frz.) Imbiß

279 *»Comment?«* (frz.) »Wie?«

282 *armoire* (frz.) Schrank

290 *verloofring* (afrikaans) Verlobungsring

290 *taal* (afrikaans) Afrikaans

293 *moules marinières* (frz.) eingelegte Muscheln

293 *blanc de blancs* (frz.) Weißwein, der ausschließlich aus weißen Trauben hergestellt wird

293 *ficelle* (frz.) dünnes Weißbrot

294 *Quatorze Juillet* (frz.) Vierzehnter Juli, französischer Nationalfeiertag zum Gedenken an die Erstürmung der Bastille (14. 7. 1789), mit der die Französische Revolution begann

294 *Guide bleu* (frz.) Reiseführer mit blauem Einband

299 *arrête ...* (frz.) halte inne; *rentrée* (frz.): Rückkehr (aus den Ferien)

300 *Ouvert jusqu'à l'aube* (frz.) Geöffnet bis zum frühen Morgen

302 *pieds noirs* (frz.) Franzosen, die in den französischen Kolonien gelebt hatten und nach deren Unabhängigkeit nach Frankreich zurückkehrten
306 *couscous* (frz., arab.: kuskus) nordafrikanisches Gericht aus zersplittertem und gedämpftem Grießteig, dem Gemüse und Fleisch oder Früchte beigegeben werden
309 *amuse-gueules* (frz.) zum Naschen gereichtes Salz- und Käsegebäck, Mandeln, Erdnüsse u. dergl.
309 *»La ménopause effacée«* (frz.) Die verschwundene Menopause
309 *mon pauvre vieux* (frz.) mein armer Alter
309 *comme il faut* (frz.) anständig
310 *vieux con* (frz.) alter Dummkopf
311 *corps* (frz.) Körper
312 *en pleine forme* (frz.) in voller Blüte
313 *quinzième* (frz.) der, die fünfzehnte
315 *tout voir pour la première fois, à la fois* (frz.) alles beim erstenmal sehen, auf einmal
315 *c'est un paradis inventé* (frz.) das ist ein erfundenes Paradies
316 *la dame à la licorne* (frz.) die Dame bei dem Einhorn
316 *Il va se casser la gueule, vieux con* (frz.) Er wird auf die Schnauze fallen, der alte Dummkopf
319 *brocanterie* (frz.) Antiquitätengeschäft
322 *la fille aînée* (frz.) die älteste Tochter
322 *la rationalité sociale* (frz.) die gesellschaftliche Vernunft
328 *beau, mais très ordinaire* (frz.) schön, aber sehr gewöhnlich
329 *panetière* (frz.) Brotschrank
333 *L.S.E.* Abk. f. London School of Economics
333 *UDI* Abk. f. (engl.) unilateral declaration of independence: einseitige Erklärung der Unabhängigkeit
334 *jeune anglaise* (frz.) junge Engländerin
336 *quartier des lycée* (frz.) Viertel des Gymnasiums
358 *Je hais, donc je suis* (frz.) Ich hasse, also bin ich
369 *à mon seul désir* (frz.) nur zu meinem Vergnügen
374 *Uhuru for Azania* Freiheit für Azania uhuru (swahili): Freiheit, Azania: Name der Schwarzen für Südafrika
376 *BPC* Abk. f. (engl.) Black People's Convention: Konvent des schwarzen Volkes, 1972 gegründete Befreiungsorganisation
377 *»Kaffern«-Kriege* Eroberungskriege der Buren und Engländer im 18. und 19. Jh. gegen die in Südafrika ansässigen Bantu-Völker; Kaffer: von kaffir, vgl. Anm. zu S. 144
383 *Avatara* (sanskr.: Herabsteigen) im Hinduismus die Verkörperung eines Gottes in Menschen- oder Tiergestalt
384 *baie, baie mooi* (afrikaans) sehr, sehr schön

Neuerscheinung '89

Saul Bellow
Mr. Sammlers Planet

Roman
Aus dem Amerikanischen
von Walter Hasenclever
Etwa 304 Seiten · Leinen · 9,00 M

Artur Sammler, 74, in New York lebender Journalist und Philosoph jüdischer Abstammung, war es einst gelungen, in Polen der faschistischen Massenvernichtung zu entrinnen. Die ihn umgebende Wirklichkeit, die Verfehlungen und Irrtümer unseres Jahrhunderts beobachtend und kommentierend, wird er zum »Protokolleur der Tollheit« – der Tollheit New Yorks, der USA, des Planeten Erde. Und doch hat sich Mr. Sammler den Glauben daran bewahrt, daß das »geniale Tier *Mensch*« angesichts der beängstigenden Gegenwart die Kraft zur Besinnung und Rückkehr besitzt. Tiefgründiges Wissen und erzählerisches Temperament vereinen sich in diesem von Weisheit und Skepsis, Melancholie und Hoffnung geprägten Roman, in dem Nobelpreisträger Saul Bellow, Jahrgang 1919, mahnend und warnend seine Stimme erhebt.

Verlag Volk und Welt
Berlin

Neuerscheinung '89

William Faulkner
Die Unbesiegten

Roman
Aus dem Amerikanischen
von Erich Franzen
Etwa 232 Seiten · Leinen
Etwa 9,20 M

»Weil er leicht zu lesen ist«, empfahl Nobelpreisträger William Faulkner (1897–1962) Studenten diesen 1938 entstandenen Roman, der vor dem Hintergrund des amerikanischen Bürgerkriegs und der Rekonstruktionsära angesiedelt ist und die Frage nach Sinn und Unsinn eines überlebten Ehrenkodex stellt. Der Ich-Erzähler, Bayard Sartoris, erinnert sich an seine Jugendzeit, als er und sein schwarzer Freund Ringo den Einmarsch der Yankee-Truppen in den Süden erlebten. Seine Reminiszenzen fügen sich zu einem Erziehungsroman Faulknerschen Stils, der die Zerstörung des südstaatlichen Mythos zum Ziel hat. Die Bezüge zu den anderen Büchern des Autors sind vielfältig, doch ist der Roman in erster Linie eine Ergänzung zu »Sartoris« (1988 bei Volk und Welt). Der Band erscheint innerhalb der Sammelausgabe der Werke Faulkners, die hiermit abgeschlossen wird.

Verlag Volk und Welt
Berlin